Weitere Titel des Autors:

Die Blutlinie
Der Todeskünstler
Das Böse in uns
Ausgelöscht


Titel in der Regel auch als E-Book erhältlich

Cody Mcfadyen

# DER MENSCHEN-MACHER

Thriller

Aus dem Englischen
von Axel Merz

BASTEI LÜBBE TASCHENBUCH
Band 16775

1. Auflage: Januar 2013

Dieser Titel ist auch als Hörbuch und E-Book erschienen

Vollständige Taschenbuchausgabe
der bei Lübbe Hardcover erschienenen Hardcoverausgabe

Copyright © 2010 by Cody Mcfadyen
Titel der amerikanischen Originalausgabe: »The Innocent Bone«

Für die deutschsprachige Ausgabe:
Copyright © 2011 by Bastei Lübbe GmbH & Co. KG, Köln
Titelillustration: © plainpicture/Albalta
Umschlaggestaltung: Manuela Städele
Satz: Siebel Druck & Grafik, Lindlar
Gesetzt aus der Adobe Caslon Pro
Druck und Verarbeitung: GGP Media GmbH, Pößneck
Printed in Germany
ISBN 978-3-404-16775-3

Sie finden uns im Internet unter
www.luebbe.de
Bitte beachten Sie auch: www.lesejury.de

Der Preis dieses Bandes versteht sich einschließlich
der gesetzlichen Mehrwertsteuer.

*Für alle mutterlosen Kinder*

## PROLOG

*Gegenwart*
*Erstes großes Beben*

Sie fuhr hoch, als sich eine Hand auf ihr Gesicht legte, die in einem Handschuh steckte, und Mund und Nase bedeckte, sodass sie keine Luft mehr bekam. Sie stieß einen dumpfen Schrei aus. Ihr Körper zuckte so heftig, dass das Bett bebte. Es war ein wilder, instinktiver Reflex, als hätte ein Fremder im Bus ihr die Hand unter den Rock geschoben. Der Geruch nach Leder stieg ihr in die Nase. Ihre Augen rollten in der Dunkelheit wie die eines gestrandeten Fisches. Primitive Gedanken beherrschten ihre Welt.

*Was? Wer? ... Nein!*

Sie war völlig überrumpelt. Einen Moment zuvor hatte sie in tiefem, traumlosem Schlaf gelegen, und nun starrte sie aus verschwommenen Augen in die Dunkelheit, während die Hand ihr Mund und Nase zuhielt und ihr Herz so heftig pochte, als würde es jeden Moment zerreißen.

Sie zitterte. Der Fluchtreflex jagte Adrenalin in ihre Venen. Noch bevor sie zweimal blinzeln konnte, hatte ihre Angst den Dunst in ihrem Hirn weggebrannt wie die Sonne den Nebel über einem See.

*Was soll ich tun?*

»Wenn ein Typ dir eine Pistole an den Kopf drückt und sagt, du musst ihm sexuell gefügig sein, wie würdest du reagieren?«

Die Frage war vor nicht einmal einer Woche gestellt worden. Sie erinnerte sich noch gut, wie hypothetisch diese Frage ihr erschienen war. Meine Güte, sie hatten darüber *gelacht*, als eines der Mädchen gesagt hatte: »Ich würde dem Kerl in die Hose greifen und ihm einen von der Palme wedeln«, wobei alle sich verlegen kichernd gefragt hatten, woher sie diese Wendung kannte.

Sie hatten in einem Café gesessen, inmitten von Licht und Menschen. Die Vorstellung, eine solche Bedrohung könne Realität werden, war ihnen (wie sie sich unwillkürlich erinnerte) beinahe lächerlich absurd vorgekommen. Zugegeben, die Angst vor der Wirklichkeit hatte unter der dünnen Oberfläche aus dümmlichen Witzen gelauert, aber darum ging es ja schließlich: der Angst standzuhalten, ihr ins Gesicht zu lachen.

*Jetzt ist es nicht mehr so lustig, was? Beruhige dich, krieg dich ein. Du willst überleben? Dann werd jetzt bloß nicht hysterisch.*

Dieses innere Zwiegespräch dauerte nicht länger als eine Nanosekunde. Endorphine fluteten in ihre Blutbahn. Dann zog der Mann seine Waffe und drückte ihr den kalten Stahl an die Stirn, presste die Mündung dagegen, bis es wehtat. Alle ermutigenden Gedanken verflogen. Ihre Körpertemperatur schien von einem Moment zum nächsten um dreißig Grad zu fallen. Ihr war eisig kalt, und sie war hellwach.

*Bitte lieber Gott bitte ich will nicht sterben ich will nicht sterben ich ...*

Endlich hatten ihre Augen sich an die Dunkelheit gewöhnt, und ihr Blick klärte sich. Sie konnte den Mann sehen. Er war direkt über ihr, starrte auf sie hinunter, genau in ihre Augen. Er (wer immer er war) hatte sich einen Strumpf übers Gesicht gezogen, was ihm ein unheimliches, an geschmolzenes Wachs erinnerndes Aussehen verlieh, das sie bisher immer nur in Filmen gesehen hatte.

*Aber seine Augen, o Gott, diese Augen …*

Sie waren kalt, alt und leer. Sie waren … ja, was? Nicht gefühllos, eher gleichgültig. Unbeteiligt. Es waren die Augen eines Zimmermanns, der auf einen Stapel Bauholz blickt und dann auf die Uhr schaut, wobei er sich fragt, ob er bis nach dem Essen warten soll, bevor er anfängt.

Ein Schatten, eine Bewegung, ein leises schlurfendes Geräusch. Dann erschien ein weiterer Mann, trat neben den ersten, blickte aus dem gleichen wächsernen Strumpfhosengesicht auf sie hinunter. Wieder schrie sie dumpf unter dem Lederhandschuh, was den zweiten Mann zum Grinsen brachte.

Seine Augen waren nicht so unbeteiligt wie die des ersten, zeigten ein wenig Interesse. Allerdings galt dieses Interesse offenbar dem, was er alles mit ihr anstellen konnte und wie sie nackt, weinend und winselnd aussah. Er starrte sie an wie Nahrung, und unter seinem Blick fühlte ihre Blase sich plötzlich zum Platzen voll an.

*Lieber Gott, mach, dass die Angst weggeht …*

Keine sechs Sekunden waren vergangen, seit sie von der Hand geweckt worden war.

»Du wirst jetzt aufstehen«, sagte der erste Mann, ohne die Waffe von ihrem Kopf zu nehmen. Er starrte ihr unverwandt in die Augen. »Wenn du abzuhauen versuchst, wenn du schreist, wenn du *irgendetwas* machst, das mir nicht gefällt, tue ich dir weh. Dann tue ich dir so beschissen weh, dass du dich nie mehr davon erholst. Hast du kapiert? Nick, wenn du verstanden hast.«

Sie nickte. Der Ledergeruch war überwältigend in ihrer Nase. Sie musste würgen.

»Gut. Ich nehme jetzt die Hand weg. Und dann wirst du aufstehen. Klar?«

Er zog die Hand weg und trat zurück. Der zweite Mann starrte sie noch einen Augenblick grinsend an – *glücklich wie ein Schwein in der Suhle*, schoss es ihr absurderweise durch den Kopf. Dann trat auch er zurück.

Sie schwang die zitternden Beine über den Bettrand und erschauerte, als sie den kalten Dielenboden unter den Füßen spürte.

*Ob sie mich töten?*

Es war ein losgelöster, unerwarteter Gedanke. Er kreiste in ihrem Kopf, gehalten von einer unheimlichen Schwerkraft.

Die beiden Fremden standen da und beobachteten sie geduldig wie Sterne am Firmament.

*Möglich, dass sie dich umbringen. Sehr gut möglich. Die meinen es ernst.*

Sie bemerkte, wie der zweite Mann ihre Nippel beäugte, die sich unter ihrem T-Shirt abzeichneten. Irrationale Wut stieg in ihr auf. In der elften Klasse hatte sie einen Lehrer gehabt, der mit Vorliebe den Thermostaten im Klassenzimmer heruntergedreht hatte, und dann mussten alle Mädchen mit erwähnenswertem Busen vorne sitzen. Sie war eine der glücklichen Auserwählten gewesen, und Mr. Gold hatte offensichtlich gefallen, was er mit so geilem Blick angestarrt hatte. Es war das erste und einzige Mal gewesen – bis zum heutigen Tag –, dass sie sich schmutzig gefühlt hatte, nur weil ein Mann sie begaffte.

»Ich möchte, dass du langsam aufstehst«, sagte der Fremde Nummer eins. »Wenn du Ärger machst, schneide ich dir eine Brustwarze ab und steck sie dir in den Mund.«

Er schien sich nicht sonderlich für das Ergebnis dieses Multiple-Choice-Horrors zu interessieren. *Steh freiwillig auf oder nicht, das ist mir egal. Aber entscheide dich klug, Süße, denn du wirst stehen, ob mit oder ohne Nippel.*

Sie stand auf.

»Danke sehr. Und jetzt ab in die Kiste dort.« Er deutete mit seiner Waffe auf das Ding hinter ihm.

Sie starrte darauf. Es war eine rechteckige Kiste aus hellem Holz, vielleicht zwei Meter lang. Das Innere war gepolstert, und es gab einen Deckel mit Scharnieren und einer Schließe.

Es sah aus wie ein Sarg.

Ihre Zähne klapperten. Sie beobachtete sich selbst, wie sie dieses Phänomen beobachtete, und staunte dabei über die Kaskade aus zusammenhanglosen Gedanken, die ihr durch den Kopf rauschten. *Sarg bedeutet Tod, und seien wir doch mal ehrlich: Tod ist gar nicht gut!* Oder der Favorit der gegenwärtigen Nanosekunde: *Vertraue niemals einem Mann mit einem Gesicht wie geschmolzenes Wachs.*

»Bitte ...«, wimmerte sie und hasste den bettelnden Klang ihrer Stimme, doch die scheußliche Wahrheit dahinter hasste sie noch viel mehr: Sie würde noch lauter und länger betteln, wenn sie nur weiterleben durfte. Sie würde Gott weiß was tun, wenn sie nur ...

*Patsch.* Er schlug mit voller Wucht zu. Sie stolperte, und glühender Schmerz schoss durch ihr Gesicht. Blut spritzte aus ihrer Nase, und vor ihren Augen tanzten weiße Sterne. Der Mann wedelte erneut mit dem Lauf der Waffe.

»Nicht reden. In die Kiste, los. Wenn du in der Kiste bist, nehmen wir dich mit. Ein Wort, ein Laut, bevor ich dich wieder rauslasse, und du wirst winseln vor Schmerz. Klar?«

Sie fing lautlos zu weinen an. Am liebsten wäre sie vor Scham und Wut und Angst gestorben, aber so schnell starb es sich nicht. Diese Männer waren in ihrem Schlafzimmer aufgetaucht, einfach so, mit Strumpfhosenmasken vor den Gesichtern und Pistolen in den Händen, und befahlen ihr, in diesen abscheulichen Sarg zu steigen. Sie hatte keine Zeit, sich an die Situation zu gewöhnen, keine Zeit für irgendetwas, außer darüber nachzudenken, dass sie etwas tun *sollte.* Aber sie tat gar nichts, sie fror und war voller Angst, und die Männer hatten sie in ihrem Großmutterhöschen überrascht, und nun wollten die beiden, dass sie in einen selbst gezimmerten Sarg kletterte, und irgendetwas sagte ihr, dass das wahrscheinlich nicht die beste Idee war.

Unter diesen Umständen waren Tränen mehr oder weniger unvermeidlich.

Ihr Blick fiel auf den digitalen Wecker auf dem Nachttisch.

*Drei Uhr morgens. Ob ich mir das merken soll? Ob es später wichtig ist? Aber wird es ein Später geben?*

Der Fremde Nummer eins meldete sich zu Wort und erinnerte sie an das, was wichtig war. »Wenn du nicht in zehn Sekunden in der Kiste liegst, schneide ich dir eine Titte ab und stopf sie dir ins Maul.«

Es war die Ruhe, mit der er diese Worte sagte, die völlige Gelassenheit, die sie schaudern ließ. Als machte es ihm nichts aus, sie bei lebendigem Leib zu grillen – er würde es trotzdem rechtzeitig in die Kirche schaffen. Die Tränen versiegten. Sie ließ den Kopf hängen, und ihre Schultern sanken herab.

»Schon gut«, flüsterte sie kaum hörbar.

Bevor der Deckel sich über ihr schloss, stellte sie die wichtigste Frage.

»Warum?«

Der Fremde Nummer eins hielt den Deckel fest, während er aus seinen kalten, gefühllosen Augen auf das zitternde Bündel in der Kiste starrte. Als er antwortete, blieb seine Stimme so gelassen und kühl wie zuvor.

»Es ist eine Lektion in Geschichte.«

# ERSTER TEIL

## GEBURT

Die Leute denken in Metaphern über ihr Gewissen. Disney hatte Grillen. Ich habe einen Unschuldsknochen. Beinknochen, Armknochen, Unschuldsknochen, klar? Manche Leute haben ihn, andere nicht. Die meisten von uns brechen ihn sich irgendwann, und dann wird er falsch gerichtet, sodass er an kalten Tagen schmerzt und ganz allgemein mehr ein Ärgernis ist, als dass er irgendetwas nützt.

- David Rhodes

**KAPITEL 1**  *Texas, Dezember 1974*

Liebe ist eine Art Musik. Man kann sie singen, man kann sie spielen, man kann dazu tanzen. Sie füllt Räume und Konzertsäle, Herzen und Köpfe, und sie ist überall. Es gibt so viele Musikrichtungen, wie es Menschen gibt.

Manche mögen es orchestral. Schweißtropfen vom Gesicht eines Dirigenten, während die Liebenden sich küssen. Die Bewegungen seiner Hände, beschwörend, wild. Weibliche Saiteninstrumente, süß und dunkel, streiten sich mit den nach Aufmerksamkeit heischenden Schlägen der Perkussion, und aus dem Widerstreit wird Harmonie.

Andere ziehen das intime Gleiten einer mit Stahlsaiten bespannten Gitarre vor. Draußen regnet es. Die Liebenden sind jung, die Wohnung billig, der Rotwein wird aus der Flasche getrunken. Die Zukunft ist endlos, und sie wird geteilt, was denn sonst.

Viele haben in der leidenschaftlichen Hingabe an den guten altmodischen Rock 'n' Roll die Liebe gefunden.

Liegt alles im Ohr des Hörers.

David Rhodes' Liebe für seine Mutter war wie ein A-cappella-Sopran, gesungen mit der glockenhellen Süße eines sechsjährigen Knaben. David verehrte Mommy mit Ingrimm, Bewunderung und völliger Hingabe. Sie war zugleich die kürzeste und längste Beziehung seines Lebens. Er hatte seine Mutter nur kurze Zeit, aber diese Zeit veränderte ihn für immer.

So ist die Zeit nun mal. Sie kann sich dehnen wie Toffee oder träge tropfen wie Honig oder bis in alle Ewigkeit an einem Punkt verharren, Amen. Zeit kann weinen, Zeit kann lügen.

Die Zeit, für den Moment, war damals, und Mommy war noch am Leben.

*Ich liebe Mommys Haare.*

Mommy (sie starb, bevor er alt genug war, um es zu »Mom« abzukürzen) hatte glattes braunes Haar, das ihr bis zur Taille reichte und glänzte, wenn das Licht im richtigen Winkel darauf fiel. Es rahmte das junge Gesicht einer Frau aus dem Mittelwesten ein, eins von den Gesichtern mit makelloser, sonnengebräunter Haut, ganz Pfirsich und Sonnenblumen und heißer Apfelkuchen. Kein Bedarf für Make-up – was gut war, weil Mommy sich nicht viel leisten konnte. Sie hatte große braune Augen, die ein bisschen zu alt aussahen, wenn man den Rest von ihr damit verglich.

Linda (so hieß sie für alle außer für David) hatte ein Lächeln, das auch den düstersten Tag erhellen konnte. Sie rauchte (Rauchen war damals noch nicht schädlich), und sie war jung und unsterblich, und ihre Zähne waren weiß und ebenmäßig, wenn sie lächelte. Sie konnte dieses Lächeln aus dem Nichts herbeizaubern, wie ein weißes Kaninchen aus einem schwarzen Zylinder, egal ob es ihr gut ging oder ob sie hungrig oder müde war. Sie konnte dieses Lächeln selbst dann zeigen, wenn sie sich wegen des *Monsters* sorgte, des gefürchteten *Kein-Geld* mit seinen spitzen Fängen.

Davids Vorstellung von Kein-Geld war eher verschwommen und anthropomorph (er war schließlich erst sechs), doch er wusste bereits, dass es etwas Schlimmes war. Er wusste, dass es der Grund dafür war, dass Mommy nachts manchmal weinte. Und Kein-Geld war auch der Grund dafür (wie er sich inzwischen zusammengereimt hatte), dass er kein normales Bett besaß.

Sein Bett bestand aus vier »Hähnchenkisten« – wachsüberzogene, doppelt verstärkte Pappkartons, in denen der Piggly-

Wiggly-Supermarkt seine gefrorenen Hähnchen geliefert bekam. (Er erinnerte sich noch deutlich an jenen Tag, als er zu seinem Entsetzen herausgefunden hatte, dass Hähnchen in Wirklichkeit *tote Vögel* waren. Er hatte sich die Augen ausgeweint und seither keine Brathähnchen mehr angerührt. *Tote Vögel!* Igitt. Bäh.) Wie dem auch sei, Mommy hatte die Kisten hinter dem Supermarkt gefunden. Sie hatte sie mit nach Hause genommen, sorgfältig gereinigt, umgedreht und eine Navajo-Decke darüber gelegt. David schlief auf den Kisten. Mommy nannte es *rustikal*. Er wusste nicht, was rustikal bedeutete, doch es klang irgendwie nach Abenteuer und reizte die Phantasie des Sechsjährigen.

Kein-Geld bedeutete auch, dass Mommy, wenn David sie nach einem Schokoriegel fragte, »Heute nicht, Liebling« antwortete, »vielleicht nächste Woche«. Nur dass nächste Woche nie kam. Was gelindes Bedauern hervorrief, mehr aber auch nicht; es war keine große Sache. Mommy machte das Leben auch so süß und spannend genug.

»Geld kommt an zweiter Stelle, an erster kommt der Verstand.« Sie tippte ihn gegen die Stirn und dann gegen die Brust. »Die besten Dinge passieren hier, und hier. Verkauf sie nicht, weil du sie nicht zurückkaufen kannst.«

Sie hatten zwar kein Bett, aber sie hatten einen alten, ramponierten Plattenspieler. Mommy sagte, der Plattenspieler wäre total out, was David für sich als »magisch« übersetzte.

»Das Herz nimmt Musik in sich auf wie Zuckerbäckerei, Liebling. Und manchmal brauchen wir Zuckerbäckerei mehr als die Luft zum Atmen.«

Es waren Klischees, zugegeben, doch in Davids Erinnerung blieben sie weise, zum einen, weil Mommy diese Worte gesagt hatte, zum größten Teil jedoch, weil sie der Wahrheit entsprachen.

Mommy fütterte ihre Herzen regelmäßig mit Musik (vor allem, wenn sie nicht genug Geld hatte, um ihre Mägen zu füttern). Sie legte ein Album von den Beatles auf, und sie tanzten

17

barfuß miteinander, oder sie legte ein Album von einem Mann namens Bob Dylan auf, und David ruhte in Mommys Armen, während sie die Lieder leise mitsang.

»Der hat aber keine schöne Stimme«, sagte David eines Tages.

»Muss er auch nicht haben, Liebling. Er ist Dylan.«

Er verstand zwar nicht, was sie meinte, aber Dylan konnte Mommy zum Lächeln bringen. Deswegen war Dylan für David ganz okay.

Mommys Lieblingsplatte war ein Album von Dylan. Es hieß *The Freewheelin' Bob Dylan*. David dehnte das *Freee Wheeelin'* immer. Es gefiel ihm, wie es auf der Zunge rollte. Das Albumcover zeigte ein Foto von Dylan Arm in Arm mit einer Frau auf einer verschneiten Straße. Beide lächelten. Das Bild wurde von einem Kaffeering verunziert. Manchmal fuhr Mommy mit dem Finger diesen Ring nach und lächelte verträumt.

»Warum macht dich das so fröhlich?«, hatte David sie einmal gefragt.

Sie hatte ihn kurz angeschaut, und dann hatte sie ihm ihr strahlendes Lächeln geschenkt. (Später, als Erwachsener, war ihm klar geworden, dass seine Mutter gewusst hatte, welche Ausstrahlung ihr Lächeln besaß, und dass sie es manchmal gezielt eingesetzt hatte, um sich auf diese Weise Vorteile zu verschaffen.) »Weil ich daran denken muss, wie der Fleck auf die Hülle gekommen ist, Baby. Ich war voll und ganz damit beschäftigt, *dich* zu machen, und ich hatte vergessen, dass mein Kaffeebecher noch auf der Plattenhülle stand.«

David begriff nicht, was sie mit »dich zu machen« meinte, und er fragte auch nie nach – er hatte so eine Ahnung, dass die Frage, ins helle Licht gerückt, eine ähnliche Wirkung hervorrufen könnte wie einen Singvogel einzufangen: Man hatte ihn zwar, aber er sang nie wieder.

Seine Lieblingsmusik war Janis Joplin. (Janis wurde übrigens immer beim Vornamen genannt, Dylan nur beim Nachnamen.

David begriff den Grund dafür zwar nicht, akzeptierte aber die Unabänderlichkeit dieser Tatsache.)

Er fuhr total auf Janis ab, wie Mommy es auszudrücken pflegte. Janis war Davids Heldin. Mommy sang ihm Texte von Janis vor, damit er besser einschlafen konnte oder wenn er traurig war oder sich wehgetan hatte oder weinte. *Little Piece of My Heart*, leise, langsam und wunderschön (wundaschööön, hatte David gesagt, als er vier gewesen war, und dabei Mommys Gesicht mit seinen Fingern berührt).

Er hatte Janis sogar noch lieber als *Yellow Submarine* oder *Jeremiah Was A Bullfrog* (das er gerne sang, so laut er konnte, weil es Mommy aus irgendeinem Grund zum Kichern brachte, und abgesehen davon – was war überhaupt ein Bullfrog?).

Manchmal, in den kalten Monaten (wie diesem), legte Mommy Janis auf, und dann wickelten sie sich gemeinsam in Decken und saßen auf dem möbellosen Fußboden und lauschten den Songs. Mommy rauchte dabei und summte und schaukelte ihn, bis er in ihren Armen eingeschlafen war.

Als David älter war, hatte er häufig eine Vision von sich im *Damals*, schlafend, der Kopf in Mommys Armen nach hinten gefallen, umhüllt vom Gefühl vollkommener Sicherheit. Er sehnte sich nach jenem vergangenen Augenblick – wegen dieser Sicherheit. Alles bei Mommy bedeutete Sicherheit.

Der Boden in der Küche bestand aus gesprungenem Linoleum, im Wohnzimmer aus ramponierten Dielen. Beides hielt zwar die Kälte nicht ab, aber David schlief immer warm. Dafür sorgte Mommy. Manchmal aßen sie zum Frühstück, zu Mittag und zu Abend bloß Lyoner und Käse, aber sie versäumten nie eine Mahlzeit, dafür sorgte Mommy.

Irgendwie hatte er das alles Kein-Geld zu verdanken; deshalb war David nicht allzu böse auf Kein-Geld. Sie hatten Janis, sie hatten die Beatles, sie hatten Dylan, sie hatten zu essen und sie hatten einander. Er lachte viel. Er schlief tief und gut und war nie müde. Es fehlte ihm an nichts.

Inzwischen war wieder Weihnachtszeit, und Mommy hatte diesen *Ausdruck* im Gesicht. Sie machte sich Sorgen. Wahrscheinlich wieder wegen Kein-Geld. Sie trank ihren Kaffee und rauchte eine Zigarette, während David einen heißen Kakao hinunterstürzte. Es war kalt im Haus; sie konnten sehen, wie ihr Atem kondensierte. Unter dem Tisch summte ein Heizlüfter und wärmte Füße, die in zwei Paar Socken steckten. Mommys Blick schweifte in weite Fernen. Es gefiel David nicht, wenn sie so ruhig war.

»Was ist, Mommy?«

Sie zuckte zusammen. Ihre braunen Augen klärten sich. Der erste Blick, der David traf, war ein bisschen vorwurfsvoll, aber das war wegen dem Erschrecken. Bald wurde ihr Blick wieder weich, und sie setzte das *Lächeln* auf.

»Nichts, Süßer, gar nichts. Ich wünschte nur, wir hätten ein bisschen mehr Geld für Weihnachten. Ich würde dir gerne ein paar Geschenke kaufen.«

Er suchte nach Worten, um sie zu trösten.

»Vielleicht bringt mir der Weihnachtsmann eins?«

Sie lächelte und stellte ihre Tasse auf den Tisch. Der Tisch war klapprig und wacklig und aus dunklem Pinienholz und zerkratzt bis zum Gehtnichtmehr. Aber das war okay so. Der Tisch trug das Essen, und das war schließlich alles, was er tun sollte.

»Vielleicht, Honey. Hast du Lust, den Schmuck für den Baum zu basteln?«

»Au ja!«

Es war in Wirklichkeit gar kein richtiger Baum. Es war ein *Zweig* von einem Baum, den ein mitfühlender Nachbar Mommy gegeben hatte. Er war geformt wie ein Strichmännchen ohne Beine, die Arme zu beiden Seiten ausgestreckt und den Kopf in der Mitte. Er sah aus, als würde er zu einer Umarmung auffordern. Jede Spitze war besetzt mit Büscheln von Tannennadeln. Mommy hatte einen Milchkarton gefunden, hatte ihn mit Steinen gefüllt und den Zweig mit dem unteren Ende hineingesteckt, sodass er aufrecht blieb. Er stand auf dem zerschrammten Boden gleich neben der Wohnungstür.

Mr. Muncie, der Vermieter, hatte den Weihnachtsbaum gesehen und spöttisch das Gesicht verzogen. »Raffinierter weißer Abschaum«, hatte er mit seiner vom Whisky rauen Stimme geschnaubt und dabei mit seinem vom Whisky geröteten Gesicht dreingeschaut wie der Beelzebub für ungezogene Kinder, als Mommy ihm das Geld für die Miete in die Hand gezählt hatte. David hatte ihr angesehen, dass sie böse war. Mr. Muncie war ein A-Loch. David wusste das, weil er es Mommy mal hatte sagen hören. Er war nicht sicher, was ein A-Loch war, doch irgendwie erschien es ihm klüger, nicht danach zu fragen.

»Was wollen wir hören?«, fragte Mommy jetzt.

»Abbey Road!«

»Gute Wahl.«

Sie suchte die Platte und legte sie auf. David hörte das Knistern und Knacken und das leise *Pop*, als die Nadel die Rille fand. Einen Moment später ertönte *Abbey Road* aus dem kleinen Lautsprecher. Janis war zwar seine Lieblingssängerin, aber *Come Together* war sein absolutes Lieblingslied. *Feet down be-low his knees*. Diese erhabene Feststellung des Offensichtlichen ließ ihn jedes Mal aufs Neue albern kichern. In seinen Augen war es schlichtweg genial.

»Du schneidest die Zeitungen, Honey, und ich schneide die Eierbecher aus den Eierkartons.«

»Okay, Mommy.«

Linda hatte während der letzten Tage einen kleinen Stapel Zeitungen gesammelt. David griff sich das Papier und eine Schere und setzte sich neben dem Plattenspieler auf den Boden.

»Ist dir kalt?«, fragte Mommy.

»Nein, alles prima.«

Er bot ein Bild der Konzentration, als er mit herausgestreckter Zunge die Zeitung in kurze, schmale Streifen zerschnitt, was ungefähr zehn Minuten in Anspruch nahm. *Maxwell's Silver*

*Hammer* endete und *Oh, Darling* fing bereits an, als er den Packen Papierstreifen nahm und zu seiner Mutter an den Tisch brachte.

»Gute Arbeit, Honey«, sagte Mommy und schenkte ihm ihr Lächeln. Er strahlte. »Und jetzt machen wir kleine Kringel daraus.«

Wollte man die Zeitungsstreifen zu Kringeln formen, musste man einen Stift nehmen und sie fest darumwickeln. Nach dem Abrollen blieben die Kringel. Linda und David verbrachten weitere zehn Minuten damit. Als sie fertig waren, war *She's So Heavy* fast zu Ende.

»Jetzt stechen wir die Büroklammern durch ein Ende und hängen sie daran auf«, sagte Linda.

Sie hatte die Eierbecher aus dem Boden eines Eierkartons ausgeschnitten, sodass jeder einzelne zu einer Glocke aus Pappmaché wurde, wenn man ihn umdrehte – insgesamt zwölf, doch sie würden nur sieben davon benutzen. Linda nahm eine Handvoll Büroklammern und machte sich daran, den Draht gerade zu biegen, sodass am Ende kleine Haken blieben.

»Dreh die Platte um, Baby«, murmelte sie, als der letzte Song geendet hatte.

David legte die B-Seite auf und wartete, bis er die ersten Klänge von *Here Comes The Sun* hörte.

Linda war unterdessen fertig mit dem Biegen der Büroklammern. Nun begann sie, die Enden durch die Glocken aus Eierkarton zu stechen. Wenn eine Glocke fertig war, legte sie diese vor David auf den Tisch, und der Junge befestigte die gekringelten Papierstreifen am Haken im Innern der Glocke. Das Ergebnis war ein handgefertigter Christbaumschmuck, der mit der Glockenöffnung und den Papierstreifen darin nach unten am Baum befestigt wurde.

Als Linda mit dem Durchstechen der Kartons fertig war, half sie ihrem Sohn mit den Streifen. Sie redeten nicht viel, konzentrierten sich stattdessen auf ihre Arbeit. *Polythene Pam* ging über in *She Came Through The Bathroom Window*, gefolgt von *Golden Slumbers*.

Sie wurden fertig, als *The End* ausklang.

»Gutes Timing, Baby«, sagte Linda. »Und gute Arbeit.«

»Darf ich sie in den Baum hängen?«

»Na klar. Aber leg zuerst eine neue Platte auf, okay? Was sagst du zu Janis?«

David beobachtete, wie Mommy sich eine neue Zigarette anzündete, und für einen Moment schien die Zeit in ihrer kalten Wohnung stehen zu bleiben. In späteren Jahren würde er immer wieder versuchen, sich diese Sekunde zu erklären. Es war eine Kombination verschiedener Dinge, die in einem einzigen Augenblick aufrichtiger, ehrlicher, überwältigender Emotion zusammenkamen. David war nie so recht glücklich mit seinen Bemühungen, diesen Augenblick zu definieren. Letzten Endes gab er sich damit zufrieden, ihn folgendermaßen zu beschreiben:

*Ich war überwältigt. Das ist das einzige und beste Wort dafür. Überwältigt von meiner Liebe zu ihr. Sie füllte mein Herz bis zum Überlaufen, und dann ergoss sie sich in meine Seele und noch weiter, ich weiß nicht, wohin. Ich erinnere mich undeutlich und bruchstückhaft, wie ich dachte, dass sie die schönste Frau auf Erden sei, und unglaublich klug, vor allem aber wusste ich mit absoluter und alles überstrahlender Gewissheit, dass meine Mutter mich über alles liebte.*

»Leg Dylan auf, Mommy.«

Sie legte den Kopf schief und sah ihn an. »Ich dachte, du magst ihn nicht besonders?«

Er antwortete nicht. Stattdessen legte er *Freewheelin'* auf den Plattenteller, senkte den Tonarm und wartete, bis die ersten Klänge von *Blowin in the Wind* einsetzten. Er spitzte die Ohren, und beinahe, beinahe hätte er es ebenfalls gespürt in jenem Augenblick – die Schönheit von Nur-Bob und seiner unschönen Stimme und seiner Gitarre und Sonst-Nichts. Es hatte etwas radikal Ehrliches.

David drehte sich zu Mommy und lächelte. »Ich hab dich lieb, Mommy. Frohe Weihnachten.«

David hatte ein Lächeln, das bis aufs Haar so gewinnend und überwältigend sein konnte wie das seiner Mutter. Nur wusste er das nicht; deshalb war er verwundert und ein bisschen bestürzt, als er den Schimmer in ihren Augen sah. Linda wusste sehr genau, wie ihre Tränen David bekümmerten, also überdeckte sie ihre Rührung mit einem Zug an ihrer Filterlosen und einem Schluck von ihrem heißen schwarzen Kaffee. Beides ließ ihre Augen wieder trocknen.

»Frohe Weihnachten, David.«

Er hängte den selbstgemachten Weihnachtsschmuck an den falschen Baum und war glücklich.

\*\*\*

Als er mit dem Schmücken fertig war, hatte Dylan aufgehört zu singen. Linda nahm zwei Gläser vom Ablauf neben dem Spülbecken und einen kleinen Karton Eierlikör aus dem Kühlschrank. Sie hatte eine Decke vor dem Heizlüfter ausgebreitet, und nun setzte sie sich mit untergeschlagenen Beinen darauf.

»Ist jetzt die Zeit für Eierlikör, Mommy?«, fragte David.

Mommy antwortete nicht sogleich. Stattdessen liebkoste sie ihn mit Blicken, und ihr Herz schaukelte sanft. David lächelte sie an, und Linda kam nicht zum ersten Mal der Gedanke, dass ein solches Lächeln das unwiderstehlichste Argument zu leben war, das sie finden konnte. David nutzte jede Faser seines Körpers, um dieses Lächeln zu befeuern. Es war eine Batterie aus reiner Freude.

»Jepp. Dreh das Licht runter, Honey. Wir wollen so tun, als wäre der Heizlüfter unser Lagerfeuer.«

»Oh, ja, klasse«, sagte David.

Linda sah ihm hinterher, als er auf seinen weißen Socken durch den Raum schlurfte, und spürte einmal mehr, wie ihr das

Herz aufging. Er war so klein und zerbrechlich und diese Welt so rau ... und er war zugleich das wundervollste Wesen ebendieser Welt. Jedes Mal, wenn sie ihn ansah, fühlte sie sich in wenigstens zehn verschiedene emotionale Richtungen gleichzeitig gezogen, erfüllt von Liebe, Kraft, Angst, Wildheit.

*Du bist die größte Herausforderung in meinem Leben*, dachte sie, während sie beobachtete, wie David sich auf die Zehenspitzen stellte, um an den Schalter heranzukommen. *Das ist meine Angst, Honey – ich mag bei allen möglichen Dingen versagen, aber ich kann nicht als deine Mutter versagen und mir hinterher noch in die Augen sehen.*

David legte den Schalter um, und im Zimmer wurde es dunkel. Er kam zurück, und auf seinem Gesicht stand jener Ausdruck, der Linda verriet, dass er ein bisschen zu ernsthaft nachdachte für einen Jungen in seinem Alter. Nicht dass er unglücklich gewesen wäre oder introvertiert – es war eher so, wie es mal einer ihrer früheren Kollegen auf der Arbeit ausgedrückt hatte. *Der Junge kann gehen und Kaugummi kauen zur gleichen Zeit.* David dachte manchmal einfach nur deshalb über die Dinge nach, weil er schlau genug dafür war und die Gelegenheit dazu hatte.

*Er wird intelligenter als du*, sagte die Stimme der Wahrheit in ihr. Sie war weder zu laut noch zu leise, diese Stimme, weder billigend noch tadelnd. Die Stimme der Wahrheit richtete nicht über Gut oder Böse, richtig oder falsch, sondern schilderte die ungeschönte Realität. Die Fähigkeit zu akzeptieren, was die Stimme ihr sagte, war Lindas größte Stärke.

Diese spezielle Wahrheit (und sie war unbestreitbar, das sah Linda so klar und deutlich wie den bevorstehenden Tag) war eine Ermahnung, die sie mit wildem, brennendem Stolz erfüllte. Es war ein Gefühl, dass sie am liebsten durch die Stadt gerannt wäre und allen entgegengeschrien hätte: *Er ist mein Sohn, und er ist etwas Besonderes! Habt ihr gehört? Er ist etwas ganz* Besonderes*!*

Genau das hatte sie einmal getan – in einem Traum. Ihre Rufe und ihr Laufen hatten sie schließlich zu einer gesichtslosen weiblichen Figur aus Luft und Glas geführt. Linda hatte vor ihr gestanden, hatte geblinzelt, hatte nach irgendeinem Merkmal gesucht, um der Gestalt eine unverwechselbare Identität zu geben, hatte aber nichts finden können.

*Ich habe einen Sohn, Mutter,* hatte sie in ihrem Traum gedacht, an die Gestalt gewandt (weil sie nie ihre eigene Stimme zu ihrer Mutter hatte sprechen hören und keine Vorstellung hatte, wie so eine Stimme klang). *Ich habe einen Sohn, und er ist etwas Besonderes, hörst du? Ich selbst mag nichts Besonderes sein, aber er ist es.*

*Ich weiß nicht, ob es für dich eine gute Nachricht ist, weil du mich geliebt hast, oder eine schlechte, weil du mich gehasst hast, aber es ist die Wahrheit, und ich dachte, du solltest es erfahren.*

Die gläserne Gestalt hatte geschwiegen und sich nicht gerührt, bis Linda aufgewacht war.

Doch in den Stolz auf ihren Sohn mischte sich Furcht. *Werde ich ihn eines Tages langweilen? Weil ich zu dumm bin und er so klug? Werde ich vielleicht sogar peinlich für ihn sein? Wird meine Herkunft zu deutlich durchschimmern, und werden seine Anrufe und seine Besuche zu Hause seltener und seltener?*

Oder jener geheimste, beschämendste Gedanke von allen: *Wird er mich bemitleiden?*

»Eierlikör, Mommy.«

David kletterte in seinen »Mommy-Raum«, wie Linda ihn bei sich nannte: Hintern am Boden, Hacken angezogen, Steißbein an jenem Ort, dem er entschlüpft war, Hinterkopf an ihren Brüsten und die Rundung seines Rückens an jener Kurve, die Mutter Natur und die Liebe aus der Weichheit ihres Leibes für ihn geschaffen hatten.

Erschauernd spürte sie, wie jenes unglaubliche, unbeschreibliche Gefühl sie durchströmte, das Zentrum des Universums ihres Kindes zu sein, und sie ließ zu, dass es ihre Ängste davonspülte. Bald schon würde er seinem Mommy-Raum entwachsen sein, in mehr als einer Hinsicht – doch *bald* war nicht *heute.* Heute und jetzt wollte er Eierlikör.

*Oh. Wow. Mann. Das war echt harter Zen-Stoff, okay*, dachte Linda. Dann kicherte sie und klang – selbst in ihren Ohren – wieder wie das Mädchen, das noch immer den größten Teil von ihr ausmachte.

Das war eine weitere der Wahrheiten, die ihre innere Stimme nicht müde wurde zu betonen. *In Wirklichkeit bist du noch gar nicht erwachsen.*

Es war nie mehr als ein leiser, geflüsterter Gedanke, der sie zögern ließ, und sie musste sich jedes Mal zusammenreißen, um nicht mit einem schuldbewussten Ausdruck um sich zu blicken.

*Das siehst du doch selbst, oder? Du hast diesen lebendigen kleinen Kerl, der nur dich als Stütze hat und glaubt, du hättest die ganze Welt erschaffen, eine Welt, die vollkommen sicher ist, und dass du die Antworten auf schlichtweg alles weißt. Dabei bist du selbst noch keine richtige Erwachsene. Du bist bloß ein Waisenkind, das es irgendwie geschafft hat, schwanger und Witwe zugleich zu werden. Ich an deiner Stelle würde mir vor Angst in die Hose scheißen.*

*Mission erfüllt*, dachte sie zur Antwort und kicherte leise.

»Warum kicherst du, Mommy?«, fragte David.

»Nichts. Komm, Honey, ich geb dir einen Schluck Eierlikör.«

Linda hatte den Heizlüfter mitten ins Zimmer gestellt, und er brummte und glomm und wärmte sie beide, während sie aus den Bechern tranken. Linda hatte Davids Sparschwein geplündert, um den Eierlikör zu kaufen; beim Hineinschieben des neuen Schuldscheins war ihr aufgefallen, dass der Schein vom vergangenen Weihnachtsfest noch im Sparschwein lag. Aus irgendeinem Grund hatte sie das zum Lächeln gebracht, anstatt sie traurig zu stimmen. Manche Dinge waren verzeihlich in dem rauen, chaotischen Getümmel, das sich Leben nannte.

Linda war schon seit so langer Zeit entwurzelt, dass sie sich an dieses Gefühl gewöhnt hatte wie an eine zweite Haut. Wenn man keine Familie hatte, gab es auch keine Familientraditionen. Man lernte den Augenblick so zu genießen, wie er war, und zu essen, was einem vorgesetzt wurde. Doch am ersten Weihnachtsfest nach Davids Geburt war ihr ein zaghaft erhebender Gedanke gekommen: *Du bist jetzt die Wurzel von jemand anderem.*

Er hatte sie beinahe überwältigt. Sie hatte David in den Armen gehalten, hatte ihn sanft gewiegt, während sie aus dem Fenster geschaut und beobachtet hatte, wie der Tag verging und die Nacht heraufzog. Es war kalt gewesen, doch sie hatten nicht gefroren. Sie hatte den Atem ihres Babys kaum wahrnehmbar am Hals gespürt: Er ging im Takt eines unregelmäßigen Metronoms, das nur einem anderen lebenden Wesen gehören konnte. Diesmal war der Gedanke zurückgekehrt, ausgesprochen von ihrer inneren Stimme.

*Ich habe einen Stammbaum begründet. In hundert Jahren von heute an können meine Urenkel zurückblicken und mich als den Punkt ausmachen, an dem alles begann.*

Linda erinnerte sich, dass sie errötet war angesichts der Kühnheit dieses Gedankens und wie ihre Wangen gebrannt hatten. Doch das Erröten hatte weniger Macht über jene, die schon einmal ein Kind geboren hatten. Und der Gedanke verlor nichts von seiner Kraft; er blieb beharrlich. Sie schaute auf David hinunter, den Mund offen vor Staunen. Es war, als hätte sie in diesem Moment erkannt, dass die Schlüssel zum Paradies, die sie immer begehrt hatte, hier vor ihr lagen, in ihrer Küchenschublade.

Von diesem Augenblick an war dies der alles beherrschende Sinn ihres Lebens geworden, die treibende Kraft ihrer Existenz. Linda würde ihre Familie gründen. Sie und Thomas würden die Wurzeln eines neuen Stammbaums sein, und es würde keine Rolle mehr spielen, dass sie beide Waisenkinder gewesen waren und ungebildet und nicht allzu viel wert. Es würde keine Rolle spielen, dass Thomas losgezogen und in einem Krieg gestorben war, der seinen Tod so gesichtslos machte wie sein Leben. Es zählte nur, dass sie beide mutig genug gewesen waren, einen Versuch zu wagen, und dass aus dem Schmutz ihrer eigenen Existenz ein besseres Leben erwuchs.

Linda war nicht imstande gewesen, das alles in Worte zu fassen, nicht einmal in Gedanken. Sie wusste, dass es mit Würde und Selbstachtung zu tun hatte und mit einer Chance, ein bisschen Stolz aus einem Leben zu gewinnen, das sonst so bedeutungslos geblieben wäre wie ein Stein. Das genügte ihr. Es war mehr als genug. Ein unmöglicher Traum, der Wirklichkeit geworden war.

Eierlikör war die erste Tradition, die Linda für ihre neue Familie erschaffen hatte, und sie ließ sie niemals aus, kein einziges Mal. Nicht einmal, wenn sie dafür Davids Sparschwein plündern musste, und auch dann nicht, wenn sie ihm das Geld niemals zurückzahlen konnte.

Linda zog ihren Sohn fest an sich, während Janis *Summertime* kreischte. Sie liebkoste seinen Hinterkopf mit den Lippen.

»Du hast gesagt, am Lagerfeuer muss man Geschichten erzählen«, sagte David, wobei er den Hals verrenkte, um sie anzuschauen. »Stimmt's, Mommy?«

»Nun ja, es ist eine Tradition, Liebling. Und was sagen wir über Traditionen?«

»Sie machen uns ein... einig...«

»Einzigartig, Baby.« Linda lächelte. »Es bedeutet, dass man ohnegleichen ist.«

David runzelte die Stirn. »Ich denke, wir sind auch so ohnegleichen, Mommy.«

*Er ist klüger als du*, intonierte die innere Stimme. Linda seufzte in behaglicher Resignation.

»Welche Geschichte möchtest du gerne hören, Liebling?«, fragte sie.

David entspannte sich und ließ den Kopf wieder gegen ihre Brust sinken. »Erzähl mir die Geschichte über meinen Daddy.«

Sie schloss die Augen und lächelte. »Das ist auch eine von meinen Lieblingsgeschichten.«

David hatte sie bereits unzählige Male gehört, aber irgendwie wurde er sie niemals müde. Vielleicht, weil die Erinnerungen seiner Mutter alles waren, was er von seinem Vater hatte. Die Erinnerungen und ein kleines Foto von einem achtzehnjährigen

Jungen, zu blond und babygesichtig, um als ernsthafter Kandidat für das Prädikat »Mann« zu gelten.

»Dein Daddy und ich, wir haben uns im Waisenhaus kennengelernt, erinnerst du dich?«

»Ja.«

»Wir waren sechzehn, als wir uns zum ersten Mal begegnet sind. Ich war seit einem Jahr dort, als dein Daddy auftauchte. Er war ein dünner Hering, so wie du, mit blondem Haar, klein, aber *wow* – er hatte eine umwerfende Ausstrahlung.«

»Er hatte eine Narbe an der Schulter.«

»Du hast ein gutes Gedächtnis. Ja. Er hatte eine Narbe an der Schulter.« Linda lächelte in der Erinnerung. »Es war 1966, aber dein Daddy hatte mit den Hippies nichts am Hut. Er rieb sich das Haar mit Pomade ein und kämmte es zurück, und er trug ein weißes T-Shirt mit einem Päckchen Lucky Strikes im Ärmel. Das T-Shirt steckte in einer Jeans, und dazu trug er abgewetzte Cowboystiefel, mindestens zwei Nummern zu groß für ihn und total ausgelatscht. Aber sie stammten von deinem Großvater, deswegen wollte dein Daddy keine anderen Schuhe haben.«

»Und das Kreuz. Stimmt's, Mommy?«

»Stimmt. Ein wunderschönes silbernes Kreuz, das seiner Mommy gehört hatte. Er trug es um den Hals. Am ersten Tag im Waisenhaus versuchten zwei der größeren Jungs, ihm das Kreuz wegzunehmen. Sie schlugen ihn windelweich, aber er wehrte sich aus Leibeskräften, und sie bekamen es nicht. Sie hätten ihn umbringen müssen, um das Kreuz zu bekommen.«

Sie berührte das Kreuz, das die Army ihr geschickt hatte, zusammen mit seinen restlichen Habseligkeiten. Die Stiefel waren verschwunden. Die Hundemarke hatte sie in einer von Wut befeuerten Nacht in den Müll geworfen. Das Kreuz aber hatte sie behalten. Zu manchen Zeiten hätte sie das wenige Geld gut gebrauchen können, das sie beim Pfandleiher dafür bekommen hätte, doch sie würde eher ihren eigenen Körper verkaufen als dieses Kreuz. Das Kreuz, das Foto, die mit einem Kaffeekranz verzierte Plattenhülle von *Freewheelin'* und ihr Sohn waren alles, was Linda von ihrem Mann geblieben war. Es waren seine Spuren auf dem Antlitz der Erde.

»Dein Daddy und ich waren so gegensätzlich, wie man nur sein kann, Honey, aber manchmal – meistens sogar – ziehen Gegensätze sich an. Ich war traurig, er war wütend, und wir fanden einander.«

Sie erzählte die Geschichte in einfachen Begriffen. Es war besser, in breiten Pinselstrichen zu malen, wenn man mit einem Sechsjährigen redete. Die Wahrheit war einfach, aber sie schlummerte unter Schichten voller Erinnerungen, die übereinander lagen und sich vermischten wie die Blätter im Herbst, die auf die Erde des Sommers fielen und noch an die Wärme der Sonne erinnerten, während der Boden sich bereit machte, unter einer Decke aus Schnee zu schlafen.

Thomas Rhodes, Davids Vater, war ein halsstarriger Kerl von unnachgiebiger Härte gewesen, doch wenn er Linda berührt hatte, dann immer sanft wie der Wind. Sie hatte ihn niemals weinen sehen, doch er liebte das Lachen, und er konnte sich in aller Ausführlichkeit artikulieren. Er hatte die klarsten blauen Augen, die Linda je gesehen hatte, und was sie betraf, war es Liebe auf den ersten Blick gewesen.

»Daddy hat Elvis gemocht, stimmt's, Mommy?«

Sie lächelte. Da war sie, eine weitere dieser dünnen Schichten. »Daddy mochte Elvis, Mommy mochte Dylan, und wir liebten einander genug, um unsere Musik zu teilen. Dein Daddy konnte gut mit Worten umgehen, und ihm gefiel Dylans Poesie. Deine Mommy tanzt gerne, und deswegen fand ich Elvis gar nicht schlecht, weißt du? Wir tanzten zu Elvis und küssten uns zu Dylan. Es funktionierte prächtig.«

Noch mehr unausgesprochene Worte. Tanzten zu Elvis und küssten uns zu Dylan – die Wahrheit, aber nicht die ganze Wahrheit. Thomas hatte ihr den Plattenspieler, auf dem sie jetzt mit ihrem Sohn Musik hörte, zum Geburtstag geschenkt. Mit siebzehn waren sie beide aus dem Waisenhaus abgehauen. Man hatte nicht allzu angestrengt nach ihnen gesucht – schließlich waren beide fast volljährig gewesen, und Jungen wie Thomas wurden fast täglich nach Vietnam verschifft, und deshalb …

Er war mit dem Plattenspieler und einer einzigen Platte aufgetaucht: *The Freewheelin' Bob Dylan.*

»Ich konnte dir keinen Kuchen besorgen«, hatte er gesagt. »Aber das hier sollte wohl reichen, stimmt's?«

Es war eine unglaubliche Untertreibung gewesen. Sie hatte gekreischt wie ein junges Mädchen (das sie damals war), hatte ihn umarmt und geküsst, und er hatte zufrieden gelacht und ihr einen Schmatz auf die Stirn gedrückt. Das war noch so eine Sache, die sie an Thomas geliebt hatte – seine Lippen. *Wow.* Sie konnten so sanft küssen, konnten stumm »Ich liebe dich« sagen, konnten sie heiß machen, wenn sie nackt war und dabei immer noch »Ich liebe dich« sagen, wenn auch auf eine andere, rauere Art. Seine Lippen konnten ihr eine Gänsehaut einjagen.

Der billige Plattenspieler wurde zu einem Zentrum der Glückseligkeit in ihrem Leben. Die Sommer in Texas waren glühend heiß, und einer der seltenen kalten Winter konnte Schnee und Eis bringen. Sie beide waren so arm, wie nur junge Leute es sein konnten, aber sie hatten die Musik, und sie hatten einander.

In den kalten Monaten liebten sie sich in Pullovern, unter der Decke, begleitet von Dylan. Im Sommer tanzten sie nackt zu Elvis. Sie liebten sich auf den Laken in diesen schwülen Nächten, verschwitzt, noch bevor sie angefangen hatten. Aus irgendeinem Grund waren diese sommerlichen Liebesnächte begleitet von Lachen. Und hinterher schlief Linda regelmäßig ein, während sie dem Gesang der Grillen lauschte.

»Erzähl mir, wie ihr mich gemacht habt, Mommy.«

Sie lächelte und küsste ihn auf den Kopf. Der Heizlüfter summte.

»Es war im Sommer. Es war ein furchtbar heißer Tag. Dein Daddy und ich wären vor Hitze fast gestorben. Wir hatten überlegt, nach Barton Springs zum Schwimmen zu fahren, aber es war einfach zu heiß, verstehst du?«

David verstand sehr gut. An manchen Tagen war es besser, sich nicht zu bewegen.

»Ich zog trotzdem meinen Badeanzug über. Dein Daddy hatte nur drei Dinge an. Das Kreuz um den Hals, eine Unterhose und …«

»… diese verdammten Cowboystiefel!«, krähte David voller Entzücken, wobei er den Satz für sie beendete.

»Genau. Ich sagte ihm, er wäre verrückt und dass seine Füße ohne die Stiefel viel kühler wären. Er erwiderte, es wäre so heiß, dass wir vielleicht sterben müssten, und er wollte in seinen Stiefeln sterben, so wie ein Cowboy.«

»Aber ihr habt Glück gehabt, Mommy, nicht? Es fing an zu regnen.«

»Genau.«

Es hatte nicht einfach angefangen zu regnen. Der Himmel war förmlich explodiert vor Wasser. Gott hatte mächtig Druck auf der Blase gehabt, wie sie als Kinder zu sagen pflegten. Unwetter in Texas eben. Im einen Moment war der Himmel noch wolkenlos, und es war heißer als im Arsch des Teufels, und kaum hatte man zweimal geblinzelt, schüttete es in donnernden Strömen, manchmal so schlimm, dass man keinen Meter weit sehen konnte. Autos hielten am Straßenrand, weil das Wasser so hoch stand, dass man unmöglich fahren konnte.

Linda und Thomas hatten auf der Matratze gelegen. Die Haustür hatte offen gestanden, die Fliegentür war geschlossen gewesen, damit ein bisschen Wind durch die Wohnung gehen konnte. Es war heiß gewesen, schwül und *still*. Selbst den Grillen schien es zu heiß gewesen zu sein.

Thomas hatte seine enge weiße Unterhose getragen und diese infernalischen Cowboystiefel. Linda hatte ihren grünen Bikini angehabt, den mit den hässlichen Blumen darauf. Sie hatten an die Decke gestarrt, nicht ganz unglücklich, und versucht, sich

33

nicht zu rühren, um die unheilige Hitze irgendwie zu überstehen.

Das war der Moment gewesen, als es gekracht hatte. Ein gewaltiger Donnerschlag, und beide waren zusammengezuckt. Dann war Wind aufgekommen. Alles war ein bisschen dunkler geworden, als die Wolken heranzogen, und Augenblicke später hatte der Regen eingesetzt.

»Gott sei Dank!«, hatte Thomas gejauchzt, war aufgesprungen und zur Tür geschlurft, um einen Blick nach draußen zu werfen.

Linda hatte sich auf den Bauch gedreht, um ihm hinterher zu schauen – und in diesem Moment stockte ihr der Atem. Es war einer jener Augenblicke gewesen, die man nie vergisst, ein Geschenk Gottes vielleicht, der wahrscheinlich gewusst hatte, dass er ihr Thomas schon bald wieder nehmen würde. Vielleicht hatte Gott ihr etwas geben wollen, an das sie sich immer erinnern konnte. Ein Bild, zu einzigartig, um jemand anderem zu gehören.

Was Linda sah, war dies: Thomas, der im Eingang stand. Er lehnte mit dem erhobenen linken Unterarm am Türrahmen. Sein Körper war entspannt, auf eine Weise, die feminin und maskulin zugleich wirkte. Sein rechter Arm hing locker herab, und sein Rücken war noch nass vor Schweiß. Die Cowboystiefel saßen viel zu weit an seinen dünnen, haarigen Unterschenkeln. Seine Brust war nahezu haarlos, und er hatte ein Gesicht wie ein Baby, doch von der Taille an abwärts war er ein Bär. Draußen vor der Fliegentür prasselte der Regen herunter, als wäre das Ende der Welt gekommen. Und dann kam der Wind, den Linda so herbeigesehnt hatte. Sie spürte, wie sich auf ihren Armen eine Gänsehaut bildete.

Und Thomas stand da, gerade mal achtzehn Jahre alt, und sein Anblick hatte ihr den Atem verschlagen. An diesem Tag sah sie zum ersten Mal den Mann, der aus ihm werden würde. Nicht der größte, aber auch nicht der kleinste. Nicht ausgesprochen muskulös, eher drahtig, aber kräftig. Kein attraktives Gesicht, aber nett oder besser: niedlich. Unvollkommen vollkommen, und er gehörte ihr, und er würde aufrichtig sein und ehrlich und sie lieben bis ans Ende seiner Tage.

»Komm her, Dummerchen«, hatte sie gesagt. »Bevor du die Nachbarn erschreckst.«

Er hatte den Kopf nach ihr umgedreht und sie angelächelt. Dann war er zu ihr gekommen, mit schlurfenden Stiefeln, und das Bild des Mannes war verflogen, vertrieben vom Albernen, Lächerlichen. Linda hatte kichern müssen. Thomas war stehen geblieben und hatte in gespielter Empörung die Stirn gerunzelt, während er sich breitbeinig, die Fäuste in die Hüften gestemmt, vor ihr aufgebaut hatte.

»Worüber lachst du jetzt schon wieder?«

Natürlich hatte er genau gewusst, was so lustig war, und aus irgendeinem Grund brachte seine Bemerkung Linda dazu, noch alberner zu kichern. Er schüttelte drohend den Finger.

»Wag es ja nicht, Missy, niemals, unter gar keinen Umständen, über die Stiefel eines Mannes zu lachen. Ist das klar? Weißt du das denn nicht?«

Ein Donnerschlag rollte durch die Straße – Gott als Stichwortgeber, vermutlich –, und Linda verlor völlig die Kontrolle über sich und japste nach Luft, während ihr Ehemann befremdet auf sie hinunterstarrte.

»Aufhören!«, bettelte sie und wischte sich die Tränen aus den Augen. »Hör auf, sonst mach ich mir in die Hose!«

Er hatte sich grinsend neben ihr auf die Matratze fallen lassen.

»Wir sollten jetzt das Gras rauchen«, hatte er vorgeschlagen. »Der Regen vertreibt den Geruch schnell wieder. Was meinst du?«

Sie hatte gegrinst. »Hört sich gut an. Aber zuerst brauche ich einen Kaffee.«

Sie liebte Kaffee zum Marihuana. Warum, wusste sie nicht.

Thomas hatte den Kaffee gekocht und ihr einen Becher

gebracht. Sie trank vorsichtig, während er den Joint drehte. Es war kein besonders guter Shit gewesen (sie konnten sich nichts Besseres leisten), doch es hatte zum Tag gepasst. Es war ein Samstag, und die höllische Hitze war reinigendem Regen und angenehmer Kühle gewichen. Wenn es so stark regnete, entstand eine Atmosphäre der Abgeschiedenheit und Intimität, und so hatten sie beide das Gefühl gehabt, die einzigen Menschen auf der Welt zu sein.

Thomas hatte den Joint angesteckt, tief inhaliert und dann an Linda weitergereicht, und auch sie hatte einen tiefen Zug genommen. Von dem beißenden Rauch hatte sie husten müssen. Thomas zog ihr den Joint aus den Fingern, während sie um Luft rang.

»Vorsichtig, Miss Leichtgewicht«, hatte er sie geneckt.

Linda hatte ihm hustend auf den Arm geboxt. Dann war eine angenehme Leichtigkeit über sie gekommen.

Gras machte sie immer scharf. Sie hatte ihm einen erwartungsvollen, leicht hungrigen Blick zugeworfen, der ihm völlig entgangen war. Sie hatte gewusst, was unter den engen weißen Unterhosen lockte, und sie hatte es gewollt. Sofort. Sie war aufgesprungen und hatte den Bikini mit zwei raschen Bewegungen abgestreift. »Tad*aaah!*«, hatte sie gerufen und dann wieder gekichert. Und Thomas hatte ihr hinterher gegafft, als sie zum Plattenspieler getanzt war, um *Freewheelin'* aufzulegen.

Sie hatte sich zu ihm umgewandt, noch nicht ganz Frau in den Augen der Welt, doch mehr als genug Frau für Thomas. In gewisser Hinsicht fast schon zu viel.

»Zieh deine Stiefel aus, Cowboy«, hatte sie gegurrt. »Entweder sie oder ich.«

Er hatte die Stiefel in einer schnellen Bewegung in eine Ecke getreten. Dann hatte er da gesessen, stiefellos, und sie mit einer Mischung aus Lust und Liebe angestarrt, die ihr Herz schneller schlagen ließ, noch während das Marihuana mehr und mehr ihren Verstand benebelte.

»Verdammich«, hatte er heiser geflüstert. »Weißt du eigentlich, wie schön du bist, Linda?«

Von einer Sekunde zur anderen war sie wieder schüchtern gewesen, war von Kopf bis Fuß errötet. Sie hatte die Plattenhülle noch in der Hand gehalten und benutzte sie nun, um ihre Blöße zu bedecken, als sie zum Bett zurückhuschte.

»Nein, setz dich noch nicht«, hatte er gesagt. »Ich möchte dich noch länger angucken.«

»Thomas …«

»Bitte, Honey. Ich möchte dich so in Erinnerung behalten.«

Sie war so unsicher und nervös gewesen wie noch nie im Leben, doch nach einem Blick in seine Augen war alles verflogen. Es waren wieder die Augen eines Mannes, und sie versprachen Sicherheit. Sicherheit bis ans Ende seiner Tage.

Linda hatte das Album fallen lassen und sich hingestellt, wie er es gewollt hatte. Sie war immer noch schüchtern, doch sie hatte keine Angst mehr. Er streckte die Hand aus und streichelte ihre linke Hüfte. Ja, sie erinnerte sich ganz deutlich daran. Manchmal, in den einsamsten Nächten, konnte sie die Berührung beinahe spüren.

»Komm her«, hatte er geflüstert.

Linda konnte sich später nicht erinnern, wie der Kaffeebecher auf dem Album gelandet war. Sie hatten sich bei offener Tür geliebt, nur geschützt durch den Regen. Sie hatte das Marihuana in seinem Atem gerochen, ein schwacher Duft wie von einem exotischen Parfum. Draußen heulte der Wind, während drinnen Dylan von einem Traum gesungen hatte, von einer Zugfahrt nach Westen und von Tagen, die nie wiederkehren würden. Das Einzige, woran Linda sich sonst noch deutlich erinnerte, war die Gemüsesuppe, die sie an jenem Abend gegessen hatten.

Ziemlich genau neun Monate später war David zur Welt gekommen, und drei Monate nach Davids Geburt war Thomas in Vietnam gefallen.

Das alles erzählte sie David natürlich nicht. Stattdessen bekam er die kurze, freundliche Version zu hören: »Der Regen kam, Honey, und hat dich mitgebracht.« Sie küsste ihn auf den Kopf. »So. Und jetzt lass uns schlafen gehen. Morgen gibt's Geschenke und Pfannkuchen und einen Film.«

David antwortete nicht. Er kuschelte sich noch enger an sie und beobachtete die in der Dunkelheit rot glühenden Metallfäden des Heizlüfters.

Die Welt war sicher, und er wurde geliebt, und das war alles, was er sich wünschte.

\*\*\*

Der Weihnachtsmorgen im Internationalen Pfannkuchenhaus war wie immer seinen himmlischen Versprechungen gerecht geworden. Sie waren gleich nach dem Auspacken der Geschenke hingegangen (David hatte eine Pistole und eine Rolle Zündplättchen bekommen, was er mit großen Augen und einem jauchzenden »Wie cool ist das denn!« quittierte) und hatten magenerweiternde Mengen von Waffeln mit unterschiedlich aromatisiertem Sirup und Schlagsahne vertilgt. Es war eine Weihnachtstradition und eine der wenigen Gelegenheiten, bei denen *Kein-Geld* ein verbotenes Wort war.

»Mund auf, kauen, schlucken. Achtung, Magen …«

»Hier kommt die Ladung!«, hatte David voller Begeisterung den Satz beendet.

Sie waren zu Fuß gegangen (das Restaurant war nur zehn Minuten von ihrem Zuhause entfernt). Die Temperaturen bewegten sich knapp über dem Gefrierpunkt, doch es ging kein Wind; deshalb war es einigermaßen erträglich. In der Nacht hatte es gefroren, und die Bürgersteige waren glatt, auch wenn das in Central Texas nicht lange so blieb: Dies war das Land der Hitze und der unerträglichen Schwüle. Der Winter kam nur, weil er eine Jahreszeit war, aber er konnte sich selten festsetzen, schon gar nicht hier in Austin.

Hinterher waren sie zum Kino gegangen. Sie wollten sich *Blazing Saddles – Der wilde Wilde Westen* ansehen, von dem Mommy gesagt hatte, es wäre eine Mischung aus Western und Comedy. David konnte sich nichts darunter vorstellen, war aber fasziniert.

»Wie geht es dir, Baby? Fühlst du dich gut?«

»Ganz toll, Mommy.«

»Waren die Waffeln okay?«

»Super!«

»Bereit für den Film?«

Er wollte gerade antworten und hatte den Mund bereits geöffnet, doch plötzlich, ganz plötzlich hielt Mommys Hand die seine nicht mehr. Er spürte einen Windstoß und hörte ein schreckliches (*schreckliches*) fleischiges Geräusch zusammen mit einem hohen Quietschen. Es war die Art von Quietschen, wie ein Luftballon sie erzeugt, wenn man die Luft aus dem zusammengepressten Mundstück entweichen lässt. Etwas Nasses landete spritzend auf seiner Wange. Er hörte das Knirschen von berstendem Glas und einen dumpfen Schlag. Dann war nur noch Stille.

Der Augenblick der Stille dehnte sich, bis er sämtliche stillen winterlichen Augenblicke der letzten hundert Jahre umfasste. Die Sonne schien unverändert weiter, doch ihr Licht war sinnlos und vergeudet, weil alles schlief.

Sie waren auf dem Bürgersteig gegangen, in der gleichen Richtung, in die der Verkehr strömte. Mommy ging immer auf der rechten Seite und hielt Davids rechte Hand in ihrer linken, sodass sie näher am Bordstein war als er. David tastete nach Mommys Hand und berührte Metall. Verwirrt drehte er den Kopf und sah, dass er den rechten vorderen Kotflügel eines grünen 72er Cadillac DeVille Coupé berührte. Der Scheinwerfer war gesprungen, der Kotflügel verbeult (aber nicht allzu sehr). Auf der Stoßstange war Blut. Es tropfte auf den Bürgersteig. Die Vorderreifen standen ebenfalls auf dem Gehsteig, und da stand nun auch der Wagen mit rumpelndem, heißem Motor.

David hatte den Augenblick Millionen Male durchlebt. Er

hatte ihn analysiert wie jemand, der einen Filmstreifen kontrolliert, Bild für Bild. Irgendwann wurde ihm klar, dass er es irgendwie gewusst hatte, gleich in dem Moment, als der Wagen seine Mutter gerammt hatte. Jeder benommene Augenblick, der danach kam, war ein vergeblicher Versuch, es *ungeschehen* zu machen, es *nicht zu wissen*. Sie nicht sterben zu lassen.

David starrte auf seine Hand am Kotflügel. Sie war seine ganze Welt. So sehr, dass er nicht eine Sekunde daran dachte, einen Blick auf den Fahrer zu werfen. Dann heulte der Motor auf, und der Wagen schoss ein Stück zurück. Er stoppte (schaukelte, rumpelte dabei, wie David sich deutlich erinnerte), beschleunigte mit kreischenden Reifen und war verschwunden. David sah ihm hinterher, bis er in der Ferne verschwand, die Hand immer noch in der Luft, genau an der Stelle, wo er den Kotflügel berührt hatte.

Die Stille kehrte zurück, der Moment dehnte sich.

David drehte sich um.

»Mommy?«, fragte er zaghaft.

Das Blut auf dem Bürgersteig, jene purpurne Flüssigkeit, die von der Stoßstange getropft war, fiel ihm ins Auge. Es sah aus wie der nach Kirschen schmeckende süße Sirup, in dem er seine Waffeln vor nicht einmal einer halben Stunde ertränkt hatte. Kirsch war immer sein Lieblingssirup gewesen, doch nach diesem Tag nie wieder.

Dann endlich sah er sie, und der lautlose Moment dauerte noch eine Sekunde länger – wie ein Wassertropfen, der sich anschickt, von einem Hahn zu fallen. Sie lag fast drei Meter weiter, auf dem Rücken. Die Schuhe waren ihr von den Füßen gerissen worden. Ihr rechter Arm lag unter ihr, grotesk verdreht. Ihr linker Arm war am Ellbogen in rechtem Winkel weggebogen. Sie hatte eine Jeans getragen; der Aufprall hatte die Hosenbeine unterhalb der Knie zerfetzt. Ihr Kopf war zur Seite gedreht, sodass die Wange auf dem kalten, nassen Pflaster lag. Ihre Augen waren geöffnet, so viel konnte David sehen. Sie atmete noch, doch es war ein unregelmäßiges, rasselndes Geräusch, das nicht mehr von selbst kam, sondern mühsam und von Willenskraft gesteuert.

Der Moment endete, und die Stille mit ihm.

»*Mommy!*«, kreischte er.

Er rannte zu ihr, so schnell, dass er das Gleichgewicht verlor, der Länge nach hinschlug und sich die Hände aufschrammte, doch er sprang sofort wieder auf und lief weiter. Er wusste nicht, dass er sie nicht bewegen, nicht einmal berühren sollte, er wusste nur, dass er sie irgendwie in die Arme nehmen musste, sonst wäre alles verloren, alles, alles.

»Mommy!«, kreischte er noch einmal.

Er wand sie in seine Arme (*winden* war das richtige Wort, das einzig passende Wort – in seinen späteren Jahren, als er Schriftsteller geworden war, hatte er diese Wahrheit längst verinnerlicht, eine Art Naturgesetz – dass es manchmal tatsächlich nur ein einziges Wort für etwas gab, egal was es war). Der grausig verdrehte Arm lag noch immer unter ihrem Rücken, doch jetzt ruhte ihr Kopf in seinem Schoß. Sie weinte. Keine dünnen, schnellen Tränen, sondern fette, langsame, die die Kehle füllten und Rotz in die Nase brachten. Die Tränen vermischten sich mit dem Blut, das schäumend aus ihrem Mund troff, während sie diese furchtbaren, schnaufenden Atemzüge tat. Doch vor allem anderen, klar und deutlich, würde er sich immer an den fehlenden Schneidezahn erinnern. Irgendwie hatte sie bei dem Aufprall einen Schneidezahn verloren. Wo der Zahn hätte sein sollen, war nur noch ein Loch.

»B-b-baby«, schnaufte sie. Es klang, als würde Luft aus einem Reifen entweichen.

Sie sah ganz komisch aus. Ihre Hüften waren zu flach, und eine Seite ihrer Brust war eingesunken. Und überall war Blut, so viel Blut …

»Mommy?«

Es war zu einer Frage geworden, jetzt schon. Irgendetwas in ihm *wusste*.

41

»Honey ...« Einatmen, ausatmen. »Estutmirsoleid ...« Einatmen, schnaufend, rasselnd, ausatmen. »Nicht nicht nicht ...« Einatmen, mühsamer jetzt, ausatmen. »Soleidsoleid ... ich wollte nicht ...«

Einatmen.

Lindas letzter Gedanke: *Wer wird sich jetzt um meinen wundervollen Stammbaum kümmern?*

Danach: nichts mehr außer dem grauen Winterhimmel in ihren Augen. David sah das Grau kommen, sah, wie sie ging. Spürte, wie er selbst davonflog.

*Mommy starb an jenem Tag,* würde er später schreiben. *Sie starb, und sie nahm die Sechzigerjahre und meine Unschuld mit. Ich habe seit damals nie wieder Dylan gehört. Scheiß auf ihn und seine hoffnungsvolle Poesie. So ist die Welt nicht, Bob. Du solltest dich schämen, dass du versuchst, uns etwas anderes weiszumachen.*

Aber das war es nicht, was er damals dachte. Weil das Leben so nicht funktioniert. Im wirklichen Leben finden dich die schlechten Nachrichten (die wirklich schlechten) auf der Toilette, mit heruntergelassenen Hosen, oder mitten in einem Lacher über einen guten Witz. Sie kommen wie ein Vorschlaghammer, und sie hinterlassen Zusammenhanglosigkeit. Wenn sich ein Gedanke formt, ist er ein großer, gestrandeter schwarzer Wal aus Schmerz und Kummer, und solche Gedanken sind wie dazu geschaffen, zu Geistern zu werden, die einen heimsuchen.

Der Gedanke, der in David aufstieg, nahm ihm alle Sicherheit.

*Nie wieder werde ich so sehr zu jemand gehören wie zu Mommy gestern Nacht vor dem Heizlüfter.*

Als sie schließlich kamen, um ihn von ihr wegzuziehen, wand er sich und kreischte und zappelte und biss einen der Sanitäter in die Hand. Sie gingen trotzdem sanft mit ihm um. Er schrie, tobte und verdrehte die Augen in den Höhlen wie jemand, der den Verstand verloren hatte. Sie ließen ihn toben, ohne böse zu werden, und redeten beruhigend auf ihn ein, während sie seinen

Schlägen und Tritten auswichen. Mancher Wahnsinn ist universal. Jeder Mensch weiß tief im Innern, dass es einen Kummer gibt, der zu groß ist, zu überwältigend, um ihn ertragen zu können.

Irgendwann erlahmten seine Kräfte. Er richtete den Blick zum grauen Himmel und schrie wie besessen »Mommy! Mommy! Mommy!«, wieder und immer wieder, mit weißen Augen, bis er heiser war. Er hielt inne, um Luft zu schöpfen, und sein Blick fiel erneut auf ihre leeren Augen. Alle Kraft und aller Zorn wichen aus ihm, und er sank in die Knie.

Mit unendlicher Zärtlichkeit beugte er sich zu ihr hinunter und küsste ihre Stirn mit papiertrockenen Lippen. Dann warf er den letzten, allerletzten Blick seines Lebens auf sie. »Ich hab dich so lieb«, flüsterte er mit berstender Stimme.

Dann legte er den Kopf an ihre Brust, und um ihn her versank alles in gnädiger Dunkelheit.

# ZWEITER TEIL

# RISSE UND SPRÜNGE

*Nach einer scheinbaren Ewigkeit, in der sie durch die Gegend gefahren worden war, hatten die beiden Männer sie aus der Kiste steigen lassen und ihr befohlen, sich auszuziehen. Sie war verängstigt und gedemütigt, aber die Männer hatten sie nicht angefasst. Sie hatten ihr befohlen, sich auf einen kalten Tisch aus Metall zu legen, und sie hatte eine Gänsehaut bekommen, die nicht mehr weggegangen war.*

*Eine weitere Person war zugegen, eine Frau. Sie war ebenfalls nackt, und auch sie lag auf einem Tisch, aber sie rührte sich nicht.*

*War sie tot?*

*Nein. Ihr Brustkorb hob und senkte sich.*

*Eine Tür ging auf, und ein dritter Mann gesellte sich zu den ersten beiden. Er trug eine Strumpfmaske wie die anderen.*

*Sie sagte sich, dass dies ein gutes Zeichen sei. Wenn die Männer nicht wollten, dass sie ihre Gesichter sah, hatten sie wahrscheinlich nicht vor, sie umzubringen.*

*Oder?*

*Sie erschauerte auf dem kalten Metall und biss die Zähne aufeinander, damit sie nicht klapperten.*

*Mein Gott, sie hatte Angst. Bis heute hatte sie gar nicht gewusst, was Angst war.*

*Einer der Männer baute irgendetwas auf. Ein Stativ? Ja, es war ein Stativ. Und auf dem Stativ war eine Videokamera. Der Mann richtete die Kamera auf sie.*

*Warum? Was wollten sie filmen?*

*Zum ersten Mal sprach der dritte Mann.*

»*Sind wir so weit?*«

»*Jawohl, Sir.*«

*Er nickte.* »*Fangen wir an.*«

### KAPITEL 2 *Charlie*
*Irgendwo in Kambodscha*
*Vier Tage vor dem ersten großen Beben*

*Lauf, kleiner Engel*, dachte Charlie. *Du bist draußen. Komm schon, dreh dich um und lauf los. Lauf, irgendwohin, wo die Monster dich nicht finden.*

Leichter gesagt als getan, das wusste er selbst. Wohin sollte das kleine Mädchen rennen? Und wichtiger noch, zu wem? Charlie war ziemlich sicher, dass sie ganz allein war auf der Welt. Kein Erwachsener, der für sie da gewesen wäre, weder jetzt noch in der Vergangenheit. Das Mädchen wusste, wie man überlebte; es kannte Schlaf und Angst und Hunger und das bodenlos tiefe Loch. Doch Charlie bezweifelte, dass es so etwas wie Liebe kannte.

Eine warme Brise kam auf, wehte vorüber, verging. Die Welt drehte sich weiter, gleichgültig, lieblos. Oder vielleicht auch zu verdammt beschäftigt damit, Berge wachsen zu lassen und das viele Wasser in den Weltmeeren zu bewegen, als dass sie Zeit gefunden hätte, Notiz zu nehmen von diesem kleinen Mädchen an einem schrecklich falschen Ort.

Charlie aber nahm Notiz. Das war der Grund für sein Hiersein. Sobald Charlie sich sicher fühlte und der Zeitpunkt gekommen war, würde er aus seinem klapprigen Pick-up klettern und in dieses Haus gehen, und dann würde er verdammt noch mal jeden abschlachten, der verantwortlich dafür war, dass das Leben des kleinen Mädchens ein trostloser schwarzer Fleck aus leerem Elend war.

Bei diesem Gedanken erlaubte er sich ein Lächeln. *Siehst du? An manchen Tagen zahlt es sich eben doch aus, dass man aufwacht.*

Charlie spannte die Füße an, dann die Unterschenkel, die Oberschenkel, Gesäß, Bauch, Brust, Arme. Er dehnte die Finger, ließ Handgelenke und Hals kreisen und nickte schließlich zufrieden. Er war bereit. Wachsam, aber entspannt. Erwartungsvoll, aber nicht tollkühn.

»Bereit zu töten, aber nicht bereit zu sterben«, murmelte er vor sich hin.

Seine Kleidung war mit Sorgfalt ausgewählt. Er trug Bluejeans, die an der Taille eng geschnitten waren (und deshalb seine Waffe besser hielten) und weit an den Beinen (und so die Bewegung nicht behinderten). Dazu billige weiße Tennisschuhe mit flachen, biegsamen Sohlen. Ein blaues Anzughemd, das seine besten Tage hinter sich hatte, hing lose und aufgeknöpft über einem T-Shirt, das nie wieder weiß werden würde. Das Hemd war zu weit, aber die Falten waren hilfreich, wenn es darum ging, Waffen am Körper zu verbergen. Abgesehen davon war es einfach nur albern, seine besten Sachen anzuziehen, wenn man loszog, um andere zu töten.

Das letzte Kleidungsstück war eine schwarze Baseballkappe, auf die in goldenen Lettern das Logo einer kambodschanischen Brauerei aufgestickt war. Charlie hatte die Kappe tief in die Stirn gezogen, weniger um sein Gesicht unsichtbar zu machen, sondern seine Augen. Er hatte früh und auf die harte Tour herausgefunden, dass es schwierig war, jenes letzte Aufblitzen in den Augen zu verbergen, mit dem man verriet, dass man im Begriff stand, jemanden zu töten. Und wenn eine Zielperson schnell war, konnte schon ein winziger Augenblick verdammt viel ausmachen. Zum Beispiel über die Frage entscheiden, ob man lebte oder starb. Charlie hatte eine alte Schussverletzung in der Seite, die ihn beständig daran erinnerte.

Wenn es um das Töten geht, überlass nichts dem Zufall, lau-

tete die wichtigste Maxime, die Charlie in Fleisch und Blut übergegangen war.

»Einen anderen Menschen zu töten …«, hatte Gunnery Sergeant Moore mit seiner unverwechselbaren Drillstimme vor
vielen Jahren gebrüllt. »Einen anderen Menschen zu töten wird
euch verdammt zu schaffen machen. Aber von einem anderen
Menschen getötet zu werden ist verdammt noch mal viel schlimmer!«

Es war vollkommen logisch in Charlies Augen. Er hatte ein
Talent für tödliche Transaktionen, so wie andere Leute begabte
Mechaniker waren oder gut im Kopfrechnen. Wenn die Entschei-
dung getroffen werden musste, hatte er nie ein Problem damit.
Das war auch der Grund, weshalb er die freundliche Obhut von
Gunnery Sergeant Moore bald hinter sich gelassen und sich in
die Gesellschaft sehr viel stillerer (und wesentlich gefährlicherer)
Special Ops mit ihrem beinharten Pragmatismus begeben hatte.

Der Ausbilder dieser Elitesoldaten – vom Rang her kein Gunnery Sergeant, aber durch und durch beseelt von dem gleichen
Sadismus – hatte Charlie und seine Killerkollegen mit krassen
Worten begrüßt: »Ihr seid hier, weil es Leute gibt, die ein Talent
zum Töten haben, und euch, meine Süßen, hat man als solche
Leute identifiziert. Möge Gott euch helfen – allerdings würde ich
nicht darauf vertrauen.«

Charlies Blick ging zur Seite, zu der jungen asiatischen Frau,
die gleich neben ihm saß. Sie beobachtete das Mädchen ebenfalls.
Ihre Ruhe war geradezu übernatürlich.

*Sie ist eiskalt. Richtig eiskalt.*

Sein Blick kehrte zu dem Mädchen zurück, während er sich
fragte, wie es sich entscheiden würde.

Charlie schätzte, dass es zehn oder elf Jahre alt war, aber
das war schwer zu sagen bei asiatischen Kindern. Es trug einen
schmuddeligen, kurzärmeligen blauen Pullover aus Baumwolle
mit dunkelrotem Blumenmuster. Die Blumen waren so verblasst,
dass sie beinahe durchsichtig wirkten. Seine Hose war weiß und

zerrissen – offensichtlich von einem älteren Kind weitergegeben – und sah aus, als wäre sie am Fluss an einem Stein gescheuert worden in dem Versuch, sie wieder sauber zu bekommen. Charlie musste an kleine Mädchenhosen denken, die tropfend zum Trocknen in der Dunkelheit hingen, während die Mädchen selbst in ihren Bettchen lagen und unruhig schliefen.

Die Füße der Kleinen waren nackt und schmutzig. Charlie wusste, dass sie möglicherweise in ihrem ganzen Leben noch keine Schuhe getragen hatte. Ihr Alltag an diesem traurigen Ort drehte sich um nacktes Überleben, und Schuhe waren dazu nun mal nicht erforderlich. Aus irgendeinem Grund machte ihm das mehr zu schaffen als alles andere. Kinder sollten Schuhe haben, selbst wenn sie keine Mütter mehr hatten.

*Aber die Haare. Wenigstens das war ein gutes Zeichen.*

Trotz all dem Schmutz und Elend waren die Haare des Mädchens sauber und glatt, schulterlang und wunderschön. Die grelle Sonne ließ das Schwarz schimmern wie einen Spiegel aus Seide. Vielleicht halfen ihre Schwestern ihr dabei, ihr Haar in der Dunkelheit zu waschen und zu bürsten.

*– Bilder in seinem Kopf, schnell und flüchtig: Shorts von kleinen Mädchen, immer nass, niemals sauber. Schwarzer Kamm, schwarzes Haar, schwarzes Leben –*

Charlie kniff sich heftig ins Ohrläppchen. Es war ein Trick, den er vor langer Zeit gelernt hatte. Eine Methode, um mit zu viel Denken und zu wenig Handeln fertig zu werden. Denken führte ihn selten an schöne Orte, und von diesen Orten kam man dann nicht so leicht wieder weg. Beim Handeln war es zwar nicht anders, aber hinterher, wenn alles wieder ruhig war, konnte man von dort verschwinden. Am wohlsten fühlte Charlie sich in Bewegung, wenn er die Dinge erledigte, die zu erledigen waren.

Und warum auch nicht? Das war sein Metier. Wenn es um das Erledigen von Dingen ging, war Charlie Carter genau der richtige Mann. Charlie war Mr. Action in Person. Ob gut oder böse oder irgendwo dazwischen – er erledigte jeden Job. Und das alte Sprichwort über den Tanz mit dem Teufel traf den Nagel auf den Kopf, wie er im Lauf der Jahre herausgefunden hatte. Der Teufel tanzte *verdammt* gut. Der Trick bestand darin, nicht aufzuhören.

Charlie konnte die Angst und die Unsicherheit in den Augen des Mädchens erkennen, als sein Blick zwischen dem wolkenlosen blauen Himmel und dem schattigen, dunklen Eingang des Kinderbordells hin und her zuckte.

Er nahm sich einen Moment Zeit, um das Gebäude selbst zu begutachten. Es war schwer zu glauben, dass ein derartiger Sündenpfuhl, eine solche Hölle auf Erden so unscheinbar aussehen konnte. Kein Zerberus, kein »*Die ihr hier eintretet, lasst alle Hoffnung fahren*« über der Tür – man musste nichts weiter tun, als den Fuß über die Schwelle dieser Hütte der Verdammten zu setzen und weitergehen. Charlie nahm an, dass es immer so war, was die Verdammnis anging. Die Menschen neigten dazu, sich selbst abwärts zu bewegen, und es gab nicht viel, das sie aufhalten konnte, wenn sie erst den Entschluss gefasst hatten, die Reise anzutreten.

Das Gebäude bestand aus Holz und Wellblech. Das Innere war ein fensterloses Loch aus Dreck und Sperrholzböden. Charlie wusste von der Aufklärung, dass Stehlampen und nackte Glühbirnen an den Decken für die Beleuchtung sorgten. Die zum Schneiden dicke, heiße Luft war erfüllt vom Duft nach Reis und dem kambodschanischen Äquivalent von Dim Sum, das hier Num Pa-oo hieß, sowie anderen, schwächeren Gerüchen: feuchte Erde, trockener Schweiß, Alkohol. Und noch schwächer, kaum wahrnehmbar: ein Hauch von Kanalisation, Latex, Sex.

Die Zimmer waren winzig – sie dienten nur einem einzigen Zweck. Jedes verfügte über ein Bett, im Allgemeinen bestehend aus einer großen, durchgelegenen Matratze und alten Decken oder einem Laken. Manchmal hatte die Matratze einen Rahmen, meistens aber lag sie auf dem Boden. Es gab keine Gleichförmigkeit in diesem Bordell, weil es nicht wichtig war – Sex mit Kindern war eine nüchterne Aktivität, so paradox sich das anhören mochte. Dunkelheit und eine ebene Oberfläche waren alles, was es brauchte. Die sabbernde Geilheit auf das dargebotene Produkt kümmerte sich um alles Weitere.

Das Mädchen hatte sich immer noch nicht gerührt.

*Los doch, Kleine! Du kannst es schaffen!*

Das Mädchen starrte auf den Eingang, während es die kleinen Hände zu Fäusten ballte und wieder öffnete. Ballte und öffnete. Charlie konnte ihre Sehnsucht sehen, und es schmerzte ihn beinahe körperlich. Er griff nach seiner Waffe hinten im Hosenbund, und es beruhigte ihn ein wenig, den kühlen Griff zu berühren.

Zahlen gingen ihm durch den Kopf. Statistiken. Ein Kind, das mit sieben Jahren an ein Bordell verkauft wurde, konnte mit mehr als zehntausend Männern Sex haben, bis es fünfzehn war. Viele waren mit HIV infiziert, bevor sie in die Pubertät kamen. Jungfrauen brachten die höchsten Preise. Weiter und weiter, eine Litanei des Undenkbaren, Unfassbaren, Grotesken.

*Zehn. Ich wette, sie ist zehn.*

Wieder drehte das Mädchen den Kopf und sah zum Himmel hinauf, der immer noch blau und wolkenlos war. Sein Blick sagte, dass es nicht hierher gehörte, aber hergehören *wollte*, mehr als alles auf der Welt. Die Sonne war da und brannte mit milder Hitze, weder gleichgültig noch tröstend. Die Luft war erfüllt vom Summen der Insekten. Überall wimmelte es von Leben. Es feierte sich selbst, und wie es schien, nahm das Mädchen dies alles in sich auf. Es schloss die Augen, und seine Nasenflügel blähten sich, als es einen tiefen Atemzug nahm. Es lächelte nicht, kein einziges Mal, was Charlie noch mehr bekümmerte als seine fehlenden Schuhe. Es hielt den Atem an, als wäre es Gold in seinem Lungen anstatt klarer Luft; dann wandte es sich um. Und indem es seinen Schatz auf seinen kleinen, ewig schmutzigen Füßen mitnahm, verschwand es wieder im Bordell.

»Manche Menschen sind nicht dazu geschaffen, die überwältigende Schönheit des Lebens zu erfahren«, murmelte die junge Asiatin, die gleich neben Charlie saß.

»Schließt diese poetische Aussage uns beide mit ein?«, entgegnete er grinsend.

Sein Witz ging ins Leere – nicht weiter erstaunlich. Der eigenartige Blick, mit dem die junge Frau ihn bedachte, war ihm längst vertraut: gelassen, forschend und – kalt.

Ihr Name war Phuong. Vietnamesisch für »Phönix«. Sie hatten diesen Namen selbst ausgesucht. Vorher war sie immer nur »Mädchen« gerufen worden, bis sie von Charlie und seinen Leuten aus ihrer persönlichen Hölle gerettet worden war. Charlie gefiel der Name. Phönix. Eine passende Wahl, fand er.

Phuong war irgendwo Anfang zwanzig; so genau wusste das niemand, nicht einmal sie selbst. Ihr Körper war schlank und athletisch, ihr Gesicht eher schlicht, und ihre Wangen waren narbig von der Akne ihrer Teenagerjahre. Sie besaß vollkommene, perlmutterne Zähne, die mangels Lächeln zumeist verborgen blieben. Ihr Haar reichte ihr bis zur Taille, wenn sie es einmal offen trug, was nur sehr selten vorkam. Zurzeit hatte sie ihr Haar hochgebunden und festgesteckt in Erwartung des bevorstehenden Gemetzels.

»Vielleicht«, räumte sie schließlich ein. »Aber wir können diese Schönheit wenigstens erfassen. Die da drinnen können es nicht.« Sie zögerte, dachte nach. »Vielleicht eines Tages. Ja, eines Tages vielleicht. Oder auch nicht. Die Zeit wird es zeigen.«

Phuong war fünfzehn oder sechzehn gewesen, als man sie in Saigon aus einem Bordell geholt hatte. Solange sie sich zurückerinnern konnte, war sie in diesem Puff gewesen. Alles, was man einem menschlichen Wesen antun konnte, hatte man ihr angetan.

»Wirklich? Siehst du *so* das Leben?« Die Frage war Charlie herausgerutscht. Er hatte sie nicht stellen wollen – sie war ihm einfach über die Lippen gekommen, wie eine Menge anderer Bemerkungen auch.

Phuong kniff zornig die Augen zusammen. »Ja. Ich meine,

was ich gesagt habe. Und ich sage, was ich meine. Hast du das immer noch nicht begriffen?«

»Sorry. Entschuldige. Du hast recht. Ich weiß es. Einhundert Prozent.«

Die Phrase stammte aus *Horton hört ein Hu!* Die ersten englischen Bücher, die Phuong lesen gelernt hatte, waren die Geschichten von Dr. Seuss gewesen; mit ihren Reimen und dem ganzen Unsinn und dem herzlichen Unterton hatten sie das Mädchen fasziniert. Nun schleppte sie die Bücher überall mit hin und las sie immer wieder. Manchmal, in der Nacht, flüsterte sie die Dialoge auswendig vor sich hin, bis sie eingeschlummert war. Phuong liebte die Bücher, weil sie in ihren Augen der erste Beweis für eine neue Art von Freiheit gewesen waren, eine Freiheit, die man ihr nicht wieder nehmen konnte. Sie liebte diese Bücher, und gelegentlich zitierte sie daraus, wenn sie sich unterhielt.

Charlie gefiel die Vorstellung, dass Phuong vielleicht doch noch nicht ganz kaputt und verloren war. Es machte ihm Hoffnung für das kleine Mädchen, das sie soeben unschlüssig vor der Tür des Bordells hatten stehen sehen. Vielleicht sogar Hoffnung für ihn selbst. Ein sehr dünnes Vielleicht, aber trotzdem ein Vielleicht.

»Die Zeit für das Töten ist da«, sagte Phuong.

Charlie stieß einen Seufzer aus. Hoffnung für Phuong war relativ.

»Die Erde ist hungrig«, pflichtete er ihr bei.

»Ich gehe von hinten rein und arbeite mich nach vorne. Du treibst die Kinder zu mir.«

»So ist der Plan, Stan.«

»Die Kreaturen sterben, ohne Ausnahme.«

Das war der Name, den Phuong den Pädophilen gegeben hatte. Kreaturen. Für Charlie war es ein Begriff wie jeder andere.

»Du musst das nicht immer wieder sagen, Phuong, weil es sich von selbst versteht.«

55

Sie bedachte ihn mit ihrem kältesten Blick, geformt aus unaussprechlichem Leid. »Für mich ist es aber *wichtig*. Und wir müssen sicher sein, was die wichtigen Dinge angeht. Ich meine, was ich sage, und ich sage, was ich meine.«

Er lenkte hastig ein. Keine Klugscheißereien mehr. »Hast ja recht, süßes Mädchen. Einhundert Prozent.«

So hatte er sie von Anfang an genannt. Süßes Mädchen. Der Himmel mochte wissen warum – sie war ein stilles, gefährlich aussehendes kleines Ding gewesen, doch irgendetwas an ihr hatte sein kaltes, kaputtes Herz gerührt, von dem Moment an, als er sie das erste Mal gesehen hatte.

Sie hatte ein Baumwollnachthemd getragen; Charlie erinnerte sich ganz deutlich an diesen traurigen Moment. Das Nachthemd war irgendwann mal weiß gewesen, doch als Charlie es zum ersten Mal gesehen hatte, war es grau gewesen, fadenscheinig und fleckig. Sie war von der Pritsche eines Trucks gesprungen, ohne Schuhe, so wie das kleine Mädchen, das sie vorhin beobachtet hatten, und zweifellos genauso entwurzelt und allein. Sie hatte Charlies Blick erwidert, und dann … etwas war passiert. Hell und golden, schrecklich und voller Hoffnung. Ein Bild war vor seinem geistigen Auge heraufgezogen, das Bild eines kleinen einsamen Mädchens, den Daumen im Mund, das sich an eine schmutzige Decke drückte statt an seine Mutter.

Er hatte einen ganzen Fluss dieser Kinder gesehen, einen endlosen Strom aus Kummer und Schmerz. Sie alle hatten sein Herz gerührt, doch es war eine Berührung aus der Ferne gewesen. Anders bei Phuong. Er hatte sich geschworen – an Ort und Stelle und aus Gründen, die er wahrscheinlich nie in Worte würde fassen können – sie bis ans Ende seiner Tage zu beschützen, koste es, was es wolle.

»Danke, Papa«, antwortete Phuong. Das Eis in ihren Augen schmolz ein wenig. Nicht viel, nur ein klein wenig.

Phuong war der verschlossenste Mensch, dem Charlie je begegnet war. Nur ein einziges Mal hatte er sie weinen sehen, alle Tränen, derer sie fähig war. Es waren stille Tränen gewesen, lautlose Tränen und lautlose Schreie, und er hatte ihr Gesicht an seine Brust gedrückt, hatte sie gehalten und ihr Sicherheit gegeben, während sie ihm das Geschenk ihres Vertrauens machte. Es hatte fast eine Stunde gedauert. Nie hatte Charlie jemandem davon erzählt. Es blieb ihrer beider Geheimnis.

Drei Tage später hatte sie angefangen, ihn »Papa« zu nennen. Es dauerte über ein Jahr, bis er nicht mehr jedes Mal wie ein Irrer grinsen oder die aufwallenden Tränen zurückhalten musste, wenn er dieses Wort hörte. Phuong war seine einzige Schwäche. Mehr noch als David oder Ally, und das sagte eine Menge.

»Mach keine Dummheiten da drin, hörst du? Ich jag dich durch das ganze Jenseits, wenn du mir stirbst.«

»Ja, Papa.«

Wenigstens gab sie ihm diesmal keine dumme Antwort.

Charlie öffnete die Tür und trat hinaus auf die staubige Straße. Er betrachtete sein Spiegelbild in der Scheibe des Wagens und nickte zufrieden. Er sah aus wie ein ganz normaler amerikanischer Perverser mittleren Alters, wie ein ganz gewöhnlicher weißer Vorstadtbewohner. Das erstaunte Charlie bei diesen Kinderfickern am meisten: ihre Normalität. Klar, es gab eine Reihe rattengesichtiger Fagins, die buchstäblich aus Dickens' Geschichte entsprungen zu sein schienen, aber sie waren eher die Ausnahme als die Regel. Es gab genauso viele ledige Pädophile, wie es verheiratete gab, und nicht wenige hatten selbst Kinder. Sie konnten verabscheuungswürdige Kriminelle sein oder fromme Priester, und die Altersspanne reichte von achtzehn bis achtzig. Selbst ihr Verhalten gegenüber den Kindern unterschied sich drastisch. Manche genossen ihre Macht und waren brutale Hurensöhne, während andere sich beinahe gütig gaben.

Charlie war das alles scheißegal. Anzug oder Talar, Ehemann oder Zuhälter – wer Kinder vögelte, war ein Ungeheuer, und Ungeheuer mussten ausgerottet werden. Er kannte sich aus mit Monstern; er wusste genau, wie sie sich versteckten und unschuldig lächelten und mit der Masse verschmolzen. Das war auch der Grund dafür, dass Charlie sich an eine Unschuldstheorie hielt, wie die spanische Inquisition sie verbreitet hatte: Wenn du ihnen eine Kugel in den Balg jagst, und sie sterben, waren sie Teufel. Überleben sie, waren sie Engel.

Er überprüfte ein letztes Mal, ob das Hemd in seinem Rücken die Waffe ordentlich verdeckte, bevor er sich vom Wagen weg in Richtung Eingang entfernte.

Ein Mann ohne Hemd trat nach draußen, als Charlie sich näherte. Der Mann war barfuß und vielleicht fünfunddreißig Jahre alt, mit kurz geschnittenem dunklem Haar und einer hässlichen Narbe auf der linken Wange. Er war schmal und hager, doch Charlie ließ sich davon nicht täuschen. Dreißig Jahre und älter bedeuteten in diesem Teil Kambodschas – vor allem in dieser Branche –, dass der Typ ein harter Knochen war.

»Sie zurückgekommen«, sagte der Mann zu Charlie. Es war eine Feststellung.

»Ja.«

Der Zuhälter musterte Charlie einen Moment aus verschlagenen Augen, bevor er ein liebenswürdiges Lächeln aufsetzte und eine selbstgedrehte Zigarette hervorzog, die hinter seinem Ohr geklemmt hatte. »Gut, kein Problem«, sagte er, während er in seinen Taschen nach Feuer suchte. »Wir haben genug Baby-Engel. Sie schon gesehen.«

Charlie zückte sein eigenes Feuerzeug und gab dem Mann Feuer. Er rauchte selbst nur wenig, doch es half ihm, wenn sein Gegenüber rauchte. Die Hände waren beschäftigt, und der Betreffende war ein kleines bisschen abgelenkt.

»Wie war noch mal dein Name?«, fragte er den Zuhälter.

»San.«

»San. San der Mann.«

San grinste. »Das gut. San der Mann. Das gefällt San. Gefällt mir.« Er nahm einen tiefen Zug an seiner Zigarette und blies den Rauch aus. »Wird heißer Tag heute.«

Er schien es kein bisschen eilig zu haben, und Charlie spielte das Spiel mit. Er blinzelte zum Himmel hinauf und nickte. »Heißer als die Fotze einer Syphilishure.«

»Was bedeuten?«, fragte San. Charlie erklärte es ihm, und der Zuhälter gackerte fröhlich. »Das gut, Mann! Sehr gut! Wo du gelernt so schlimme Worte?«

»Bei den Marines. Jede Menge Stillstand und nichts zu tun außer Bier saufen und wichsen. Wir hatten Wetten laufen, wer die schlimmsten Sachen sagen konnte.«

Es waren nicht die Marines gewesen, und Bier hatte es ganz sicher nicht gegeben, doch der Rest entsprach einigermaßen der Wahrheit. Der Trick an einer guten, mühelos aufrechtzuerhaltenden Tarnung bestand darin, eine Scheinperson zu erschaffen, die nahe an die Wirklichkeit herankam. Jemand, der man nicht war, der man aber hätte sein können, unter den richtigen Umständen. Die Wahrheit dahinter war eine Kammer auf einem Dachboden und viel, viel Zeit, die Charlie, David und Allison damit verbracht hatten, die endlose Dunkelheit zu überwinden. David hatte den Wettstreit »Der schmutzigste Wichser der Welt« getauft (weil Allison nie mitgemacht hatte). Meistens hatte Charlie gewonnen. Er hatte schon immer Talent zum Fluchen gehabt. Es gab nicht viel, auf das er stolz war, aber darauf war er *verdammt* stolz.

San gackerte noch ein bisschen, dann schüttelte er den Kopf. »Sie bestimmt oft gewonnen, eh? Ja. Ich glauben.«

Charlie grinste. »Ich hab mich ganz gut geschlagen. Was ist mit dir, San der Mann? Wie lange arbeitest du schon hier?«

Der Zuhälter blies Rauch aus dem Mundwinkel und zuckte die Schultern. »Ich hergekommen mit acht Jahre.« Er grinste. »Früher ich selbst Baby-Engel. Sehr beliebt. Ich viel Geld gemacht.«

»Kein Scheiß.«

»Kein Scheiß.«

Charlie beobachtete, wie San seine Zigarette rauchte. Er starrte in die kalte Leere in den Augen des Kambodschaners. Sie waren so bar jeglicher Wärme wie der Raum zwischen den Sternen. Bloß Löcher in Sans Kopf, bodenlose schwarze Kavernen aus Stille, in denen es niemals Licht oder Lachen oder irgendetwas Gutes geben würde. Es war dieses Schwarz, das von innen nach außen wächst. Unheilbar und nicht aufzuhalten.

*Das ist zweifellos tragisch, aber es rettet dich nicht – du hast die Grenze überschritten, San. Es gibt kein Zurück von der anderen Seite.*

San zerrieb die aufgerauchte Zigarette zwischen den Fingern, und der Wind wehte Tabak und Papier davon. »Okay, Freund«, sagte er zu Charlie. »Wir suchen Baby-Engel für dich. Jetzt du bereit, eh?«

Charlie war erst drei Tage zuvor im Bordell gewesen, um die Gegebenheiten auszukundschaften. Er hatte den misstrauischen Freier gespielt, der alles zuerst sehen wollte, bevor er sich entschied. San hatte Charlies Geschichte ohne Murren geschluckt. Offenbar war diese Vorsicht bei seinen Kunden ziemlich weit verbreitet.

»Klar, nix Problem«, hatte er gesagt und eifrig genickt, genauso unendlich freundlich wie jetzt auch. »Ich zeigen Ihnen Baby-Engel, zeigen sicheres Etablissement. Sie keine Angst haben müssen. Sie nicht beraubt werden, nicht bestohlen, nix Ärger kriegen mit Polizei.«

»Freut mich, dass wir uns verstehen«, hatte Charlie gesagt.

»Jaaa, Freund. Verstehen. Weißer Mann nicht kambodschanisch, ja? Kann nicht untertauchen, ja?«

»Untertauchen. Genauso ist es. Man kann nicht vorsichtig genug sein«, hatte Charlie schulterzuckend erwidert. »Und ich bin nun mal ein vorsichtiger Bursche.«

Für einen Moment war die Liebenswürdigkeit des Zuhälters einem wissenden Grinsen gewichen. »Aaah, Freund. Sie harter Mann, ich sehen.«

»Hart genug«, hatte Charlie ihm beigepflichtet, wenn auch mit distanzierter Stimme. »Hör zu, ich weiß, was ich will, okay?

Es mag richtig sein oder nicht, das interessiert mich nicht. Ich tue es einfach, und ich habe aufgehört, mir deswegen Gedanken zu machen, klar? Ich hab keine Schuldgefühle und keine Angst. Aber ich sehe mir einen Laden immer zuerst an, bevor ich mein Geld hintrage.«

San hatte nichts dazu gesagt.

»Also. Heute kein Geld, okay? Ich bin hier, um mich zu überzeugen, dass du hast, was ich suche, und dass du mich nicht beklaust, abmurkst oder hinterher erpresst. Das ist alles. Wenn dir das nicht passt, kein Problem. Dann verpiss ich mich und such mir einen anderen Laden. Aber wenn mir gefällt, was ich sehe, komme ich wieder. Ich brauche, was ich brauche, und ich bezahle für meinen Spaß.« Und weil irgendwie Charlie gespürt hatte, dass es von ihm erwartet wurde, hatte er die Augen zusammengekniffen und sich zu dem Zuhälter vorgebeugt. »Versteh mich nicht falsch, Kumpel, aber ich will eins klarstellen. Ich bin keine Pussy, die sich beim ersten Anzeichen von Ärger die Hose vollscheißt, okay? Wenn ich kriege, was ich will, ist alles cool. Aber wenn du mich verarschen willst, kriegst du Probleme, und zwar reichlich.«

Nach diesen Worten war die Liebenswürdigkeit zurückgekehrt. Die Menschen waren am entspanntesten, wenn man sich so verhielt, wie man sich ihrer Meinung nach verhalten sollte, selbst wenn dies bedeutete, dass man sie nicht gerade freundlich anfasste. Berechenbarkeit wurde geschätzt, besonders in der Unterwelt. »Sicher, sicher«, hatte San erwidert und eifrig mit dem Kopf genickt. »Folgen Sie mir, sehen Sie selbst. Jede Menge prima Baby-Engel. Sie mögen Mädchen oder Jungs?«

»Beides«, hatte Charlie geantwortet. »Heute will ich Mädchen.«

»Okay, kein Problem. Wie alt?«

»Nicht älter als zehn. Nicht jünger als sieben.«

Sans breites Grinsen hatte nicht bis zu den Augen gereicht. Er hatte Charlie auf die Schulter geklopft. »Freund! Du kommen zu beste Laden. Wir viele Baby-Engel haben, genau wie du suchen. Komm sehen.«

Er war vorausgegangen, und Charlie war ihm aus dem Sonnenlicht in die düsteren Schatten gefolgt. Wie in den meisten Bordellen der Welt war das Innere ein Ort des Zwielichts, wo man sehen konnte, was man tat, während man es tat, und zugleich sein Tun vor sich selbst damit entschuldigen konnte, dass es sich irgendwie nicht echt anfühlte.

Die Mädchen hatten wartend im Flur auf schäbigen Sofas gesessen. Einige waren Teenager gewesen, die meisten viel jünger.

»Sehen?«, hatte San gefragt und im Dämmerlicht gegrinst. »Hier, ich schicken Baby-Engel nach dir.«

Er hatte den Zeigefinger gekrümmt, und die jüngeren Mädchen waren aufgesprungen und hatten sich um Charlie gedrängt, hatten an seinem Hemd und seiner Hose gezerrt und unablässig in Khmer und gebrochenem Englisch auf ihn eingeredet und die grausigsten Versprechungen gemacht. Es war unerträglich gewesen, und beinahe hätte Charlie den Zuhälter gleich an Ort und Stelle umgelegt.

»Mjam-mjam machen zwanzig Dollars. Bumm-bumm dreißig. Du wollen zwei Mädchen, drei Mädchen – nix Problem, Freund.«

Charlie hatte es die Sprache verschlagen. Die Mädchen hatten an seinem Hemd und seiner Hose gefummelt, und er hätte am liebsten nach ihnen geschlagen wie nach lästigen Fliegen. Er hatte geschluckt und sich gezwungen, seine Rolle weiterzuspielen.

»Sehr nett«, hatte er gesagt. »Zeig mir die Zimmer.«

San hatte mit dem Finger geschnippt, und die Mädchen waren in den Schatten verschwunden, um Charlie mit neugierigen Blicken zu beobachten. »Hier lang, Freund«, hatte der Zuhälter gesagt, lächelnd, die Freundlichkeit in Person.

Er war den Flur hinuntergegangen, und Charlie war ihm

gefolgt. Sie waren an Zwölf- bis Vierzehnjährigen vorbeigekommen, die auf den zerschlissenen Polstern gesessen und mit niedergeschlagenen Augen auf den unvermeidlichen nächsten Kunden gewartet hatten. Eines der Mädchen hatte den Blick gehoben und Charlie gemustert, und er hatte eisige Verachtung in ihren Augen gesehen. Tausend Dolche.

*Gut für dich*, hatte er gedacht.

Sie waren an den Knaben vorbeigekommen, den jungen und den älteren. Die Knaben waren ohne Hemden und ohne Schuhe, und ihre Blicke waren offener gewesen als die der Mädchen. Charlie hatte keinen Hass in ihren Blicken entdeckt, gar nichts, nur Angst vor San, ihrem Herrn und Meister.

»Hier Zimmer«, hatte San gesagt und mit einer Hand durch eine offene Tür gewinkt.

Der fensterlose Verschlag, den er Charlie gezeigt hatte, war winzig gewesen. Vielleicht anderthalb Meter mal zweieinhalb Meter. Es gab nur eine schmuddelige Matratze auf dem Fußboden, halb bedeckt mit einer zerwühlten braunen Decke, sonst nichts.

»Verdammtes Miststück!«, hatte San geschimpft.

Er hatte schnarrend in den Gang hinaus gerufen, und Augenblicke später hatte Charlie das Patschen hastig heraneilender kleiner Füße auf den Holzdielen gehört. Ein Mädchen, vielleicht acht Jahre alt, war in den Verschlag gestürzt. San hatte auf die Decke gezeigt und geschimpft wie ein Rohrspatz. Das Mädchen war zum Bett gegangen und hatte die Decke glatt gezogen, begleitet von unablässigen Entschuldigungen und demütigem Nicken, offensichtlich voller Angst vor San. Charlie hatte die Szene wortlos beobachtet und seine Traurigkeit nur mit Mühe verbergen können. San hatte seine Blicke mit Geilheit verwechselt.

»Sie sicher, nicht wollen Baby-Engel jetzt?«, hatte er mit lockender Stimme gefragt. »Chan sehr gut mjam-mjam.«

Chan hatte ihren Namen und die Worte mjam-mjam gehört und ein bemühtes falsches Lächeln aufgesetzt. Sie hatte zu

Charlie aufgeblickt und mit den Wimpern geklimpert in dem unbeholfenen Versuch, zu kokettieren. Charlie wäre am liebsten gestorben. Übelkeit war in ihm aufgestiegen, bis er würgte, und für einen Moment hatte er befürchtet, sich tatsächlich übergeben zu müssen und das arme Mädchen, den Boden und die Wände vollzukotzen.

»Und?«, hatte San gefragt.

Charlie hatte sich ins Ohrläppchen gekniffen, bis rot glühender Schmerz sein Entsetzen und seinen Abscheu vor den Realitäten der Gegenwart überdeckt hatte.

»Kein Geld heute«, hatte er gesagt.

San hatte die Schultern gezuckt. Charlie hatte die Zuversicht des Zuhälters bemerkt. *Du brauchst das hier früher oder später ja doch*, schien dieses Schulterzucken zu sagen. *Und du weißt jetzt, dass ich habe, was du willst. Ich sehe dich bald wieder.*

Charlie hatte sich bedankt und versprochen, bald wiederzukommen. Der Zuhälter hatte ihn zur Tür gebracht und ihm hinterher geblickt, als er davongegangen war. Kaum war San außer Sichtweite gewesen, hatte Charlie sich vornüber gebeugt und sich erbrochen, bis sein Magen leer war. Er war so stehen geblieben, die Hände auf die Knie gestützt, und hatte mit tränenden Augen auf das Bier und das halb verdaute Num Pa-oo gestarrt. Wie oft schon war er in Schuppen wie diesem gewesen? Hundert Mal? Er würde sich nie daran gewöhnen, und das war gut so. Er hatte sich mit zitterndem Handrücken über den Mund gewischt und war weitergegangen, während er an das kleine Mädchen Chan gedacht hatte und all die Dinge, die es wusste und eigentlich nicht wissen sollte.

Er hatte sogar von ihr geträumt in jener Nacht, nur dass es ein Alptraum gewesen war: Ihr falsches Lächeln in seinem Traum war breiter und breiter geworden, und ihr Mund hatte sich in ein Maul voller Fangzähne verwandelt. Sie hatte Charlie mit einem wilden, jauchzenden Schrei angesprungen und angefangen, ihn bei lebendigem Leib aufzufressen. »Chan gut mjam-mjam«, hatte sie zwischendurch immer wieder gesagt, »MJAM-MJAM-MJAM!« Charlie war aus dem Schlaf hochgefahren, in kalten Schweiß gebadet, und hatte kein Auge mehr zubekommen; also hatte er sich ein Bier geholt und damit in der Dunkelheit gesessen, bis Phuong ihn schließlich fand. Sie hatte beinahe telepathische Fähigkeiten, was Charlies schlaflose Nächte anging.

»Hattest du einen Alptraum, Papa?«, hatte sie gefragt.

Charlie hatte ihr von seinem Traum erzählt, und Phuong hatte schweigend zugehört. »Vielleicht solltest du das Positive an deinem Traum sehen«, hatte sie nach einigem Überlegen gesagt. »Du warst offenbar sehr lecker.«

Er vermochte nicht zu sagen, ob sie scherzte, um ihn zu trösten, oder ob sie es ernst meinte – so etwas war bei Phuong immer schwer einzuschätzen. Trotzdem hatte er aufgelacht, so plötzlich, dass ihm ein Schwall Bier in die Nase geschossen war. Anschließend hatte er geweint. Charlie war manchmal eine richtige Heulsuse; er konnte nichts dagegen tun. Er schämte sich deswegen aber nicht sehr. Es war ein elementarer Teil seines Wesens; deshalb war es ihm nicht allzu peinlich. Die meisten Monstrositäten der Welt zogen ohne unmittelbare Auswirkungen an ihm vorüber – das Reservoir in seinem Herzen war großzügig dimensioniert und füllte sich nur langsam. Doch ob langsam oder nicht – es füllte sich jedes Mal aufs Neue. Und wenn es voll war, kamen die Tränen und machten ihn hilflos, und er stolperte mit ausgestreckten Armen umher wie ein blinder Betrunkener, der sich in einem Wolkenbruch verlaufen hatte.

Phuong hatte seine Hand genommen und ihn zum Bett geführt, hatte ihn mit sanften Händen hingelegt und die Decke über ihn gezogen, während er geweint und getrauert und versucht hatte, von jenem Ort der Trostlosigkeit zurückzukehren. Dann hatte sie ihm übers Haar gestreichelt und ihr Lied gesungen, jene Aneinanderreihung bedeutungsloser Laute, die ihn noch jedes Mal getröstet hatten. Es war ein langsames, helles, in Moll gesungenes Lied mit in die Länge gezogenen Vokalen:

*Noo-ah-lay-Alojzy, noo-ah-low ...*

So oder ähnlich. Das erste Mal hatte Charlie gehört, wie sie es einem der jüngeren Kinder in dem Lager, in das sie nach ihrer Befreiung gebracht worden war, vorgesungen hatte. Das jüngere Mädchen hatte ebenfalls Alpträume gehabt und mit ihren Schreien das halbe Lager geweckt. Charlie war aus seiner Hütte gestürzt, die Waffe in der Hand, und hatte das arme Kind so schrecklich zusammengekrümmt vorgefunden, dass es aussah, als wollte es in sich selbst hineinkriechen. Beide Hände an die Seiten des Kopfes gepresst, schrie das Kind unablässig weiter, während es sich mehr und mehr zusammenrollte, kleiner und kleiner wurde, als versuchte es, sich aufzulösen und zu verschwinden. Charlie hatte wie gebannt zugeschaut.

Phuong war als Erste zu dem Mädchen vorgedrungen. Sie hatte in ihrem Nachthemd vor ihm gekniet und leise gesungen, ohne das Mädchen anzurühren. Sie hatte nur gesungen – das Lied, das Charlie inzwischen so gut kannte. Der volle Mond hatte sich hinter einer Wolkenbank versteckt, und der Wind hatte die Blätter in den Bäumen lispelnd rascheln lassen. Charlie hatte in Unterhosen dagestanden und gegafft. Er war sich dessen bewusst gewesen, hatte aber nichts daran ändern können, denn er war schier überwältigt – nicht so sehr vom Klang des Liedes als von der Bedeutung, die Phuong hineingelegt hatte. Als lägen alle Sorgen und Ängste darin, die sie jemals durchlebt hatte, ihre eigenen und die anderer – Ängste wegen dem, was die Horden gesichtsloser Männer ihr angetan hatten, und sich selbst, und wegen der schrecklichsten Wahrheit von allen: dass nichts von alledem ungeschehen gemacht werden konnte. Dass man nur versuchen konnte, es zu überleben.

Es hatte ziemlich lange gedauert, aber schließlich hatte das kleine Mädchen sich beruhigt und war gleichsam aus dem eigenen Körper wieder hervorgekrochen. Erst da hatte Phuong es berührt, hatte das kleine Gesicht in die eigenen kleinen Hände genommen, bis das Mädchen ihr in die Augen schaute, während

Phuong unablässig weitersang, sinnlose Worte, die alles bedeuteten, was gesagt werden musste. *Oh, mein Kind, ich spüre deinen Schmerz, ich spüre dein gebrochenes Herz, das trotzdem weiterschlägt, meine kleine Schwester, bleib ganz ruhig, hab keine Angst, ich wache über dich, von heute an, nicht für immer, aber für den Augenblick …*

Die Worte, die an Charlie gerichtet waren in jener Nacht, waren andere gewesen. Phuong hatte ihn in einen traumlosen Schlaf gesungen und hatte über ihn gewacht, während er sich mit seiner eigenen Verzweiflung gequält und Dinge angeschrien hatte, die nur er sehen konnte.

Charlie betrachtete all die wartenden Kinder im Zwielicht, während er sich fragte, ob Phuong für eines von ihnen singen würde.

San hat recht behalten, ging es ihm durch den Kopf. Ich bin tatsächlich zurückgekommen. Aber nicht aus dem Grund, den San vermutet. Weit gefehlt.

*Gleich wird er mit dem Finger winken und sie zu sich rufen.*

*Okay, an die Arbeit.*

Charlie zog mit der rechten Hand die Waffe, während er mit der linken San im Nacken packte, nach hinten riss und gegen die Wand aus Sperrholz schleuderte.

»Hey, Arschloch!«, rief San mit rauer Stimme.

Charlie schoss ihm ins Knie. Der Knall war trotz Schalldämpfer laut in dem kleinen Verschlag, vor allem wohl deshalb, weil er nicht hierher gehörte. Die Kinder kreischten und stoben auseinander, um sich tiefer in den stinkenden Eingeweiden des Bordells zu verstecken. Sans Augen drohten aus den Höhlen zu quellen, und er hielt sich mit schmerzverzerrtem Gesicht das Knie. Noch hatte er nicht die Luft gefunden, um zu schreien.

Charlie blickte ungerührt auf den Zuhälter hinab. »Ich habe eine Frage, und du wirst sie mir beantworten, San, der Mann«, sagte er. »Gib ehrliche Antworten, und wir sind schnell fertig. Wenn du schweigst oder lügst, zerschieße ich dir die andere

Kniescheibe. Anschließend die Ellbogen, und dann sehen wir mal weiter.«

San kniff die Augen zu, während er sein zerschmettertes Knie hielt und sich auf die Seite wälzte. Sein Mund formte ein großes »O« wie in »*Oh Scheiße, tut das weh!*«, und dann übergab er sich.

»Und hier ist meine Frage. Ich weiß, wer dein Boss ist, und ich kenne sämtliche Kuriere. Ich brauche nur eine Bestätigung, was das persönliche Umfeld des Polizeichefs angeht. Sind alle dabei? Haben alle ihre Hände mit im Spiel?«

San stöhnte, zitterte. Er war blass geworden, und Schweiß rann ihm übers Gesicht. Charlie zielte mit der Pistole auf das andere Knie. »Nein, nein, nicht! Ich sag alles!«, kreischte San.

»Dann los.«

San biss die Zähne zusammen und wand sich vor Schmerzen. »Es ... es sind ...«, ächzte er und versuchte, zu Atem zu kommen, die Schmerzen in den Griff zu kriegen. »Es sind alle.«

Charlie runzelte die Stirn. »Alle? Sogar die heiße Sekretärin mit den superkurzen Röcken und den großen, verträumten Augen?«

»Ja. Ja!«, kreischte der Zuhälter. »Sie ist ... war Mjam-Mjam-Mädchen von Chief, lange Zeit ... sie nimmt Geld für ihn, und Mädchen ... alle möglichen Sachen!«

Charlie suchte im Gesicht des Mannes nach einer Lüge. »Das tut mir leid zu hören«, sagte er schließlich. »Danke für deine Aufrichtigkeit. Ich danke dir, San der Mann.« Er hob die Waffe und zielte auf Sans Stirn.

»*Warte!*«, kreischte der Zuhälter und hob eine zitternde, blutige Hand.

Charlie feuerte. Die Kugel riss Sans Kopf nach hinten, und eine Mischung aus Blut und Hirnmasse spritzte umher. Sans Hand blieb noch einen Moment erhoben, mit ausgestrecktem Zeigefinger, und Charlie musste an *Saturday Night Fever* denken ... oder Hamlet auf der Bühne (*Der Lude, wie mich dünkt, gelobt zu viel!*). Dann fiel die Hand herab, landete mit einem kraftlosen *Patsch* auf dem Dielenboden. Die toten Fischaugen verloren ihre bodenlose Schwärze und verwandelten sich in ein Niemandsland. Charlie atmete tief ein und roch alles auf einmal: das Blut, die entleerte Blase und den Darm, die Kotze und das Kordit – durchsetzt von den unerträglichen, allem zu Grunde liegenden, ständig präsenten Ausdünstungen vernichteter Unschuld und allgemeiner Hoffnungslosigkeit. Es war ein übler Gestank, und Charlie musste gegen den Impuls ankämpfen, nach draußen zu rennen, nach frischer Luft zu schnappen und nach geistiger Gesundheit, Waffe in der Hand oder nicht.

Er hörte einen heiseren Schrei. Er schwoll kurz an und endete abrupt, gefolgt von lautem Röcheln. Phuong benutzte ihr Messer – sie zog es vor, die Kreaturen persönlich zu erledigen, Auge in Auge, aus unmittelbarer Nähe, wann immer möglich.

Charlie schüttelte den Kopf, um die Benommenheit zu vertreiben. *Komm zu dir, Carter. Deine Arbeit ist noch nicht getan. Nicht mehr lange, und du musst ziemlich schnell von hier verschwinden, kapiert?*

Er trabte den Gang hinunter. Nicht alle Kinder waren weggerannt; einige saßen auf den Sofas an den Wänden, die Arme um die Knie geschlungen, zitternd, und machten sich so klein, wie sie konnten.

Charlie erreichte die erste geschlossene Tür und stieß sie auf. Ein Weißer mittleren Alters mit dünner werdendem schwarzem Haar und kahler Brust stand mitten auf einer fleckigen Matratze ohne Laken, ein Hosenbein halb angezogen. Er hatte einen leichten Bierbauch und schluchzte in unkontrolliertem Entsetzen, große, erstickende Schluchzer, die den Rotz über sein Kinn fließen ließen. In einer Ecke hockte ein Mädchen, nackt, abwartend. Als sie Charlie wiedererkannte, weiteten sich ihre Augen.

*Sie*, dachte Charlie. *Die mich vor drei Tagen am liebsten mit Dolchen durchbohrt hätte.*

»Bitte ... bitte ... bitte ...«, stammelte der Weiße mit hoher, weinerlicher Stimme, die Hände abwehrend ausgestreckt, am ganzen Körper zitternd. Er war nackt bis auf das einzelne Hosenbein, und seine rasierten Genitalien hingen schlaff herab. Keine Spur mehr von Erregung. Jetzt wurde er hysterisch und hyperventilierte. »O Gott … bitte. Bitte, bitte, ich habe eine Frau und Kinder … und ich habe das noch nie gemacht, noch nie, ich schwöre, bitte …«

*Lüge*, dachte Charlie und schoss ihm in den Schritt. Die Augen und der Mund des Mannes öffneten sich weiter, als man es für menschenmöglich halten würde, und er versteifte sich, stand fast auf Zehenspitzen, während seine Hände nach unten flogen, um die zerfetzten Genitalien zu umfassen. Sein Mund verengte sich zu einem winzigen »o«, ganz anders als das von San. Nicht so sehr »*Oh Scheiße, tut das weh!*« als vielmehr »*Oh! Mein Gott! Scheiße! GÜTIGER HIMMEL!*«

»Du bist ein Stück Dreck«, murmelte Charlie. »Nur zu, lass dir Zeit beim Krepieren.«

Der Mann kippte zur Seite und schrie. Es war nicht der grässlichste Schrei, den Charlie je gehört hatte, aber Tonfall und Timbre kamen ihm ziemlich nahe. Charlie war es recht. Das Mädchen ächzte und huschte an Charlie vorbei nach draußen in den Gang, so schnell seine Füße es trugen. Die Pistole fühlte sich inzwischen viel vertrauter an in Charlies Hand, und er spürte, wie der Rhythmus langsam einsetzte, eine niemals ermüdende stählerne Maschine endloser, müheloser Zerstörung.

*Ich bin ein Killer*, dachte er, während er ruhig und gelassen den Korridor hinunterjoggte. *Ich habe eine Kaverne in mir, und ich fülle sie mit den Sterbenden. Rock'n'Roll.*

Phuong stand am Ende des Gangs, vor einer Biegung, das blutige Messer in der Hand. Sie sah aus wie der Todesengel persönlich. Die Kinder waren aus ihrer Starre erwacht, und die Kleinsten unter ihnen weinten und bebten am ganzen Körper.

»Hier entlang, Kinder«, rief Phuong ihnen in ihrer eigenen Sprache zu und winkte. »Wir sind hier, um euch zu befreien. Habt keine Angst. Kommt zu mir, wir bringen euch weg von

hier!« Ihre Stimme schnitt durch das Dämmerlicht und über-
tönte die angsterfüllten Stimmen. Die Kinder starrten sie an, die
Augen weit aufgerissen, immer noch unsicher.

»Na los, geht zu ihr!«, brüllte Charlie den einzigen vollständigen Satz auf Khmer, den er kannte. Damit rührte er an einer
anderen Art von Angst. Die Kinder gerieten in Bewegung. Zöger-
lich zuerst, doch sie gehorchten. Gehorsam war an diesem Ort
die einzige Möglichkeit, Schmerz zu entgehen, und Gehorsam
wurde diesen Kinder sehr früh eingetrichtert. Phuong steckte ihr
Messer weg und führte sie nach hinten. Charlie nickte ihr zu und
ging weiter.

Eine weitere Tür. Ein Knabe, eingehüllt in Decken, schluch-
zend vor Angst. Der Mann: ein Hispano diesmal, Anfang dreißig. Er war attraktiv und langweilig und vorstädtisch-normal, ein
weiteres Glied in der Kette von verborgenen Lastern und endlosen Widersprüchen. Er stieß einen Schrei aus und stürzte sich
mit wirbelnden Armen auf Charlie.

Charlie schoss auch ihm in den Schritt, während er sich für
einen Moment wunderte, wieso all die Kreaturen ihre Genitalien
glatt rasierten.

*Vielleicht ist es ihre Version eines heimlichen Handschlags*, dachte
er. *Bruderschaft der Kreaturen vom rasierten Schwanz.*

Der Mann führte einen kleinen Tanz auf, bevor er hintenüber kippte. Der Knabe schrie auf, als der Mann sich am Boden
krümmte und sich wand wie ein gurgelnder, aufgeschlitzter
Fisch.

»Los!«, fuhr Charlie den Knaben an in der Hoffnung, dass der
ihn verstand. »Lauf ihr hinterher!«

Raus aus der Tür, weiter den Gang entlang. Er war geschmeidig, er war cool, ein Perpetuum Mobile in Bewegung. Nicht mehr
müde, nicht mehr erschöpft. Charlie konnte den Rhythmus jetzt
hören, und er war wie das Rauschen des Meeres. Sein Gesicht
war tot, doch seine Augen waren lebendig, voller Feuer. Er war in
seinem Element und tat das, wozu er geschaffen war.

Die letzte Tür in diesem Gang. Charlie stieß sie auf, stürzte in den Raum dahinter – und erstarrte.

Die Kreatur hier drin war Ende fünfzig, groß gewachsen, mit einem Körper, der früher mal in Form gewesen war, nun aber den unausweichlichen Zoll zu vieler Geburtstage zeigte. Sie hatte kurzes braunes Haar, die Kreatur, und war nackt bis auf ein paar wadenhoher weißer Socken und weißer Tennisschuhe. Socken und Schuhe waren so makellos weiß und sauber, dass sie im Halbdunkel praktisch *leuchteten*.

Die Kreatur kniete vor dem Leichnam eines Mädchens am Boden und streichelte sein Haar, während sie in ihre kalten, toten Augen lächelte. Charlie sah gleich, dass die Kleine tot war. Niemand vermochte einen solch leeren Blick ohne jegliches Blinzeln zu simulieren. Leuchtend rote Male, dick wie die Finger eines Mannes, umgaben ihren Hals, und zwischen ihren verzerrten Lippen quoll die rosa Zungenspitze hervor. Die Kreatur murmelte vor sich hin und kicherte immer wieder. Sie war schweißgebadet. Charlie konnte sie von der Tür aus riechen.

»Dreckschwein«, sagte er und hob die Waffe.

»Hm?« Die Kreatur hob den Blick, blinzelte Charlie an. Sie schien verwirrt, abwesend, als hätte sie soeben erst bemerkt, dass sie nicht mehr mit dem Mädchen allein war. »Oh. Das hier?« Die Kreatur zeigte auf das tote Mädchen und biss sich nachdenklich auf die Unterlippe. »Nun ja, verstehen Sie, ich wollte nur …« Die Kreatur brach ab. Sie schien in Gedanken, suchte nach den richtigen Worten. »Ich wollte nur … nur sehen, wie es *ist*. Verstehen Sie?«

Charlie spürte, wie er rot anlief. »Wie *was* ist? Vergewaltigung?«

Die Kreatur schüttelte den Kopf, immer noch gedankenvoll. »Nein, nein. Nicht das. Als ich die Schreie hörte, wusste ich, dass ich in Schwierigkeiten bin. Verstehen Sie? Also dachte ich mir – warum nicht? Ich bin sowieso tot, also … *warum nicht?* Verstehen Sie? Ich wollte sehen, wie es *ist*.«

Charlie wusste, dass er den Kerl lieber gleich abknallen sollte, einfach den Abzug betätigen und weiter zum nächsten Stinker, aber er konnte nicht. Er musste wissen, was dieser Schweinehund meinte. Wie *was* war.

»Ich war immer einer von den Guten, solange meine Frau noch lebte«, fuhr die Kreatur in diesem langsamen, aufreizenden, nachdenklichen, gedankenvollen Tonfall fort. »Verstehen Sie? Ich gebe zu, ich war ein- oder zweimal bei einer Nutte, aber ich habe gegen kein Gesetz verstoßen. Ich habe nie Kinderpornos heruntergeladen, habe nie für Sex mit einem Kind bezahlt, und ich habe nie jemanden vergewaltigt. Ich habe meine Steuern bezahlt und meine Hypothek und habe meinen Sohn zu einem ordentlichen Mitglied der Gesellschaft erzogen. Verstehen Sie?« Der Mann zögerte. Charlie spürte, wie sich unter seinem Haaransatz Schweißperlen lösten und an seiner linken Schläfe hinunterrannen, um sich im Übergang zwischen Hals und Schulter zu sammeln.

*Wenn dieses Arschloch noch einmal* »Verstehen Sie?« *sagt, schieße ich ihn über den Haufen, einhundert Prozent.*

Der Mann lächelte kurz, ein schwaches, gedankenverlorenes Lächeln. »Nach Kathys Tod sagte ich mir, Junge, es ist genug. Man lebt nur einmal, verstehen Sie? Warum sich also alles vorenthalten? Ich habe meine Pflicht erfüllt, meiner Familie gegenüber, verstehen Sie?« Er nickte, mehr zu sich selbst als zu Charlie. »Ja. Sie verstehen das. Also bin ich nach Asien gekommen, und …«, der Mann leckte sich über die Lippen. Einmal, kurz. »Ich habe mir eine schöne … eine … verdammt … geile … Zeit … gemacht.« Er starrte mit einer Mischung aus Hunger, Liebe und Verachtung auf das tote Mädchen hinunter. »Und als ich die Schreie hörte vorhin, dachte ich, hier ist deine Chance, auch noch herauszufinden, *wie es ist*. Verstehen Sie?«

Sein Blick glitt seitwärts, er sah Charlie an, und er lächelte erneut, aber diesmal war es alles andere als schwach oder gedankenverloren. Dieses Lächeln war durchtrieben. Abgefeimt. Ein

*Ich–weiß–etwas–was–du–nicht–weißt*-Grinsen, das Charlie durch und durch ging. »Ich wollte sehen, wie es ist, etwas so Kleines, Junges, Hübsches zu töten. Verstehen Sie? Wie es ist, sie hübsch langsam umzubringen und ihr beim Sterben in die Augen zu sehen.« Sein Grinsen wurde breiter, und seine Zähne blitzten. Er sah wild und animalisch aus. »Der ultimative Kick, Mann. Macht über Leben und Tod, verstehen Sie?«

Charlie starrte den Wahnsinnigen an. Die Zeit lief langsamer. *Verstehen Sie?*, schien das Grinsen des Mannes zu sagen. *Verstehen Sie jetzt, was ich sagen will?*

»Und?«, entgegnete Charlie gedehnt. Seine Stimme war heiser und unsicher und weit entfernt. »Wie war es, Arschloch?«

Die Kreatur sah ihm in die Augen. Sie grinste unentwegt weiter, während sie hechelte wie ein Hund. »Es war … war …« Die Ekstase in der Stimme jagte Charlie eine Gänsehaut über den Rücken. Die Kreatur verschränkte die Hände wie zum Gebet. »Es war unbeschreiblich. *Einfach wundervoll!*«, flüsterte sie. Dann warf sie den Kopf in den Nacken, als starrte sie zur Decke, doch Charlie konnte sehen, dass sie die Augen geschlossen hatte. Die Zunge schoss zwischen den Lippen hervor, wurde länger und länger, bis Charlie meinte, die Spitze müsste jeden Moment das Kinn berühren. Der Atem der Kreatur ging schneller und schneller, und ihre Brust hob und senkte sich wie bei einem Sprint.

Charlie bekam eine Gänsehaut auf den Armen. *Siehst du?*, schimpfte die Plapperstimme in seinem Kopf, wie sie es in Augenblicken wie diesem häufig tat (weil es nicht das erste Mal war, dass er einen Blick in das bodenlose Loch erhascht hatte, bei Weitem nicht das erste Mal). *Das hast du jetzt davon, dass du gedacht hast, statt zu handeln.*

Doch er konnte nicht anders, als sich den Irrsinn hilflos anzuschauen.

Die Kreatur breitete die Arme aus, die Handflächen nach oben, und öffnete und schloss die Fäuste. Speichel troff wie ein klebriger Wasserfall aus ihrem Mund und von ihrem Kinn. »*Wunder-baaar!*«, krähte sie und reckte den faltigen Nacken wie eine Schildkröte, die den Kopf aus ihrem Panzer streckt. Sie atmete einmal ein, schnalzte mit den Lippen und heulte. Es war ein triumphierendes Heulen, ein Nebelhornheulen mit aufgedrehtem Bass, eine plötzlich stimmgewordene Natter.

Charlie spürte, wie ihm vor Abscheu der Unterkiefer herabsank. *Das ist es!*, sagte die Plapperstimme in seinem Kopf. *Das Innerste nach außen gekehrt! Keine Maske mehr, maskenlos, nackter Irrsinn …*

Charlie feuerte, ohne zu überlegen. Eine Instant-Montage abgehackter Augenblicke schloss sich an: die unter dem Kinn der Kreatur eindringende Kugel, das innerhalb einer Millisekunde drei Oktaven in die Höhe springende Heulen (das Charlie an die Stimme eines zu Boden gefallenen Spielzeugs erinnerte), die hervorquellenden Augen, die abplatzende Schädeldecke, die Spritzer an der Wand dahinter, die ein Rorschachmuster aus Rot und Grau bildeten. Die Kreatur verharrte noch einen winzigen Moment regungslos, mit ausgestreckten Armen, wild umherzuckenden Augen, immer noch dieses teuflische Grinsen im Gesicht. Charlie spürte die ausgeworfene Messinghülse an seiner Schulter, und die Zeit lief noch langsamer.

*Du könntest es jetzt und hier versuchen*, sagte eine andere Stimme. *Du könntest versuchen, den Moment einzufangen. Nicht gleichgültig zu sein.*

Jetzt blieb die Zeit fast stehen, und Charlie versuchte es. Versuchte den Augenblick zu erhaschen, nicht als Voyeur, sondern als Zeuge, jenen einzelnen winzigen Moment, jene Nanosekunde, diesen Flügelschlag eines Kolibris, in dem etwas, das gelebt hatte, die Linie zwischen lebendig und tot überquerte. Es war ein Staubkorn von einem Blitz, eine seifenblasendünne Membran zwischen allem und nichts, zwischen immer und nie. Es streckte sich, hing da, bebte, und Charlie sah, beobachtete, spähte, versuchte das Überqueren zu erhaschen, den Moment, in dem das

Licht erlosch. Die Kreatur atmete aus und nicht wieder ein. Ihre Augen erstarrten.

*Tot*, dachte Charlie. *Vorbei.*

Der Mann fiel zusammen wie eine Aufblaspuppe. Sein Hintern knallte auf die Hacken, dann sank sein Kopf zu Boden, langsam wie eine blutige Schneeflocke. Seine Arme blieben ausgestreckt, und er sah aus wie ein Engel, ein schrecklicher dunkler Engel, der längst vergessen hatte, welche Gnade ihm entzogen worden war.

Charlie senkte die Waffe und zwang sich, das gesamte Bild in sich aufzunehmen, den Mann, das Mädchen, das Zimmer. Er versuchte eine neue Form von Sorge in sich zu wecken. Nicht wegen der Taten des Mannes, wegen seiner Bösartigkeit, sondern wegen der schlichten Tatsache, dass schon wieder ein Leben weniger auf der Erde war. Es war eine fortdauernde Sorge, die ihm zu schaffen machte: Den Tod zu begreifen war eine Sache, ihm gleichgültig gegenüberzustehen eine ganz andere.

In Charlie stieg die Erinnerung an einen Sonnenaufgang auf, so lebendig, als wäre er an Ort und Stelle. Es war in Vietnam gewesen, nach einer durchregneten Nacht, und der Sonnenaufgang an jedem Tag war deswegen bedeutsam, weil sich gleich zwei bemerkenswerte Dinge in kurzer Abfolge ereignet hatten: Zum ersten Mal im Leben hatte Charlie wegen der reinen, unverfälschten Schönheit einer plötzlichen Einsicht spontan und aus schierer Freude weinen müssen.

Damals hatte er die eine, grundlegende Tatsache begriffen, die ihm seither den größten Trost verschaffte: *Egal wo du bist oder was du tust – sei ein bisschen glücklich, dass du es überhaupt geschafft hast, so lange zu überleben, denn das Leben an sich ist eine verdammt linke Bazille.*

Der Sonnenaufgang verblasste, wich dem Zimmer mit den Toten darin und dem ständigen Dämmerlicht. Die Kreatur mit den Tennisschuhen war immer noch tot, und Charlie bereute es nicht eine Sekunde.

»Dreckskerl!«, sagte er zu dem Leichnam. Er bückte sich und packte das Laken, um das tote Mädchen damit zuzudecken. Er betrachtete seine Leiche, die unter dem Gewebe umrissen war. »Was ist mit ihrem Sonnenaufgang?«

\*\*\*

Charlie erreichte eine Biegung im Gang. Er sah die offene Hintertür, durch die Phuong hereingekommen war, sowie vier weitere, zwei auf jeder Seite. Er spähte in drei offene Türen und sah in jedem Zimmer die Spuren von Phuongs Messer. Die vierte Tür war verschlossen. Er klopfte an.

»Phuong?«

Ein Schloss klickte, und die Tür wurde geöffnet. Dahinter kam ein Raum zum Vorschein, der größer war als die anderen Zimmer. Charlie roch Blut – altes Blut, nicht von diesem Tag – sowie andere Gerüche von Folter und Qual. An der Wand stand eine Kiste mit einer alten Autobatterie darauf. An den Elektroden waren Kabel befestigt. Die Enden der Kabel waren blankes Kupfer.

»Die Folterkammer«, murmelte Charlie. »Dreckschweine, verdammte.« Er seufzte und wischte sich den Schweiß von der Stirn.

Phuong studierte sein Gesicht. »Ist etwas passiert?«

»Dies und jenes«, antwortete er ausweichend. »Ein paar Kerle sind gestorben – sie hatten es verdient. Nichts Besonderes.«

Charlie schob sich an ihr vorbei, um einen Blick auf die Kinder zu werfen. Er musste sie sehen; er brauchte den Kontrast und die Bedeutung, die erst ihre Anwesenheit ausmachten. Sie saßen zusammengekauert an der Rückwand, und die älteren trösteten die leise weinenden jüngeren.

»Wir haben auch die da«, sagte Phuong und nickte in Richtung einer alten Frau, die zitternd vor Angst an der gegenüberliegenden Wand stand.

»Mama-San?«, fragte Charlie.

»Genau.« Phuong trat vor die Alte hin und fuchtelte mit dem blutigen Messer vor ihrer Nase, während sie Worte auf Khmer flüsterte. Die Frau schüttelte heftig den Kopf.

»Was hast du zu ihr gesagt?«, wollte Charlie von Phuong wissen.

»Ich wollte wissen, ob sie das Messer oder die Batterie vorzieht. Sie sagt, keins von beiden.«

Charlie legte den Kopf zur Seite und musterte die Frau. Sie war über sechzig, mindestens. Ihr Haar war völlig grau, und sie hatte fast keine Zähne mehr. Ihr Blick huschte zwischen Phuong und Charlie hin und her, während sie versuchte, ihre Chancen abzuschätzen. Charlie fuhr sich mit dem Finger über die Kehle, was sie veranlasste, händeringend auf Khmer zu jammern.

Hinter ihm meldete sich eine Stimme. »Ich kenne Frau.«

Charlie drehte sich um. Es war das Mädchen mit den Dolchen im Blick, das er zum letzten Mal im Zimmer der bettelnden Kreatur gesehen hatte, *Mr. Bittebitte*.

»Wer ist sie?«, fragte er.

»Sie Mutter von San.« Das Mädchen starrte die alte Frau an und schnaubte. »Sie böse. Wenn San benutzen Batterie, nie lachen. Er nicht mögen, eigentlich. Frau immer lachen. Haben Spaß daran.«

Phuong trat von der Frau weg und kniete neben dem Mädchen nieder. Sie redete leise Worte, die Charlie nicht verstand, doch ihre Augen wurden weit, und Mama-San jammerte noch lauter. Das Mädchen blickte überrascht Phuong an; dann starrte sie auf das Messer, dann auf die verängstigte alte Frau. Dann nickte das Mädchen und leckte sich über die Lippen – eine Regung, die für Charlies Geschmack ein bisschen zu viel mit Vorfreude zu tun hatte.

Er runzelte die Stirn. »Was hast du mit der Kleinen geredet?«, wollte er von Phuong wissen.

»Ich habe sie gefragt, ob sie Lust hat, diese Kreatur zu töten.«

»Was? Verdammt noch mal, Phuong!«

Er schoss der Alten in den Kopf. Sie knallte auf den Hintern wie ein Kleinkind, das sein Gleichgewicht verloren hat, und die meisten Kinder schrien entsetzt auf. Blut rann über das Gesicht der Alten und in ihren Mund, der sich öffnete und schloss, öffnete und schloss. Sie hob eine Hand, um nach ihrem Hinterkopf zu tasten, doch dann rollten ihre Augen nach innen, und sie kippte vornüber, leblos, immer noch in sitzender Haltung.

Phuong sah zu dem Mädchen und zuckte die Schultern. Das Mädchen hatte nicht gekreischt, bemerkte Charlie. Stattdessen starrte es ihn wieder an, Dolche im Blick und offensichtlich alles andere als erfreut darüber, dass er ihm die Gelegenheit verweigert hatte, sich an seiner ehemaligen Besitzerin zu rächen.

»Der Spaß ist zu Ende«, sagte Charlie. »Wir müssen sie von hier wegschaffen. Wir haben zu viel Zeit verschwendet und zu viel Lärm gemacht, selbst für einen Ort wie diesen.«

»Ja, Papa.«

Charlie ließ den Blick über die Kindermeute schweifen. Seine Nasenflügel zuckten vom Gestank nach Urin und Angstschweiß. Viele hatten die Augen geschlossen; einige schaukelten vor und zurück, vor und zurück, die Köpfe auf den Knien. Die meisten beobachteten ihn mit ernsten Gesichtern und warteten ergeben, zu welcher Entscheidung er gelangen würde.

*Sie brauchen einen Anführer*, überlegte Charlie. *Vielleicht die kleine Miss Dolchauge? Sie war bis jetzt die Mutigste, und sie schien durchaus bereit, Phuongs Angebot anzunehmen und die alte Hexe eigenhändig mit dem Messer zu bearbeiten.*

Jede Enklave geretteter Kinder funktionierte zunächst (und häufig für immer) wie eine Familie. Die meisten dieser Kinder hatten den größten Teil ihres Lebens nichts anderes gekannt als das Bordell, und sie hatten ein spezielles Band aus Angst, Tränen und flüchtigen Augenblicken gestohlenen Lachens, das sie zusammenhielt. So schrecklich das Leben im Bordell auch war, es war das einzige Leben, das sie kannten, und die große weite

79

Welt da draußen war furchterregend. Der Anführer war demzufolge stets der Furchtloseste einer Gruppe.

»Wie heißt du, Kleine?«, fragte Charlie das Mädchen, das ihn immer noch böse anfunkelte.

»Mein richtiger Name oder mein Name hier drin?«

»Dein richtiger Name, wenn du ihn weißt.«

Sie reckte das Kinn vor. »Ich weiß ihn. Ich erinnere mich. Maly.«

»Das bedeutet ›Blüte‹«, übersetzte Phuong.

Charlie lächelte. »*Blüte*. Ein hübscher Name.«

Das Mädchen war eine Sphinx. Es beobachtete ihn aufmerksam und äußerst konzentriert: »Okay.«

»Maly, wir sind hier, um euch wegzubringen. An einen Ort, wo euch nie wieder jemand missbrauchen oder wehtun kann.«

Phuong übersetzte seine Worte. Maly lauschte ihr, ohne den Blick von Charlie zu nehmen.

»Du nie bumm-bumm mjam-mjam Baby-Engel?«, fragte sie.

Ihr Blick war bohrend, und Charlie hatte Mühe, ihr weiter in die Augen zu schauen, als er antwortete. »Niemals.«

Sie starrte ihn noch ein paar Sekunden an; dann schüttelte sie energisch den Kopf und sagte etwas zu Phuong. Phuong nickte.

»Was?«, fragte Charlie.

»Sie weiß nicht, ob sie dir glauben kann. Du weißt, wie du verstecken kannst, was hinter deinen Augen ist, sagt sie. Ich könnte ihr zwar sagen, dass sie dir vertrauen kann, aber sie würde mir nicht glauben.«

Charlie seufzte. »Stimmt. Weil du dich ebenfalls gut darauf verstehst.«

»Ja.«

Er nahm sich einen Moment Zeit, um Maly zu mustern. Trotz aller zur Schau gestellten Härte war sie nur ein Kind. Schlau, zugegeben, intuitiv, ganz ohne Zweifel. Doch ihre Angst und ihr Schmerz lagen noch viel zu dicht unter der Oberfläche und lauerten nur darauf, dass jemand sie mit dem Köder der Hoffnung hervorlockte. Sie war noch kein Monster wie er, noch nicht, und hoffentlich würde es nie so weit kommen.

Er reichte Phuong seine Waffe. »Sag ihr, dass ich mein Hemd ausziehe, weil ich ihr etwas zeigen möchte. Geschenke, die ich von meinem Vater mitbekommen habe.«

Phuong übersetzte seine Worte. Charlie konnte sehen, dass das Mädchen nervös wurde bei der Vorstellung, dass er ein Kleidungsstück ablegen wollte.

*Scheiße, Kleine, tut mir leid – aber ein Bild sagt mehr als tausend Worte.*

Er knöpfte sein Hemd auf und zog es aus; dann drehte er Maly den Rücken zu, sodass sie die Narben sehen konnte, die langen und kurzen, breiten und schmalen, dicken und dünnen, die Autobahnen von Küste zu Küste und die Sackgassen ins Nichts. »Von meinem Vater«, sagte er. *Robert Gray. Möge er in der Hölle verrotten.*

Maly fragte nicht um Erlaubnis. Sie betastete die Narben ohne Vorwarnung. Charly zuckte zusammen, obwohl er es beinahe erwartet hatte.

»Entschuldigung«, sagte Maly und zog die Hand zurück.

»Kein Problem. Nur zu.«

Eine Pause, dann erneut ihre Berührung, diesmal ohne Zusammenzucken, denn er war darauf gefasst. Außerdem spürte er die Berührung nicht. Narbengewebe hat keine Nerven.

Der Moment zog sich in die Länge – eine Realität, die ans Surreale grenzte. Er stand in einem dunklen Hinterzimmer, während ein Sklavenkind die Knoten und Wülste seiner eigenen Sklavenkindheit betastete. Es war lächerlich und albern und schrecklich zugleich und nur dann einen Lacher wert, wenn das Lachen einen vom Weinen abhielt, und trotzdem war es real, ganz und gar und unbestreitbar. Charlie erkannte, dass er froh war, hier zu sein, Narben oder nicht. Er war froh, am Leben zu sein. Welch eine merkwürdige Offenbarung direkt neben Trusty Rusty, der

Batterie, die Kinder zum Schreien brachte, aber das war nun mal die Straße, auf der Charlies Leben verlief.

Als sie fertig war, zog er sein Hemd wieder an und drehte sich um.

»Vater …«, begann Maly. »Er bumm-bumm mjam-mjam dich?«

»Nein. Nur Schmerzen. Schmerzen über Schmerzen über Schmerzen.«

Sie starrte ihn an, noch immer unschlüssig.

»Maly, wirst du uns helfen?« Er deutete auf die anderen Kinder. »Sag ihnen, dass wir ihnen nichts tun. Sag ihnen, dass wir nur den Erwachsenen wehtun.«

Sie runzelte die Stirn. »Erwachsenen?«

Charlie sprach praktisch kein Wort Khmer. »Die … *tom manooh.*« *Die großen Leute.*

Das Mädchen schnitt eine Grimasse. »Dein Khmer schlecht.«

Phuong beobachtete die Szene schweigend.

»Kannst du es ihnen sagen?«, wiederholte er.

Maly drehte sich zu den verängstigten Kindern um und redete schnell. Einmal deutete sie auf Charlie, der sein Bestes tat, harmlos dreinzublicken, und einmal auf Phuong, die alles andere tat. Maly redete länger als notwendig, um seine Worte zu übersetzen, doch was immer sie sagte, es schien zu funktionieren. Die Kinder blieben misstrauisch (wer konnte es ihnen verdenken?), doch die meisten entspannten sich ein wenig und blickten nicht mehr ganz so ängstlich. Sie musterten Charlie, während Maly zu ihnen redete, und wischten sich die Tränen aus den Gesichtern oder rieben sich die laufenden Nasen. Einige der jüngsten klammerten sich an die älteren, die tröstend die Arme um sie legten und beruhigend auf sie einredeten. Es war das erste Mal, dass Charlie alle Gesichter so deutlich sehen konnte, und es war überwältigend.

*Sie sehen alle wie Kinder aus,* dachte er.

Es war eine Feststellung, die unsinnig klingen mochte. Doch es zu wissen, war eine Sache; es mit eigenen Augen zu *sehen,* eine ganz andere: Sehen Kinderprostituierte wie Kinder aus? Oder haben ihre Erfahrungen sie gezeichnet? Sind sie sichtbar anders, alt und zynisch und viel zu erfahren? Die Antwort war immer die gleiche: Sie sahen aus wie Kinder. Es stimmte Charlie traurig und nährte zugleich seine Wut, und die hatte durchaus ihren Sinn.

Maly war fertig. Sie drehte sich zu ihm um und zuckte die Schultern. »Ich ihnen gesagt. Was jetzt?«

»Wie alt bist du, Maly?«

Er bedauerte seine Frage augenblicklich. Der Blick des Mädchens wurde steinern, und sie versteifte sich. »Ich vierzehn. Warum? Du mögen vierzehn Jahre alte Muschi?«

Phuong schwieg weiter. Das gehörte dazu: Sie waren von Männern missbraucht worden, und trotzdem würden sie weiter mit Männern klarkommen müssen, jetzt und in Zukunft. Es war nicht das erste Mal, dass Charlie diese Klippen umschiffen musste.

»Nein. Ich frag nur.«

Sie musterte ihn. »Du nie haben Sex mit kleine Mädchen? Sicher?«

»Sicher.«

»Was mit Mädchen in mein Alter?«

»Nein.«

Sie studierte ihn einen letzten langen Augenblick; dann nickte sie. »Ich glaube, du sagen Wahrheit.«

»Ich sage die Wahrheit. Aber jetzt müssen wir wirklich los, Maly. Wir bringen euch an einen sicheren Ort in Phnom Penh, wo eine Frau auf uns wartet. Sie wird uns helfen, euch nach Vietnam zu bringen.«

Maly lachte auf. Die Bitterkeit in ihrer Stimme schmerzte Charly. »Niemand helfen uns! San Boss ist großer Mann. Mächtiger Mann. Viele Waffen. Er Polizei Bruder.« Sie schüttelte den Kopf, mehr traurig als wütend. »Niemand helfen uns. Ihr dumm. Vielleicht alle jetzt sterben, oder noch schlimmer.«

Charlie kämpfte gegen den Impuls an, ihr die Hand auf die Schulter zu legen. Stattdessen blickte er ihr fest in die Augen, als er antwortete. »Großer Boss und die Polizei werden *joom reeap leea.* Goodbye, auf Wiedersehen. Verstehst du?«

Maly starrte ihn ungläubig an. Sie deutete auf seine Pistole. »Du hier töten? *Polizei?*«

»Ja.«

Sie schnaubte ungläubig und schüttelte den Kopf. »*Samnang laor!*«

Charlie blickte zu Phuong.

»»Viel Glück««, übersetzte sie.

Charlie grinste. *Viel Glück.* In seinem Fall lag *viel Spaß beim Sterben* wohl näher an der Wahrheit.

»Ich brauche kein Glück, Maly. Ich bin ein Totmacher. Ich mache Leute tot, und ich bin sehr, sehr gut in meinem Job. Diese Männer werden sterben, alle, ohne Ausnahme, das verspreche ich dir.« Er wartete, bis Phuong seine Worte übersetzt hatte.

Vielleicht war es die Art, wie er gesprochen hatte. Vielleicht war es irgendetwas in seinen Augen oder in der Art, wie er die Waffe hielt, doch zum allerersten Mal bemerkte er, wie ein Schimmer der Hoffnung das Wasser durchbrach, in dem Maly zu ertrinken drohte. Es war ein schwacher Schimmer, und sie kämpfte dagegen an, aber es gab ihn.

»Warum du tust das?«, fragte sie. Sie deutete auf Phuong. »Du und sie?«

»Weil …« Er stockte, während er nach einer Antwort suchte. *Was soll ich ihr sagen?*

Er hörte in Gedanken Davids Antwort. *Die Fakten, Bruder. Nichts als die Wahrheit, die ganze nackte Wahrheit.* Jungenhaftes Lachen schloss sich an und verklang. Charlie und David in jüngeren Jahren. Zwei der *drei Taugenichtse.*

»Weil ich meinen Schmerz nie überwunden habe, Maly«, antwortete er. »Ich war nie wieder derselbe.«

Maly blickte Phuong fragend an, und Phuong übersetzte. Charlie spürte, wie die anderen Kinder ihn beobachteten, lauschten. Er war sich bewusst, wie die Zeit verrann und musste gegen seine Ungeduld ankämpfen. Wenn die Cops erschienen, war entweder Zahltag, oder sie würden sterben. Die ganze Welt war in Malys Blick, in ihrem Kampf, die Angst loszulassen und die Hoffnung zu ergreifen.

»Wer geht mit uns, wenn du töten Polizei?«

Charlie deutete auf Phuong. »Sie.«

Maly blickte zweifelnd. Diesmal ergriff Phuong das Wort. Sie sah Maly an und redete in leisem, gemessenem Ton. Das Gesicht des Mädchens hellte sich auf, und schließlich nickte es. »Okey-dokey. Wir gehen jetzt?«

Was immer Phuong gesagt hatte, es hatte funktioniert. Charly nickte. »Jetzt sofort.«

Phuong klatschte in die Hände und bedeutete den Kindern, ihr zu folgen. Die jüngsten schauten die älteren an, die wiederum auf Maly schauten. Maly lächelte und redete ermutigend auf sie ein. Die Kinder blieben ängstlich, setzten sich aber in Bewegung. Bald waren alle draußen bis auf eins. Charlie erkannte, dass es das Mädchen war, das er zuvor beobachtet hatte, draußen vor der Tür, wo es mit sich gerungen hatte, ob es davonlaufen sollte oder nicht. Das Mädchen stellte Maly eine Frage, und Maly tätschelte ihm den Kopf.

»Sie hungrig«, sagte Maly. »Mama-San wütend auf sie, darum kein Essen für zwei Tage. Sie wissen will, ob sie bald Essen bekommt.«

»So viel sie verputzen kann«, versprach Charlie.

Maly übersetzte, und das kleine hungrige Mädchen blickte Charlie an, während es versuchte, den Wahrheitsgehalt seines Versprechens abzuschätzen. Charlie lächelte. Nach einem langen, ernsten Moment lächelte das Mädchen zurück, und es war ein Ausbruch reiner Lebensfreude. Es jauchzte und sprang in die Luft. Dann war es verschwunden, davongeflitzt wie ein abtauchender Fisch.

Das Leben ging weiter.

\*\*\*

»Pass auf dich auf, süßes Mädchen.«

»Ja, Papa. Du auch.«

»Keine Sorge. Ich räume noch ein bisschen auf, dann rufe ich David an. Wir treffen uns am Waypoint in Vietnam.«

Phuong neigte den Kopf zur Seite und musterte ihn. »Warum hast du die alte Frau erschossen?«

»Weil die Welt weniger Leute wie uns braucht, Phuong, nicht noch mehr.« Er funkelte sie an. »Mach so was nie wieder, hörst du?«

Sie antwortete nicht. Phuong machte nie Versprechungen, die sie nicht einhalten konnte – weswegen ihr Schweigen bedeutete, dass sie gar nicht daran dachte.

»Du solltest jetzt los. Lass dir von Maly helfen, falls nötig. Sie vertrauen ihr. Ach ja, und gib ihnen zu essen, sobald ihr den ersten Unterschlupf erreicht habt.«

»Mach ich.«

Er widerstand dem Verlangen, die Hand auszustrecken und ihre Wange zu streicheln. »Was hast du Maly erzählt, dass sie dir plötzlich so vertraut?«

»Ich habe ihr gesagt, dass ich das Gleiche mache wie du und früher ein Mädchen gewesen bin wie sie. Und ich habe ihr gesagt, dass ich eher sämtliche Seelen im Himmel ermorden würde, bevor ich zulasse, dass jemand sie in ein Leben wie dieses zurückholt. Gute Jagd, Papa.«

Sie ging zu dem offenen Lastwagen, auf dessen Pritsche die Kinder saßen, kletterte hinter das Steuer und ließ den Motor an. Charlie hörte, wie sie den Gang einlegte und sah ihr hinterher, als der Laster sich rumpelnd in Bewegung setzte. Er wartete, bis sie außer Sicht waren.

*Lauft, kleine Engel. Lauft, so weit ihr könnt, zu einem Ort, wo die Kreaturen euch nicht finden.*

Charlie warf einen letzten Blick auf das schäbige Gebäude des Bordells. Irgendjemand, so wusste er, würde es übernehmen, eines Tages. Sie würden die Leichen beiseite schaffen und die Zimmer mit neuen Kindern füllen, und das Geschäft würde weitergehen. Neue Männer von überall auf der Welt würden herkommen, um ihre perverse, grausige Lust zu befriedigen. Es war so unabänderlich wie die Geschichte und genauso alt. David hatte ihm einmal erzählt, dass sogar einer von den alten griechischen Philosophen – Plato oder sonst einer von den alten Knackern – eine Abhandlung über Päderastie geschrieben und festgestellt hatte, dass es sich um ein Problem handelte, um das man sich kümmern müsse.

»Dreimal darfst du raten, ob sein Lösungsvorschlag angenommen wurde oder nicht«, hatte David gesagt.

Charlie musste nicht raten. Er wusste längst, dass sie gewissermaßen Teelöffel benutzten, um einen Ozean leerzuschöpfen. David machte sich Sorgen wegen der Vergeblichkeit ihres Unterfangens, weil David ihre Seele war. David war der Einzige von ihnen dreien, der sich an eine liebende Mutter erinnerte. Charlie war bloß ein Pragmatiker, der für einen Idealisten arbeitete.

Er stieg in den Pick-up und fuhr davon. Die Toten ließ er zurück. Es würde noch mehr geben.

Kreise und Räder.

Die Gegenwart wurde zur Vergangenheit.

Die Vergangenheit erschuf die Zukunft.

Worte aus der Widmung von Davids erstem Buch kamen ihm in den Sinn:

Zu erfahren, dass es jemanden gibt, der einen bedingungslos liebt, egal was geschieht, selbst wenn es längst vergangen ist und nur kurze Zeit war, bedeutet, für alle Zeit Hoffnung zu haben. Meine Mutter hat mich so geliebt. Die Erinnerung an diese Liebe war mein Licht in der Dunkelheit – wann immer die Dunkelheit kam.

### KAPITEL 3  David Rhodes

*Denver, Colorado*
*Vier Tage vor dem ersten großen Beben*

David starrte nervös auf das Display seines Handys. *Komm schon, Charlie. Lass mich nicht hängen.* Das Handy blieb stumm, und David musste an Kochtöpfe und heißes Wasser denken: Solange man auf den Topf starrt, fängt das Wasser nicht an zu kochen. Er berührte mit den Fingerspitzen die Stirn und zog sie zurück. Sie waren nass von Schweiß.

Trotz der sinkenden Temperaturen draußen war es heiß im Bankettsaal, sehr heiß. Es war ein sonniger Nachmittag gewesen, aber David zweifelte nicht daran, dass am nächsten Morgen Raureif den Boden bedecken würde. Das Wetter in Denver war unberechenbar, und es kam nicht selten vor, dass man in den Herbstmonaten nachmittags noch im T-Shirt oder Hemd herumlaufen konnte und nachts eine dicke Winterjacke benötigte, um nicht zu frieren.

Weil David aus Texas kam, neigte er dazu, schneller zu frieren als die Einheimischen, doch er beklagte sich nicht. Colorado hatte ihn aus seiner ganz privaten kalten Welt geholt, vor vielen Jahren. Das Land hatte ihn geheilt, hatte ihm ein neues Leben gegeben. Es war seine Heimat.

David blickte von seinem Aussichtspunkt hinter der Bühne in den Saal und musterte die Gesichter. Es war eine beachtliche Ansammlung von Machern und einflussreichen Persönlichkeiten. Geldleute. Sie hatten pro Kopf fünftausend Dollar gezahlt, um hier sein zu dürfen und ihren Hummer (oder Lachs oder Ochsenbrust) zu verspeisen, während er, David, ihnen einen Vortrag über Kindesmissbrauch, Menschenhandel und Folter hielt. Er wusste, dass viele Gäste am Ende noch sehr viel mehr hinblättern würden – und das, Sportsfreunde, war der Sinn dieser ganzen Chose. Es ist das Geld, was den Affen zum Lächeln bringt.

Seine Gedanken schweiften in die Vergangenheit, zur ersten Veranstaltung dieser Art, die er abgehalten hatte, vor fast zehn Jahren. Er erinnerte sich, wie surreal und beinahe Übelkeit erregend es gewesen war, die Lichtbilder zu zeigen, über die Brandmale von Zigaretten zu reden und über Kinderprostitution, während die Münder der Gäste hungrig blieben und ihre Augen wach und aufmerksam. Das Gefühl war mit der Zeit dumpfer geworden und schließlich ganz verschwunden. Ja, es war merkwürdig, und vielleicht sollte es auch nicht so sein, aber hey – die Leute waren gekommen, sie waren hier.

Im Lauf der Jahre, seit Gründung der Innocence Foundation, hatte David viele der Gesichter dort im Saal näher kennengelernt. Viele waren alter Geldadel, und viele waren neureich. Sämtliche Stereotypen waren versammelt: alte Matronen in Nerzmänteln, geschiedene Mittvierziger mit diesem Valiumblick. Die ganze Palette. Sie klappten ihre Scheckbücher auf und gaben ihm Geld für Tausende hungriger Mäuler, also nahm er ihnen nicht mehr übel, dass sie weiteressen konnten, wo das Thema doch zum Kotzen war.

David blickte erneut zu seinem Handy. *Scheiße. Er hätte längst anrufen müssen. Soll ich ihn anrufen? Nein, nein. Wenn alles in Ordnung ist, wird er sich melden. Wenn nicht, sollte ich sowieso lieber ruhig bleiben. Mist, verdammter!*

Er zwang sich, nach draußen zu schauen, auf die Menge, und sich auf den Zweck seines Hierseins zu konzentrieren. Viele der heute anwesenden Gäste waren neu. Sie waren wegen der Story gekommen. Verständlich. Es war die Story, die der Foundation ihren Schwung verlieh. Es reichte nicht, groß und breit über Missbrauch zu reden. Man musste ins Detail gehen. Man musste ihnen ein einzelnes, ein spezielles Kind zeigen und ihnen klarmachen, dass es für Tausend andere stand, nicht umgekehrt.

David redete nur selten über sich selbst, und wenn, dann nicht viel. Stattdessen benutzte er sich als Requisite, wenn der geeignete Zeitpunkt gekommen war. Es verfehlte nie den Zweck, und es brachte Geld herein, also war er zufrieden.

Das Mobiltelefon summte in seiner Hand. Er zuckte zusammen, blickte auf das Display und seufzte vor Erleichterung. *Charlie.*

»Hey, Monster!«, meldete er sich. »Wie geht's denn so?«

»Spiel nicht den Lässigen, Pussy-Boy«, antwortete Charlie. »Ich kenne dich viel zu gut. Du hast dir schon wieder in die Hose gemacht, stimmt's? Deine Erwachsenenwindeln durchweicht.«

David lachte. »Fick dich.«

»Davon träumst du nur, du alte Schwuchtel. Wie dem auch sei, wir sind hier fertig. Ich begebe mich zum nächsten Waypoint.«

»Das hört man gerne.« David räusperte sich. »Ist alles nach Plan gelaufen? Ihr habt den Kontrakt gesichert?«

»Geschüttelt und gebacken, Buddy Boy. Gevögelt und zu Bett gebracht. Wenn du verstehst, was ich meine.«

David grinste. »Was für ein Lästermaul du bist.«

»Nur kein Neid, Kumpel.«

David hörte, wie der Conferencier sich dem Ende näherte. »Ich muss auflegen. Jetzt kommt mein Auftritt im Rampenlicht.«

Charlie kicherte fröhlich. »Dann los. Tanz, Äffchen, tanz.«

»Wo wir von Neid reden – ich habe dich tanzen sehen, Monster. War das aus *Apocalypse Now?*«

»Ja, ja, ja. Aber ich hab den Größeren, und deswegen bin ich der Bessere. Mach, dass du rauskommst, Affenarsch, und erzähl diesen Hampelmännern eine hübsche Geschichte. Und wer was Kleineres als einen Hunderter in deinen String-Tanga steckt, fliegt raus. Ich ruf dich morgen an. Wahrscheinlich eher spät.«

»Bis morgen. Sei vorsichtig, hörst du?«

David steckte das Handy ein und hörte, wie der Conferencier seinen Auftritt ankündigte.

*Rock 'n' Roll, alte Pussy*, dachte er, strich sich mit den Fingern durchs Haar und überzeugte sich ein letztes Mal, dass die Fliege und der Smoking richtig saßen. Dann setzte er sein strahlendstes Lächeln auf und dachte für einen Moment an seine Mutter. Als er auf die Bühne trat und dem Conferencier die Hand schüttelte, kam ihm ein Gedanke:

*Was diese Leute wohl denken würden, wenn sie wüssten, dass ich soeben die Bestätigung für einen Massenmord erhalten habe?*

Er trat zum Podium, unablässig lächelnd, und machte beschwichtigende Handbewegungen, um den Applaus zu dämpfen.

*Nach der Geschichte heute Nacht – wahrscheinlich würden einige von ihnen sogar* dazu *applaudieren.*

Aber David war nicht so naiv, darauf zu bauen. Die meisten dieser Leute waren ganz normale Menschen, sah man von Reichtum und gesellschaftlichem Rang ab. In ihrer Welt existierte Mord als Strategie nur im Zusammenhang mit autorisiertem Krieg oder unsanktionierten Soziopathen. Sie konnten nicht beide Pole in den gleichen Händen halten – die Schönheit des Lebens auf der einen und die kaltblütige Entscheidung zur Tötung schlechter Menschen auf der anderen Seite. Manchmal beneidete er sie dafür.

Sie waren hier wegen der guten Taten, die seine Organisation versprach, vielen herzlichen Dank auch, nicht wegen der verborgenen Seite der Foundation und der damit verbundenen komplizierten moralischen Doppeldeutigkeit.

Er atmete tief durch, gab sich einen Ruck und begann mit seinem Vortrag.

»Guten Abend. Mein Name ist David Rhodes, und ich möchte Ihnen danken, dass Sie heute Abend hergekommen sind, um den möglicherweise kostspieligsten Hummerschwanz auf diesem Planeten zu verspeisen.« Er hielt inne, lächelte, gab dem Gelächter Zeit, sich zu erheben und wieder zu verflachen.

»Ich möchte gleich anfangen und den Leitgedanken meines Vortrags heute Abend nennen, der folgendermaßen lautet: Wenn man einem Kind Leid zufügt, tötet man einen Teil der Zukunft. Etwas geht unwiederbringlich verloren, etwas, das hätte sein können.« Er sah seinen Zuschauern in die Augen. »Okay so weit? Darüber möchte ich heute Abend zu Ihnen sprechen.

Aber gehen wir ein paar Schritte zurück. Ein Prolog wäre angebracht, eine Einführung. Wer ich bin? Irgendein Typ im Smoking, der scharf auf Ihre Kohle ist?« Er grinste, und einige der Zuschauer grinsten zurück. »In der Tat, das bin ich. Aber ich bin willens, für meine Kohle zu singen und zu tanzen und den Affen zu machen, und im Lauf der Jahre habe ich festgestellt, dass ich das ziemlich gut beherrsche. Warum? Weil ich ehrlich bin. Weil ich die Wahrheit sage. Viele Leute, die vorgeblich das Gleiche tun wie ich, stellen sich vor ein Publikum, hinter dem Rednerpult, und lügen es an.

Oh, diese Leute halten sich nicht für Lügner. Sie meinen es gut, im Großen und Ganzen, aber sie sind nicht bereit, sich selbst einzubringen. Alles von sich preiszugeben. Und wir alle wissen, wenn das passiert, nicht wahr? Eine Stimme in uns sagt, ›er erzählt nur eine Geschichte‹ oder ›sie hat bloß ihre Maske aufgesetzt‹. All die gesellschaftlichen Mechanismen, die Floskeln, die präzisen Bewegungen beim Heben der Teetasse, alles schön und gut – wenn wir es mit Diplomatie zu tun haben.« Er hielt inne, ließ den Augenblick einwirken. »Aber sie sind nicht mehr schön und gut, wenn wir über die hässlichen Dinge auf der Welt reden. Wenn wir über diese Dinge sprechen, dann wollen wir, dass der Mann oder die Frau, die zu uns reden, sich eine Zigarette anstecken, ihre Krawatte lockern und sagen, wie es ist. Ohne Schönfärberei.«

Er griff sich an den Hals. »Ich rauche nicht, aber fangen wir mit der Fliege an.«

Leises Gekicher ging durchs Publikum, als er seine Smokingfliege öffnete. Manches Kichern war nachsichtig, das meiste aber nicht. Gut so. Es bedeutete, dass das Theater, das keines war, funktionierte.

»Ich besitze nur wenige Dinge im Leben«, fuhr er fort. »Meine Mutter starb, als ich sechs Jahre alt war. Meinen Vater habe ich nie gekannt. Mutter war eine Waise, also sind Großeltern für mich nur eine abstrakte Vorstellung. Was ich habe, in der Reihenfolge ihrer Wichtigkeit, sind: meine Tochter, meine Worte und diese Stiftung.

Sie denken jetzt wahrscheinlich, die Stiftung sollte an zweiter Stelle stehen, aber Tatsache ist, ohne die Worte hätte es die Stiftung niemals gegeben. Kriminalromane mögen niemals als ›Literatur‹ betrachtet werden, aber …«, an dieser Stelle grinste er, »sie helfen auf jeden Fall, die Rechnungen zu bezahlen.« Er wartete einen Moment, bis der Humor verflogen war, um ohne plötzliche Hast wieder in Ernsthaftigkeit zu verfallen. »Ich habe das Talent, Worte so zu benutzen, dass Menschen ein Bild sehen. Wenn ich es richtig anstelle, erweckt dieses Bild in ihnen ein Gefühl, einen Gedanken, und bringt sie dazu, etwas zu glauben. Oder, in unserem Fall – wie ich hoffe –, etwas zu tun.

Die Frauen in meinem Leben, so wenige es auch gewesen sind, haben im Allgemeinen festgestellt, dass es mir an vielen Dingen mangelt. Die meisten von ihnen waren angezogen von meinen Worten, nur um erschrocken festzustellen, dass es in meinem privaten Leben an Worten mangelt. Eine hat sogar zu mir gesagt, wortwörtlich: ›Du hast ein verkrüppeltes Herz.‹ Vielleicht hatte sie recht. Aber ich habe meine Worte, und ich hoffe inbrünstig, dass ich sie heute Abend richtig benutze, um Sie das Bild sehen zu lassen, das ich Ihnen unbedingt zeigen möchte.« Eine letzte Pause, zwei Herzschläge, und er fühlte sich bereit. Sie hörten ihm zu, und nicht nur oberflächlich. Sie wollten erfahren, was er zu sagen hatte. Sie wollten die Geschichte.

»Also gut, fangen wir an. Jeder von uns ist die ganze Welt.« Er wartete, ließ diese Worte einwirken. »Was ich damit meine? Nun, es gibt nichts Wichtigeres auf dieser Erde als das Leben. Wir werden geboren, wir träumen, wir leben, wir werden alt, wir sterben. Egal, ob wir unser Leben richtig führen oder nicht, ob wir die Augenblicke genießen, während sie vorüberziehen – nur wenige von uns wünschen sich, dass das Leben endet. Selbst die Ärmsten erheben sich jeden Tag aufs Neue, um zu essen.

Kinder verkörpern den Anfang von allem, für jeden von uns.

Sie sind der Nullpunkt, der Ort, an dem alles möglich ist, alles jung, alles neu. Sie sind das reine Leben, bevor es von unserem Dreck verunreinigt wird. Von unseren Betrügereien, unseren Scheidungen, unseren Fehlern als Eltern, unseren Pleite gegangenen Geschäften und unserer Nikotinsucht. Es gab eine Zeit, so kurz sie auch gewesen sein mag, als wir uns darauf gefreut haben, morgens aufzuwachen. Als jeder Morgen die Möglichkeit enthielt, neue Abenteuer zu erleben, und das hatte nichts mit Macht, Geld oder Sex zu tun. Es hatte mit einer Art von Energie in uns zu tun, einem ungetrübten Glauben, der mit den Jahren immer mehr erlischt.

Wir sehen ein Kind, und wir sehen diese Möglichkeiten. Wir sehen uns selbst, bevor unser Glanz stumpf wurde.

Nun, es gibt unglaublich viele Menschen auf der Welt. Man kann zehn Kinder töten, hundert Kinder, tausend Kinder, und sie gehen geräuschlos unter. Irgendjemand hat mal eine Statistik veröffentlicht, nach der jedes Jahr zehn Millionen Kinder sterben. Ich weiß nicht, ob diese Zahl stimmt oder nicht, aber spielen wir doch ein wenig mit dieser Zahl. Aufgeteilt erhalten wir 1142 Kinder die Stunde. Überlegen Sie. Elfhundert Kinder sind in der vergangenen Stunde gestorben, während wir hier sitzen und unseren Hummer genießen.«

Er zuckte die Schultern. »Das Leben geht weiter. In tausend Jahren sind diese elfhundert Kinder nicht einmal mehr Staub. Sie sind vollkommen vergessen. Es ist, als hätten sie nie existiert, als hätten sie nie diese besondere Energie besessen, und als hätten nie all diese Möglichkeiten in ihnen gebrannt. Berge erheben sich, Ozeane trocknen aus, und das Leben geht einfach weiter.

Worauf ich hinauswill? Dass es leicht ist, die Spur eines einzelnen Sandkorns aus den Augen zu verlieren, wenn man es auf einen Strand wirft. Ich bin hier, um den Fokus enger zu stellen. Um Ihnen zu zeigen, dass es keine Sandkörner sind, über die wir hier reden, sondern die Leichen unserer Kinder.«

Einige der Anwesenden hatten aufgehört zu essen. David sah

alles Mögliche in ihren Augen. Faszination. Betrübtheit. Ablehnung, weil er all diese (unappetitlichen) Dinge sagte.

»Zoomen wir also heran an den Strand, einverstanden? Ein Hauptaugenmerk der Innocent Foundation liegt auf dem Handel mit Kindern. Genaue Zahlen sind nur schwer zu bekommen, deshalb benutze ich einfach die Zahlen, die die UNICEF vor längerer Zeit veröffentlicht hat: eins Komma zwei Millionen. Eins Komma zwei Millionen Kinder Jahr für Jahr, die in die Sklaverei verkauft werden. Sexuelle Sklaverei oder andere. Das macht einhundertsiebenunddreißig Kinder pro Stunde.« Er stieß einen Pfiff aus. »Einhundertsiebenunddreißig Kinder in jeder Stunde! Das ist eine unglaubliche Zahl. Aber sie bringt uns ein ganzes Stück näher heran an den Strand, finden Sie nicht?«

Einige Köpfe nickten zur Antwort.

»Wir können diese Zahl begreifen, so furchtbar sie ist. Wir fangen an zu verstehen.

Zurück zu meiner Eingangsfeststellung, als ich an das Pult getreten bin, um Sie zu langweilen. Ich sagte: ›Wenn man einem Kind Leid zufügt, tötet man einen Teil der Zukunft. Etwas, das hätte sein können, geht unwiederbringlich verloren.‹ Sie erinnern sich?

Ich weiß, das Leben geht weiter«, fuhr er fort. »Kinder werden Erwachsene. Und ja, es gibt Beispiele von missbrauchten Kindern, aus denen Ärzte, Anwälte, Politiker geworden sind. Aber bedenken Sie Folgendes: Was wäre aus einigen dieser Kinder geworden, hätten sie keinen Missbrauch erlebt? Wäre aus einem guten Arzt ein phantastischer Arzt geworden? Hätte ein passabler Schriftsteller am Ende den Pulitzerpreis gewonnen?

Gehen wir noch ein bisschen tiefer.« Er zögerte. »Untersuchen wir ein einzelnes dieser Sandkörner, das in tausend Jahren weniger als Staub sein wird.

Vor ungefähr fünf Jahren habe ich einen jungen Mann kennengelernt. Nennen wir ihn James. Als ich ihm begegnet bin, war James sechzehn Jahre alt. Er stand wegen Vergewaltigung dreier jüngerer Knaben vor Gericht. Es gab keine Rettung für James, doch jemand hatte mir seine Geschichte erzählt, und er erklärte sich einverstanden, sich mit mir zu treffen.

Ich war überrascht, als ich ihm zum ersten Mal begegnet bin. Er war nichts. Ein Niemand. Ein Schluck Wasser, wie es so schön heißt. Fünfzig Kilo mit Kleidung, keine eins siebzig groß. Sein Gefängnisoverall schlackerte ihm am Leib, und er sah merkwürdig fehl am Platz aus. Er war so klein, so weich trotz aller äußerer Härte, und er stand im Begriff, in eine Umgebung abgeschoben zu werden, die ihn ein für alle Mal kaputtmachen würde.

Was mir als Nächstes auffiel, war seine ungewöhnliche Stille. Er war beinahe scheu. Ich konnte mir nicht vorstellen, dass ein so scheuer Bursche kleinen Jungen etwas so Grausames angetan haben sollte.

Wir unterhielten uns lange Zeit. James war, wie sich herausstellte, als Junge von seinem Vater sexuell missbraucht worden. Es fing an, als er fünf Jahre alt gewesen war, und es umfasste jede Form von sexuellem Missbrauch, die Sie sich vorstellen können.

Als James acht war, begann sein Vater, ihn mit anderen Männern zu teilen. Wenn er sich zu wehren versuchte oder protestierte, zog sein Vater ihn nackt aus, schlug ihn, vergewaltigte ihn und sperrte ihn anschließend mit einer dünnen Decke und unzulänglicher Kleidung in den Keller. Das war in Minnesota, und James hat mir erzählt, dass die Winter in Minnesota kalt genug werden konnten, dass das Wasser im Keller um die Sumpfpumpe herum gefror. Er hatte im Keller gelegen, im Winter kurz vor dem Erfrieren, im Sommer halb verdurstet, ohne Toilette, mit nichts als Brot und Wasser. Wenn sein Vater besonders schlecht gelaunt war, ließ er James zwei Wochen und länger im Keller schmoren.«

David wartete. *Jetzt kommt es*, dachte er. *Gleich wird auch den Letzten von euch das Essen im Hals stecken bleiben.*

»Als James vierzehn war, erfuhr er, dass er HIV-positiv war.«
Die Stille war vollkommen. Manche Leute hörten mitten im

Bissen zu kauen auf. David nickte, um dem Augenblick Gewicht zu verleihen.

»Sie haben richtig gehört. Er war irgendwann infiziert worden. Das Gute daran war, es gab eine Untersuchung, und James wurde aus der Obhut seines Vaters entfernt. Die Kehrseite der Medaille – der angerichtete Schaden war irreversibel, und er hörte nicht bei James auf. Zwei der drei Jungen, die er vergewaltigt hatte, waren ebenfalls HIV-positiv.«

Sämtliches Besteck lag auf den Tellern. Er hatte ihre ungeteilte Aufmerksamkeit.

»Bevor jetzt irgendjemand anfängt, sich zu fragen oder zu überlegen, lassen Sie mich eins klarstellen. Kein Cent vom Geld der Foundation wurde dafür ausgegeben, James zu helfen, und dabei wird es bleiben. Er hatte die Grenze überschritten, war selbst zum Kinderschänder geworden, und wir unterstützen keine Kinderschänder, niemals und unter gar keinen Umständen. Das habe ich im Verlauf unserer Gespräche auch zu James gesagt. Ich habe ihn gefragt, ob ich seine Geschichte trotzdem nutzen darf. Ich sagte ihm, es würde vielleicht helfen, anderen Jungen und Mädchen die Erfahrungen zu ersparen, die er gemacht hatte. Wissen Sie, was er geantwortet hat?«

David wartete erneut, doch diesmal nicht um der theatralischen Wirkung willen. Er sah den Jungen vor seinem geistigen Auge. Sein richtiger Name war Simon gewesen, nicht James. Er hatte zu David aufgeblickt, und die Leere und Trauer in seinen Augen waren überwältigend gewesen.

»›Nichts kann verhindern, dass so etwas passiert‹«, sagte James zu mir. »›Aber wenn Sie Geld lockermachen, um den Jungen zu helfen, denen ich wehgetan habe, können Sie meinetwegen über mich erzählen, was Sie wollen.‹

Zwei Jahre später starb James. Er verweigerte jede antiretrovirale Medikamentierung und erkrankte im Gefängnis an AIDS.«

Stille. Aber es war noch nicht vorbei.

»Nicht lange nach seinem Tod setzte sich der Gefängniskaplan mit mir in Verbindung. Er sagte, James hätte im Gefängnis eine Reihe von Zeichnungen angefertigt. Kohlezeichnungen. Er sagte, James hätte ausdrücklich gebeten, dass diese Zeichnungen an mich weitergegeben wurden.« David nickte nach hinten. »Das erste Bild, bitte.«

Auf der Leinwand erschien das Gesicht einer Frau, eine Kohlezeichnung. Die Frau war von vorn zu sehen, mit leicht gesenktem Kinn. Das Haar war dicht und unbändig, und die Augen schienen den Betrachter direkt anzublicken, während ihre Lippen süffisant grinsten. Es sah aus wie eine durchgeknallte Mona Lisa. Es war umwerfend.

»Gütiger Himmel …«, hörte David eine der Frauen murmeln, die ihm am nächsten saßen.

»Das nächste Bild, bitte«, sagte er mit einem Nicken zum Vorführer.

Das nächste Bild zeigte einen jungen Mann. Er war nackt, und er war auf den Knien. Er hatte die Arme himmelwärts erhoben, und auf seinem Gesicht lag ein Ausdruck tiefer Frömmigkeit. Er flehte um irgendetwas. Es sah aus, als wäre alles Flehen in der Geschichte der Menschheit in diesem Bild gebündelt.

Die Stille im Saal war nun vollkommen. David ließ das Bild auf der Leinwand, während er fortfuhr. Er wusste, dass die Leute den Blick nicht würden abwenden können.

»Als James missbraucht wurde, wurde uns allen etwas genommen. Etwas Wunderbares. Überlegen Sie: Wenn er diese Zeichnungen mit sechzehn anfertigen konnte, nachdem er zeitlebens missbraucht worden war – welch großartige Werke hätte er schaffen können, wäre er in einem liebenden Elternhaus aufgewachsen?

Nur ein Sandkorn. In tausend Jahren weniger als nichts. Hätten wir nicht genau hingeschaut, wir hätten niemals erfahren, dass es überhaupt existiert hat. Doch das war das letzte Geschenk von James, meinen Sie nicht auch? Uns zu zeigen, dass es nicht bloß Sand ist, auf dem wir gehen? Sondern dass der Strand aus Millionen Diamanten besteht, die hätten gewesen sein können.«

Er atmete langsam ein und aus, während er sich auf den nächsten Teil vorbereitete. Es wurde irgendwie nie einfacher, egal, wie oft er es bereits getan hatte, doch es war Teil der Geschichte. Sie waren gekommen, um zu helfen, aber sie waren auch wegen der Show hier.

Der Projektor blinkte, und auf der Leinwand erschien ein neues Bild. David hörte die Schreckensrufe, mit denen er gerechnet hatte. Es war ein Foto von einem Rücken. Ob der eines Jungen oder eines Mädchens, war vom bloßen Anblick her nicht zu erkennen. Die Haut war eine Straßenkarte von kreuz und quer verlaufenden Narben: Striemen und Brandmale, Furchen und Risse. Sie begannen an den Schulterblättern und setzten sich fort bis zum unteren Rand des Fotos.

»Das Bild zeigt den Rücken eines fünfzehnjährigen Jungen. Er wurde im Alter von knapp sieben Jahren von einem Mann namens Robert Gray adoptiert.«

Ein neues Bild erschien, diesmal in Schwarzweiß. Es zeigte einen Mann Ende vierzig, Anfang fünfzig. Er war auf seine Weise attraktiv mit kurz geschnittenem Haar und schmalem Gesicht. Seine Augen funkelten hinter einer Brille, und sein Lächeln war herzlich.

»Robert Gray war Angehöriger der Polizei von Austin, Texas. Er war Vietnam-Veteran und mit einem Purple Heart ausgezeichnet. Er hatte kein Vorstrafenregister, und in seiner Personalakte fanden sich zahlreiche Auszeichnungen für seine Arbeit als Polizeibeamter.« Der Rhythmus verlangte nach einer Pause; dann pulsierte er weiter. »Robert nutzte seine Verbindungen, um drei Kinder zu adoptieren. Eines davon war der Knabe, dessen Rücken Sie soeben gesehen haben. Außer diesem Knaben gab es einen weiteren Jungen und ein Mädchen. Alle waren ungefähr gleich alt.

Nach außen hin sah alles ganz sauber aus. Perfekt. Die Wahrheit war eine andere. Bob Gray war, verzeihen Sie mir den Ausdruck, irrer als ein Zwei-Dollar-Obstkuchen.« Niemand kicherte. David hatte nichts anderes erwartet. Jetzt ging es um ernste Dinge, und jeder im Saal hatte es begriffen.

Wieder ein neues Bild erschien auf der Leinwand. Es zeigte eine Kammer. Der Boden bestand aus rauem Holz, die Wände aus Faserplatten. Eine einzelne nackte Glühbirne hing an der Decke. Rechts in einer Ecke standen zwei Blecheimer. Der Raum war fensterlos.

»Bob folterte die drei Kinder regelmäßig. Wenn er mit Foltern fertig war, steckte er sie in die Kammer, damit sie ›über alles nachdenken‹ konnten. Die Eimer dort in der Ecke waren ihre Toiletten.

Die Kinder blieben all die Jahre in diesem Haus eingesperrt – vom siebten bis zum fünfzehnten beziehungsweise sechzehnten Lebensjahr – dem Tag, an dem Bob Gray starb. Sie durften das Haus niemals verlassen.« David blickte starr geradeaus. Er nahm das Publikum kaum noch wahr. »Als die Kinder gefragt wurden, warum Bob ihnen das angetan habe, antwortete eines von ihnen, er hätte versucht, sie dadurch zur ›Weiterentwicklung‹ anzuhalten. Zu *evolvieren*. Zu etwas zu werden, was Friedrich Nietzsche als den Übermenschen bezeichnet hatte. Bob Gray war überzeugt, dass er die Kinder zwingen konnte, notfalls mit Gewalt, sich zu etwas zu entwickeln, das größer war als die Menschen.«

David zwang sich, seine Zuschauer anzusehen. Der Rhythmus verlangte es so. Denn die große Enthüllung stand noch bevor.

»Vor etwas mehr als zehn Jahren habe ich die Innocence Foundation gegründet. Die Idee dahinter war zunächst ein wenig unbestimmt. Ich war ein Bestsellerautor mit ein bisschen Geld, der etwas Gutes tun wollte. Ich wollte Kindern wie James helfen, Kindern wie den dreien, die Bob Gray fast zehn Jahre lang gequält hatte. Ich war damals nicht sicher, wie genau ich das anstellen sollte. Ich wusste nur, dass ich keine Spezialisierung wollte. Die Foundation sollte helfen können, wo immer nötig, ob es dabei um etwas so Einfaches ging wie das Speisen eines hungrigen Kindes oder etwas so Komplexes wie das Anheuern einer ganzen Armee von Privatdetektiven in verschiedenen Ländern, um Informationen über die Produzenten von Kinderpornographie zu erhalten.

Deswegen hielt ich den Zweck der Stiftung einfach. Wir helfen Kindern in Not. Unsere Arbeit besteht darin, Unschuld zu bewahren. Nicht ein Cent findet jemals den Weg zu jemandem, der mitgeholfen hat, einem Kind zu schaden, selbst wenn dieser Jemand selbst noch ein Kind ist, wie im Fall von James.

Seit unserer Gründung hatten wir riesige Erfolge. Wir waren entscheidend an der Beschaffung von Informationen beteiligt, die zur strafrechtlichen Verfolgung von sieben unterschiedlichen Menschenhändlerbanden führten. Vier große Kinderpornographieringe wurden ausgehoben. Hunderte von Kindern wurden aus Sklaverei und Missbrauch gerettet, und zahlreiche Pädophile wurden in Gefängnisse gesteckt.

Wir haben Gelder verwendet, um in Krisenregionen Schulen zu errichten, darunter in Vietnam, Thailand und Indien. Und wir sind auch in der Heimat aktiv. Unsere Futterkrippen helfen Monat für Monat Tausenden von Kindern hier in den Vereinigten Staaten, nicht zu verhungern.« Er wählte vier Gesichter aus, die der Reichsten unter den Anwesenden, und stellte nacheinander mit jedem von ihnen Blickkontakt her. »Wir sind keine Organisation, die nur Informationen beschafft. Wir sind eine Organisation, die *handelt*. Das Geld, das Sie der Innocence Foundation spenden, wird einem guten Zweck zugeführt. Nicht nächstes Jahr, nicht nächsten Monat, nicht nächste Woche, sondern morgen.

Helfen wir jedem Kind? Natürlich nicht. Es ist ein großer Strand, Sie erinnern sich? Aber wir helfen jedem Sandkorn, das wir finden. Das verspreche ich Ihnen. Manchmal ist das Gesamtbild eher hinderlich. Manchmal muss man die Bäume betrachten und nicht den Wald.«

Der Rhythmus verlangsamte sich, doch er hielt nicht an, noch nicht. Es war ein Fluss aus Stimmen und zielstrebiger Bewegung.

»Letzten Endes bin ich mir bewusst, dass sich alles um die Frage des Vertrauens dreht. Den Mann an der Spitze. Wer ist dieser Bursche? Warum sollten Sie ihm Ihr Geld anvertrauen? In dieser Zeit globaler Finanzbetrügereien und falscher Wohltätigkeitsorganisationen – welchen Impuls gibt es da, optimistisch zu sein?«

David öffnete die Smokingfliege und zog sie aus. Als Nächstes kam die Jacke. Er redete weiter, während er die Manschetten seines Hemds aufknöpfte. Das Publikum beobachtete ihn mit stummer Faszination. Selbst diejenigen, die bereits wussten, was als Nächstes kam oder die es schon einmal gesehen hatten, konnten den Blick nicht von ihm nehmen.

»Der Mann, der eine solche Organisation leitet, sollte Erfahrung in diesen Dingen haben. Er sollte nicht nur die Zahlen und Fakten kennen, sondern die Realität dahinter. Er sollte nicht nur von leidenschaftlicher Überzeugung gelenkt sein, sondern Erfahrung auf dem Schlachtfeld haben. Was also, werden Sie sich fragen, macht einen Krimiautor zum vertrauenswürdigen Repräsentanten einer Organisation wie der Innocence Foundation?«

Auf der Leinwand erschien noch einmal das Bild des vernarbten Knabenrückens, rechtzeitig, während David die letzten Knöpfe seines Hemds öffnete und es abstreifte. Das Publikum gaffte mit offenen Mündern. David beugte sich vor, um ins Mikrofon zu sprechen.

»Der Knabe auf der Leinwand«, sagte er und deutete hinter sich, »bin ich.«

Er drehte sich um. Der Rhythmus hatte die Kontrolle übernommen und steuerte nun alles. Die Narben auf seinem Rücken waren stumm, doch sie erzählten jene Geschichte, die erzählt werden musste.

*Brot und Spiele*, dachte er, *triumphieren immer noch und zu jeder Zeit über die Realität.*

\*\*\*

»David! Eine wundervolle Rede heute Abend!«

Die Frau war um die sechzig, mit straffem Gesicht, entweder Nutznießerin oder Opfer zahlreicher plastischer Operationen, je nach Blickwinkel. Außerdem war sie reicher als Gott und eine langjährige Förderin der Stiftung.

»Hallo, Bernice.« David lächelte und ließ sich auf die Wange küssen.

Sie schnappte sich eine Champagnerflöte vom Tablett eines vorbeikommenden Kellners. »Und?«, wollte sie wissen. »Wie ist es gelaufen?«

»Ziemlich gut.« David nahm einen Schluck von seinem eigenen Glas. »Dieses Ehepaar, das Sie mitgebracht haben, die McCarthys, haben eine großzügige Summe gespendet. Sehr großzügig. Danke, Bernice.«

»Oh, das ist nur recht und billig«, erwiderte Bernice. »Die Frau gibt jedes Jahr mehr Geld dafür aus, sich das Fett aus dem Hintern absaugen zu lassen, als andere Leute in ihrem ganzen Leben verdienen.«

David grinste. Die gute Bernice. Immer zu einem kleinen Scherz aufgelegt.

Ein Kellner näherte sich und hielt David ein silbernes Tablett hin, auf dem eine kleine weiße Karte lag. »Das wurde eben für Sie abgegeben, Sir.«

»Danke.« David nahm die Karte vom Tablett und klappte sie auf.

»Von einer Verehrerin?« Bernice lächelte.

David hätte gerne eine schlagfertige Antwort gegeben, brachte aber keinen Laut hervor. Sein Mund war mit einem Mal staubtrocken, und das Herz schlug ihm bis zum Hals.

Bernice musterte ihn verwirrt. »David? Alles in Ordnung mit Ihnen?«

Auf der Innenseite der Karte stand in schwarzer Tinte ein einziges Wort:

EVOLVIERE

»Hallo!«, rief David dem Kellner hinterher. Der Mann kam zurück. »Wer hat Ihnen die Karte gegeben?«

»Ein Gentleman, Sir. Ich habe ihn nicht nach dem Namen gefragt.«

»Wann war das?«

»Vor höchstens fünf Minuten.«

»Bitte entschuldigen Sie, Bernice, aber ich muss mich sofort darum kümmern.«

Bernice hob zustimmend ihr Champagnerglas.

David packte den Kellner beim Arm. Zum Glück war er einer von der alten Garde, die sich dauerhaft für ihren Beruf entschieden hatten und in der Regel aufmerksamer waren als ihre jüngeren Kollegen, die nur vorübergehend in diesem Job arbeiteten. »Wie heißen Sie?«, fragte David.

»Angelo, Sir.« Der Mann mochte um die fünfzig sein. Er war gut eins achtzig groß, so wie David, aber dicker, eher wie Charlie. David bemerkte, dass die Nase des Mannes einmal gebrochen war.

»Haben Sie früher geboxt, Angelo?«

Der Kellner lächelte. »Ist lange her, Sir.«

»Bei mir auch. Hören Sie, Angelo, Sie müssen sich im Saal umsehen. Jetzt sofort. Sagen Sie mir, ob der Mann, der Ihnen die Karte gegeben hat, noch da ist.«

Angelo fragte nicht nach einer Begründung, noch zögerte er. Stattdessen ließ er den Blick über die Menge schweifen. »Nein, Sir«, sagte er nach ein paar Sekunden. »Ich fürchte, er ist gegangen.«

*Verflucht!*

Der Kellner blickte unbehaglich drein. »Hätte ich die Karte nicht annehmen sollen, Sir?«

David zwang sich zu einem beruhigenden Lächeln. Es war schließlich nicht Angelos Problem, und der Mann hatte nichts Falsches getan. »Aber nein. Verrückte Fans sind ein Berufsrisiko.«

»Sind Sie sicher, Sir?«

David grinste. »Klar. Wenn er mir zu nah auf die Pelle rückt, breche ich ihm die Nase, so wie Ihr Gegner damals Ihnen.«

Angelo lächelte. »Wenn Sie wüssten, was mit ihm passiert ist.«

»Sie haben ihn k.o. geschlagen?«

»Ich habe ihm die Freundin ausgespannt und sie geheiratet.«

David musste lachen. »Auch eine Art von Knockout.«

Er drängte dem Kellner hundert Dollar Trinkgeld auf und versicherte ihm noch einmal, dass alles in bester Ordnung sei. Als er wieder allein war, fiel das Lächeln von ihm ab wie eine Maske.

Was er gesagt hatte, entsprach der Wahrheit. Er hatte im Lauf der Jahre eine Reihe merkwürdiger Geschenke von merkwürdigen Fans erhalten. Eine besonders glühende Verehrerin hatte ihm ihr Höschen geschickt (*hey, Mann, du hast ein Groupie!*), und jemand anders hatte ihm – wie gruselig – per Post eine Hornbrille geschickt, begleitet von einem Brief: *Wenn Sie sehen könnten, was ich gesehen habe …* David hatte die Brille behalten und den Brief weggeworfen.

Vielleicht war das hier etwas Ähnliches. Schließlich waren Bob Gray und sein »Evolutionsszenario« kein Staatsgeheimnis. Jeder mit einem Internetanschluss und genügend Zeit konnte diese Geschichte ausgegraben haben. Und noch eine Menge mehr.

»Da sind Sie ja.« Bernice war zurück. Diesmal hatte sie Elizabeth McCarthy im Schlepptau, die Frau mit dem abgesaugten Hintern.

David steckte sich die Karte in die Jackentasche und setzte sein strahlendstes Lächeln auf, das seine Mutter ihm vererbt hatte. Es leistete ihm immer noch gute Dienste.

»Freut mich, Sie kennenzulernen, Mrs. McCarthy«, sagte er.

Er ließ sich von den Frauen in sinnentleerten Smalltalk verwickeln, aber es gelang ihm nicht, seine Unruhe abzuschütteln.

*Evolviere.*

Warum dieses Wort?

Warum jetzt?

## KAPITEL 4 *Allison*

*Austin, Texas*
*Drei Tage vor dem ersten großen Beben*

Allison träumte von Nathaniel Reardon, dem Serienkiller ohne zweiten Vornamen.

Nathaniel war gerade sechsundzwanzig geworden, als sie ihn kennengelernt hatte. Er war schmal, ein richtiger Hänfling, besaß aber eine Ausstrahlung, die bewirkte, dass die Leute ihn trotz seiner relativ jungen Jahre ernst nahmen. Es war eine Mischung aus Selbstbewusstsein ohne Arroganz und einer scheinbar mühelosen Stärke. Niemand wäre je auf den Gedanken gekommen, ihn »Nate« zu rufen. Er vermittelte einem das Gefühl, der richtige Mann zu sein, wenn irgendeine unangenehme, unvermeidliche Sache erledigt werden musste.

Nathaniel Reardon war acht Jahre zuvor in das FBI-Büro von Austin, Texas, spaziert, mit einem ganzen Bankschließfach voller Mordfälle unter dem Arm.

Allison erinnerte sich noch, wie Josh Grady den Kopf in ihr Büro gesteckt hatte. »Da fragt so ein Typ nach dir.«

»Ein Spinner?«

Grady zuckte die Schultern. »Keine Ahnung. Aber er hat

einen ganzen Berg digitaler Videoaufnahmen dabei und wollte zu dir.«

Allison runzelte die Stirn. »Zu mir? Hat er gesagt warum?«

»Nein. Nur dass er Informationen hat, die außer dir keinen was angingen.« Grady grinste. »Ganz schön geheimnisvoll, was?«

Allison blickte auf die Fotos, die vor ihr auf dem Schreibtisch lagen, und suchte nach einem entscheidenden Detail, das ihr bei den tausend vorhergegangenen Sichtungen des Materials nicht aufgefallen war. *Was hast du übersehen?* Der Killer stand offenbar auf kräftig gebaute Brünette Mitte bis Ende zwanzig. Er erwürgte sie mit bloßen Händen, um sich anschließend an den Leichen zu vergehen. Sie hatten Fingerabdrücke von den Hälsen der Opfer genommen und sowohl Spuren von Sperma als auch Haare gefunden. Verdammt, sie ertranken förmlich in Indizien. Sie wussten eine ganze Menge über den Mörder. Nur nicht, wer er war.

Allison lehnte sich im Bürostuhl zurück und seufzte. »Ich drehe mich sowieso im Kreis. Vielleicht ist ein Spinner genau das, was ich jetzt brauche, um wieder klaren Kopf zu bekommen. Schick ihn zu mir.«

Kurz darauf stand Nathaniel Reardon im Eingang zu ihrem Büro.

»Spartanisch«, hatte er mit einem Blick in die Runde bemerkt. Dann hatte er Allison angeschaut, und die Gesichter der toten Mädchen waren schlagartig vergessen.

Allison hatte normalerweise ein Gespür dafür, ob ihr Gegenüber schon einmal einen anderen Menschen getötet hatte. Fragte man sie, woran sie es erkannte, lautete ihre Antwort meist: »An den Augen.« Ein Mensch, der einem anderen das Leben genommen hatte, egal aus welchem Grund, war nicht mehr derselbe wie vorher. Die Veränderung war daran zu erkennen, wie er die Welt betrachtete.

Nathaniel Reardon wusste genau, wie es war, ein Leben zu

nehmen, das bemerkte Allison sofort. Was ihr jedoch entging, war der Hauch von Traurigkeit, die den Mann umgab.

Er hielt die Kassette hoch. »Wo soll ich sie hinstellen?«

»Was ist das?« Allison konzentrierte sich auf seine Augen, suchte nach einem Hinweis darauf, was er vorhatte.

Reardon grinste schief. »Beweise für ein Verbrechen.«

»Was für ein Verbrechen?«

Das Grinsen wurde wölfisch. Gebleckte, spitze Fänge. Nathaniel Reardon, erkannte Allison in diesem Moment, mochte seine Mahlzeiten körperwarm und vorzugsweise noch zuckend. Doch seine Augen blickten gelassen, beinahe freundlich. Sogar ein bisschen belustigt.

»Ein Verbrechen der schlimmsten Sorte. Was denn sonst, Ma'am?«, sagte er in gespieltem Südstaatencharme. »Eins von den Verbrechen, die mit jungen Frauen zu tun haben, mit Schreien, Wimmern und Todesangst. Eine Angst, die sich über lange Zeit hinzieht. Über Monate, wenn nicht Jahre.« Er lächelte wölfisch. »Kurz und schmerzlos, das war nie mein Ding.«

*Du solltest deine Waffe ziehen, Mädchen,* schrie eine Stimme Allison zu. *Sofort!*

Es war ihre »Mahnstimme«. Allison hatte gelernt, dieser Stimme blind zu vertrauen. Wenn die Mahnstimme sagte »Runter!«, dann war es besser, sich blitzschnell in den Staub zu werfen und erst hinterher Fragen zu stellen.

Verdeckt vom Schreibtisch, zog sie mit einer Hand die Waffe aus dem Halfter, legte den Finger an den Abzug und zielte auf den Boden. »Warum stellen Sie die Kassette nicht einfach vor sich hin, Mr. Reardon? Anschließend treten Sie einen Schritt zurück und rühren sich nicht von der Stelle, okay?«

Reardons Raubtierlächeln bekam menschlichere Züge. »Klar. Es ist Ihr Büro.« Er stellte die Kassette auf den Boden und trat zurück. »Gut so?«

»Warum sind Sie hier, Mr. Reardon?«

»Weil ich meine Sünden beichten möchte.«

Allison kniff die Augen zusammen und musterte ihn mit zur Seite geneigtem Kopf. »Nein«, sagte sie mit leiser, nachdenklicher Stimme. »Nein. Das ist nicht der Grund, warum Sie gekommen sind.«

Sie war nicht ganz sicher, woher sie es wusste, aber das änderte nichts am Ergebnis. Irgendetwas an seinem Grinsen vielleicht … oder an seinen Augen. Allison wusste nicht, was Nathaniel Reardon in ihr Büro geführt hatte, aber es war bestimmt nicht das Bedürfnis nach einem Geständnis oder nach Absolution.

Reardon kicherte als Antwort und bestätigte auf diese Weise, dass Allison richtig lag. »Stimmt genau. Das ist nicht der Grund, weshalb ich hier bin. Oh, verstehen Sie mich nicht falsch.« Er nickte in Richtung der Kassette. »Das da ist eine phantastische Sammlung von Abscheulichkeiten. Mein Lebenswerk, sozusagen. Aber ich hätte mich niemals einfach so aufgegeben, nur um einem narzisstischen Impuls nachzugeben.« Schlagartig verschwand alle Menschlichkeit aus Reardons Augen. Er zwinkerte Allison zu. Sie zuckte zusammen. Er war ein Monster. Ein Dämon. Ein Alien. »Mein Mädchen behandelt mich wie einen Gott, weil ich für sie Gott *bin*. Wenn ich es von ihr verlange, kriecht sie nackt auf allen vieren durch die Wohnung, hebt das Bein, um an die Wand zu pinkeln, vergisst die menschliche Sprache und bellt wie ein Hund.« Reardon lachte schrill. »Eines meiner Mädchen musste das über Monate hinweg. Dabei hat sie tatsächlich das Reden verlernt. Sie fing an zu sabbern, wenn sie hörte, wie ich eine Dose Hundefutter aufgemacht habe. *Das* ist wahre Macht, Ma'am.« Er zuckte die Schultern. »Ich brauche keine Anerkennung von außen. Meine Mädchen geben mir die Bestätigung, die ich brauche … Gott segne sie.«

*Pass jetzt auf,* warnte Allisons Mahnstimme. *Er macht sich bereit. Was immer er im Schilde führt – es ist jeden Moment so weit.*

Allison war inzwischen aufgestanden und hatte die Pistole nun in beide Hände genommen. Sie stellte die Füße weiter auseinander und neigte den Oberkörper leicht vor, um den Rückstoß der Waffe besser auffangen zu können, sobald sie feuern musste.

»Warum sind Sie dann hier?«, fragte sie.

Für einen winzigen, atemberaubenden Moment huschte ein abscheulicher Ausdruck über Reardons Züge – so widerlich, wie Allison es noch nie bei einem Menschen gesehen hatte. Schlagartig lief er rot an. »Ich bin jemandem über den Weg gelaufen, der besser ist als ich. Dieses Individuum … es hat mich in die Ecke gedrängt«, flüsterte er, und in seinen Augen loderte der Wahnsinn. Die Sekunden dehnten sich und verrannen. Reardon gewann seine Selbstbeherrschung zurück. »Keiner mag es, wenn ein anderer ihm vorschreibt, was er zu tun hat.«

»Wer ist dieser Jemand?«, fragte Allison. »Das ist die Hunderttausend-Dollar-Frage, stimmt's?«

Reardon nickte so eifrig wie ein Kind, das Besserung gelobt, nachdem man es bei einer Lüge ertappt hat. »Ich sehe, Sie sind eine kompetente Person, Ma'am. Sie vergeuden nicht gerne Zeit, stimmt's? Das respektiere ich. Echte Kompetenz ist das Einzige, vor dem ich wirklich Achtung habe.« Das schiefe Grinsen kehrte zurück. »Der Jemand, von dem wir hier reden, ist sehr kompetent. *Unfassbar* kompetent. Weit außerhalb meiner Reichweite, und wahrscheinlich auch Ihrer …«

»Sir?«, unterbrach Allison ihn mit geduldiger Stimme. »Ich weiß, dass Sie unbewaffnet sind. Sie haben eine Kassette voller Videos hierher gebracht, aus denen nach Ihren Worten hervorgeht, dass Sie ein gefährlicher und fähiger Mann sind. Wissen Sie was? Ich glaube Ihnen. Also hören wir auf mit dem Geschwätz, und kommen wir zur Sache.«

Allison hatte vor langer Zeit eine grundlegende Einsicht gewonnen, wie fast jeder Cop früher oder später: Die Wahrheit ist ein machtvolles Werkzeug, besonders im Umgang mit Psychopathen. Es liegt nicht so sehr daran, dass manche Kriminelle imstande sind, Lügen zu riechen; es hat damit zu tun, dass nichts auch nur annähernd so sehr nach Wahrheit riecht wie die Wahrheit selbst.

»He, he, langsam«, sagte Reardon grinsend. »Schicken Sie einen Mann nicht vorschnell in den Tod.«

Allison antwortete nicht, und das Grinsen wich aus Reardons höhnischer Fratze. Boshaftigkeit waberte um ihn herum wie die flirrende Luft bei einer Fata Morgana. »Sie sind eine Fotze. Aber das wissen Sie schon, stimmt's?«

»Jedenfalls sind Sie nicht der Erste, der es mir sagt.«

Reardon lachte erneut, und diesmal schien seine Erheiterung echt zu sein. Allison erkannte, dass sie keinen Grund hatte, an seiner Aufrichtigkeit zu zweifeln. Jeder freut sich über einen guten Lacher – wie damals der Mann, der während des Verhörs gestanden hatte: »Es ist nicht immer nur Hauen und Stechen und Schlitzen und Vögeln, tagein, tagaus. Schön, vielleicht ist man gerade aus der Haut gefahren und hat die Nutte erledigt, die einem den Parkplatz wegnehmen wollte. Verständlich. Man sollte nur nicht vergessen, die Rechnungen zu bezahlen und den Müll rauszustellen, wenn man nach Hause kommt.«

»Vor sieben Tagen kam jemand zu mir«, sagte Reardon. »Ich bekam eine CD mit dem digitalisierten Inhalt dieser Kiste da.« Er nickte in Richtung der Kassette auf dem Fußboden. »Dabei waren die Videos ausnahmslos für meinen persönlichen Gebrauch bestimmt, denn sie sind …«

»… eindeutig«, beendete Allison seinen Satz.

Er stieß mit dem Finger in ihre Richtung. Das hungrige Grinsen kehrte zurück. »Hey, das haben sie ganz toll ausgedrückt! Genau das ist es. *Eindeutig!* Wenn es ein Wort gibt, das auf den Inhalt dieser Bänder zutrifft, dann *eindeutig.* Ohne jeden beschissenen Zweifel.«

»Was haben Sie getan, nachdem Sie die CD bekommen hatten?«

»Ich habe mich erkundigt, wie die Bedingungen meines Besuchers lauten, was sonst?« Das Lächeln kehrte zu seiner falschen

Gewöhnlichkeit zurück. »Genau wie Sie versuche auch ich, stets ohne Umschweife zur Sache zu kommen. Dieses Individuum wollte offensichtlich etwas von mir. Und weil es *wusste*, wen es vor sich hatte, ging ich davon aus, dass es sich um eine sehr ungewöhnliche Gefälligkeit handelte … was sich dann auch als zutreffend erwies.«

»Das glaube ich gern«, sagte Allison.

»Dieses Individuum sagte zu mir – wortwörtlich –, ich sei ›erledigt, restlos erledigt, dreimal erledigt‹. Ich wurde darüber informiert, dass Kopien von dem Material morgen früh an das FBI geschickt würden und dass dies nicht verhandelbar sei.« Reardon hob die Augenbrauen. »Ich war ganz schön sauer, wie Sie sich wohl denken können.«

»Wer wäre das an Ihrer Stelle nicht gewesen?«, erwiderte Allison, bemüht, nicht allzu ironisch zu klingen. »Es steht schließlich im kriminellen Einmaleins ganz oben: ›Lass dich nicht erwischen.‹«

Reardon blickte zur Seite. »Als ich jung war, hat mein Vater mir beigebracht, dass man sich nie ein Tier halten soll, wenn man es notfalls nicht zu töten bereit ist. ›Wenn du nicht mit den Härten des Lebens fertig wirst‹, hat er mir gesagt, ›dann geh nicht auf die Achterbahn. Denn wenn du erst einmal draufsitzt, dann sitzt du drauf, den ganzen Weg bis zum Ende.‹ Es war eine kluge Beobachtung, besonders von einem Mann, der im Allgemeinen nicht der schlaueste Keks im Karton war.«

»Worauf wollen Sie hinaus, Mr. Reardon?«

»Na ja – wenn man die Fahrt antritt, muss man wissen, wann sie zu Ende ist. Mir wurde ziemlich schnell klar, wo ich angekommen war. Und dass es keine Option für mich war, das Individuum zu töten.«

»Dem Beiklang von Respekt in Ihrer Stimme entnehme ich, dass dieses mysteriöse Individuum ein Er war, oder?« Sie lächelte. »Seien wir doch mal ehrlich, Nathaniel: Über eine Frau würden Sie nie so respektvoll reden. Über mich zum Beispiel.«

»Genau, du Fotze.« Reardon grinste sie beinahe freundlich an. Die seltsamen Widersprüche, die man bei Kreaturen wie Nathaniel Reardon beobachten konnte, jagten Allison immer wieder eine Gänsehaut über den Rücken. »Er sagte mir, ich könne einen letzten Triumph feiern. Ich könne dir, Fotze, etwas erzählen, das dir sehr, sehr wehtut. Er wusste, dass mir dieser Gedanke gefallen würde. Er wusste, ich würde nicht widerstehen können, wenn ich eine letzte Chance bekäme, eine Frau zu erleben, die sich in Qualen windet.« Er ließ den Blick besitzergreifend von ihren Füßen bis zum Gesicht schweifen. »Eigentlich bist du zu alt für mich, aber wie heißt es so schön? In der Not frisst der Teufel Fliegen.«

*Erschieß ihn*, sagte Allisons Mahnstimme. *Knall ihn ab, bevor er sagen kann, was er sagen will, was immer es sein mag.*

Die Stimme klang drängend, doch Allison ignorierte sie. Die Tatsache, dass die Stimme recht hatte, bedeutete noch lange nicht, dass sie in einer bestimmten Situation die besten juristischen Ratschläge erteilte.

*Abgesehen davon – warum sollte ich Angst haben?* Sie studierte Reardon aufmerksam. *Das hier ist mein Büro. Ich bin FBI-Agentin. Ich halte eine Waffe in den Händen. Leck mich am Arsch, Mister.*

»Wissen Sie was?«, sagte sie, und ihre Stimme klang plötzlich weit entfernt. »Ihr Kerle seid doch alle gleich.«

Sie spürte, wie ihre Lippen sich zu einem Grinsen verzogen, das alles andere als nett war. Sie hatte es mal in einem Spiegel beobachtet. Es verwandelte ihr Gesicht in eine Maske. Eine kalte, sterile, ausdruckslose Fratze. Ihre Augen verloren jeglichen Glanz, jegliches Gefühl.

*Ich weiß.* Das war alles, was dieses Grinsen sagte. Doch in der richtigen Situation konnte es die stärkste Waffe sein, die es gab. *Ich weiß, Nathaniel*, sagte ihr Grinsen, begleitet von einem ätzenden Kichern. *Ich weiß, was du machst, wenn niemand dir dabei zusehen kann, und ich weiß, wie erbärmlich es ist. Wenn du darüber reden würdest – wenn du darüber reden* könntest –, *würdest du es wahrscheinlich als Ausdruck deines Genies und deiner Macht verkau-*

*fen, aber du und ich, wir kennen die Wahrheit. Du bist bloß ein arm-seliger, jämmerlicher Schlächter.*

Die Wut drohte wieder aus Reardon hervorzubrechen, Allison sah es ihm an, doch irgendwie hielt er sich unter Kontrolle. »Mal sehen, ob Sie noch lachen, wenn ich mit Ihnen fertig bin!«

»Wenn Sie jemals fertig werden, Nathaniel. Das ist noch so eine Gemeinsamkeit von euch armseligen Arschlöchern. Ihr hört euch gerne reden. Wenn ihr erst mal die Klappe aufmacht, könnt ihr gar nicht mehr aufhören.« Allisons Stimme war hell und hart wie eine frisch geprägte Münze – oder wie ein Hammer aus funkelndem Edelstahl.

Der Killer lachte quiekend. Das Geräusch ging Allison durch Mark und Bein. »Ich muss schon sagen, Agent Michaels – ich bedaure, Sie nicht früher kennengelernt zu haben. Sie sind eine ganz schön unverschämte Sau, wie mein Großvater sich ausgedrückt hätte.«

»Ich bin sicher, er wäre stolz auf Sie.«

»Großvater war nur auf eine Sache stolz – dass er es geschafft hatte, die Mädchen aus drei verschiedenen Generationen seiner eigenen Familie zu vögeln. Aber schön, machen wir weiter. Der Mann sagte mir, ich soll Ihnen Folgendes ausrichten, und ich zitiere wörtlich: ›*Er hat dir etwas ins Ohr geflüstert, und danach war alles anders. Möchtest du die Antwort auf die Frage hören, die du dir seitdem unentwegt stellst?*‹«

Allison fühlte sich, als hätte ihr jemand den Boden unter den Füßen weggezogen. Ihr stockte das Herz, und für einen Moment bekam sie keine Luft. Sie starrte Reardon an, der sie mit hungrigem Blick musterte.

»Wer war der Mann?« stieß Allison hervor, und sie hasste den Schmerz und die Wut in ihrer Stimme.

Reardon gab seine Bemühungen auf, sein Raubtiergrinsen zu verbergen. Er gackerte laut. Er war erst sechsundzwanzig, doch es klang in Allisons Ohren wie ein Geräusch, das ein zahnloser alter

Mann von sich gibt, der sich auf Kosten eines anderen köstlich amüsiert. »Jesses, wie Sie ihn hassen! Was um alles in der Welt hat dieser Mann Ihnen angetan?«

»Wer ist er?« Allisons Stimme bebte.

Reardon griff in die Tasche seines blauen Anzughemds und holte ein Einwegfeuerzeug und ein dünnes weißes Blatt Papier hervor. Er drehte am Rädchen des Feuerzeugs, und eine kleine blaue Flamme züngelte auf. Er hielt das Papier zwei Fingerbreit daneben.

»Das hier nennt sich Pyropapier. Es wird hauptsächlich von Zauberkünstlern benutzt. Es verbrennt blitzartig und ohne Rückstände – *puff* und weg! Auf dieses Papier habe ich den derzeitigen Aufenthaltsort meiner letzten Freundin geschrieben. Sie lebt noch …« Er zwinkerte. »Auch wenn sie sich nicht mehr allerbester Gesundheit erfreut, wie ich gestehen muss. Ich werde Ihnen die Antwort geben, die er mir aufgetragen hat, und danach jagen Sie mir eine Kugel in den Kopf. Tun Sie es nicht, halte ich das Papier in die Flamme.«

*Erschieß ihn jetzt gleich*, drängte Allisons Mahnstimme. *Besser, du erfährst die Antwort nicht.*

»Oder Sie erschießen mich jetzt gleich, bevor ich es Ihnen anvertrauen kann«, sagte Reardon, als hätte er ihre Gedanken gelesen. Eine Gänsehaut überlief sie.

Reardon wartete eine Sekunde. Sein Mund stand erwartungsvoll offen. Der Augenblick verging, und er gackerte erneut. »Ohooo, ich lebe ja noch! *Pandora – hier ist deine Schwester!*«

»Was hat der Mann gesagt?«, flüsterte Allison.

Reardon gab ihr die Antwort.

Und Allison schrie.

Es war ein Schrei, der ihre Kollegen aufschreckte. Sie rissen ihre Waffen hervor und stürmten zu Allisons Büro. In Reardons Augen loderte das Feuer der Hölle, und er hatte die Zähne gebleckt. Allison sah, wie seine Hose sich beulte, als er eine Erektion bekam.

115

»Siehst du, Fotze?«, sagte Reardon, und seine Stimme klang beinahe nachdenklich. »Warum sollte ich auf so unglaubliche Gefühle verzichten?« Er starrte ihr in die Augen. »Verstehst du, was ich meine? Dass ich gegenüber meinen Frauen keinen Zorn verspüre, nur tiefste Dankbarkeit?« Er lachte erneut, und es widerte Allison an. Es war ein *erfülltes* Lachen. Das Lachen eines Menschen, der am Ende einer Reise angekommen war, mit Bedauern zwar, aber auch mit einem Gefühl tiefer Genugtuung. »Ja«, sagte er nickend, mehr zu sich selbst als zu Allison. »Es war eine höllische Fahrt, aber ich bedaure keine Minute. Kannst du das auch von dir behaupten?«

»Wahrscheinlich nicht«, flüsterte Allison, erfüllt von Ekel und Wut. »Aber wenigstens lebe ich noch.«

Mit einer gleitenden Bewegung hob sie die Waffe und feuerte. Dreimal.

***

»O Gott, nein!«, rief Allison im Schlaf. »Bitte nicht!« Es war die schmerzerfüllte Stimme eines Kindes, das als Gegenleistung für seine bedingungslose Liebe brutale Gewalt bekommen hatte. »Bitte nicht …«

Jake beobachtete, wie Allison sich hin und her warf, und bewunderte ihren nackten Hintern. Er saß mit dem Rücken am Fußende ihres Bettes und rauchte, obwohl sie ihm gesagt hatte, er dürfe in ihrer Wohnung nicht rauchen.

Er war noch nicht ganz sicher, was er von diesem Miststück halten sollte.

Jake Weems war ein großer, schwerer Mann, knapp über eins neunzig, bepackt mit gewaltigen Muskelbergen, erworben während eines fünfjährigen Aufenthalts in einem Staatsgefängnis nach einer Verurteilung wegen Raubes und Körperverletzung. Er hatte braunes Haar, das er schulterlang trug. Sein Gesicht war hart, kantig und bedrohlich. Er hatte Freude an (nach eigenen

Worten) billigem Bier, willigen Weibern und Rock 'n' Roll aus den Fünfzigern.

»Ich bin keine Pussy und war nie eine«, hatte er einmal zu einem Saufkumpan gesagt. »Ich hab im Knast kein einziges Mal den Schwanz eingekniffen, Kumpel, auch wenn ein paar verdammte Bastarde ihr Glück bei mir versucht haben. Ich hab nie gekniffen.«

Das entsprach nicht ganz der Wahrheit. Jake hatte sogar mehr als einmal gekniffen. Oh, er hatte gekämpft, aber so groß und stark er auch sein mochte, im Knast gab es immer einen, der noch größer und stärker war. Seine Entjungferung verdankte er einem Riesen namens Sugar James. Sugar (er wurde wegen seiner Haare so genannt, die schon vor dem dreißigsten Lebensjahr weiß geworden waren) war zwei Meter zehn groß und satte fünfundzwanzig Kilo schwerer als Jake, und er gehörte den Aryan Nations an.

»Du gehörst mir, Süßer«, hatte Sugar gesagt. Mehr nicht, soweit Jake sich erinnern konnte. Sugar war kein großer Redner, eher ein Mann der Tat.

»Davon träumst du nur!«, hatte Jake gebrüllt.

Und dann hatte er sich auf Sugar gestürzt, ohne nachzudenken. Im Knast ging es darum, zuerst, am härtesten und am schnellsten zuzuschlagen. Jake wollte es kurz und schmerzhaft machen. Er war ein brutaler Schläger, der keine Angst kannte. Er hatte mehr Prügeleien hinter sich, als er zählen konnte, und er war immer Sieger geblieben. Ein blutender Sieger manchmal, dem der eine oder andere Knochen gebrochen worden war, aber jedes Mal der Sieger.

Doch Sugar kämpfte in einer anderen Liga.

Jake hatte ihn zuerst getroffen, voll und hart. Zwei Schläge in die Magengrube, einen ans Kinn. Es war, als hätte er die Fäuste gegen eine Mauer gerammt. Sugars Bauchmuskeln waren hart wie Beton, und sein Kinn war wie Granit. Er hatte ein bisschen geschwankt unter Jakes Treffern, aber dann hatte er zurückgeschlagen. Es war, als hätte Jake die Faust eines zornigen Gottes getroffen.

Als er zu sich kam, spürte er Sugars Glied in sich. Zu seiner Bestürzung musste er feststellen, dass Sugar *überall* riesig war. Es hatte nicht lange gedauert. Sugar hatte kein Wort gesagt. Jake hatte nur das schwere Atmen und Grunzen seines Vergewaltigers gehört, sonst nichts. Seine Schreie hatte er unterdrückt. Als Sugar fertig gewesen war, hatte er sein Ding herausgezogen und Jake mit seiner fleischigen Hand einen Schlag auf den Hintern versetzt. Dann hatte er ein mit Sperma gefülltes Kondom neben Jakes Kopf auf das Bett geworfen.

»Keine Bange, Süßer. Ich benutze immer einen Pariser, weil ich auf AIDS verzichten kann. Wenn du ein braver kleiner Junge bist und dich nicht wehrst, bleibt die Sache unter uns, okay?«

Jake war Realist, und letzten Endes tat er, was Sugar ihm empfohlen hatte. Einmal Nutte, immer Nutte. Es war ein Gestank, der sich nicht wieder abwaschen ließ. Wenn Sugar bereit war, die Sache für sich zu behalten, schön. Er würde sich ohnehin nehmen, was er wollte. Wenigstens konnte Jake versuchen, seinen Ruf zu wahren.

Als er aus dem Knast entlassen worden war, hatte er sich verändert, aber nicht zum Besseren. Er hatte Frauen nie gut behandelt, hatte ihnen immer die Fäuste zu schmecken gegeben, doch jetzt war er noch grausamer, noch brutaler. Er entwickelte eine Nase für die Schwachen unter ihnen. Und manchmal, ganz selten, fragte er sich (in bestimmten Regionen seines Hirns, die er lieber nicht näher erkunden wollte), ob er nicht vielleicht den gleichen Gestank absonderte.

Es war verblüffend, aber er konnte sie tatsächlich erkennen – die Frauen, die nicht nur bereit waren, das zu ertragen, was er mit ihnen trieb, sondern die es tief im Innern *brauchten*. Die es *genossen*. Es gab welche, die feucht wurden, wenn man ihnen die Fresse polierte. Selbst Jake war überrascht, wie viele von dieser Sorte herumliefen. Offenbar gab es eine Menge kaputter Muschis auf dieser Welt. Diese Erkenntnis hätte viele Männer traurig gestimmt, doch Jake war dankbar dafür.

Er nahm einen Zug von seiner Kippe und stieß den Rauch aus.

Aber *dieses* Luder hier … er war nicht sicher. Sie hatte ihn in einer Bar aufgerissen, und er war mehr als glücklich darüber gewesen. Sie war schlank, hatte langes blondes Haar und hübsche Titten. Sie war über ihn hergefallen, kaum dass sie durch die Tür ihrer Wohnung gewesen waren.

Sie war eine Naturgewalt gewesen. Normalerweise zog Jake es vor, selbst die Initiative zu ergreifen, aber wenn eine dieser Nutten ihn benutzte, um sich in die Besinnungslosigkeit zu vögeln, sagte er nicht Nein. Auf dem Speiseplan hatte so ziemlich alles gestanden – bis auf den Hintereingang. Das hatte sie ihm klar und deutlich zu verstehen gegeben, und er hatte sich daran gehalten. Er wäre dumm gewesen, einen kostenlosen Fick in eine Anklage wegen Vergewaltigung ausarten zu lassen.

Als sie fertig gewesen waren, war sie eingeschlafen, erschöpft und schweißgebadet. Meine Güte, was für ein heißes Luder.

Jake hatte das Licht angeknipst und sich eine Zigarette genehmigt. Das war der Augenblick gewesen, als er die Narben entdeckt hatte. Jake kannte sich aus mit Narben. Er hatte eine ziemlich gute Vorstellung, wie sie an diese Narben gekommen war, denn Jakes Daddy hatte ebenfalls Spaß daran gehabt, mit dem Gürtel zuzuschlagen.

Allein der Blick auf diese Narben machte seinen Schwanz wieder hart. Er wusste, dass die Tussi kaputt war – warum sonst hatte sie ihn mit zu sich genommen? Und keine weiße Frau, die noch halbwegs bei Verstand war, vögelte so ungehemmt. Sperma im Mund war schon ziemlich weit oben auf Jakes patentiertem Fotz-o-Meter.

Aber diese Narben …

Jake leckte sich die Lippen. Es konnte bedeuten, dass diese

Tante ernsthaft eine Schraube locker hatte. Dass sie auf der Suche war nach jemandem, der da weitermachte, wo Daddy (oder wer sonst) aufgehört hatte.

Das Problem war – diese Muschi hatte ihm keine Gelegenheit gegeben, sie richtig einzuordnen. Nach außen hin wirkte sie alles andere als schwach; aber viele Frauen, die sich mit einem Typen wie Jake einließen, wirkten nach außen hin cool. Entscheidend war die Frage, was sie unternahmen, wenn man ihnen eins auf die Schnauze gab. Riefen sie die Bullen oder heulten sie und schluchzten und jammerten, es täte ihnen leid?

Wieder betrachtete er die Narben und leckte sich die Lippen. Dabei rauchte er seine Zigarette bis zum Filter und streichelte seinen Ständer.

Es gab nur eine Möglichkeit, herauszufinden, zu welcher Sorte die hier gehörte.

Jake ließ die Zigarettenkippe in eine fast leere Bierdose fallen. Es zischte kurz. Dann streckte er die Hand aus und rüttelte das Miststück wach.

»Hey …«

Wie hieß sie gleich? Alicia? Allison?

Ja, Allison.

»Hey, Allison. Wach auf.«

Sie drehte sich im Schlaf um. »Lassmichnocheinbisschen schlafen, David, biiitte …«

Es ärgerte ihn, den Namen eines anderen Typen aus ihrem Mund zu hören, während er nackt mit ihr im Bett lag, nachdem er sie bis zur Besinnungslosigkeit gefickt hatte. Dabei spielte es keine Rolle, ob sie noch halb am Pennen war und nicht wusste, was sie redete.

»Ich bin nicht David, Miststück. Komm schon, wach auf.«

Beim Wort »Miststück« öffnete sie ein Auge.

»Wassen los …?«, fragte sie.

*Noch war Zeit für einen Rückzieher.*

*Scheiß auf die Torpedos. Volle Kraft voraus.*

»Ich will's dir von hinten besorgen.«

Jetzt hatte er die Katze aus dem Sack gelassen. Alle auf einmal. Und jetzt war die Tussi wach, hellwach. Sie schlug die Augen auf. Musterte ihn.

»Hast du hier drin geraucht?«

Ihre Stimme war klar und kalt. Gut so. Er brauchte sie wach für das, was jetzt kam.

»Ja, ich hab geraucht. Wieso?«

Sie richtete sich auf, setzte sich ins Bett.

»Ich habe dir doch gesagt, dass du bei mir zu Hause nicht rauchen darfst, Arschloch.«

Jake konnte nicht fassen, was er da gehört hatte. Diese Pissnelke saß hier mit ihm im Bett, splitterfasernackt, und wagte es, ihn *Arschloch* zu nennen? Verdammt, war die Schlampe blind, oder was? Hier war definitiv eine Lektion angesagt. *Lernen fürs Leben*, wie Daddy es immer ausgedrückt hatte.

Ohne nachzudenken schlug er zu. Mit dem Handrücken, quer übers Gesicht, gezielt und mit Wucht. Es war ein prima Schlag, voll auf die Zwölf. Seine Finger streiften an ihrem Ohr vorbei. Es gab ein lautes Klatschen, und vom Aufprall flog ihr Kopf zur Seite. Blut spritzte über die Laken. Für einen Moment verharrte ihr Kopf reglos.

»Von 'nem Luder wie dir lass ich mich nicht als Arschloch bezeichnen, kapiert? Lektion Nummer eins.«

Sie drehte ihm den Kopf wieder zu, hielt den Blick aber gesenkt. Sehr gut! Es sah ganz danach aus, als hätte er letztendlich recht gehabt mit seiner Einschätzung. Das war keine Überraschung. *Möse bleibt Möse*, wie Daddy immer gesagt hatte.

Sie hob die Hand und betastete ihre blutende Nase.

»Und was ist Lektion Nummer zwei?«, fragte sie mit leiser, dunkler Stimme.

Er grinste. Ja, das war definitiv eher nach seinem Geschmack.

»Lektion Nummer zwei ist ganz einfach. Wenn ich dir sage, dass ich es dir von hinten besorgen will ...«, er packte sein Glied, um seine Worte zu untermauern, »… dann gibst du mir, was ich brauche. Noch Fragen?«

»Und …« Ihre Stimme versagte kurz. Sie schaute ihn immer noch nicht an. »Und wenn ich es nicht tue? Bekomme ich dann eine Tracht Prügel?«

»Na klar, Baby. Ist schließlich zu deinem eigenen Besten.«

Er achtete darauf, dass seine Worte freundlich und wohlwollend klangen. Wie die eines Vaters, der einer störrischen Tochter erklärt, dass er sie immer noch liebt, obwohl er sie züchtigen muss. Das war ein wichtiger Teil des Vorgangs. Wenn diese dämlichen Pflaumen erst zerbrochen waren, gab man ihnen, was sie wirklich brauchten. Liebe. Jake konnte es nicht in Worte fassen, doch tief im Innern wusste er – so, wie ein Raubtier es wusste –, was Nahrung war und was nicht, ohne dass man es ihm je gesagt hatte.

»Verstehe«, sagte sie.

Er grinste breiter. Sie klang jetzt unterwürfig.

»Dann dreh jetzt deinen Hintern zu mir.«

»Ich … ich habe das noch nie gemacht, Jake. Darf ich erst ins Bad und etwas holen, damit es leichter geht?«

Er verschränkte in einer gönnerhaften Geste die Hände hinter dem Kopf. Sie gehörte jetzt ihm, keine Frage. Und wichtiger noch: Sie *wusste* es. Das war der Punkt, wo der Gummi die Straße berührte. Man konnte Leute einsperren, ohne Handschellen und ohne Gitter, ganz einfach. Man brauchte nur ihr Einverständnis.

»Klar, Baby. Aber wenn er schlaff ist, bevor du zurückkommst, bläst du mir einen, bis ich wieder hart bin, kapiert?«

»Ja, Jake.«

»Dann verpiss dich.«

Sie erhob sich und tappte zum Bad. Er studierte ihren Hintern und bewunderte erneut die Narben. Jemand hatte bereits die meiste Arbeit für ihn erledigt. Wie schön.

»Beeil dich!«, rief er.

Ein jungfräulicher Arsch. Was für eine Freude es sein würde, sie einzureiten! Nicht für sie natürlich, nicht zu Anfang. Aber irgendwann später würde es auch ihr gefallen. Und wenn nicht, scheißegal.

Eine Stimme riss ihn aus seinen glücklichen Tagträumen.

»Hey, Arschloch.«

Die Kälte der Stimme drang schneller zu ihm durch als die Bedeutung des Wortes. Er blinzelte ungläubig. Er konnte nicht fassen, was er sah. Das Miststück stand tatsächlich mit einer dicken fetten Kanone da und zielte auf seine Eier. Sie war immer noch splitterfasernackt, und sie hatte sich nicht mal die Mühe gemacht, sich das Blut aus dem Gesicht zu waschen – weder das eine noch das andere schien sie zu stören. Sie schien sich überhaupt an *nichts* zu stören.

Zum ersten Mal hatte Jake Angst.

»Hör mal … tu nichts Unüberlegtes, Baby, okay?«, sagte er.

»Halts Maul, Arschloch. Jetzt rede ich.« Sie schüttelte den Kopf und lächelte. »Du bist ein dämlicher Wichser. Du hast dir die Falsche für deine Nummer ausgesucht, du Lusche.« In der Nähe des Fensters gab es einen einzelnen Stuhl. Sie zog ihn heran, ohne dass die Waffe auch nur geschwankt hätte, und setzte sich darauf. »Ich will dir ein bisschen von mir erzählen, damit du weißt, worauf du dich eingelassen hast. Ich habe neun Jahre lang die Hölle auf Erden erlebt. Mein Stiefvater hat mich alle paar Tage mit einem Gürtel verdroschen, stundenlang. Oder er hat Zigaretten auf meinem Körper ausgedrückt, so was alles. Das ist übrigens der Grund für das Rauchverbot in meiner Wohnung. Neun Jahre, Jake, und ich habe kein einziges Mal geweint oder geschrien.«

Aus irgendeinem Grund wusste Jake, dass sie die Wahrheit sagte. Vielleicht war es ihre nüchterne Stimme, die Beiläufigkeit, mit der sie ihre Geschichte erzählte. Wie ein gelangweilter Sprecher, der notwendige Hintergrundinformationen lieferte, bevor er zum eigentlich interessanten Teil kam.

»Weißt du, wie ich Daddy entkommen bin? Meine Stiefbrüder und ich haben ihn umgebracht. Wir stachen auf ihn ein und

123

schlugen ihm mit einem Baseball auf den Schädel, bis sein Gehirn durch die Gegend spritzte.« Für einen Moment hielt sie inne und musterte Jake mit der gleichen unheimlichen Distanziertheit, mit der sie ihre Geschichte erzählte. »Aber so schlimm er auch war, nicht mal Dad hat je versucht, mich von hinten zu ficken.«

»Es … es tut mir leid.« Sich bei diesem Miststück zu entschuldigen war für Jake fast noch schlimmer, als von Sugar gevögelt zu werden. »Ich …«

»Halts Maul. Ich rede.«

Jake presste die Lippen zusammen.

»Wir haben Dad getötet, und dann trennten sich unsere Wege. Charlie und David kamen viele Jahre später wieder zusammen. Ich habe mit keinem von beiden je wieder geredet, aber ich habe sie im Auge behalten. Ich liebe sie noch heute und werde sie immer lieben. Ich wollte sehen, wie es ihnen erging. Herausfinden, ob sie glücklich waren. Verstehst du?«

Wollte sie eine Antwort von ihm? Er beschloss, lieber auf der sicheren Seite zu bleiben, und schwieg.

»David wurde Schriftsteller. Nicht weiter überraschend. Er konnte sich immer schon gut ausdrücken. Er gründete eine Stiftung, um Kindern zu helfen – Kinder, wie wir es gewesen waren. Und er bekam eine Tochter. Ich freue mich sehr für ihn.«

Jake wurde bewusst, dass seine Erektion verschwunden war. Gründlich. Der entrückte Blick in Allisons Augen passte nicht zu der Hand mit der Pistole, die keinen Millimeter schwankte. Allmählich dämmerte Jake, dass er vielleicht nicht lebend aus diesem Haus kam. Dieses Miststück war wahnsinnig, total irre. Nichts und niemand war so unberechenbar und gefährlich wie eine durchgeknallte Nutte.

»Charlie, mein anderer Bruder, war immer der Zornigste von uns dreien. Aber auch der Lustigste. Charlie konnte uns in den schrecklichsten Augenblicken zum Lachen bringen. Er brachte uns in der Dunkelheit zum Lachen, verstehst du?«

Jake verstand tatsächlich. Er war selbst in so manchem Höllenloch gewesen und hatte Kerle gekannt wie diesen Charlie, von dem sie faselte. Typen, die einen zum Lachen brachten, wenn man sich elend fühlte. Man wusste zwar, dass es nichts an der beschissenen Lage änderte, aber man musste mitlachen und fühlte sich hinterher ein bisschen besser.

»Charlie ging zur Army. Special Forces. Er … wie war noch mal der Spruch, den sie früher auf den T-Shirts hatten? ›Er reiste in ferne Länder, lernte interessante Leute kennen und brachte sie um‹, oder so ähnlich. Soviel ich weiß, war er ein Ass auf diesem Gebiet. Er hat einen Tapferkeitsorden bekommen. Er wurde mehrmals angeschossen, hat aber weitergemacht und am Ende sein gesamtes Team gerettet. Als er die Army verließ, hat er sich selbstständig gemacht.« Sie lächelte humorlos. »Charlie der Assassine.« Ihr Lächeln verblasste. »Der arme Charlie.«

Jake schwieg. Das Miststück hatte offensichtlich einen an der Birne. Da war es besser, die Klappe zu halten.

»Und dann gibt es noch mich«, fuhr sie fort. »Ich hatte das Bedürfnis, etwas gegen Typen wie den guten alten Dad zu unternehmen. Also bin ich zum FBI gegangen. Ich machte Karriere und kam schließlich dahin, wohin ich wollte, zur BAU.« Sie bedachte ihn mit einem schiefen Grinsen, das Jake aus irgendeinem Grund an seine Mutter erinnerte. Sie hatte auch immer so gegrinst, und dann hatte er sich jedes Mal wie ein kleines Dummerchen und gleichzeitig geliebt gefühlt. »BAU ist die Abteilung für Verhaltensanalyse beim FBI. Worauf ich hinauswill … ich habe Jahre damit verbracht, die schlimmsten Psychos auf diesem Planeten zu jagen. Serienkiller. Verrückte, die Frauen ermorden, weil sie sonst nicht abspritzen können. Irre, die Kinder aus dem gleichen Grund foltern.« Schon wieder dieser eisige Blick. »Hast du je getötet, Jake? Antworte. Wenn ich sehe, dass du lügst – und das sehe ich –, schieße ich dir die Eier weg.«

Jake hatte sich innerlich verflucht, seit er die Worte *Also bin ich zum FBI gegangen* gehört hatte.

*Du hast es herausgefordert, du Idiot. Sei jetzt bloß vorsichtig. Die*

*Tante tickt nicht richtig. Die meint es ernst und schießt dir glatt die Nüsse weg.*

»Nein«, sagte Jake, wobei er sich für die Wahrheit entschied. »Ich hab noch nie jemanden getötet.«

Sie nickte. »Das dachte ich mir. Aber die Typen, die ich gejagt habe, konnten nichts anderes. Es reicht ihnen nicht, Frauen zu verprügeln oder zu vergewaltigen. Erst der Tod war das Sahnehäubchen auf dem Kuchen. Kannst du mir folgen?«

»Ja ...«

Sie erhob sich. Die Waffe zielte weiterhin auf seine Hoden.

»Begreifst du jetzt, was ich dir sagen will, Jake? Du magst dich für einen großen bösen Mann halten, aber im Vergleich zu Dad oder zu den Psychos, die ich gejagt habe – oder zu meinen Brüdern –, bist du ein armes kleines Würstchen. Drei Minuten in ihrer Gewalt, und du kriechst winselnd und sabbernd über den Boden und flehst sie an, dich zu töten. Du bist ein armes Schwein, Jake, ein Regentropfen im Sturm. Du bist nicht der Blitz und nicht der Donner, und du wirst es auch nie sein.« Ihr Blick wurde beinahe mitleidig. »In dieser Liga spielst du nicht. Bei Weitem nicht.«

Jake war nicht entgangen, dass sie in der Vergangenheitsform von ihrer Zeit beim FBI geredet hatte. Es schien darauf hinzudeuten, dass sie dem Verein nicht mehr angehörte. Immerhin etwas.

»Ich will dir sagen, was als Nächstes passiert, Jake. Ich werde dir ein bisschen von deiner eigenen Suppe zu löffeln geben. Ich schlage vor, du schluckst sie und gehst dann deiner Wege. Wenn das in Ordnung für dich ist, sind wir quitt. Wenn du dich wehrst, schieße ich dich über den Haufen, gleich hier, an Ort und Stelle. Bei deiner Vergangenheit und mit meiner blutigen Nase habe ich keine Schwierigkeiten, auf Notwehr zu plädieren.« Sie zögerte kurz. »Noch etwas, das ich gerne vorher klären würde, damit du weißt, woran du bist. Vielleicht gehst du hier weg und beschließt eines Tages, dich an mir zu rächen. Vielleicht hast du irgendwann genug Wut im Bauch und genug Mumm in den Knochen und hältst es für an der Zeit, es mir heimzuzahlen. Aber das wäre der größte und zugleich letzte Fehler in deinem armseligen Leben. Ich habe seit siebenundzwanzig Jahren nicht mehr mit meinen Brüdern geredet, aber ich garantiere dir, sie kommen gerannt, wenn ich sie frage. Und einen wie dich fressen sie zum Frühstück. Kannst du mir folgen, Kumpel?«

Er brachte ein Nicken zustande. Seine Eier waren auf die Größe von Erbsen geschrumpelt, zumindest fühlte es sich so an.

»Dann wollen wir mal.«

\*\*\*

Zehn Minuten später taumelte Jake mit blutüberströmtem Kopf zu seinem Wagen. Sie hatte ihm mit der Pistole das Nasenbein und den rechten Wangenknochen gebrochen und ihm mehrere Zähne ausgeschlagen. Blut lief aus Platzwunden an seinem Schädel.

Dieses irre Miststück hatte ihn mit der Waffe erbarmungslos zertrümmert. Ihre Miene – die eines Menschen, der eine unangenehme, aber notwendige Arbeit erledigt – war die ganze Zeit unverändert geblieben. Als sie fertig gewesen war, hatte sie mit der Waffe auf seine Klamotten gezeigt, die in einer Zimmerecke lagen.

»Zieh dich an und mach, dass du verschwindest. Fahr zur Notaufnahme und lass deine Visage richten.«

Sie hatte auf dem Stuhl gesessen, immer noch nackt, hatte mit der jetzt blutigen Pistole auf ihn gezielt und ihm dabei zugeschaut, wie er seine Jeans und die Stiefel angezogen hatte.

Dann war sie ihm zur Tür gefolgt.

»Und vergiss nicht, was ich dir gesagt habe, Jake«, hatte sie ihm hinterher gerufen, als er zu seinem Chevrolet gewankt war.

Er war blutend und ohne Hemd weggefahren. Erstaunlicherweise war er nicht wütend gewesen. Normalerweise brachte ihn nichts so sehr auf die Palme wie eine Nutte, die ihn übertölpelt hatte. Normalerweise.

Diesmal aber verspürte er nur Erleichterung. Stammelnde, schluchzende Erleichterung. Er wusste, dass er Glück gehabt hatte, verdammtes Glück, mit dem Leben und als freier Mann davongekommen zu sein. Jetzt musste er dringend ins Krankenhaus, auch wenn das für einen wie ihn nicht ganz ohne Risiko war.

Er hatte seine Lektion geschluckt. Allison würde ihn nie wiedersehen.

Es gab leichtere Beute in seinem Revier.

***

Allison sah ihm hinterher, bis sie sicher war, dass er nicht umdrehte. Dann kehrte sie in ihr Schlafzimmer zurück, setzte sich auf die Bettkante und weinte sich aus. Als sie fertig war, zog sie sich an. Die Pistole wanderte zurück in ihr Versteck unter dem Waschbecken im Bad.

Sie ging in die Küche und schenkte sich einen Whiskey ein. Er ging ein bisschen schwer hinunter, aber das war schon okay.

Sie betrat ihr Büro und nahm Glas und Flasche mit, danke sehr. Man konnte schließlich nie wissen, wann einem das Zeug gelegen kam. Sie setzte sich an ihren Schreibtisch, lehnte sich im Stuhl zurück und starrte an die Decke.

Was war nur los mit ihr?

Sie verlor immer schneller die Kontrolle. Sie trank zu viel. Sie riss in irgendwelchen Spelunken wildfremde Kerle auf und nahm sie zum Vögeln mit zu sich nach Hause, einmal sogar ohne Kondom, sodass sie hinterher zu ihrem Hausarzt gerannt war, um sich auf HIV untersuchen zu lassen.

Sie hatte das schon einmal gemacht, damals, nachdem sie beim FBI aufgehört hatte. Die Dunkelheit, die unabänderlich in ihr anschwoll und sank wie Ebbe und Flut, war überwältigend gewesen, damals wie heute. Allison hatte ein halbes Jahr damit verbracht, sich volllaufen zu lassen und jeden Morgen neben Fremden aufzuwachen.

In der ersten Woche des siebten Monats war sie dann endlich wieder zu Verstand gekommen. Sie war aufgewacht und hatte dem nackten Kerl neben sich (Frank? Ja, Frank.) im Bett gesagt, dass es Zeit war zu gehen. Er war einer von den Netten gewesen, kein Ex-Knacki wie Jake, deswegen hatte sie ihm einen Kaffee gemacht, bevor sie ihn seiner Wege geschickt hatte.

Dann hatte sie einen Freund beim FBI angerufen und die Adresse einer Agentur für private Ermittler bekommen, die auf der Suche nach ehemaligen Gesetzesbeamten war. Sechs Monate in diesem Job bei abstinentem Lebenswandel, und Allison hatte eine eigene Firma gründen können.

Sie hatte sich auf vermisste Kinder spezialisiert, Fälle von Missbrauch und Ähnliches. Aufgrund der von ihr gesammelten Beweise waren ein paar widerwärtige Kotzbrocken ins Gefängnis gewandert, und einigen Kindern war Schlimmes erspart geblieben. Es war eine gute Sache. Doch es war nicht ihr eigentliches Ziel gewesen. Sie hatte zu David gewollt, hatte für seine Stiftung arbeiten wollen.

Allison nahm einen weiteren Schluck Whiskey, verzog das Gesicht und hustete.

Dazu würde es niemals kommen.

Vor fünf Jahren hatte sie geglaubt, sie wäre endlich bereit, den Kontakt zu ihren Adoptivbrüdern zu erneuern. Genug ist genug, hatte sie sich gesagt. Sie hatte mit Charlie angefangen, und das hatte sie zu der Wahrheit hinter Charlie und David und der Innocence Foundation geführt. Zu den heimlichen Aktivitäten ihrer Stiefbrüder. Es war nicht einfach gewesen – David war nicht dumm. Allison war überzeugt, dass sie niemals dahintergekommen wäre, hätte sie ihre Brüder nicht so gut gekannt. Wären sie zwei Fremde gewesen – sie hätte die kaum zu erkennenden Fäden wahrscheinlich nie gesehen.

129

Allison war entsetzt gewesen, als das Bild Gestalt angenommen hatte. Fünf Jahre und fast dreißig illegale Bordelle. Charlie drang in die Gebäude ein und löschte jeden Beteiligten aus, und dann retteten sie die Kinder. Allison hatte trotz aller Bemühungen nicht herausgefunden, wohin die Kinder gebracht wurden; David hatte seine Spuren zu gut verwischt.

Die Morde (denn um nichts anderes handelte es sich nach Allisons Überzeugung) wurden in verschiedenen Ländern und auf Kontinenten verübt: Vietnam, Kambodscha, Mazedonien, Albanien, Indien, Russland und andere. Die Behörden ermittelten nur in den seltensten Fällen – warum sollten sie auch? Bekannte Kinderschänder und Zuhälter ermordet, zusammen mit einer Bande von Pädophilen? Na und? Der Eifer der Behörden hielt sich in Grenzen, selbst wenn die Morde auf so grauenhafte Weise verübt wurden wie bei dem Fall dieses Drogenbarons. Die Täter hatten dem Mann sein Glied abgeschnitten und es an seine Hunde verfüttert, nachdem sie seine Frau, seine Kinder und seine Schwiegermutter vor seinen Augen mit Macheten zerhackt hatten.

Allison hatte einen Partner namens Rich gehabt. Rich war ein alter Dinosaurier gewesen, aber scharfsinnig und freundlich (störend war nur, dass er sie ständig »Liebchen« genannt hatte). Rich hatte traurig gelächelt, als er die Geschichte gehört hatte. »Wer mit dem Schwert lebt, Liebchen, kommt durch das Schwert um«, hatte er erklärt. »Der Bursche kannte die Risiken seines Geschäfts. Die Frau und die Kinder – das waren Morde, keine Frage. Aber der Kerl selbst ist in gewisser Weise eines natürlichen Todes gestorben.«

Rich hatte nicht ganz unrecht gehabt. Das Gemetzel war schrecklich gewesen, und die Kinder waren sicherlich unschuldig (der Frau hingegen hatte Allison nicht ganz so bereitwillig einen Persilschein ausstellen wollen), doch der Drogenboss hatte als unmittelbare Folge seiner schmutzigen Geschäfte dran glauben müssen. Die Welt hatte ihm nur wenige Tränen hinterher geweint.

Allison hatte in den verschiedensten Verbrechen ermittelt, die an Kindern verübt wurden, von Entführung bis zu Mord. Sie wusste, zu welch unfassbaren Taten manche Menschen gegenüber den Schwächsten fähig waren. Für Allison waren Kinderhändler in vieler Hinsicht schlimmer als die Serienkiller, mit denen sie es beim FBI zu tun gehabt hatte. Ein Serienkiller ermordete sein Opfer nur einmal. Eine Bestie jedoch, die ein siebenjähriges Kind zum Sex mit Männern zwang, tötete dieses Kind viele Male, ohne dass der Tod das Opfer von seinen Qualen erlöste.

Eine der schlimmsten Erfahrungen in Allisons Leben (und das wollte etwas heißen!) war eine Unterhaltung mit einer vierzigjährigen russischen Prostituierten. Sie hatten die Frau aus dem Haus eines Mannes in Bastrop gerettet, wo er sie eine ganze Woche lang angekettet festgehalten und abwechselnd auf sie uriniert oder sie mit einem Eispickel bearbeitet hatte. Sie hatte schätzungsweise zweihundert Löcher im Leib. (*Mir war langweilig, und ich hatte die Schnauze voll, da kam sie gerade recht*, war alles, was der Mann jemals als Erklärung für seine Tat angab. *Es war nichts Persönliches.*)

Allison war erschöpft und wütend gewesen. Warum wurden manche Frauen niemals klug? Prostituierte waren die mit Abstand häufigsten Opfer von Vergewaltigern und Psychopathen. Und diese Russin war vierzig Jahre alt gewesen, verdammt.

Allison hatte der Frau einen strengen Vortrag gehalten und ihr erklärt, dass Prostitution ein riskantes Gewerbe sei und dass der erste Schritt in ein neues Leben darin bestehe, die Verantwortung für sich selbst zu übernehmen. Die Prostituierte – sie hieß Lena – hatte sie ungerührt gemustert. Als Allison fertig gewesen war, war Lena aufgestanden.

»Mein Vater mich verkaufen, als ich fünf Jahre«, hatte sie gesagt. »Sechsunddreißig Jahre ich verdienen Geld mit Sex. Ist alles, was ich können. Alles, was ich wissen. Wie ich neu anfangen? In Himmel vielleicht.«

Dann hatte die Frau sich umgedreht und war gegangen, ohne

einen Blick zurückzuwerfen. Allison hatte sie nie wieder gesehen, doch sie hatte diesen Moment nie vergessen. Die unerträgliche Scham. Nicht einmal Rich mit seinen Neandertaler-Manieren hätte so mit Lena geredet. Er hatte häufig Bemerkungen gemacht, bei denen Allison die Augen verdreht hatte (*Ich brauche keinen Zucker, Liebchen, steck einfach den Finger in die Tasse und rühr damit um*), aber sie hatte niemals erlebt, dass Rich eine Frau gedemütigt hätte, ob wissentlich oder unwissentlich.

Allison hatte sich elend gefühlt, als sie an jenem Abend nach Hause gekommen war. Sie hatte ein Glas Wein getrunken und im Internet gesurft auf der Suche nach einem Zitat von Bertrand Russell, an das sie sich nebelhaft erinnerte und das, wie sie wusste, ihre derzeitige Verfassung ganz gut umschrieb. Und sie fand es:

> Das Leben ist ein langer Marsch durch die Nacht, umgeben von unsichtbaren Feinden, geprüft von Erschöpfung und Schmerzen, in Richtung auf ein Ziel, das zu erreichen nur wenige hoffen dürfen und wo niemand lange verweilen kann. Einer nach dem anderen verschwinden unsere Kameraden unterwegs aus unserem Blick, fortgerissen von einem lautlosen, allmächtigen Tod. Kurz ist die Zeit, in der wir ihnen helfen können und in der die Entscheidung fällt über ihr Glück oder ihr Elend. Sei es uns gegeben, den Sonnenschein auf ihren Weg zu lenken, ihre Sorgen durch den Balsam unseres Mitgefühls zu lindern, ihnen die reine Freude niemals endender Zuneigung zu schenken, ihren verzagenden Mut zu stärken und ihnen Glauben einzuflößen in Stunden der Verzweiflung.

Allison hatte die Hände vors Gesicht geschlagen und geweint, überwältigt von der Tiefe ihrer Scham. Nicht, weil sie sich als Heilige betrachtete oder nicht imstande gewesen wäre, sich zusammenzureißen, sondern weil …

*Sondern weil ich*, gerade *ich, es besser hätte wissen müssen.*

An dieser Einschätzung hielt sie noch heute fest. Und deshalb konnte sie verstehen, was David und Charlie taten. Allison liebte ihre Brüder und würde sie immer lieben. Sie kannte die beiden fast so gut wie sich selbst. Sie wusste, dass sie keine schlechten Menschen waren und dass sie niemals Unschuldige töten würden. Allison würde eher sterben, als ihre Brüder auszuliefern, doch ihre Integrität und ihr Verständnis für Recht und Unrecht hatten es ihr schließlich unmöglich gemacht, weiter für das FBI zu arbeiten. Mit dem Wissen, das sie besaß, konnte sie keine Gesetzesbeamtin sein.

Es stimmte sie traurig, doch es gab keine Alternative. Es ging schließlich um ihre Brüder. David, der ihren Verstand und ihre Seele mit seinen Geschichten am Leben gehalten hatte, und Charlie, der sich gegen das Monster erhoben hatte, der das Messer ergriffen und sie befreit hatte. David mochte derjenige sein, der Bob Gray den Rest gegeben hatte, doch es war Charlie gewesen, der sie gerettet hatte. Charlie hatte sie aus der dunklen Kammer befreit und sie in das Licht des Lebens entlassen.

Also opferte Allison ihre Karriere für ihre zornigen, wunderbaren Brüder. Sie baute sich ein neues Leben auf, und die meiste Zeit war es okay. Sie tat noch immer ein gutes Werk.

Das Problem war – es reichte nicht.

Es war einfach nicht genug.

Allison zog die Vorhänge zu und öffnete die Whiskeyflasche, und bevor sie wusste, was sie tat, trank sie den Whiskey zum Frühstück.

Sie schenkte sich ein weiteres Glas ein und prostete dem Gespenst zu, das stets bei ihr war.

»Auf dich, Dad. Auf dass du in der Hölle schmorst.«

Sie kippte den Drink hinunter, sagte: »Scheiß drauf!«, setzte sich die Flasche an den Hals und trank in gierigen Schlucken, bis ihr Tränen über die Wangen strömten.

»Woooeee …« Sie schnappte nach Luft.

Erst gestern hatte sie sich vorgenommen, mit dem Trinken aufzuhören und sich wieder an die Arbeit zu machen.

»Schätze, dieser Plan ist erst einmal durchs Klo«, sagte sie.

Was hatte David sie gefragt, damals auf dem Dachboden?

*Woran glaubst du?*

Und was hatte sie ihm geantwortet?

*Daran, das Richtige zu tun.*

»Auf die guten alten Zeiten«, murmelte sie und prostete mit ihrer Flasche der Zimmerdecke zu.

Und was war mit Nathaniel Reardon und dem, was er gesagt hatte? Was er unmöglich wissen konnte, weil sie nie darüber geredet hatte?

Allison starrte ins Leere, während sie die Flasche am Hals gepackt hielt.

»Ich habe das starke Gefühl, als würde ich die Antwort am Boden dieser Flasche finden«, murmelte sie.

Die Türglocke ging. Allison war augenblicklich nüchtern. Hatte sie Schlappschwanz-Jake falsch eingeschätzt? War er zurückgekehrt, um sich doch noch zu rächen?

»Das wird deine Beerdigung, du armes Würstchen«, murmelte sie, öffnete die Schublade ihres Schreibtisches, nahm ihre Glock heraus und ging mit Pistole und Flasche zur Tür. Sie war bereits ein bisschen unsicher auf den Beinen, doch es gelang es ihr, durch den Spion nach draußen zu spähen.

Nichts.

Sie öffnete den Vorhang links von der Tür. Niemand war auf ihrer Veranda. Ein Lieferwagen verschwand um die Ecke, das war alles. Sie zuckte die Schultern. Legte die Pistole auf den Tisch für die Post und öffnete die Haustür. Auf ihrer Fußmatte lag ein gefütterter Umschlag. Sie hob ihn auf. Keine Anschrift, keine Freimachung, nur ALLISON MICHAELS in fettem schwarzem Marker. Sie nahm den Umschlag mit ins Haus und ging in ihr Büro. Legte den Umschlag auf ihren Schreibtisch. Betrachtete ihn von allen Seiten.

Ihrer Erfahrung nach waren seltsame Päckchen und anonyme Briefe auf der Türschwelle allein lebender Frauen fast immer ein schlechtes Zeichen.

Sie nahm den Umschlag und betastete ihn, ohne ihn zu öffnen. Was war darin? Es war rechteckig und dünn. Mehr vermochten ihre Finger nicht zu ertasten.

»Scheiß drauf.« Sie nahm einen weiteren Schluck Whiskey, packte den Umschlag und schlitzte ihn mit dem Taschenmesser, das ihr als Brieföffner diente, an einem Ende auf. Spähte ins Innere. Fand eine schwarze DVD-Hülle. Angelte sie aus dem Umschlag und entdeckte eine gelbe Haftnotiz, auf der drei Worte standen. SIEH MICH AN.

Sie musste kichern. Wie die Sprüche auf den Flaschen in »Alice im Wunderland«. TRINK MICH.

Sie nahm die Flasche und die DVD mit ins Wohnzimmer, wo sie die unbeschriftete Silberscheibe in den Player schob. Dann ließ sie sich aufs Ledersofa sinken.

Es gab kein Intro und keinen Vorspann. Unvermittelt erschien das Bild eines Mannes in schwarzem Anzug mit schwarzer Krawatte auf dem Bildschirm. Er blickte direkt in die Kamera. Er trug eine Maske vor dem Gesicht, eines von diesen Smiley-Gesichtern. Er zuckte die Schultern. Dann breitete er die Hände aus.

In Allisons Innerem schrillte die erste Alarmglocke. Der Mann trug Latexhandschuhe. Es gab nicht viele Gründe, Latexhandschuhe zu tragen, und fast immer waren es keine guten Gründe.

Der Mann drehte sich zur Seite und deutete mit einer ausholenden Bewegung auf drei Frauen, die hinter ihm auf drei Tischen lagen. Allison richtete sich kerzengerade auf, so heftig, dass der Whiskey aus der Flasche spritzte. Adrenalin vertrieb den angenehmen Nebel aus ihrem Hirn. Es war wie ein Gazevorhang über ihrem Bewusstsein, der nun in Brand gesteckt worden war und sich langsam auflöste. Was übrig blieb, war roh und empfindlich.

Die Frauen waren schätzungsweise zwischen achtzehn und

einundzwanzig. Allison betrachtete die Frau, die der Kamera am nächsten lag. Sie hatte lange blonde Haare und blasse Haut. Ihre Brüste waren ziemlich klein und perfekt geformt, noch nicht gezeichnet von Alter oder Kindern. Ihr Bauch war flach und ihre Beine waren so glatt, dass die Haut in dem Licht schimmerte, das von der Decke fiel.

Die Frau lag auf einem Tisch aus Edelstahl, der aussah wie ein Schlachtklotz. In ihrem linken Arm steckte eine intravenöse Kanüle. Der Schlauch führte aus dem Bild. Der Tisch war mit Ringschrauben versehen, zwei in Kopfhöhe, zwei bei den Füßen. Jede Hand und jeder Fuß war an eine Ringschraube gefesselt. Damit blieb eine Menge Spiel in ihren Beinen, was der Mann mit der Maske denn auch gleich demonstrierte.

»Bitte mach die Beine breit, meine Liebe«, sagte er.

Trotz ihres Schocks versuchte Allison herauszuhören, was sich hinter dieser Stimme verbarg. Sie wusste, im Kopf dieses Mannes krabbelten irgendwelche hässlichen Dinge herum. Seine Stimme lieferte ihr möglicherweise einen Hinweis, was für Dinge das waren.

Die junge Frau murmelte etwas.

»Bitte mach die Beine breit, meine Liebe«, wiederholte der Mann.

In Allison stieg Enttäuschung auf. Kein Unterton von Lust, von Geilheit oder Wut. Keine Güte, keine Distanziertheit. Der Mann war einfach da, fest verwurzelt im Augenblick, und bat um die Erfüllung seiner Forderung. Hätte Allison den Tonfall des Mannes beschreiben sollen, hätte sie gesagt: »Er klang geduldig.«

Die junge Frau spreizte die Beine. Wieder murmelte sie undeutlich vor sich hin.

Der Mann mit der Maske drehte sich zur Kamera. »Das ist lediglich eine Demonstration«, sagte er. »Ihr sollt alle drei wissen, dass ich es ernst meine und dass ich tue, was ich sage. Und nun seht her.«

Allison zwang sich, hinzuschauen. Sie hatte Schlimmeres gesehen … mehr oder weniger. Es war die Geduld, diese unglaubliche Geduld, die sich durch den Panzer bohrte. Der Mann war präzise, still und unaufhaltsam. Wie Wasser in einem breiten Strom. Er vergewaltigte die junge Frau eher gründlich als lustvoll. Und als er sie tötete, tat er es mit bloßen Händen, indem er sie erwürgte, und es dauerte weder kurz noch lang.

Die ganze Zeit sagte er nichts. Als die junge Frau tot war, wandte er sich ein letztes Mal der Kamera zu.

»Ich habe eine neue Nachricht für euch drei, aber ich werde sie nur an euch gemeinsam weitergeben. Ihr habt achtundvierzig Stunden, um euch zu treffen. Wenn ihr diese Frist überschreitet oder die Polizei einschaltet, wird die nächste dieser Frauen sterben. Ich meine es ernst. Ich bin ein Mann, der zu seinem Wort steht. Zweifelt nicht an meiner Entschlossenheit.«

Der Bildschirm wurde dunkel.

Allison blinzelte zweimal. »O Gott …« Ihre Stimme bebte. Schlagartig war sie nüchtern.


## KAPITEL 5 *Charlie*
*Vietnam*
*Drei Tage vor dem ersten großen Beben*


Charlie fuhr aus dem Schlaf hoch. Im selben Moment fiel ihm ein, dass er nicht alleine war. Er drehte sich auf die Seite, um sie anzuschauen. Sie war Asiatin, zweiundzwanzig Jahre alt, mit langen schwarzen Haaren, makellosen Brüsten und jenem vollkommenen Lächeln, das nur junge Seelen haben.

Er berührte mit der Fingerspitze ihre Schulter, und sie bewegte sich ein wenig. Murmelte leise vor sich hin, ohne aufzuwachen. Charlie beobachtete, wie ihre Lippen sich bewegten.

Er erschauerte.

*Herrliches Fleisch.*

Das waren Andys Worte. Andy war ein Kamerad und der einzige wirkliche Freund, den Charlie jemals gehabt hatte, sah man von David und Allison ab. Einmal, nach einem gemeinsamen Einsatz, hatte Charlie mit Andy in Brasilien Urlaub gemacht. Sie hatten eine ganze Woche lang gesoffen, gehurt und allen möglichen Unsinn angestellt.

Eines Abends hatten sie drei Stripperinnen überredet, mit auf ihr Zimmer zu kommen. Sie hatten die Nacht damit verbracht, die drei Frauen durch zwei zu teilen, und der Alkohol war in Strömen geflossen. Charlie hatte große Erinnerungslücken, was diese Nacht anging.

Jedenfalls war er aus irgendeinem Grund vor Sonnenaufgang wach geworden. Er hatte sich von dem bronzefarbenen Engel gelöst, der neben ihm schlummerte, und hatte sich einen Sessel an das offene Fenster geschoben, um den Sonnenaufgang über São Paulo zu beobachten. Er steckte sich eine Zigarette an, nippte an einem Bier und genoss für ein paar Augenblicke das Gefühl, wirklich und wahrhaftig allein zu sein mit sich und seinen Gedanken.

Es war die Stille gewesen, die ihn faszinierte. In den frühen Morgenstunden, bevor die Sonne aufgeht, kann man eine besondere Art von Einsamkeit finden. Die Dunkelheit ist noch nicht ganz verschwunden, hat aber keine Macht mehr. Für Charlie hatte es sich damals angefühlt, als hätte die Welt sich die ganze Zeit in eine Richtung gedreht und dann angehalten, um Atem zu holen, ehe sie sich in die andere Richtung drehte.

Es war Zeit, die keinem gehörte. Jeder konnte sie sich nehmen – sie wartete nur darauf, dass man rechtzeitig aufstand.

Ohne Vorwarnung hatte Andy sich kerzengerade im Bett aufgesetzt. Er streckte sich, dass die Gelenke knackten, und gähnte lautstark, während Charlie ihn amüsiert beobachtete. Andys verschwommener Blick hatte die beiden brasilianischen Mädchen erfasst, die nackt neben ihm schliefen.

»*Herrliches Fleisch*«, hatte Andy in beinahe ehrfürchtigem Tonfall gemurmelt, noch halb im Schlaf, doch mit offenen Augen. »Gibt es etwas Schöneres auf der Welt? Straff und braun gebrannt ... warme weiche Haut, die nach Kokosnussöl und Sonne riecht ... Pussylippen, die dir den Mund mit glitschigem, lauwarmem Saft füllen ...« Andy hatte innegehalten und Charlie mit entrücktem Blick angeschaut. »Gott ist ein Arschloch, Chuck, aber wenigstens hat er uns dieses herrliche Fleisch gegeben. Und das Bier. Und die Tangas. Das reicht beinahe schon, um diesem himmlischen Versager zu verzeihen. Kapierst du, was ich sage?«

Charlie hatte nur gegrinst. »Klar doch, Kumpel.«

Die Antwort schien Andy zufriedengestellt zu haben. Er hatte gerülpst wie ein Nebelhorn und war zurück in seinen halb betäubten Schlummer gesunken.

In diesem Augenblick hatte Charlie ihn geliebt. Andy hatte in Harvard studiert und einen Abschluss in Englischer Literatur. Anschließend war er zur Army gegangen. Warum, wusste Charlie nicht. Andy war voller Geheimnisse und hatte eine dunkle Seele; trotzdem brachte er es hin und wieder fertig, dass man sich einfach nur deshalb glücklich fühlte, weil man mit ihm zusammen war. Charlie hatte Andy einmal dabei beobachtet, wie er neben einem Leichnam, den sie begraben sollten, ein Gedicht geschrieben hatte. So war Andy nun mal.

Eines der Mädchen murmelte irgendetwas und lächelte schüchtern im Schlaf. Sie war unglaublich schön, und Charlie spürte, wie seine Begierde aufflammte. Er wollte, dass sie mit seiner Zunge in ihr erwachte, mit seinen Händen auf ihr. Noch mehr aber wollte er sie einfach nur ansehen, so, wie sie jetzt war, ein seltener Augenblick von Schönheit und Verletzlichkeit.

Sie hieß Bian, vietnamesisch für »geheimnisvoll«. Charlie hatte sie in der vergangenen Nacht in einer Bar aufgabelt. Sie hatte ihm gesagt, dass sie nicht in Vollzeit arbeite, sondern nur gelegentlich, um über die Runden zu kommen oder sich hübsche Dinge kaufen zu können, und er glaubte ihr. Und was sie für

Charlie noch reizvoller machte, war ihr offenkundiger Mangel an Erfahrung. Ihr Liebesspiel war leidenschaftlich und ungeschickt zugleich gewesen.

Sex folgte in Charlies Leben auf Mord, wie die Flut dem Mond folgte. Manchmal *musste* er mit einer Frau schlafen, bis er halb bewusstlos war. Er war nie gewalttätig, fügte niemals Schmerzen zu, es sei denn in jenem kurzen Augenblick gegenseitiger Raserei oder im Eifer des Gefechts mit einem ungeschickten Ellbogen.

*Gütiger Himmel, wenn die Mädchen wüssten, welche Dinge mir durch den Kopf gehen ...*

Charlie ruckte auf dem Stuhl herum, starrte zur Zimmerdecke und unterdrückte einen Seufzer.

Meistens bezahlte er für Sex. Er wusste, dass es nicht das Gelbe vom Ei war und nicht die Art und Weise, wie ein Mann mit einer Frau umgehen sollte – wer wuchs schon als Prostituierte auf? Aber er tat es ja nicht, um sich oder die Frauen zu erniedrigen. Er tat es, weil er allein war. Diese Frauen für eine Nacht nahmen ihn so, wie er war. Sie gaben ihm körperliche Liebe und halfen ihm, seine hässlichen Gedanken zu vertreiben. Sie lagen in seinen Armen, während die heißen Laken in der Dunkelheit abkühlten, und lauschten seinen Geheimnissen.

Seit David und Allison hatte es niemand mehr gegeben, der wusste, was für ein Mensch Charlie wirklich war. Er war mit achtzehn zum Militär gegangen und hatte bereits mit einundzwanzig an verdeckten Operationen teilgenommen. Es war ein Nomadenleben, und es hatte ihm gefallen. Die Jungs in seiner Einheit hatten ihn respektiert, aber das war auch schon alles gewesen. Er war nie zu Barbecues im Familienkreis eingeladen worden wie die meisten seiner Kameraden, aber das war ihm nur recht gewesen. Charlie war Einzelgänger. Er zog es vor, allein zu bleiben.

Doch Einzelgänger konnten ziemlich schnell ziemlich einsam werden, und je weiter die Jahre voranschritten, desto öfter fühlte Charlie sich einsam. Einmal war er volle drei Jahre durch die Welt gezogen, ganz allein, ohne tiefere Bindung zu irgendeinem lebenden Wesen.

»Wenn ich morgen sterbe, würden die beiden einzigen Menschen, die mir etwas bedeuten, nichts davon erfahren«, hatte er zu der zwanzigjährigen Polin gesagt, mit der er damals ein paar Tage das Bett geteilt hatte. Dann war er in Tränen ausgebrochen.

Sie war ein schnuckeliges junges Ding gewesen, nicht das schärfste Messer in der Schublade, aber mit einem netten Lächeln. Sie hatte seinen Kopf an ihre Brüste gezogen und ihm tröstend auf Polnisch irgendetwas zugeflüstert. Sie hatte kein Wort von dem verstanden, was Charlie gesagt hatte, aber sie hatte seinen Schmerz gespürt.

*Was für ein Glück, dass es die Frauen gibt*, ging es Charlie durch den Kopf, als er sich nun wieder umdrehte und die Haare des vietnamesischen Mädchens streichelte. *Frauen und Kinder sind das einzig Schöne auf dieser beschissenen Welt.*

Bian wachte auf und lächelte ihn an. Sie streckte die Hand nach ihm aus. Die Morgensonne schimmerte nun durch die Vorhänge, und Charlie bewunderte einen Moment lang, wie perfekt die rosige Farbe ihrer Lippen mit der ihrer Brustwarzen übereinstimmte.

*Zwei Dinge habe ich gelernt*, überlegte er. *Es sind die einzigen Dinge, die ich ganz sicher weiß. Das Leben ist verdammt gefährlich und verdammt schön. Was gibt es sonst zu wissen?*

\*\*\*

Kurz vor Mittag war Charlie zurück im Lager. Phuong erwartete ihn bereits auf der Veranda seiner Hütte. Sie musterte ihn eingehend auf der Suche nach Spuren von Müdigkeit oder Vernachlässigung.

»Hallo, Papa. Hast du gegessen?«

»Ich habe gefrühstückt.«

»Und die Frau? War sie gut zu dir?«

»Gut« in diesem Zusammenhang war keine Frage nach Sex. Phuong wollte wissen, ob er den Trost gefunden hatte, den er brauchte.

»Sie war sehr gutherzig.«

»Das freut mich. Möchtest du einen Kaffee?«

»Immer. Gib mir Kaffee oder gib mir den Tod.«

Sie verschwand in der Hütte und kehrte mit zwei dampfenden Bechern zurück.

»Hmmm, das tut gut!«, murmelte Charlie und verzog das Gesicht, als er sah, wie Phuong drei gehäufte Löffel Zucker in ihren Becher gab. »Jesses«, sagte er. »Das ist ja nicht zum Aushalten! Warum isst du den Zucker nicht gleich aus der Dose?«

»Hast du heute trainiert?«, erkundigte sie sich, ohne auf seine Bemerkung einzugehen.

»Die Zähne sollen dir ausfallen! Den armen Kaffee so zu vergewaltigen!«

»Papa.«

»Nein, ich habe nicht trainiert.«

Phuongs Augen zogen sich so unmerklich zusammen, dass jemand anders es glatt übersehen hätte. »Denk daran, was für einen Job wir machen, Papa. Du bist kein junger Mann mehr. Es ist nicht gut, wenn du faul wirst. Wir trainieren, sobald du deinen Kaffee ausgetrunken hast, ja?«

»Meinetwegen, süßes Mädchen.« Er kicherte spöttisch. »Du liebst mich, was?«

Sie versteifte sich beinahe unmerklich. »Ich benutze dieses Wort nicht, Papa. Das weißt du.«

»Entschuldige. Bitte entschuldige, du hast recht. Verzeih mir.«

Phuong hatte es ihm erzählt, kurz nachdem sie angefangen hatte, ihn »Papa« zu nennen.

»Liebe ist ein Wort, das Menschen anstelle von echter Liebe benutzen«, hatte sie gesagt. »Es hat keine Bedeutung. Echte Liebe liegt im Handeln, nicht im Reden.«

Charlie hatte nicht geantwortet. Er hatte in ihre ernsten Augen geblickt und über ihre Weisheit gestaunt.

»Okay«, sagte er nun und hob seinen Becher. »Jedenfalls danke ich dir für den Kaffee.«

Sie nippte besänftigt an ihrem Zuckerbräu. »Gern geschehen, Papa. Du weißt, ich werde dir immer Kaffee bringen.«

\*\*\*

Das Lager war nicht besonders groß – aus offensichtlichen Gründen. Außerdem war es auf diese Weise einfacher, die Kinder zu versorgen. Das Lager befand sich südlich von Da Nang im Dschungel, weit genug entfernt von dem Dreiländereck, das Vietnam, Laos und Kambodscha bildeten, um in Sicherheit zu sein, und trotzdem nah genug, um die Kinder hierher zu schaffen. Es war gebaut wie eine Festung, umgeben von einem sechs Meter hohen Palisadenzaun aus dicken Baumstämmen mit lediglich zwei Zugängen, stählernen Toren auf der Vorder- und Rückseite, die ständig versperrt waren.

Es war einer der »Waypoints«, zu denen sie die geretteten Kinder brachten – kein Ort zum Leben, sondern zum Überleben. Der Schmerz war noch lebendig und gefährlich, die Angst noch grell und hungrig.

»Wir machen weiter, ob die Sonne scheint oder ob es regnet«, verkündete Phuong, die Griffe ihres Sprungseils in den Händen.

Charlie hatte ein Nickerchen machen wollen, aber Phuong hatte keine Ruhe gelassen, bis er schließlich nachgab.

»Sonne oder Regen«, pflichtete er ihr bei und packte sein eigenes Sprungseil.

Es waren mehr als bloße Worte, denn es war Regenzeit. Charlie hatte bereits eine schwarze Gewitterwolke entdeckt, die lauernd am Horizont schwebte, ein bedrohliches dunkles Monstrum voller Wasser.

»Eine halbe Stunde«, sagte Phuong.

»Zehn Minuten.«

»Fangen wir an«, sagte sie, ohne auf ihn einzugehen.

Sie begann zu hüpfen. Charlie seufzte. Phuong war eine schwierige Verhandlungspartnerin. Aber diesmal war es ihm ganz recht, dass sie ihren Kopf durchsetzte, denn er hatte mehr getrunken als gewöhnlich, und der Kater machte ihm zu schaffen. Eine halbe Stunde Seilhüpfen, gefolgt von einer weiteren halben Stunde Sparring, würden ihm guttun.

Er schwang das Seil und fand rasch seinen Rhythmus. Seine Füße schienen kaum den Boden zu verlassen, und sein Bewusstsein glitt bald hinüber in jenen behaglichen, dämmrigen Zustand, in dem die Zeit nicht mehr von Bedeutung ist.

Das Springseil schwirrte mit der Regelmäßigkeit eines Metronoms um Charlie herum, als er erst auf dem einen Bein hüpfte, dann auf dem anderen. Phuong starrte ins Leere. Sie hüpfte doppelt so schnell wie er und atmete dabei immer noch durch die Nase.

Jugend hatte definitiv ihre Vorteile.

Charlie hörte ein dumpfes Grollen und warf einen Blick zum Himmel. Die Regenwolke kam näher. Bald würde es gießen wie aus Eimern. Charlies Atem ging jetzt ein wenig schneller. Phuong war immer noch nichts anzumerken. Ihr Gesicht war entspannt, ihre Miene ausdruckslos.

»Es regnet«, sagte Phuong, ohne dass ihr Rhythmus sich auch nur einen Wimpernschlag lang änderte.

Ihre Worte klangen noch nach, als Charlie den ersten Tropfen abbekam. Dann raste auch schon die Regenwand heran, wild und kalt, begleitet von Rauschen und Prasseln. Es goss wie aus Eimern. Das Trommelfeuer der Regentropfen brannte auf Charlies Haut. Fröhliches Kreischen aus dem Hof nebenan drang über die Mauer. Die Kinder waren draußen und tollten im Regen umher, beobachtet von ihren lächelnden Betreuern. Es reichte diesen Kindern, sie selbst sein zu können. Es war wunderbar und einzigartig; man konnte es nur begreifen, wenn man es miterlebte.

Bian hatte Charlie an diesem Morgen sehnsuchtsvoll geküsst,

bevor sie ihn mit einem Lächeln und dem anhaftenden Duft ihres Parfums auf der Haut davongeschickt hatte. Es war unwahrscheinlich, dass sie sich jemals wiedersehen würden, doch was Charlie anging, würde er das Mädchen nie vergessen. Auch das war so ein Moment gewesen.

*Das Leben wird besser*, gestand er sich ein. *Es ist zwar immer noch ziemlich beschissen, weil es das Leben ist, aber es wird besser.*

Am meisten vermisste er seine Schwester. Er dachte oft an Allison. Manchmal, wenn er am Morgen zerschlagen, aber zufrieden aufwachte, galt sein erster Gedanke ihrem Lächeln. Einmal war er durch die Straßen und Gassen in irgendeinem Kaff in Thailand gelaufen, das Blut noch feucht an seinen Händen, die Waffe noch warm unter seinem Gürtel, und hatte an Allison gedacht. Auch jetzt dachte er an sie, beim Seilhüpfen, während der kalte Regen aus dem grauen, trostlosen vietnamesischen Himmel ihn bis auf die Haut durchnässte.

»Fertig«, sagte Phuong unvermittelt und hüpfte ein letztes Mal, bevor das Seil erschlaffte.

Sie war genauso durchnässt wie er. Ihr Haar troff vor Wasser, und ihr T-Shirt klebte an ihrem geschmeidigen, sehnigen Körper. In Augenblicken wie diesem konnte man einen Blick auf das Mädchen in ihr erhaschen – vielleicht, weil der Regen ihr vorübergehend die Schönheit und Unnahbarkeit nahm. Durchnässt, wie sie war, sah selbst Phuong eher unscheinbar aus.

»Wie ist der Plan für heute, süßes Mädchen?«

Phuong warf sich das Springseil über die Schulter »Ich zeige den Neuen das Schreiloch.«

»Aha«, sagte Charlie. Mehr fiel ihm dazu nicht ein

\*\*\*

»Als Mädchen eine Sklavin zu sein bedeutet, das Unfassbare zu erleben«, hatte Phuong gesagt, als sie Charlie zum ersten Mal das Schreiloch gezeigt hatte. »Du musst lernen, dein wahres Ich zu verbergen, weit weg, an einem sicheren Ort, wenn du überleben willst. Anders geht es nicht. Der Wunsch zu überleben muss etwas Triebhaftes werden. Schlafen, Essen, eine Unterbrechung der Schmerzen ... das alles kommt nicht von allein. Man muss es sich verdienen oder stehlen. Oder man muss darum kämpfen. An einem Ort wie diesem kann man keinem vertrauen, nicht mal dem Mädchen neben sich, obwohl dieses Mädchen das gleiche Leben führt wie man selbst. Aber es ist nun mal ein Instinkt, dass man sich selbst der Nächste ist.

Hier wird jedes Herz zu Eis. Hier lernst du dich *wirklich* kennen, jeden verborgenen Winkel deines Wesens. Hier findest du heraus, zu welchen Schandtaten du imstande bist. Ich habe gesehen, wie ein Mädchen die eigene Schwester wegen einem Stück Brot umgebracht hat.« Sie hatte einen Moment geschwiegen. »Es gibt hier keine Sicherheit, verstehst du? Das ist das Schlimme an Orten wie diesem. Einsamkeit und Ruhe findet man nur in sich selbst, und das schaffen die wenigsten. Buddha hat gesagt: ›Sei dein eigenes Licht‹, aber die Menschen hier haben kein Licht. Sie sind kalt und dunkel wie der Mond.«

Es war im Sommer gewesen, hier in dem Lager, als sie dieses Gespräch geführt hatten. Dann hatte Phuong ihm das Loch gezeigt, das sie im hinteren Teil des Geländes ausgehoben hatte, verborgen hinter einer Baumgruppe. Das Loch war groß genug, dass man den Kopf hineinstecken konnte, und ungefähr einen Meter lang, und es verlief schräg, in einem Winkel von vielleicht dreißig Grad, sodass ein Kind sich auf den Bauch legen konnte, während sein Kopf sich im Loch befand.

Es war genau das, was der Name besagte: ein Loch, in das ein Kind in die Erde hineinschreien konnte, so lange und so laut es sein musste, um den Druck herauszulassen – der erste Schritt auf der langen Straße zurück zu Vertrauen und Normalität. Manche Kinder verbrachten Stunden im Schreiloch und kehrten völlig erschöpft und ohne Stimme zurück, um anschließend tagelang zu schlafen.

»Was macht Maly?«, fragte Charlie. »Wehrt sie sich immer noch?«

»Nicht mehr so verbissen«, antwortete Phuong. »Sie würde es niemals zugeben, aber sie begreift allmählich, dass sie in Sicherheit ist. Nicht mehr lange, und sie wird essen und schlafen.«

»Was ist mit Mrs. Minh? Kommen die Kinder mit ihr klar?«

Phuong schüttelte den Kopf. »Es ist noch zu früh, das zu sagen, Papa. Aber Mrs. Minh ist gut zu den Kindern. Sie weiß, was es heißt, das Meer zu sein.«

»Was?«

»Das Meer. Es ist nicht entscheidend, dass es da ist. Es kommt vielmehr darauf an, dass seine Wellen immerzu ans Ufer branden. Verstehst du? Mrs. Minh weiß das. Sie wird die Kinder gewinnen, indem sie immer für sie da ist, Tag und Nacht. Weil sie ihnen hilft und ihnen Liebe schenkt. Das Reden kommt später.«

Charlie schüttelte verwundert den Kopf. »Wie hast du das alles herausgefunden?«

Phuong schenkte ihm eines ihrer seltenen Lächeln. Es war, als beobachte man eine Blume, die in voller Blüte eine Schneedecke durchstieß. »Ich bin mein eigenes Licht, Papa.« Sie zögerte kurz. »Und das verdanke ich dir.«

Charlie räusperte sich verlegen. »Wo wir gerade von Wellen reden, die immerzu ans Ufer branden … ich habe schon wieder Hunger. Komm, wir machen uns was zu essen.«

\*\*\*

Mrs. Minh kam ihnen aufgeregt entgegen, als sie den großen Innenhof betraten. Ihre Miene war besorgt. Sie hielt ein Päckchen in den Händen. »Das hier jemand über Palisaden geworfen!«

Charlie horchte alarmiert auf. »Wann?«

»Ich nicht wissen. Gestern Nacht vielleicht. Ich finden in Nähe von Rückwand.«

»Zeigen Sie her.«

Sie reichte Charlie das Päckchen, und er wog es prüfend in der Hand. Es war eine von diesen braunen Luftpolstertaschen. Das Päckchen war sehr leicht. Charlie konnte mit den Fingern ein flaches, hartes Rechteck ertasten.

»Ich glaube nicht, dass der Inhalt gefährlich ist«, sagte er zu Phuong. »Aber lass uns zuerst die Umgebung des Lagers kontrollieren, dann schauen wir nach, was drin ist.«

»Ja, Papa.«

»Keine Angst, Mrs. Minh«, sagte er zu der fünfzigjährigen Frau, die verängstigt dreinschaute, was Charlie ihr nicht verdenken konnte.

Er und Phuong kehrten in ihren Bereich des Lagers zurück und schlossen hinter sich das Tor zum Hof.

»Nimm auch die Pistole, Phuong, klar? Nicht nur das Messer.«

Es war ein Befehl, keine Bitte. Sie nickte widerspruchslos.

Sie verschwendeten keine Zeit mit Umziehen. Es kam auf jede Sekunde an. Charlie warf sein Sprungseil in die Ecke und riss seine Waffe unter dem Kopfkissen hervor. Phuong erwartete ihn bereits draußen, die Glock in der Hand.

»Wir nehmen den Tunnel nach Osten und trennen uns draußen. Du gehst nach links, ich nach rechts, bis wir uns auf der anderen Seite wieder treffen.«

»Ja, Papa.«

Das Lager hatte drei Tunnel. Sie waren als Fluchtwege und Verstecke gedacht. Einer der Tunnel war durch eine Falltür in Charlies Zimmer zugänglich. Er führte unter der östlichen Palisade hindurch und kam sechs Meter außerhalb des Lagers in einem Gebüsch an die Oberfläche.

Charlie und Phuong rannten in Charlies Zimmer. Er riss den Läufer zur Seite, der die Falltür verbarg, und zerrte am Eisenring. Die Tür klappte hoch. Darunter führte eine Holzstiege in die Dunkelheit. Es gab keine Beleuchtung, und sie mussten sich geduckt bewegen, doch es ging nur geradeaus; deshalb gab es keine Hindernisse. Wenn man nicht zu hastig war, hatte man den Tunnel rasch durchquert.

»Gehen wir«, sagte Charlie.

Er sprang die Stufen hinunter. Unten angekommen, duckte er sich und huschte in die Dunkelheit davon.

Keine Minute später hatte er das Ende des Tunnels erreicht. Es herrschte undurchdringliche Finsternis. Kein Laut war zu hören, nur Charlies Keuchen und das regelmäßige Atmen Phuongs.

Charlie suchte nach der Handkurbel und drehte wild daran. Die äußere Falltür hob sich geräuschlos, bis das Erdreich sich löste und in großen Placken die Treppe hinunterrutschte. Draußen rauschte der Regen, der an Heftigkeit zugenommen hatte. Dicke, schwere Tropfen fielen durch die rechteckige Öffnung und brannten auf Charlies Gesicht.

Er drehte sich zu Phuong um. »Halt die Augen auf. Der Regen ist nicht gut für uns, aber für die anderen auch nicht – falls da draußen überhaupt jemand ist.«

Phuong nickte. »Ja, Papa.«

Er überlegte, ob er sie zur Vorsicht ermahnen sollte, aber das wäre albern gewesen. Wenn er sie von jeder Gefahr hätte fernhalten wollen, hätte er sie im Lager lassen müssen.

*Also los.* Er rannte die Treppe hinauf und hinaus in den strömenden Regen.

Das Prasseln war zu laut, als dass Charlie hätte stehen bleiben und lauschen können, und Regen und Dunst beschränkten die Sichtweite auf ein Minimum. Es war, als würde man versuchen, durch einen Wasserfall zu schauen.

Charlie warf einen Blick nach hinten und sah gerade noch, wie Phuong hinter einem Regenvorhang in der Gegenrichtung verschwand.

Er bewegte sich vorwärts, während er unablässig die Umgebung absuchte, so gut es unter diesen Umständen möglich war. Es waren die kleinen Dinge, die einen Gegner verrieten. Das war eine der ersten Lektionen, die ein Scharfschütze lernte. Ein guter Scharfschütze konnte tagelang auf der Lauer liegen, ohne die Position zu wechseln. Er konnte an Ort und Stelle essen, pinkeln und schlafen. Nur völlige Reglosigkeit bot Deckung.

Charlie brauchte weniger als drei Minuten, um das gesamte Lager zu umrunden und wieder zur Falltür zurückzukommen.

*Wo steckt Phuong?*

\*\*\*

*Sie haben mich ganz lässig übertölpelt*, dachte Phuong. *Die Sache war geplant, und zwar clever.*

Zwei Männer waren aus dem Regen aufgetaucht, jeder mit einem Gewehr, und beide hatten auf Phuongs Kopf gezielt.

»Ein Scharfschütze hat Mr. Carter im Visier«, sagte der Mann zur Rechten mit ruhiger, besonnener Stimme. »Bitte lassen Sie die Waffe fallen und kommen Sie hierher, oder der Scharfschütze erhält den Schießbefehl.«

Phuong musterte die beiden Männer sekundenlang. In ihren Gesichtern stand die Zuversicht geübter Killer. Phuong warf die Glock zu Boden.

»Das Messer auch, bitte«, sagte der Mann.

»Das Messer ist alles, was ich noch von meiner Familie habe, Sir. Könnten wir uns da irgendwie einigen?«

Der Mann nickte. »Sicher. Bitte werfen Sie es auf den Boden. Mein Partner nimmt es an sich. Ich gebe Ihnen mein Wort, ich passe darauf auf. Aber jetzt machen Sie, ja? Denn sobald Mr. Carter um die Ecke kommt, wird der Scharfschütze feuern. An diesem Befehl kann ich nichts ändern.«

»Verstehe.« Phuong zog das Messer aus der versteckten Scheide und warf es in den Schlamm. Der zweite Mann trat vor und hob es auf, um es unter den Gürtel zu stecken.

»Und jetzt los«, sagte der erste Mann. »Wir bringen Sie zu unserem Fahrzeug. Ich habe Befehl, Sie nicht unnötig zu misshandeln. Sollten Sie allerdings zu fliehen versuchen oder sich wehren, muss ich improvisieren. Und wenn Sie uns tatsächlich entwischen, wird Mr. Carter sterben.«

»Verstehe«, entgegnete Phuong. »Ich werde keinen Fluchtversuch unternehmen.«

Der Mann ruckte mit seiner Waffe, und sie verschwanden hinter der undurchsichtigen Wand aus Regen.

\*\*\*

Charlie drehte sich um und rannte zurück. Vielleicht war Phuong vom Weg abgekommen und gestürzt.

Er fand sich erneut an der Falltür wieder.

Keine Spur von Phuong.

Charlie sprang die Treppe hinunter, huschte geduckt durch den Tunnel und inspizierte die Treppe in seinem Zimmer. Was er dort sah, bestätigte seine schlimmsten Befürchtungen: Die Spuren der nassen Schuhe Phuongs führten nach unten, aber es gab keine Spuren zurück nach oben. Phuong war nicht auf diesem Weg ins Lager zurückgekehrt.

Adrenalin schoss in Charlies Venen. Sein Herz schlug rasend schnell, und seine Schläfen pochten.

*Hat man sie geschnappt? Wurde mein süßes Mädchen entführt?*

Dann fiel es ihm wieder ein.

Das Päckchen!

Charlie stürmte die Treppe hinauf. Der gepolsterte Umschlag lag immer noch dort, wo er ihn hingeworfen hatte. Er riss ihn auf. Im Innern steckte ein zweiter, kleinerer Umschlag, auf dem in Blockbuchstaben sein Name geschrieben stand: CHARLIE CARTER.

Das konnte nichts Gutes bedeuten. Charlie Carter war sein richtiger Name. Und sein richtiger Name war im Zusammenhang mit seinem früheren Job nie gefallen – was bedeutete, dass irgendjemand viel mehr über ihn wusste, als er wissen sollte.

151

Charlie riss den zweiten Umschlag auf und sah, dass er eine schwarze DVD-Hülle enthielt. Er zog sie hervor und las die Notiz, die an der Hülle klebte.

SIEH MICH AN.

»Verflucht noch mal. Das ist nicht gut, gar nicht gut …«, murmelte Charlie.

Eine Nachricht bedeutete, dass die Sache nicht improvisiert war. Phuongs Entführung war geplant gewesen. Und das wiederum bedeutete, dass Charlie seinen Gegnern hinterherhinkte. Und angesichts seiner vergangenen und derzeitigen Aktivitäten war das sehr, sehr übel.

Charlie stieß einen abgerissenen Seufzer aus und setzte sich auf die Bettkante, während er die schwarze Hülle in den Händen drehte. Wer immer dieses Päckchen abgeliefert hatte – er hatte seinen Job erledigt und war verschwunden.

Jetzt war Charlie am Zug.

Er betrachtete die Notiz. SIEH MICH AN. Er rieb sich den Nacken; eines seiner Brandmale juckte. Von wem mochte das Päckchen sein? Wer seinen, Charlies, richtigen Namen kannte und wusste, wie er ihn finden konnte, musste auch seinen Ruf kennen.

Charlies rechtes Auge zuckte unkontrolliert, und sein Magen verkrampfte sich.

*Was, wenn es Rache ist? Was, wenn …*

Er schnitt eine Grimasse, wobei er unbewusst die Zähne fletschte.

*Was, wenn sie Phuong zwingen, in ihr altes Leben zurückzukehren?*

Er zitterte am ganzen Körper.

*Reiß dich am Riemen, du Niete!*

Die Stimme war kalt und erbarmungslos. Sie gehörte einem Vater, der seine Liebe mit den Fäusten zeigte. Oder einem Zuhälter, der einem seiner Mädchen demonstrierte, wie die »Realität« aussah. *Entweder schleppst du Knete an, oder ich schlag dich windelweich.*

Charlie war heiß und zittrig, und das war schlecht. Man musste eiskalt sein, wenn es in die Schlacht ging. *Emotionen beeinträchtigen nicht nur das Urteilsvermögen, sie verändern auch die körperliche Verfassung. Sie pumpen Adrenalin ins Blut, obwohl man gar nicht gejagt wird. Sie lassen die Hände zittern und verhindern genaues Zielen.*

*Atme. Langsam. Tief. Ein, aus. Ein, aus.*

Charlie spürte, wie sein Herzschlag sich allmählich normalisierte, spürte die alte, vertraute Losgelöstheit und wartete, bis der innere Aufruhr, den seine aufwallenden Emotionen hervorgerufen hatten, verebbt war.

*Du verstehst deinen Job. Vergiss das nicht. Du hast mehr Männer in die ewigen Jagdgründe geschickt, als du zählen kannst.*

Charlie streckte eine Hand aus und betrachtete sie. Sie zitterte immer noch, aber nur ein klein wenig.

Er blickte auf die Notiz.

SIEH MICH AN.

»Dein Wunsch ist mir Befehl«, flüsterte er.

Er hatte einen Fernseher und einen DVD-Player im Zimmer. Er öffnete die Schublade und legte die DVD ein.

Als er die gefesselten jungen Frauen auf den Tischen liegen sah, runzelte er die Stirn. Seine Verwirrung schlug in Entsetzen um, als er eine von ihnen erkannte.

Charlie schaute sich die DVD noch einmal an, lauschte den Ermahnungen und Befehlen des Mannes mit der grotesken Maske. Dann saß er lange Zeit da. Schließlich stand er auf, zog seinen Koffer unter dem Bett hervor und packte seine Sachen. In seinen Augen brannte Mordlust.

***

Phuong saß im Heck des Lastwagens, die Beine übereinandergeschlagen, und beobachtete den ersten Mann.

»Sie sind wirklich sehr ruhig«, stellte der Mann fest.

Phuong schwieg.

»Unser Auftraggeber hatte uns schon gesagt, dass Sie sich so verhalten, solange man Sie gut behandelt.«

Phuong schwieg weiter.

»Er hat Anweisung erteilt, Ihnen gewisse Dinge zu erklären. Er sagte, Sie wären ruhiger, wenn Sie diese Dinge wüssten, weil Sie einige davon kennen und verstehen.«

»Ich bin nicht die Möhre, ich bin der Stängel«, sagte Phuong.

Der Mann nickte. »Mein Auftraggeber ist der Meinung, dass Mr. Carter einen Anstoß benötigt.«

»Einen Anstoß wozu?«

»Das hat man mir nicht gesagt.«

»Was sollen Sie mir sonst noch erzählen?«

Der zweite Mann lauschte dem Wortwechsel schweigend.

»Solange Sie nicht versuchen, zu fliehen oder uns anzugreifen, wird Ihnen keine körperliche oder sexuelle Misshandlung widerfahren. Sie sollen wissen, dass mein Auftraggeber ein größeres Ziel verfolgt. Mr. Carter ist ein Schlüssel zu diesem Ziel. Mein Auftraggeber weiß von Mr. Carters Fähigkeiten und hat nicht den Wunsch, sich unnötigerweise einen unbarmherzigen Feind zu schaffen.«

»Ihr Auftraggeber ist ein scharfsinniger Mann, Sir. Sollte mir etwas passieren, würde mein Papa die ganze Welt nach den Verantwortlichen absuchen.«

»Ja«, pflichtete der Mann ihr bei. »Das glaube ich auch.«

»Macht der Gedanke Ihnen Angst?«

»Mr. Carter ist eine so etwas wie eine Legende. Jeder kluge Mann würde ihn fürchten. Seien Sie versichert, ich stimme der Einschätzung meines Auftraggebers voll und ganz zu.« Er musterte sie aufmerksam. »Sobald wir unseren Bestimmungsort erreicht haben, werden Sie betäubt. Mein Auftraggeber garantiert Ihnen, dass Sie weder misshandelt noch missbraucht werden, solange Sie unter dem Einfluss des Betäubungsmittels stehen.«

Phuong zuckte die Schultern. »Wenn es um die Dinge geht, die ein Mann einer Frau nicht antun sollte, hat die Zeit mich gelehrt, nur den eigenen Erfahrungen zu trauen.«

Der Mann schien einen Moment nachzudenken. »Würde es Sie beruhigen, wenn ich Ihnen mein Wort gebe?«

Phuong neigte den Kopf zur Seite und blickte ihn an. »Welche Strafe erwartet den, der sich nicht daran hält?«

»Der Tod. Was sonst?«

Phuong nickte. »Das ist in Ordnung. Da bin ich beruhigt. Danke. Wenn Sie mir jetzt erlauben würden, im Gegenzug offen zu Ihnen zu sein …?«

»Nur zu.«

Sie drehte sich um und blickte den zweiten Mann an. Ihre Augen wurden kalt wie Eis, und ihre Stimme klang dunkel. »Falls meinem Papa etwas geschieht, aus welchem Grund auch immer, werde ich die ganze Welt nach den Verantwortlichen absuchen, solange ich lebe, und ich werde nicht nur das Leben der Täter nehmen, sondern aller, die mit ihnen verbunden sind, auf welche Weise auch immer.« Sie hielt inne; dann wandte sie sich wieder dem ersten Mann zu. »Und in jedem einzelnen Fall wird es ein langsamer Tod. Wenn ich fertig bin, wird die Blutlinie der Betroffenen nicht mehr existieren. Ich werde die Namen der Täter vom Angesicht der Erde tilgen.«

Der Mann starrte sie an. »Ich verstehe«, sagte er nach einem Augenblick. »Danke für Ihre Offenheit.«

Phuong schloss die Augen und versank in Meditation. Die Unterhaltung war beendet. Der Lastwagen schaukelte und rumpelte und schüttelte die Insassen durch. Phuong fühlte sich wie ein Surfer auf einer Riesenwelle.

*Es steckt mehr als eine Gruppe dahinter*, überlegte sie. *Das Päckchen über die Mauer zu werfen war ungenaue, schlampige Arbeit.*

*Diese Männer sind weder ungenau noch schlampig. Was also hat das zu bedeuten?*

Die Antworten blieben ihr verborgen. Sie akzeptierte es leidenschaftslos. Wer warten konnte, bekam oft schneller Antwort als der, der danach suchte. Phuong kannte sich mit Warten aus. Geduld war eine Eigenschaft, die sie früh erlernt hatte. Im Bordell, als sie zitternd auf einer Fußmatte lag, nachdem sie mit einem Viehstock bestraft worden war. Oder in der Holzkiste voller Ameisen, deren Bisse gebrannt hatten wie Feuer.

Sie atmete ein. Atmete aus. Ganz ruhig.

*Meine Zeit wird kommen. Ich bin mein eigenes Licht, und ich werde auf dich warten, Papa. Wenn du nicht kommst, werde ich vielleicht sterben. Aber wenn ich überlebe, werde ich dich rächen.*

*Wenn sie dich mir nehmen, folge ich dir in den Tod. Aber zuerst werde ich die Sterne auslöschen und den Himmel selbst einreißen.*


**KAPITEL 6** Daniel starrte zum tausendsten Mal auf das Schild an der Tür. Er hatte Angst. Aber das war nicht ungewöhnlich. Angst war sein zweiter Vorname.

»*Ein Sohn ist bloß ein Vasall*«, murmelte er mit zittriger Stimme vor sich hin. Es war sein ältestes Mantra, und normalerweise verfehlte es seine Wirkung nicht. Es hatte ihm während der Monate völliger Dunkelheit und der Jahre voller Schmerz Gesellschaft geleistet.

Diesmal blieb die Angst. Daniel verspürte einen schrecklichen Druck auf der Blase, und seine Därme fühlten sich wässrig und kalt an. Er wiederholte sein Mantra, eindringlicher diesmal.

*Ein Sohn ... ist bloß ... ein Vasall.*

Er war inzwischen fast sechzig, doch seine innere Stimme gehörte einem Knaben. Was ihm nicht bewusst war – es war die einzige innere Stimme, die er je gehört hatte.

Mit zehn Jahren war Daniel einmal für einen ganzen Monat

nackt im Keller dieses Hauses eingesperrt gewesen. Er hatte zu essen bekommen und Wasser, doch es hatte weder Licht noch einen Gesprächspartner gegeben, mit dem er hätte reden können. Es war die zweitunerträglichste Erfahrung seines Lebens gewesen.

»Sag die Worte«, hatte der Riese ihm befohlen, bevor er das Licht ausgeschaltet hatte. »Wenn die Dunkelheit dich zu vernichten droht, sag einfach die Worte. Mach dich ganz leer und sag die Worte. Angst hat mit dem Ego zu tun, Sohn. Wenn du dir nicht selbst gehörst, wovor musst du dich dann fürchten? Denk immer daran, was auf dem Schild steht: Ein Sohn ist bloß ein Vasall.«

Daniel war blass und mit großen runden Augen aus seinem Verlies gekommen – und mit einem Zucken im linken Mundwinkel, das erst nach einem Jahr nachgelassen hatte. Der Riese hatte ihm keine Zeit gelassen, sich anzuziehen. Er hatte Daniel durch die Tür mit dem Schild bugsiert und ihn eindringlich verhört.

»Was hast du gelernt, Sohn?«, hatte er gefragt.

»Zweierlei, Sir!«, hatte Daniel gebrüllt, wobei er in Habachtstellung dagestanden hatte, obwohl der Riese es gar nicht verlangt hatte. Daniels Hirn hatte sich angefühlt, als wäre es voller Glassplitter. Tränen waren ihm über die Wangen geströmt, ohne dass er sich dessen bewusst gewesen wäre. »Erstens: Es ist nicht besonders schwierig, vom Lebenwollen zum Sterbenwollen zu kommen.«

»Stimmt«, hatte der Riese geantwortet. »Und das Zweite?«

»Ein Sohn ist bloß ein Vasall!« Daniel hatte die Worte so laut gebrüllt, dass der Riese zusammengezuckt war.

»Sehr gut, Daniel. Ganz ausgezeichnet, Sohn.« Der Riese hatte innegehalten und sich mit dem Zeigefinger an die Lippen getippt. »Es gibt nur ein Problem: Deine Angst ist immer noch zu sehen. Ich glaube nicht, dass wir schon das ganze Ego los sind.«

Der Riese hatte Daniels Schreie, das Jammern und Flehen ignoriert und ihn wieder in die Dunkelheit verbannt. Daniel

157

hatte weitere sechs Monate dort verbracht. Er hatte das Tal der Todessehnsucht durchquert und war ins Reich des Überlebenwollens gelangt. Er war einmal um seinen eigenen Globus gereist und hatte die Grenze zum Irrsinn überschritten. Er hatte Tiefen der Seele entdeckt, die sich einem nur offenbaren, wenn man im Reich der Dunkelheit lebt.

Anschließend hatte der Riese die Wände, den Boden und die Decke des Kellers mit weißer Farbe gestrichen und überall Halogenscheinwerfer installiert. Er hatte Daniel weiße Kleidung gegeben und weiße Slipper und weißen Reis zum Essen, alles begleitet von lautem weißem Rauschen.

So schien es eine Ewigkeit zu gehen, bis Daniel den verborgenen Archipel erreichte – die Absprungstelle in seiner eigenen Seele. Er erinnerte sich, wie er verkrümmt auf dem Boden gelegen hatte, die Augen weit aufgerissen, die Hände auf die Ohren gepresst. Jedes Mal, wenn er versucht hatte, die Augen zu schließen, hatte er das Übelkeit erregende Gefühl gehabt, zu fallen – wie von einer weißen Klippe, an einem neblig-weißen Tag, in tiefes, weißes Wasser.

*Ein Sohn ist bloß ein Vasall ...* Die Worte hatten ihn umgeben wie Schwärme weißer Möwen. Sie waren nicht grellweiß, nicht grausam, sondern sanft, behutsam und tröstend. Er hatte tief Luft geholt und gekrächzt, ein Krächzen wie von einer Krähe, die von den Getreidefeldern ihres eigenen Selbst vertrieben wurde.

Das war der Tag gewesen, an dem Daniel alles verloren hatte, auch wenn er selbst es nicht mehr so sehen konnte. Zu viel Wasser war unter seiner persönlichen Brücke hindurchgeflossen, das meiste davon weiß, wild schäumend und erodierend. Hätte er es in Worte kleiden müssen, er hätte gesagt: »Nach diesem Tag habe ich mich für nichts mehr interessiert.« Er existierte in Räumen aus weißer Leere, durchbrochen von regelmäßigen Störungen aus unbeschreiblichem Grauen.

Für die meisten Menschen war Angst ein vorüberziehendes Gewitter, das schnell kam und sich genauso schnell wieder verzog. Daniels Angst jedoch war ein schwarzer, bodenloser Ozean auf einer Parallelwelt, in dessen Wassern erbarmungslose, mit Sägezähnen bewehrte Fleischfresser mit funkelnden Augen und leeren Mägen jagten und dabei unablässig Schreie ausstießen wie gefolterte Delphine. Und es war Daniels eigener Adoptivvater gewesen, der ihn in diesen eisigen Ozean geworfen hatte, der so unermesslich groß war, dass man nirgendwo Land erreichte.

*Kämpfe gegen dich und werde ruhig. Tu es jetzt. Beende dein Ego.*

Daniel spürte die alten Narben von glühenden Zigarettenspitzen, die aufschrien wie ein misstönender Geisterchor. Ein schriller Sopran in jeder Handfläche und ein dumpfer Tenor auf jedem Fuß. Keine Altstimmen und keine Bässe. Agonie war den höheren Registern vorbehalten.

*Um dich immer daran zu erinnern*, hatte der Riese gesagt und die Zigarette zwischen zwei riesigen Fingern hin und her gerollt, *dass Jesus nie aus seinem Grab auferstanden ist. Und daran, dass deine Chancen in einer ähnlichen Situation noch sehr viel schlechter stehen.* Den Worten war dieses blitzende Lächeln gefolgt. Dann seine eigenen, gellenden Schreie. Daniel wusste noch, wie er in die Schwärze der Augen des Riesen gestürzt war, nur hatte er keine Erinnerung daran, jemals wieder herausgeklettert zu sein. Schon damals hatte das Schild dort gehangen.

»Ein Sohn …« Die Worte blieben ihm in der Kehle stecken. Er starrte auf das Schild.

Es war das Bild, das ihm unter die Haut ging. Eine einfache Strichzeichnung, eine Kiste um ein Männchen herum.

»Das ist das Geheimnis«, hatte der Riese ihm erklärt und mit seinem großen Finger auf das Schild getippt. »Du musst einen Weg finden, wie du sie dazu bringen kannst, den Raum um dich herum zu bauen. Verstehst du?«

Daniel hatte es damals nicht verstanden, und er verstand es auch heute noch nicht, und das machte ihm zu schaffen. Es war wie ein leises, beharrliches Klopfen an einer Tür in seinem Innern.

159

Daniels zitternde Hand verharrte über dem Türknauf. Er zögerte einzutreten. Verständlich. Jetzt war eine besondere Zeit. Später Nachmittag, die Sonne kurz vor dem Untergehen, während es in Strömen regnete. Die Sonne hatte den ganzen Tag vom Himmel gebrannt, trotz der tiefhängenden Wolken, und den Regen aufgeheizt, bis er lauwarm auf den Boden rieselte. Wenn die Nacht anbrach und die Luft abkühlte, würde die Feuchtigkeit erneut aufsteigen und sich zu Nebel verdichten, der in den dunklen Schatten hing. Die zwanzig Morgen Wald, die das Haus umgaben, würden sich in eine Landschaft verwandeln, die nach Pinien und nasser Erde duftete, und Würmer würden sich durch das Mondlicht winden, während das Wasser von den Blättern und Zweigen tropfte. Der Riese schätzte Augenblicke wie diese – sie waren seine bevorzugte Zeit für das Gitarrenspiel.

*Es ist nicht zu ändern. Entweder wird er mir danken, oder er tötet mich. Wie es letztlich endet, darauf habe ich keinen Einfluss.*

»Der Chef bringt mich um, wenn er dahinterkommt!«, pflegten die Leute zu sagen, aber der Chef würde sie nicht *wirklich* umbringen. Es war bloß eine Metapher; das wusste Daniel. Hier war es anders. Daniels Chef war ein Riese, und dieser Riese hatte einen geladenen 45er auf seinem Schreibtisch liegen für jene Untergebenen, die das Verlangte entweder nicht bringen konnten oder wollten. Es ging dabei nicht um richtig oder falsch. Es war einfach so.

*Beruhige dich erst mal.*

Daniel atmete tief durch, wie der Riese es ihn gelehrt hatte, als er ein kleiner Junge gewesen war. Er füllte seine Lunge mit Luft und ließ sie einen Weg in seine Magengrube finden. Dort hielt er sie fest, stellte sich vor, wie sie sich verdichtete, sich konzentrierte, zu einem harten Kern aus Zweifeln und Ängsten gerann … all den Unsicherheiten eines Mannes, der wusste, dass er bloß ein Tier war und dass der Tod das Ende von allem bedeutete.

*Ich bin Fleisch und ich bin Blut, und ich mag zwar meine Träume*

*haben, doch nur der Tod ist sicher. Ich muss meine Angst vor dem Tod
fahren lassen, wenn ich jemals mein Leben leben will.*

Indem er ausatmete, reichte er seine Ängste an die Umgebung
weiter (nicht an das Schicksal, denn das Schicksal existierte nicht.
Es war eine Lüge.). Er übergab seine Ängste an den Regen draußen, der weiter fallen würde, mit oder ohne ihn, und er spürte,
wie sein Inneres sich vor der Welt verschloss. Er war ein hoh-
les Behältnis aus dunklem Glas, und niemand vermochte seine
Leere zu sehen.

Ein Sohn ist bloß ein Vasall.

Er betrat das Büro, schloss die Tür und achtete darauf, dass er
mit Hingabe und Klarheit redete.

»Ich habe, was Sie gewünscht haben, Sir«, sagte er und legte
das Buch auf den Schreibtisch des Riesen. »Darüber hinaus bin
ich bereit, über die derzeitige Operation zu berichten, wie Sie es
verlangt haben.«

Der Riese war bei Daniels Eintreten mitten in einem komplizierten Blues-Riff gewesen. Als Daniel das Wort erhob, unterbrach er sein Spiel abrupt. Der Raum hallte von einem misstö-
nenden Akkord wider, und die Saiten der Gitarre schrammten
surrend wie Bienen über die Stege, eher verärgert als wütend,
aber Bienen sind Bienen. Der Riese legte den Kopf zur Seite und
musterte Daniel.

»Ich hoffe sehr, dass du im Lauf der Jahre meine Ansichten
über die Natur der Kunst begriffen hast, Daniel«, sagte der Riese
nach einem Moment des Schweigens. Seine Stimme klang sanft,
aber Daniel ließ sich keine Sekunde lang täuschen. Er spürte,
wie seine Muskeln sich verhärteten, wie er sich versteifte wie die
Sehnen eines Violinenbogens, die erst vibrierten und dann rissen.

»Das habe ich begriffen, Sir, jawohl.«

»Und doch stehst du nun hier vor mir.« Der Riese zeigte aus
dem Fenster. Sein Kinn bewegte sich nach unten zur Brust, und
seine Stimme klang streng. »Weißt du überhaupt, was du gerade
eben unterbrochen hast, Daniel, du dummer kleiner Junge?«

Daniel war schon lange kein Junge mehr, erst recht kein kleiner Junge, aber hier spielte nichts davon eine Rolle. Er konnte nur mit Mühe verhindern, dass er sich in die Hose machte und drauflos plapperte wie ein verängstigtes Baby.

»Lass mich dir ein Bild malen, mein Sohn. Damit du es wirklich verstehst, ja? Dort draußen gibt es einzigartige Augenblicke, Daniel. Die Natur malt sich selbst, durch den reinsten aller Zufälle, durch eine Verschlingung von Zeit und Kraft, die nie wieder, bis in alle Ewigkeit, ganz genauso sein wird wie in diesem einen Augenblick. Ich habe diese Augenblicke beobachtet. Ich habe die Hintergrundmusik gespielt zu einem einzigartigen Ereignis, als du mich unterbrochen hast. Also hör zu, ich werde es dir erklären.« Die Stimme des Riesen sank zu einem tiefen Alt herab und wurde rhythmisch und dumpf, als er nun zu sprechen ansetzte. Es war hypnotisch. Daniel hatte den Eindruck, als würden die dunklen Worte des Riesen auf einem warmen Fluss aus Honig dahintreiben, durchsetzt von Bienenwachs und zuckergehärteten Luftblasen. *In einem Fluss wie diesem zu ertrinken*, dachte er und schwitzte dabei heftig, während ihm das Herz bis zum Hals schlug, *wäre ein lautloser Tod. Man würde mit offenem Mund und offenen Augen sterben.*

»Dicker, warmer Regen«, intonierte der Riese mit einer Stimme wie ein professioneller Grabredner. »Der große orangefarbene Glutofen namens Sonne, der wie eine ertrinkende Frau gegen das Untergehen ankämpft. Herbstblätter von der Farbe verwelkter Blumen und sonnengetrocknetem Blut. Die kühle Brise, die in der heißen Luft rührt. Und heute Nacht werden die Wälder nass und dunkel und abgeschieden sein. Ein lebendiges Schlachtfeld.« Die letzten Worte waren kaum mehr als ein Flüstern. Er richtete seine eisigen Augen auf Daniel. »Und *das* hast du unterbrochen, Sohn. Glaubst du, das war klug?«

Daniels Kehle schnürte sich zusammen, als Panik in ihm aufstieg. »Ich weiß nicht, ob es klug war, Sir. Ich hielt es für erforderlich.«

Belustigung flackerte in den Augen des Riesen. »Na schön. Wenigstens bist du ehrlich. Dann wollen wir mal sehen, ob deine Instinkte dich nicht getäuscht haben. Stell dich bitte auf die Plane dort.« Er stellte die Gitarre ab, lehnte sie gegen die Wand und legte eine seiner großen Hände auf den schussbereiten 45er.

»Jawohl, Sir.«

Die »Plane« war wörtlich zu nehmen: eine Vinylfolie an der Wand gegenüber dem Schreibtisch des Riesen, die bis auf den Teppich reichte. Sie war dort, um das Blut aufzufangen, falls der Riese es zu vergießen beschloss. Die Wand war durch eine Stahlplatte verstärkt, die als Kugelfang diente. Dellen lieferten den Beweis, dass sie diesen Zweck früher schon erfüllt hatte.

Daniel achtete darauf, sich an den angegebenen Platz zu stellen. Er beobachtete seinen Adoptivvater, während er auf nichts oder den Tod wartete. Ein Wolf rannte durch seine Gedanken. Er war überlebensgroß, und seine Augen funkelten schwarz, selbst in der Mittagssonne. Der Eindringling sprach zu ihm, ohne Luft zu holen. Seine Stimme klang dunkel und gleichförmig.

*Ich bin der Fremde unter deinem Bett. Ich bin die Bestie in deinem Bad. Ich bin das nächtliche Gespenst, das dich im Tageslicht verfolgt. Ich bin dein Alptraum ...*

Daniel wollte aufstöhnen, doch er unterdrückte den Impuls. Er fühlte sich benommen und konzentriert zugleich. Ein Teil von ihm hatte den Wunsch, sich für immer so zu fühlen. Es war, als würde man mit einer offenen Wunde im Meer schwimmen.

*Ich bin furchterregend ...*

Der Riese war deutlich mehr als zwei Meter groß und unglaublich dünn, so dünn wie die sprichwörtliche Bohnenstange. Er trug einen schlecht sitzenden schwarzen Anzug mit einem sauberen, frisch gestärkten weißen Hemd und der größten schwarzen Fliege, die irgendeiner der Männer oder Frauen, die für ihn arbeiteten, jemals gesehen hatte. Seine Füße waren gewaltig, und die riesigen Patentlederschuhe waren gewienert, bis sie in der Dunkelheit glänzten. Das weiße Haar war kurz geschoren.

Er hielt die Schultern vornübergebeugt wie ein alter Baum nach jahrzehntelangem Einfluss von Schwerkraft und Wind. Es war, als hätte der untere Teil von ihm Mühe, den oberen zu stützen – er schien zu schwanken, selbst wenn er still stand.

Er lächelte viel, und das machte die Menschen unruhig. Es war ein breites Lächeln, und es schien aufrichtig, doch die Augen über den ach so weißen Zähnen waren voller falscher Fröhlichkeit. Sie konnten völlige Teilnahmslosigkeit oder mörderische Wut ausdrücken. Es waren die Augen eines Buchhalters und Killers zugleich, wobei Letztes mehr als zutreffend war. Er hatte viele Menschenleben unter seinen großen rauen Händen enden sehen, und er verwaltete gleichzeitig ein riesiges Vermögen. Er war fast neunzig Jahre alt, auch wenn er aussah, als wäre er nicht einen Tag über sechzig. Sie nannten ihn *Mr. Jones*, meistens jedenfalls, und eine bessere Welt zu schaffen war nicht unbedingt das Ziel, das er anstrebte.

»Das ist die Geschichte seiner Mutter?«, fragte Mr. Jones und wog das Buch in der Hand.

»Jawohl, Sir«, antwortete Daniel. »Sie ist Teil einer Sammlung von Kurzgeschichten mit dem Titel *Scars – Narben*, die David Rhodes vor drei Jahren geschrieben hat.«

»Du hast sie gelesen?«, wollte Jones von Daniel wissen.

»Jawohl, Sir.«

»Und? Was hältst du davon?«

Daniel dachte über die Frage nach. »Einige Leser wären sicherlich gerührt«, sagte er schließlich.

Jones hob eine Augenbraue. »Du nicht?«

»Nein, Sir. Die Dinge, über die Rhodes schreibt, sind für mich ohne jede praktische Bedeutung.«

»Ich verstehe«, sagte Jones nickend. Seine Hand entfernte sich vom 45er. »Ich verzeihe dir dein Eindringen, Sohn.«

»Danke sehr, Sir!« Daniel drohten vor Erleichterung die Knie nachzugeben.

»Fühl dich ja nicht zu sicher, Sohn. Berichte mir zunächst, wie es mit unseren beiden Gruppen vorangeht. Danach wissen wir, wo du wirklich stehst, nicht wahr?«

»Selbstverständlich, Sir. Wir haben das Material von Gruppe zwei dupliziert, wie Sie wissen. Gruppe zwei hat das Material weiter zu Gruppe eins geschickt, aber es gab einen Fehler in der zeitlichen Abstimmung.«

Jones runzelte die Stirn. »Wie das?«

»Rhodes hat das Material von Gruppe zwei noch nicht gesehen, aber Carter.«

»Ah. Ich nehme an, Carter hat sofort versucht, mit Rhodes Verbindung aufzunehmen?«

»Jawohl, Sir.«

»Was wurde unternommen?«

»Wir haben jegliche Kommunikation umgeleitet, Sir, einschließlich E-Mail und Mobiltelefon. Wir haben außerdem Vorkehrungen getroffen, Carters Flug zu verzögern.«

Jones trommelte mit den Fingern auf der Tischplatte. »Das sind bis jetzt keine allzu ermutigenden Ergebnisse von Gruppe zwei, Daniel. Sie hat einen wichtigen Punkt übersehen, mit dem sie Druck auf Carter ausüben kann – diese Hure, die er adoptiert hat. Dieser Fehler hätte die Entführung der anderen Zielperson durchkreuzen können.«

»Jawohl, Sir.«

»Und unser Video? Wie weit sind wir damit?«

»Es ist fertig, Sir. Das vietnamesische Mädchen wurde gefangen genommen, abtransportiert, betäubt und gefilmt.«

»Und hast du dafür gesorgt, dass unser Video mit dem von Gruppe zwei übereinstimmt? Bis hin zum winzigsten Fleck an der Wand?«

»Jawohl, Sir. Das Equipment stammt vom gleichen Hersteller, die gleichen Geräte. Jedes Detail wurde berücksichtigt. Wir haben minutiöse Vergleiche angestellt, um sicher zu sein.«

»Und die Filmarbeiten selbst? Ich nehme an, es wurden die gleichen Kameramodelle benutzt wie bei Gruppe eins?«

»Jawohl, Sir. Ich habe darauf geachtet, dass jede Kleinigkeit berücksichtigt wird, Sir.«

Jones bemerkte etwas, das ihn erheiterte: ein kaum merkliches Anzeichen von Stolz. Daniel war eine Haaresbreite größer geworden, und seine Brust war einen Millimeter weiter vorgereckt. Nur eine Haaresbreite und einen Millimeter, mehr nicht, doch Jones achtete auf diese Dinge.

*Ah. Stolz. Gibt es etwas auf der Welt, das den Menschen dümmer macht?*

»Nun«, sagte Jones nachdenklich. »Es hört sich tatsächlich so an, als hättest du an alles gedacht.« Er schnippte mit den Fingern, als wäre ihm soeben ein Gedanke gekommen. »Was ist mit der Festplatte, auf der ihr das Video gerendert habt, Daniel? Habt ihr das gleiche Modell benutzt wie Gruppe eins?«

»Selbstverständlich, Sir.«

Jones war innerlich nach Kichern zumute. *Armer Daniel. Armer kleiner Affe. Wie leicht er sich aufs Glatteis führen ließ und auch noch bereitwillig mitrannte!* »Was ist mit dem USB-Kabel, mit dem die Kamera an den Computer angeschlossen wurde? War es ebenfalls vom gleichen Hersteller?«

»Jawohl, Sir.«

Jones lächelte. *Immer noch zuversichtlich? Gut. Mach dich bereit, mein Sohn.*

»Gute Arbeit, Daniel. Eine letzte Frage noch.«

»Sir?«

»Das Mauspad, das Gruppe eins benutzt hat – haben wir das ebenfalls kopiert?«

Es war eine lächerliche Frage, aber darum ging es nicht. Es ging um Stolz. Daniel kannte diese Lektion gut – er hatte sie von Anfang an lernen müssen. Ego war eine Belastung, und sich zu Stolz hinreißen zu lassen war ein Verbrechen.

Jones beobachtete, wie das Begreifen in Daniel dämmerte. Es begann in den Augen. Die glatte Fläche der Sorglosigkeit, durchsetzt von Zuversicht und Selbstvertrauen, bekam plötzlich Risse und Sprünge. Auf Daniels Stirn erschienen winzige Schweißperlen.

»Sir?«, fragte er.

»Das Mauspad, mein Sohn. Haben wir das gleiche Mauspad benutzt wie Gruppe eins?«

Jones beobachtete fasziniert, wie Nervosität über Daniels Gesicht huschte. *So offen wie ein Buch*, dachte Jones und unterdrückte den Impuls, tadelnd mit der Zunge zu schnalzen. *Der Junge trägt seine Gefühle auf dem Gesicht spazieren.*

Jones sah, wie Verwirrung auf Daniels Gesicht erschien, gefolgt von Nachdenken und dann … ja, Erkenntnis! Daniel hob erschrocken den Blick. Riss die Augen vor Angst und Entsetzen weit auf und begann zu zittern.

»Nein, Sir. Wir … ich habe das nicht bedacht, Sir.«

*Jetzt kommt's*, dachte Jones. *Von null auf hundert.*

Der Anblick hätte jeden erschreckt – ein Riese, im einen Moment noch entspannt in seinem Sessel, katapultierte sich mit einem irren Grinsen über seinen Schreibtisch hinweg. Er sprang Daniel an wie ein fleischfressendes Wesen aus einer anderen Welt, wand sich um den Leib des anderen und schlug seine Zähne in Daniels linke Schulter. Der Riese hatte einen großen Mund und ein kraftvolles Gebiss, stark genug, um den Stoff von Daniels Hemd zu durchdringen. Blut füllte seinen Mund, als er Daniel bei den Haaren packte, ihm in die Augen starrte und *brüllte*, während ihm das Blut von den Lippen spritzte.

*»Du dämlicher kleiner Sack! Du wertloses Stück Dreck! Du lässt immer noch zu, dass dein Ego meine Arbeit behindert! Meine Arbeit!«*

Er biss erneut zu, diesmal in die andere Schulter, dann in den Oberarm, jedes Mal bis es blutete, unterbrochen von weiterem Gebrüll.

*»Stolz! Du lässt zu, dass Stolz dich erfüllt? Du stinkender Haufen Scheiße! Du bist nichts. NICHTS!«*

Jones riss die Augen weit auf und beschloss, seinen Angriff

zu verstärken. Er schleuderte seinen Adoptivsohn zu Boden und stürzte sich auf ihn. Ihre Nasen berührten sich beinahe. Jones' Grinsen wurde noch breiter, und Daniel – der bis zu diesem Moment stoisch ruhig geblieben war – nässte sich ein und begann zu kreischen.

»*Ein Sohn ist bloß ein Vasall! Ein Sohn ist bloß ein Vasall!*«

Jones kicherte. »Stimmt genau«, sagte er. »Ein wohlschmeckender Vasall.«

Mit diesen Worten biss er erneut zu. Fauchte. Biss. Mit einem Auge auf der Uhr.

Zwei Minuten sollten reichen.

## KAPITEL 7 *David Rhodes*
*Thornton, Colorado*
*Eine Nacht vor dem ersten großen Beben*

David blickte seine Tochter an und musste daran denken, dass es im Lauf der Geschichte Milliarden und Abermilliarden Väter gegeben hatte. Väter wie ihn. Was war schon dabei? Es war weder neu noch einzigartig, wenn man es im Ganzen betrachtete.

*Der einzige Unterschied*, dachte er, *besteht darin, dass sie* meine *Tochter ist.*

Er unterdrückte den Impuls, die Hand auszustrecken und ihr über das Haar zu streicheln. Zwar ließ sie sich noch umarmen, doch sie wuchs allmählich aus den »peinlich-schnulzigen Sachen« heraus, wie sie es nannte. Sie wurde sie selbst, entwickelte ihr eigenes Leben. Das war das Schicksal der Vaterschaft. Eines Tages würde sie von ihm gehen.

Eines Tages. Aber so weit war es noch nicht.

»Hast du Zeit für unsere Stunde, Daddy?«

David lächelte seine Tochter an. Sie war zwölf Jahre alt, und es war Samstag, und die Samstage gehörten ihnen beiden.

»Möchtest du?«, erwiderte er.

»Gern!«

Die »Stunden« hatte er selbst eingeführt, als Kristen sieben oder acht gewesen war. Er hatte ein besonderes Tagebuch angefangen, an irgendeinem unausgefüllten, trägen Samstagnachmittag. Dieses Tagebuch war reserviert für die Dinge, von denen er *wusste*, dass sie stimmten oder *glaubte*, dass sie wahr seien, oder von denen er dachte, dass sie so sein *müssten*, wenn es auf der Welt mit rechten Dingen zuging. Wenn die Zeit für Kristens Stunde gekommen war, wählte er ein Thema aus diesem Journal, und sie redeten darüber. Zu Beginn war es eher einseitig wie eine Kanzelpredigt gewesen, doch mit der Zeit hatte Kristen immer eifriger mitgemacht, hatte Fragen gestellt und sich auf Diskussionen eingelassen.

David vermutete insgeheim, dass das Unterfangen dennoch von Vergeblichkeit geprägt war. »Kinder gehen ihre eigenen Wege«, hieß es immer. Nach seinem Empfinden griff dieser Spruch nicht weit genug. Es müsste heißen: »*Menschen* gehen ihre eigenen Wege.« Er wollte Kristen Informationen bieten; er hatte kein Interesse, sie auf irgendeine Weise zu zwingen, seine Meinung zu übernehmen.

»Okay«, sagte er, wobei er sein Journal aufklappte und zu der gesuchten Seite blätterte. »Hier ist es. Bist du so weit?«

»Ja, Daddy.«

Er zögerte kurz und richtete wieder den Blick auf sie. Schwarzes, schulterlanges glattes Haar. Dunkle, ernste Augen. Volle Lippen. Schlank. Sie war nicht gerade ein Spiegelbild der Mutter, die sie nie gekannt hatte, aber die Schatten waren zu erkennen.

»Das Leben ist ein Spiel««, las er vor. »»Das Ziel dieses Spiels besteht darin, alles zu überstehen, was das Schicksal dir in den Weg wirft, und dennoch deine Integrität zu wahren. Es gibt kein wahres Glück ohne Integrität.«« Er klappte das Journal zu. »Was sagst du dazu?«

»Ziemlich öde, Daddy.«

Er lachte auf. Das war eine ihrer Begabungen. Sie konnte ihn zum Lachen bringen wie niemand sonst. »Genau genommen nicht, Honey. ›Öde‹ wäre es, ein Leben voller flüchtiger Momente falschen Glücks zu führen und dabei die ganze Zeit seine eigene Integrität zu verletzen, um an seinem Todestag zu erkennen, dass das eigene Leben wertlos gewesen ist.«

Sie dachte über seine Worte nach. »Aber wer legt fest, was ›wertlos‹ ist und was nicht?«

Er streckte die Hand aus und streichelte ihr übers Haar. »Lass dich nicht in diese Falle locken, Honey. Von wegen, ›Gut und Böse sind nichts weiter als eine Meinung‹.« Er zeigte auf sie. »*Du selbst* bestimmst den Wert. *Du weißt*, wann du das Richtige tust, genauso, wie du weißt, wann du etwas Falsches tust. *Das* ist Integrität.« Er hielt inne. »Es gibt Dinge, von denen du einfach *weißt*, dass sie richtig sind, egal, was andere Leute dich glauben machen wollen.«

Sie musterte ihn mit einem nachdenklichen Blick. »Du weißt das wegen dem, was dir passiert ist, stimmt's, Daddy?«

Er kicherte. »Netter Versuch, Honey. Aber du kennst unsere Vereinbarung.«

Sie musterte ihn stirnrunzelnd. »Aber bis dahin sind es noch *neun* Jahre, Daddy!«

»So ist es nun mal, Honey.«

Sie wusste nur in groben Zügen, was ihm widerfahren war. Sie wusste, dass seine Mutter gestorben und dass er adoptiert worden war und dass die Narben auf seinem Rücken vom *guten alten Bob* stammten. Darüber hinaus wusste sie so gut wie nichts. Sie hatte ihm so oft Löcher in den Bauch gefragt, dass er sich schließlich zu einem Versprechen hatte hinreißen lassen: ihr alles zu erzählen, seine ganze Geschichte, sobald sie einundzwanzig geworden war – und nicht einen Tag früher.

»Ich halte mein Versprechen, Honey«, sagte er. »Aber bis dahin ist noch Zeit.«

Er fragte sich, ob er ihr wirklich *alles* erzählen würde. Selbst die Wahrheit darüber, woher sie kam? Er hatte ihr gesagt, sie wäre adoptiert, was im Prinzip der Wahrheit entsprach, doch es blieb genug ungesagt, um eine Art Lüge daraus zu machen.

Kristen erhob sich unvermittelt, und aus dem Stirnrunzeln wurde eine Mischung aus Zorn und Verzweiflung, die zueinander gehörten wie Gewitterdonner und Regen.

»Du glaubst, ich verstehe das nicht?«, rief sie, und Tränen rannen ihr über die Wangen. Sie riss sich das T-Shirt über den Kopf und drehte sich um, und er sah die Narben auf ihrem Rücken, frische, neue, entsetzliche Narben, rosa und rot und erhaben, breite Striemen und kleine Verbrennungen. Er hob abwehrend die Hände, hielt sich den Kopf, sprachlos zuerst, gefolgt von einem Aufschrei …

Er setzte sich auf, atemlos, schweißgebadet. Es dauerte ein paar Sekunden, bis er sich gefangen hatte. »Gütiger Himmel«, flüsterte er. Er kniff die Augen zusammen, öffnete sie wieder, fuhr sich mit zitternder Hand über die Stirn. »Was für ein Alptraum, alter Junge«, murmelte er mit unsicherer Stimme. »Du hast eine lebhafte Phantasie, wirklich wahr.«

Eigentlich hätte der Alptraum keine solche Überraschung sein dürfen. Kristen wurde in einer Woche einundzwanzig. Der entscheidende Augenblick rückte immer näher, und David fürchtete sich vor der Einlösung seines Versprechens.

Er seufzte und schwang sich aus dem Bett, wodurch er den schwarzen Schatten weckte, der daneben geschlafen hatte.

»Hi, Maxie«, sagte er zu dem Schatten.

Maxie wedelte mit dem Schwanz. Maxie war ein schwarzer Labrador / Retriever / Collie-Mischling, den David seiner Tochter zum zehnten Geburtstag geschenkt hatte. Damals war Maxie ein Welpe gewesen, gerade erst sechs Wochen alt.

»Wie geht's, Maxie? Alles paletti?«

Maxie wedelte bestätigend mit dem Schwanz. Es hatte eine Zeit gegeben, da hatte er mit dem ganzen Körper gewackelt, doch inzwischen war er fast elf Jahre alt, und das zeigte sich. Er war steif in den Hüftgelenken und schlief viel mehr als früher. Auf seine ausgedehnten Spaziergänge hingegen mochte er noch nicht verzichten.

»Hast du Hunger? Was hältst du von Frühstück?«

Maxie spitzte die Ohren und wedelte ein bisschen schneller mit dem Schwanz.

David grinste. »Dachte ich mir.«

Er tappte aus dem Schlafzimmer, das im Erdgeschoss lag, und durch den Flur in die Küche. Dort angelte er die Schachtel mit den Hundekuchen aus dem Schrank über dem Einbauherd. Er gab Maxie eines der harten Gebäckstücke, und der Hund machte kurzen Prozess damit.

»Deine Zähne sind offensichtlich noch in Ordnung.«

Der Hund schluckte die Reste des Leckerbissens hinunter und beäugte David hoffnungsvoll. David lächelte. »Der Futterzug ist abgefahren, alter Knabe.« Er kraulte Maxie hinter den Ohren. »Ich bin noch unschlüssig, ob heute ein Schreibtag ist, Maxie. Was meinst du?«

Maxie wedelte mit dem Schwanz. Er verstand die Worte nicht, doch er genoss die Unterhaltung.

Die Wahrheit war, jeder Tag, an dem David nicht wenigstens ein paar Stunden schreiben konnte, endete damit, dass er sich schuldig fühlte. Ein beklemmendes Gefühl von Wertlosigkeit und Zeitverschwendung überkam ihn, ein sprichwörtliches Phantomjucken, das sich durch nichts außer Schreiben vertreiben ließ – und die bloße Tatsache seiner Existenz machte ihm das Schreiben schwer. Es war ein Perpetuum mobile, angetrieben von den Rädern seiner eigenen Vergangenheit.

Die Menschen verstanden nicht, was ihn trieb, selbst wenn er es ihnen sagte. Das Schreiben hatte eine fundamentale Bedeutung für ihn. Er schrieb, weil er musste. Das Bedürfnis war sowohl emotionaler als auch finanzieller Natur, doch alles, was er schrieb, wurde auch zur Vergangenheit, und sobald er es niedergeschrieben hatte, dachte er nicht mehr daran.

Er stieß einen Seufzer aus und sah Maxie an. »Was meinst du, alter Freund? Scheiß drauf und fernsehen? Oder zusammenreißen und schreiben?«

Maxie wedelte mit dem Schwanz.

*Ich habe keine Ahnung, wovon du redest, Mensch, aber was immer du beschließt, ich bin dabei.*

Die bedingungslose Hingabe und Liebe des Hundes veranlassten David, einen Versuch zu unternehmen.

»Okay«, sagte er. »Schließlich brauchen wir Hundekuchen für dich und Munition für Charlie.«

Er schenkte sich einen Kaffee ein und ging barfuß die Treppe hinauf in das Zimmer, das er zu seinem Büro gemacht hatte.

Er hatte seinen Schreibtisch hineingequetscht, einen Kühlschrank und einen Plasma-Fernseher (wenn es gut lief, konnte er zehn, zwölf Stunden am Stück schreiben), dazu ein paar Regale, vollgestellt mit Nachschlagewerken aller Art. Außerdem gab es eine Stereoanlage, ein richtiges Ungetüm mit einem Receiver von Denon, einem eigenen CD-Player, zwei Polk-Standboxen, einem Plattenspieler – selbst sein iPod war mit der Anlage verbunden.

Für David war das Schreiben ein Trott, eine Gewohnheit wie das Fahren über eine Autobahn. Man war losgelöst von der äußeren Welt, schaltete den Tempomat ein und ließ sich kutschieren. Schreiben war wie Fahren, und wenn der Rhythmus stimmte, wenn das Wortbiest zum Spielen hervorkam, konnte man die Meilen nur so fressen.

David wusste vorher nie, wohin die Reise führte. Er hatte eine ungefähre Vorstellung, fertigte aber keine Exposés an. Es war wie Fahren ohne Karte und ohne das Ziel zu kennen. *Schneller jetzt*, schien eine Stimme ihm zuzuflüstern. *Am toten Baum in der Wüste links ab. Beim Ozean anhalten und in ein Boot wechseln.* Es war aufregend und genauso oft erschreckend, weil die Straße manchmal abrupt an einem Canyon endete, und dann stieg er aus dem Wagen und fragte sich, *was zum Teufel mache ich jetzt?*

»Schreiben« war die Antwort gewesen. »Wo du dich selbst

hineingeschrieben hast, schreibst du dich entweder auch wieder raus, oder du wirfst es weg.«

Er packte seinen Laptop und setzte sich damit in den Lehnsessel. Maxie legte sich mit einem Grunzen und einem Seufzer neben ihm auf den Boden. David fuhr das Textverarbeitungsprogramm hoch und starrte in einer Mischung aus Langeweile und Scheu auf die leere weiße Seite vor sich.

Er sollte eine Kurzgeschichte abliefern, die geeignet war für eine Thriller-Anthologie. Das Problem war – eine Kurzgeschichte schrieb sich nicht so leicht. Es war kein Trott; es gab keinen Rhythmus. Man konnte nicht ganze Kapitel mit der Einführung seiner Charaktere verbringen oder an der Sprache feilen, bis es gut aussah. Eine Kurzgeschichte war, was der Name besagte: kurz und knapp. Rein und raus, fertig.

Er starrte auf den Bildschirm. Dann tippte er einen einzelnen Satz.

*Du bist ein böser Affe.*

Er hatte es im Fernsehen gesehen, in einer dieser Doku-Soaps. Es war um das Missgeschick von Tieren gegangen. In einem der Clips war ein Affe gezeigt worden, der verrückt gespielt hatte. Hüte und Zigaretten und dergleichen hatte das Biest gestohlen. Schließlich war er gefasst worden, und der Clip hatte damit geendet, dass ein Mädchen aus dem Off das Tier beschimpft hatte. »Du böser, böser Affe!«, hatte es gerufen. *Was für ein brillanter, treffender Satz*, hatte David damals gedacht. Er stellte sich vor, dass man diesen Satz zu fast jedem sagen konnte, ohne einleitende Bemerkung. Wahrscheinlich würde der Angesprochene grinsen und kichern und nicken. *Ja, um ehrlich zu sein, da ist was dran. Ich bin ein böser, böser Affe. Tut mir echt leid, aber sind wir nicht alle hin und wieder böse?*

Er löschte die Zeile mit der ENTFERNEN-Taste.

*Ich kann nicht schreiben, weil ich in letzter Zeit zu oft an die Vergangenheit denke. Ich muss ein Versprechen einlösen, und ich bin alles andere als glücklich darüber.*

David starrte auf den blinkenden Cursor und zwang sich schließlich, seine Gedanken auszublenden und einfach die Finger über die Tastatur spazieren zu lassen. Es wurde Zeit, dass er losfuhr, komme was da wolle. Und wenn es die Vergangenheit war, die ihn beschäftigte, würde er eben über die Vergangenheit schreiben.

*Ich habe Dad verlassen, und drei Jahre später verließ ich meine Pflegeeltern. Sie waren gute Menschen, aber sie waren mehr als alles andere damit beschäftigt, ihre Pflicht zu erfüllen. Wir haben nie eine tiefere Beziehung entwickelt. Ich nehme an, das war eher mein Fehler als ihrer.*

*Was soll ich sagen? Ich habe keinem Menschen vertraut, der in irgendeiner Form Macht über mich besaß. Daran hat sich bis heute nichts geändert.*

*Sie gaben mir mehr Geld, als sie sich leisten konnten. Sie kauften mir einen Gebrauchtwagen. Ich glaube, sie waren insgeheim erleichtert, als sie mich in diesem bekackten Mazda 323 davonfahren sahen. Wie ich schon sagte, sie waren gute Menschen – das mussten sie auch sein, um mich bei sich aufzunehmen –, aber auf lange Sicht hatten sie nicht das, was es brauchte.*

*In meinem tiefsten Innern habe ich ihnen nie vertraut, auch wenn sie unglaublich geduldig mit mir waren. Sie haben niemals die Stimme oder die Hand gegen mich erhoben, und sie ließen mich schreiben. Als ich mit der Schule fertig war und bei ihnen auszog, konnte ich endlich wieder die ganze Nacht durchschlafen, und sie hatten mir die Grundzüge des Überlebens in dieser Welt erklärt. Ich wusste, wie man sich eine Wohnung mietet und wie man*

Buch führt, und ich konnte Auto fahren. Wie es so schön heißt – das ist eine verdammte Menge mehr als nichts.

Ich verließ Texas auf der I-35, wechselte in Kansas auf die 70 und fuhr weiter, bis ich die Rocky Mountains sah. Ich war in Denver. Ich erinnere mich, wie ich ein Rasthaus ansteuerte und eine ganze Stunde lang nur dasaß und auf die Berge blickte. Sie waren alles, was Texas nicht war – und deswegen genau das, wo ich sein wollte.

In einem Kaff namens Thornton, nördlich von Denver, mietete ich mir ein beschissenes Apartment und suchte mir einen beschissenen Job, in einem Autoteilehandel zum Mindestlohn. Die halbe Zeit war ich schrecklich unsicher, weil ich absolut keine Ahnung von Autos hatte. Männer mit Öl unter den Fingernägeln kamen in den Laden und suchten nach einem Fünfachtel-Dingsbums für einen 74er Chevy, und ich schenkte ihnen ein dämliches Grinsen und kramte hilflos herum, bis sie Mitleid mit mir bekamen und mir zeigten, wo ich finden konnte, was sie suchten.

Mein Boss war ein Riesenarschloch namens Barney Andrews. Er war süchtig nach Koks und zog sich den Stoff immer auf dem Klo rein. Dann kam er mit leuchtenden Augen zurück an die Ladentheke, zitternd vor Energie, Euphorie und Hilfsbereitschaft. (Er redete viel zu laut, und alle seine Sätze endeten mit Ausrufezeichen: Kann ich Ihnen helfen! Was brauchen Sie!) Heute glaube ich, dass er total irre war – und das ist wahrscheinlich der einzige Grund, aus dem er mich nicht viel früher gefeuert hat.

Sechs Monate später begann Barney, eine Kanone mit in den Laden zu schleppen. Eine 38er, die er im Hosenbund stecken hatte. Manchmal zog er die Knarre und redete mit ihr. Und er musterte mich mit diesen intensiven, paranoiden Blicken, wenn er glaubte, dass ich nicht hinsah. Ich kam zu dem Schluss, dass es an der Zeit für mich war, den Abflug zu machen.

Ich bekam einen Job in einem Zoogeschäft. Es war ein ganzes Stück besser als in dem Autoteileladen, aber die Arbeit hatte auch ihre Eigenarten. Jeder, der hinter der Ladentheke arbeitete, war im College-Alter, genau wie ich. Und jeder – mit Ausnahme von mir – hatte einen Nebenerwerb: Die Typen handelten mit Dope. Teufel noch mal, in diesem Laden wurde mehr Marihuana verkauft als Hundefutter. Leben und leben lassen, dachte ich damals. Ich brauchte den Job, und außerdem bekam ich als Gegenleistung für mein Schweigen hier und da ein paar Gramm von dem Stoff geschenkt.

Während der ganzen Zeit schrieb ich nebenbei. Ich fing mit Kurzgeschichten an, und als ich zwanzig war, schrieb ich meinen ersten Charlie-Jennings-Thriller, eine »düstere und beklemmende Kriminalgeschichte über einen Privatdetektiv, der als Waisenkind missbraucht worden war«, um die Worte der Kritiker zu bemühen.

Klingt das vertraut? Ja?

Ich fing mit dem Roman an, ungefähr ein halbes Jahr, nachdem ich Elizabeth kennengelernt hatte.

Rückblickend gehörten diese ersten Momente der Freiheit von meiner Vergangenheit, diese Zeit des Neuanfangs, zu meinen besten Tagen. Nicht die goldenen Tage, die sollten erst viel später kommen, aber die Verheißung war da und winkte.

Er hielt inne und lehnte sich zurück. Schloss die Augen. Überflog das Geschriebene, huschte darüber wie ein Wasserläufer über einen Teich. Es gab drei Perioden in seinem Leben: VOR DAD, DAD und NACH DAD. Die DAD-Periode war ein schwarzes Loch. Oh, er konnte sich an alles erinnern, was passiert war, doch er betrachtete diese Erinnerungen mit der Distanz eines Zuschauers – wie jemand, der einen Gewaltporno ansieht: unbehaglich, fasziniert und auf makabre Weise froh, dass man selbst von alledem verschont bleibt. Es war dem Gefühl ganz ähnlich, wenn man bekifft war und tiefschürfende philosophische Überlegungen anstellte: In diesem einen Moment waren sie von größter Bedeutung, doch schon im nächsten gab niemand mehr einen Dreck darauf.

Dad war passiert, und Dad war vorbei, und das Leben ging weiter. Das war die abgekürzte Geschichte, und daran hielt er fest, überall, nur nicht vor sich selbst. Die Wirklichkeit lautete: Er hatte nie aufgehört zu rennen, und die Zeit mit Dad verfolgte ihn und kam ihm immer wieder hoch wie bittere Galle.

Er schlug die Augen auf und las die letzte Zeile noch einmal.

Elizabeth. Er hatte sie kennengelernt, kurz bevor er zwanzig geworden war. Sie war in den Zooladen gekommen auf der Suche nach Nahrung für eine Schlange. Er hatte eine Menge Mädchen kommen und gehen sehen, doch aus irgendeinem Grund hatte sie seine Aufmerksamkeit geweckt. Sie hatte langes, schwarzes, glänzendes Haar, das bis tief auf den Rücken fiel. Damals wie heute war sie in seinen Augen wunderschön. Schlank, aber nicht spindeldürr. Wundervolle Brüste (Körbchengröße C) und ein knackiger Hintern, schwarze Augen und eine Nase, die ein bisschen klein geraten war, ein Muttermal auf dem unteren rechten Schulterblatt (und und und … dachte er und zuckte zusammen, weil die Erinnerung so lebhaft war und weil es nicht einen Zoll an ihrem Körper gab, den er nicht berührt oder geliebt hatte). Elizabeth war sich ihrer Schönheit bewusst gewesen, ohne dass sie es nötig gehabt hätte, sie als Werkzeug einzusetzen. Schon damals hatte er erkannt, wie selten so etwas war.

»Kann ich dir helfen?«, hatte er gefragt.

… *aus der Jeans?*, hatte er in Gedanken hinzugefügt und überrascht festgestellt, dass er eine gewaltige Erektion bekommen hatte.

»Ich suche nach Schlangenfutter.«

»Was denn für eine Schlange?«, hatte er gefragt und beinahe losgekichert, als sich in seinem Hirn die Worte entfaltet hatten.

*Eine Schlange? Klar, kein Problem. Schon mal eine Unterhosen-schlange gesehen?*

Sie hatte ganz kurz das Gesicht verzogen und ihren Wider-willen gezeigt. »Sie gehört meiner Freundin. Ein Königspython. Meine Freundin ist eine Zeit lang in der Stadt, und ich passe auf den Python auf.«

»Ein ausgewachsener Python?«

»Warum? Ist das von Bedeutung?«

»Klar. Die jüngeren Schlangen fressen öfter, dafür kleinere Mahlzeiten, zum Beispiel Mäuse. Die großen fressen seltener, dafür ist ihre Beute größer. Ratten, beispielsweise.«

Ihr Unterkiefer war herabgesunken, und sie hatte ihn mit einer Art von andächtigem Entsetzen angestarrt.

»Ratten?«, hatte sie hervorgestoßen. »Du meinst ... *lebendige* Ratten?«

»Vorzugsweise, solange sie noch laufen und springen, ja.«

»Du lieber Himmel, kommt überhaupt nicht infrage!« Sie hatte heftig den Kopf geschüttelt. »Das kann ich nicht. Nein. M-mmmh. Bestimmt nicht.« Sie hatte ihn mit einem abschät-zenden Blick gemustert. Es war ihm nicht ganz unrecht gewesen. »Wie sieht es mit dir aus? Kannst du mir nicht helfen?«

»Dir helfen? Wie?«

»Du weißt schon ... nach der Arbeit. Wenn ich dich abhole, kommst du mit und wirfst einen Blick auf die Schlange? Könn-test du sie für mich füttern?«

Er hatte so getan, als müsste er darüber nachdenken, hatte sich geräuspert und die Stirn in Falten gelegt; dabei hatte er keine Sekunde gezögert. Vermutlich hatte sie das gewusst. Selbst das netteste hübsche Mädchen auf der Welt weiß, dass es hübsch ist.

»Okay«, hatte er schließlich zugestimmt.

Und das war's gewesen. Er hatte die Schlange gefüttert, und sie hatten in der Wohnung ihrer Freundin herumgemacht, auf dem Sofa, während Sally (die Schlange) gemächlich die Ratte verschlungen hatte. In der nächsten Nacht hatten sie sich in seinem bescheidenen Apartment getroffen und hatten sich auf seiner alten Matratze geliebt, und es war ein einziges Feuerwerk gewesen. Im einen Moment war er noch Jungfrau, im nächsten nicht mehr. Danke sehr, Ma'am, küss die Hand.

Einen Monat später hatten sie zusammen gewohnt, und noch einmal ein halbes Jahr später waren sie verheiratet. Ihre Eltern hatten die Verbindung zuerst nicht gut geheißen, doch sie waren nette Menschen, und schließlich hatten sie klein beigegeben.

Elizabeth hatte Allisons Platz eingenommen. Sie las, was er schrieb, und ermutigte ihn zum Weitermachen. Er hatte ihr ängstlich die erste Hälfte von *Devil's Remorse – Teuflische Reue* zu lesen gegeben, dem Roman, an dem er gearbeitet hatte. Das war an einem Samstagmorgen gewesen, und sie hatte die mehr als zweihundert Seiten gelesen, noch bevor die Sonne untergegangen war. Sie hatte auf der Couch gelesen, während er so getan hatte, als sähe er fern. Als sie fertig war, hatte sie das Manuskript in den Schoß gelegt, auf der Unterlippe gekaut und ins Leere gestarrt.

»Und?«, hatte er schließlich gefragt.

Beim Klang seiner Stimme war sie zusammengezuckt, als hätte sie vergessen, dass er neben ihr saß. Sie hatte die Seiten auf den Wohnzimmertisch gelegt und sich vor ihn gehockt. Sie hatte sein Gesicht in die Hände genommen und ihn angesehen. »Es ist der Hammer, David. Der absolute Hammer! Du kannst *schreiben!*«

Eigenartigerweise – oder vielleicht auch nicht – war das alles gewesen, was er noch als Ansporn gebraucht hatte. Er hatte das Buch beendet, hatte sich jede Stunde zusammengestohlen, wenn er nicht im Zooladen gearbeitet hatte. Zwei Monate später war er fertig gewesen, und ein Jahr darauf hatte er dank mehrerer Glücksfälle – plus Beharrlichkeit – einen Agenten gehabt. Der Agent hatte nur sechs Wochen benötigt, um das Buch weltweit zu verkaufen, und die sich gegenseitig überbietenden Verlage hatten sein Leben für immer verändert.

Es waren berauschende Tage gewesen, voll ausgelassener Feiern und der jugendlichen Bereitschaft, die Freude am Leben zu akzeptieren. Das Geld kam herein, und sie kauften sich ein Haus und zwei neue Autos (cash!). Sie tranken mehr, als ihnen guttat, aber nicht so viel, dass sie vom Rad gefallen wären. Sie ließen sich davontragen von den Wogen ihrer eigenen Unbekümmertheit. David bereute keinen dieser Tage, nicht einen Augenblick. Geld kommt und geht, Häuser werden erbaut und stürzen ein, doch Glückseligkeit mit dem Menschen, den man liebt, ist ein unbezahlbarer Schatz.

Er starrte mit trüben Augen auf das Display, weigerte sich aber standhaft, den aufwallenden Tränen nachzugeben.

*Ich versuche es. Trotz allem. Ich versuche es. Aber bei Gott, ich hasse sie dafür, dass sie nicht hier ist, und ich hasse mich selbst dafür, dass ich es so gewollt habe.*

*Andererseits … wenn wir alle ehrlich miteinander sind, wäre Kristen nicht hier. Also, was ist das Problem?*

Er seufzte und tippte weiter.

Das Problem ist, dass ich manchmal einsam bin. Kristen ist fast erwachsen. Sie führt ihr eigenes Leben, und sie ist alles, was ich mir jemals erträumt habe – und da bin ich, wieder allein. Charlie hat Phuong, und ich freue mich unheimlich für ihn. Es ist ein Geschenk, ihn wieder zurück in meinem Leben zu haben. Aber wenn ich mitten in der Nacht aufwache, bin ich allein. Ich und ich und ich und sonst niemand.

*Ich allein, die ganze Zeit,* dachte er, und die Worte erschienen vor seinem geistigen Auge wie das Gezeter einer Fernsehwerbung. Nur, dass es kein bisschen lustig war.

Wir hatten goldene Tage. Es war ein Gefühl, als würde dieser Sommer unseres Lebens niemals enden.

Aber dann ging er zu Ende, und um es mit den Worten von Forrest Gump zu sagen: Das ist alles, was es darüber zu sagen gibt. Kristen kam, und Lizzie ging. Wegen Kristen, sagte sie, aber wir wissen, dass es wegen mir war. Zumindest Lizzie und ich wissen das.

Das Warum und Weshalb sparen wir uns für einen späteren Zeitpunkt auf. Vielleicht für Kristens Geburtstag. Werde ich ihr die Wahrheit sagen? Werde ich ihr sagen, woher sie gekommen ist und wie es kam, dass sie meine Tochter wurde? Ich fürchte, sie könnte sich die Schuld geben an meiner Einsamkeit, aber das wäre töricht. Lizzie hat mich verlassen, doch ich wusste schon damals, dass ich tausend Lizzies für eine einzige Kristen aufgeben würde. Kein Bedauern, was das angeht. Ich bin nicht allein wegen Kristen, sondern ich bin allein, weil ich mir selbst nicht zutraue, etwas anderes zu tun als zu schreiben, mich um meine Stiftung zu kümmern (mit ihren beiden komplizierten Gesichtern) und Vater zu sein.
Und hey – bis heute hat mir das immer gereicht.

Der Cursor blinkte anklagend.

Lizzie war meine zweite Liebe, und vielleicht war sie schon meine letzte. Ich kann es nicht mit Sicherheit sagen, aber der rollende Stein ist in Bewegung, Bruder, und der große Mandela hat sich gedreht. Ich bin nicht mehr der Jüngste …

Er lächelte angesichts des mit Absicht bescheidenen Schreibstils. Manchmal tat es gut, mit Worten Mist zu bauen.

Also war Lizzie weg, und ich hatte Kristen. Sie war ein winziges, lautes Ding, das manchmal kreischen konnte, bis die Wände wackelten. Sie kreischte, wenn sie müde war, sie kreischte, wenn sie Hunger hatte, sie kreischte, wenn ihre Windel voll war, und ich glaube, manchmal kreischte sie einfach nur, weil sie Lust dazu hatte.

Ich hatte keine Ahnung, was ich mit ihr anfangen sollte. Ich wusste nichts über Babys, Fläschchen, Windeln, Wundsein, Babynahrung und das alles. Die Nächte, in denen sie mich nicht mit ihrem Weinen wach hielt, hielt mich ihr Schweigen wach. Ich schlief ein, und dann fuhr ich aus dem Schlaf hoch und überzeugte mich in panischer Hast, dass sie noch atmete.

Ich erinnere mich an eine Nacht, es war gegen vier Uhr morgens. Es war November, und es hatte früh geschneit. Ich öffnete die Vorhänge, und als der Vollmond auf sie schien, raubte es mir fast den Atem. Sie sah aus wie alles Unschuldige, das seit Anbeginn der Welt erschaffen worden war. Sie lag auf dem Rücken. (Sie schlief immer auf dem Rücken.) Ihr Mund stand leicht offen, ihr Kopf war ein wenig zur Seite gedreht, und ihre beiden vollkommenen Händchen waren zu beiden Seiten ihres Gesichts zu winzigen Beinahe-Fäusten geballt. Ihre Brust hob und senkte sich. Ich musste die Hand vor den Mund schlagen und aus dem Zimmer rennen, um mir einen Platz zu suchen, wo ich weinen konnte, ohne sie aufzuwecken.

Ich landete auf der Terrasse in meinem Garten. Ich hatte den Morgenmantel über den Pyjama gezogen und war in die albernen Pantoffeln geschlüpft, die keinen Schutz vor Schnee oder Kälte boten. Der Mond schien grell, richtig GRELL. Beinahe so hell wie die Sonne an einem Sommertag. Es hatte heftig geschneit, und der Schnee blieb liegen – es war eine kalte, silberne Decke. Kein Wind. Ich war fasziniert von der absoluten Stille der Welt. Ich fühlte mich, als gäbe es nur sie und mich.

Ich weinte wie ein kleiner Jungen. Die Tränen strömten

mir nur so übers Gesicht. Es war mir egal, dass sie auf die Terrasse tropften und am Morgen vielleicht zu Eis gefroren waren. Ich ließ sie einfach fließen. Es gab sowieso nichts, das sie hätte aufhalten können.

Warum ich weinte?

Es gab hundert Gründe. Ich weinte, weil ich sie in Sicherheit wusste und weil ich dafür gesorgt hatte, dass es so war. Ich weinte, weil ich als kleiner Junge ebenfalls in Sicherheit und geborgen gewesen war. Ich weinte um Lizzie und um Charlie und Allison, und ich weinte um meine Mutter und meinen Vater, der so jung und mit so wenig gestorben war.

Mein Weinen war nicht nur Trauer. Trauer brennt nicht immer auf der Seele. Manchmal hat sie auch reinigende Wirkung. Manchmal speichern wir unsere Tränen in einem scheinbar riesigen Reservoir in unserem Innern und warten auf einen Moment, der sie verdient hat. Dann lassen wir die Tränen kommen wie Noahs Sintflut, und sie nehmen all unseren Schmerz und all unseren Kummer mit sich und öffnen den Weg für neue Freude.

Ich weinte mich aus, dann schloss ich die Augen und lächelte den Himmel an und war froh, am Leben zu sein. Ich war wie neu geboren. Es gibt Augenblicke im Leben, da fühlt man sich ... angekommen. Ein Kreis hat sich geschlossen. Ich wusste nicht, was die Zukunft für mich bereithielt, aber ich wusste, dass ich es wissen wollte, tief in mir, und das war ein ganz neues Gefühl für mich.

Ich schlurfte in meinen durchnässten, kalten Pantoffeln ins Haus zurück und setzte mir einen Kaffee auf. Anschließend schlich ich auf Zehenspitzen ins Schlafzimmer und beobachtete sie beim Schlafen, bis sie aufwachte und zum Steinerweichen weinte.

Ich war zweiundzwanzig Jahre alt, ich war reich, und ich hatte die Liebe meines Lebens verloren und gefunden.

Lizzie war aus meinem Bett verschwunden, und Kristen hatte sich in meinem Herzen niedergelassen.

Ich glaube, in jener Nacht wurde ich ein Vater. Vielleicht hatte ich diese Tatsache bis zu jenem Augenblick nicht vollständig akzeptiert. Ich weiß allerdings, dass ich sie danach nie wieder infrage gestellt oder bezweifelt habe, und ich hatte auch nicht mehr das Gefühl, als wüsste ich nicht, was ich tue. Ich wusste genau, was ich tat. Ich zog mein kleines Mädchen auf.

David leerte seine Flasche in einem einzigen tiefen Zug; dann stellte er sie rechts von sich neben dem Sessel auf den Fußboden und lehnte sich zurück. Er starrte an die Decke, während er sich daran erinnerte, wie der Himmel in jener Nacht ausgesehen hatte. Er ließ sich zu einem Lächeln hinreißen, bevor er sich wieder dem Schreiben zuwandte.

Jene Nacht hat mehr mit der Gründung der Innocence Foundation und mit ihren Aktivitäten außerhalb der Tagesordnung zu tun als all die Jahre mit Dad. Davon bin ich fest überzeugt. Inmitten der Schönheit sah ich plötzlich etwas, das schlimmer war als alles, was ich zuvor erlebt hatte: die Vorstellung, dass Kristen ein ähnliches Schicksal widerfahren könnte.

Der Gedanke war unerträglich, dass Kristen – oder ein anderes Kind wie sie – auf irgendeine Weise verletzt werden könnte. Dass sie irgendetwas anderes als Liebe und Geborgenheit erfuhr. Dieser Gedanke ließ mich nicht wieder los. Später sah ich andere Dinge, und auch von ihnen konnte ich mich nicht mehr abwenden.

Ich hielt Kristen in jener Nacht in den Armen, dieses kleine, rosige, weiche, wehrlose Wesen, und ich fühlte mich, als hielte ich alles Gute in Händen, das die Welt jemals hervorgebracht hatte. Wie konnte ein Mensch so einem Wesen Schaden zufügen? Wie konnte ich dabei zusehen, ohne etwas zu unternehmen?

Ich hätte an Charlies Tür klopfen und ihm einen netten, ganz normalen Job bei der Innocence Foundation anbieten können. Er hätte damals nach Denver ziehen können, und wir hätten uns jeden Freitag zum Poker treffen und im Sommer vielleicht zusammen zum Camping fahren können. Aber ich habe es nicht getan. Ich bedaure es zwar nicht, aber diese Seite der Geschichte hat möglicherweise mehr mit Dad zu tun als mit Kristen. Ich kann es jedenfalls nicht mit Bestimmtheit ausschließen.

Was mich am meisten verwundert, ist, wie undramatisch alles gelaufen ist. Den einen Tag dachte ich noch nicht im Traum daran, Pädophile und Kinderschmuggler zu jagen und zu töten, und am nächsten Tag tat ich es. Und ein paar Jahre später war die Operation in vollem Gange.

Ich frage mich, ob sich das Leben für viele Menschen so entwickelt. Vielleicht irren wir alle ziellos durch die Gegend, bis wir auf eine Idee stoßen, die uns interessant genug erscheint, um unserem Leben eine Richtung zu geben.

David unterbrach sich für einen Moment, um die Hände zu strecken. Wie so oft musste er daran denken, wie viel von seinem Erfolg und seiner Zufriedenheit daher rührte, dass er manchmal monatelang am Stück in einem Sessel saß und tippte oder dass er mitten in der Nacht aufstand und in ein Aufsatzheft schrieb. Es hatte ihm dabei geholfen, über den Tod seiner Mutter hinwegzukommen, und es hatte ihm geholfen, Dads Verständnis von Vaterschaft zu überstehen. Es hatte ihn reich gemacht, und seien wir ehrlich: *ohne Moos nix los*. Ein bekanntes Poster hatte einst verkündet, dass Armut Scheiße ist, doch David zog Charlies Zusammenfassung vor: *Ein leeres Portemonnaie ist wie blutende Hämorrhoiden*. Es war sehr viel befriedigender, alles in allem betrachtet, das Leben eines reichen Mannes zu führen als das eines armen Mannes.

Was kann ich über meine Karriere als Schriftsteller sagen? Nicht viel. Das Schreiben ging mir stets mühelos von der Hand. Ich hatte nie das Ziel, den großen amerikanischen Roman zu schreiben. Ich habe keine Hoffnung, jemals einen Pulitzer oder den Nobelpreis zu gewinnen, und mache mir in dieser Hinsicht auch keine Illusionen. Ich will nichts weiter, als eine Geschichte erzählen.

So weit, so gut. Kristen wird sich niemals Sorgen wegen KEIN-GELD machen müssen. Auch ihre Kinder und Enkelkinder nicht, so viel steht fest.

David griff nach unten und kraulte Maxie hinter den Ohren. Der Hund öffnete ein Auge; dann schlummerte er wieder ein. David tippte weiter.

Als Kristen in die Schule kam, wurde mir klar, dass ich mir eine neue Beschäftigung suchen sollte. Ein müßiger Geist ist das Spielfeld des Teufels, heißt es, und für mich galt das gleich doppelt. Wenn ich nicht aktiv bin, komme ich in Schwierigkeiten. Also gründete ich meine Stiftung. Zuerst war es ein kleiner, bescheidener Verein, doch als die Räder auf dem richtigen Gleis waren, wuchs sie rasch und gewann an Bedeutung.

Ich fand heraus, dass mein Talent sich nicht nur auf das Schreiben von Geschichten beschränkte, sondern auch das ERZÄHLEN umfasste. Ich konnte den Leuten das Geld aus den Taschen schwatzen, halleluja und her mit den Kartoffeln. Blauhaarige Matronen mit altem Geld, junge Dot-Com-Millionäre, jeder reagiert auf schlimme Geschichten über Kinder. Jeder will helfen, wenn es um diese Sache geht.

Von Anfang an habe ich mich selbst als Köder benutzt. Man braucht einen Köder. Haben Sie eine Ahnung, wie viele Wohltätigkeitsorganisationen es gibt? Wie viele gemeinnützige Vereine den Becher hinhalten und um Vierteldollars betteln, die sich auf Tausende summieren?

Indem ich meine eigene Geschichte erzähle und am Schluss meinen Smoking ausziehe, um meinem Publikum die Spuren von Dads HANDWERK zu zeigen, öffne ich den Leuten die Augen und die Portemonnaies. Es macht mir nichts aus. Wir haben eine Menge Gutes erreicht. Eine ganze Menge. Wir haben Kinderpornoringe zerschlagen. Wir haben Kinderficker ins Gefängnis geschickt und Kinder aus der Sklaverei befreit. Ich bin stolz auf das, was ich begonnen habe, und ich hoffe sehr, ich kann noch eine Menge mehr tun.

Selbst die dunklere Seite unseres Tuns hat wunderbare Dividende abgeworfen. Ich hatte einen Grund, mich mit Charlie wiederzutreffen, wir haben Phuong dazugewonnen und das Schreiloch – etwas Furchtbares und dennoch ein Schritt in Richtung Gesundheit. Das Risiko ist gewaltig, das weiß ich. Ich weiß auch, wie es an diesen Orten ist, wie hoffnungslos und endgültig. Charlie hat einmal gesagt, wir wären Vampirjäger der Moderne. Ich denke, er hat recht, wissen Sie?

Und doch ...

(Jetzt kommt's, ganz unter uns, wer immer Sie sind. Der Mond scheint, und der Schnee bringt die Welt erneut zum Schweigen. Also hören Sie mein Geheimnis, und sagen Sie mir dann, was ich tun soll.)

Sie wird bald gehen. Ja, ja, ich weiß, sie wohnt schon seit mehr als einem Jahr in ihrer eigenen Wohnung und so, aber die ist keinen Kilometer von hier entfernt, und ich sehe sie immer noch jeden Tag. Wichtiger, sie BRAUCHT mich immer noch jeden Tag.

Aber das wird sich ändern. Bald schon wird sie die Julliard besuchen, und ich ... oh, ich fürchte mich vor diesem Tag.

Ich denke nicht, dass das Schreiben und die Arbeit für die Foundation ausreichen, um den Schmerz zu mildern. Sie wissen, was ich meine. Den Druck, der sich immer wieder in mir aufbaut. Er fängt im Herzen an und breitet sich von dort bis in die Seele aus. Der Druck wird immer größer, bis ich ihn nicht mehr unter Kontrolle halten kann, bis er sich einen Weg nach draußen sucht, in der Regel auf selbstzerstörerische Art und Weise.

Die Gefahr war immer da, war nie wirklich gebannt, doch das Triumvirat aus Kristen, Schreiben und der Foundation hat bisher dafür gesorgt, dass ich nicht völlig aus den Fugen geraten bin. Aber sehr bald schon wird Kristen Tausende von Kilometern weit weg sein, und aus dreien werden zwei. Was dann? Verliere ich den Halt? Kippe ich um und falle, für immer?

Ich werde wieder alleine sein, und davor habe ich Angst.

Der Bildschirm war verschwommen, und David begriff, dass er weinte. »Verdammte Kacke«, murmelte er, schob den Laptop zur Seite und wischte sich die Tränen aus den Augen.

»Ich glaube, ich bin bald stockbesoffen. Was sagst du dazu, Maxie?«

Maxie wedelte mit dem Schwanz. *Ich halte zu dir. Durch dick und dünn*, schien er zu sagen.

David ging nach unten und in seine Pantry, um die Flasche Scotch zu holen. Auf dem oberen Regalbrett des Küchenschranks stand eine Kaffeedose. Er zog sie hervor, öffnete sie und nahm den Gefrierbeutel mit dem Marihuana und seine Pfeife heraus. Dann setzte er sich aufs Sofa und machte sich daran, die Pfeife zu stopfen.

»Heute Nacht machen wir einen drauf, Maxie, alter Knabe«,

murmelte er. »Und weißt du was? Wir machen es ganz alleine. Nur du und ich, Kumpel. Keine Weiber. Was hältst du davon?«

Maxie wedelte mit dem Schwanz. *Soll mir recht sein.*

David nahm einen Schluck Scotch und ließ die brennende Flüssigkeit durch die Kehle rinnen, gefolgt von einem tiefen Zug an der Pfeife. Er hielt den Rauch so lange in der Lunge, wie er konnte, dann atmete er ihn aus und bekam einen Hustenanfall.

»Bye, bye«, murmelte er zu sich selbst. Er schaltete den Fernseher ein und zappte durch die Kanäle, bis er eine True-Crime-Serie fand. Er liebte diesen Mist, wenn er high war. Die Stimmen der Erzähler redeten immer mit so viel *Autorität*. Wenn er high war, wurde alles zweidimensional, und die Autorität wurde zu dem, was sie war: jemand, der dafür bezahlt wurde, todernst über Dinge zu reden, auf die er in Wirklichkeit einen Fliegendreck gab.

David trank einen weiteren großen Schluck Scotch. Dann noch einen. Und noch einen Zug an der Pfeife.

»Die Frau wurde auf einem Feld zurückgelassen«, berichtete der Erzähler in ernstem, sonorem Tonfall. »Ihre Kehle war durchschnitten, und sie war nackt. Ihrem Mörder war es offensichtlich egal, dass sie die Mutter zweier Kinder war. Ein Täter, dem sein Opfer völlig gleichgültig war, so jedenfalls der Eindruck der Polizeibeamten, die die Leiche fanden.«

»Nur du und ich, Maxie«, murmelte David. Sein Kopf begann zu schwimmen. Er tätschelte den Hund, der neben ihm auf dem Sofa lag und nicht auf den Bildschirm sah, sondern David beäugte. »Was soll ich nur tun?«

Er nahm einen weiteren Zug an der Pfeife, und bald darauf fiel er in einen unruhigen Schlaf voller wirrer Träume.

Er träumte von Lizzie. Wie sie mit ihm spazieren ging. Wie sie ihn anschrie. Wie sie im Schlaf leise schnarchte. Wie sie ihn vögelte. Wie er sie vögelte. Und er träumte von Kristen, von jener Vollmondnacht, von all den Gesichtern ihrer Kindheit und dem, was sie geworden war.

Und am Ende träumte er von seinem Geheimnis. Was er getan hatte. Von dem niemand wusste. Was Kristen zu ihm gebracht und Lizzie vertrieben hatte.

Er weinte im Schlaf, was Maxie veranlasste, sorgenvoll zu Herrchen aufzublicken und sich zu fragen, was er tun konnte. Schließlich beruhigte Herrchen sich wieder, und so schlief auch der Hund wieder ein und träumte von einer Welt voller Hundekuchen, Leckerchen und schmerzfreier Hüftgelenke.

Beide schliefen tief und fest, als der Mann mitten in der Nacht kam, in der Kälte, und das grausige Paket vor ihre Tür legte.

**KAPITEL 8**   »Dad?«

David versuchte die Augen aufzureißen, doch die Lider waren zu schwer, viel zu schwer. Er schaffte es nur, sie in Zeitlupe zu öffnen, wie die Jalousien vor einem Fenster.

»Hi, Baby. Gib mir eine Minute, okay?«

Das jedenfalls hatte er sagen wollen. Heraus kam unverständliches Nuscheln: »Hibbygbmrneminutokay?«

Kristen verstand ihn trotzdem.

»Okay, Dad. Ich mach uns einen Kaffee.«

Er beobachtete, wie sich die undeutliche Gestalt seiner zwanzigjährigen Tochter von der Schlafzimmertür entfernte; dann arbeitete er sich in eine sitzende Position und versuchte, den Nebel aus seinem Kopf zu vertreiben.

*Alkohol und Dope und Kummer, du liebe Güte.*

Es war schlimmer geworden, seit Kristen ausgezogen war, ohne Zweifel. Als sie noch bei ihm gewohnt hatte, hatte er seine Exzesse woanders ausleben müssen. Jetzt, nachdem sie ausgezogen war, hatte er viel mehr Zeit für sich selbst, und das hatte ihm bis jetzt überhaupt nicht gut getan.

Er war deswegen sogar bei einem Psychiater gewesen, der bei ihm eine Form von Erwachsenen-ADHS diagnostiziert und ihm ein stimulierendes Medikament verschrieben hatte. Mit katastrophalen Folgen – eine Woche lang war er wie ein HB-Männchen durch die Gegend gerannt und hatte wie besessen sinnlosen Mist heruntergekritzelt. Seitdem hatte er kein neues Medikament ausprobiert. Er war, wer er war, und irgendwie musste er damit leben. Der größte Teil des Lebens war ein unsicherer Waffenstillstand.

Er erhob sich aus dem Bett und stellte fest, dass seine Beine ihn einigermaßen trugen. Er schlurfte ins Badezimmer und stand vor dem Spiegel, um sich zu begutachten.

Nicht schlecht, aber definitiv auch nicht mehr so erstaunlich wie früher.

Adäquat *ist das richtige Wort*, dachte er. *Noch immer ganz gut in Form, aber hier und da geht der Lack ab.*

Er war knapp über einsachtzig groß, mit kurzen blonden Haaren, blauen Augen und einer athletischen Figur. Er hatte immer einen ziemlich attraktiven Körper gehabt, doch Alter und Aversion gegen Sport und Training forderten unerbittlich ihren Tribut. Sein Bauch war immer noch einigermaßen flach, doch der Rettungsring um die Hüften war unübersehbar, und die früher so gut definierten Muskeln wurden schlaff. Sein Körper war an einer Grenze angekommen. Er konnte entweder ins Fitnessstudio gehen und das Ruder herumreißen, oder er konnte den langsamen Niedergang in Richtung Bierbauch und haariger Ohren akzeptieren.

Er spritzte sich Wasser ins Gesicht, um den letzten Rest Nebel zu vertreiben. Kristen wartete bereits, wahrscheinlich mit einem großen Becher Kaffee und einem mahnenden Blick. Seine Tochter hatte das Talent, Schuldgefühle in ihm zu wecken wie niemand sonst auf der Welt – eine der vielen Eigenschaften, die er an ihr so liebte. Er schlüpfte in eine Trainingshose und ein T-Shirt und ging in die Küche.

Kristen saß am Esstisch und beobachtete ihn beim Eintreten. *Kaffee – ist da. Mahnender Blick – wie befürchtet.*

Er beugte sich vor und küsste sie auf die Wange.

»Guten Morgen, Baby.«

Sie verzog das Gesicht.

»Du kratzt, Daddy.«

Es rührte ihm das Herz: Es waren jene drei Worte, die sie zu ihm gesagt hatte, seit sie reden konnte – wann immer er sie unrasiert geküsst hatte. Die Beständigkeit eines Kindes war manchmal erstaunlich.

»Sorry, Honey.« Er setzte sich und nippte an seinem Kaffee. »Wow. Wirklich gut. Kräftig. Schwarz.«

»Es ist ein Arabica. Ich hab ihn frisch gemahlen, bevor ich hergekommen bin.«

Kristen war eine Kaffee-Genießerin. Ihm reichte vorgemahlener Kaffee, was Kristen mit gelindem Entsetzen erfüllte. Sie brachte jedes Mal ihren eigenen, frisch gemahlenen Kaffee zum Aufbrühen mit.

»Schmeckt jedenfalls besser als dieser französische Müll.«

Sie lächelte. »Du bist ein Schwätzer, Daddy.«

Er bedachte sie mit einem verletzten Blick. »Hey. Ich erkenne den Unterschied!«

Sie verdrehte die Augen. »Wenn du es sagst.«

»Danke sehr.«

»Übrigens, jemand hat dir ein Päckchen vor die Tür gelegt«, sagte sie mit einem Nicken in Richtung des Posttischchens draußen im Flur. »Ich hab's für dich reingeholt.«

»Ich sehe später nach, was drin ist.«

Sie musterte ihn. »Hattest du Besuch heute Nacht?«

Er hatte Kristen noch nie belogen, wenn sie ihm diese Frage gestellt hatte. »Nein. Maxie und ich waren allein.«

»Daddy!« Sie bedachte ihn mit einem tadelnden Blick. »Du hast dich ganz alleine bekifft und betrunken?«

Er runzelte die Stirn. »Lass mir doch ein paar Geheimnisse, okay?«

»Dann dusch wenigstens, bevor du dich zu mir setzt. Du stinkst nach Gras.«

Beinahe hätte er seinen Kaffeebecher fallen lassen. »Woher zum Teufel weißt du, wie Gras riecht?«

Wieder verdrehte sie die Augen, eine Geste toleranter Liebe. Er schüttelte den Kopf, war aber nicht verärgert. Beide schwiegen behaglich.

*Mein kleines Baby ist kein kleines Baby mehr. Das ist nun mal der Lauf der Dinge.*

»Ich mache mir nur Sorgen um dich, Daddy.«

Sie war ein Papakind und hatte ihn folgerichtig um den kleinen Finger gewickelt – gleich vom ersten Moment an, in dem die winzige Hand hatte greifen können. Was Kristen anging, war er eifersüchtig darauf bedacht, alles selbst zu erledigen, wenn er es irgendwie einrichten konnte. Er hatte sie jeden Morgen zur Schule gefahren und sie fast jeden Nachmittag wieder abgeholt, bis zu jenem Tag, an dem sie selbst den Führerschein gemacht hatte. Er hatte ihr zugehört, und sie hatten immer miteinander reden können – eine Tatsache, die er in Ehren gehalten hatte.

Als Kristen acht Jahre alt gewesen war, war er zum ersten Mal mit ihr zum Camping gefahren.

Schon während seiner Zeit in Colorado hatte David herausgefunden, dass er Camping liebte. Er hatte auf einem Flohmarkt ein altes Army-Zelt aus dem Zweiten Weltkrieg entdeckt, zusammen mit einem Kochgeschirr und einem abgewetzten Rucksack. Die Frau, die ihm die Sachen verkauft hatte, war weit über sechzig gewesen, mit lückenhaftem Gebiss, aber erstaunlich wachen Augen.

»Die sind beide 1944 in der Normandie gelandet«, hatte sie zu ihm gesagt und ihn erwartungsvoll angeschaut.

»Kein Scheiß?«, war ihm herausgerutscht. Er war errötet. »Verzeihung, Ma'am.«

»Kein Problem«, hatte sie gekichert. »Ben hat auch gerne und reichlich geflucht.« Sie deutete auf den Rucksack, wie zur Erklärung. »Ben war mein Mann. Diese Sachen gehörten ihm. Er war oft in den Bergen zum Camping, bis zu seinem Tod vor fünf Jahren, Gott segne ihn. Krebs, wissen Sie? Man kann immer noch den Rauch von Lagerfeuer riechen. Ich hatte nie den Camping-Virus, aber ich hab Ben jeden Monat ziehen lassen, wenn ihm danach war. Er hat es gebraucht.« Sie hatte David angeblinzelt. »Wie steht es mit Ihnen?«

David hatte den Stoff befingert und an den Omaha Beach in der Normandie gedacht und an Gewehrfeuer. An seinen eigenen Vater.

»Ich hatte mir überlegt, ob ich es selbst mal versuchen sollte, Ma'am. Mein Dad war in Vietnam«, fügte er hinzu. Er war nicht sicher, aus welchem Grund.

Sie hatte ihn länger gemustert, als ihm gefallen hatte, als hätte sie irgendetwas in ihm gesehen. »Ihr Vater ist tot?«

»Ja, Ma'am.«

»Das dachte ich mir«, hatte sie gesagt. »Sie sehen so aus. Fast noch ein Kind und schon alt.« Sie hatte einen Seufzer ausgestoßen und dann gelacht. »Tut mir leid. So was sagt man nicht, bitte entschuldigen Sie. Das Alter scheint die Ehrlichkeit in mir hervorzubringen, nicht das Taktgefühl.«

David hatte die Frau angelächelt. »Kein Problem, Ma'am.« Sie war ihm sympathisch gewesen.

»Sie sagen so verdammt oft ›Ma'am‹, Junge. Woher kommen Sie?«

»Texas.«

»Also schön, Texas. Ich lasse Ihnen diese Sachen für einen Dollar, unter zwei Bedingungen.«

*Einen Dollar,* hatte er gedacht. Das war mehr als ein guter Handel – und es war zugleich alles, was er sich leisten konnte.

»Und die wären, Ma'am?«

»Dass Sie die Sachen tatsächlich zum Camping benutzen. Das ist Bedingung Nummer eins. Und wenn Sie eines Tages eigene Kinder haben, dann fahren Sie wenigstens einmal mit Ihren Kindern zum Camping. Nehmen Sie dieses Zelt mit, und erzählen Sie Ihren Kindern von Ben und davon, dass dieses Zelt einem

Mann gehört hat, der bei der Landung in der Normandie dabei war. Na? Einverstanden?«

Er war mehr als einverstanden und zahlte den Dollar. Eine Woche später war er mit seinem alten Mazda 323 in die Berge gefahren. Es war Ende Oktober gewesen. Er war über eine Kammstraße gefahren, hatte den Estes Park durchquert und die Kehren hinauf zum Stanley Hotel gemeistert, das Stephen King zu seinem Roman »Shining« inspiriert hatte.

Er war durch die Landschaft gefahren, immer weiter bergauf, und hatte mehr als einmal angehalten, um die Patchworkdecken aus Gold-, Braun-, Rot- und Orangetönen zu bewundern, die der Herbst über die Täler tief unter ihm gebreitet hatte. Mächtige Espenwälder raubten ihm den Atem. Es faszinierte ihn, wie die Blätter sich im Wind drehten und summten wie Gebilde aus einer anderen Welt. Er hatte eine Stelle gefunden, wo er den Wagen parken konnte, und war dann bis in den späten Nachmittag hinein durch die Wälder gestromert, während er die Schönheit, die Einsamkeit und die Stille in sich aufgesogen hatte.

Auf einer Lichtung hatte er sein Zelt aufgebaut und ein Lagerfeuer errichtet. Er hatte die Burger halb verbrannt; sie hatten trotzdem geschmeckt, gewürzt von der Umgebung und der Atmosphäre. Die Nacht war heraufgezogen, hatte Kälte gebracht und ein atemberaubendes Sternenzelt ans Firmament gezaubert. Er hatte sich am Feuer zusammengekauert, Marshmallows gegrillt, bitteren Kaffee aus einer Thermoskanne getrunken und aus großen Augen zum Himmel geblickt. Später hatte er sich ins Zelt gelegt, mit dem Kopf nach draußen, hatte einen Joint geraucht und den Mond beobachtet. Sein Schlaf war traumlos gewesen, wie fast immer, wenn er in den Bergen war.

Am nächsten Morgen war er unter einer leichten Schneedecke wach geworden, durchgefroren, zitternd, fluchend, und hatte sich über seine Unfähigkeit amüsiert, ein Feuer zu entfachen. Die Kälte war geblieben, war sogar noch beißender geworden, und für einen kurzen Moment hatte er sich allen Ernstes

Sorgen gemacht, er könnte hier draußen erfrieren. Schließlich hatte er seine Bemühungen, Feuer zu machen, aufgegeben und stattdessen die gefrorene Zeltplane mit tauben Fingern in den Rucksack gepackt. Den ganzen Weg zurück zum Wagen hatten seine Zähne geklappert; als er ihn endlich erreicht hatte, war er völlig durchgefroren, und die Fahrt den Berg hinunter war grauenvoll gewesen, eine Qual. Doch er als zu Hause angekommen war, hatte er trotz allem gewusst, dass er bis an sein Lebensende zum Camping fahren würde, so wie Ben.

Er hatte sein Wort gehalten, das er der alten Frau gegeben hatte. Als Kristen acht Jahre alt gewesen war, hatte er in der Garage herumgekramt und das Zelt hervorgeholt mitsamt dem dazugehörigen Rucksack. (Die romantische Vorstellung über die dramatische Vergangenheit des alten Baumwollrucksacks war rasch verflogen; er hatte ihn vor Jahren gegen einen modernen Rucksack aus Synthetik ersetzt.)

»Wohin fahren wir, Dad?«, hatte Kristen ihn mit großen Augen gefragt. Mehr nicht.

So war es immer gewesen: Solange ihr Dad derjenige war, der sie mitnahm, spielte es überhaupt keine Rolle, wohin sie fuhren. Ihre Freundinnen witzelten, dass sie ihrem Vater wahrscheinlich selbst dann noch folgen würde, wenn er von einer Klippe sprang.

»In die Berge, Baby«, hatte er geantwortet. »Wir fahren zum Camping.«

»Und ich darf mit?«

»Ja.«

Sie war ihm um den Hals gefallen, hatte ihn mit der ganzen Unbekümmertheit einer Achtjährigen umarmt und gedrückt. »Danke, Daddy!«

Er hatte ihr übers Haar gestrichelt, hilflos und überwältigt.

Sie hatte von Anfang an genauso viel Freude am Camping wie er. Das weite Land, die Schönheit der Natur, die Gerüche, die Geräusche, der Wind, der die Berge herunterkam – sie war verzückt. Sie begriff, dass man die Stille der Wälder akzeptieren musste. Normalerweise plapperte sie ununterbrochen, aber hier war sie ernst und still und glücklich, alles in sich aufzunehmen.

Als die Nacht anbrach, half sie ihm mit großem Eifer beim Sammeln von Feuerholz und schaute ihm aufmerksam beim Grillen der Hamburger zu. Er erzählte ihr von Ben und der alten Frau und zeigte ihr das Kugelloch, das er während eines Jahre zurückliegenden Trips im Zelt entdeckt hatte. Kristen war mit Einbruch der Dunkelheit müde geworden und konnte die Augen kaum noch offen halten. So war es jedes Mal draußen in der freien Natur. Schlaftabletten – überflüssig. Es gab nichts Besseres als die Uhr der Welt, um Abweichungen im Tagesrhythmus auszugleichen. David nahm sie in die Arme und trug sie ins Zelt, wo er ihr glücklich beim Schlafen zusah, bis ihm selbst die Augen zufielen.

Seit jenem Tag waren sie zusammen zum Camping gefahren, wann immer sich die Möglichkeit bot. In manchen Jahren nur zweimal, in anderen fünfmal. Die Art der Ausflüge änderte sich von Jahr zu Jahr, je größer Kristen wurde. Sie hatten sich mal mehr zu erzählen, mal weniger, und sprachen über die verschiedensten Dinge, aber nie ging ihnen der Gesprächsstoff aus, weil sie die Gesellschaft des jeweils anderen genossen.

Seine Tochter schnippte mit den Fingern, und er schrak zusammen.

»Dad? Erde an Dad!«

Er schenkte ihr das Lächeln, das seine Mutter ihm vererbt hatte, um ihre Ängste zu beschwichtigen, und trank aus seinem Becher. »Mir geht es gut, solange ich nicht zur Kirche muss. Leute wie ich gehen hin und wieder in Flammen auf, wenn sie ein Gotteshaus betreten, weißt du? Gott hat irgendwas gegen uns.«

Kristen grinste. »Du bist ein guter Vater, also kannst du nicht durch und durch schlecht sein.«

»Ein aufmunternder Gedanke.«

Der forschende Blick war wieder da. »Aber Daddy! Du kannst nicht bis in alle Ewigkeit den gequälten Schriftsteller spielen. Alkohol, Marihuana, die vielen Frauen … das ist nicht gut für dich. Du brauchst jemanden, der dich auf dem Boden der Tatsachen hält.«

»Aber dafür habe ich doch dich, Sweetheart!«

»Das mag ja sein«, antwortete sie. »Aber davon rede ich gar nicht. Es ist Zeit, dass du jemanden findest, mit dem du dein Leben teilst, Daddy. Du brauchst eine Frau.«

Er schnaubte. »Das hört sich an wie ein Dialog aus einem schlechten Western! ›Mann sucht Frau, für gemeinsamen Ritt durch die einsame Prärie …‹«

»Das ist nicht witzig, Dad! Willst du vielleicht alleine alt werden?« Sie wandte sich ab und zog einen Schmollmund. »Du bist keine zwanzig mehr.«

David stellte seinen Becher ab und ergriff ihre Hände. »Ich denke darüber nach, Honey, Ehrenwort. Ich kann dir nichts versprechen, aber ich denke darüber nach.« Er ließ ihre Hände los, verschränkte die Arme und nickte. »Abgesehen davon hast du nicht ganz unrecht. Jede Frau könnte sich glücklich schätzen, mich zu haben. Das Saufen, die langen Stunden in der Nacht, der große, stinkende Hund – ich bin ein umwerfender Fang!«

Erneut das Augenrollen. »Werde erwachsen, Daddy.«

»Komm runter, Honey.«

Das war noch so eins von ihren Ritualen. »Werde erwachsen« war einer von Kristens Lieblingssprüchen gewesen, seit sie sieben Jahre alt gewesen war. Seine Antwort brachte sie diesmal nicht zum Kichern, doch ihre Miene wurde weicher. Sie seufzte.

»Ich liebe dich, Daddy.«

»Ich weiß, Baby. Ich liebe dich auch. Du solltest dir nicht zu viele Gedanken machen.«

»Ich versuch's.«

Sinnlose Worte von ihm und eine Lüge von ihr als Antwort. So war sein kleines Mädchen immer schon gewesen. Ständig machte sie sich Sorgen. Sie war eine dreifache Bedrohung: wunderschön, intelligent und talentiert. Sie spielte Klavier wie ein Wunderkind und sang wie ein Engel. Sie spielte auch Gitarre.

Sie war gut genug für die Julliard, und genau dort ging es nach Weihnachten hin. Sie hatte noch ein paar letzte Vorlesungen an der Denver U, dann war sie weg.

»Was macht das Studium?«, fragte er.

»Bestens. Ein Kinderspiel. Ein bisschen langweilig.«

»Jungs?«

»Niemand Spezielles«, sagte sie und streckte ihm die Zunge heraus.

»Freches Gör.«

»Ich habe vom Besten gelernt, Daddy.«

Sie blickte auf die Uhr, verzog das Gesicht und kippte den Rest Kaffee hinunter. »Ich muss los. Julia und ich wollen ins Kino und anschließend ein bisschen herumhängen.«

»Hast du Lust auf Camping am Wochenende?«

Sie lächelte und küsste ihn auf die Wange. »Sicher. Gerne.«

Sie wollte los, und er packte sie beim Handgelenk. »Du bist meine Nummer eins, Honey. Meine Erste und Letzte, für immer und ewig.«

Ihre Augen wurden dunkel. Sie beugte sich vor und umarmte ihn fest.

»Ich liebe dich, Dad.«

»Ich liebe dich auch, Honey.«

Und dann war sie weg.

David sah ihr hinterher, den Kaffeebecher in der Hand, wie sie davonfuhr. Dann blickte er hinunter zu Maxie. »Was hältst du von einem Film, Maxie?«

Der Labrador-Mischling wedelte mit dem Schwanz. Er freute sich wie ein Schneekönig.

»Cool. Ein Film, ein paar Stunden Schreiben, vielleicht ein paar Drinks … wir werden sehen.«

Der Tag ging ins Land. Das Päckchen lag ungeöffnet auf dem Tisch.

Männer kamen des Nachts, als er schlief, diesmal an einem anderen Ort, und nahmen etwas mit. Etwas Kostbares.

# DRITTER TEIL

# EVOLUTION

Ich war am Fluss, und der Fluss ist nicht ausgetrocknet. Er ist im Gegenteil angeschwollen vom Regen und voller Leichen.

- David Rhodes

**KAPITEL 9**   *David Rhodes*
*Texas,*
*Juni 1983*

Eines Tages will ich frei sein. Das ist mein Traum.

David schrieb die Worte in sein Aufsatzheft und schaute darauf.
Er seufzte, dann schrieb er weiter.

*Warum hat Dad angefangen, uns zu betäuben? Das hat er noch nie*
*getan.*

Er war fünfzehn, und er war in der Kammer, dem Ort, wo Dad
(wie sie ihn nennen mussten) sie nach den Bestrafungen einzu-
sperren pflegte.

David war eine Stunde zuvor aufgewacht, mit dem Gesicht
auf dem Holzboden. Speichel war ihm aus dem Mundwinkel
geflossen und hatte eine kleine Pfütze gebildet, und sein Gehirn
war ein weicher, träger Marshmallow. Er war nackt gewesen (sie
wurden immer nackt eingesperrt), und er hatte den aufziehen-
den Schmerz an den Stellen gespürt, wo sein Körper vom Gürtel
getroffen und von der Zigarette verbrannt worden war. Er hatte
die Augen geschlossen und sich den sirupösen Empfindungen
hingegeben, die sein Bewusstsein durchtränkt hatten. Dickes
Blut, das mit der Anmut einer Schlange träge durch seine Adern

floss, Gedanken, die von wattierten Wänden widerhallten, bevor sie erstarben. Die Zeit war vergangen, ohne dass er ein Gefühl dafür gehabt hatte.

Schließlich war sein Bewusstsein spuckend und würgend erwacht und hatte sich wieder gefangen. Er hatte sich in eine sitzende Position gemüht, leise gestöhnt und sich auf eine unbestimmte Wartezeit eingerichtet. Er war es gewöhnt, in der Kammer zu sitzen und zu warten; er war richtig gut darin geworden. Die Kammer war seine Puppe, und hier drin geschah nichts, das einen nicht irgendwie veränderte. Er hatte tausend Gelegenheiten zur Veränderung gehabt.

Er hatte an einem eisigen Novembertag hier gelegen und gezittert, während Tränen über sein Gesicht geströmt waren. Er hatte an einem drückend heißen Tag im Juli hier gesessen und geschwitzt und versucht, die Schmerzen dadurch unter Kontrolle zu halten, dass er sich nicht rührte. Die Sekunden waren wie in Zeitlupe verstrichen, und er hatte beobachtet, wie auf seinen Armen rote Schwellungen entstanden waren wie Gärten voll hässlicher, wuchernder Rosen.

Er hatte zum ersten Mal in dieser Kammer masturbiert, während er in die Schatten unter dem Satteldach gestarrt und an etwas Formloses und unbestimmt Schönes gedacht hatte.

Gott kam nicht hierher, doch seine Mutter war ihm oft erschienen und hatte ihn getröstet, wenn er die Augen geschlossen hatte. Er glaubte ihren Worten weniger und weniger dieser Tage, und manchmal hasste er sie geradezu dafür, dass sie ihn allein gelassen hatte. Sie kam trotzdem immer wieder und brachte ihr Lächeln, den Heizstrahler und den Plattenspieler mit. Und er war jedes Mal dankbar. Zu dankbar.

Er hatte gewartet, und die Zeit war vergangen. Sobald er sich innerlich gefestigt genug gefühlt hatte, hatte er sein Aufsatzheft und seinen Stift aus dem Versteck geholt und zu schreiben angefangen. Er brachte alle seine Gedanken zu Papier, wenn er in der Kammer war. Es half nicht, laut zu reden, wenn man alleine war, und es war ein bisschen unheimlich, im eigenen Kopf festzustecken – also hatte er angefangen, durch seinen Stift zu reden und dem Papier das Zuhören zu überlassen.

Er las die Frage erneut, die er soeben formuliert hatte, und runzelte die Stirn.

> Dad hat uns noch nie betäubt. Warum hat er jetzt damit angefangen? Was kann das mit unserer Evolution zu tun haben? ER STOCKTE. Vielleicht ist es besser, wenn wir die Antwort nicht wissen. Wie ich Dad kenne und alles.

Er runzelte die Stirn.

> Dad. Eine weniger zutreffende Bezeichnung gibt es gar nicht. Genauso gut könnte man einen Vergewaltiger als einen Mann bezeichnen, der ein wenig übereifrig bei der Sache war. Pah. Robert Gray, so lautet sein richtiger Name, aber das klingt viel zu normal. Man könnte ihn Dreckschwein nennen und läge nicht weit daneben. Arschloch trifft es noch besser. Satan? Volltreffer. Er ist ein Teufel.
> Aber hier ist ein Tipp: Wenn du mit ihm redest, von Angesicht zu Angesicht, und dir ist nicht danach, windelweich getreten und geprügelt zu werden, dann solltest du ihn Dad nennen. Nur Dad, sonst nichts. Er hat es von uns verlangt, vom ersten Tag an, gleich nachdem er uns adoptiert hatte. Bob Arschloch Satan Dad Gray ist keiner, zu dem man Nein sagt.

Er sah sich um, nahm einmal mehr seine Umgebung in sich auf. Es war die gleiche Umgebung wie jedes Mal, immer die gleiche. Er war vor neun Jahren hierhergekommen, zu Bob Gray, weniger als sechs Monate, nachdem seine Mutter auf dem Bürgersteig gestorben war. Er konnte inzwischen mit geschlossenen Augen in der dunklen Kammer auf und ab gehen, blind, taub, benommen, und rannte dennoch schon lange nicht mehr versehentlich gegen eine Wand.

> Vielleicht sollten wir einen Werbespot für diese Kammer drehen. Hotel Bob! Vier beschissene Sterne! Checken Sie ein und lassen Sie sich vermöbeln! Reden Sie mit Ihren Freunden! Sagen Sie es Ihren Nachbarn! Werde hart, Hahnenfuß!*)

Er fügte einen Stern hinter dem letzten Wort ein und schrieb unten am Rand der Seite in kleingedruckter Schrift weiter:

*) Medizinische Versorgung durch ausgebildetes Personal wird nicht garantiert. Weicheier haben keinen Zutritt.

Er ließ sich zu einem schwachen Grinsen hinreißen, trotz der unbeantworteten Frage und seiner zunehmenden Schmerzen. Humor war wichtig, wenn man in der Hölle lebte. Lach oder weine, du hast die Wahl – mit Ausnahme der Zeiten, wenn du keine hast.

Hotel Bob (so nannten sie die Kammer) war nicht möbliert. Es bestand aus einem rauen Holzboden und Rigipswänden. In einer Ecke standen zwei alte Zinkeimer »für die Geschäfte«, wie Dad es nannte. Eine halb aufgebrauchte Rolle des allerbilligsten Toilettenpapiers stand auf dem Boden neben den Eimern.

David und seine Adoptivgeschwister nannten es den Scheißfleck, und es sollte lustig klingen. Manchmal war es sogar lustig. Es kam auf die Umstände an. David hatte eine Erinnerung daran, wie er in der Dunkelheit über EIMER NUMMER ZWO gehockt (das war der offizielle Name, verliehen im Rahmen einer kleinen Zeremonie) und ein Geräusch gehört hatte, das mehr ein *Flopp* als ein *Flang* gewesen war, und in dem Moment hatte er gewusst, dass er in seiner wippenden Kauerstellung das Ziel verfehlt hatte.

»Scheiße!«, hatte er gemurmelt. Dann hatte er angefangen, in der Dunkelheit zu kichern. »Das kann man laut sagen!« Aus dem Kichern war ein prustendes Lachen geworden, ein leicht kränkliches Geräusch, das in der hohlen Dunkelheit verpufft war und die staubigen Spinnweben zum Erzittern gebracht hatte.

Er hatte gelacht, bis ihm die Tränen gekommen waren, und dann hatte er in der Dunkelheit versucht, alles sauberzumachen und aufzuwischen.

*Du musst es schon selbst machen, wenn du es richtig haben willst,* hatte er sich dabei gesagt. *Die Dienstmädchen haben zu tief ins Glas geguckt ... und Scheiße auf dem Fußboden bedeutet einmal mehr die Hucke voll, so viel ist sicher.*

Der Gedanke hatte ein gesünderes Lachen nach sich gezogen, von der Sorte, die sagte, dass man noch da war, dass man noch durchhielt, dass man vielleicht am Boden lag, aber längst noch nicht ausgezählt war.

Es war häufig dunkel hier oben in der Kammer. Es gab keine Fenster, und die nackte Glühbirne an der Decke konnte nur von draußen eingeschaltet werden. Selbst wenn sie brannte, gab sie nur trübes gelbes Licht ab, kaum genug, um die Schatten zu vertreiben, wenn die Nacht kam. Im Boden war eine Falltür eingelassen, an der eine Leiter befestigt war. Natürlich war die Falltür von außen verschlossen. Das Schloss stach hervor wie ein Mercedes auf einem Schrottplatz. Es glänzte wie neu – was daran lag, dass es regelmäßig ausgewechselt wurde.

Die Dachkammer war das, was sie zu sein schien: eine Gefängniszelle. Dieses Zuhause hatte einen Aufseher, und die Kammer war der Ort, an dem man landete, wenn man gegen die Regeln dieses Aufsehers verstieß. Kein Verteidiger, keine Kaution, keine Bewährung. Jede verhängte Strafe wurde vollständig abgesessen, ohne Ausnahme. Es gab kein rotes Telefon für Begnadigungen, bloß eine kaputte falsche Sonne und zwei verbeulte Eimer als Plumpsklos.

Wie jede Gefängniszelle überall auf der Welt hatte auch diese hier ihre Geheimnisse – Dinge, die sie getan hatten, um die Hölle ein klein wenig erträglicher zu gestalten. Hinter EIMER NUMMER ZWO hatten sie ein Stück Rigips aus der Wand geschnitten und benutzten den Hohlraum dahinter, um Dinge zu verstecken, die sie gebrauchen konnten, wenn sie wieder mal eingesperrt waren.

Sie brauchten sich keine Sorgen zu machen, dass Dad ihr Versteck finden könnte. Er ließ sie selbst ihre »Geschäfte« saubermachen.

Davids Adoptivbruder Charlie und seine Adoptivschwester Allison versteckten dort Taschenbücher. David hatte sein Schreibheft und einen Bleistift (keinen Füller, die Tinte konnte auslaufen, und was dann?). Das Heft war eine Kladde mit schwarzweißem Umschlag, und er benutzte sie, um das zu tun, was ihn am Durchdrehen hinderte und was vielleicht seine Bestimmung war: Er schrieb.

David schrieb aus den verschiedensten Gründen. Er schrieb, um den Schmerz zu lindern, er schrieb, um sich nicht das Leben zu nehmen, er schrieb, weil er *musste*. Es ging nicht immer um die Möhre und den Stiel, sinnierte er. Manchmal waren die Worte einfach Worte, die gesagt werden mussten.

David empfand sie beinahe als etwas *Echtes*. Sie besaßen *Gewicht*. Sie besaßen *Macht*. Sie schmerzten, wenn sie an der richtigen Stelle trafen, und sie konnten einen zum Lachen oder zum Weinen bringen. Worte waren in gewisser Weise wie ein göttlicher Akt. Wenn man sich hinsetzte und schrieb – ganze Geschichten, nicht nur Sätze –, erschuf man Welten. Man tat es, weil man selbst es wollte, nicht weil andere es bestimmten. Man brauchte keine Erlaubnis von irgendjemandem außer sich selbst und seiner Vorstellungskraft. Man konnte den Figuren, die man schuf, Krebs andichten, drei Schwänze, sechs Eier und grüne Haare (was David einmal getan hatte). Man hatte die Macht über ihre Vergangenheit, Gegenwart und Zukunft sowie über die Vergangenheit, Gegenwart und Zukunft eines jeden anderen lebenden oder toten Dings in der Welt, die man mit seinen eigenen Worten geschaffen hatte.

Letztendlich schrieb David, weil das Schreiben das Einzige in seinem Leben war, was er vollkommen und absolut unter Kontrolle hatte, was er, nur er allein entschied. Selbst darüber hatte er einmal geschrieben:

Dir ist nicht nach Schreiben? Dann lass es. Niemand kann dich dazu zwingen. Sollte es trotzdem jemand tun, ist es nicht real. Dein Stiefvater misshandelt dich? Schlag zurück, auf dem Papier, schreib eine Geschichte, in der du ihn totschlägst oder ihn in Brand steckst oder ihm das Hirn aus dem Schädel pustest, während du lachst und lachst und lachst. (All diese Geschichten habe ich tatsächlich geschrieben.) Er kann dir das Essen wegnehmen oder das Wasser, er kann dich zum Weinen bringen – aber er kann dir nicht das Schreiben nehmen, es sei denn, er tötet dich. Schreiben ist meine Rebellion, der lautlose Krieg, in dem ich immer der Sieger bin.

Die ersten Worte, die er jemals niedergeschrieben hatte, lauteten:

Meine Mom ist tot.
Das Auto hat sie totgefahren.
Sie kommt nie wieder.

Er hatte einen Satz nach dem anderen geschrieben, und zwischen zwei Sätzen jeweils fünf Minuten Pause machen müssen, weil die Worte mehr als nur Worte gewesen waren. Sie waren Sinnbilder der Realität. Er konnte sie sehen. Fühlen. Schmecken. Sie waren blutig.

Was er verstanden hatte und vielleicht immer schon gewusst hatte, war: Ehrlichkeit ist die Essenz allen Schreibens. In dem

Moment, in dem man anfängt zu lügen, verliert man das Talent. Und es ist unendlich schwierig, mit dem Lügen wieder aufzuhören, wenn man erst damit angefangen hat. Die Straße der Worte ist ein schmaler Grat, und rechts und links lauert der Abgrund und verschlingt einen ohne Erbarmen, wenn man zu weit vom Weg abkommt.

Manchmal schrieb er nur einen einzigen Satz, irgendetwas, das mit der jeweiligen Scheiß-Situation zu tun hatte. Manchmal schrieb er Geschichten. Gelegentlich sogar ein Gedicht (auch wenn er kein Faible dafür entwickelte – er wusste, dass seine Gedichte nicht besonders gut waren und wohl auch niemals sein würden).

Allison las alles. Sie meinte, er hätte echtes Talent. Er war nicht sicher, ob sie recht hatte, aber er vermutete, dass es möglich war. Er hatte ein Gefühl für Worte und dafür, wie sie zusammenpassten. Er konnte sehen, ob er etwas gut geschrieben hatte oder schlecht. Das Einzige, was ihm dabei zu schaffen machte: Er wusste nicht *warum*. Er wusste, wann etwas gut oder schlecht war, konnte es aber nicht begründen. Schreiben war etwas, das ihm von außen zuflog, ob von Gott oder einer besonderen Anordnung von Gehirnzellen oder weil er von irgendeinem Dämon besessen war – er konnte es nicht sagen.

Woher es auch kam – er wusste, dass er immer schreiben würde. Schreiben war ein Ventil für ihn, eine Möglichkeit, den Schmutz in seinem Innern nach draußen zu lassen, den Druck loszuwerden. Er wusste nicht, was geschehen würde, wenn er den Druck weiter anwachsen ließ, doch er bezweifelte, dass etwas Gutes dabei herauskam.

Außerdem half Schreiben jedes Mal in den Nachwehen einer Bestrafung.

Eine Bestrafung durch Dad bedeutete mehrere verschiedene Dinge. Was er tat, war niemals sexueller Natur, aber immer schmerzhaft. Es war methodisch und unausweichlich, und obwohl David gelegentlich ein Licht in Dads Augen brennen sah (tief, tief drinnen und ganz winzig), war es kühl und zielgerichtet, nicht wild und leidenschaftlich. Dad war voll und ganz bei der Sache, schien aber nie Vergnügen aus seinem Tun zu ziehen.

Wirklich nicht?

David hielt inne. Dachte darüber nach.

Jedenfalls so gut wie nie.

Gelegentlich gab es Situationen – selten, aber es gab sie –, da wurde Dad seltsam. Er sah aus wie immer, redete wie immer, teilte die Karten aus wie immer (das Haus gewinnt, keine Ausnahmen), doch er wirkte plötzlich *grausam*. Seine mechanischen Bewegungen, seine kühle Präzision wurden von einem seltsamen *Hunger* überlagert.

Immer dann war Dad anders als normal. Irgendetwas in seiner inneren Welt war nicht wie sonst. Es war eine Winzigkeit, die aber alles veränderte. Wie die Sache mit dem Königreich, das wegen eines Hufnagels verloren ging.

Wenn David diese Veränderung hätte benennen müssen (was er selbstverständlich auch tat), wäre *Verzweiflung* das passende Wort gewesen. Eine unbestimmte, qualvolle, unbändige Sehnsucht. Es war subtil und unvorhersehbar, wie ein Mann, der im einen Monat an den Fingernägeln kaut und im nächsten nicht. Man bemerkte es nur, wenn es geschah.

Sie hatten einen anderen Namen für Bob, wenn diese Veränderung mit ihm vorging. Dann nannten sie ihn Bad Bob, den Bösen Bob. Bad Bob hatte ein bestimmtes Aussehen, ein bestimmtes Lächeln, ein bestimmtes Verhalten. Und so weiter.

Bad Bob war noch schlimmer als Bob.

Doch ganz egal, mit welchem Bob sie es zu tun hatten – jeder Form von Verfehlung folgte unausweichlich die Bestrafung. Verfehlung war gleichbedeutend mit Verbrechen, und es kam in vielerlei Schattierungen und Formen daher, wie Schneeflocken oder Fingerabdrücke. Dad überprüfte und beobachtete seine drei Adoptivkinder unablässig.

Einmal hatte er David mitten in der Nacht wachgerüttelt.

»Nummer Sechsunddreißig im Periodensystem«, hatte er gebrüllt. »Welches Element?«

David hatte tief und fest geschlafen, war aber blitzschnell hellwach gewesen. Er hatte geblinzelt, gewartet, bis seine Synapsen feuerten, und die Frage beantwortet. Es war am besten, man nahm sich, was das Gehirn lieferte, und zögerte nicht zu lange mit der Antwort. Die erste Antwort war in der Regel die richtige, zumal in Situationen wie dieser.

»Krypton«, hatte er gemurmelt, um sich anschließend zu räuspern. »Krypton«, hatte er wiederholt, diesmal lauter und deutlicher.

»Welche Gruppennummer?«

»Achtzehn.« Ganz automatisch. Kein bewusster Denkprozess.

Dad hatte gezögert, und David hatte das Gefühl, als lächelte er in der Dunkelheit. Er hatte den Grund dafür nicht mit Sicherheit benennen können. Anerkennung? Eher nicht. »Name der Gruppe?«

»Gase ...« David hatte erschrocken die Augen aufgerissen und sich hastig verbessert: »Nein, Edelgase!«

Dad hatte ihm den Fehler durchgehen lassen. In jener einen Nacht.

Manchmal kam das Versagen als komplexes Ereignis daher, als etwas, das sie aus eigener Kraft niemals hätten korrigieren können. Ein solcher Fehlschlag hatte Davids jüngste Bestrafung nach sich gezogen.

»Ich habe dich beobachtet in letzter Zeit«, hatte Dad ein paar Stunden zuvor zu ihm gesagt, im Schlafzimmer.

David war nackt gewesen bis auf seine Unterwäsche, und er war mit dem Gesicht nach unten an die vier Bettpfosten gefesselt. Die Pfosten waren aus Walnussholz. Es waren mächtige Dinger, rund und halb so dick wie Davids Taille.

David hatte die Augen weit aufgerissen. Man fand ziemlich schnell heraus, dass andere Sinne schärfer wurden, wenn man die

Augen geschlossen hielt – einschließlich des Schmerzempfindens. David hielt den Blick auf das Kruzifix an der Wand neben dem Bett gerichtet. Es war ein kleines Kreuz, keine dreißig Zentimeter hoch, doch die geschnitzte Christusfigur war ausdrucksvoll. Man konnte den Schmerz im Gesicht des Gekreuzigten erkennen, das Elend in seinen himmelwärts gerichteten Augen, als er seinen göttlichen Vater um eine Erklärung anflehte, oder um Erlösung. David konzentrierte sich stets auf Christus, wenn er in diesem Zimmer war. Es half ihm bei seinen eigenen Qualen.

Die Laken rochen nach Lavendel und Schweiß und Tränen. Dad war ein Reinlichkeitsfreak, doch aus irgendeinem Grund durfte die Bettwäsche nur einmal in der Woche gewechselt werden, ganz gleich, wie oft er sie darauf gezüchtigt hatte. Vielleicht, weil es genoss, Nacht für Nacht im Bodensatz ihrer Schmerzen zu schlafen.

David hatte Dad einmal unter dieser Decke liegen sehen, schlafend. Er hatte über ihm gestanden, eine Schere in den zitternden Händen. Er war gekommen, um Robert Gray zu töten, ihm die Schere in das schwarze, stinkende Herz zu stoßen. Dad war ein Monster, aber David war ziemlich sicher, dass er verrottete wie alle anderen auch, und das wollte er sehen, unbedingt. Er hatte seinen Stiefvater schlafen sehen und über die absurde Normalität der Situation gestaunt.

Bob Gray war ein gewaltiger Mann, ohne riesig zu sein. Er war eins neunzig groß, aber dünn von den vielen Zigaretten (selbstgedrehte, ohne Filter). Er besaß ein längliches Gesicht, nicht unattraktiv, mit einer großen Nase, die ihm gut stand. Er war immer glatt rasiert. Seine Augen hinter den Brillengläsern waren blau und blickten wach und klug in die Welt, und obwohl seine Zähne gelb waren von Nikotin und Kaffee, schienen sie einigermaßen gesund zu sein, wenn er sie bei einem breiten Grinsen oder einer seiner furchteinflößenden Fratzen entblößte.

Er hatte üppige krause Haare auf Armen und Beinen, von der gleichen Farbe wie sein Kopfhaar, obwohl es glatt war und nicht lockig und obendrein kurz geschnitten, sodass es leicht zu pflegen war. Bobs Garderobe folgte dem gleichen Prinzip – er kleidete sich praktisch und ordentlich, ohne modisch zu sein.

Am bemerkenswertesten waren seine Hände. Sie wirkten nicht deplatziert an seiner langen Gestalt, aber es waren die mit Abstand kräftigsten Hände, die David je gesehen hatte. Sie waren stark und schwielig und wie dazu geschaffen, mit Dingen wie Hämmern und Äxten, Sägen und Waffen zu hantieren.

Im Ganzen betrachtet war Bob zwar nicht umwerfend attraktiv, doch er war alles andere als abstoßend. Er fiel in die gleiche Kategorie wie die meisten anderen Männer: die akzeptable, brauchbare Mitte. Wenn er einem auf dem Bürgersteig entgegenkam, wandte man sich nicht ab. Man bemerkte zwar seine Größe oder seine kräftigen Hände, doch nichts an ihm wirkte bedrohlich oder in irgendeiner Weise absonderlich. Man begegnete ihm, und gleich darauf hatte man ihn schon wieder vergessen, wie jeden anderen unscheinbaren Fremden auch.

Sein Gesicht hatte im Schlaf unglaublich harmlos ausgesehen. David hatte dagestanden und gestarrt, und ihm war klar geworden, dass seine offenkundige Menschlichkeit in vieler Hinsicht das Schlimmste an Bob war. Seine Augen konnten humorvoll blitzen, und David war sicher, dass er bei wenigstens einer Gelegenheit aufrichtige Traurigkeit in diesen Augen gesehen hatte. Dad rülpste hin und wieder, schnitt sich selbst die Fußnägel und kratzte sich gelegentlich am Hintern. Einmal hatte er an einer Magen-Darm-Grippe mit Brechdurchfall gelitten und war wie jeder Normalsterbliche andauernd auf die Toilette gerannt.

Aber das alles spielte letztendlich keine Rolle. Ganz egal, wie viele menschliche Eigenschaften in Bob Gray stecken mochten, sie wurden mehr als kompensiert vom unmenschlichen Teil in ihm.

David hatte die Schere gehoben, und der verchromte Stahl hatte im Mondlicht geblitzt. Er hatte sich bereit gemacht, war nur einen Moment davon entfernt, allem ein Ende zu machen, als Dad im Schlaf aufgelacht hatte. David hatte wie erstarrt dagestanden und sich beinahe in die Hose gepinkelt. Es war ein fröhliches Lachen, ein Glucksen, das zu einem warmen Frühlingstag gehörte oder zu einer abendlichen Grillparty mit Freunden. David hatte einen Blick zu dem Kruzifix an der Wand geworfen und war voller Angst geflohen, um sich hinterher für seine eigene Feigheit zu verfluchen.

Was, wenn die Schere nicht tief genug eingedrungen wäre? Was, wenn sie ihn verletzt, aber nicht getötet hätte? Die Strafe für seine Tat wäre in Tagen bemessen worden, nicht in Stunden.

*Das Glück ist mit den Tapferen?*, hatte er am nächsten Tag in sein Heft geschrieben. *Nein, bestimmt nicht. Das Glück liebt die Starken.*

Also hatte Dad weitergelebt. David hatte erneut auf den Laken gelegen, seine eigene Angst gerochen und dem geduldig monologisierenden Irren gelauscht, der ihr Leben beherrschte, während er im Stillen mit Jesus am Kreuz gelitten hatte.

»Ich habe gesehen, wie du zusammengezuckt bist, als du dir Kaffee auf die Hand geschüttet hast«, hatte Dad gesagt.

Im ersten Moment hatte David nicht gewusst, worauf Dad anspielte. Dann war es ihm eingefallen. Eine kleine Sache, kaum der Rede wert. Dad hatte um eine zweite Tasse Kaffee gebeten, und David hatte sie ihm ausgeschenkt. Dabei hatte er ein bisschen gezittert, und ein klein wenig Kaffee war über den Rand der Tasse geschwappt und auf seinen Handrücken gespritzt. Es war nicht heiß gewesen, eher ein Ärgernis.

War Dad tatsächlich zusammengezuckt? David konnte sich nicht erinnern. Falls ja, dann aus Wut, nicht, weil es wehgetan hätte.

Ein hässliches Gefühl von Ungerechtigkeit war in ihm aufgestiegen, und eine Stimme hatte sich in seinem Kopf gemeldet – das gerötete Gesicht eines empörten Zweijährigen, der hinter dem Schokoriegeldieb her brüllte.

*Das ist nicht richtig! Ich sollte nicht hier sein! Dad hat das falsch verstanden!*

Eine Sekunde lang hatte er das verrückte Verlangen verspürt, die Worte laut auszusprechen; dann aber hatte er sie heruntergeschluckt, Gott sei Dank. Bob zu sagen, dass er einen Fehler gemacht hatte, stand nirgendwo auf der streng geheimen Checkliste für das Überleben. Im Gegenteil.

*Was hatte Charlie dazu gesagt?*

David war der Schriftsteller, aber Charlie – meine Güte, der konnte wirklich palavern. Die Kalauer flossen ihm in atemberaubender Folge nur so über die Lippen, improvisierte Sprichworte und Bonmots am laufenden Band. David beneidete Charlie um sein Talent und hatte ihm das auch freimütig gesagt.

»Sicher, klar doch, steck es mit einem Furz zusammen, und du hast einen hübschen Gestank«, hatte Charlie geantwortet. »Trotzdem, Mann, danke.«

Wie war noch mal der Spruch? Ach, richtig: Sag nie einem Mann mit einer Kanone in der Hand, dass du seine Alte gevögelt hast – es sei denn, du bist lebensmüde.

Genau.

Also hatte David den Mund gehalten. Was kam, das kam, so sicher, wie sich die Erde drehte, und den Mund zu öffnen hätte alles nur schlimmer gemacht.

»Dein Zusammenzucken war ein Zeichen von Schwäche, mein Sohn, und du weißt, was ich von Schwäche halte. Wie lauten meine Instruktionen?«

»Starker Geist, starker Charakter, starker Leib, perfektes Handeln«, hatte David geantwortet, ohne mit der Wimper zu zucken – trotz der aufkeimenden Angst.

»Und was habe ich über Versagen gesagt?«

»Versagen gleich welcher Art ist lediglich persönliches Versagen. Es ist der Unwillen, das Selbst zu überwinden und sich über den Schmerz zu erheben, der hervorgerufen wird durch die Trägheit des Menschseins, und sich zu entwickeln. Zu evolvieren.«

»So ist es, Sohn. Schwäche ist wie Unkraut. Wenn man es nicht bei der Wurzel packt und ausreißt, sobald es sich an der Oberfläche zeigt, wuchert es immer weiter. Es produziert seine eigenen Samen und pflanzt sich fort, und bevor man sich's versieht, hat es alle Blumen im Umkreis verdrängt oder erstickt.« Er hielt kurz inne. »Eine Schwäche des Geistes kann sich auf den Körper ausbreiten, auf den Charakter, auf die Handlungsweise, auf alles, genau wie eine Schwäche des Leibes auf den Geist überspringen kann. Es ist eine symbiotische Infektion, verstehst du das?«

»Jawohl, Sir«, hatte er geantwortet, weil es die einzige Antwort war, die Dad akzeptierte.

»Die Abhilfe gegen das Wuchern von Schwäche ist schlicht und einfach, Sohn. Wachsamkeit, Entschlossenheit und Unbarmherzigkeit, das ist alles, was es braucht. Wachsamkeit, um Ausschau zu halten nach den Spuren, Entschlossenheit beim Ausreißen und Unbarmherzigkeit, wenn man erst angefangen hat.«

Der breite schwarze Ledergürtel war ohne Vorwarnung mit einem lauten Knall auf Davids Rücken gelandet. Nichts hatte ihm angekündigt, dass der Schlag kommen würde. Dad hatte weder die Stimme erhoben, noch war er wütend geworden oder fröhlich. Er redete einfach weiter, als wäre nichts gewesen, als wollte er der Unterhaltung lediglich eine weitere Facette hinzufügen.

Der Schmerz war buchstäblich atemberaubend gewesen. Zuerst hatte der Schock die Nervenenden betäubt, aber das hatte nicht lange angehalten, dann waren die Schmerzen zurückgekommen, mit brutaler Macht und loderndem Feuer. David hatte sich aufgebäumt in den Fesseln, die seine Handgelenke und Knöchel hielten, und hatte mit hervorquellenden Augen und einem leisen, fischmäuligen »Oh« in fassungsloser Agonie auf das Kruzifix gestarrt.

Es war ein Präzisionsangriff gewesen, perfekt in der Ausführung, nicht mehr oder weniger als nötig und nicht von Wut getrieben. Der Schmerz hatte David die Tränen in die Augen getrieben, und er hatte sich zusammenreißen müssen, um nicht aufzuschreien. Er hatte Dads Philosophie gut genug verstanden, um eine Vorstellung von dem zu entwickeln, was von ihm erwartet wurde.

»Ich werde dich jetzt bestrafen, Sohn. Ich werde dich so lange bestrafen, bis ich überzeugt bin, dass wir etwas erreicht haben in unseren Bemühungen, die Schwäche auszuradieren, die sich in dir ausgebreitet hat. Mir ist klar, dass wir bei diesem Mal nicht alles erwischen, aber ich werde dich beobachten, während ich dich strafe, und deine Reaktionen werden mir verraten, wie weit wir gekommen sind. Du bist wegen einer Nichtigkeit zusammengezuckt, Sohn. Ich will sehen, wie lange du dich zusammenreißen kannst.«

Und wieder war der Gürtel herabgezischt. Diesmal hatte David das leise Surren des durch die Luft schneidenden Leders gehört, aber vorbereitet zu sein machte die Dinge in vieler Hinsicht nur noch schlimmer. Er hatte den Knall gehört, bevor er etwas gespürt hatte. Einen Sekundenbruchteil später wand er sich, während er nach Luft rang. Irgendwie gelang es ihm, nicht laut aufzuschreien. Er musste beweisen, wie stark er war, solange er konnte.

Dad hatte seine unerbittliche Predigt fortgesetzt, wie jedes Mal. Er redete gerne, während er strafte. Vermutlich nahm er an, dass es Sinn ergab. Schließlich hatte er ein gefesseltes Publikum, in gleich doppelter Hinsicht.

»Ich habe euch drei adoptiert, weil mir klar geworden ist, dass ich eine Pflicht habe«, sagte er. »Jeder Mann hat eine Pflicht zu erfüllen auf dieser Welt, Sohn. Manchmal ist es leicht: den Lebensunterhalt verdienen, eine Familie haben, die Hypothek zahlen. Manchmal aber ist es eine Herausforderung, eine wahre Prüfung. Die Männer, denen diese Prüfung auferlegt wird, wurden vom Schicksal und von den Genen zu etwas Größerem berufen. Mir wurde bereits früh enthüllt, dass ich so ein Mann bin.«

Der Gürtel knallte ein weiteres Mal auf Davids Rücken. David zuckte zusammen und wand sich, schrie aber nicht auf.

»Meine Pflicht, wie sie mir enthüllt wurde, besteht darin, den formlosen Tonklumpen eines Kindes zu nehmen und daraus etwas Perfektes zu formen. Mit Macht und Kompromisslosigkeit und Donnergetöse zu erschaffen, was Friedrich Nietzsche den *Übermenschen* genannt hat.«

David hatte sich für den nächsten Schlag gewappnet, hatte ihn *erwartet* im Rhythmus der Dinge, aber Dad hatte sich in Eifer geredet. Es war sein Lieblingsvortrag darüber, weshalb er mit ihnen machte, *was* er mit ihnen machte, und weshalb sie überhaupt bei ihm waren. David hatte diesen Vortrag schon Hunderte Male gehört. Er wusste, dass Robert Gray aus tiefstem Herzen *glaubte*, was er ihnen erzählte. Kurz gesagt, lief es auf eine schlichte Wahrheit hinaus: Dad war überzeugt, dass er ihnen, indem er tat, was er tat, ein Vater war – auf die grundlegendste, unwiderruflichste, vitalste Art, die es gab.

Bob Gray war erfüllt von einer Gewissheit, nach der die meisten Eltern sich sehnten. Er *wusste*, was seine Aufgabe war. Sie bestand darin, nichts dem Zufall zu überlassen. Es war seine Aufgabe, David und die anderen mit Hammer und Meißel zu bearbeiten und alles Schwache und Unvollkommene aus ihnen herauszubrechen. Also gab er ihnen seine Instruktionen – *starker Geist, starker Charakter, starker Leib, perfektes Handeln* – und wertete ein Versagen im Handeln als ein Versagen des Charakters, das hart bestraft werden musste.

Und was den Intellekt anging, wurden David und die anderen nicht einfach gefüttert, sondern geradezu *zwangsernährt*. Mathematik, Sprachen, Physik, Chemie, Literatur – alles musste bis zur Perfektion gebüffelt verinnerlicht werden.

Auch was den Körper betraf, war Bob Gray ein unerbittlicher Lehrmeister. Er lehrte sie zu kämpfen und erklärte ihnen, was sie falsch machten, während er sie zugleich windelweich prügelte, und er verlangte, dass sie sich untereinander genauso erbarmungslos prügelten. Er ließ sie Liegestütze machen, bis sie sich übergaben und mit dem Gesicht im eigenen Erbrochenen lagen.

Er ließ sie hungern, sodass sie keine Sklaven ihres eigenen Hungers wurden, und er schlug sie, damit sie lernten, Schmerzen zu ertragen.

Den Charakter zu formen war eine vielschichtigere Angelegenheit. Hier ging es hauptsächlich um Dads alles beherrschende Philosophie der Evolution. Er ließ sie Texte über Ethik und Moral studieren, und sie mussten sich Thesen ausdenken und sie verteidigen. Jeder besaß eine eigene Bibel, und Dad fragte sie so nachdrücklich und unberechenbar über das Buch Kohelet aus wie über das Periodensystem der Elemente oder die Newton'schen Gesetze oder die Namen der ersten zwanzig Präsidenten der Vereinigten Staaten. Die Gründe für den Bibelunterricht waren kompliziert. Dad hatte seine eigene, ganz spezielle Ansicht über Gott.

Er war zutiefst überzeugt davon, das Richtige zu tun und ein wahrer Vater zu sein. Er kochte sie in Öl, bis sie genau richtig durch waren, und schmolz sie in einem Tiegel, bis die Legierung glänzend und perfekt war.

Der Gürtel war erneut herabgesaust, viel härter als zuvor. David hatte im ersten Moment gedacht, die Augen würden ihm aus den Höhlen springen, so fest biss er die Zähne aufeinander, um nicht zu schreien.

»Sag es, Sohn. Erzähl mir von dem Menschen, der über den Menschen steht, dem Menschen, zu dem du evolvieren wirst. Erzähl mir von den Worten des Übermenschen.«

David war unwillkürlich erschauert. Das »Zitat von Nietzsche« war in Wirklichkeit eine Reihe zusammenhangloser, ineinander verwobener Aussprüche. Es bildete die Essenz dessen, was Nietzsche als den nächsten Schritt auf der evolutionären Leiter der Menschheit betrachtet hatte: etwas, das besser war als der Mensch, das über dem Menschen stand. David kannte die Worte in- und auswendig; sie waren ihm von Anfang an eingetrichtert worden.

»*Ich lehre euch den Übermenschen*««, hatte er in einer Mischung aus Abscheu und Proklamation zitiert. (Dad war überzeugt, dass die Worte als Schlag ins Gesicht und als Befehl gemeint waren, als ein Vorwurf an die Menschheit wegen ihrer Blindheit, verbunden mit dem Befehl zu sehen. Aus diesem Grund verlangte Dad von ihnen, im Befehlston zu zitieren.) »*Seht, ich lehre euch den Übermenschen. Der Mensch ist etwas, das überwunden werden soll. Was habt ihr getan, ihn zu überwinden? Was ist der Affe für den Menschen? Ein Gelächter oder eine schmerzliche Scham. Und eben das soll der Mensch für den Übermenschen sein: ein Gelächter oder eine schmerzliche Scham. Der Mensch ist ein Seil, geknüpft zwischen Tier und Übermensch – ein Seil über einem Abgrund. Was groß ist am Menschen, das ist, dass er eine Brücke und kein Zweck ist.*‹«

Dad hatte geschwiegen, und David hatte seine Anerkennung gespürt. Das Periodensystem war wichtig, doch Gnade ihnen Gott, wenn sie Nietzsche nicht perfekt zitieren konnten. Nietzsches Ziel für die Menschheit war Dads Ziel für sie drei: das Überqueren der Brücke zum Übermenschen.

»Schwäche in jeglicher Form ist ein Stolperstein, Sohn«, hatte Dad seinen Monolog wieder aufgenommen. »Das Leben bettelt geradezu darum, dass du mit Ausreden für dein Versagen kommst, und wenn es dann geschieht, tröstet es dich. Der einzige Weg zum Übermenschen ist mein Weg. Isolation. Wachsamkeit. Hingabe. Schonungslosigkeit.« Dad hatte sich zu ihm hinuntergebeugt. »Ich werde heute Abend ausgiebig daran arbeiten, Sohn. Wir werden das Unkraut ausrupfen, mit Stumpf und Stiel.«

David hatte plötzlich keine Luft mehr bekommen. Er mühte sich verzweifelt, seinen rasenden Puls zu verlangsamen, seine Lunge zu beruhigen, doch manchmal war es seiner Kontrolle entzogen. Manchmal ging die Angst mit ihm durch.

Der Gürtel hatte ihn mit pistolenschussartigem Knall getroffen – einmal, zweimal, dreimal –, und jeder Schlag war schlimmer gewesen als der vorhergehende. Beim dritten Schlag hatte David aufgeschrien – und im gleichen Moment gewusst, dass er verloren war.

Dad war abrupt verstummt. Er hatte beschlossen, dem Gürtel die Predigt zu überlassen, und der Gürtel hatte voller Inbrunst gesprochen.

David hatte geschrien und geschrien, bis er heiser war. Außer Allison schrie jeder. So war es nun mal – so sicher wie das Amen in der Kirche.

\*\*\*

Nach einer Ewigkeit hatte Dad sich neben ihm auf die Bettkante gesetzt. Der Gürtel hatte seine Predigt beendet, und auch die glühende Zigarettenspitze hatte ihr Werk verrichtet. Dad hatte David die Hand auf den Kopf gelegt.

»Ich werde dich zu einem vollkommenen Wesen formen, Sohn, wenn du mich lässt. Ich weiß, wie ich das anstellen muss, glaub mir. Das einzige Hindernis ist dein eigener Widerstand. Dein Widerwille, dich selbst zu überwinden.«

In diesem Moment hatte David es gespürt, dieses Ding, das er so sehr verabscheute, so sehr hasste. *Liebe.* Dad hatte ihn *geliebt* in jenem Moment, und seine Liebe war so rein, warm und golden gewesen wie ein Weizenfeld unter der Sommersonne.

Es war jedes Mal schrecklich, denn es *war* die Liebe eines Vaters zu seinem Sohn, diese hilflose, zornige Liebe, die sich regt, wenn der Sohn verletzt wird und der Vater nichts dagegen tun kann.

Ein Teil von David sehnte sich nach dieser Liebe. Ein Teil von ihm reckte sich sogar danach. *Wenn ich nachgebe,* sagte dieser Teil, *wenn ich ihm gebe, was er will, wird er mich dann immer so lieben?*

Er wusste, wenn er jemals gebrochen wurde, wenn irgendetwas ihn zerbrach, dann war es seine Sehnsucht nach einem Vater.

Der Moment verging. Dad stand auf. Eine Minute später hörte David, wie der intravenöse Tropf herangerollt wurde.

*Warum?,* fragte er sich, während sein Geist noch im dichten roten Nebel der Agonie trieb. *Warum betäubt er uns hinterher?*

»Erster Brief an die Korinther, Kapitel fünfzehn, Verse fünf-zig bis achtundfünfzig, Sohn«, hatte Dad gesagt. »Das sind deine Hausaufgaben.«

Die Nadel hatte seine Haut durchbohrt, gefolgt von einer warmen Woge – dann nichts mehr, bis er hier oben in der Kammer wach geworden war, nackt. Wieder einmal.

David nahm den Stift in die Hand und schrieb:

Man nennt Menschenfleisch »Langschwein«, weil es offen-bar so schmeckt. Aber warum stinke ich dann so furchtbar, wenn ich brenne? Ich würde nie im Leben etwas herunter-bekommen, das so stinkt, wenn man es grillt.

Er überlegte einen Augenblick, dann schrieb er weiter.

Vielleicht muss man erst auf den Geschmack kommen. Vielleicht will man gar nichts anderes mehr, wenn man erst angefangen hat.

Die eigentliche Frage aber schwirrte unbeirrt in seinem Kopf herum und weigerte sich, missachtet zu werden. Er seufzte und schrieb.

Warum um alles in der Welt und in drei Teufels Namen hat er angefangen, uns zu betäuben?

Das war die Frage, auf die er wirklich eine Antwort suchte.

Richtig?

Ja.

Also denk nach. Benutz deinen Verstand. Du bist derjenige, der auf logische Puzzles steht. Denk nach!

Nicht zum ersten Mal wurde ihm bewusst, dass seine Dialoge auf dem Papier hin und wieder schizophrene Züge annahmen. Er führte schriftliche Selbstgespräche, übernahm beide Seiten der

Konversation, stellte in Gedanken eine Frage und beantwortete sie auf der anderen Seite oder umgekehrt.

Er zögerte, dann machte er weiter. Eines Tages, in einem anderen Leben, mochte es vielleicht die Mühe wert sein, alles aus der psychotherapeutischen Perspektive zu betrachten. Für den Augenblick nicht. Für den Augenblick war das Schreiben der einzige Anker, der ihn bei Verstand hielt und am Verrücktwerden hinderte.

> Indem er uns betäubt, verschafft er sich etwas, das er braucht. Ein Bedürfnis zu befriedigen ist der Grund für jegliches Handeln. Aber was hat er davon, wenn er das tut?

Er starrte ins Leere, während er grübelte.

> Seine übliche Methode, etwas von uns zu nehmen, besteht darin, dass er es FORDERT und uns bestraft, wenn wir es ihm verweigern. Es ist Diebstahl mit vorgehaltener Kanone, mit einer verdammt großen Kanone sogar, und bis jetzt hat es prima funktioniert.
>
> Und weil das so ist, lautet die Millionen-Dollar-Frage: Was kann er von uns haben wollen, das er uns nicht gewaltsam nehmen kann?

Er tippte sich mit dem Stift gegen die Stirn. Das schwerste Puzzle war immer das, von dem alle dachten, es wäre das leichteste: das Offensichtliche herauszufinden, das man nicht wusste. Es konnte beliebig kompliziert und verschlungen sein, und man lernte auf dem Weg zur Antwort eine Menge logischer Tricks.

So wie jetzt. Wenn man ein Problem betrachtet, übersieht man am schnellsten die Dinge, die nicht da sind. Die bloße Tatsache ihrer Abwesenheit macht sie unsichtbar. Joe, der stets einen Gehaltsscheck nach Hause gebracht hat, verliert plötzlich seinen

Job. Man blickt in sein Leben und findet Dutzende verschiedene mögliche Ursachen. Er ist dyslektisch, er ist nicht besonders hell im Kopf, seine Frau trinkt ... die Reihe lässt sich fast beliebig fortsetzen. Dabei übersieht man, dass kein Wagen mehr in der Einfahrt steht. Er wurde vor einem Monat abgeschleppt und verschrottet.

Und? Fehlt irgendetwas? Hat er etwas genommen?

Es dämmerte nicht langsam, es war ganz plötzlich da, ohne Vorankündigung, strahlend hell. Sein Herz wurde eiskalt.

Es ist ganz einfach, alter Kumpel.
Was er uns wegnimmt?

Er zögerte, die Worte zu Papier zu bringen. Dann:

Die Erinnerung. Er stiehlt uns unsere Erinnerung. Das ist die eine, die einzige Sache, die er uns nicht mit Gewalt nehmen kann. Drogen, Betäubungsmittel verschaffen ihm die Kontrolle über das, was wir wissen. Darum geht es. Dass er irgendetwas tut, von dem er nicht will, dass wir es erfahren.

David starrte auf seine Worte und schluckte. Erschauerte. Kämpfte gegen den Impuls an, zu würgen. Der letzte Satz schien ihm mit krummem Finger vom Papier zuzuwinken. IRGENDETWAS, gurrte er mit schauerlicher Singsangstimme, IRGENDETWAS, von dem er nicht will, dass wir es ERFAHREN.

Bis zu diesem Zeitpunkt hatte er jede Misshandlung miterlebt, jeden Schlag gespürt, jede Verbrennung seines Fleisches. Aber *nicht zu wissen*, was Dad mit ihm gemacht hatte, war schlimmer. Noch viel schlimmer. Er hätte nie gedacht, dass so etwas möglich wäre.

Seine Hände zitterten, als er weiterschrieb.

Und ich weiß nicht, was er mit uns macht. Ich habe nicht die leiseste Ahnung. Ich kenne seine Leitsprüche, seine Philosophie, seine Methoden – ich kenne sie alle in- und auswendig, vorwärts und rückwärts, und keine davon erfordert Heimlichtuerei. Er setzt uns eine Pistole an die Schläfe, um unser Wissen zu mehren, nicht es zu mindern.

Also ist es etwas völlig Neues, was er tut, was immer es sein mag. Wenn man bedenkt, wozu er bisher imstande war, ist das wahrhaftig keine besonders ermutigende Aussicht.

David legte den Stift und das Heft mit zitternden Händen beiseite und schloss die Augen. Genug für den Moment.

Das Entsetzen musste man in kleinen Portionen verdauen. Wenn man langsam aß und jeden Bissen gründlich kaute, war es leichter verdaulich. Man konnte sich daran gewöhnen, konnte sich anpassen. Aß man zu schnell, lief man Gefahr, am Rad zu drehen. Manche drehten durch, weil sie einen zu großen Bissen genommen und ihn zu schnell geschluckt hatten.

Allmählich meldete sich der Schmerz und verlangte nach Davids Aufmerksamkeit. Er hieß die Ablenkung beinahe willkommen. Sie füllte seine Gedanken aus. Die Verbrennungen kreischten wie ein Chor von Taubstummen. Er schaukelte vor und zurück, vor und zurück in dem Versuch, den Schmerz zu mildern, die Verletzungen zu beruhigen, aber sie ignorierten ihn. Das war das Problem mit diesen Verbrennungen – sie schmerzten immer weiter.

»Der Gürtel ist mir tausendmal lieber«, sagte er stöhnend.

An der Tür zum Flur klopfte es leise. Er schrak hoch wie von einem Eimer Eiswasser getroffen. Plötzlich war er ganz im Hier und Jetzt, hoch über der Woge von Schmerz und Benommenheit und dem Gefühl, nicht ganz da zu sein.

»David?«

Es war Allisons Stimme.

»Ja.«

»Dad ist weg. Ich komme rein – ist das okay?«

»Sicher.«

Sie hatten schon vor Jahren das Versteck gefunden, wo Dad die Schlüssel für die Vorhängeschlösser aufbewahrte. Es war relativ ungefährlich, in die Kammer zu kommen und Erste Hilfe zu leisten oder was sonst nötig war, solange Dad das Haus verlassen hatte.

Die Tatsache, dass David nackt war, war kein Problem für beide – nicht mehr. Dieses Schiff hatte den Hafen vor langer Zeit verlassen. Allison hatte ihn schon oft nackt gesehen, und er sie, und Charlie hatte sie beide gesehen, und sie hatten Charlie gesehen … Nacktheit bedeutete lediglich geteilte Verwundbarkeit, eine Uniform, die jeder von ihnen gelegentlich tragen musste.

Und dann waren da natürlich die Filme. Es gab nichts Vergleichbares, um jegliche verbliebene Scheu zu vertreiben.

Dad filmte regelmäßig, was er mit ihnen anstellte. Nicht immer, aber häufig genug, dass es nicht unnormal erschien. Er befestigte die Kamera auf einem Stativ, und sie hielt mit unbeteiligtem Auge fest, wie sie litten. Manchmal setzte er sich auch in einen Sessel, richtete die Kamera auf sie und stellte ihnen Fragen, und das waren die unheimlichsten, beängstigendsten Momente.

»Beschreibe bitte, wie du dich verändert hast, seit du hergekommen bist, und sag mir, was deiner Meinung nach der Grund dafür ist.«

Diese Frage hatte Dad ihm vor einem Jahr gestellt. David war im ersten Moment erstarrt wie ein Waschbär, der beim Durchwühlen des Abfalls überrascht wird.

Was war die richtige Antwort? Jedenfalls nicht die Wahrheit, das war so sicher wie das Amen in der Kirche.

*Inwiefern habe ich mich verändert? Ich weiß, dass die Welt erbarmungslos sein kann. Ich weiß, dass ein Kind tatsächlich verschwinden und nie wieder auftauchen kann. Ich kenne tausend verletzende oder schmerzhafte Dinge, und ich weiß, dass ich wünschte, du wärst tot.*

Nichts von alledem durfte er sagen. Das wäre der direkte Trip nach Prügeldorf gewesen. Also hatte er nachgedacht und sich hastig eine Geschichte zusammengereimt, die zum Teil der Wahrheit entsprach, zum Teil Fiktion war und Daddys Mythos beinhaltete. Ein Löffelchen Nietzsche, ein Spritzer Bibel, umrühren, bis alle Schwäche ausgetrieben ist, und mit Kraft nachwürzen. Die Geschichte schien Dad zufriedenzustellen.

Sie alle hatten vor dieser Kamera gesessen, weinend oder lachend, bekleidet oder nackt, schreiend oder stumm. Legte man dies zu dem dampfenden Scheißhaufen entwürdigender Dinge, blieb nicht mehr viel Raum für Schamgefühl.

Es klickte, die Falltür klappte nach unten, und die Leiter wurde ausgezogen. David hörte Schritte die Stufen heraufkommen. Als er Allys Gesicht sah, überkam ihn eine Woge der Erleichterung.

Sie wurde immer schöner. Viel zu schön, als es gut gewesen wäre. Allison war sechzehn, nur ein Jahr älter als er, und als er sie das letzte Mal hier oben gesehen hatte, als sie diejenige gewesen war, die nackt und grün und blau geschlagen in der Kammer gelegen hatte, war ihm bewusst geworden, dass sie den Körper einer Frau entwickelt hatte. Aus irgendeinem Grund machte ihm das Angst. Angst um Allison. Sein Herz hatte das Gleichgewicht verloren, aus der Waage gezerrt von ungleichen Kräften aus Angst und Zuneigung. (Die Tatsache, dass er irgendwann mit diesem Bild vor Augen masturbiert hatte, war eine andere Geschichte – er bemühte sich, nicht zu angestrengt darüber nachzudenken.)

Allison war, wie ihm in späteren Jahren klar wurde, der Traum eines Raubtiers. Sie hatte eine Haut wie Milch, einen makellosen Teint, und ihr Haar war so hellblond, dass es beinahe weiß aussah. Es war lockig und reichte ihr inzwischen bis über die Taille (Dad hatte ihr verboten, es zu schneiden). Sie war schlank und geschmeidig, und ihre Augen strahlten im leuchtendsten Blau, das David je gesehen hatte. Wahrscheinlich wäre sie Model-Material gewesen, ohne die Narben auf ihrem Körper. Und ohne ihre Angewohnheit, die Fingernägel bis zum Nagelbett abzukauen.

Er hatte sie noch nie weinen sehen. Nicht ein einziges Mal. Er hingegen hatte mehr als einmal in ihren Armen geweint. Charlie ebenfalls. Sie hatte ihnen den Kopf gestreichelt und leise, beruhigende Worte geflüstert. David hatte sie auch schon gehalten, zitternd und stöhnend, aber ohne dass eine einzige Träne geflossen wäre. Vielleicht war das der Grund, weshalb Dad sie immer am härtesten schlug.

Sie strahlte eine unerschütterliche Zuversicht aus, ein Fels in der Brandung. Der einzige Hinweis auf ihr eigenes Elend war die Tatsache, dass irgendein Teil von ihr immer in Bewegung war. Entweder kaute sie auf den Fingernägeln, tippte mit dem Fuß auf den Boden oder bewegte eine Hand wie ein in Gedanken verlorener Dirigent. Sie hatte stets einen Bleistift bei sich, auf dem sie notfalls herumkaute, wenn ihre Nägel zu kurz geworden waren.

Sie kam zu ihm und setzte sich neben ihm auf den Dielenboden.

»Wie geht es dir, Baby?« Sie streckte die Hand aus und strich ihm über das Haar.

Sie nannte ihn und Charlie immer »Baby«, wenn sie hier oben waren. Es verfehlte nie seine tröstende Wirkung. Ihre Stimme erinnerte ihn an seine Mutter, und auch das half.

Er zuckte die Schultern. »Die Verbrennungen tun ziemlich weh. Und die Stellen, wo der Gürtel getroffen hat, werden auch so langsam wach.«

David musste nicht erklären, was gemeint war. Sie alle hatten das Gleiche erlebt.

»Ich habe eine Salbe für die Verbrennungen.« Sie zögerte. »Ich wusste, dass er die Zigarettenspitze benutzt. Ich konnte es riechen.«

Er antwortete nicht. Jetzt, da sie hier war, um ihn zu trösten, fielen ihm Worte zusehends schwer. Es war eigenartig: Wenn man wusste, dass niemand kommen und einen umarmen würde, war es einfach, stark zu sein.

229

*Es ist die Aussicht, Trost zu bekommen, die uns schwach werden lässt*, dachte er und nahm sich vor, diese Erkenntnis in seinem Heft festzuhalten.

Allison schob sich hinter ihn und strich die Verbrennungen vorsichtig mit Salbe ein. Als sie fertig war, hob sie die Hand und streichelte seinen Nacken mit dem Handrücken.

Die Tränen strömten. Er konnte nichts dagegen tun, wie jedes Mal. Er heulte nicht los wie ein Baby. Sein Mund war geschlossen, und kein Laut kam ihm über die Lippen. Es war ein leises, stetiges Weinen, eine direkte Verbindung zwischen Herz und Augen.

»Scheiße!«, stieß er schließlich gequält hervor.

»Ja, Baby, Scheiße«, antwortete sie. »Leg deinen Kopf in meinen Schoß, komm.«

Er brauchte einen Moment und ein wenig Vorsicht (er musste auf der Seite liegen, um die Verbrennungen nicht zu reizen), aber dann war er an einem *besseren Ort*. Allisons Schoß war ein Hort des Trostes, ein ultimativer sicherer Hafen. Sie redete nicht, stellte keine Fragen. Sie waren alle drei schon früher hier gewesen, in der Kammer. Man brauchte Gesellschaft, während man sich von dem Schmerz und der Angst und dem Grauen löste, doch manchmal brauchte man auch einfach nur Stille. Er schloss die Augen.

»Du riechst wie der Regen«, murmelte er.

Sie antwortete nicht, streichelte weiter seinen Kopf. Irgendwann fing sie leise an zu singen. *Me and Bobby McGee*. Die Frauen in seinem Leben. Alle sangen ihm Janis vor. Eigenartig. Eigenartig und wunderschön und schrecklich. Hatte er ihr von seiner Mutter und Janis erzählt? Wahrscheinlich.

Er glaubte nicht, dass irgendein Mensch ihn jemals so kennenlernen würde, wie Allison und Charlie ihn kannten. Er war sicher, nie wieder einem anderen Menschen so nah zu sein.

Natürlich hoffte er, dass es anders kommen würde. Aber glauben? Nein. Daran glauben konnte er nicht.

Sie waren die einzigen drei menschlichen Wesen in diesem Vorhof der Hölle. Sie wurden von einem furchteinflößenden

Dämonen beherrscht, und sie lebten auf einer Insel aus Feuer und Stein, wo sie sich bei ihrer Angst und ihrem Leiden gegenseitig zuschauten. Es brachte sie einander ganz nah und machte Geheimnisse unmöglich.

*Stimmt nicht ganz, oder?*, überlegte er. *Die Geschichte, die Mom über Dad erzählt hat, von dem Tag, als es regnete … die habe ich nie erzählt. Niemand kennt sie, außer mir.*

Er fragte sich, ob Allison und Charlie ähnliche Geheimnisse hatten, die sie für sich selbst behielten. Er hoffte es. Jeder sollte wenigstens eine Sache für sich alleine haben, einen kleinen Schatz in der Seele, wie Gold, das man nur ausgrub, wenn der Mond hinter einer Wolke verschwunden war und niemand einen sehen konnte.

Allison hatte ihm ihre Geschichte erzählt, einmal, nachdem sie von Dad verprügelt worden war und ihr Kopf in seinem Schoß gelegen hatte.

»Meine Mom wurde mit mir schwanger, weil ein Mann sie vergewaltigt hatte.«

»Tatsächlich?« Es war eine dumme, unpassende Bemerkung, doch etwas anderes war ihm damals vor Überraschung nicht eingefallen.

»Ja. Wahrscheinlich hätte sie mich abgetrieben oder in eine Krippe gegeben, aber meine Großmutter war sehr fromm, deswegen kam das nicht infrage.« Sie schloss die Augen und seufzte. »Mom brachte sich um, als ich vier war. Hängte sich auf, mit einer Männerkrawatte. Ich weiß heute noch nicht, warum sie eine Männerkrawatte in ihrem Kleiderschrank hatte. Sie hasste Männer, das ist eines der wenigen Dinge, an die ich mich deutlich erinnere.«

»Jesses.«

*Schon wieder so eine dämliche Bemerkung, du Trottel*, hatte er gedacht und sich innerlich gescholten wegen seiner Unfähigkeit, die passenden Worte zu finden.

»Sie haben den Kerl, der sie vergewaltigt hat, nie geschnappt.

Jedenfalls, nach ihrem Tod hat meine Oma mich zu sich genommen. Aber dann wurde sie von einem Straßenräuber niedergeschlagen und starb ebenfalls. Nicht lange danach kam ich hierher.«

Sie hatte die Augen geöffnet und für einige Sekunden ins Leere gestarrt. Dann hatte sie die Augen wieder geschlossen. Seit damals hatte sie nie wieder über diese Geschichte geredet.

»Möchtest du etwas ganz Erbärmliches hören?«, fragte David nun.

»Warum nicht, Baby.«

»Die meiste Zeit sage ich mir, dass ich nicht an Gott glaube, aber manchmal bete ich trotzdem. Und hinterher fühle ich mich besser.«

Sie antwortete nicht sogleich. Streichelte ihm weiter über das Haar.

»Ich glaube nicht, dass das erbärmlich ist. Überhaupt nicht. Dad will, dass wir Gott so sehen, wie er es tut, aber du hast deine eigene Überzeugung. Mir gefällt der Gedanke, dass Dad wenigstens in dieser Hinsicht keine Macht über dich hat.«

David lächelte, als er ihre Antwort überdachte. Die Vorstellung gefiel ihm ebenfalls.

»Wie sieht es mit dir aus, Ally? Hast du auch eine eigene Überzeugung?«

»Ich zähle nicht. Ich habe noch nie an Gott geglaubt, weißt du?«

»Woran glaubst du denn?«

»Daran, das Richtige zu tun.« Sie sagte es ohne Zögern, und er zweifelte nicht einen Moment an ihrer Ernsthaftigkeit. Allison war die Stärkste von ihnen dreien. Er und Charlie würden vielleicht eines Tages die Dunkelheit umarmen, die Dad ihnen bot, aber Allison? Niemals. Eher würde sie sterben.

Die Schmerzen wurden immer schlimmer. Dad erlaubte keine Schmerzmittel im Haus, nicht einmal Aspirin. Man musste da durch. David verstummte, und Allison fing wieder leise zu singen

232

an. Die Zeit verging wie eine Fahrt im Drogenrausch über einen langen, purpurnen Highway.

Es dauerte eine ganze Weile, aber dann wurde es ein wenig besser. David öffnete die Augen und sah, dass Allison auf ihn hinunter lächelte.

»Willkommen zurück.«

»Danke.«

»Kannst du dich aufsetzen?«

Er versuchte es. Der Schmerz war scharf und beständig, doch er hielt durch. Dad brach ihnen nur selten einen Knochen, es sei denn, er rastete aus. Gebrochene Knochen erforderten eine Fahrt ins Krankenhaus, und das gehörte definitiv nicht zu Dads Plan.

»Wie fühlst du dich?«

Er zuckte die Schultern. »Weißt du doch.«

»Ja.«

»Wo ist Charlie?«

»Wartet.«

Das gehörte ebenfalls zu ihrem Tanz. Wenn man geprügelt und gedemütigt und nackt und halb bewusstlos war, konnte man nur eine andere Person neben sich ertragen. Zwei waren einer zu viel.

»Er kann jetzt raufkommen. Sag ihm, er soll meine Sachen mitbringen.«

Sie nickte und erhob sich. An der Falltür drehte sie sich zu ihm um.

»Was ist?«, fragte er.

Sie zögerte. Lächelte. Schüttelte den Kopf. »Nichts, Baby«, sagte sie. Und verließ den Raum.

*Du bist wirklich wunderschön,* dachte David.

Sie war seine erste Liebe, obwohl sie es nicht wusste. Sie würde nicht seine letzte Liebe sein, aber es würde nie wieder eine andere Frau geben wie sie. Er wusste es, selbst damals schon.

\*\*\*

»Du siehst aus wie zehn Pfund Scheiße in einer Fünf-Pfund-Tüte«, sagte Charlie.

David zog sich das graue T-Shirt über den Kopf und zeigte Charlie den Stinkefinger.

»Hey – du gibst zu, dass ich die Nummer eins bin?«, witzelte Charlie schlagfertig. »Danke, Mann.«

»Arschloch Nummer eins«, entgegnete David.

»Jeder hat ein Arschloch. Bin ich eben das beste.«

Allison kniff ihm in den Nacken. »Du bist jedenfalls auf dem besten Weg.«

»Und du bist lustig«, entgegnete Charlie. »Aber okay, zugegeben – Aussehen ist nicht alles.«

Charlie war ein kräftiger Junge. Nicht dick, sondern stämmig. Er hatte braunes Haar und braune Augen und einen Sinn für Humor, den er einsetzte, um seine Wut zu verbergen. Sie alle waren voller Wut, aber Charlies Wut war anders. Dunkler, tiefer. Sie tobte in ihm, raste, und David machte sich in letzter Zeit eine Menge Sorgen deswegen. Wut war wie kochendes Wasser. Sie blieb nie still, war immer in Bewegung. Sie blubberte, siedete und schäumte und schmolz das Fett vom Knochen. Wie würde Charlies Wut sich entladen, wenn das Druckventil nachgab?

David wusste nicht, woher die viele Wut in Charlie kam, aber er wusste, dass es nicht wegen Dad alleine sein konnte. Charlie hatte einige Zeit in einem Waisenhaus gelebt. Die Geschichten, die er ihnen über diese Zeit erzählt hatte, waren lückenhaft und unvollständig, doch David spürte die weggelassenen Details in dem gehetzten Blick, der in den Augen seines Bruders erschien. Andere Jungen hatten Charlie schreckliche Dinge angetan, und Charlie hatte sich noch schrecklicher gerächt. Beides hatte ihn gezeichnet.

Charlie hatte seine Mutter nie gekannt. Er wusste nur, dass sie ihn aufgegeben hatte. »Fick dich, Mom«, hatte er einmal gesagt. Es war eine lapidare Bemerkung gewesen, aber David und Allison war die unterschwellige Bitterkeit nicht entgangen.

Charlies Spitzname war »Monster«. Dad hatte ihm in einem Anfall von Zynismus den Hals auf beiden Seiten mit einer Zigarette verbrannt. Die Narben waren symmetrisch und erinnerten die Kinder an die Elektroden von Frankenstein in den alten Monsterfilmen; deshalb war der Name geblieben. (Dad selbst schien zwei Tage später bestürzt gewesen zu sein wegen dem, was er getan hatte, aber das war ein Teil des Puzzles, das Dad war.)

David war für Charlie immer nur »D«. Allison war entweder Allison oder Ally.

»Hungrig, geschätzte Mitbewohner?«, fragte Charlie. Das lernte man sehr früh: Essen, ob Schläge oder nicht. Hunger war eine Konstante, und Essen war nicht garantiert. Man konnte nicht gleichzeitig essen und weinen, also aß man, sobald man nicht weinte.

»Ja«, sagte David demzufolge.

Charlie wühlte im Kühlschrank. »Wir haben Eier, Schinken, Zwiebeln und Käse. Schätze, Omelett ist angesagt.«

»Hört sich gut an«, sagte David.

Charlie machte sich ans Kochen, und Allison setzte Kaffee auf.

»Wie lange bleibt er weg?«, fragte David.

»Acht Stunden.« Sie warf einen Blick auf die Uhr. »Jetzt also noch fünf. Er hat gesagt, er wäre erst nach dem Abendessen wieder zu Hause.«

*Dann wird sich die Stimmung wieder ändern*, dachte David. Der Gedanke machte ihn traurig.

Wenn Dad nicht im Haus war, konnten sie *beinahe* atmen. Charlie witzelte und fluchte wie ein satanischer Seemann und bereitete seine geliebten Omeletts zu, während David Kurzgeschichten über die Welt draußen schrieb oder darüber, wie Dad auf ebenso einfallsreiche wie grausame Arten ums Leben kam, und Allison Musik auflegte und dazu tanzte. Wenn Dad nicht im Haus war, bildeten sie eine Art Familie, wie dysfunktional und beschissen auch immer. Kameraden im Schützengraben,

Freundschaft geformt aus gemeinsamer Angst, eine Liebe, die kein Außenstehender je begreifen konnte.

Aber Dad kam *immer* nach Hause, und sobald er da war, änderte sich alles. Es war nicht mehr ihr Zuhause, es war wieder ein Gefängnis.

*Unser Gefängnis*, dachte David.

Sie durften das Haus nie verlassen. Alles geschah *hier*, entweder *im* Haus oder hinter dem Haus im Garten. Es war ihnen von Anfang an verboten gewesen, das Grundstück zu verlassen. Dies hier war ihre Welt. Sie aßen hier, sie schliefen hier, sie lernten hier. Dad war der einzige andere Mensch, mit dem sie reden durften.

*Ja, ein Gefängnis*, dachte David. *Ein Gefängnis mit Angst als Schlössern.*

\*\*\*

Dad hatte sie gewarnt vor dem, was geschehen würde, sollten sie zu fliehen versuchen. Er hatte sie eines Abends zu sich gerufen, ungefähr eine Woche, nachdem sie in seinem weit abseits gelegenen Haus eingetroffen waren. David und Charlie waren sieben Jahre alt gewesen, Allison acht. Sie hatten sich noch nicht allzu gut gekannt, und alle drei hatten Mühe, sich anzupassen an die Angst und den Schrecken, die sie umgaben. Sie hatten gewusst, dass sie an einem schlimmen Ort angekommen waren und dass es klüger war, sich sehr, sehr in Acht zu nehmen vor dem Mann, der sie an diesen Ort gebracht hatte.

Nach dem Essen hatte Dad sie ins Wohnzimmer gerufen. Es hatte Steak und Kartoffeln gegeben, erinnerte sich David – das Steak war ein bisschen zu roh gewesen, doch die Kartoffeln hatten himmlisch geschmeckt, trotz Angst und allem.

»Hört zu«, hatte Dad zu ihnen gesagt. Er hatte entspannt in seinem Lehnstuhl gesessen, als gäbe es keine Sorgen auf der Welt. »Ich bin nicht dumm, Kinder. Ich bin mir bewusst, dass ihr drei eure eigenen Köpfe habt. Es ist ganz normal, dass ihr auf den Schmerz eurer Körper hört, oder auf die Angst in euren Köpfen. Das ist der Mensch in euch, der sich gegen seine Evolution wehrt. Versteht ihr?«

Sie hatten genickt, obwohl sie kein Wort verstanden hatten.

»Es ist ein langer, beschwerlicher Weg zur Vollkommenheit«, hatte Dad gesagt und sie angelächelt – in der Parodie eines väterlichen Lächelns, das in Wirklichkeit alles andere war. »Und genau das streben wir an, Kinder: Vollkommenheit. Es gab einmal einen Mann, einen Philosophen, den ihr noch sehr gut kennenlernen werdet: Friedrich Nietzsche. Er hatte nicht mit allem recht, was er schrieb, aber er war der Erste, der das Ideal begriff, den nächsten Schritt, das, wonach der Mensch streben sollte. Er nannte es den Übermenschen.« Dad hatte die Schultern gezuckt. »›Superman‹ ist wahrscheinlich das Wort – jedenfalls für den Moment –, das euch am meisten sagt. Und genau daran werden wir in diesem Haus arbeiten, Kinder. Das ist euer einziges Ziel: Ich werde euch alle drei in Übermenschen verwandeln.«

Damals hatte David dieses Wort zum ersten Mal gehört, das Wort, das Dad ihm in den folgenden Jahren mit brennenden Zigaretten, Ledergürtel und der Faust eingetrichtert hatte. Er hatte es kaum registriert. Er war zu perplex gewesen.

*Superman?*, hatte er gedacht und gegen den Impuls angekämpft, seinen »Dad« anzuglotzen. *Macht er Witze oder was?*

Er hatte genauer hingehört, und ihm war klar geworden, dass Dad vielleicht hin und wieder log, aber Witze? Nein, Witze machte er nicht. Witze waren ihm so fremd wie David Kiemen und die Fähigkeit, unter Wasser zu atmen.

»Somit haben wir ein Ideal – den Übermenschen. Wie kommen wir dorthin? Welche Stufen müssen wir unterwegs erklimmen?« Wieder das Lächeln. »Die Antworten darauf werdet ihr zu gegebener Zeit erfahren, Kinder, sämtliche Antworten. Für den Augenblick verrate ich euch nur in groben Zügen, was Mr. Nietzsche gesagt hat. Er sagte: ›*Gott ist tot! Gott bleibt tot!*

*Und wir haben ihn getötet. Wie trösten wir uns, die Mörder aller Mörder?«* Er hatte innegehalten, ihre Reaktion auf sein Zitat abgeschätzt. *»Ist nicht die Größe dieser Tat zu groß für uns? Müssen wir nicht selber zu Göttern werden, nur um ihrer würdig zu erscheinen?«*

Er hatte sich einen Moment Zeit gelassen, um die drei Kinder der Reihe nach anzuschauen. »Was glaubt ihr, was er damit sagen wollte?«

Keine Antwort, aber das hatte ihn nicht weiter überrascht. »Nun, ich werde es euch erzählen. Er hatte ein Phänomen beobachtet. Der Tod Gottes war nicht wortwörtlich gemeint. Worauf er sich bezog, war der Tod des Glaubens an Gott und seine Beobachtungen, was mit dem Menschen geschah, sobald der Glaube tot war. Er stellte fest, dass der Mensch, sobald man dieses von Gott aufgetragene System von richtig und falsch aufhob, im Nihilismus versank und dort verharrte, ohne weiter voranzuschreiten. Wisst ihr, was Nihilismus ist?«

Sie hatten die Köpfe geschüttelt. *Nein.*

»Nihilismus ist der Glaube ...« Er hatte gezögert. »Nein. Streicht das. Nihilismus ist die Überzeugung, dass es keine echten Werte gibt, sondern dass sie von irgendjemandem erfunden wurden, und dass man sich darauf geeinigt hat. Es gibt kein absolutes Gut und Böse, es gibt nur Regeln, die jemand sich ausgedacht hat und die von allen befolgt werden. Nihilismus besagt, dass es keine natürliche universelle Moral gibt, nur Chaos, dem Menschen Namen geben und das sie dann ›Ordnung‹ nennen.

Im Grunde ist Nihilismus das Ergebnis der Ablehnung des eigenen Menschseins. Indem man uns sagt, wie wir zu handeln haben, sagt man uns auch, was wir sind. Eines Tages entscheiden wir uns, nicht mehr an diese Regeln zu glauben, und voilà – wir schweben im Nichts.

Mr. Nietzsche hat diese Abfolge durchschaut, doch er war nicht überzeugt, dass das Nichts der Endpunkt ist. Nihilismus ist das Resultat der Analyse der eigenen Existenz. Als würde man ein Haus einreißen, das jemand anders gebaut hat. Warum sollte man das tun – es sei denn, man hat vor, an seiner Stelle ein neues, schöneres Haus zu errichten?

Nietzsche gibt uns in dieser letzten Zeile einen Hinweis auf die Antwort, die er gesehen hat: ›*Müssen wir nicht selber zu Göttern werden, nur um ihrer würdig zu erscheinen?*‹ Er hat es damals schon gesehen. Warum ersetzen wir Gott nicht durch uns selbst? Vielleicht ist dies das bessere Haus.

Diese Idee führte ihn zu einer Neubewertung der Grundlagen aller menschlichen Werte.« Dads Augen hatten gefunkelt, als er dies sagte. Nicht aus Ehrfurcht oder fanatischer Hingabe, sondern weil er die Antwort auf eine drängende Frage bereits kannte. »Nietzsche fand den Motor, der die Welt antreibt, und er nannte ihn ›den Willen zur Macht‹. Einfach ausgedrückt, er fand heraus, dass die allem Leben zu Grunde liegende Motivation nicht der Überlebenswille ist, sondern der Wille, Macht auszuüben. Das endlose Streben danach, mächtiger zu werden, als man ist.

Er beobachtete das Leben. Studierte es. Er sah, dass selbst die stärksten lebenden Dinge ihr Leben im Streben nach mehr Macht riskierten, also muss der Wille zur Macht stärker sein, als der Wille zum Überleben. Habt ihr das verstanden?«

Sie nickten. Sie hatten zwar so gut wie nichts verstanden, aber sie waren froh, dass er nur redete und sie nicht schlug. Dad war in Fahrt gekommen und verkündete die Kirche des Übermenschen. Halleluja und Hosianna an den Höchsten, und was immer du tust, unterbrich Dad bloß nicht.

»Der Wille zur Macht führt über die Straße des Nihilismus, weil es der Nihilismus ist, der die Menschen in erster Linie dorthin geführt hat. Sie geben ihren Glauben auf, sobald er ein Hindernis auf ihrem Weg zur Vergrößerung der eigenen Macht wird. Der Fehler, den die meisten Menschen machen, besteht darin, an diesem Punkt anzuhalten, anstatt einfach weiter zu expandieren. Wahre Macht ist ein natürliches Phänomen, Kinder. Sie gehört einem nicht. Sie ist nicht wie ein Titel oder ein großes Haus oder ein schickes Auto. Sie ist etwas, zu dem man wird. Etwas Grund-legendes, so natürlich wie das Atmen oder Blinzeln oder Pinkeln. Und das ist nur logisch, meint ihr nicht auch? Gott kämpft nicht um Macht, er *ist* Macht. Und man kämpft nicht um etwas, das man bereits hat.«

Er hatte ihnen zugezwinkert – eine jener Gesten, die wegen seiner Monstrosität, die ihm selbst nicht bewusst war, so abartig wirkten.

»Okay, ein letztes Zitat, ich will euch nicht langweilen. ›*Meine Idee ist, dass jeder Körper danach strebt, Herr zu werden über allen Raum, seine Macht auszuweiten und alles zurückzutreiben, das die-ser Ausweitung widersteht. Doch er begegnet unablässig ähnlichen Anstrengungen von Seiten anderer Körper, und es endet damit, dass er zu einem Arrangement – einer Union – mit jenen kommt, die ihm selbst genügend verwandt sind. So wirken sie fortan gemeinsam, und der Prozess geht weiter.*‹«

Er hatte sich zurückgelehnt, immer noch entspannt, bereit für sein Plädoyer. »Und so führt eins zum anderen, Kinder. Der Mensch beginnt seine Existenz als willenloses Ding. Er bekommt gesagt, was richtig ist und was falsch, und er lebt sein Leben, indem er diesen Regeln gehorcht. Wenn seine Macht wächst, kommt irgendwann der Tag, an dem diese Regeln eine Barriere darstellen. Er wirft den blinden Gehorsam über Bord und hört auf zu glauben. Er findet sich an einem formlosen Ort wieder, an dem es keine Regeln gibt, kein Richtig oder Falsch, kein Oben und kein Unten.« Dad hatte sich ein wenig vornübergebeugt. »Das ist der Punkt, an dem sich entweder alles zum Besseren wendet – oder auch nicht. Der Ort des Chaos. Wenn der Mensch versteht, dass nur seine eigene Suche nach Macht ihn an diesen Ort gebracht hat, kann er voranschreiten. Er kann weitermachen. Er wird sich der einzigen Realität unterwerfen, die es gibt: dass seine einzige Aufgabe auf der Welt darin besteht, mehr Macht zu erlangen. Nicht in Form von Geld oder eines Harems schö-ner Frauen oder eines Altars aus Gold, sondern als Naturgewalt.

Etwas Zwangsläufiges. Als *evolutionärer* Schritt. Denn nichts anderes ist der Übermensch, Kinder. Er ist das, was wir ebenfalls sein werden, sobald wir erst unser eigenes Menschsein überwunden und den Willen zur Macht für uns akzeptiert haben. Die nächste Stufe auf der Leiter mit dem Ziel, Gott durch uns selbst zu ersetzen.«

Die Worte waren aus ihm hervorgesprudelt wie Wasser, das über den Rand einer vollen Tasse schwappt. Für Dad war jedes seiner Worte reinstes, flüssiges Gold. David hatte es an seinen Augen gesehen.

»Versteht ihr nun? Der wichtigste Teil eurer Entwicklung ist nicht die eurer physischen Natur. Er ist die Erweiterung der Macht. Macht ist Evolution, Evolution ist Macht. Meine Mutter hat mir diese Dinge beigebracht; sie hat *mich* damals gezwungen zu evolvieren. Durch ihren Unterricht und meine Erfahrungen wurde mir klar, dass es meine Berufung ist, ihren Erfolg bei anderen zu wiederholen.« Er lächelte ein letztes Mal. »Das ist es, Kinder, was ihr in diesem Haus tun werdet. Euch weiterentwickeln. Evolvieren.«

David hatte gespürt, wie nacktes Entsetzen in ihm aufgestiegen war. Den anderen war es genauso gegangen. Evolvieren. Was für ein unglaublich hässliches, widerwärtiges Wort. Es war fett, es gluckste, es hatte Maden im Haar. David war damals erst sieben Jahre alt gewesen. Die Erinnerung an seine Mutter war noch lebendig, und er hatte noch daran geglaubt, dass am Ende die Guten siegen würden, die Engel.

Aber ... *evolvieren*. Das Wort hatte dunkle Vorahnungen in ihm geweckt. Wie ein heraufziehendes Unwetter.

»Perfektion, Rückkehr zum Ursprung, ist ein langer Weg. Evolution ist eine Reise, und jede Reise hat ihre Gefahren und Engstellen. Ihr werdet mich anzweifeln.« Er nickte ihnen zu. »Ihr werdet mir misstrauen, oh ja. Und in Anbetracht dessen, was ihr durchmachen werdet, wird irgendwann der Moment kommen, an dem ihr weglaufen wollt. Fliehen.«

Danach war er verstummt. Hatte sie der Reihe nach betrachtet. Es war ein schauderhaftes Brüten gewesen. Wie ein tödlicher Sturm, der unentschlossen war, ob er losbrechen sollte oder nicht. »Aber ihr werdet nicht entkommen. Ich werde euch finden. Ich werde euch jagen, und ich werde euch einfangen. Es gibt keine zweite Chance, Kinder, nicht bei dieser Sache.« Ein weiterer langer Augenblick dieses schweren, brütenden Schweigens. »Die Strafe für versuchte Flucht ist der Tod. Ein langer, langsamer, grausamer Tod. Ihr werdet über Monate hinweg sterben, vielleicht sogar Jahre. Ich werde jeden Alptraum wahr machen, den ihr je geträumt habt, und ihr werdet mich anflehen, euch zu töten, zehntausend Mal, bevor ich es endlich tue. Und ich *werde* es tun. Ich werde all das tun, was ich gesagt habe. Denn ich habe meine Reise bereits gemacht. Meine Mutter hat mich vorangetrieben, so wie ich euch treibe, und ich hatte niemals Zweifel an dem, was für mich auf dem Spiel stand.« Er hatte die nächsten vier Worte in die Länge gezogen, während er ihre Gesichter nach Lügen absuchte. »Könnt-ihr-mir-folgen?«

Diesmal war ihr Nicken aufrichtig. Oh ja, sie konnten ihm folgen, und wie.

»Gut.« Er hatte gelächelt, sein unwahrscheinliches Lächeln, das sein furchteinflößendes Gesicht in Freundlichkeit verwandelte. Die Vollkommenheit dieser Verwandlung war entsetzlich, denn die Kinder kannten die Wahrheit, und wenn man diese grausige Wahrheit so einfach und vollständig verstecken konnte, welche Hoffnung gab es dann auf der Welt?

Er stellte die Angst zur Verfügung, sie formten daraus die Schlösser. Der Rest war Gleichgewicht und Kompromiss. Bob schien genau zu wissen, welche Ventile zu welchem Zeitpunkt betätigt werden mussten, und wann er ihnen eine Schonzeit einräumen musste, um sich vom ständigen Druck des »Evolvierens« zu erholen.

Er hatte einen unberechenbaren Zeitplan. Er war mehrere Wochen am Stück bei ihnen im Haus, dann für drei Tage verschwunden, dann war er zwei Tage bei ihnen, dann wieder fünf Tage weg. Es steckte kein Rhythmus dahinter, kein erkennbares System. Die Kinder hatten keine Ahnung, wo er die Nächte verbrachte, wenn er nicht zu Hause war, und sie hatten kein Bedürfnis, ihn danach zu fragen. Im Gegenteil – sie genossen die Zeit ohne ihn.

Gleichgewicht und Kompromiss. Dad war durchtrieben. Er streute Momente der Freiheit in ihre Gefangenschaft ein, schob die Gitter weit weg, bis zum Horizont. Sie waren immer noch da, aber wenn Dad nicht zu Hause war, lief das Leben beinahe normal, und man vergaß alles. Es machte die Dinge erträglicher. Es verhinderte, dass sie umkippten.

Was ihren Hoffnungen auf eine Flucht den endgültigen Todesstoß versetzte: Bob Gray war ein Cop.

»Wenn ihr zur Polizei gehen würdet«, hatte er einmal zu ihnen gesagt, »was meint ihr, wem man glaubt? Drei undankbaren Waisenkindern? Oder einem Mann, mit dem sie täglich Seite an Seite arbeiten? Einem Mann, der ihnen mehr als einmal die Haut gerettet hat?«

*Rhetorische Fragen sind genau das: rhetorisch*, hatte David als Antwort an jenem Abend in sein Tagebuch geschrieben.

\*\*\*

»Das Omelett ist fertig, Freunde und Mitbewohner«, krähte Charlie. »Seid ihr bereit für etwas Himmlisches?«

»Gib schon her, Arschloch Nummer eins«, entgegnete David grinsend.

»Hey – achtet auf eure Ausdrucksweise!«, tadelte Allison ihre Stiefbrüder.

Charlie schlug sich mit der flachen Hand gegen die Stirn. »Oh, Kacke, das hatte ich ganz vergessen. Tut mir echt beschissen leid.«

Allison musste kichern, und David grinste.

»Wenn ihr das Omelett wollt, sprecht die Worte«, befahl Charlie.

Allison und David wechselten Blicke und grinsten.

»Auf drei«, sagte sie. »Eins … zwei … *drei!*«

»*Ohne Moos nix los!*«, krähten alle zugleich, bevor sie lachten, bis ihnen die Tränen kamen. Es war eine Phrase, die nichts bedeutete und alles. Es war ihr Schlachtruf, tapfer und armselig zugleich.

*Und trotzdem*, war es David damals durch den Kopf gegangen. *Wir werden das durchstehen, und wir werden immer zusammen sein. Für den Rest unseres Lebens. Nichts kann uns trennen.*

Er erinnerte sich noch viele Jahre später an diesen Moment. Er schrak mitten in der Nacht aus dem Schlaf, von einer Sekunde zur anderen hellwach. Er rollte sich zur Seite (vorsichtig, um seine damalige Freundin nicht zu wecken) und packte das Schreibheft, das er stets auf dem Nachttisch liegen hatte. Er schlug die erste freie Seite auf und nahm seinen Füllfederhalter (keinen Bleistift mehr, das war nicht mehr nötig, auch wenn er immer noch einen griffbereit hielt, nur für den Fall). Dann schrieb er:

Es ist nicht die Vergangenheit, die wir vermissen. Es sind die Leute. Die Leute und die verdammten Omeletts.

Dann weinte er. Lautlos und allein, weil diese Tränen nicht von der Sorte waren, die er der Frau hätte erklären können, die neben ihm schlief, egal, wie gut er mit Worten sein mochte. Man musste es erlebt haben. Man musste dort gewesen sein, um es zu kapieren.

\*\*\*

»Das war nicht schlecht, *Charleen*«, sagte David.

»Gotteslästerer! Hüte deine Zunge!«, erwiderte Charlie, indem er anklagend mit dem Pfannenschieber auf David zeigte.

»Das war der reinste Sex auf dem Teller, das weißt du! Wenn du es abstreitest, ist das eine verdammte Lüge!«

»Als ob du wüsstest, was Sex ist«, entgegnete Allison kichernd.

»Und ob ich es weiß! Ich hab nämlich eine Freundin«, sagte Charlie mit finsterer Miene.

»Ach, wirklich?«, fragte David. »Erzähl.«

»Sie heißt Rosi«, sagte Charlie. Er hob den Blick zur Decke, und auf seinem Gesicht erschien ein entrücktes Lächeln. Er klapperte mit den Lidern, als schwänden ihm die Sinne. »Rosi Flosse und ihre fünf Freunde. Sie schenken mir jede Nacht ihre süße Liebe.«

Er hielt die rosige rechte Hand hoch und betrachtete sie voller Anbetung. »Rosi, Rosi, Rosi … du bist die Einzige für mich …«

Allison kicherte und schnitt eine Grimasse. »Du bist ekelhaft!«

»Ich frage mich, wie Mädchen es nennen«, sinnierte David.

»Wie Mädchen was nennen?«, fragte Charlie.

»Jungs sagen Rosi Flosse. Was sagen Mädchen?«

»Nichts, Dummerchen«, hatte Allison eingeworfen. »Wir Mädchen reden nicht über diese Sachen. Nicht so wie ihr Jungs.«

David grinste. »Ah.«

Innerlich jedoch kam ein hässlicher Gedanke hoch: *Woher willst du wissen, was andere Mädchen tun oder denken?*

Wenn Dad für längere Zeit außer Haus war, verließen sie das Grundstück, um ins Kino zu gehen oder zum Schwimmen. Aber sie hatten nie Kontakt mit anderen Kindern. Sie hatten Jahre gebraucht, um den Mut für ihre Ausflüge über die Grenze des Vorgartens hinaus aufzubringen. Aber mit anderen Kindern *reden?*

Nicht in einer Million Jahren. Nicht für eine Milliarde Dollars.

»Haben wir Musik?«, fragte David.

Allison hielt ein Kassettendeck hoch. »AC / DC, *Back in Black.* Einverstanden, Baby?«

»Das beste beschissene Rock'n'Roll-Album auf der ganzen verdammten Welt, für immer und ewig!«, rief er, wie das Protokoll es erforderte.

»Los, schmeiß den Scheiß endlich ein«, kreischte Charlie. »Ich will's hören!«

Allison schob die Kassette in den Ghettoblaster – das Gerät, von dem Charlie behauptete, er hätte es »gefunden«. David war ziemlich sicher, dass »gefunden« gleichbedeutend war mit »gestohlen«, aber das war ihm egal. Der Ghettoblaster war die moderne Version des Plattenspielers auf dem Fußboden in der Wohnung seiner Mom. Geigen im KZ.

*Zuckerbäckerei, mein Liebling,* sagte seine Mutter in seinen Gedanken.

»Los, spielt Luftgitarre!«, rief Allison und klatschte mit der Begeisterung einer Zweijährigen in die Hände.

Charlie zuckte die Schultern. »Klar, wenn du so wild drauf bist. Was ist mit dir, David?«

David hatte eigentlich keine Lust, aber Allison liebte es, wenn sie beide wie verrückt zu einem bis zum Anschlag laut gedrehten *Back in Black* Luftgitarre spielten.

»*We will we will rock you*«, sagte er, wobei er sich erhob und zu Charlie trat.

»Auf die Plätze, Muttersöhnchen!«, rief Charlie. »Macht euch auf was gefasst! Wir sind die Größten!«

Sie hängten sich ihre imaginären Gitarren um, packten die Instrumente mit der Linken am Hals und hoben die Rechte hoch in die Luft. Allison drückte auf die PLAY-Taste. Der erste Akkord fetzte durch die Lautsprecher – und da war es, Angus Young mit seinem kraftvollen Riff, ein Alles-oder-Nichts, *Pedal to the Metal*, ein »Stirb lachend mit einer Nadel im Arm, während dein Sound explodiert wie eine Stange Dynamit«.

Charlie und David spielten mit und wanden sich mit angestrengt verzerrten Gesichtern zu imaginären Akkorden. Brian Johnson kam dazu und sang von irgendwo ganz hinten im Rachen, und was ein Schrei hätte sein können, wurde ein Geräusch von größter Schönheit.

Allison kicherte, und David spielte noch angestrengter. Sie lachte die Jungen nicht aus – es war ein Lachen für den Augenblick, ein Stück Freude in ihrem trostlosen Leben.

Musik nahm die Zeit weg, und das war unbezahlbar, denn die Zeit war der Feind. Die Zeit weckte einen auf, und man erkannte, dass man immer noch am Leben war, immer noch in diesem Haus, und dass man bald wieder gezüchtigt werden würde – wenn nicht an diesem Tag, dann am nächsten oder übernächsten. Musik war die Kraft des Lebens ohne die Beschränkungen der Realität.

Die Luftgitarre bedeutete Freiheit, zumindest ein Abbild der Freiheit, also spielte David sich das Herz aus dem Leib und blickte lächerlich drein, weil Allisons Lachen ihm für einen kurzen Moment das Gefühl gab, alles wäre normal und in Ordnung.

Absolut und vollkommen in Ordnung.

\*\*\*

Nachdem sie sich eine Seite der Kassette angehört hatten, meinte Allison, es wäre Zeit, dass David seine Hausaufgaben machte.

»Dad ist in anderthalb Stunden wieder hier. Das reicht, um dich vorzubereiten und wieder in die Kammer zu bringen.«

»Genau! Zurück in deinen Käfig, Hundebubi«, krähte Charlie.

»Leck mich, du Homo«, entgegnete David.

Das war ein Teil von Dads Ritual. Eine Bestrafung endete jedes Mal mit Hausaufgaben. Dad war ein großer Fan von Auswendiglernen. Ein Riesenfan.

»Die Unfähigkeit, etwas auswendig zu lernen, ist lediglich der Unwille, sich dieser Anstrengung zu unterziehen«, predigte er immer wieder. »Möglich, dass ihr euch diesem Schmerz zwanzig

Mal, hundert Mal oder fünftausend Mal aussetzen müsst, aber eines Tages habt ihr gewonnen, und dann habt ihr einen weiteren bleibenden Schritt nach vorn gemacht. Die Menschen wollen von Natur aus stehen bleiben, deshalb muss man ihnen Druck machen, um sie in Bewegung zu setzen, manchmal sogar Gewalt anwenden. Bewegung nach vorn ist Evolution.«

Wenn sie auf dem Dachboden in der Kammer eingesperrt waren, mussten sie auswendig lernen. Wenn Dad dann später erschien, um einen zu prüfen, und man versagte, steckte man bis zum Hals in der Scheiße, ohne Land in Sicht, wie Charlie es auszudrücken pflegte.

Es war ein weiteres Beispiel für den Sieg praktischer Anwendbarkeit über *Das-was-sein-sollte*. David hasste diese stumpfsinnige Anhäufung riesiger Mengen an Informationen, Berge von Daten, die vom Boden bis zur Decke reichten und wieder zurück. Er wusste Dinge, die er niemals vergessen würde, und alles nur, weil jemand ihm eine Pistole an den Kopf gehalten und ihm keine Wahl gelassen hatte.

»Welche Verse diesmal?«, fragte Allison, während sie die Seiten ihrer kleinen grünen Bibel durchblätterte.

FÜR ALLISON VON DAD stand in goldenen Lettern auf der Innenseite des Einbanddeckels. Charlie und David hatten ihre eigenen Ausgaben mit entsprechenden Widmungen. Dads Forderung, die Bibel zu studieren, hatte David veranlasst, ihm eine jener Fragen zu stellen, die man besser für sich behielt. Aber das war kurz nach Davids Adoption gewesen, bevor er herausgefunden hatte, dass man Fragen – sämtliche Fragen – am besten Dad überließ.

»Aber die Religion sagt uns doch«, hatte David begonnen, ohne groß zu überlegen, »was Gut und was Böse ist. Ich dachte, wir müssen das alles vergessen, damit wir uns zum Übermenschen entwickeln können.«

Vielleicht war es eine kluge Bemerkung gewesen. Oder Dad war an dem Tag einfach nur guter Laune gewesen. Jedenfalls war er nicht wütend geworden, und er hatte Davids Bemerkung auch nicht einfach übergangen.

»Offenbar hast du vergessen, Sohn, was ich dir darüber gesagt habe. Es geht nicht um den Glauben, sondern um eine Gleichung. Erinnerst du dich nicht?«

Irgendetwas von dem zu vergessen, was Dad gesagt hatte, war ein schlimmes Versagen. David hätte eigentlich Angst vor den Konsequenzen haben müssen, aber er hatte seine Neugier einfach nicht überwinden können.

»Nein, Sir, ich erinnere mich nicht. Tut mir leid.«

»Dann sage ich es dir noch einmal – und zum letzten Mal, Junge. Hast du verstanden?«

»Jawohl, Dad.«

»Na schön. Du scheinst eine gewisse Vorstellung vom Übermenschen entwickelt zu haben. Also, zurück zu den Ursprüngen. Wie wird man zum Übermenschen?«

»Indem man sein eigenes Menschsein überwindet.«

»Einfacher.«

David dachte nach. »Indem man evolviert.«

»Genau. Und wie evolviert man?«

»Indem man sich im Willen zur Macht übt.«

»Gut. Und was geschieht dann?«

»Man wird mächtiger und damit evolvierter.«

Dad hatte zufrieden genickt. »Sehr gut. Also, wenn Evolution eine Zunahme von Macht bedeutet, wer sagt dann, dass es jemals aufhört? Nietzsche hat den Übermenschen als unseren nächsten Schritt nach vorn erkannt, aber du hast vergessen, was er sonst noch gesagt hat, als er über den Tod Gottes geschrieben hat.«

David erinnerte sich. »*Müssen wir nicht selber zu Göttern werden, nur um ihrer würdig zu erscheinen?*«

Dad hatte erfreut gelächelt. »Genau das meine ich. Wenn du die Vorstellung von Evolution in Relation zum Willen zur Macht akzeptierst, musst du auch die Möglichkeit akzeptieren, dass das, was die Menschen Gott nennen, lediglich eine weitere Stufe auf der Leiter ist, die es zu erklimmen gilt. Nietzsche hat den Gedanken angedeutet. Du hast es eben zitiert. Im Vergleich zu einem normalen menschlichen Wesen ist der Übermensch ein Gott, meinst du nicht?«

»Ich verstehe, Dad«, hatte David geantwortet und eifrig genickt. »Aber warum die Bibel? Warum studieren wir Jesus, die Auferstehung und das alles? Ich verstehe nicht, was das mit dem Willen zur Macht zu tun hat, oder mit Evolution.«

»Weil Gott auch in diesem Buch ist, Sohn. Er ist nicht überall, aber die Essenz ist da und wartet darauf, dass wir sie erfassen. Evolution ist die Überwindung des eigenen Selbst – des Selbst, das du in diesem Augenblick bist. Sich überwinden ist kein natürlicher Vorgang, es ist ein Krieg. Ein ständiges Streben. Du kannst nicht nach etwas streben, das du nicht sehen kannst. Die Bibel aber hilft uns zu sehen, wie es ist, Gott zu sein, oder es zumindest zu erahnen …«

»David?« Allison tippte ihn auf die Schulter und riss ihn aus seinen Erinnerungen. »Die Verse.«

»Ja. 'tschuldige. Erster Brief an die Korinther, Kapitel fünfzehn, Verse fünfzig bis achtundfünfzig. Ich bin so weit.«

Sie blätterte durch die Seiten ihrer Bibel auf der Suche nach den Korintherbriefen. »Okay«, sagte sie. »Leg los.«

Sie gingen die Verse des ersten Korintherbriefes durch, bis David sie im Schlaf aufsagen konnte.

*Tod, wo ist dein Sieg? Tod, wo ist dein Stachel?*

\*\*\*

»Es wird Zeit für dich, Affe. Zurück in deinen Käfig«, sagte Charlie. »Husch, husch. Dann kriegst du auch eine Banane.«

Sie standen im Gang. David hatte einen Fuß auf der untersten Sprosse der Leiter. Er wollte gerade nach oben klettern, als ihm etwas ins Auge fiel.

»Wartet«, sagte er. »Ist das ... steht da etwa die Tür zu dem Geheimen Zimmer *offen?*«

Charlie runzelte die Stirn. »Was redest du da? Die Tür ist nie auf.«

»Er hat aber recht, Monster«, sagte Allison. »Sieh selbst.«

Sie hatten das Zimmer vor Jahren so getauft. *Das Geheime Zimmer.* Es war ein Raum, den niemand von ihnen jemals von innen gesehen hatte. Er befand sich am Ende des Flurs, gegenüber von Dads Schlafzimmer. Die Tür war weiß gestrichen wie alle anderen Türen und hatte einen durchsichtigen Knauf aus Kristallimitat, und sie war zusätzlich durch zwei schwere Riegel mit Schlössern gesichert. Nur Dad hatte die Schlüssel dazu, und er trug sie stets bei sich. Immer wenn er das Zimmer betrat, überzeugte er sich zuerst, ob niemand in der Nähe stand, und sobald er drinnen war, schloss er die Tür wieder ab.

Was Davids Aufmerksamkeit geweckt hatte – und was er beinahe übersehen hätte, weil es so unwahrscheinlich war –, war ein winziger Spalt zwischen Tür und Rahmen.

»Ist sie wirklich offen?«, fragte Charlie.

David blinzelte und schaute erneut hin. »Ich glaub schon.«

»Es könnte eine Falle sein«, warnte Charlie. »Er hat die Tür noch nie offen gelassen. Vielleicht will er uns aufs Kreuz legen.«

Unmöglich war das nicht. Es hätte Dad ähnlich gesehen.

Allison legte David eine Hand auf den Arm. »Vielleicht sollten wir es gar nicht beachten.«

»Vielleicht«, räumte er ein. »Andererseits ...« Er räusperte sich. »Vielleicht finden wir etwas, das uns verrät, warum er uns betäubt.« Die beiden anderen schwiegen. »Interessiert euch das denn nicht?«

»Natürlich interessiert es mich«, sagte Allison. »Aber wenn es eine Falle ist?«

David konnte den Blick nicht von dem Spalt zwischen Tür und Rahmen nehmen. Warteten dort die Antworten? Oder war es ein weiteres Auf-die-Probe-stellen?

251

*Alles nur geistige Masturbation. Du hast die Entscheidung doch schon getroffen, als du die offene Tür bemerkt hast.*

»Ich muss es wissen.« David machte sich auf den Weg, bevor er den Mut verlor und es sich anders überlegte. Auf nackten Füßen tappte er den Flur hinunter bis zur Tür. Sie stand tatsächlich einen Spaltbreit offen. Er drehte sich zu Allison und Charlie um. Sie hatten sich nicht von der Stelle gerührt. David atmete tief durch und riss die Tür weit auf.

Die Deckenbeleuchtung war ausgeschaltet, doch die Glühlampen im Flur warfen für einen ersten kurzen Blick genügend Licht in das Zimmer. Was David von der Tür aus sehen konnte, war völlig unauffällig. Das Zimmer war nicht groß, vielleicht drei mal viereinhalb Meter. Es hatte kein Fenster, und der Fußboden bestand aus den gleichen nackten Holzdielen wie im restlichen Haus. An der gegenüberliegenden Wand stand ein großer Schreibtisch aus Holz. Die Tischplatte war leer. In einer Ecke gab es einen Aktenschrank aus Metall, gesichert durch ein Vorhängeschloss. Die Wände waren gesäumt von Bücherregalen.

»Und?«, fragte Charlie. »Was kannst du sehen?«

»Sieht aus wie ein Büro«, antwortete David. *Wer A sagt, muss auch B sagen. Vielleicht kriege ich die nächste Tracht Prügel, wenn Dad etwas bemerkt, aber dann soll es halt so sein.* »Ich gehe rein.«

»Warte, David!«, sagte Allison.

Er betrat das Zimmer. Beinahe hatte er damit gerechnet, dass ein Alarm losheulte oder dass Dad durch die Haustür hereingestürmt kam (wo er die ganze Zeit gelauert hatte), ein Beil in der Hand und ein so breites Grinsen im Gesicht, dass es von einem Ohrläppchen bis zum anderen reichte.

Nichts dergleichen.

»Ich habe das lasergestützte Alarmsystem deaktiviert«, rief David nach draußen. »Jetzt muss ich nur noch die verdammten Dobermänner erledigen.« Seine Stimme war zu zittrig und nervös, als dass der Witz bei den anderen angekommen wäre.

»Scheißdreck«, murmelte er und betätigte den Lichtschalter an der Wand.

An der Decke flammte eine Leuchte auf, und David nahm seine Umgebung in Augenschein. Mit Ausnahme des Schreibtisches und des Aktenschranks waren sämtliche Wände für Bücher reserviert. Große Bücher, kleine Bücher, dicke Bücher, dünne Bücher. Viele mit abgegriffenen oder zerfledderten Einbänden.

»›Psychologie des Abnormalen‹«, las er laut. »›Umfassender Leitfaden zur Phlebotomie.‹ ›Ernährung kontra genetischer Blaupause.‹ ›Natur oder Erziehung? Eine Fünfjahresstudie adoptierter Kinder und ihrer Neigung zu Kriminalität.‹«

So ging es weiter und weiter. Die Themen waren breit gestreut. Psychologie, Physiologie, Mathematik, Genetik, Ernährung, Kinderbetreuung. Es gab nicht ein Buch in diesem Zimmer, das nicht auch irgendwo anders im Haus hätte stehen können, nichts Auffälliges, und kein erkennbares Muster.

»Das sind bestimmt zweihundert Bücher«, sagte Allison.

David drehte sich um. Allison und Charlie standen im Eingang.

»Aber nichts Abartiges«, sagte Charlie und bestätigte Davids Beobachtungen. »Nichts, das man geheim halten müsste.«

»Was ist mit dem Schreibtisch?«, fragte Allison.

»Hab ich noch nicht nachgesehen.«

Er ging zum Schreibtisch. Er war so unscheinbar wie alles andere im Zimmer. Poliertes, sauberes Holz, mit abgerundeten Ecken. Drei Schubladen rechts, drei Schubladen links, eine große, flache Schublade in der Mitte. Ein schlichter Bürostuhl aus Metall mit fest installiertem Sitzpolster war unter die Platte geschoben.

»Eigenartig«, bemerkte Charlie. »Sieht aus, als wäre er aus dem gleichen Holz wie die Pfosten von Dads Bett. Ist das nicht ein besonderes Holz?«

»Walnuss«, murmelte David. »Ja, ich glaube, du hast recht.« Er versuchte die mittlere Schublade aufzuziehen. Sie ließ sich nicht bewegen. Er zog den Stuhl hervor, um die Sache genauer in Augenschein zu nehmen. »Verdammt. Sie hat ein Schloss. Wahrscheinlich sind die anderen Schubladen ebenfalls abgeschlossen.«

»Versuch es trotzdem«, drängte Allison.

Er tat wie geheißen. »Nichts.«

»Was für eine dämliche Pleite«, murmelte Charlie. »Ich dachte, wir würden wenigstens ein paar Köpfe finden oder so. Warum sperrt er die Tür ab, wenn es gar nichts zu entdecken gibt?«

»Da ist was im Papierkorb«, sagte Allison.

Es war ein kleiner Papierkorb aus Metall, rechts neben dem Schreibtisch. Allison bückte sich und angelte eine zusammengeknüllte Papierkugel heraus.

»Wahrscheinlich bloß 'ne Einkaufsliste«, murmelte Charlie.

Allison strich die Kugel auf der Schreibtischplatte glatt. Es waren zwei Blätter unliniertes weißes Papier, beschrieben mit einer präzisen, blauen Handschrift.

»Das ist Dads Schrift«, stellte David fest, mit einem Mal ganz aufgeregt.

Sie drängten sich um Allison und lasen.

Lieber John,

wie bereits erörtert, widersetzen die Subjekte sich weiterhin ihrer Evolution. Oberflächlich scheinen sie zu kooperieren, aber das ist nur gespielt. Das Prinzip dringt nicht zu ihnen durch, und das macht mich genauso ratlos wie dich.

Ich bin sicher, sie haben die Mechanik der Evolution verstanden. Warum also sträuben sie sich, höhere Wesen zu werden? Das widerspricht jeder Logik.

Wie es scheint, bleibt die primäre Frage bestehen – Natur versus Erziehung. Ich bin zum gegenwärtigen Zeitpunkt nicht sicher, ob die Subjekte, die uns derzeit zur Verfügung stehen, eine definitive Antwort liefern werden. Anderseits gibt es keine sinnlose Forschung, nicht wahr? Zumindest werden uns die gesammelten Erkenntnisse bei unserer nächsten Gruppe von Subjekten weiterhelfen. Ich bin nicht so überzeugt wie du, dass die derzeitigen Subjekte derart hoffnungslose Fälle sind. Wie das Ergebnis auch aussehen mag, ich finde, wir können auf unsere bisherige Arbeit sehr stolz sein.

Ich setze wie besprochen die intravenöse Sedierung fort, aber ich habe das Protokoll erweitert. Vor Durchführung der eigentlichen Prozedur habe ich angefangen, die Subjekte zu verhören. Propofol ist zwar kein ausgesprochenes Wahrheitsserum, doch es liefert eine Reihe interessanter Einsichten.

Beispielsweise Subjekt Charles. Wie du weißt, hat er seit vielen Jahren ein Problem mit seiner inneren Wut, und es ist diese Wut, die seinen Widerstand gegen die Evolution zu befeuern scheint. Ein Verhör unter dem Einfluss von Propofol förderte zutage, dass die Mutter, die das Baby aufgab, ein viel wichtigerer Faktor im Hinblick auf seine Wut ist als irgendeine der Erfahrungen, die er hier gemacht hat. Diese Erkenntnis ist für uns in zweierlei Hinsicht nützlich. Zum einen validiert sie unsere Entscheidung, die ganze Geschichte seines Verlassenwerdens von ihm fernzuhalten. Zum anderen eröffnet sie eine Reihe interessanter Möglichkeiten. Vielleicht gibt es einen Weg, dass wir uns diese Wut nutzbar machen. Was, wenn wir ihm beispielsweise seine Mutter ausliefern würden? Wir konnten ihm scheinbar bei seiner Rache behilflich sein und dadurch sein Vertrauen gewinnen ...

»Scheiße ...«, ächzte Charlie. Es war kaum zu hören. David blickte seinen Bruder an. Charlies Gesicht war weiß geworden;

alles Blut war daraus gewichen. Er schwankte ein wenig und hatte die Augen weit aufgerissen wie ein Tier in Panik.

»Charlie? Was ist?«, fragte David erschrocken.

Charlies Mund bewegte sich, ohne dass ein Laut hervorkam. Allison berührte ihn an der Schulter. »Charlie?«

»*... die ganze Geschichte*‹*?*«, stöhnte er, und es kam tief aus seinem Innern. »Was soll das heißen?« Seine Blicke huschten verzweifelt zwischen Allison und David hin und her. »Was soll das *heißen?*«

Allison schüttelte den Kopf. »Ich weiß es nicht.«

»*Das reicht mir nicht!*«, brüllte er, und die beiden Geschwister wichen erschrocken vor ihm zurück. »Ich will es wissen, und zwar sofort! *Was zum Teufel soll das heißen?*«

David starrte ihn an. *O Gott, er dreht durch! Er verliert die Kontrolle!*

Charlie redete nur selten über seine Mutter, und wenn, klang seine Stimme gepresst. Manchmal ballte er die Fäuste, öffnete und schloss sie rhythmisch wie ein tödliches Metronom, während er monoton vor sich hin murmelte und ins Leere starrte. David hatte stets das Gefühl, dass Charlie Gewaltphantasien hatte, dass er sich vorstellte, mit bloßen Händen ein Blutbad anzurichten. Es erhitzte ihn wie einen Hochofen, und die Glut, die er ausstrahlte, war körperlich zu spüren.

Charlies Hass auf seine Mutter saß tief, aber er hatte sich noch nie so hinreißen lassen wie diesmal. David starrte ihn verwirrt und hilflos an.

*Tu etwas!*, flehte Allisons Blick.

Das Blut schoss mit erschreckender Geschwindigkeit zurück in Charlies Gesicht. Seine Augen funkelten, und seine Zähne waren gebleckt wie Raubtierfänge.

David tat das Einzige, was ihm einfiel. Er riss Charlie an sich heran und rief: »*Hör auf damit! Hör sofort auf, verdammt! Komm zu dir!*«

Es war unglaublich laut in dem kleinen Zimmer. Als wäre

eine Waffe abgefeuert worden. Charlie zuckte zusammen und wich einen Schritt zurück. Seine Augen blickten immer noch wirr, aber David hatte ein Aufflackern von Zweifel bemerkt, eine vorübergehende Rückkehr zu normalem Bewusstsein. Er packte Charlie mit beiden Händen bei den Schultern. Adrenalinbefeuerte Muskeln zuckten unter seiner Berührung wie ein Bündel Drähte, die unter Starkstrom standen. »Charlie, hör mich an.« Seine Stimme war leise und eindringlich. »Wir haben keine *Zeit* dafür, Mann. Bob kommt bald zurück, und wenn er uns hier findet, stecken wir tief im Schlamassel, hörst du?«

Charlie blinzelte. Er war noch immer nicht voll da, doch sein Blick klärte sich allmählich. Nach und nach erlosch das mörderische Funkeln in seinen Augen, das ohne Vorwarnung aufgeflackert war.

Ein paar Sekunden vergingen. David beobachtete, wie der Wahnsinn verebbte und die Wut sich zurückzog, bis nur noch ein kleines Feuer in der Ferne flackerte. Charlie blinzelte einmal – und war wieder normal. Die abrupte Verwandlung war fast so erschreckend wie die Plötzlichkeit seines Anfalls.

Der Wahnsinn war tiefer Müdigkeit gewichen, die alles durchdrang, sodass der Gedanke, Charlie könnte jemals jung gewesen sein, beinahe absurd erschien. Er sah aus wie der älteste Fünfzehnjährige der Welt.

Charlie wischte Davids Hände beiseite. »Tut mir leid«, murmelte er, den Blick gesenkt.

David spürte, wie Trauer ihn überkam. Dann zogen Wolken auf, und die Trauer wurde zu einem undurchdringlichen Vorhang aus rauschendem Regen. *Es tut dir leid? Oh nein, Charlie.* Mir *tut es leid. Es tut mir unendlich leid, dass die Frau, die dich geboren hat, zugleich die Person ist, die deine Seele verstümmelt hat.*

David hatte Mutterliebe erfahren, aufrichtige, tiefe Liebe. Charlie hatte nie etwas anderes als Verrat gekannt. Es hatte ihn innerlich mehr gezeichnet als jeder Horror durch die Hand ihres Adoptivvaters.

»Alles in Ordnung?«, fragte David.

»Ja, sicher«, antwortete Charlie einsilbig. »Lass uns den Brief zu Ende lesen.«

David warf einen fragenden Blick zu Allison. Sie hob die Brauen und zuckte hilflos die Schultern. *Wer weiß …?*, schien sie zu sagen. Was eine ziemlich genaue Zusammenfassung der gegenwärtigen Lage war. Charlie hatte sich um hundertachtzig Grad gedreht – und dann wieder zurück. Wer wusste schon, was die nächste Minute bringen würde?

»Na schön.« David seufzte. »Aber lasst uns schnell machen, bevor Bob zurückkommt.«

Sie lasen weiter.

… Subjekt David hält weiterhin eine außergewöhnlich starke Bindung zu seiner toten Mutter aufrecht. Vielleicht noch ungewöhnlicher ist, dass er seinen Vater, den er nie gekannt hat, ebenfalls in hohem Ansehen bewahrt. In sehr viel höherem Ansehen als einen gewissen Adoptivvater, wie ich hinzufügen möchte!

Subjekt Allison ist mit Abstand die stärkste Persönlichkeit. Während ihrer Verhöre hat sie Verachtung gegenüber ihrer Mutter zum Ausdruck gebracht. Ihr Widerstand gegen ihre Evolution scheint tief aus ihrem Innern zu kommen. Vielleicht hatte sie diese Aversion bereits entwickelt, bevor sie in meine Obhut kam.

Ich bin sicher, du siehst den roten Faden, John. Familiäre Bindungen, in einem früheren Stadium entwickelte persönliche Eigenschaften – vielleicht hätten wir mit ihnen anfangen sollen, als sie viel jünger waren. Diesen Aspekt sollten wir bedenken, auch im Hinblick auf unsere zweite Gruppe von Subjekten.

Was das Prozedere selbst angeht, müssen wir wohl oder übel abwarten. Die Möglichkeiten, die sich ergeben, sind jedenfalls faszinierend.

Ich denke, damit ist für den Augenblick alles Wichtige gesagt, deswegen beende ich meinen Bericht.

Der Brief trug keine Unterschrift. Eine Bemerkung war in großer Schrift quer über den unteren Teil der Seite gekritzelt:

Neu schreiben und die jüngsten Untersuchungsergebnisse mit einschließen.

David und die anderen schwiegen, als sie zu begreifen versuchten, was sie gelesen hatten.

*Subjekte?*, dachte David. *Wow. Also war Dad nie Dad. Nicht mal das kleine bisschen »Liebe« war echt. Alles nur gespielt. Einer seiner Tricks, um zu bekommen, was er will.* Diese Einsicht verbitterte David so sehr, dass es kaum zu ertragen war.

»Wir müssen raus hier«, sagte Allison in die Stille hinein. »Die Zeit läuft uns davon.« Sie knüllte die Blätter wieder zu einem Ball zusammen und legte sie in den Papierkorb zurück. Der Papierkorb wurde wieder an seinen Platz neben dem Schreibtisch gestellt und der Stuhl zurückgeschoben. Dann betrachtete Allison alles mit prüfendem Blick. »Sieht aus wie vorher, wenn ihr mich fragt.«

»Wir wissen immer noch nicht, was er mit uns anstellt«, protestierte David. »Was ist das für ein *Prozedere?* Und was heißt *zweite Gruppe?* Gibt es noch mehr Kinder wie uns?«

»Reden wir woanders darüber«, drängte Allison. »Wenn Dad dich außerhalb der Kammer findet, ist das schlimm genug, aber wenn er uns hier entdeckt, in diesem Zimmer …« Sie schüttelte den Kopf. »Ich würde ihm zutrauen, dass er uns umbringt.«

»Stimmt«, sagte Charlie, der die ganze Zeit geschwiegen hatte. »Verschwinden wir.«

Als sie nach draußen gingen, fiel Davids Blick auf irgendetwas hinter der Tür. »Wartet!«, sagte er.

Allison runzelte die Stirn. »David! Wir müssen gehen!«

»Ich weiß, ich weiß. Aber seht euch das an.«

Allison stieß einen verärgerten Seufzer aus. »Was denn jetzt schon wieder?« Sie packte Charlie am Arm und zerrte ihn mit sich. »Meinetwegen. Aber mach schnell, hörst du?«

»Seht nur«, wiederholte David und zeigte mit dem Finger.

An einem Nagel auf der Rückseite der Tür hing ein gerahmtes Foto. Es war Schwarzweiß und zeigte eine Frau Anfang dreißig. Sie trug eine Bluse, die am Hals von einer ovalen Brosche geschlossen wurde, sowie eine dunkle Jacke mit wattierten Schultern. Ihr blondes Haar war schulterlang, das Gesicht schmal und attraktiv. Ihre Augen waren atemberaubend. Groß, dunkel und voller Intelligenz. Die wachen Augen einer scharfsinnigen, Respekt einflößenden Persönlichkeit. Ihre Miene war unbeteiligt, aber nicht kalt.

»Seht nur, die Nase«, sagte Charlie und zeigte auf das, was alle längst bemerkt hatten. Es war eine etwas zu große Nase, die irgendwie zu ihrem Gesicht passte, ähnlich wie bei Bob.

»Ich nehme an, das ist seine Mutter«, sagte David staunend.

Allison streckte die Hand aus, hielt aber inne, kurz bevor sie das Glas berührte. »Ich glaube, du hast recht.«

»Bad Bobs Mommy?«, schnaubte Charlie. »Wie stolz sie auf ihren kleinen Stinker sein muss!«

Der Gedanke an die Grausamkeiten, zu denen Dad fähig war, genügte, um Allison aus der Trance zu reißen. »Los, verschwinden wir!«, drängte sie.

Sie machten, dass sie wegkamen.

\*\*\*

»Und wenn er herausfindet, dass wir in seinem geheimen Zimmer gewesen sind?«, fragte David, als sie wieder oben in der Kammer saßen.

Allison runzelte die Stirn. »Wie denn? Wir haben alles genauso wieder hingestellt, wie es vorher war.«

»Vielleicht verplappern wir uns, wenn er uns betäubt.«

Allisons Augen weiteten sich. Offensichtlich hatte sie diese Möglichkeit noch gar nicht erwogen.

»Sinnlos, sich den Kopf über Dinge zu zerbrechen, auf die man sowieso keinen Einfluss hat«, sagte Charlie. Er schien sich völlig erholt zu haben. »Lasst uns lieber über diesen Brief reden. Ich weiß, ich habe die Kontrolle verloren wegen dem, was er über mich geschrieben hat, aber ist euch klar, was der Brief bedeutet?«

David nickte. »Dad hat einen Partner.«

»Jemand, mit dem er schon seit Langem zusammenarbeitet«, fügte Allison hinzu.

Charlie bildete mit der Hand eine Pistole nach und tat so, als würde er auf Allison schießen. »Volltreffer!«, sagte er.

»Ob Dad die Filme für diesen Partner dreht?«, sinnierte David. »Wie es aussieht, schreiben sie sich Briefe.«

»Könnte sein«, meinte Charlie. »Filme würden auch zu dem ganzen experimentellen Kram passen. Sie dokumentieren ihre ›Subjekte‹. So hat er uns genannt, oder?«

»Ja«, sagte Allison mit Zorn in der Stimme. Sie seufzte. »Die Frage ist, wissen wir jetzt wirklich mehr als vorher? Und selbst wenn – welchen Nutzen haben wir davon?« Sie zählte an den Fingern ab: »Dad hat einen Partner. Okay, das ist neu, wenn es stimmt, aber ist es eine nützliche Information?«

»Was meinst du mit ›wenn es stimmt‹?«, fragte David.

»Sie meint, dass Dad vielleicht nicht mehr alle Tassen im Schrank hat«, sagte Charlie.

»Nicht unbedingt.« Allison schüttelte den Kopf. »Wir alle haben uns mit abnormaler Psychologie beschäftigt. Dad ist kein Dummkopf, aber zugleich ist er ein Psycho, denn er hat uns auch jahrelang in diesem Haus eingesperrt und gequält und gefoltert, um uns zu Übermenschen zu machen. Das ist total verdreht. Er hat eine Vorgehensweise entwickelt, die hohes Engagement erfordert.«

»Was redest du für einen Stuss?«, sage Charlie. »Ich verstehe kein Wort.«

»Worauf ich hinauswill …«, fuhr Allison fort, ohne auf seine Bemerkung einzugehen. »Wie wahrscheinlich ist es, dass es irgendwo noch jemanden gibt, der genauso denkt wie Dad und der ebenfalls bereit ist, seine Zeit und Energie in so etwas zu investieren?«

»Ich verstehe, was du meinst.« David nickte. »Es ist nicht unmöglich, aber … ja.«

»Was mich zu meinem anderen Punkt zurückbringt. Inwiefern kann uns diese Information nützen?« Allison hob die Augenbrauen. »Überhaupt nicht! Wie auch, wenn wir nicht mal sicher sein können, ob die Information stimmt?«

»Du machst einem wirklich Mut, Ally«, murrte Charlie.

»Ich bin noch nicht fertig. Was haben wir sonst noch aus diesem Brief erfahren? Dad glaubt ernsthaft an dieses Evolutions-Szenario«, fuhr sie unbeirrt fort. »Tolle Sache. Das wussten wir längst. Dann haben wir erfahren, dass er uns verhört, während wir unter Drogen stehen. Was können wir dagegen tun?« Sie blickte die beiden Jungen an. »Seht ihr? Nichts. Wir haben erfahren, dass es möglicherweise eine zweite Gruppe Kinder wie uns gibt. Und? Wo sind sie? Und welches ›Prozedere‹ ist gemeint? Wir wissen es nicht.« Sie schüttelte den Kopf. »Tut mir leid, aber genau genommen ist der Brief nutzlos für uns.«

»Aber da war die Geschichte von meiner Mutter«, murmelte Charlie. »Wie David bereits sagte, das ist nicht unwesentlich.«

Allison bedachte ihn mit einem mitfühlenden Blick. »Wenn die Geschichte stimmt, Charlie.«

»Was soll das nun schon wieder heißen?«

Sie seufzte. »Denkt ihr eigentlich nicht darüber nach, dass der Brief eine Fälschung sein könnte?«

Die Verbrennungen und Striemen auf Davids Rücken meldeten sich wieder, deswegen hatte er mit gesenktem Kopf zugehört. Jetzt blickte er überrascht auf. »Eine Fälschung?«

»Ich sage nicht, dass es so ist, aber wir können es nicht ausschließen.«

»Warum nicht?«

»Überleg doch mal, David. Diese Tür war bis jetzt noch nie unverschlossen, kein einziges Mal in den letzten neun Jahren. Und plötzlich ist sie offen, oh Wunder über Wunder, und ausgerechnet dann, während Dad außer Haus ist. Wir gehen rein, und was finden wir? Einen Brief im Papierkorb, der angeblich neu geschrieben werden muss, weil irgendwelche nebulösen ›Untersuchungsergebnisse‹ fehlen.« Sie lächelte humorlos. »Wenn ihr mich fragt, erscheint mir diese Abfolge von Zufällen schon sehr eigenartig. Ich kann nicht mit absoluter Sicherheit sagen, dass der Brief eine Fälschung ist, aber ich kann auch nicht sagen, dass er echt ist. Ich finde, die ganze Sache ist ziemlich suspekt.«

»Du hast nicht ganz unrecht«, räumte David ein. Er wollte nicht, dass Allison recht hatte, aber ihre Logik war bestechend.

»Außerdem«, fuhr sie fort, »ist der Brief *seltsam*.«

Charlie runzelte die Stirn. »Inwiefern?«

»Dad hat seine Motivation für das, was er mit uns macht, immer als etwas Persönliches dargestellt. Immer wieder hat er uns gesagt, es wäre seine ›Bestimmung‹.« Sie schüttelte den Kopf. »Dieser Brief klang nicht danach, als hätte jemand von seiner Bestimmung geschrieben. Eher nach einem Wissenschaftler, der sich über das Verhalten seiner Laborratten ärgert.«

»Netter Vergleich«, murmelte David.

»Aber zutreffend.«

»Also schön«, sagte Charlie. »Was wollte er damit bewirken?«

»Ich weiß es nicht«, gab sie zu. »Vielleicht hat es etwas mit Hoffnung und Kontrolle zu tun. Vielleicht versucht er, uns zur Aufgabe unseres Widerstands zu bewegen, indem er uns zeigt, wie sehr er uns im Griff hat.«

»Die Verhöre«, sagte David, wobei er das Thema aufnahm. »Er sagt uns, dass er in unsere Köpfe sehen kann.«

»Genau.«

263

»Es gefällt mir zwar nicht«, sagte Charlie zögernd, »aber dieser angebliche ›Partner‹ würde zu deiner Idee passen, so bitter sie ist. Es wäre gut für ihn, wenn wir glauben, dass er nicht allein arbeitet. Selbst wenn wir ihn töten, wartet jemand an der Seite, der für ihn weitermacht, richtig?«

Allison lächelte ihn an. Charlie nickte und stieß einen Seufzer aus. »Du weißt wirklich, wie man jemanden aufmuntert, Ally.«

»Ich versuche zu gefallen.«

»Und wie kommt es, dass du so hinterlistig bist? Ich dachte immer, Blondinen wären niedlich und oberflächlich.«

Es war als Witz gedacht, doch Allison schien seine Bemerkung ernst zu nehmen. »Ich glaube, ich habe ein Talent dafür. Zu denken wie die Bösen, meine ich.«

»Tatsache?«, fragte David.

»Ich liebe die Psychologie des Abnormalen und die Kriminologie. Sie …« Allison zögerte, suchte nach den richtigen Worten. »Sie ergeben irgendwie Sinn für mich.« Sie lächelte David an. »So, wie für dich Worte einen Sinn ergeben.«

»Oder Flüche für Charlie«, witzelte David.

»Leck mich«, sagte Charlie.

»Hört auf mit dem Unfug«, sagte Allison. »Wir müssen die Kammer wieder absperren.«

»Du weißt, was das heißt, D«, kicherte Charlie. »Ausziehen! Los, tanz, du fischbäuchiger Gringo!«

David zeigte ihm den Stinkefinger, und Charlie nickte feierlich. Er war um keine Antwort verlegen. »Ich nehme dein Geschenk freudig an und erwidere es bescheiden. Zehnfach.«

Allison kicherte, und David grinste.

Wie merkwürdig und wundervoll zugleich.

Er streifte seine Kleidung ab und reichte sie Allison. Charlie schüttelte traurig den Kopf.

»Was?«, fragte David.

Charlie legte ihm in einer tröstenden Geste die Hand auf die Schulter. »Es tut mir nur leid, Mann. Echt leid.«

»*Was?*«, wiederholte David.

»Dass du so ein kleines Ding hast.«

David grinste. »Mir tut's auch leid, Charlie.«

»Was?«

»Dass du die Augen nicht von meinem Ding nehmen kannst. Aber keine Sorge, Charlie, ich werde dich immer lieben – auch wenn du ein Homo bist.«

»Das reicht jetzt«, schimpfte Allison. »Dad kommt jeden Augenblick nach Hause.«

Ein irgendwie surrealer Gedanke schoss David durch den Kopf: *Es sollte mir wirklich mehr ausmachen, mich nackt vor ihr zu zeigen.*

»Dann los, raus mit euch«, sagte er. »Ich bin so weit.«

»Bis später, kleiner Mann«, sagte Charlie. »Und das meine ich wörtlich.«

Er kletterte die Leiter hinunter. Allison blieb noch einen Moment.

»Alles in Ordnung?«, fragte sie.

»Nein. Aber ich bin nicht verrückt, und das ist ja schon mal was.«

Allison nickte, lächelte und ging. Die Leiter wurde eingeklappt, und die Falltür schwang nach oben. David hörte, wie das Schloss klickte. Dann ging er zu den Eimern und zog sein Schreibheft hervor. Die Worte waren in seinem Kopf erschienen, einfach so, wie immer.

Er brachte sie zu Papier.

Alles wird normal, wenn man es nur lange genug macht. Trotzdem erinnern wir uns an eine Zeit, als es noch nicht normal war.

\*\*\*

David hörte, wie der Schlüssel im Schloss gedreht wurde, und sein Magen verkrampfte sich. Egal, wie viele Jahre ins Land gingen, Dad würde immer ein fleischgewordener Alptraum für ihn bleiben.

Die Falltür wurde heruntergezogen, und schwere Stiefel polterten die Leiter hinauf. Dann stand Dad vor ihm und musterte ihn mit seinen schauderhaft leeren blauen Augen. »Wie geht es dir, Sohn?«

Die Freundlichkeit in seiner Stimme war nicht gespielt. Es schien ihn wirklich zu interessieren, wie David sich fühlte. Eine Charlie-Phrase kam ihm in den Sinn: *Was für ein dämlicher Schwachfug.*

»Gut, Dad.«

»Fein, Sohn. Ich weiß, es ist hart für dich, aber du verstehst sicher, dass du selbst schuld bist an deiner Lage, nicht wahr?«

»Jawohl, Sir.«

David dachte für einen Moment an den Brief. Er war in einem seltsamen, geschraubten Stil verfasst. Dad sprach hin und wieder so, auch wenn es selten vorkam. Als wäre ihm eine Maske vom Gesicht gerutscht. Die meiste Zeit redete er in einem Tonfall, den David als »Guter-alter-Junge-Ton« bezeichnete. Die relaxte, rollende Sprache des gebildeten Cowboys.

*Was ist die Wahrheit? Der Brief – oder das hier? Der böse Bob oder der freundliche Bob?* Ein grausamer Gedanke: *Vielleicht ist keiner davon echt.*

»Bist du bereit?«

David schluckte. Der Kloß im Hals. Der verkrampfte Magen. Schon wieder.

»Jawohl, Sir.«

Dad starrte auf ihn hinunter, und David staunte nicht zum ersten Mal über die unglaubliche Kraft in den Augen dieses Mannes. Dad mochte der nächste Schritt auf der Leiter der Evolution sein – er war ein furchteinflößender Mistkerl, soviel stand fest.

»Also schön«, sagte Dad schließlich.

Trotz seiner Größe bewegte er sich geschmeidig wie eine Katze. In einer einzigen, fließenden Bewegung setzte er sich mit untergeschlagenen Beinen auf den Boden und schlug die schwarze Bibel auf. Er blätterte zum Ersten Korintherbrief und legte den Finger auf den ersten Vers. Dann richtete er den Blick auf David. Es war, als würde er durch ihn hindurchsehen. »Mach mich stolz, Sohn. Fang an, wenn du so weit bist.«

Er senkte den Blick wieder auf die Bibelverse und wartete. David leckte sich die Lippen. Sein Mund war trocken geworden. Sein Verstand war leer. Er hatte mit einem Mal das Gefühl, keine Luft mehr zu bekommen. Nicht mehr zu wissen, wie man atmete.

Dad erwartete von ihm, dass er aus Kapitel 15 zitierte, die Verse 50 bis 58. Dad würde in seiner Bibel mitlesen und jedes Wort vergleichen. Wenn David auch nur ein Wort falsch wiedergab, hieß es zurück zu den Zigarettenspitzen und dem Gürtel.

*Wie fängt es noch mal an …?* David spürte Panik in sich aufsteigen. *Ganz ruhig. Tief durchatmen. Du hast das schon mehr als einmal geschafft, du schaffst es auch diesmal.*

Er entspannte sich ein wenig. Er hatte Zeit. Das war eine der Ungereimtheiten bei Dad: Er schien zu wissen, unter welchem Druck sie standen, und ließ ihnen so viel Zeit, wie sie brauchten, um anzufangen. Vielleicht wollte er ihnen das Gefühl geben, eine Wahl zu haben – *willentlich* den Weg zu beschreiten, den er ihnen vorgegeben hatte.

Eine der Verbrennungen auf Davids Rücken flammte plötzlich schmerzvoll auf, und mit einem Mal fand er die Worte, die er gesucht hatte. Er hasste es, dass Worte und Schmerz miteinander verwoben zu sein schienen.

»*Dies aber sage ich euch, Brüder, dass Fleisch und Blut das Reich Gottes nicht erben können …*‹«

Die Verse kamen ihm ohne Mühe über die Lippen, und ohne dass er nachdenken musste. Als er fertig war, klappte Dad die

Bibel zu und bedachte ihn mit seinem widerlichen, falschen, Vaterliebe vortäuschenden Lächeln.

»Gute Arbeit, Sohn«, sagte er. »Gute Arbeit.« Er erhob sich. »Du kannst jetzt in dein Zimmer gehen und dich anziehen. Deine Schwester hat das Abendessen sicher bald fertig.«

»Danke, Dad.«

Dad kletterte die Leiter hinunter, und David schloss die Augen und überließ sich ein paar Sekunden seinem erleichterten Zittern.

Es war ein höllischer Tag gewesen.


**KAPITEL 10** Es war ihnen zu keinem Zeitpunkt unausweichlich erschienen, Dad zu töten, allenfalls rückblickend. Zwar stimmten alle drei im Nachhinein überein, dass Dad sich bereits seit längerer Zeit auf einer gefährlich abschüssigen Straße bewegt hatte, doch als es dann geschah, kam es ebenso unerwartet wie plötzlich.

*\*\*\**

Am Dienstagmorgen kam Dad spät nach Hause. Sie bemerkten gleich, dass es ein anderer Bob Gray war – ein Bob Gray, der *verzweifelt* zu sein schien. Ein Bob Gray mit einem *hungrigen* Gesicht.

Er stand im Eingang zur Küche, lehnte mit verschränkten Armen im Türrahmen und musterte die drei, einen nach dem anderen: Allison beim Abwaschen des Geschirrs, Charlie, der am Küchentisch seine Hausaufgaben machte, und David, der den abgebrochenen Griff einer Schranktür reparierte.

*Er denkt über uns nach*, ging es David durch den Kopf. Es war ein beunruhigendes Gefühl – so, als würde Dad jeden von ihnen unter die Lupe nehmen, bevor er irgendetwas Unerwartetes, Schlimmes mit ihnen anstellte.

268

David nahm seinen Mut zusammen und räusperte sich. »Möchtest du einen Kaffee, Dad?«

Bob legte den Kopf auf die Seite und blinzelte David nachdenklich an. In seinen Augen stand Interesse, doch es war eher das Interesse eines Biologen an einem sezierten Tierkadaver, und das brachte David in seinen Tennisschuhen zum Schwitzen. Ein anderer Dad bedeutete ein böser Dad. *Bad Bob.*

Plötzlich legte sich ein freundliches Lächeln auf Dads Gesicht. »Nein, Sohn. Keinen Kaffee. Ich bleibe nicht lange. Ich muss deiner Schwester etwas sagen, und dann bin ich auch schon wieder weg.«

Allison hielt einen Moment inne; dann drehte sie sich um und trocknete sich die Hände an einem Geschirrtuch ab. Sie hatte ihr *Untergebenenlächeln* aufgesetzt, wie Dad es immer nannte.

»Möchtest du es mir gleich hier sagen, Dad?«, fragte sie.

»Klar, Süße. Warum nicht? Komm ein bisschen näher, ich will nicht schreien müssen.«

»Ja, Dad.«

Sie trat vor ihn hin, blieb mit gefalteten Händen vor ihm stehen. Dad zog ein vergoldetes Zigarettenetui aus der rechten Tasche, klappte es auf und nahm eine Selbstgedrehte heraus. Er schob sie sich zwischen die Lippen und steckte das Etui wieder ein. Dann kramte er in der anderen Tasche nach seinem silbernen Zippo-Feuerzeug. Mit einem geübten *Schnipp* klappte er den Deckel auf, rieb die Flamme an und hielt sie an die Zigarettenspitze. Der Tabak erglühte in hellem Orange, als Dad einen tiefen Zug nahm. Dann steckte er das Feuerzeug wieder ein. Die ganze Zeit ruhte sein Blick starr auf Allisons Gesicht.

Er legte den Kopf in den Nacken und blies eine Rauchwolke aus.

»Ich werde dir jetzt etwas verraten, Allison«, begann er mit freundlicher Stimme. »Ich werde es dir ins Ohr flüstern. Aber bevor ich das tue, muss ich ein paar Dinge laut sagen.« Er lächelte. »Damit deine beiden Brüder sie hören. Verstehst du?«

»Ja, Dad«, antwortete Allison mit ruhiger Stimme.

Dad deutete mit der Zigarette auf David und Charlie. »Hört zu, ihr beiden.«

»Jawohl, Sir!«, riefen sie wie aus einem Munde.

*Gleich passiert etwas Schlimmes*, schoss es David durch den Kopf. *Irgendwas sehr, sehr Schlimmes.*

Dad nahm einen weiteren Zug von seiner Selbstgedrehten, stieß den Rauch durch die Nase aus und pflückte einen Tabakskrümel von der Unterlippe. »Ich werde dir etwas sagen, Mädchen, das nur für deine Ohren bestimmt ist«, sagte er dann, ohne Allison auch nur eine Sekunde aus den Augen zu lassen. »Wenn du mit deinen Brüdern darüber sprichst, bringe ich sie um, vor deinen Augen. Hast du verstanden?«

David und Charlie erstarrten. Nur Allison schien unbeeindruckt. »Ja, Sir«, antwortete sie.

»Das gilt auch, wenn du versuchst, dich umzubringen, nachdem ich fertig bin. Kapiert? Auch dann werde ich deine Brüder töten. Ganz langsam. Hast du verstanden?«

»Ja, Sir.«

Zum ersten Mal blickte Dad die Jungen an. »Alles klar, ihr zwei? Könnt ihr mir bis hierher folgen?«

David murmelte »Ja« und hörte, wie Charlie es ihm gleichtat. Ihm dröhnte der Schädel, und sein Magen fühlte sich wie ein Stein an. Er fröstelte, als ihm ein eisiger Schauer über den Rücken lief.

»Fein«, sagte Dad und grinste sein fettes, böses Grinsen. »Dann werde ich jetzt sagen, weshalb ich vorbeigekommen bin. Ich muss nämlich noch woanders hin.«

David überkam eine düstere Vorahnung.

*Bitte*, betete er stumm. *Bitte sag nicht, was immer du sagen willst. Sei still. Du musst doch woanders hin. Worauf wartest du? Hau ab. Bitte, bitte.*

Dad brachte die Lippen dicht an Allisons Ohr und begann zu flüstern. Zuerst verzog Allison keine Miene. Sie hörte aufmerksam zu und spielte ihre Rolle bis zur Perfektion, wie sie es immer tat – in diesem Fall die Rolle der eifrigen Zuhörerin. Plötzlich erstarrte sie. Riss die Augen auf, unglaublich weit. Ihre Lider flatterten. Sie presste die Lippen aufeinander, bis sie ganz weiß waren. Ihre Hände zitterten.

Charlie und David schauten hilflos zu, als Dad ungerührt weiterflüsterte. Allisons Kiefer vollführte Kaubewegungen, und David bemerkte voller Grauen, wie in Allys Mundwinkeln dünne Blutfäden erschienen und ihr übers Kinn liefen.

*Sie beißt sich blutig, und sie merkt es nicht mal!*

David wollte den Blick abwenden, doch seine Augen schienen in den Höhlen erstarrt zu sein, und seine Halsmuskulatur wollte ihm nicht gehorchen.

Endlich war Dad fertig. Er trat von Allison zurück und nahm einen weiteren Zug von seiner Selbstgedrehten. Allisons Gesicht war kalkweiß. Ihre Augen waren immer noch auf groteske, beinahe lächerliche Weise aufgerissen, und das Blut strömte weiterhin aus ihren Mundwinkeln.

David konnte den Blick einfach nicht von ihr abwenden. Er wollte wegsehen, wollte es *unbedingt*, aber es ging nicht. Dieses Blut war Allisons Agonie – die einzigen Tränen, die sie zu vergießen imstande war. Und so beobachtete David mit morbider Faszination die rot schimmernden Rinnsale in ihren Mundwinkeln. In unregelmäßigen Abständen rann ein dünner Faden bis zur Kinnspitze und verharrte dort, bis der Tropfen groß genug war, um sich zu lösen. Dann fiel er, platzte auf dem Linoleumboden auseinander und beendete seine kurze Existenz in einem winzigen roten Strahlenkranz. Andere Blutstropfen schienen sich den Gesetzen der Gravitation zu widersetzen und kullerten über die Unterseite von Allisons Kinn bis zur Kehle. Von dort rannen sie über den Kehlkopf oder zeichneten den Verlauf der Halsvene nach. Doch sämtliche Wege führten an ein unausweichliches Ziel: in das durstige Gewebe von Allisons Lieblingsbluse. Rote Flecken bildeten sich im Baumwollstoff.

»Du siehst beschissen aus, Allison«, sagte Dad kopfschüttelnd. »Normalerweise würde ich dieses Aussehen nicht dulden, aber heute will ich es dir ausnahmsweise durchgehen lassen, denn du hast soeben einen Schock erlitten, und ich habe dir eine Menge Stoff zum Nachdenken gegeben.« Wieder nahm er einen Zug von der Zigarette, behielt den Rauch in der Lunge und stieß ihn dann langsam aus. »Trotzdem. Vergiss nicht, was ich dir gesagt habe.« Er bedachte Charlie und David mit kaltem Blick. »Das gilt auch für euch, ist das klar?«

»Jawohl, Sir«, hörte David sich sagen. Er war überrascht vom Nachdruck in seiner Stimme, doch am meisten überraschte es ihn, dass kein bisschen Hass darin mitschwang. Denn er hasste Dad aus tiefster Seele. Er hasste ihn intensiver und unversöhnlicher als je zuvor. Er wollte dem Hurensohn die Haut abziehen, ihn mit einer Lötlampe bearbeiten, ihm tagelang beim Sterben zuschauen, während er ihm mit einem Buttermesser Stücke aus dem Leib schnitt und seine Schreie und sein Wimmern genoss.

Ally stand einfach nur da, eine Horrorgestalt mit mahlenden Kiefern, blutigem Kinn, grotesk aufgerissenen Augen und Händen, die so heftig zitterten wie bei einem Tremor.

»Jawohl, Sir«, sagte Charlie unvermittelt in die lastende Stille hinein.

David erschrak, denn anders als er selbst hatte Charlie den Hass nicht aus seiner Stimme verbannen können. Sofort fixierte Dad ihn mit dem starren Blick eines Reptils. »Bist du wütend auf mich, Sohn?«, fragte er mit sanfter Stimme.

»Nein, Sir«, antwortete Charlie. »Natürlich nicht, Sir.«

*Schon besser.*

Dad hatte seine Zigarette aufgeraucht. Nun ließ er sie auf den Linoleumboden fallen und trat sie mit dem Absatz aus. »Wir sehen uns morgen«, sagte er.

Sekunden später fiel die Haustür krachend zu.

Bad Bob war verschwunden. Für den Augenblick.

»Ally?«, fragte David leise.

Allison stand noch genauso regungslos da wie im Augenblick ihrer erschreckenden Veränderung. Sie starrte in ein bodenloses Grauen, auf irgendein namenloses Entsetzen, ohne die Augen schließen zu können, während sie unablässig kaute und sich die Wange zerbiss.

Charlie stürzte zu ihr, packte sie bei den Schultern und schüttelte sie heftig. »Ally! Hör auf damit! Du verletzt dich selbst!«

Er schien tatsächlich zu ihr durchzudringen. Wenigstens hörten die Kaubewegungen auf. David kam hinzu und nahm eine ihrer Hände. Charlie folgte seinem Beispiel.

»Allison«, sagte er eindringlich. »Komm zurück zu uns, Ally. Was immer er gesagt hat, es spielt keine Rolle. Nichts ist wichtiger als du selbst.«

Sie beugte sich so unvermittelt vor, als hätte sie einen Tritt in den Magen bekommen, und richtete sich ebenso plötzlich wieder auf, wobei sie gierig Luft holte. Alles ging so schnell, dass David erschrocken zusammenfuhr. Allison riss sich von den Jungen los, presste die Hände an den Kopf, richtete das Gesicht zur Decke und streckte sich höher und höher.

So blieb sie für mehrere Sekunden, angespannt, lautlos, vibrierend. Ein irrer Tanz auf einer Rasierklinge, während die Zeit stehen zu bleiben schien.

Dann stieß sie einen Schrei aus, schrill und anhaltend, wie von einer Katze im Feuer, von einem Lamm, das geschlachtet wurde, wie das Ende der Welt. Sie schrie und schrie, ohne eine Träne zu vergießen, denn Allison weinte nicht.

Im ersten Moment waren David und Charlie wie betäubt. Dann lösten sie sich aus ihrer Starre, packten Allison und umgaben sie wie ein schützender Kokon, als sie zu Boden sank. Sie hüllten sie in Sicherheit, bildeten eine lebendige Mauer um sie, während Allison schrie und schrie. David und Charlie blickten sich über ihren Kopf hinweg an, klammerten sich in stummer Verzweiflung aneinander wie Matrosen auf einem Rettungsfloß.

David würde niemals über diesen Augenblick schreiben. Er

würde es nur ein einziges Mal versuchen, um dann für immer aufzugeben und sich stattdessen mit einer Metapher zufriedenzugeben.

Manchmal bricht das Herz nicht,
manchmal zerspringt es.
Davon erholen wir uns nie.
Von allem anderen vielleicht.
Aber davon? Niemals.
Nein, bestimmt nicht.
Bis zum letzten Atemzug nicht.

\*\*\*

Sie hatten Allison zu Bett gebracht. Sie war ins Badezimmer gerannt, als ihre Schreie endlich verstummt waren, und hatte sich würgend übergeben, bis ihr Gesicht so weiß gewesen war wie das Porzellan der Toilettenschüssel, vor der sie kauerte. Sie war schweißgebadet und so geschwächt, dass die Jungen sie ins Schlafzimmer tragen mussten.

Nun standen sie neben dem Bett. Charlie hatte die Arme vor der Brust verschränkt und starrte auf Allison hinunter. Auf seinem Gesicht wechselten sich Sorge und Wut miteinander ab. Hätte er eine Waffe gehabt, er hätte wahrscheinlich blind um sich geschossen.

*Oder auf sich selbst*, dachte David. Er saß auf der Bettkante und streichelte Allison übers Haar. Sie schien ihre Umwelt wieder wahrzunehmen, doch in ihren Augen stand eine Zerrissenheit, wie David sie nie zuvor bei ihr gesehen hatte.

»Was hat er zu dir gesagt, Ally?«

Sie schauderte, schüttelte den Kopf. »Kann ich nicht sagen.«

»Scheiße, warum nicht?«, stieß Charlie hervor. »Warum denn nicht? Nun sag schon. Es ist ja nicht so, als würde der alte Drecksack davon erfahren.«

»Er *würde* es erfahren«, flüsterte Allison.

David furchte die Stirn. »Wie denn?«

Sie sah ihn an, und er bemerkte ein kurzes Aufflackern ihrer gewohnten Zuversicht, diesen für Allison typischen Pragmatismus, der unzerstörbar zu sein schien. »Er würde es in euren Gesichtern sehen. Ihr könntet es niemals vor ihm verbergen.« Sie blickte Charlie an. »Besonders du nicht.« Sie zog die Beine an den Leib. »Ganz besonders du nicht, Monster.«

»Ist es so schlimm?«, fragte David.

Allison drehte den Kopf zur Seite und schloss die Augen. »Lasst mich schlafen. Ich will nur schlafen. Es ist mir egal, was sonst noch passiert. Ich will einfach nur schlafen.« Sie schob Davids Hand von sich. »Und hör auf, mich anzufassen.«

David und Charlie warfen sich ratlose Blicke zu. Sie fühlten sich hilflos. Allison hatte immer noch nicht geweint. Geschrien, ja – endlose, grauenhafte Schreie. Aber sie hatte keine einzige Träne vergossen. David wusste nicht, ob das gut oder schlecht war. Wahrscheinlich schlecht. Es gab Zeiten, da musste man seine Stärke beiseiteschieben, wollte man wieder gesund werden.

»Ally ...«, begann er.

»Bitte geht. Wenn ihr mir helfen wollt, dann lasst mich allein.«

*Vielleicht muss sie allein sein, um zu weinen*, ging es David durch den Kopf.

Er erhob sich und zog Charlie am Arm. »Komm.«

»Aber ...« Charlie deutete auf Allison. Sein Mund zuckte. Tränen rannen ihm über die Wangen.

»Im Moment ist es das Beste.«

Charlie ließ Allison nur widerwillig allein. David musste ihn beinahe durch die Tür schieben, während er die ganze Zeit sorgenvoll auf Allison blickte. Dann waren sie draußen, und David schloss die Tür.

»Wir sollten sie nicht alleine lassen«, sagte Charlie. »Ich kann nicht ...«

David bedeutete ihm mit einer hastigen Bewegung, still zu sein. »Hörst du das«, flüsterte er.

Es dauerte einen Moment, dann hörte Charlie es auch. Ein leises, aber verzweifeltes Weinen. Die Jungen standen eine Zeitlang da und lauschten.

Es war ein fremdartiges Geräusch, das sie vielleicht nie wieder hören würden.

\*\*\*

»Ich bringe ihn um«, sagte Charlie. »Ja. Ich bringe ihn um.«

Er sagte es ganz bedächtig. So, als würde er sagen: »Am besten, ich gehe heute einkaufen, nicht erst morgen, dann habe ich die Sache vom Hals.«

»Wann?«, fragte David. Er war zu benommen, als dass seine eigene Gefühllosigkeit ihn überrascht hätte.

Sie saßen am Küchentisch. Charlie hatte die Arme auf dem Resopal verschränkt. David hatte sich zurückgelehnt, die Beine ausgestreckt, die Hände auf den Oberschenkeln. Es war Nachmittag. Die Sonne brannte noch heiß vom Himmel, aber der langsame Abstieg nach Westen, hinter den Horizont, hatte bereits begonnen. Es war eine bleierne Tageszeit. Die Zeit verrann nicht, sie tropfte träge dahin. Es war eine Zeit, wie geschaffen zum Nachdenken und In-sich-gehen. Während der letzten Stunde hatte keiner der beiden Jungen ein Wort gesagt.

»Ich weiß noch nicht, wann«, antwortete Charlie. »Aber wenn es so weit ist, musst du dich bereithalten.«

Allisons Schreie hatten irgendetwas in Charlie verändert. Seine Augen waren so ausdruckslos und leer wie ein grauer Winterhimmel. Es war, als würde man über ein Feld voller Nichts blicken – nichts außer gefrorenen Steinen und totem Gras und einem mörderischen Wind.

*Als wäre ein Teil von ihm gestorben*, ging es David durch den Kopf. Nicht der größte Teil, nicht einmal der wichtigste Teil, aber *irgendetwas* war nicht mehr da. An seine Stelle war kalte, eisige

Ruhe getreten. Eine trostlose Stille. So, als wäre die Stimme des Gewissens verstummt.

\*\*\*

Eine Stunde später kam Allison aus ihrem Zimmer. Sie hatte geduscht, und das nasse Haar klebte ihr am Kopf. Ihr Gesicht zeigte eine kränkliche Blässe, und sie schien noch immer geschwächt, doch irgendwie hatte auch sie sich verändert.

Ally war schon immer hübsch gewesen, aber ihr hatte bisher hartnäckig ein Hauch von kleinem Mädchen angehaftet, trotz ihrer Frühreife und ihrer schlimmen Erfahrungen. Sie hatte in der Welt der Kinder festgesteckt, eine Welt, in die Bonbons und nackte Füße und Reifenschaukeln gehörten und in der es keinen Unterschied gab zwischen Mädchen und Jungen.

Dieser Hauch war verschwunden. Restlos. Allison war an ihrer eigenen Verzweiflung gewachsen, auseinandergerissen als Sechzehnjährige und wieder zusammengesetzt als alterslose Schönheit von einer Präsenz und Anziehungskraft, die kein noch so hübsches Äußeres hätte bewirken können.

*Es lag nicht nur daran, dass sie gelitten hatte*, schrieb David später. *Nein, man konnte ihr ansehen, dass sie es ganz alleine überlebt hatte, aus eigener Kraft. Ich glaube, das Erwachsenenalter beginnt damit, dass man seine Einsamkeit akzeptiert. Kinder streifen frei und ungebunden durch die Welt. Erwachsene haben Häuser und Zimmer mit Türen und Schlössern.*

»Wie geht es dir?«, fragte David.

»Ich lebe.«

»Willst du uns wirklich nicht verraten, was er dir gesagt hat?«

Sie lächelte ihn an. Zum ersten Mal bewirkte dieses Lächeln, dass David sich einsam fühlte. Sie *schenkte* ihm das Lächeln, er war nicht mehr Bestandteil davon. »Nein. Ich will ihn bloß umbringen.«

Er nickte. »Und danach? Wirst du es uns dann erzählen?«

»Ich hoffe nicht. Ich hoffe, ich werde es euch nie erzählen.«

David verspürte das plötzliche Verlangen, sie anzuschreien, vielleicht sogar zu schlagen. Es war eine unbekannte und schockierende Regung. Als würde ihn eine namenlose Kraft in Richtung seines eigenen Erwachsenseins zerren, während er sich gleichzeitig mit allem, was er hatte, dagegen wehrte. Er wollte Allison schlagen, wollte ihr grausame Dinge an den Kopf werfen, wollte sie zurückverwandeln in das Mädchen, das sie gewesen war, bevor Dad ihr ins Ohr geflüstert hatte.

»Was ist nun, Charlie?«, fragte Allison. »Wann werden wir es tun?«

»Bald, Leute, bald. Wie wär's jetzt erst mal mit 'nem Omelett?«

»Ich helfe dir beim Zwiebelschneiden«, sagte Allison. »Ich bin am Verhungern.«

Während die beiden das Essen zubereiteten, beobachtete David, wie sie lächelten und sich über Belanglosigkeiten unterhielten, nach außen hin entspannt und ungezwungen. Sie planten einen Mord, und doch war alles ganz normal.

*Ich schätze, Dad hat seine* Evolution *doch noch bekommen. Charlie ist ein Mörder geworden, ein kaltblütiger Killer. Er hat die Linie überschritten, kein Zweifel. Und Allison ist stark geworden, viel stärker als zuvor. Vielleicht sogar stärker als Dad.*

*Und was ist mit mir?*

David war überzeugt, dass seine beiden Geschwister stärker, härter und klüger waren, als er je sein würde. Er hatte schon vor langer Zeit mit unparteiischem Auge die unangenehme Wahrheit über sich selbst erkannt: Wenn es hart auf hart kam und die Kugeln flogen, galt sein erster Gedanke üblicherweise ihm selbst. Er besaß einen ausgeprägten, wenn nicht sogar peinlichen Trieb, das eigene Wohlergehen über das seines Nächsten zu stellen. Er hatte nicht das Zeug zum Helden, so viel war klar.

Manchen Leuten fiel es in den Schoß, ein guter Mensch zu sein. Andere mussten dafür Tag für Tag gegen ihre eigene egoistische Natur ankämpfen. David wusste genau, zu welcher Gruppe er gehörte.

Er beobachtete Allison und Charlie bei der Arbeit und fühlte sich wie ein Kind unter Erwachsenen.

\*\*\*

Dad kehrte nicht erst am nächsten Tag zurück, wie er gesagt hatte, er kam schon um sieben, und er war so aufgewühlt, wie David ihn noch nie gesehen hatte. Minutenlang stand er in der Küche und rauchte geistesabwesend eine Zigarette, ohne von den Kindern Notiz zu nehmen.

Schließlich blickte er sie der Reihe nach an. »Geht in eure Zimmer, macht die Türen hinter euch zu und kommt nicht heraus«, befahl er.

Sie sahen ihn schweigend an und gehorchten. Was blieb ihnen anderes übrig?

David und Charlie blieben hinter ihrer Zimmertür stehen und lauschten nach draußen. Dad bewegte sich eilig durchs Haus. Seine Stiefelabsätze pochten auf den Dielen. Türen schlugen, Schubladen wurden aufgerissen. Kurze Abschnitte völliger Stille wechselten sich ab mit Keuchen und angestrengtem Grunzen, als würde Dad irgendetwas Schweres herumschleppen. Ein paar Mal war auch ein Geräusch zu hören, als würde er etwas über den Boden schleifen.

»Was hat er vor?«, flüsterte Charlie.

»Keine Ahnung.«

Es dauerte anderthalb Stunden. Dann folgte ein längerer Abschnitt der Stille, gefolgt vom Geräusch sich nähernder Schritte. Ein paar Meter vor ihren Zimmern verstummten sie.

»Ich fahre jetzt weg, Kinder«, sagte Dad. Er klang immer noch abwesend. »Wahrscheinlich bin ich morgen wieder da. Ihr wartet zehn Minuten, dann kommt ihr raus und macht euch das Abendessen, verstanden?«

Sie hörten, wie er sich entfernte. Sekunden später fiel die Haustür ins Schloss.

»Irgendwas stimmt da nicht«, raunte Charlie.

Sie warteten die befohlenen zehn Minuten; dann öffneten sie die Tür. Allison kam aus ihrem Zimmer.

»Habt ihr die seltsamen Geräusche gehört?«, fragte sie.

»Haben wir. Hey, *seht* nur!« Charlie deutete auf die Tür zum geheimen Zimmer.

Wieder stand sie offen. Diesmal nicht nur einen Spalt, sondern einladend weit.

»Das wird immer verrückter«, sagte Allison. »Er hat sogar das Licht brennen lassen.«

Sie gingen zur Tür, um einen Blick in das Zimmer dahinter zu werfen. Es war ein Schock: Das Büro war durchwühlt worden; Bücher waren aus den Regalen gerissen und lagen achtlos auf dem Boden. Jede Schublade des Aktenschranks und des Schreibtisches war herausgerissen.

David ging langsam zum Schreibtisch. »Alles leer«, sagte er. Er ging zum Schrank. »Hier auch. Was immer er hier drin aufbewahrt hat, es ist verschwunden.«

»Das Foto ist weg«, sagte Charlie.

Sie sahen zur Tür, und tatsächlich. Der Nagel steckte noch im Holz, doch Rahmen und Foto waren nicht mehr da.

David drehte sich einmal um sich selbst und nahm alles in Augenschein. »Was hat das zu bedeuten?«

»Keine Ahnung«, sagte Charlie. »Bestimmt nichts Gutes. Veränderungen haben noch nie etwas Gutes gebracht, jedenfalls nicht bei Dad.«

»Ich weiß nicht ...« Allisons Stimme klang nachdenklich. »Vielleicht täuschst du dich.«

»Wie kommst du darauf?«

»Na ja ...« Sie zögerte. »Vielleicht ist er abgehauen.« Ihre Worte klangen trotzig, wie eine Herausforderung zum Widerspruch.

David schüttelte den Kopf. »Er hat gesagt, er kommt morgen

wieder. Wahrscheinlich bringt er nur die Sachen, die hier drin waren, woanders hin.«

»Warum sollte er?«, entgegnete Allison.

»Wer weiß? Vielleicht hat er gemerkt, dass er vor Kurzem die Tür offen gelassen hat. Vielleicht hat er Schiss gekriegt.«

Allison zupfte nachdenklich an ihrer Unterlippe. »Möglich wär's«, räumte sie ein.

»Wie man es auch dreht und wendet, es bleibt merkwürdig«, sagte Charlie. »Die Frage ist, was tun wir jetzt?«

»Wir könnten abhauen!«, stieß David hervor, ohne nachzudenken. Es war ein aufregender, verrückter Gedanke.

»Ganz bestimmt nicht«, widersprach Charlie. »Ich würde mich nirgendwo sicher fühlen, solange ich nicht genau weiß, dass der alte Sack tot ist.«

»Und wenn er geflohen ist?«, warf Allison ein.

»Dann können wir immer noch darüber nachdenken. Aber bis es so weit ist, warten wir.«

»Gute Idee«, stimmte David ihm zu, erleichtert, dass sein Vorschlag abgelehnt worden war.

»Das ist wirklich zum Schießen!« Allison lachte böse auf. »Wir haben den Knastkoller.«

»Den was?«, fragte David.

»Den Knastkoller. Den kriegen Leute, die den größten Teil ihres Lebens im Gefängnis verbracht haben. Wenn sie dann freigelassen werden, wissen sie nicht, was sie mit ihrer Freiheit anfangen sollen. Sie geraten in Panik. Manche bringen sich um oder begehen ein Verbrechen, damit man sie wieder ins Gefängnis lässt, wo sie sicher sind, weil sie wissen, wie es da läuft.«

»Dann habe *ich* keinen Knastkoller«, sagte Charlie. »Ich will nämlich von hier weg. Ich will vorher nur sicher sein, dass dieses alte Arschloch uns nicht zurückholen kann.«

Allison schwieg, schien aber ihre Zweifel zu haben.

\*\*\*

Sie gingen ihrem gewohnten Tagesablauf nach, als wäre nichts gewesen. Allison und Charlie bereiteten das Abendessen zu; anschließend räumten alle drei die Küche auf. Danach lernten sie und gingen um zehn Uhr ins Bett. Die Tür zum geheimen Zimmer blieb weit offen, und die Welt drehte sich trotzdem weiter.

Um halb sechs am nächsten Morgen waren sie wieder auf den Beinen, wie an jedem Tag. Zuerst wurde geduscht, dann eine Stunde lang gelernt. Dad gab ihnen zu Anfang jeden Monats einen Lehrplan mit zwei bis vier Themen. Die Themen in diesem Monat waren Physik und Astronomie. Sie lernten bis halb sieben Sternbilder, dann erst machte Allison das Frühstück – Rührei mit Schinken und Würstchen, dazu Toast mit Butter und Erdbeermarmelade. Für Dad war das Frühstück die wichtigste Mahlzeit des Tages und dementsprechend reichlich. Während sie aßen, redeten sie nur das Nötigste. Sie waren nervös, und das Warten drückte auf die Stimmung.

Dann wurde es Zeit für das Training. Sie machten Freiübungen, gefolgt von Judo. Wie immer schlugen Charlie und Allison David nach Belieben. Charlie siegte auch gegen Allison, allerdings nur knapp.

Der Tag zog sich. Sie fragten sich gegenseitig über die Newton'schen Gesetze ab und beschäftigten sich mit der Zentripetalkraft. Allison und David halfen Charlie, Keplers Gesetze der Planetenbewegung zu begreifen. Sie verbrachten ihre Zeit wie sonst auch, aber die Stimmung blieb gedrückt und leise. Selbst Charlie redete kaum ein Wort, was so selten vorkam, dass David meinte, man müsse den Tag im Kalender anstreichen.

Um fünf Uhr nachmittags war ein Motorgeräusch zu hören, das rasch lauter wurde, und dann hielt Dads Wagen in der Einfahrt.

»Das Dreckschwein ist wohl doch nicht abgehauen«, murmelte Charlie und blickte seine Geschwister an. »Okay, dann warte ich jetzt auf die passende Gelegenheit. Bis dahin ist es wichtig, dass wir uns ganz normal verhalten.«

Als Dad durch die Tür kam, sah David auf den ersten Blick, dass etwas passiert sein musste. Irgendetwas stimmte nicht, ganz und gar nicht. Dad war geistesabwesend und schweigsam. Er begrüßte die Kinder nicht und sagte kein Wort, als er in die Küche stapfte, den Mantel auf den Tisch warf und zu seinem Sessel im Wohnzimmer ging. Die Stille war unheilschwanger, wie vor einem heraufziehenden Gewitter. Sie hüllte alles in Ungewissheit, und Ungewissheit war gleichbedeutend mit Gefahr. Die Kinder versuchten es zu ignorieren und spielten tapfer ihre Rollen.

Normalerweise mussten sie sich jeden Abend, wenn Dad nach Hause kam, im Wohnzimmer einfinden. Allison musste Dad die Schultern massieren, David brachte ihm einen Becher Kaffee, und Charlie fragte ihn, wie sein Tag gelaufen sei. Dann lächelte Dad, schloss die Augen und berichtete von den Dingen, die er auf Streife gesehen hatte.

Es war, wie Charlie zu sagen pflegte, wunderschön kitschig. Vorgetäuschte Harmonie. Hinterher schickte Dad die Kinder entweder zum Lernen, oder er zählte Fehler und Nachlässigkeiten auf, und es folgte eine Nacht voller Schläge und Schmerzen. *Je nachdem, was Dad gerade aus seinem Arschloch gezogen hat*, wie Charlie zu sagen pflegte.

Auch an diesem Abend versammelten sie sich im Wohnzimmer. David holte den Kaffee und brachte ihn Dad. Dad nahm den Becher ohne ein Wort des Dankes entgegen und starrte ins Leere. Allison massierte seine Schultern. David wechselte einen Blick mit ihr. Sie wirkte gelassen und entspannt, als hätte Dad ihr niemals so schlimme Dinge ins Ohr geflüstert, dass sie beinahe durchgedreht wäre. Sie warteten, doch Dad reagierte nicht und schwieg. Er saß einfach nur da in seinem hässlichen alten, dick gepolsterten Lehnsessel, den er so sehr liebte.

Es war eine Anomalie im normalen Rhythmus, die Davids Schließmuskel vor Angst verkrampfen ließ. Der normale Rhythmus war schlimm genug, doch die seltenen Augenblicke, wenn die Musik verstummte, waren die schlimmsten. Es war wie ein Musikstuhl ohne Musik. Keiner wusste, was als Nächstes geschah.

In Dads seltsam müden Augen stand Nachdenklichkeit, als hätte er endlich den Faden zu sich selbst entdeckt, als würde er begreifen, wer er wirklich war, *was* er war und was er getan hatte.

Dann starrte er auf die Kinder, und in seinen Augen erschien wieder der Hunger eines Ungeheuers, das seine nächste Mahlzeit ins Auge fasste.

*Ich könnte euch töten*, sagte dieser Blick. *Aber wo soll ich euch dann verscharren? Unter den Rosen ist nicht genug Platz.*

So standen sie da und warteten. Die Luft war zum Schneiden dick. Allison massierte Dad die Schultern, während Charlie und David zusahen, wie der Kaffee kalt wurde. Als Dads Sessel plötzlich knarrte, hätte David vor Schreck beinahe aufgejault.

»Du kannst …«, Dads Stimme war belegt. Er räusperte sich, bis der Hals frei war. »Du kannst jetzt aufhören, Allison. Setz dich zu deinen beiden Brüdern, hörst du?«

David sah, dass sich in Allisons Augen seine eigenen Ängste spiegelten. Sie gehorchte und setzte sich links von David hin.

Der nachdenkliche Ausdruck war aus Dads Augen verschwunden, doch der *Hunger* war immer noch da. Er nippte am Kaffeebecher und schaukelte im Sessel vor und zurück, vor und zurück.

»Die Dinge haben sich geändert, Kinder. Es ist anders gekommen, als ich es geplant hatte, aber so ist nun mal das Leben. Selbst der Übermensch sieht sich gelegentlich mit Herausforderungen konfrontiert. Die eigentliche Bewährungsprobe besteht darin, sich anzupassen und diese Prüfungen zu bestehen. Und das, Kinder, hat mich beschäftigt. Ich habe Zeit gebraucht, um herauszufinden, was geschehen ist und welche Konsequenzen sich daraus ergeben.«

*Konsequenzen.* Dad betonte dieses Wort auf eine Art und Weise, dass David am ganzen Körper eine Gänsehaut bekam.

*Konsequenzen.* Als wollte er sagen: *Ich könnte euch töten und essen, aber was wären die* Konsequenzen?

»Ich habe eine Reihe von Entscheidungen getroffen«, fuhr Dad fort. »Es wird sich eine Menge ändern, und diese Änderungen werden euch wahrscheinlich nicht gefallen.«

Er verstummte erneut, starrte geistesabwesend in die Ferne. Sein Kaffeebecher verharrte auf halbem Weg zwischen Sessellehne und Mund, als hätte er mitten in der Bewegung vergessen, dass er einen Schluck nehmen wollte. Auf seinem Gesicht stand ein breites, versteinertes Grinsen.

»Was für Änderungen, Dad?«, fragte Charlie.

David erstarrte. Trotz aller Neugier wollte er die Antwort auf diese Frage nicht hören, *oh nein, Sir, ganz bestimmt nicht, Sir.*

Dad blinzelte. Die Zeit schien sich wieder in Bewegung zu setzen. Er führte den Becher an den Mund und trank einen Schluck.

»Ich war zu nachsichtig mit euch. Ihr habt mir viel zu lange Widerstand geleistet. Aber damit ist es ab sofort vorbei.« Er nickte zu sich selbst, und David erkannte mit kristallklarer Deutlichkeit, dass der Wahnsinn Einzug gehalten hatte.

Dad war übergeschnappt.

David hatte immer befürchtet, dass dieser Augenblick kommen könnte. Sie alle hatten es befürchtet. Nicht wegen Nietzsche oder wegen der Misshandlungen und der Prügel, die Dad ausgeteilt hatte. Nein, es war *Bad Bob*, der ihnen nächtliche Alpträume bescherte. Er war ein völlig anderer Mann, eine ganz andere Persönlichkeit. Kein normaler Mensch veränderte sich von einer Sekunde auf die andere so grundlegend. Er bewegte sich mit geduldigem Lächeln zwischen ihnen, und in seinem Herzen brodelte glühende Lava: Bad Bob, der nur auf eine Gelegenheit wartete, aus dem Krater hervorzubrechen. Niemand konnte so lange innerlich brennen, ohne irgendwann in Flammen aufzugehen.

»Aus diesem Grund werden wir noch einmal richtig nachlegen.« Er grinste sie an, ein grausames Totenkopfgrinsen wie ein

Clown, der sich mit einem Schlachtermesser hinter dem Rücken immer näher an sein Opfer schiebt.

David wollte den Blick abwenden, doch es gelang ihm nicht. Er *musste* mehr sehen.

»Wie willst du das machen, Dad?«, fragte Charlie.

David wollte ihn schlagen, ihm das Maul stopfen, irgendetwas, nein, *alles* tun, damit er endlich die Schnauze hielt und nicht mehr fragte.

In Dads dunklen, leeren Augen flackerte ein Licht. »Auf unterschiedliche Art und Weise, Charlie. Erstens werden die Bestrafungssitzungen zukünftig sehr viel länger und schmerzhafter sein. Ich werde alles tun, was mir nötig erscheint, um das gewünschte Ergebnis zu erzielen. Nichts ist tabu, von herausgerissenen Fußnägeln bis hin zu Elektroschocks an den Genitalien. Ja. Wir werden tun, was nötig ist.«

David spürte, wie er innerlich kalt wurde, eisig kalt, Weltraumkälte.

»Zweitens wird eure Schwester ab sofort dafür bezahlen, dass sie in diesem Haus wohnen darf.« Er richtete den Blick auf Allison. Seine Augen brannten, als hätte er Fieber. Allison war erstarrt. »Keine Rücksicht mehr, Missy. Du bist jetzt eine Frau, und es ist Zeit, dass du lernst, einem Mann ein bisschen Spaß zu bereiten.«

Und dann tat Charlie etwas, was ihm Davids ewige Liebe einbrachte, auch wenn das, was er tat, grausam, grässlich und höchst *unappetitlich* war.

»Bitte entschuldige mich einen Moment, Dad«, sagte Charlie.

Er sprang auf, bevor Dad einen Einwand erheben konnte, und rannte in die Küche.

»Hey, du kleiner Bastard!«, brauste Dad auf. »Komm sofort zurück!«

*Merkwürdig*, dachte David, der wie losgelöst in seiner eigenen Angst schwebte. *Wenn Dad zu Bad Bob wird, ändert sich manchmal sogar die Art und Weise, wie er redet.*

»Ich komme schon, Sir!«, rief Charlie aus der Küche.

Dad schüttelte den Kopf und lehnte sich in seinem Sessel zurück. Er war wirklich total von der Rolle. Das rettete Charlie wahrscheinlich das Leben. Wäre Dad bei klarem Verstand gewesen, bei normalem Verstand, wäre er Charlie in die Küche gefolgt – und wer weiß, was dann passiert wäre.

David blickte zu Allison. Ihre ohnehin helle Haut war erschreckend weiß.

*Was für ein Weiß?*

Es war ein Wortspiel, das David mit sich selbst spielte, um seine Schreibfähigkeiten zu verfeinern. Die Metaphern liefen ihm durch den Kopf wie an einer Wäscheleine aufgereiht: *Weiß wie Knochen, weiß wie Milch, weiß wie ein Laken, weiß wie ein Gespenst in einem Schneesturm …*

Allisons neu gewonnene Kraft schien verflogen. David spürte, wie eine Erleuchtung über ihn kam. Es war ein Nebenprodukt seiner Liebe zur Sprache – er versuchte stets, hinter die Oberfläche der Dinge zu sehen und das, was er dort entdeckte, in Worte zu fassen. Und was er sah, hätte er nie zu sehen erwartet, während Allison diesen Moment schon immer gefürchtet hatte. Es war ihr Schwarzer Mann.

*Wie konnte ich das übersehen?*

Die bittere Antwort kam ihm fast im gleichen Moment: *Weil ich ein Mann bin und deshalb niemals verstehen kann, wie die Angst mancher Frauen vor den Männern beschaffen ist, wie diese Angst sich anfühlt und wie tief sie geht.*

Ein Merksatz für sein Notizheft.

David wünschte sich, mit dem Denken aufhören zu können, so, wie man das Licht ausknipst oder das Wasser abdreht. Diesen Wunsch hatte er oft, denn sein Verstand schien unablässig damit beschäftigt zu sein, hinter die Dinge zu blicken, sie von allen Seiten zu betrachten, sie hin und her zu drehen und abzuwägen. Ein ganzes Leben an Gedanken kam und ging innerhalb von Minuten.

*Und ständig kommen neue nach!*, dröhnte seine innere Stimme wie ein Boxsport-Moderator aus der Klapsmühle.

»Schaff dein kleines Ärschchen wieder her, Junge!«, brüllte Dad und brach in Davids rasende Gedanken ein. »Wir haben eine Familiensitzung!«

Charlie erschien in der Tür zur Küche. David wechselte einen Blick mit ihm – und da war er wieder, dieser Ozean voller Gedanken in einem Teelöffel Zeit. Charlie brauchte Hilfe. Dad durfte sich nicht nach Charlie umdrehen. David wusste nicht warum und auch nicht, warum er es wusste. Es war einfach so.

»Meinst du wirklich, Dad«, sprudelte David hervor, »dass noch mehr Schmerz das richtige Mittel ist, um uns zur Evolution zu zwingen?«

Bob starrte ihn stirnrunzelnd an. David spürte, wie ihm der Schweiß ausbrach. Er begann zu zittern wie …

*Wie was? Komm schon, spiel das Spiel! Wie Espenlaub, wie ein verängstigter Köter, wie eine arthritische alte Frau im kalten Wind …*

»Was war das, Sohn?«

»Wegen unseres Widerstands, Dad. Meinst du wirklich …?«

Er kam nicht dazu, den Satz zu beenden, denn in diesem Moment sprang Charlie Dad von hinten an, das große Metzgermesser, das er aus der Küche geholt hatte, in der hochgerissenen Faust.

*Er wird sich böse schneiden, wenn er damit zustößt!*, schoss es David durch den Kopf. *Das Messer ist zum Schneiden gemacht, nicht zum Zustechen.*

Charlie beugte sich vor, bewegte das Messer in einer weiten, halbkreisförmigen Bewegung und rammte es Dad in den Leib. Genau wie David es vorhergesehen hatte, rutschte Charlies Hand am Griff nach unten und über die Klinge. Er fauchte schmerzerfüllt, als er die Hand zurückkriss und umklammerte, wobei sein Blut gegen die Wand spritzte.

Allisons Unterkiefer sank im Schock herab.

Stille.

David starrte auf Dad wie ein Kaninchen auf die Schlange.

Dad sah an sich hinab, starrte auf das Messer in seinem Leib, verzog das Gesicht. Er hielt noch immer den Kaffeebecher in der Hand und benutzte ihn nun, um damit gegen den Griff des Metzgermessers zu klopfen. Voller Grauen hörte David das scheußliche *Klink-klink ...* und merkte sich das Geräusch für den späteren Gebrauch.

*Das hier ist echt, vergiss das nicht. Das könntest du dir niemals einfach so ausdenken. Es ist zu verdammt wirklich.*

In späteren Jahren würde er einen Namen für dieses Phänomen haben. Für diese ungewollten Gedanken.

Das *Wortbiest.*

»Das Wortbiest ist immer hungrig«, würde er es beschreiben. »Vierundzwanzig Stunden am Tag, sieben Tage die Woche. Ganz egal, ob du auf einer Beerdigung bist oder ob dein Kind geboren wird. Es frisst, wenn du deiner Frau sagst, dass du sie liebst, während du sie vögelst, und du begreifst, dass beides zur gleichen Zeit abläuft. Das Wortbiest hört nie auf, und du lässt es gewähren, denn das, was es frisst, kannst du später authentisch niederschreiben.«

Das Wortbiest jedenfalls fraß in diesem Moment mit Genuss. Dad wiederholte das Klopfen, Becher gegen Messergriff. *Klink-klink.* Diesmal bewegte sich das Messer ein wenig. *Skwisch-skwasch.*

*Klink-klink, skwisch-skwasch,* und dann Dads missbilligendes Stirnrunzeln, als hätte er Hundescheiße an seinem Schuh entdeckt.

Unvermittelt riss er die Augen auf, weiter, als David es für möglich gehalten hatte (ganz ähnlich wie Allisons Augen am Tag zuvor), und *schrie.* Es war kein Frauenschrei. Es war ein Männerschrei, rau, markerschütternd, aus tiefster Kehle. Gleichzeitig schoss Dad mit einer solch verblüffenden Geschwindigkeit aus dem Sessel hoch, voll überdrehter Mimik und überzogener Gesten, dass es aussah wie bei einer Figur in einem dieser alten

Zeichentrickfilme – eine Figur, unter deren Hintern eine Bombe explodiert ist.

»*Aaarrrrh!*«, schrie Dad in unbändiger Wut.

Allison war die Nächste, die sich in Bewegung setzte. Ihre Wildheit war erstaunlich und abstoßend zugleich. Sie schlug mit der Hand auf den Griff des Messers und rammte es tiefer in Dads Körper.

»Kratz ab!«, kreischte sie und hämmerte mit der Faust auf den Messergriff. »Kratz ab!«

»*Uuuuuuuh!*«, machte Dad.

Allison wollte noch einmal auf den Griff schlagen, doch in diesem Moment schien Dad sich zu fangen – David sah es in seinen Augen – und schlug nach ihr. Keine Ohrfeige, sondern ein Fausthieb, hinter dem all seine verbliebene Kraft lag. Er traf Allison genau auf die Nase, und die Nase wurde, wie das Wortbiest akribisch beobachtete, *platt wie eine Flunder.* Für einen Moment schien sie mit dem Rest von Allys Gesichts zu *verschmelzen.*

Allison wurde nach hinten geschleudert, ein perfektes Beispiel für die Newton'schen Gesetze (die David auswendig aufsagen konnte, und ob er das konnte!). Er sah das Blut zwischen Dads Faust und Allisons Nase spritzen, ganz deutlich, konnte beinahe die einzelnen Tropfen in der Luft unterscheiden. Allisons Arme flogen weit zur Seite, wie bei Christus am Kreuz oder bei Leonardo da Vincis vitruvianischem Menschen. Der Schlag hatte Allys Kopf in den Nacken geschleudert, und sie hielt die Augen im Reflex geschlossen, und David konnte sehen, dass sie mit dem Schädel gegen die Wand hinter dem Sofa krachen würde, mit voller Wucht, und ihr Schädel würde platzen wie …

*Wie was? Los, spiel das Spiel! Wie ein Ei, wie eine Wassermelone, wie ein Porzellanteller auf einem Betonboden.*

David schnellte nach vorn, weil der winzige Augenblick des Beobachtens vorbei war, weil es Zeit war zum Handeln oder zum Sterben, Baby, Zeit, sich wie ein verdammter Blitz unter Strom zu bewegen. Seine Hände schossen nach vorn, und er bekam Ally zu fassen.

Der Aufprall war dennoch viel heftiger, als David erwartet hatte, und Allys Kopf schlug dumpf gegen die Wand. Sie erschlaffte, k.o., bewusstlos. Ihre Nase sah aus, als wäre sie explodiert.

»Was soll das, du kleiner Pisser?«, brüllte Dad. »Was zur Hölle soll das werden?«

David warf einen letzten Blick auf Allison und erkannte, dass der Moment gekommen war. Jetzt oder nie. Entweder, sie beendeten, was Charlie angefangen hatte, oder sie würden sterben. Dad würde diese Geschichte nie und nimmer auf sich beruhen lassen.

*Finde den harten Punkt.*

David wusste nicht, woher die Worte kamen – wie meistens. Doch er begriff, was sie ihm sagen wollten. Das Wortbiest drückte sich manchmal gelehrt aus, aber niemals unverständlich.

Also tat er, was es von ihm wollte, blickte in sich hinein, suchte nach dem *harten Punkt* und fand ihn. Es war jener Punkt, der Ja sagte, na klar, tu, was du tun musst, um zu überleben, du darfst sogar einen anderen Menschen töten, ohne dass du hinterher unter allzu großen Gewissensbissen leiden musst. Vielleicht darfst du es sogar ein bisschen *genießen.*

David spürte, wie tiefe Ruhe ihn überkam. Ihm war weder zu heiß noch zu kalt; in seinem Mund war der Geschmack von trockenem Brot, während in seiner Nase die Erinnerung an das Aroma der Zigaretten seiner Mutter kitzelte.

Er flitzte im Zickzack an Dad vorbei, dessen Blick von Sekunde zu Sekunde klarer wurde, wütender, *mörderischer.* David rannte in den Flur und riss den Baseballschläger aus dem Schrank. Wog ihn in den Händen. Er fühlte sich gut an. *Schwer.*

Er drehte sich zum Wohnzimmer um. Da stand Charlie. Er stand da wie erstarrt, wie angewurzelt. Und Dad drehte sich zu ihm um, ein riesiger beschissener Yeti, Mordlust in den Augen.

Er hatte das Messer aus seinem Bauch gezogen. David wusste, dass Charlie sterben würde, falls Dad die Drehung beendete.

*Und jetzt such den irren Punkt*, flüsterte das Wortbiest ihm zu.

David gehorchte.

Rannte los, den Schläger in beiden Händen, wild entschlossen.

»Jeremiah was a BULLFROG!«, sang er aus voller Kehle. Das letzte Wort war mehr ein Schrei.

Dad hatte sich zu drei Vierteln umgedreht. Charlie rührte sich immer noch nicht. Allison lag halb auf dem Sofa, halb daneben, die Arme ausgebreitet, bewusstlos.

»WE ALL LIVE IN A YELLOW SUBMARINE!«, brüllte David, und diesmal hatte es mit Gesang nichts mehr zu tun.

Er holte aus, von unten, mit aller Kraft. Alles oder Nichts. Wenn der Schlag vorbeiging, würde sein Schwung ihn um die eigene Achse wirbeln, und dann würde Dad ihn packen und ihm den Kopf abreißen.

Der Schläger fand sein Ziel – die linke Seite von Dads Schädel. Es gab ein Geräusch, als würde ein trockener Ast brechen. *KRACK*. David spürte den Schlag bis ins Schultergelenk, und seine Finger wurden augenblicklich taub vom Aufprall. Er ließ den Schläger fallen. Dads Kopf flog seitwärts, beinahe waagerecht zur rechten Schulter. Sein Mund bildete ein »O« des Erstaunens, und wo der Schlag den Schädel getroffen hatte, war die Haut mitsamt den Haaren weggefetzt.

*Dem hab ich den Deckel weggehauen!*, dachte David und kämpfte gegen das Verlangen an, wie ein Irrer zu kichern.

Dad stand einen Moment da. Seine Arme hingen an den Seiten herab und zuckten wie bei einer Marionette, die von einem Spieler gelenkt wurde, der unter Krämpfen litt. Sein Kopf blieb auf der Seite, und ein großer Fetzen Kopfhaut hing lose herab. Blut regnete auf den Teppich.

*Besser, du schnappst dir den Schläger wieder*, fand David Zeit zu denken, bevor Dad ihn mit dem Messer erwischte. Die

Klinge drang in seine linke Schulter. Er war in späteren Jahren nie imstande, die Augenblicke zwischen Marionetten-Dad und Messerstecher-Dad zu rekonstruieren. Zu viele fehlende Bilder. Im einen Sekundenbruchteil starrte er noch auf Dads Gehirn, das unter dem geborstenen Schädel zu sehen war, im nächsten musste er sich mit der Möglichkeit auseinandersetzen, dass dieses Spiel vielleicht doch noch nicht zu Ende war und dass vielleicht, *vielleicht* noch ein weiterer Schlag nötig war – und dann steckte auch schon das Metzgermesser in seiner Schulter.

Der Schmerz war unvorstellbar. Etwas Ähnliches hatte er noch nie erlebt. Keine Prügel von Dad, keine Verbrennung mit Zigarettenspitzen, nichts hatte ihn auf etwas Derartiges vorbereitet. Viel später wurde ihm klar, dass es vielleicht daran gelegen hatte, dass es um Leben und Tod ging. Darum, ob er Augenblicke später noch atmen würde oder nicht. Das Messer in der Schulter war noch kein Siegestreffer, bei Weitem nicht, denn die gegnerische Mannschaft bereitete schon ihren Konter vor.

David schrie auf, ließ die Hand vorschnellen und versuchte Dads freiliegendes Gehirn zu treffen, den Daumen hineinzudrücken, am zersplitterten Schädel zu zerren, während Dad das Messer aus Davids Schulter zerrte.

»Kratz endlich ab, du altes Dreckschwein!«, schluchzte David. »So stirb doch!«

Dad taumelte einen Schritt zurück, das Messer in der Hand. Sein Blick klärte sich vollends, und er starrte David an.

»Ich werde dir deinen kleinen Schwanz abschneiden, und anschließend ficke ich dich die ganze Nacht mit diesem Messer in den Arsch«, krächzte er. Dann fing er an zu lachen, tief und dröhnend. Er schwankte wie ein Betrunkener, aber er lachte. Er lachte immer noch, als er das Messer hob.

»Ihr kleinen Wichser!«, krächzte er. »Ihr könnt mich nicht töten! Ich bin der Übermensch!« Plötzlich hielt er inne. Seine Augen, in denen Schmerz und Hass loderten, richteten sich auf David, und all der Irrsinn, der so lange in seinem Innern gelauert hatte, brach sich Bahn wie Eiter aus einer madenverseuchten, schwärenden Wunde. »Aber ich kann dich töten, Junge. Jawohl, das kann ich. Ich kann dich ganz langsam kaltmachen … und danach töte ich das andere kleine Arschloch genauso langsam … und zum Schluss zwinge ich *sie*, euch beide zu essen.« Wieder lachte er dröhnend, und der Hautlappen an seinem Kopf hüpfte auf und ab. Davids Magen zog sich zusammen. »Und wenn sie fertig ist, fange ich mit ihr von vorne an. Wer braucht schon drei von eurer Sorte, wenn eine reicht?«

Das Messer hatte fast den Scheitelpunkt erreicht.

*Entweder du oder er*, sagte das Wortbiest.

Keine klugen Metaphern, keine Zungendreher, nichts außer diesem einen, kurzen Satz. Manchmal blieb keine Zeit für Finessen.

David bückte sich, ignorierte den brennenden Schmerz in der Schulter und packte den Baseballschläger. Er schrie, während Dad lachte, und holte wieder aus, wieder in Hüfthöhe, und schlug erneut mit aller Kraft zu. Wenn dieser Schlag immer noch nicht reichte, war das Spiel zu Ende. Eine dritte Chance würde es nicht geben. Und wie Dad immer sagte: Der Zweite ist der erste Verlierer.

Der Schlag traf ins Schwarze. Die gleiche Stelle wie beim ersten Mal, nur mit dem Unterschied, dass der Schädel, der bereits geborsten war, diesmal explodierte. Knochensplitter wurden in Dads Gehirn getrieben und töteten ihn im Bruchteil einer Sekunde. Im einen Moment war er noch in Bewegung, groß und bedrohlich und mit Mordlust in den Augen, im nächsten Moment war er nur noch ein Berg totes Fleisch, der umkippte und dumpf auf den Dielen aufschlug.

Wieder war der Schläger David aus den tauben Fingern gefallen. Schwer atmend stand er da und starrte auf die leblose Gestalt hinunter. Vor seinen Augen tanzten bunte Funken. Schweiß lief ihm übers Gesicht.

Ihm wurde bewusst, dass er sich noch nie lebendiger gefühlt hatte.

Und ganz am Rande bemerkte er, dass das Wortbiest selbst jetzt, in diesem Moment, alles in sich aufnahm und in großen Bissen hinunterschlang. Eines Tages würde er darüber schreiben, oder über eine ähnliche Situation, und sie würde *echt* sein.

»Heilige Scheiße …«, flüsterte Charlie hinter ihm.

David kicherte leise. Dann verlor er das Bewusstsein.

\*\*\*

Er wachte zur falschen Zeit wieder auf. Es war Sonntag, drei Wochen zuvor. Dad war außer Haus – wo, wussten sie nicht, und es war ihnen auch egal. Es war die letzte Maiwoche, und der Frühling stand in voller Blüte. Die Luft hatte sich verändert, sie konnten es spüren – das milde Wetter machte sich bereit, der Backofenhitze des Sommers zu weichen. Bald würden Fata Morganas über dem Asphalt der Straßen flirren. Aber noch war es nicht so weit. Derzeit lagen die Temperaturen bei knapp über zwanzig Grad, und eine frische Brise wehte.

Es sah aus wie ein Tag voller Möglichkeiten – eigenartig in Anbetracht der Tatsache, dass überhaupt nichts möglich war. Der nächste Tag enthielt keine Geheimnisse für die Kinder: Er bedeutete Dad und den Ledergürtel und die Evolution zum Übermenschen. Und wenn nicht am nächsten Tag, dann am übernächsten. Es gab kein Entrinnen, das war so sicher wie das Amen in der Kirche.

Doch für den Moment schien die Sonne, und Dad war nicht da, und niemand würde sie daran hindern, die Welt draußen zu erforschen. Allison trug eine Jeans und eine weite weiße Bluse mit rotem Blumenmuster. Es waren ihre einzigen Bluejeans, gekauft während eines anderen Streifzuges ein Jahr zuvor, als es noch kälter gewesen war (Dad hatte ihr verboten, etwas anderes als Kleider zu tragen).

Hinter dem Haus gab es einen Schuppen, den Dad nie benutzte. Dort verwahrten sie sämtliches Schmuggelgut auf:

Allisons Jeans, Schreibhefte für David, Comics für Charlie, den Ghettoblaster und die AC/DC-Kassette.

Sie hatten Jahre gebraucht, bis sie genügend Mut angesammelt hatten, sich an den Tagen aus dem Haus zu schleichen, an denen Dad nicht da war. Denn wenn er zurückkam, während sie weg waren ... lieber nicht daran denken.

Es war Charlie gewesen, der den ersten Schritt aus dem Käfig gewagt hatte, und Gott segne ihn dafür.

»Es gibt keine Gitter vor den beschissenen Fenstern«, hatte er gesagt. »Nur eine Sache hält uns hier fest.« Er hatte die anderen angegrinst, sein Charlie-Grinsen, ansteckend wie eine Hure am Zahltag (ein Charlie-ismus), unaufhaltsam, voller Schalk und Fatalismus und vielleicht einem kleinen bisschen Wahnsinn. *Spring*, hatte dieses Grinsen gesagt. *Denk nicht darüber nach.*

»Ich weiß nicht ...«, hatte Allison geantwortet und an ihren Fingernägeln gekaut.

David hatte ihr die Hand vom Mund weggeschlagen. »Ich weiß auch nicht«, hatte er ihr beigepflichtet.

»Schande über euch beide«, hatte Charlie gekräht und sich dabei zu seiner vollen Größe aufgerichtet. »Ihr habt ja keine Eier in der Hose, ihr Luschen.«

»Leck mich«, hatte David grinsend erwidert.

Dad ließ sie nicht fernsehen, aber sie durften lesen, was sie wollten, sobald ihre Arbeiten erledigt waren, und sie durften Radio hören, vorausgesetzt, es war nicht zu laut. Bücher waren ihre einzigen Fluchtmöglichkeiten, und sie verschlangen fast alles, was sie in die Hände bekamen. David hätte sogar die Beschriftung einer Tüte Frühstücksflocken gelesen, wäre nichts anderes verfügbar gewesen.

Es machte das Leben beinahe erträglich. Beinahe. David vermutete insgeheim, dass eine Strategie dahintersteckte, ein teuflischer Plan von Dad: Schlag sie, misshandle sie, schneide sie von der Außenwelt ab, aber (*aber aber aber*) gib ihnen alles an Lesefutter, was sie verdauen können, und Musik zum Nachtisch.

Manchmal glaubte David, es sei das Einzige, das sie bei Verstand hielt – und die meiste Zeit war er ziemlich sicher, dass Dad das sehr genau wusste. Es spiegelte sich in den Widersprüchen, die sie verkörperten. Sie waren alle drei noch jungfräulich und hatten noch nie eine Verabredung gehabt, geschweige denn, jemanden vom anderen Geschlecht geküsst. Trotzdem hatten sie einander mehr als einmal nackt gesehen. Sie waren abgeschnitten von der Komplexität und den Reifeprozessen der Welt draußen und konnten sie dennoch besser erklären, als die meisten Gleichaltrigen, die in dieser Welt lebten, und sie besaßen dank der Berge von Büchern, die sie lasen, ein weit umfassenderes Wissen. Ihre Gespräche, insbesondere Charlies Bemerkungen, waren gespickt mit Wortspielen und Slang und Obszönitäten, modernen und archaischen.

»Was passiert, wenn Dad zurückkommt, Charlie?«, hatte Allison gefragt.

»Wir kriegen die gleiche beschissene Strafe wie immer, was denn sonst!«, war Charlie so unvermittelt explodiert, dass David und Allison erschreckt waren. »Wir werden verprügelt und verbrannt, und wir schreien und flehen und betteln. Herrgott noch mal, das ist mir so was von egal!« Charlies Wut verrauchte so schnell, wie sie gekommen war. Er sank in die Knie und schlug die Hände vors Gesicht. »Ich muss eine Zeitlang hier raus«, flüsterte er und brach in Tränen aus.

David war sicher, dass Allison in diesem Moment alles getan hätte, wirklich *alles*, um Charlies Grinsen zurückzuholen. Sie ging zu ihm und legte ihm die Hand auf die Schulter.

»Okay.«

Mehr sagte sie nicht, aber das reichte. Charlie blickte sie an. Immer noch strömten ihm Tränen über die Wangen.

»Was?«, fragte er schniefend.

»Sie hat okay gesagt, du große tuntige Heulsuse«, sagte David. »Dass du einen an der Birne hast, wusste ich ja schon, aber nicht, dass du jetzt auch noch taub bist.«

So hatte es angefangen, als Ergebnis von Charlies Heldenmut und seinen Tränen. Es hatte sie gerettet, genau wie die Bücher und die Musik sie gerettet hatten. Sie hatten langsam angefangen. Kurze Spaziergänge um den Block, höchstens eine halbe Stunde lang, bevor sie mit wild pochendem Herzen zurück zum Haus gerannt waren.

Damals waren sie zwölf gewesen. Jetzt waren sie fünfzehn, und ihre Erfolge hatten sie mutiger werden lassen. Sie fuhren mit dem Bus, sie gingen ins Kino, und einmal hatten sie sogar einen besonders waghalsigen Trip an den Lake Austin unternommen. Sie hatten immer noch Angst wegen Dad, doch inzwischen waren sie mehr als bereit, das Risiko einzugehen. Es war die Sache wert.

An diesem Tag wollten sie nach Barton Springs, zu einem großen Badesee, der von einer natürlichen Quelle gespeist wurde. Im See von Barton Springs zu schwimmen war nach Charlies Worten besser, als nach einem feuchten Traum im Bett aufzuwachen.

»Vielleicht sehen wir heute ein paar Titten«, sinnierte er.

Allison verdrehte die Augen.

»Ich dachte, du stehst nicht auf Frauen«, sagte David. »Ich dachte, du fährst mehr auf haarige Männerbrüste ab.«

»Am Arsch hängt der Hammer«, gab Charlie zurück.

Seine Bemerkung über Brüste war ernst gemeint. Es gab Frauen, die am See oben ohne sonnenbadeten. David hatte ein paar ältere Jungen gesehen, die verspiegelte Sonnenbrillen trugen, und sie für ihre Raffinesse bewundert – sie konnten gaffen, so viel sie wollten, die Frauen würden es nie erfahren. Es war schlichtweg genial.

»Ich kann es kaum erwarten, ins Wasser zu springen!«, sagte Allison.

David sah, dass sie tatsächlich aufgeregt war, wenn nicht sogar glücklich.

Und sie hatte recht gehabt. Das Wasser war wunderbar gewesen. Es störte ihn nicht einmal, dass sie T-Shirts tragen mussten, um ihre Narben zu verbergen.

\*\*\*

David schlug die Augen auf und starrte an die Popcorndecke des Wohnzimmers. Seine Schulter schmerzte höllisch. Er konnte ein Geräusch hören, das er nicht einzuordnen vermochte. Ein dumpfer Schlag, der sich in regelmäßigen Abständen wiederholte.

David mühte sich in eine sitzende Haltung, was die Schwärze und die tanzenden Flecken vor seinen Augen zurückbrachte.

Er suchte nach der Quelle des Geräuschs.

Es war Charlie. Er stand vor dem Leichnam von Dad und trat immer wieder zu. Wieder und wieder und wieder, methodisch, ohne Eile, ohne Unrast. Wie ein Metronom.

Bums. Pause. Bums. Pause. Bums.

Charlie murmelte etwas vor sich hin. David spitzte die Ohren. Die gleichen Worte, immer wieder: »… und wenn ich auch wanderte im finstersten Tal, so fürchte ich kein Übel …«

Davids Kehle war trocken wie Pergament. Sie fühlte sich an, als hätte er einen Becher Sand verschluckt.

»Charlie …!«, krächzte er. »Hör auf damit.«

Bums. Pause. Bums. Pause.

David drang nicht bis zu ihm durch.

Er versuchte, den Mund zu befeuchten, und für einen kurzen, entsetzlichen Augenblick glaubte er sterben zu müssen, so bar jeder Feuchtigkeit waren Zunge und Rachen. Dann reagierten die Drüsen, eher widerwillig zwar, doch sie sonderten immerhin genügend Flüssigkeit ab, dass er schlucken konnte. Seine Kehle schrie auf vor Erleichterung. Er atmete tief ein und brüllte:

»*Charlie!*«

Charlie hielt mitten in der Bewegung inne und verstummte zwischen »im finstersten Tal« und »so fürchte ich«. Sein Fuß verharrte für eine Sekunde in der Luft, als müsse er etwas überdenken. Dann drehte er den Kopf zu David. »Hey, Mann«, sagte er. Seine Stimme klang schwach und benommen.

»Bitte, Charlie«, sagte David, »hör auf, ihn zu treten.« Seine Stimme war sanft – der Tonfall, in dem man mit jemandem redete, bei dem mit allem zu rechnen war.

Charlie blickte ihn stirnrunzelnd an. »Aber es macht mir Spaß.« Er grinste sein Charlie-Grinsen, dieses Scheiß-drauf-Grinsen, doch diesmal grinsten seine Augen nicht mit; es war nicht echt. »Es macht mir sogar *tierisch* Spaß.«

Davids Blick fiel auf Allison. Sie lag genauso da, wie er in Erinnerung hatte, halb auf der Couch, halb auf dem Boden. Ihre Brust hob und senkte sich. Gott sei Dank, sie atmete. Sie lebte.

Charlie war ebenfalls am Leben, doch David beschlich das Gefühl, Charlie könne dem Wahnsinn entgegentreiben wie ein Boot, das sich vom Steg gelöst hat. Noch hielt die Leine, aber wenn die Strömung kräftig genug zerrte, würde sie das Boot fortreißen.

»Ich weiß, Mann«, sagte David beruhigend. »Aber er ist tot, verstehst du? Keiner mehr zu Hause. Die Kakerlakenfalle hat zugeschlagen.«

»Die Kakerlakenfalle. Kakerlaken gehen rein, kommen aber nicht wieder raus«, sinnierte Charlie. Er blickte auf den toten Bob hinunter. Starrte die Leiche an, blinzelte. »Ist er … ist er wirklich tot, David?«

»So tot wie ein Türnagel«, sagte David. *So tot wie ein schlechter Witz, ein alter Furz, wie die Mittagssonne um Mitternacht.*

»Ich hab ihn mit dem Messer erwischt«, sagte Charlie. Für Davids Geschmack klang seine Stimme immer noch viel zu abwesend.

»Oh ja«, pflichtete David ihm bei. »Und dann hat Ally ihm das Messer noch ein bisschen tiefer in den Balg gedrückt, und ich hab ihm ein Ding mit seinem Baseballschläger verpasst.«

Endlich sah Charlie ihn an. David war erleichtert, als er sah, dass Charlies Blick sich klärte. Es war, als würde Charlie in eine

Hülle seiner selbst gegossen, als würde diese Hülle sich wieder mit dem alten Charlie füllen. Charlie blinzelte einmal, zweimal.

»Scheiße, Mann, du bist verletzt.«

»Ist dir das auch schon aufgefallen, du Schwachkopf?« Davids Stimme zitterte. »Als Gott den Verstand verteilt hat, warst du wegen Krankheit entschuldigt, was?«

»Fick dich ins Knie«, murmelte Charlie.

Die Antwort kam automatisch. Charlies Stimme war schleppend vor Erschöpfung. Trotzdem war David noch nie so froh gewesen, diese Worte zu hören.

David schaute seinen Bruder an und empfand nichts als Liebe, hell strahlende Liebe.

»Du hast uns gerettet, Charlie«, sagte er.

Charlie blickte ihn stirnrunzelnd an. Seine Augen waren noch immer ein wenig umflort. »Was?«

David zeigte auf Dads Leiche.

»Wenn du nicht so schnell losgerannt wärst und das Messer geholt hättest, wäre er jetzt noch am Leben. Und wir drei wären in der Hölle.«

Tränen übermannten ihn. Charlie kam zu ihm, setzte sich neben ihn und legte ihm den Arm um die Schultern.

»Was ist?«, wollte er wissen.

David brachte keine Antwort über die Lippen. Abgesehen davon – er war nicht sicher, ob Charlie ihn verstanden hätte. Ein Grund für seine Tränen war Erleichterung. Ein anderer Grund war der Kummer, der sich über Jahre hinweg in ihm aufgestaut hatte. Doch es gab noch einen dritten Grund, und der entsprang einem abgrundtiefen dunklen Loch, das sich in ihm aufgetan hatte.

*Ich habe jemanden umgebracht*, dachte er und weinte noch heftiger. *Vielleicht hatte er es verdient, und vielleicht gab es keine andere Wahl, aber ... Gott, o Gott, ich fühle mich so elend. Es spielt keine Rolle, was für ein Mensch er war. Ich fühle mich beschissen.*

Später sollte er dieses Gefühl in einem seiner Bücher beschreiben. Die Umstände waren erfunden, doch die Vorgeschichte war die gleiche. Er würde zahlreiche Zuschriften von Lesern erhalten, denen das Buch sehr gefallen hatte – doch keiner verstand diese eine Szene.

*Seien wir doch mal ehrlich*, schrieb ein Leser. *Das ist völlig unrealistisch. Das einzige Gefühl, das im wahren Leben jemand empfinden würde, wäre Befriedigung. Der Kerl hat gekriegt, was er verdient hat – fertig, aus.*

David antwortete nicht auf diese Zuschrift, aber sie machte ihn wütend und raubte ihm den Schlaf. *Woher willst du das wissen?*, ging es ihm durch den Kopf, als er in der Dunkelheit seines Schlafzimmers lag und an die Decke starrte. *Das Leben ist kein Buch. Töte jemanden mit den eigenen Händen, und du wirst schon sehen, wie du dich fühlst. Ich gebe zu, dass manchmal kein Weg daran vorbeiführt, und ich würde es wieder tun, wenn ich müsste. Aber damals, in dem Moment, als ich heulend auf dem Sofa saß, ging es mir schlechter, als in all den Jahren zuvor mit Dad.*

In dieser Nacht schrieb er in sein Notizbuch: *Es gibt viele Gründe zu töten. Das Schwierige ist, Gründe zu finden, es nicht zu tun.*

Und so antwortete er nicht auf Charlies Frage. Er weinte weiter und schwor sich, nie wieder einen Menschen zu töten.

Doch es war ein Schwur, den er nicht einhalten konnte. Jeder Veteran hätte ihm sagen können, dass das Töten nur beim ersten Mal so schwer ist. Danach wird es von Mal zu Mal leichter.

\*\*\*

Irgendwann riefen sie die Polizei.

Sie hatten eine Heidenangst, aber welche Wahl blieb ihnen schon? Allison war zu sich gekommen, doch sie war apathisch und brauchte dringend medizinische Versorgung – genau wie David mit seiner Messerwunde in der Schulter. Außerdem war die Frage nach Dads möglichem Partner nicht beantwortet worden. War er ein Phantom, eine Erfindung? Oder gab es ihn wirklich, und würde er herkommen?

Wie sich herausstellte, hätten sie wegen der Polizei keine Angst haben müssen. Ein Blick auf ihre vernarbten Rücken vertrieb jegliche Zweifel. Sie wurden mit einer Freundlichkeit und einem Mitgefühl behandelt, das selbst Charlies harte Schale zerbrach. Eine Polizistin umarmte ihn, und das war's. Charlie fing an zu heulen und wollte die Frau gar nicht mehr loslassen. Sie ließ ihn gewähren.

**KAPITEL 11** »Was hat Dad dir eigentlich ins Ohr geflüstert, Ally?«, fragte David.

Sie befanden sich auf der Polizeiwache. Die für ihren Fall zuständigen Ermittler hatten sie herbestellt. Eine Woche war vergangen. Die Tatsache, dass drei Kinder neun Jahre lang vom eigenen Vater misshandelt und gefoltert worden waren, hatte der Polizei von Austin einen Schock versetzt; deshalb hatte man ihnen erlaubt, vorerst zusammenzubleiben, unter der wechselnden Aufsicht von Sozialarbeitern und Freiwilligen der Polizei.

»Das möchte ich dir nicht sagen«, antwortete sie.

»Warum nicht? Er ist tot.«

»Dann lass es mit ihm sterben.«

Charlie kicherte. »Gib auf, D. Du hast es schon ein Dutzend Mal versucht. Sie wird es dir nicht verraten, du Hirni.«

»Fick dich ins Knie.« Äußerlich blieb David ruhig, doch innerlich schäumte er.

*Sie hat sich selbst gebissen, bis das Blut kam. Warum? Sie hat so furchtbar geschrien, dass ich so etwas hoffentlich nie wieder hören muss. Warum? Was ist da passiert?*

Die Tür vor ihnen öffnete sich, und Margie Robb lächelte sie an und winkte ihnen einzutreten. Margie war die weibliche Hälfte des Ermittlerteams. »Nur hereinspaziert. Wie geht's euch?«

»Prima, Ma'am, danke, gut«, murmelten sie durcheinander.

Margie war Mitte dreißig. Sie war klein und schlank und trug die schwarzen Haare zu einem Pagenkopf geschnitten. Ihre Augen blickten warm und freundlich, ihr Lächeln war offen, und sie wäre sicherlich eine Schönheit gewesen, wären da nicht die Aknenarben gewesen, die ihr Gesicht verunstalteten.

Die Kinder vertrauten ihr bis zu einem gewissen Grad. Nicht wegen ihres freundlichen Lächelns (sie maßen einem Lächeln keine Bedeutung mehr zu; ein Lächeln konnte man zu leicht vortäuschen), sondern wegen ihrer ernsten, nüchternen Art. Margie war geradeheraus, ohne grausam zu sein, und sie redete nicht von oben herab zu ihnen.

»Setzt euch, Kinder«, sagte sie nun und deutete auf eine abgewetzte Couch.

Sie nahmen Platz.

»Wo ist Steve?«, wollte Charlie wissen.

»Unterwegs. Heute müsst ihr mit mir allein vorliebnehmen.« Sie grinste schief. »Ich schätze, das ist euch nicht unrecht, oder?«

Charlie betrachtete Steve als das »Arschloch des Teams«, weil aus seinem Mund »nichts als Dünnschiss« kam, wie er sich ausdrückte. Die Wahrheit war viel einfacher: Steve fühlte sich in Gegenwart der Kinder nicht wohl und kompensierte sein Unbehagen dadurch, dass er sich übereifrig gab, was im Gegenzug Unbehagen bei den Kindern hervorrief.

»Ich habe euch hergerufen, weil wir den Fall abschließen wollen. Ich habe noch eine letzte Frage an euch, aber hauptsächlich möchte ich euch über die Ergebnisse unserer Ermittlungen informieren und *Eure* Fragen beantworten. Ihr habt doch sicher welche?«

Und ob sie hatten.

»Meine Frage zuerst. Ihr habt übereinstimmend ausgesagt, Mr. Gray habe Allison mit sexuellem Missbrauch gedroht, ist das richtig?«

»Ja«, antwortete Allison. »Warum?«

Margie kratzte sich an der Nase und seufzte. »Es kam bei der Autopsie ans Licht. Robert Gray fehlte ein Testikel, und das andere war stark beschädigt. Der Pathologe nimmt an, dass es vor langer Zeit passiert sein muss. Wahrscheinlich in Mr. Grays Kindheit.«

David runzelte die Stirn. »Und weiter?«

»Mr. Gray war mit hoher Wahrscheinlichkeit impotent. Der Pathologe konnte es nicht mit letzter Bestimmtheit sagen, ist sich aber zu neunundneunzig Prozent sicher.«

»Tatsache?«, fragte Allison. »Sind Sie sicher?« Sie legte so viel Nachdruck in diese Frage, dass David sie überrascht musterte. Sie hatte sich vorgebeugt, den Mund leicht geöffnet, und blickte die Ermittlerin aufmerksam an.

»Ganz sicher«, antwortete Margie.

Allison ließ sich zurücksinken. »Gott sei Dank«, sagte sie mit vor Erleichterung erstickter Stimme.

Margie tätschelte ihr die Hand. »Er wollte dir sicher nur Angst machen, als er das gesagt hat, Allison.«

»Der große Bad Bob hat keinen hochgekriegt«, sagte Charlie. »Was für ein Hammer.«

Margie hob die Augenbrauen. »Es passt jedenfalls zum völligen Fehlen von sexuellem Missbrauch. Ich werde nicht den Fehler begehen und sagen, ihr drei hättet Glück gehabt, denn so war es nicht. Ich sage nur, dass Sex in Fällen wie diesem, wo Minderjährige über lange Zeiträume gefangen gehalten werden, fast immer eine Rolle spielt.«

»Vielleicht war das ja der Grund dafür, dass er uns adoptiert hat«, murmelte Allison. »Weil er keine eigenen Kinder haben konnte.«

Margie nickte. »Der Gedanke ist mir auch schon gekommen.«

»Was für ein Glück für uns«, sagte David.

»Wir haben jede mögliche Spur zurückverfolgt, die von Mr. Gray ausging. Er war ein Einzelkind, und wir konnten keine lebenden Verwandten von ihm finden. Wir haben auch keine Anrufe zu seinem Anschluss entdeckt oder Nummern, die von seinem Anschluss aus gewählt wurden und die uns zu jemandem geführt hätten, der mit Mr. Gray zusammengearbeitet hat.«

»Also hatte er keinen Partner«, stellte David fest.

»Die Indizien deuten darauf hin, ja. Ihr habt bereits die Vermutung geäußert, dass der Brief, den ihr gefunden habt, eine Täuschung gewesen war. Ich glaube, ihr habt recht.«

David dachte über die Bemerkung nach. Ihm kam ein Gedanke. »Was ist mit den Filmen?«, wollte er wissen.

Über Margies Gesicht huschte ein Ausdruck, den er nicht zu deuten vermochte. »Wir haben keine Filme gefunden. Wir haben keine weiteren Häuser oder Wohnungen auf den Namen von Mr. Gray gefunden, wo er die Filme möglicherweise versteckt haben könnte. Auch keine Bankschließfächer, Lagerhäuser oder Fahrzeuge, die stillgelegt wurden.«

»Und wohin sind die Filme dann verschwunden, verdammt?«, stieß Charlie hervor.

»Könnte sein, dass er sie vernichtet hat. Ihr habt doch gesagt, ihr hättet gehört, wie er irgendwelche Sachen durchs Haus geschleppt hat, und gesehen, dass sein Büro leer war.«

Allison musterte die Ermittlerin. »Aber Sie sind der Meinung, dass es noch eine weitere Möglichkeit gibt, nicht wahr?«

Erneut der undeutbare Gesichtsausdruck. »Ja«, gestand sie. »Die dritte Möglichkeit wäre, dass er die Filme verkauft hat.«

»Verkauft?«, fragte David ungläubig. »Wer kauft denn so was?«

»Leute – hauptsächlich Männer –, die gerne dabei zusehen, wenn Kindern Schmerzen zugefügt werden«, antwortete Margie leise.

Die drei schwiegen schockiert.

»Also gibt es da draußen kranke Typen, die sich anschauen, was Dad mit uns gemacht hat, und sich dabei einen runterholen«, sagte Charlie schließlich. »Denen einer flöten geht, wenn Dad uns durch die Mangel dreht.«

Allison verzog das Gesicht und boxte ihn gegen den Arm. »Charlie! Das ist nicht witzig!«

Er breitete die Hände aus. »Ich weiß. Aber darum geht es ja gerade – es *muss* witzig sein. Was sollen wir denn sonst tun, wenn wir so einen Dreck hören? Heulen?« Er zuckte die Schultern. »Ganz ehrlich, da ist mir Lachen lieber.«

*Mir wäre Vergessen am liebsten*, dachte David. *Ich würde am liebsten alles aus meinen Erinnerungen streichen, für immer und ewig.*

»Habt ihr sonst noch Fragen?«

»Ja«, sagte Allison. »Was passiert jetzt mit uns?«

David konnte nie genau erklären, was danach *wirklich* passiert war.

*\*\*\**

Die Zeitungen hatten vom Schicksal der Kinder Wind bekommen. Sie kamen bei neuen Pflegefamilien unter – selten für Kinder in ihrem Alter –, womit ihr gemeinsames Leben endete. Seltsamerweise protestierten sie nicht allzu heftig.

Allison verschwand zuerst. Eines Tages packte sie ihre Sachen und war weg. David und Charlie bekamen jeder einen Brief mit den drei Worten: *Ich liebe dich.*

Charlie blieb ein weiteres Jahr, dann war auch er eines Tages verschwunden. Er schickte keinen Brief.

David blieb bei seiner Pflegefamilie, bis er achtzehn war. Sie kauften ihm einen Wagen zum Geburtstag, und am nächsten Morgen war er auf der Straße mit dem Ziel, Texas so weit hinter sich zu lassen, wie er nur konnte.

Sie zerstreuten sich in alle Winde, und sie redeten mehr als zwanzig Jahre nicht miteinander.

*Ich habe sie beide geliebt*, schrieb David später in einem seiner Bücher. *Und sie mich. Aber wir wussten, dass wir nie darüber hinwegkämen, wenn wir zusammenblieben. Wir erinnerten uns gegenseitig zu sehr an Dad. Er wäre immer zwischen uns gewesen.*

Er vermisste Allison und Charlie (manchmal so sehr, dass es

schmerzte), doch ein Teil von ihm war erleichtert, dass sie nicht mehr da waren. Er schämte sich dafür, doch es war die Wahrheit.

Sie fanden den Weg in seine Bücher. Das Wortbiest sorgte dafür. Allisons Fingernagelkauen, Charlies schnippisches Mundwerk, das herrliche Wasser in Barton Springs. Der Kloeimer war da, und in den dunkelsten Nächten dieses Geräusch, dieses *Klink-klink, skwisch-skwasch,* wenn der Kaffeebecher gegen den Messergriff stieß.

Plätschernde, sich kräuselnde Wellen. Ringe des Schicksals.

*Ich schreibe über meine Narben,* hatte eine seiner Romanfiguren einmal gesagt. *Das tun wir alle.*

# VIERTER TEIL

# GESCHICHTSSTUNDEN

**KAPITEL 12** *Auf Reisen*

Charlie war aus Stein gehauen. So fühlte es sich jedenfalls an. Er hatte einen Fenstersitz an Bord der Maschine nach Denver, und er saß wie versteinert da, die Hände im Schoß verschränkt. Er sah die Nacht vorüberziehen und dachte an gar nichts.

Das war die Kunst des Wartens. Es war eine Fähigkeit, die man in der Schlacht brauchte. Sie wurde nicht gelehrt, man lernte sie mit der Zeit von allein. Das Schlimmste am Kampf war nicht der Kampf selbst, sondern die Zeit davor. Die Anspannung. Die unausweichliche Angst vor dem Tod. Sie konnte einen von innen heraus bei lebendigem Leib fressen, kleine Bissen aus Schwärze, gefüllt mit Furcht und Zweifeln, die einen zum stammelnden Idioten machten, wenn man es zuließ.

Soldaten gehen unterschiedlich mit Stresssituationen um. Manche ergeben sich stumm in ihr Schicksal, manche beten, andere reißen Witze, wieder andere spielen Karten oder reden über die Frauen, mit denen sie geschlafen haben.

Charlie saß still da und blieb still. Es fiel ihm überhaupt nicht schwer. Er hatte es gelernt in den vielen Jahren des Wartens in der Kammer, des Wartens auf die sich öffnende Falltür im Boden, des Wartens auf Dad.

»Ich hasse diese langen Flüge. Sie auch?«, fragte die Frau auf dem Sitz neben ihm.

Charlie beachtete sie nicht und schloss die Augen, statt zu

antworten. Er ignorierte auch ihr missbilligendes Schnauben, konzentrierte sich stattdessen darauf, seinen Kopf frei zu machen von sämtlichen störenden Gedanken.

*Warte nur, süßes Mädchen. Du weißt, wie es geht. Sei still, tue, was sie sagen, und warte. Ich werde dich finden. Und dann töte ich sie, einen nach dem anderen.*

Eine Woge aus Zweifeln brandete über ihn hinweg, und für eine Millisekunde war er verunsichert.

*Und wenn sie schon tot ist?*

Charlie schob den Gedanken von sich, begrub ihn tief in seinem Innern.

*Wenn sie tot ist, bin ich auch tot. Dann ist die ganze Welt tot. Dann spielt nichts mehr eine Rolle. Dann werden sie erst recht sterben.*

Die Woge verebbte, und er verwandelte sich wieder in Stein. Er schlief ein und träumte von Phuong. Sie sah ihm in die Augen und sang leise für ihn, ohne zu reden. *Noo-ah-lay-ay, noo-ah-low ...*

Er verstand ihre Worte, wie immer. *Ich bin mein eigenes Licht, Papa, wegen dir, und ich werde auf dich warten, und wenn es im Himmel ist.*

Die Frau neben ihm warf einen Blick auf den unhöflichen Mann und bemerkte, dass er im Schlaf weinte. Seine Lippen waren leicht geöffnet, und er atmete tief; trotzdem strömten Tränen über seine Wangen. Die Frau streckte die Hand aus, um ihn sanft wachzurütteln, zog die Hand dann aber wieder zurück.

Aus irgendeinem Grund rührte dieser Fremde ihr Herz, und sie nahm seine Unhöflichkeit nicht mehr persönlich.

\*\*\*

Allison saß mit ihrem Koffer in der Abflughalle und wartete auf die Maschine nach Denver.

*Geschieht das alles wirklich?*

Es war ungefähr das tausendste Mal, dass sie sich diese Frage stellte. Und wer wollte es ihr verdenken? Diese ganze Geschichte war surreal und beängstigend. Allison hätte nicht sagen können, wovor sie mehr Angst hatte: vor dem Mann auf der DVD oder dem Treffen mit ihren Brüdern, mit denen sie seit so vielen Jahren keinen Kontakt mehr gehabt hatte.

*Wahrscheinlich beides*, dachte sie.

Was immer die Umstände waren – Ally würde ihre Brüder wiedersehen, und sie konnte das Gefühl nicht abschütteln, nach Hause zu fahren.

*Warum hast du dann solche Angst? Glaubst du vielleicht, sie lieben dich nicht mehr? Das ist Unsinn, und das weißt du.*

Sie warf einen raschen Blick in die Runde, ob jemand sie beobachtete. Dann zog sie den Flachmann aus der Jacke, schraubte den Deckel ab und nahm einen großen Schluck vom »Gottesschweiß«, wie David ihn damals genannt hatte. Der Flachmann war leer gewesen, als Allison die Sicherheitskontrollen passiert hatte. Ein kurzer Besuch in einer der Bars in der Abflughalle hatte dieses Problem bereinigt.

Das Zeug brannte in ihrer Kehle und ließ sie husten. Sie schraubte den Deckel wieder auf, steckte den Flachmann zurück in sein Versteck und bemerkte, wie ein kleiner blonder Junge sie beobachtete. Er war vielleicht sechs oder sieben und starrte sie mit unverhohlenem Interesse an. Er war ein süßer kleiner Fratz.

Die Mutter bemerkte, was ihr Sprössling tat. »Nicht so starren, Honey, das tut man nicht.« Sie lächelte Allison an. »Entschuldigen Sie bitte.«

Allison erwiderte das Lächeln. »Kein Problem. Der Kleine ist niedlich. Wie heißt er?«

»Joel.«

»Hallo, Joel«, sagte Allison und winkte ihm.

»Hi«, antwortete er. »Was ist in deiner Flasche? Kann ich was davon haben?«

*Ein aufgewecktes Kerlchen. Das zeigt, dass er eine gute Mutter hat.*

»Tut mir leid, das ist nur für Erwachsene.«

»Okay«, sagte er und blickte seine Mutter an. »Mom? Ich muss mal.«

»Ist gut, Honey. Ich gehe mit dir.«

»Nein, Mom«, sagte er, und die Nachsicht in seiner Stimme ließ Allison schmunzeln. »Große Jungs gehen auf ihr eigenes Klo, und zwar allein.«

»Ach, wirklich?«, fragte seine Mutter abwesend.

»Hey, Joel«, sagte Allison. »Weißt du was?«

»Was?«

»Ich habe früher mal fürs FBI gearbeitet. Du weißt, was das ist?«

»Klar. So was wie die normale Polizei, nur größer und stärker. Das FBI hilft beim Jagen von *Terrinnisten* und anderen bösen Leuten, die die normale Polizei nicht schnappen kann. Das weiß doch jeder.«

»Dann will ich dir eine Frage stellen: Wenn ein fremder Mann auf der Toilette versuchen würde, dich anzufassen oder mitzunehmen, was würdest du tun?«

Er überlegte eine Sekunde. »Ich würde ganz laut schreien.«

»So laut, wie du kannst?«

»Ja.«

Allison kramte in ihrer Handtasche und fand eine ihrer alten Visitenkarten vom FBI. Sie reichte Joel die Karte, und der Junge betrachtete sie mit großem Interesse.

»Wenn dir mal jemand krumm kommt, zeigst du ihm einfach die Karte und sagst, du hast eine Tante, die beim FBI ist.«

Der Junge musterte sie mit zweifelndem Blick. »Das ist dann aber gelogen, und meine Mom sagt, lügen ist böse.«

»Da hat sie recht. Aber es ist nicht *wirklich* gelogen. Manchmal nennen wir eine Frau Tante, auch wenn sie gar nicht mit uns verwandt ist.«

Er sah fragend zu seiner Mutter. »Stimmt das, Mom?«

»Oh ja.«

»Dann ist es wohl okay.« Er steckte die Visitenkarte mit akribischer Sorgfalt in seine Hosentasche. »Ich muss aber immer noch aufs Klo, Mom.«

»Wenn Sie draußen auf ihn warten, passiert nichts«, sagte Allison zu der Frau. »Auf dem Flughafen wimmelt es von Polizei, und überall sind Überwachungskameras. Außerdem steht ein Cop in der Nähe der Tür zu den Toiletten … gleich dort, sehen Sie?« Sie deutete auf den Mann.

Die Frau bedachte ihren Sohn mit einem nervösen Blick. »Ich habe ständig Angst, jemand könnte ihn mitnehmen. Man hört so viel Schlimmes.«

»Und das Meiste sollten Sie auch glauben«, erwiderte Allison. »Das heißt aber nicht, dass es keinen Kompromiss gäbe.« Sie lächelte Joel zu. »Er ist ein schlauer kleiner Kerl, der weiß, was er will. Die Leute, vor denen man sich fürchten muss, mögen bei potentiellen Opfern weder das eine noch das andere.«

»Mom, ich muss Pipi!« Es war die letzte Warnung.

»Hört sich an, als hätten wir Alarmstufe rot.« Allison grinste.

»Also schön, meinetwegen«, gab die Mutter widerwillig nach. Sie erhob sich und nahm ihren Sohn bei der Hand. »Danke, Miss«, sagte sie zu Allison.

»War mir ein Vergnügen. Wir sehen uns, Joel.«

»Tschüss«, sagte Joel.

Allison blickte den beiden hinterher. Sie liebte den kleinen Kerl ebenso sehr, wie sie ihn beneidete.

*Halte ihn fest und bewahre dir deine Wachsamkeit, Mom*, dachte sie, wobei ihr erst jetzt klar wurde, dass sie den Namen der Frau gar nicht kannte. *Eine Toilette, vor der ein Polizist Wache steht, ist eine Sache. Die große, böse Welt da draußen ist eine ganz andere.*

Der Flachmann rief erneut, doch Allison widerstand dem Verlangen.

*Was ist mit der Frage, die du Charlie und David nie beantwortet hast?*, überlegte sie. *Wirst du diesmal reinen Tisch machen? Macht das dich so nervös?*

Sie schauerte. Der Flachmann lockte, und diesmal gab sie nach.

***

Mr. Jones starrte auf Phuong hinunter. Sie begegnete seinem Blick, ohne mit der Wimper zu zucken.

»Sie sind also der Auftraggeber«, stellte sie fest.

»Ganz recht«, antwortete Jones mit breitem Grinsen. »Du darfst mich Mr. Jones nennen.«

»Ich möchte Sie nicht verärgern, aber ich ziehe es vor, Sie nicht mit Ihrem Namen anzusprechen.«

Jones schenkte ihr sein Satansgrinsen. Er spürte, wie Daniel hinter ihm erschauerte. »Wenn es wichtig für mich wäre, mein Kind, könnte ich dich dazu bringen, mich zu nennen, wie immer es mir beliebt.«

Phuong zuckte im Liegen mit den Schultern. »Das kann jeder sagen. Die Wahrheit ist nicht das, was geschehen könnte, sondern was hier und jetzt passiert.«

»Gütiger Himmel! Du überraschst mich, Kind, also wirklich!« Er schaukelte auf den Absätzen vor und zurück, wobei er sich nachdenklich übers Kinn strich. »Vielleicht habe ich einiges von dem, was ich brauche, an den falschen Orten gesucht.«

»Kann ich mir nicht vorstellen.«

»Ach? Würdest du mir das genauer erklären?«

Phuong nickte mit dem Kopf in Richtung Daniel. »Sie wollen meine Willenskraft und seinen Gehorsam, aber wozu? Sie haben kein höheres Ziel, das diese Mühe wert ist.«

Jones nickte traurig. »Ja, mein kleiner Affe, da hast du wohl recht.« Seine Augen verengten sich. »Außerdem bist du viel interessanter, als selbst dein ›Papa‹ es für möglich hält.«

Phuong schwieg.

»Man hat dich als junges Mädchen verkauft, nicht wahr?«

»Ja.«

»Keine Schulausbildung?«

»Hören Sie bitte auf, mir Fragen zu stellen, auf die Sie die Antworten bereits kennen.«

Er kicherte. »In Ordnung.«

»Und tun Sie mir noch einen Gefallen. Benutzen Sie Ihre richtige Stimme. Ich kann sie sowieso heraushören.«

»Ho, ho!«, rief Jones und riss die Augenbrauen hoch. »Das wird ja immer faszinierender! Okay, ich habe kein Problem damit.« Er grinste. »Ich ziehe es ohnehin vor, offen zu reden.«

»Genau wie ich. Danke.«

Er studierte sie mit jeweils einem Auge, indem er den Kopf zuerst nach rechts drehte, dann nach links, wobei er unablässig grinste. »Sprich nur weiter, mein kleiner Affe. Verrate mir die Wahrheit, von der du weißt, dass ich nach ihr verlange.«

»Wie Sie meinen. Ich besitze einen ausgeprägten Intellekt.«

Jones nickte eifrig. »Ja, ja. Hast du ein fotografisches Gedächtnis?«

»So einfach ist das nicht.«

»Was soll das heißen?«

Sie zögerte. »Ich sehe nicht die einzelnen Teile eines Puzzles, ich sehe das Puzzle *selbst* als Teil in einem *größeren* Puzzle.« Sie zuckte die Schultern. »Besser kann ich es nicht erklären.«

Jones musterte sie nachdenklich. »Okay«, sagte er schließlich. »Ich finde, du hast es gut genug erklärt.«

Phuong richtete den Blick auf ihn. »Ich werde Ihnen jetzt noch etwas sagen, auch wenn es Ihnen nicht weiterhilft.«

»Oh! Was mag das sein?« Jones kicherte belustigt.

Sie blickte ihn durchdringend an. »Ich kenne längst alle Ihre Fragen. Und ich fürchte Sie nicht. Ich habe das Schlimmste durchgemacht, was ein Mensch durchmachen kann, und ich habe es überstanden. Ich habe gelernt, mich niemals aufzugeben.«

»Sprich weiter«, sagte Jones mit leiser Stimme.

»Ich weiß, dass Sie nicht versuchen werden, auch mich zu einer Ihrer Kreaturen zu machen«, sie warf einen vielsagenden

Blick auf Daniel, »weil Sie wissen, dass es unmöglich ist. Ihnen bleiben nur zwei Möglichkeiten – mich freizulassen oder mich zu töten.« Ihre Stimme klang ernst und selbstsicher. »Vielleicht können Sie meine Seele zerbrechen und meinen Verstand zertrümmern, aber Sie werden mich niemals *besitzen*.«

»Hört sich an wie ein Songtext. Aber du hast wahrscheinlich recht«, räumte er ein. »Ich habe es von Anfang an gesehen.«

»Ich weiß, weshalb ich hier bin. Sie wollen meinen Papa und seine Freunde gegen eine andere Gruppe von Leuten hetzen. Sie hatten das Gefühl, dass Sie meinem Papa nicht genügend einheizen, also haben Sie mich entführt, schieben es aber dieser Gruppe in die Schuhe.«

»Das wird ja von Sekunde zu Sekunde unglaublicher.« Jones schüttelte fassungslos den Kopf. »So einer wie dir begegnet man nicht alle Tage, mein Äffchen. Es ist, als würde ich in einen Spiegel schauen.«

Zum ersten Mal lächelte Phuong. »Ein Spiegel zeigt nur das, was vor ihm steht.«

Jones klatschte entzückt in die Hände. »Hör nicht auf! Weiter, Äffchen, weiter!«

»Mein Papa und seine Freunde werden siegen. Das ist offensichtlich. Das andere, was danach kommt, ist nicht so offensichtlich.«

Jones grinste. Er war glücklicher als ein Schwein in der Suhle, wie er es gerne nannte. Langeweile war immer schon sein größtes Problem gewesen, und seltene Edelsteine wie dieser Rohdiamant von einem Hurenkind sorgten dafür, dass die Dinge abwechslungsreich und spannend blieben und dass sie *Spaß* machten. »Was mag dieses andere sein, mein Äffchen?«

»Sie haben bereits einen Fehler gemacht, und er wird Ihren Untergang bedeuten. Selbst wenn Sie versuchen, die Wahrheit aus mir herauszufoltern, es würde Ihnen nichts helfen.« Sie zuckte die Schultern. »Ich bin Ihnen ausgeliefert, und Sie machen mit mir, was Sie wollen.«

Jones starrte sekundenlang auf sie hinunter. »Lass uns bitte allein, Daniel.«

»Jawohl, Sir.« Daniel machte auf dem Absatz kehrt, verließ den Raum und schloss die Tür hinter sich.

Jones rieb sich erneut übers Kinn, wobei er Phuong musterte. Schließlich lächelte er matt. »Ich könnte unvorstellbar grausame Dinge mit dir anstellen, Darling.« Er legte die Hände auf das kühle Metall der Tischplatte und beugte sich vor. Sein Mund war leicht geöffnet – vor Staunen, nicht vor Lust –, und seine Augen waren völlig leer. Es waren die Augen eines Menschen, der alles und jeden als Gegenstand betrachtet, nur sich selbst nicht, und der keinerlei Rücksicht kennt. »Ich könnte dich zerbrechen, Äffchen. So sehr, dass sogar Gott ratlos vor den Trümmerstücken stehen würde.«

Phuong beobachtete ihn schweigend.

»Ich sehe dich an, und ich sehe eine Maschine. Du hast Hebel und Knöpfe und Gewichte und Gegengewichte. Ich sehe viele Variable in einer Gleichung.« Das breite Grinsen wurde noch breiter, seine leeren Augen noch leerer. »Aber wenn du meinst, es würde damit aufhören, hast du mich falsch eingeschätzt, kleine Hure. Weil ich unter die oberste Schicht schauen kann, und unter die nächste Schicht und die übernächste. Ich sehe Liebe und Hass und Grautöne, die sich hinter gespieltem Stolz und vorgetäuschtem Willen verbergen.« Er beugte sich noch tiefer hinunter, bis ihre Nasenspitzen sich fast berührten. »Ich habe in Abgründe geschaut, deren Anblick dich wahnsinnig gemacht hätte. Ich habe mich ins Innere des Menschen gewühlt, durch Fleisch und Knochen hindurch bis zum spirituellen Kern, wo die grundlegendsten und einfachsten Entscheidungen getroffen werden.« Sein heißer Atem wehte ihr ins Gesicht. »Entscheidungen zwischen gut und böse, richtig und falsch. Ich habe eine liebende Mutter dazu gebracht, ihr eigenes Kind zu verkaufen, ihren größten Schatz – nicht des Geldes wegen, sondern wegen der Finsternis, die es über sie brachte. Ich habe ihre Seele getötet, sie ihr zurückgegeben und dann zugeschaut, wie sie unter dem Gewicht ihres eigenen Tuns zerbrochen ist.«

Jones richtete sich wieder auf, und die falsche Zuvorkommenheit kehrte in seine blassen Augen zurück. »Vielleicht glaubst du wirklich, dass du das Rätsel im Rätsel siehst, kleine Hure, aber ich beobachte diese Welt schon länger, als viele Menschen leben. Ich beobachte und berechne und ziehe meine Schlussfolgerungen.« Er grinste. »Unter diesen Umständen wirst du mir sicher verzeihen, wenn ich angesichts deiner Drohungen nicht vor Angst erzittere. Vielleicht hast *du* ja die entscheidenden Fakten übersehen.«

Phuong schloss die Augen. »Nein, ich nicht.«

»Nun, das werden wir herausfinden«, kicherte Jones.

»Ich weiß, was das da bedeutet. Das Symbol.«

Das Zeichen, das an der Tür von Jones' Büro hing, war auch an der Tür zu diesem Raum zu sehen.

Der Riese grinste breit. »Ach wirklich?« Seine Augen funkelten erwartungsvoll. »Das weißt du? Und was bedeutet es?«

»Ich ziehe es vor, Sie zu enttäuschen.«

Mr. Jones lachte. »Wie frech du bist! Nun, wir werden weitersehen, wenn du das nächste Mal aufwachst. Ich bin froh, dich geweckt zu haben, sodass wir unsere kurze Unterhaltung führen konnten. Du hast mir den Tag gerettet. Gute Nacht, kleine Hure.«

»Noch eine letzte Sache«, flüsterte Phuong, ohne die Augen zu öffnen.

»Ja, ja, ich kann es mir denken«, kicherte Jones ungeduldig. »Gott stehe mir bei, wenn deinem armen, geliebten Papa etwas Schlimmes zustößt.«

Diesmal war es Phuong, die lächelte, so breit, wie zuvor Jones gelächelt hatte, wobei sie die Zähne entblößte. »Sie werden Schrecken kennenlernen, von denen Sie nicht einmal wissen, dass es sie gibt.«

Jones musterte sie geradezu liebevoll. »Ich nehme die Wette an, kleine Hure. Gehab dich wohl, bis es so weit ist.«

Er machte auf dem Absatz kehrt und verließ den Raum. Andere Männer kamen herein. Phuong ignorierte ihre Anwesenheit, als sie von ihnen zurück in die wattige Dunkelheit geschickt wurde.

**KAPITEL 13** David saß im Schaukelstuhl auf der Veranda vor dem Haus und trank seinen Kaffee. Es war seine zweite Tasse. Er versuchte, einen klaren Kopf zu bekommen von einer neuerlichen Nacht voller Ausschweifungen, doch es war ein mühsames Unterfangen.

Inzwischen war es später Vormittag. Die Luft war immer noch kalt, doch er fror nicht mehr. Und es war trocken. Knochentrocken. Als David hergekommen war, hatte er sich tatsächlich eine Harnwegsinfektion zugezogen, weil er zu wenig Flüssigkeit zu sich genommen hatte.

Er schloss die Augen und schaukelte in seinem Stuhl. Vor, zurück. Vor, zurück. Der Schaukelstuhl war das Einzige, was ihm aus seiner Zeit mit Lizzie geblieben war. Er war handgearbeitet, aus hellem Holz, unbehandelt. Sie waren nach Estes Park gereist in jenen schwindelerregenden ersten Tagen, als das Geld geflossen war, und hatten ein Geschäft entdeckt, das erlesene Möbel anbot. Wuchtige Bücherregale, große, handgefertigte Schreibtische und eine Menge andere Dinge, alle einzigartig in ihrer vollkommenen Unvollkommenheit.

Er trank einen Schluck Kaffee und streckte die Hand aus, um Maxie zu tätscheln, der im Schlaf wohlig stöhnte. David fühlte sich weniger melancholisch als vielmehr entspannt. Die Luft roch nach Schnee – wenn es nicht heute noch schneite, dann an einem der nächsten Tage. Der Himmel strahlte diese Aura aus, als wäre die Welt stehen geblieben, als legte sie eine Pause ein, als holte sie tief Atem und machte sich bereit für den großen Schneesturm. Wenn es so weit war, würde es kurz, unerwartet und

321

heftig sein. Schnee im Oktober war ebenso unberechenbar wie selten.

Maxie wachte auf und beäugte David mit trägem Blick.

»Na, Maxie«, sagte David zu dem Tier. »Wie geht's denn so, alter Junge?«

*Prima, Dad*, wedelte der Labrador mit dem Schwanz. *Und dir?*

»Geht so. Besser jedenfalls als vor ein paar Tagen. Das könnte sich aber morgen schon wieder ändern, also lass uns die Zeit genießen, okay?« Maxie wedelte weiter. David seufzte. »Du verstehst kein Wort von dem, was ich sage, hab ich recht?« Er beugte sich vor und kraulte den Hund zwischen den Ohren. »Du bist in Ordnung, Maxie. Du verbiegst dich nicht. Halt die Ohren steif, alter Junge.«

David ging ins Haus, und sein Blick fiel auf das Päckchen auf dem kleinen Tisch im Flur, das Kristen dort hingelegt hatte. Er hob es auf und betrachtete es. Es war ein Luftpolsterumschlag, auf den jemand mit schwarzem Marker DAVID RHODES geschrieben hatte. Mehr nicht. David zuckte die Schultern und klemmte sich den Umschlag unter den Arm. Manche Fans waren definitiv engagierter als andere.

Er ging in die Küche und nahm sich ein Bier aus dem Kühlschrank. »Den harten Stoff sparen wir uns für später«, sagte er zu seinem Hund. Maxie schien nichts dagegen zu haben.

»Wir haben ein Päckchen bekommen, Maxie. Hast du jemanden an der Tür gehört? Na ja, wird wohl irgendein Freak gewesen sein, nehme ich an. Liest meine Bücher und meint, wir hätten eine besondere Verbindung, er und ich. Komm, wir schauen uns an, was er uns geschickt hat.«

David öffnete den Polsterumschlag und zog den Inhalt heraus. Es war eine selbstgebrannte DVD, unbeschriftet, mit einer Haftnotiz auf der Hülle: SIEH MICH AN.

»Ach ja?«, murmelte David. Er nahm einen Schluck aus der Bierflasche und seufzte. »Ist ja nicht so, als hätten wir sonst viel zu tun, was, Maxie?« Der Hund wedelte zustimmend mit dem Schwanz, und David grinste. »Hör auf, mir ständig nach dem Mund zu reden. Niemand mag Arschkriecher.«

Er schob die DVD in den Player und setzte sich auf die Couch.

Beim Anblick des Mannes mit der Smiley-Maske überkam ihn ein ungutes Gefühl. Als er dann die drei Mädchen sah, stieß er ein dumpfes Stöhnen aus, das von tief unten im Bauch kam. Sein Gesicht wurde weiß, und er sprang so schnell auf, dass die Bierflasche zur Seite flog und Maxie erschrocken jaulte.

»Nein …!«, ächzte er.

Als der Mann auf das Mädchen stieg und ihr Kopf nach hinten rollte und sie unbewusst lächelte, presste David die Fäuste an die Wangen und spürte, wie die altvertraute Wut in ihm aufloderte. Er kannte das Mädchen. Er kannte alle drei.

Seine Stiftung, die Innocence Foundation, hatte diese Mädchen gerettet.

David tastete mit zitternder Hand nach der PAUSE-Taste der Fernbedienung, fand sie aber nicht. Die grauenhaften Geschehnisse auf dem Bildschirm nahmen ihren Fortgang.

David fühlte sich benommen. Er setzte sich auf die Couch und krümmte sich nach vorn. Vom Bildschirm her erklangen nasse, schmatzende, widerliche Wonnelaute. Die schlimmsten Geräusche waren die von dem Mädchen … wie war gleich ihr Name? Rada. Ja, Rada.

David presste die Hände auf die Ohren und stöhnte, zwang sich aber, das Geschehen auf dem Bildschirm weiterzuverfolgen. Er knirschte mit den Zähnen, sein rechtes Auge zuckte, doch er stand es durch, bis ihm klar wurde, dass der Unbekannte das Mädchen töten würde. In diesem Moment verwandelten seine Muskeln sich in Wasser.

»O Gott, nein«, flüsterte er.

Auf irgendeiner Ebene seines Bewusstseins – das Wortbiest schlief nie – registrierte er den klagenden, beinahe kindlichen

323

Tonfall seiner eigenen Stimme. Ein anderer Teil von ihm, der kalte, berechnende Teil, wusste, dass alles Flehen vergeblich war.

Stumm beobachtete er, wie das Mädchen starb. Er hörte die Botschaft, die der Mann mit der Maske verkündete. Dann wurde der Bildschirm schwarz. Alles wurde schwarz. Schwarz und tot.

Er rutschte vom Sofa und landete auf den Knien. Stöhnte. Es war ein Laut, der ihn in Angst versetzte. Er erkannte das Stöhnen wieder. Es war das Stöhnen, das Dad ihnen immer entlockt hatte, wenn er sie mit dem Gürtel schlug und dabei wohlige Grunzlaute ausstieß.

David war keinem der drei Mädchen jemals begegnet. Er hatte nie mit ihnen geredet. Doch er kannte ihre Geschichten. Die Ermordete war mit zwölf Jahren von ihrem Stiefvater verkauft worden. Sie stammte aus ... Rumänien? Ja, Rumänien. Aus der Nähe von Temesvar.

Sie war in einem Bordell in Prag zur Prostitution gezwungen worden. Das Prinzip war einfach: Ein blauer Vorhang im Fenster bedeutete, dass dahinter ein Knabe zu finden war, ein rosafarbener stand für ein Mädchen. Sie hatte drei Jahre in dem Puff überlebt, bis Menschenhändler den Fehler begangen hatten, sie in die Vereinigten Staaten zu schmuggeln.

Sie hatte keine Familie mehr, mit Ausnahme des Stiefvaters, der sie verkauft hatte. Es war David nicht gelungen, die Schleuser in den Staaten dingfest zu machen, aber er hatte einen erbitterten Kampf um die Mädchen geführt und Himmel und Hölle in Bewegung gesetzt, damit sie bleiben durften.

Anschließend hatte er für die Dauer eines halben Jahres ihre Entwicklung verfolgt. Rada war auf sein Betreiben von einer Pflegefamilie in Vermont aufgenommen worden, deren eigene Tochter sechs Jahre zuvor vergewaltigt und ermordet worden war. Die Pflegeeltern waren Förderer der Foundation und hatten ohne Zögern ihre Hilfe angeboten. Als sie David berichtet hatten, das Mädchen könne endlich wieder lachen, hatte er sich nicht mehr nach ihr erkundigt.

Sie war wie er gewesen, dann war sie freigekommen, und dann – war sie zu Dad zurückgekehrt. So sah er alle diese Kinder: Sie waren kleine Davids, gefesselt an unterschiedliche Betten.

Er presste sich die Daumenballen auf die Augen, bis er nur noch Schwarz sah. Stöhnte erneut und versuchte, sich in sich selbst zu verkriechen.

Ein winselndes Geräusch, hoch und kläglich und begleitet von einem warmen, nassen Gefühl an seiner Wange, riss ihn aus seiner Versunkenheit. *Lass mich*, dachte er. Aber das Geräusch wurde drängender. Er schlug die Augen auf.

*Maxie.*

Der Hund blickte so jämmerlich drein, wie David es noch nie gesehen hatte.

»Hey, Maxie«, krächzte er. Die Fernbedienung fiel ihm aus der Hand.

Der Hund stieß ein dumpfes Bellen aus, wedelte wie verrückt mit dem Schwanz und leckte Davids Gesicht mit seiner großen, nassen Zunge ab. David setzte sich auf und ließ das Tier gewähren, ließ es die Bindung bestätigen, damit es sich beruhigte.

»Okay, alter Junge«, murmelte er schließlich. »Keine Bange. Alles in Ordnung.«

Es klopfte, und David zuckte zusammen. Maxie sprang auf und flitzte zur Tür, wobei er wie verrückt kläffte. Alle seine Sorgen waren mit einem Schlag vergessen.

»Schlechtes Timing, wer immer das ist«, seufzte David. Er zwang sich aufzustehen und zur Tür zu gehen. Alles war unwirklich, wie in einem Traum. »Reg dich ab, Maxie.«

Der Hund ignorierte ihn.

David öffnete die Tür.

»Ist dein Handy im Eimer, oder was?«, fragte Charlie.

\*\*\*

Der Mann, der in dem Wagen saß, der vor Davids Haus parkte, nahm einen Zug an seiner Zigarette und blies den Rauch aus. Er wusste, dass Rhodes sich die DVD angeschaut hatte. Er wusste es, weil er eine kleine drahtlose Kamera in der Vase mit den Trockenblumen über dem Wohnzimmerkamin installiert hatte. Er hatte Rhodes beim Weinen beobachtet.

»Was für ein Weichei!«, sagte er voller Verachtung.

Aber der Hund war nett, keine Frage. Das Tier hatte geknurrt und gebellt, als er durch die Hintertür ins Haus eingedrungen war, doch er hatte gewusst, dass der Köter nicht beißen würde. Manche Hunde hatten die Menschen einfach zu gerne, um sie zu beißen. Ganz anders als Menschen. Menschen konnte man leicht zum Töten abrichten, ohne Ausnahme und ohne Rücksicht auf ihren Charakter.

Er liebte es, Menschen zu beobachten, wenn sie nicht wussten, dass sie beobachtet wurden. Es war wie ein Rausch. Um die Wahrheit zu sagen: Sein Schwanz wurde steif dabei. Es musste nicht einmal mit sexuellen Reizen zu tun haben, auch wenn er seine Kameras gelegentlich in einem Bad oder einem Umkleidezimmer installierte. Es war weniger der Inhalt, der ihn erregte, als vielmehr die Vorstellung, Menschen in ihrem Privatleben zu sehen. Sie beim Furzen zu beobachten oder beim Wichsen mit einer Plastiktüte über dem Kopf, oder wie sie sich auf dem Klo umdrehten, um ihren Scheißhaufen in Augenschein zu nehmen – das alles verschaffte ihm ein Gefühl von Macht, das mit nichts zu vergleichen war.

Die dunklen, erregenden Erinnerungen an diese Augenblicke ließen ihm den Speichel in den Mund schießen. Er schluckte hart.

»Reiß dich zusammen, Thomas«, ermahnte er sich. »Was würde John dazu sagen!«

John war jünger als er, aber er war auch der Klügere der beiden, und Thomas wusste es. John war der Planer, der Denker. Er wusste, was richtig und was falsch war. Doch am wichtigsten:

Er liebte Thomas. Er hatte ihn immer geliebt und würde ihn immer lieben. Niemand außer John liebte ihn so sehr, und das zählte eine verdammte Menge.

Was würde John jetzt sagen? John würde ihm wahrscheinlich sagen, dass es höchste Zeit sei, aus Dodge zu verschwinden. Er hatte die Kamera installiert und die DVD zugestellt. Er hatte noch eine weitere Lieferung zu machen, dann würden sie sich zurücklehnen und abwarten.

Er war ein bisschen enttäuscht, tröstete sich aber mit dem Gedanken, dass er sich eine Kopie dieser DVD anschauen würde. Er leckte sich die Lippen. Jessir. Er *musste* sie noch einmal sehen. Was John mit diesem Mädchen getan hatte, das unter Drogen stand …

»Heilige Scheiße«, murmelte er und spürte einen Anflug von Scham angesichts seiner Wollust und Erregung, doch es hielt nicht lange vor. Thomas war immer schon oberflächlicher gewesen als John, hatte nie dessen Tiefe besessen. Deshalb brauchte er seinen Bruder so sehr. Ohne John wäre er bestimmt schon in der Hölle.

Trotzdem – oder gerade deswegen – faltete er die Hände und zwang sich zum Beten.

»Bete auch dann, wenn dir nicht danach ist«, hatte John ihm befohlen. »Denn das sind die Augenblicke, in denen es am nötigsten ist.«

Also tat Thomas sein Bestes und betete, während in ihm die düsteren Gedanken und Begierden anschwollen wie Musik auf schwarzen Violinen.

Schließlich sprach er sein »Amen«, und dann masturbierte er, während er an das russische Mädchen dachte und ihre toten, hervorquellenden Augen. Er kam in seiner Unterwäsche; dann lehnte er sich ermattet zurück, verschwitzt trotz der Temperaturen draußen.

Er empfand Scham und Erregung zugleich und hasste sich dafür.

Wieder schluckte er. Zu viel verdammte Spucke im Mund. Er schnippte die Zigarette aus dem Fenster und fuhr davon.

**KAPITEL 14** »Du weißt, warum ich hier bin«, sagte Charlie. »Du hast die DVD sicher auch bekommen, oder?«

David fühlte, wie die Totenkopfgrimasse sich auf sein Gesicht legen wollte, und kämpfte dagegen an. »Ja. Aber ich will jetzt noch nicht darüber reden.«

Durch die Benommenheit hindurch hörte er, wie sich ein leichter texanischer Akzent in seine Stimme schlich. Das geschah immer, wenn er es mit jemandem aus dem Süden zu tun hatte.

Charlie überhörte es geflissentlich. »Schon gut, schon gut. Ich habe verstanden. Kann ich reinkommen? Oder hast du vor, mich hier draußen auf der Veranda stehen zu lassen?«

David trat zur Seite, und Maxie folgte dem Beispiel seines Herrn. Charlie betrat das Haus. Maxie heftete sich mit aufmerksamen Augen an seine Fersen.

»Entspann dich, alter Junge«, murmelte David.

Maxie ignorierte ihn.

»Ein Bier?«, fragte David.

»Nein, danke. Ich trinke nicht, wenn ich einen klaren Kopf brauche.«

»Wie du meinst.«

Sie verstummten und blickten einander abwartend an.

»Wir stecken tief in der Scheiße, D«, sagte Charlie schließlich. »Es ist noch mehr passiert.«

Davids Augen weiteten sich vor Schreck. »Was denn noch?«

»Zwei Dinge. Aber du musst dich auf was gefasst machen, okay?«

»Auf *was* gefasst machen?«

Charlie musterte ihn aus zusammengekniffenen Augen. »Du bist ziemlich blass. Vielleicht solltest du dich setzen.«

»Vielleicht. Aber ich will nicht. Jetzt red schon, Mann!«

Charlie seufzte. »Erstens: Sie haben mir die DVD in Vietnam zukommen lassen, beim Waypoint.«

»*Was?*«, brüllte David, und Maxie zuckte zusammen.

»Ich wollte, es wäre gelogen. Sie haben das Päckchen über die Palisaden geworfen.«

David stolperte zu einem Stuhl am Esstisch und setzte sich. »Jesses«, sagte er mit bebender Stimme. »Gütiger Himmel.«

»Spar dir deine Kommentare. Denn jetzt kommt Punkt zwei, und der ist noch viel schlimmer.«

David starrte ihn aus aufgerissenen Augen an. »Noch schlimmer?«

»Sie haben Phuong gekidnappt. Wir sind durch einen der Tunnels nach draußen, um nachzusehen, ob die Kuriere noch in der Nähe waren. Es war eine Falle, und sie haben Phuong geschnappt.«

David hatte es für einen Moment die Sprache verschlagen. »Charlie, ich … oh, Mann.« Er schüttelte den Kopf. »Tut mit leid, Monster.«

Charlie hob abwehrend die Hand. »Wie du selbst schon gesagt hast. Ich will nicht darüber reden.«

David starrte ihn schweigend an. Dann erhob er sich und ging zum Fenster, das nach hinten zum Garten lag, und nahm einen tiefen Schluck aus der Bierflasche. »Was machen wir jetzt, Charlie?«, fragte er.

»Wir warten auf Ally.«

David blinzelte. Alles war viel zu schnell passiert – daran hatte er überhaupt noch nicht gedacht. »Sicher. Bestimmt hast du recht. Sie wird ebenfalls kommen.«

»Ja. Du weißt, wo Ally ihre Brötchen verdient hat?«

David nickte. »Sie ist zum FBI gegangen, stimmt's?«

»Ja. Sie hat Serienkiller gejagt. War verdammt gut in ihrem Job. Bis vor ein paar Jahren. Dann hat sie einfach hingeschmissen. Keine Ahnung warum.«

»Ich habe davon gehört«, sagte David. »Wir müssen ihr alles erzählen.«

Er wartete auf eine Bemerkung Charlies, doch es kam keine. »Du musst eines wissen, Bruder«, fuhr David schließlich fort. »Phuong kommt zuerst. Selbst wenn wir anschließend mit internationalem Haftbefehl gesucht werden – ich bin bereit, diesen Preis zu zahlen.«

»Ich liebe sie, David«, sagte Charlie und hasste sich dafür, dass seine Stimme sich wie die eines kleinen Jungen anhörte. »Nur dank Phuong hat es einen Sinn für mich, jeden Tag aufs Neue aufzuwachen.«

»Wir holen sie zurück, Charlie. Ich verspreche es.«

Charlie wischte sich über die Augen und räusperte sich. »Ich habe vor meiner Abreise sämtliche Lager in Alarmbereitschaft versetzt. Sie sind alle verschlossen. Die Überwachungskameras laufen rund um die Uhr, und die Aufpasser sind alarmiert.« Er zuckte die Schultern. »Natürlich können sie niemanden aufhalten, der *wirklich* in eins der Lager will, wenn er die Mittel hat, aber das haben wir ja immer gewusst. Falls nötig, setzen sie die Fluchtpläne um.«

Die Geheimhaltung verlangte, dass sie das Personal auf ein Minimum beschränkten, was bewaffnete Patrouillen und eine Reihe anderer Maßnahmen ausschloss, die unerwünschte Aufmerksamkeit auf sich ziehen konnten – ganz zu schweigen davon, dass eine Horde Männer mit Feuerwaffen die Kinder eher verängstigen als beruhigen würde.

David hatte das System so ausgelegt, dass möglichst wenige Leute gebraucht wurden. Seine Lösung war so einfach wie brillant. Er hatte alleinstehende Mütter gefunden, deren Kinder geraubt worden waren, und ihnen ein Angebot gemacht, das sie nicht ablehnen konnten: mutterlose Kinder, die Liebe brauchten – und die Chance, Rache zu nehmen. Diese Frauen waren die Speichen des Rades, auf dem sich alles drehte.

»Meinst du, sie sind in Gefahr?«, fragte David.

Charlie runzelte die Stirn. »Ehrlich gesagt, ich weiß es nicht. Aber um mich nicht in wilden Spekulationen zu ergehen …« Er schüttelte den Kopf. »Wer immer dahintersteckt, dass wir von den Kindern getrennt wurden – ich glaube, er will *uns*, nicht sie.« Charlie schwieg ein paar Sekunden. Dann stieß er einen Seufzer aus. »Weißt du was, D?«

»Was?«

»Das ist eine beschissene Geschichte.«

»Vielleicht haben wir es nicht anders verdient.«

Charlie blickte ihn fragend an. »Wie meinst du das?«

»Vielleicht haben wir es herausgefordert.« Davids Stimme klang düster. »Vielleicht waren wir zu gierig.«

Charlie schüttelte den Kopf. »Ich begreife nicht, wie jemand, der so klug ist wie du, so dumm sein kann. Gierig? Sicher sind wir gierig. In dem Moment, in dem wir beschlossen hatten, die Rechnung zu begleichen, weil wir diesen Scheiß nicht mehr haben wollten, sind wir gierig geworden. Wenn dir das nicht von Anfang an klar gewesen ist, wird es langsam Zeit. Wach auf. Willkommen in der Wirklichkeit.«

»Leck mich.«

»Nur in deinen Träumen, Homo.«

Keiner von beiden lächelte.

\*\*\*

Allison hatte am Flughafen Denver einen Wagen gemietet, eine grüne Ford-Limousine mit einer Innenausstattung, die nach einer Mischung von altem und neuem Auto roch. Es war ein eigenartiger Mix, der ihr nicht sonderlich behagte.

Es war acht Uhr, als sie ihr Gepäck in den Kofferraum warf und losfuhr – mitten hinein in den stockenden Verkehr auf der I-25.

Eine von Allisons Stärken war ihr Orientierungssinn. Sie hatte ein nahezu fotografisches Gedächtnis. Am Flughafen hatte sie Karten gekauft und ein paar Minuten damit verbracht, sich die Strecke zu Davids Haus einzuprägen. Mehr brauchte es nicht.

Sie hatte sich für David entschieden, weil sie nicht wusste, wo Charlie sich derzeit herumtrieb. Abgesehen davon hielt sie es für durchaus möglich, dass Charlie ebenfalls auf dem Weg zu David war.

Sie wunderte sich über ihre Nervosität. Sie hatte ihre Fingernägel abgekaut, bis sie bluteten.

*Ist das der Grund, warum du nicht zuerst angerufen hast? Warum du einfach in ein Flugzeug gestiegen bist, um unangekündigt vor seiner Tür zu erscheinen?*

»Halt die Klappe«, murmelte sie.

Nervosität gehörte dazu, aber das war nicht alles. Allison rannte davon, und sie wusste es. Die DVD war schrecklich, ohne Zweifel, doch tief im Innern ihrer schwarzen Seele war Ally beinahe dankbar. Sie *brauchte* die Ablenkung.

»Wir reiten wieder zusammen, wie in alten Zeiten«, sagte sie laut und lachte.

Beinahe so, als wären sie nie getrennt gewesen. Allison hatte trotzdem Angst.

**KAPITEL 15** Es klopfte, als David und Charlie besprachen, wie sie Allison am besten über die »andere Seite« der Foundation aufklären sollten. Maxie schoss ein weiteres Mal hoch wie von der Tarantel gestochen und flitzte bellend zur Tür.

»Er muss eine verdammt gute Lunge haben«, bemerkte Charlie.

»Jedenfalls war er noch nie schüchtern.«

Charlie folgte David die Treppe hinunter. David machte sich nicht die Mühe, durch den Spion nach draußen zu sehen. Er war wütend. Das zeigte sich schon daran, wie er die Tür aufriss.

Was immer er dem Besucher an den Kopf werfen wollte – es blieb ihm im Hals stecken.

»Hallo, Bruder«, sagte Allison lächelnd und mit sanfter Stimme.

»Sieh einer an, was die Katze angeschleppt hat!«, rief Charlie.

David hatte es die Sprache verschlagen.

Allison lächelte auf Maxie hinunter. »Na, Hund? Wie wedelt sich's denn so?«

Maxie wedelte mit dem Schwanz.

»Komm her«, brachte David endlich hervor. Er breitete die Arme aus. Allison ließ ihre Taschen fallen, und Vergangenheit und Gegenwart verschmolzen in ihrer Umarmung.

\*\*\*

Allison rauschte auf ganz andere Weise als Charlie in Davids Haus. Charlie hatte aufgeklärt, ausgekundschaftet und jeden Winkel in Augenschein genommen mit der Vorsicht eines Mannes, der nie wirklich aufgehört hatte, durch den Dschungel zu schleichen. Allison hingegen war einfach hereingeschneit. Laut und besitzergreifend, ohne dabei unhöflich zu sein. Sie hatte den lachenden Charlie umarmt und an sich gedrückt, ohne auf seine Proteste zu achten.

»Wie heißt der Hund, David?«, wollte sie nun wissen.

»Maxie.«

»Komm, Maxie, gib mir ein Küsschen«, sagte sie, wobei sie sich hinkniete und ihr Gesicht dicht vor die Hundeschnauze brachte.

Maxie kam ihrer Bitte nur zu gerne nach.

David hatte weiche Knie. Es war nicht Allisons Auftauchen, das ihn so fassungslos gemacht hatte, es war vielmehr die Tatsache, dass sie immer noch so sehr Ally war.

*Und atemberaubend schön.*

Er merkte sich diesen Gedanken als Eintrag in sein Heft vor.

Er mied Adverbien, außer in den seltenen Fällen, wenn nichts anderes passen wollte. Dies war ein solcher Fall. Ally war zu voller Pracht erblüht, und all die Versprechungen von damals hatten sich erfüllt. Ihr Haar war immer noch lang und blond und ihr Teint so milchfarben wie in seiner Erinnerung. Ihr Körper war der einer Vollblutfrau. Dann suchte und fand David den einen erwarteten Makel: die abgekauten Fingernägel.

Allison ging ins Wohnzimmer, nickte anerkennend, warf ihre Jacke über einen der Barhocker und setzte sich aufs Sofa. Maxie sprang neben sie und legte den Kopf in ihren Schoß. Allison lächelte und streichelte ihn.

»Du bist eine männliche Hure, Maxie, weißt du das?«, schimpfte David.

Maxie ignorierte ihn und schloss glückselig die Augen.

»Ich nehme an, jeder hat die gleiche DVD bekommen«, kam Allison ohne Umschweife zur Sache.

»Stimmt«, antwortete Charlie.

»Und? Irgendeine Idee?«

David sah, wie sie ihre Fingernägel betrachtete, die Stirn runzelte und einen Bleistift aus der Jacke zog, um darauf herumzukauen, während sie auf Antwort wartete. Ihr Blick schweifte zu Charlie, und er sah irgendetwas in ihren Augen. Trauer? Wut? Oder eine Mischung aus beidem? David vermochte es nicht einzuschätzen.

»Nun ja«, sagte er. »Es scheint offensichtlich, dass es irgendetwas mit der Innocence Foundation zu tun hat.«

»Wieso?«

»Die Mädchen auf diesem Video. Ich kenne sie. Sie alle wurden als Kinder zur Prostitution gezwungen und von der Foundation gerettet.«

Allison nickte, wenn auch merkwürdig zurückhaltend.

»Die Sache ist die«, fügte Charlie hinzu, »wer immer dahintersteckt, hat verdammte gute Beziehungen und dicke Eier.«

»Wie kommst du darauf?«, fragte sie.

Charlie sah David an. »D?«

»Nur zu, sag du es ihr«, sagte David leise.

Allison unterbrach ihr Bleistiftkauen. »Genau, sag es mir, Charlie.« Ihre Stimme hatte einen schroffen Beiklang bekommen, für den David keine Erklärung hatte.

»Ich habe Menschen für Geld umgelegt«, begann Charlie tonlos. »Ich war ein mieser Schweinehund. Nicht gerade die Sorte Mann, mit der jemand freiwillig zu tun haben will.«

»Und heute?«, drängte Allison. »Tötest du immer noch für Geld, Charlie?«

*Sie weiß Bescheid!*, erkannte David. *Sie weiß längst, was wir unter dem Tarnmantel der Foundation tun!*

»Nein«, antwortete Charlie. »Heute töte ich nur noch um der Sache willen.«

»Und wen?« Allison war erbarmungslos. Sie drängte Charlie an die Wand – nicht, weil sie die Antwort nicht kannte, sondern weil sie die Antwort aus seinem Mund hören wollte.

Charlies Augen wurden kalt. »Die letzten fünf Jahre habe ich damit verbracht, Männer und Frauen umzulegen, die Kinder gequält und missbraucht haben.« Er nickte in Davids Richtung. »Es war sein Plan, aber ich bin derjenige, der die Kinderficker erledigt.« Er hob die Hände, ballte sie zu Fäusten. »Und ich mache es ganz allein, mit meinen eigenen Händen.«

»Was denn? Du gehst da einfach rein und schießt alles über den Haufen?«

»Mehr oder weniger, ja.«

Allison funkelte David an. »Und das war deine Idee?«

»Seit wann weißt du Bescheid?«, fragte David.

Charlie blinzelte, und die Kalte kehrte zurück. »Du hast es gewusst?«, fragte er sie.

»Schon länger, ja.«

Charlie runzelte die Stirn, dann weiteten sich seine Augen. »Hast du deshalb beim FBI in den Sack gehauen?«

Allison zuckte die Schultern und lächelte. »Ging nicht anders,

Monster. Ich konnte dich nicht hochgehen lassen. Ich konnte aber auch nicht mein FBI-Abzeichen tragen und mit einer Lüge leben. Ich musste mich entscheiden, und ich habe mich für euch entschieden.«

Charlie wandte sich ab und ging zu den Fenstern, die nach draußen auf den Garten zeigten. Er legte beide Hände an den Kopf, verharrte kurz und nahm die Hände wieder herunter.

»Ich weiß nicht, was ich sagen soll«, murmelte er schließlich.

*Du nicht, und ich auch nicht, Bruder*, dachte David.

»Wir stehen in deiner Schuld, Charlie«, sagte Allison, deren Stimme jetzt sanfter war. »Du hast uns gerettet. Mich wahrscheinlich noch mehr als Charlie und dich selbst.« Sie blickte David an und lächelte traurig. »Ich wollte, die Dinge wären anders. Ich bin nicht einverstanden mit der Wahl, die ihr für euer Leben getroffen habt, aber ihr seid mir unendlich viel wichtiger als das FBI.«

Charlie konnte ihr nicht in die Augen schauen. Er drehte ihnen beiden den Rücken zu, und David wurde bewusst, dass sich das Gleichgewicht im Zimmer verändert hatte.

»Charlie?«, fragte er.

»Ich war auf einem Einsatz in Sarajewo«, sagte Charlie leise, als hätte er David gar nicht gehört. Seine Stimme klang abwesend, weit entfernt. »Ich war Späher für eine Spezialeinheit, die einen üblen Mistkerl ausschalten sollte.« Er rieb sein rechtes Ohrläppchen. »Ein Hurensohn der ganz besonderen Sorte. Die gute alte ethnische Säuberung reichte ihm nicht. Er brachte ganze Familien um, je größer, desto besser.« Charlie stieß einen melancholischen Seufzer aus.

»Ich erwischte ihn im Haus einer dieser Familien. Mutter und Vater waren Ende dreißig. Sie hatten zwei Töchter, elf und dreizehn, und einen Sohn von vielleicht fünfzehn.« Er stockte, und seine Finger kehrten zum Ohrläppchen zurück. Aus irgendeinem Grund musste Allison an den Flachmann in ihrer Jacke denken. »Der Kerl hatte zehn Söldner bei sich. Die größten, stärksten und brutalsten Dreckschweine, die er finden konnte. Kerle, die mit dem Krieg aufgewachsen waren. Diese Typen waren seit ihren Teenagerjahren daran gewöhnt, mit bloßen Händen zu töten. Vielleicht hatten sie zuschauen müssen, wie ihre eigenen Großmütter gefoltert und vergewaltigt wurden … aller mögliche widerliche Dreck.«

*Oh, Monster,* dachte Allison. *Mein armer, süßer, wütender, verletzter Charlie. Wo warst du, seit wir uns das letzte Mal gesehen haben? Hast du denn nur grauenvolle Orte voll grauenhafter Dinge gesehen?*

»Zuerst ließ der Kerl seine Schläger auf die Familie los. Sie rührten den Vater und den Sohn nicht an – aber die Töchter und die Mutter bekamen es doppelt und dreifach, stundenlang, in jede Körperöffnung und alle gleichzeitig, während Vater und Sohn zusehen mussten …« Seine Stimme wurde nachdenklich. »Drei volle Stunden, kannst du dir das vorstellen? Drei Stunden. Nachdem sie damit fertig waren, ging es erst richtig los. Der Anführer flößte dem Vater und dem Sohn irgendein Zeug ein, bis sie total high waren, und dann spritzte er ihnen irgendein venenerweiterndes Zeug – und *voilà*. Du bekommst einen Ständer, der nicht mehr weggeht, selbst wenn du deine eigene Schwester ficken musst.«

»Charlie, du musst uns das nicht alles erzählen …«, sagte Allison.

*Aber er tut es trotzdem,* dachte David. *Er muss es dir erzählen, damit du weißt, wen du liebst. Falls du ihn dann immer noch liebst. Das ist Charlies Version von Integrität.*

»Dann ging es zwei oder drei Stunden weiter«, fuhr Charlie fort. Die Leere in seiner Stimme erschreckte David fast so sehr wie die Geschichte als solche. »Gefolgt von weiteren widerlichen Überraschungen durch diesen Schweinepriester und seine fröhliche Bande.« Er stieß ein bellendes Lachen aus.

»Schließlich hatten sie genug. Hey, ich meine, man kann nicht ewig Party machen. Irgendwann muss man weiter, nicht wahr? Sie schossen Vater und Sohn über den Haufen, und der Anführer schickte seine Leute weg, um sich noch ein bisschen mit der Mutter und ihren beiden Töchtern zu vergnügen, allein und ungestört. Er war gerade damit beschäftigt, die Mutter entscheiden zu lassen, welche Tochter überleben sollte, als ich auf der Bildfläche erschien.«

Charlie stützte sich mit dem Unterarm gegen den Fensterrahmen.

»Ich habe eine Menge Scheiß gesehen, eine ganze Menge. Aber als ich in dieses Haus kam und die Augen der Mutter sah ...« Er schüttelte den Kopf. »In mir starb jedes Gefühl. Ich weiß nicht, wie ich es anders sagen soll. Ich schoss dem Dreckschwein in beide Knie. Dann fesselte ich ihn und drückte der Mutter und ihren Töchtern Messer in die Hände.«

»Mein Gott, Charlie ...«, flüsterte Allison.

»Versuch dir mal vorzustellen, was du tun würdest, wenn der Kerl, der dich soeben vergewaltigt hat, der dich zum Sex mit deinen eigenen Kindern gezwungen und dann deinen Mann und deinen Sohn vor deinen Augen ermordet hat ... versuch dir vorzustellen, zu was du imstande wärst, wenn dieser Kerl dir plötzlich ausgeliefert ist.« Er verstummte ein paar Sekunden lang. »Es dauerte lange, bis er tot war. Sehr, sehr lange. Dann riss die Mutter die Pistole aus seinem Gürtel, erschoss ihre beiden Töchter und steckte sich den Lauf in den Mund. Ihr Gehirn spritzte durchs Zimmer. Und weißt du was? Ich hätte sie aufhalten können. Ich sah nur keinen Sinn darin.«

Er drehte sich um, und Allison fühlte sich an ein verirrtes Kind erinnert. Er schob die Hände in die Taschen. »So sieht's aus, Allison. Es ist eine verteufelte Geschichte, aber jetzt kommt die eigentliche Sache, auf die ich hinauswill: Es ist nicht viel anders, wenn ich in Fernost in irgendeine Brettbude gehe und Pädophile abknalle, die es dort mit kleinen Mädchen oder Jungen treiben. Ich erschieße sie normalerweise, wo sie gerade stehen oder liegen, meistens in den Kopf. Manchmal schieße ich ihnen auch in den Bauch, oder ich schieße ihnen die Eier weg, wenn ich einen schlechten Tag habe, an dem ich noch wütender auf sie bin als sonst.« Er zuckte die Schultern. »Es macht mir nichts aus. Nicht das Geringste. Ich schlafe hinterher wie ein Engel.«

Charlie verstummte und stand da, während er auf Allisons Urteil wartete.

»Durch dick und dünn«, sagte Allison mit einer Stimme, die weich und heiser zugleich war. »So leicht verscheuchst du mich nicht, Charlie. Ich werde dich lieben, solange ich lebe, weißt du das immer noch nicht?«

Charlie scharrte mit einem Schuh über den Boden. Dann blickte er Allison an und lächelte müde. »Soll das heißen, du verzeihst mir, Ally?«

Ein Gefühl stillstehender Zeit, wie unmittelbar vor dem Ausbruch eines Sturmes – und dann lachten sie los. Allison küsste Charlie auf die Wange. Dann ging sie zu David und küsste ihn ebenfalls. »Ihr habt keine Ahnung, wie sehr ich euch vermisst habe«, flüsterte sie David ins Ohr.

»Und wir dich«, flüsterte er zurück.

Die Atmosphäre im Zimmer war gereinigt und entspannt. Sie waren wieder zusammen. Die Umstände waren bescheiden, aber was war *daran* schon neu?

»Okay«, sagte Allison. »Ich möchte, dass ihr mir alles erzählt. Erzählt mir von diesen Tötungsaktionen unter dem Deckmantel der Foundation. Das scheint mir der logische Punkt zu sein, um mit der Geschichte anzufangen.«

Und das taten sie. Sie wechselten sich ab; einmal erzählte der eine, dann der andere. David berichtete von einer schrecklichen Begebenheit, die ihn nicht mehr losließ, und Charlie erzählte von Phuong. Er erzählte von Malys Dolchaugen und davon, wie es war, bei Sonnenaufgang über die Straßen in Thailand zu laufen.

»Es tut mir leid wegen … wie hieß sie gleich?«

»Phuong«, sagte Charlie.

»Ja. Ich freue mich sehr für dich, dass du Phuong gefunden

339

hast, Charlie. Umso schrecklicher ist es, dass sie entführt wurde. Aber wir werden sie finden.«

»Auf die eine oder andere Weise«, pflichtete er ihr bei.

»Ja.« Allison seufzte und richtete sich im Sessel auf. »Und jetzt versuchen wir herauszufinden, was hinter dieser Geschichte steckt. Vergessen wir, was wir *wissen*. Was *denken* wir?«

Charlie erzählte, dass er seinen richtigen Name nie benutzt habe, jedenfalls nicht in Verbindung mit seinen Aktionen, und dass David das ermordete Mädchen auf dem Video nicht nur gekannt, sondern zuvor gerettet habe.

»Das tut mir leid, David«, sagte Allison. David nickte bloß. Allison kaute auf ihrem Bleistift. »Also hat er sich eine Menge Zeit genommen, uns zu studieren«, fuhr sie nach kurzem Nachdenken fort. »Er wird persönlich. Das ist kein gutes Zeichen.«

»Warum nicht?«, fragte David.

»Es zeigt Engagement. Er ist fest entschlossen, den Weg zu Ende zu gehen, den er eingeschlagen hat.«

»Ja. Ich glaube auch nicht, dass er von selbst aufgibt«, bemerkte Charlie.

Allison blickte David nachdenklich an. »Könnte es einer von deinen speziellen Fans sein? Hast du Briefe bekomme? Merkwürdige Geschenke? Fotos?«

»In letzter Zeit nicht.«

»Wie dem auch sei, die Vorgehensweise passt nicht zum Profil eines Stalkers. Solche Leute werden selten wütend, es sei denn, sie fühlen sich abgewiesen. Und vorher müsste es Versuche einer Kontaktaufnahme gegeben haben. Außerdem hätte er Charlie und mich nicht mit ins Spiel gebracht. Stalker teilen nicht.« Sie schüttelte den Kopf. »Nein. Wir können es zwar nicht völlig ausschließen, aber mein Gefühl sagt mir, dass es sich nicht um einen Stalker handelt.«

»Und ein Profi ist er auch nicht«, sagte Charlie. »Das Motiv ist nicht Geld. Ein Profi würde dich umlegen, seine Prämie kassieren und fertig, aus. Diese Sache hier«, er machte eine ausholende

Geste, »ist viel zu kompliziert. Ein Profi würde sich nicht auf so ein Katz-und-Maus-Spiel einlassen. Viel zu riskant.«

»Da ist was dran«, sagte Allison. »Bleiben wir bei deinem Vergleich. Wer *veranstaltet* Katz-und-Maus-Spiele?«

»Das ist einfach«, erwiderte Charlie. »Jeder, der will, dass wir leiden. Leiden bedeutet Psychose oder Rache oder beides. Außerdem bedeutet es in den meisten Fällen, dass ein Amateur dahintersteckt.«

»Wie sieht das Profil für einen solchen Amateur aus?«, fragte David.

Allison kaute wieder auf ihrem Bleistift. »Unterschiedlich«, sagt sie dann. »Die treibende Kraft für Rache ist Wut ... tiefe Verärgerung über eine tatsächliche oder eingebildete Ungerechtigkeit.«

»Was ist mit Psychose?«

»Sämtliche Farben unter der Sonne. Eines ist jedenfalls sicher: Er macht das nicht zum ersten Mal.«

»Stimmt«, pflichtete Charlie ihr bei.

»Woher wollt ihr das wissen?«, fragte David.

»Er zögert nicht, und es gibt keine offensichtlichen seelischen Konflikte. Er war nicht schüchtern vor der Kamera. Bei Serienkillern ist der erste Mord im Allgemeinen eine sehr private, intime Angelegenheit. Die Täter sind nervös und neigen zu Fehlern. Ich habe eine ganze Reihe von Serienkillern verhört. Sie haben eines gemeinsam: Mit dem ersten Mord streifen sie alles Menschliche ab. Sie verändern sich für immer – auf eine Art und Weise, die nicht umkehrbar ist.« Ihr Blick glitt zu Charlie. »Einen Menschen zu töten, weil es dich befriedigt, unterscheidet sich von jeder anderen Form von Mord.« Sie verstummte, kaute auf ihrem Bleistift, dachte nach. Charlie und David warteten, um Allison nicht aus dem Rhythmus zu bringen. »Also hat er es schon früher getan«, fuhr sie schließlich fort. »Und er ist organisiert. Ein organisierter Killer.«

»Was bedeutet das?«, fragte David.

»Er plant voraus und setzt seine Pläne dann konsequent um. Seine psychischen Defekte hindern ihn nicht daran, überlegt zu handeln. Ein berüchtigter Killer namens Son of Sam beispielsweise erhielt seine Befehle von einem *Hund*. Der Mann war völlig irre, und das zeigte sich auch in seinem Alltag. Unser Killer ist anders. Wahrscheinlich würde er als normal durchgehen, auch wenn seine sozialen Fähigkeiten vermutlich variieren. Manche Killer sind sozial angepasst wie Ted Bundy, aber es gibt auch Fälle organisierter Serienkiller, die Probleme hatten, einer Frau auch nur in die Augen zu schauen.«

»Du hältst ihn für einen Serienkiller?«, fragte David.

Allison zuckte die Schultern. »Die pathologischen Merkmale sind vorhanden. Er hat die Frauen aufgespürt, gejagt und gefangen genommen. Hinzu kommt dieses Ritual der Sedierung. Man könnte einwenden, dass er die Frauen betäubt, um sie unter Kontrolle zu halten – aber warum sind sie nackt? Und dann die Vergewaltigung. Letztendlich war sie nicht erforderlich, auch wenn er seinen Spaß dabei hatte.«

»Vielleicht ging es ihm ums Prinzip, so blöd sich das anhört«, meinte Charlie. »Sämtliche Frauen waren aus der Zwangsprostitution gerettet worden. Er könnte es als eine Art symbolischen Schlag ins Gesicht ihrer Retter verstanden haben. Vielleicht ging es ihm dabei gar nicht um sexuelle Befriedigung.«

»Du vergisst den anatomischen Aspekt, Charlie. Er musste eine Erektion haben, um die Frauen zu vergewaltigen, also musste er erregt sein. Ich habe ihn dabei sehr genau beobachtet. Er hatte einen Erguss. Nicht alle Vergewaltiger ejakulieren. Für manche ist der Akt an sich wichtiger als das Erreichen des sexuellen Höhepunkts.«

Charlie nickte. »Stimmt.«

»Die Betäubung des Opfers, seine Nacktheit, die Vergewaltigung – das alles waren bewusste Entscheidungen. Wichtige Entscheidungen. Vielleicht geht es ihm *auch* darum, David zu bestrafen, aber die sexuelle Komponente ist ebenfalls vorhanden.

Hinzu kommt die völlige Skrupellosigkeit, mit der er die Frauen umgebracht hat ... ja, ich bin ziemlich sicher, dass er ein Serienkiller ist. Er hat so etwas schon früher getan, und zwar aus ganz eigenen Gründen, und ich bin sicher, er hat es genossen.«

»Eine nette Welt, in der du lebst«, sagte Charlie. »Wo wir gerade davon reden – könnte es mit deinem früheren Job beim FBI zu tun haben?«

»Das glaube ich nicht. Die Täter, die ich überführt habe, sind entweder tot oder sitzen im Gefängnis.«

»Hatte einer von denen ein bleibendes Interesse an dir?«, fragte David.

»Ich habe den einen oder anderen Brief erhalten«, räumte sie ein. »Aber nichts, das auf eine Besessenheit von diesem Ausmaß hindeuten würde. Abgesehen davon waren die meisten Täter, die ich aus dem Verkehr gezogen habe, impotent. Der eiskalte, brillante Hannibal Lecter existiert bis auf wenige Ausnahmen nur in Büchern.« Sie richtete ihre Aufmerksamkeit auf Charlie. »Was uns zu dir führt, Monster. Wer könnte so besessen von dir sein?«

»Das habe ich mich auch gefragt, Ally, denn es ist genauso wie bei dir: Die Kerle, die ich erledigt habe, *sind* erledigt. Und ich habe keine Spuren hinterlassen.«

»Soviel du weißt«, warf David ein.

»Gewissensbisse eines Auftraggebers?«, schlug Allison vor. »Jemand, der dich für einen Mord engagiert und es später bedauert hat?«

Charlie blinzelte. David sah, dass ihm dieser Gedanke bisher noch nicht gekommen war. »Möglich. Ja, könnte sein.«

»Hat es mit den Bordellen zu tun? Das wäre die naheliegendste Erklärung.«

»Ziemlich unwahrscheinlich«, widersprach Charlie. »Es ist zu einfach, und es geht zu schnell. Ich kundschafte die Läden aus, und dann gehe ich zusammen mit Phuong rein. Wir lassen keine Zeugen zurück.«

»Mit Ausnahme der Kinder.«

»Die zähle ich nicht. Ich sage nicht, dass es unmöglich ist, aber wir tun das erst seit fünf Jahren. Bis jetzt ist noch keins der Kinder so weit, dass wir es aus dem Lager lassen könnten.«

David atmete tief durch. »Da ist noch eine Sache«, sagte er. »Etwas, das ich euch beiden erzählen muss. Es geht um Kristen. Ich glaube zwar nicht, dass ...«

Die Türglocke ging. Maxie fuhr aus dem Schlummer hoch und sprang wild kläffend von Allisons Schoß.

»Jesses!«, stieß sie erschrocken hervor. Maxie ignorierte sie und flitzte zur Tür.

David folgte dem Hund. Er spähte durch den Türspion und runzelte die Stirn, als er draußen niemanden sah. Maxie bellte immer noch ungestüm.

»Still!«, sagte David. Maxie gehorchte, blieb jedoch in Alarmbereitschaft.

David öffnete die Tür. Ein Umschlag fiel ihm entgegen. Er war von der gleichen Sorte wie beim letzten Mal, ein brauner Luftposterumschlag, und er trug Davids Namen in fetten, schwarzen Druckbuchstaben.

»Verdammt!«

David ließ den Blick über die Straße schweifen, doch es war nichts zu sehen, zumal es inzwischen dunkel geworden war. David fluchte erneut, schnappte sich das Päckchen, schlug die Tür zu und kehrte ins Wohnzimmer zurück.

»Der Dreckskerl war gerade da!«

Charlie war sofort auf den Beinen und hatte die Waffe gezogen, eine große, schwarze Glock 9mm. Seine Miene war vollkommen ruhig.

»Bin gleich wieder da«, sagte er. Dann rannte er in den Flur und durch die Tür nach draußen, bevor Allison oder David auch nur ein Wort sagen konnten.

\*\*\*

344

Als Charlie draußen in der ruhigen Wohnstraße vor Davids Haus stand, steckte er die Glock vorn in den Hosenbund, sodass er die Waffe notfalls schnell ziehen konnte.

Er spähte die Straße hinauf und hinunter und suchte nach jemandem, der sich vom Haus entfernte oder in einem in der Nähe geparkten Wagen saß. Nichts. Davids Haus lag an einer Straßenecke. Charlie wandte sich nach rechts und rannte mit ausgreifenden Schritten los.

Er lief bis zum Ende der Seitenstraße, die in eine weitere Wohnstraße mündete. Die Straßenlaternen brannten, ebenso die Innenbeleuchtung in den Häusern. Charlie blickte sich um, doch es war nichts Verdächtiges zu sehen. Vielleicht hatte der Kerl den Motor seines Wagens laufen lassen und war sofort losgejagt, nachdem er das Päckchen abgeliefert hatte.

Charlie rannte zurück zu Davids Haus. Seine Sinne waren hellwach und geschärft. In vieler Hinsicht war es eine jener Situationen, in der er ganz er selbst sein konnte. Allein und auf der Jagd.

Ein Verkaufsschild im Garten vor einem Haus auf der gegenüberliegenden Straßenseite weckte seine Aufmerksamkeit. Er überquerte die Straße, rannte über den Rasen zur Eingangsveranda und verharrte einen Moment in völliger Stille. Dann drehte er am Türknauf. Ein eisiger Schauer durchlief ihn, als er bemerkte, dass die Tür offen war.

*Der Makler hätte abgeschlossen.*

Charlie blickte sich um und überzeugte sich, dass niemand ihn sehen konnte. Dann zog er die Pistole und entsicherte sie. Er atmete tief durch, verdrängte jeden störenden Gedanken und stieß die Tür auf. Er huschte ins Innere, die Waffe schussbereit, alle Sinne bis aufs Äußerste angespannt.

Es war dunkel. Er sog die Luft ein. Er meinte, irgendetwas zu riechen, war sich aber nicht sicher. Er hatte zu viel Zeit in der Zivilisation verbracht; seine einst so scharfe Nase war betäubt von Parfums, Autoabgasen und dem gemähten Gras der Vorgärten.

Charlie warf einen Blick zur Treppe und setzte sich in Bewegung. In diesem Augenblick hörte er ein Geräusch in seinem Rücken, sah eine schattenhafte Bewegung und spürte einen grellen Schmerz.

Dann nichts mehr.

\*\*\*

Thomas blickte auf Charlie, der mit dem Gesicht nach unten auf dem Boden lag, nachdem er ihm ein gewaltiges Ding mit der Schaufel verpasst hatte. Die Glock war über den Dielenboden des Flurs geschlittert. Es gehörte nicht zum Plan, und es war sein Fehler gewesen. Er hatte sich verschätzt.

»Verdammter Hurensohn«, zischte Thomas, doch es war eher das Adrenalin als die Wut. »Gott-ver-damm-ter Hurensohn!«

Charlie stöhnte leise. Thomas hob die Schaufel und überlegte, ob er ein zweites und letztes Mal zuschlagen sollte.

*Dieser Charlie ist gefährlich wie eine Klapperschlange. Vielleicht wäre es besser, ihn so schnell wie möglich aus dem Verkehr zu ziehen.*

Nein. John würde sehr wütend reagieren. John und der andere.

Thomas schluckte zu viel Spucke, hustete und fluchte erneut.

»Diesmal hast du Glück gehabt, Junge. Beim nächsten Mal kommst du nicht mehr davon.«

Er ging zur Tür hinaus und verschmolz mit der Dunkelheit. Die Schaufel nahm er mit.

\*\*\*

Charlie kam in einem Nebel aus Schwindel, Übelkeit und heftigen Kopfschmerzen zu sich. Ihm dröhnte der Schädel, und seine Kopfhaut brannte wie Feuer. Am meisten aber erschreckte es ihn, dass er seine Pistole nicht mehr in der Hand hielt.

Er zwang sich, ruhig zu atmen. Falls noch jemand in der Nähe war, war es besser, wenn man ihn weiterhin für bewusstlos hielt. Charlie hielt die Augen geschlossen. Lauschte.

Nichts.

*Scheiß drauf!*

Er rollte sich herum und sprang auf. Augenblicklich verlor er die Orientierung.

Wo war seine Glock?

*Da liegt sie.*

Sein Blick wurde klar, dann unscharf, dann wieder klar, dann wieder unscharf. Er ging zu der Stelle und hob die Waffe auf.

*Hat dir eine Menge genutzt, du Ass.*

Charlie sah, dass die Haustür geschlossen war. Er hatte keine Ahnung, wie lange er bewusstlos gewesen war. Auf jeden Fall war es immer noch dunkel.

Charlie betastete vorsichtig seinen Hinterkopf, der heftig blutete. Offenbar hatte er eine üble Platzwunde davongetragen, aber der Schädel schien intakt geblieben zu sein.

»Und du lebst«, sagte er laut.

Was pures Glück war. In seinem normalen Leben wäre er jetzt tot gewesen.

Er schwankte und spürte, wie Schwärze über ihm zusammenschlug. Bitterkeit füllte seinen Mund.

*Sieh zu, dass du in Davids Haus kommst, bevor du ohnmächtig wirst.*

Er war geistesgegenwärtig genug, die Pistole wegzustecken. Dann verließ er das Haus und stolperte mit unsicheren Schritten über die Straße. Vor Davids Tür lag ein weiteres Päckchen. Charlie ergriff es, richtete sich schwankend auf und blickte ein letztes Mal die Straße hinauf und hinunter.

*Hmmm. Der Bursche liefert einen Umschlag ab, dann zieht er mir eins über und kommt zurück, um einen zweiten Umschlag abzuliefern? Der Typ ist wirklich dreist. Oder verrückt. Oder beides. Das ist kein gutes Omen, ganz und gar nicht.*

Plötzlich wurden ihm die Knie weich, und in seinem Kopf

drehte sich alles. Er schaffte es gerade noch, die Tür zu Davids Haus aufzustoßen, bevor er erneut vornüber in die Dunkelheit stürzte.

**KAPITEL 16** »Au, verdammt! Das tut weh!«, jammerte Charlie.

»Stell dich nicht so an«, sagte Allison, während sie die Wunde reinigte. »Dad war schlimmer.«

David ging unruhig auf und ab. »Ich fasse es nicht. Der Bursche war die ganze Zeit hier!«

»Wahrscheinlich hat er das Haus beobachtet, um zu sehen, wann wir auftauchen«, mutmaßte Charlie. Er zuckte zusammen, als Allison Wasserstoffperoxid in die Wunde träufelte. »He, pass doch auf!«

»Das muss genäht werden«, sagte Allison.

Charlie saß auf einem Stuhl in Davids Küche. Sein Hemd war blutgetränkt.

»Weißt du, wie man das macht?«, fragte er. »Sonst erkläre ich's dir.«

Allison verzog das Gesicht. »Oh nein. Das mache ich auf gar keinen Fall.«

»Dann mach ich es«, sagte David.

Charlie hob eine Augenbraue. »Du?«

David winkte geistesabwesend mit der Hand. »Sicher. Kein Problem. Ich habe in einem meiner Bücher darüber geschrieben. Eine Romanfigur musste sich selbst eine Wunde nähen. Ich habe vorher recherchiert, wie das geht.«

Charlie schnippte mit dem Finger. »Ja klar, ich erinnere mich. Er hatte eine Fleischwunde am Bein, und er war irgendwo im tiefsten Urwald.«

»Ich kann es nicht glauben!«, stieß David hervor, ohne auf Charlies Bemerkung einzugehen. »Er war so nah! *So nah!*«

»He, Mann, hier spielt die Musik. Du musst mir den Skalp wieder annähen. Ich …« Charlie schloss die Augen, öffnete sie wieder, schlug die Hand vor den Mund und sprang auf. »Ich muss kotzen.« Er rannte zum Spülbecken und setzte seine Ankündigung in die Tat um.

»*Würg*«, sagte Allison. Sie wurde blass und wandte sich ab.

»Meine Güte, Monster!«, rief David. »Hättest du nicht wenigstens die Seite mit der Schmutzschale nehmen können?«

Charlie war fertig. Er richtete sich auf und blieb für einen Moment über dem Spülbecken stehen. Er blinzelte unsicher. Sein Gesicht war weiß, und er schwitzte stark.

»Ich fürchte, ich hab 'ne Gehirnerschütterung«, sagte er. »Der Mistkerl hat mich ordentlich erwischt.«

»Vielleicht sollten wir dich ins Krankenhaus bringen«, meinte Allison besorgt.

»Auf keinen Fall. Dazu haben wir keine Zeit.« Charlie deutete auf die beiden Polsterumschläge, die vergessen auf dem Wohnzimmertisch lagen. »Wir müssen uns die Videos anschauen und unsere nächsten Schritte planen. Das ist nicht meine erste Gehirnerschütterung. Näh mich zusammen, gib mir Aspirin, und ich bin wieder wie neu.«

Wären sie nicht die gewesen, die sie waren, hätten sie Charlie wahrscheinlich trotz aller Proteste in die Notaufnahme gebracht. Doch sie waren damit aufgewachsen, sich gegenseitig die körperlichen und seelischen Wunden zu versorgen.

»Ich muss die Stelle rasieren«, sagte David, als er die Wunde untersuchte.

»Was für ein Glück«, murmelte Charlie, »dass Gott die Baseballmütze erfunden hat.«

\*\*\*

David brauchte zwanzig Minuten, hauptsächlich wegen seiner Unsicherheit. Als er fertig war, holte er Aspirin aus der Hausapo-

349

theke und gab Charlie die Flasche zusammen mit einem Glas Wasser.

»Wasser? Nix da, José«, protestierte Charlie. »Das verlangt nach einem dreistöckigen Scotch.«

David schenkte ihm das Gewünschte ein, und Charlie spülte damit die Tabletten hinunter. Allison beobachtete ihn und kämpfte gegen ihr Verlangen an. Jetzt war nicht die Zeit für einen Drink.

»Okay«, sagte Charlie, als er schließlich in einem sauberen Hemd auf dem Sofa saß, ein zweites Glas Scotch in der Hand. »Schauen wir uns die Videos an.«

David schob die DVD aus dem ersten Umschlag in den Player.

Für einen Moment war der Bildschirm schwarz, dann erschien übergangslos der Mann mit der Smiley-Maske und starrte regungslos in die Kamera. Er sah aus wie ein Standbild, bis der Mann unvermittelt sagte: »Ich habe etwas für dich, David Rhodes. Etwas Wertvolles.« Seine Stimme klang gelassen, beinahe unbeteiligt. »Aber bevor ich enthülle, was es ist, bitte ich euch drei um ein wenig Geduld. Dieser Augenblick hat mich Jahre der Vorbereitung gekostet. *Jahre.*«

Der Mann schwieg sekundenlang. David gewann den Eindruck, dass er sich sammelte. »Ihr seid schlecht, alle drei. Ihr seid böse«, begann er schließlich. »Das ist erwiesen. Für alle Welt seht ihr unverdächtig aus, aber ich weiß es besser. Ihr tragt Masken, die euer wahres Ich verbergen. Ich kenne die Wahrheit. Ich weiß, wer ihr sein. Oder besser, *was* ihr seid.

Ihr aber kennt die Wahrheit über *mich* nicht. Es muss genügen, wenn ich sage, dass ich das Böse nicht durchgehen lassen kann. Weil ich bin, was ich bin. Ich habe eine Aufgabe zu erfüllen, und nun ist es so weit, damit anzufangen.

Ich habe nicht die Absicht, alles zu erklären. Ich sage einfach, wie es ist, und dann lasse ich euch die Wahl zwischen zwei Möglichkeiten. Entweder ihr nutzt die Chance, euch zu ändern, oder ihr verliert alles, was euch lieb und wert ist, bevor am Ende ihr selbst sterbt. Eine dritte Möglichkeit gibt es nicht. Ihr könnt errettet oder verdammt werden. Ein Fegefeuer gibt es nicht.«

Er räusperte sich hinter der Maske.

»Also dann. Ich werde euch eine Reihe von Aufgaben stellen. Sie sind eure Buße. Erfüllt ihr diese Aufgaben, werdet ihr errettet. Jede Aufgabe hat ein Zeitlimit. Ihr erfahrt, was zu tun ist und bis wann es getan sein muss. Erledigt ihr eine Aufgabe nicht in der vorgegebenen Zeit, wird das, was euch lieb und teuer ist, den Preis dafür zahlen. Und das wird schlimmer sein als der Tod.« Er lehnte sich zurück. »Erledigt ihr die gestellte Aufgabe, bleibt euer Liebstes ungeschoren, und ihr erhaltet die nächste Aufgabe und kommt eurer eigenen Erlösung näher.«

*Euer Liebstes?* Die Wortwahl verwirrte David. *Was meint er damit?*

»Ich habe euch das erste Video geschickt, damit ihr seht, dass ich imstande bin, ein menschliches Wesen zu töten. Das kann nicht jeder. Ich kann es. Das solltest du dir merken, David.« Die Stimme war plötzlich sanft geworden, beinahe liebevoll. »Was ich hier bei mir habe, mag für Allison oder Charlie nicht kostbar sein. Aber ich gehe davon aus, dass *du*, mein lieber David, für die beiden kostbar bist.« Ein langer Augenblick des Schweigens. Nur das starre Smiley-Grinsen.

*Gleich passiert etwas*, dachte Charlie, dessen Kopfschmerzen vergessen waren. *Gleich wird er etwas tun, das er nie mehr ungeschehen machen kann.*

Der Mann trat von der Kamera zurück. »Nun ist es an der Zeit, dir das kostbare Etwas zu zeigen, David.«

Er trat beiseite und gab den Blick auf ein Tableau frei, das sie schon einmal gesehen hatten. Eine junge Frau, nackt, an eine metallene Trage gefesselt, mit einem Tropf im Arm. Sie bewegte sich nicht. Der Mann mit der Maske verschwand aus der Bildfläche.

Eine Sekunde später zoomte die Kamera auf die junge Frau.

David schrie. Es war ein tierhafter Schrei voller Qual. Der Schrei eines Mannes, der bis ins Mark getroffen war.

»O Gott«, flüsterte Allison.

Charlie schloss die Augen.

Maxie bellte zweimal und begann zu winseln, erschrocken von dem Lärm.

Die Frau auf der Trage war Kristen.

David verlor völlig die Kontrolle über sich. Er brüllte und tobte und zertrümmerte die Einrichtung, während Erinnerungen auf ihn einstürmten, Bilder aus einer anderen Zeit …

\*\*\*

David stand vor der Tür des unauffälligen Hauses in der stillen Wohngegend und drückte auf den Klingelknopf. Er hatte die kleine Sicherheitskamera bereits entdeckt, gab aber vor, sie nicht zu sehen. Stattdessen spielte er die Rolle des Nervösen, indem er von einem Fuß auf den anderen trat und immer wieder über die Schulter blickte, als wollte er feststellen, ob jemand ihn beobachtete.

Der Druck war seit längerer Zeit immer stärker geworden. Das Schreiben half nicht. Das Trinken half nicht. Nicht einmal der Sex mit Lizzie half, was aber auch daran lag, dass sie spüren konnte, dass etwas nicht stimmte, und dass sie es leid war. Wer konnte es ihr verdenken? Es war schwer genug, die Frau eines Schriftstellers zu sein. Die Stunden und Tage der Wortkargheit und Unzugänglichkeit, dazu die Anfälle von Selbstmitleid und Depression …

*Ich bin ein Stück Dreck.*

David wusste, dass diese Worte der Wahrheit entsprachen. Genauso wie er wusste, dass sich nichts ändern würde. Er würde keine plötzliche moralische Offenbarung erleben und als geläuterter, aufrechter Mann von der Veranda dieses Hauses spazieren.

Der Druck musste entweichen. Er *musste* ihn ablassen. Weil er nicht wusste, was sonst passieren würde.

Das Haus war angeblich ein Bordell. Die Anzeige im Internet hatte eine Rothaarige Mitte zwanzig mit großen Titten und gewinnendem Lächeln gezeigt. David hatte das Bild gesehen und sofort auf Autopilot geschaltet. Lizzie war unterwegs zum Shoppen, und so hatte er sich Bargeld aus dem Safe genommen und sich ins Auto gesetzt.

Er hatte Lizzie schon zweimal betrogen, aber noch nie mit einer Professionellen. Das hier war ein neues Allzeit-Tief.

*Es gibt für alles ein erstes Mal*, dachte er und läutete erneut. *Komm schon. Kundschaft!*

Die Tür wurde geöffnet. Eine dicke ältere Frau mit braunen Haaren in einem schlichten Kleid musterte ihn. David schätzte sie als Osteuropäerin ein, Mitte fünfzig, mit wachsamen, verschlagenen Augen unter dichten Brauen.

Er grinste nervös. »Äh … hi«, stammelte er.

Die Frau blieb unverbindlich. »Kann ich Ihnen helfen?«

»Ein Freund sagte mir, hier wäre der richtige Laden für ein bisschen Unterhaltung.«

David hatte im Internet einen Artikel gelesen, der den schönen Titel trug: »Wie spricht man eine Nutte an?« Regel Nummer eins lautete: »Zier dich nicht.« Denn sich zieren hieß: Ich bin ein Cop. Es gab andere Möglichkeiten, direkt zu sein, ohne etwas Illegales zu sagen.

Die Frau entspannte sich ein wenig. »Und an was für eine Art von Unterhaltung haben Sie dabei gedacht?«

Er leckte sich die Lippen, gestikulierte nervös mit der Hand. »Äh … eine Massage? Von einer Dame?«

Ein letzter prüfender Blick, und der harte Gesichtsausdruck wich dem wenig überzeugenden Versuch eines Lächelns. Die Frau trat zur Seite. »Komm rein, Süßer. Wir haben hier jede Menge Massagen für dich.« Es war beinahe ein Gurren, schauderhaft für ihr Alter und Aussehen.

David lächelte als Antwort und betrat das Etablissement. Das Innere war sauber und sparsam möbliert. Es war ein großes Haus, zweistöckig, wahrscheinlich aus den Siebzigern. Die Fenster waren mit Läden verschlossen, die Beleuchtung war schummrig.

»Hier entlang«, sagte die Frau mit ihrem unaufrichtigen Lächeln und stieg vor ihm die Treppe hinauf.

Er hatte Anstalten gemacht, ihr zu folgen. Vielleicht wäre alles ganz anders gekommen, hätte er in diesem Moment nicht das leise Weinen gehört. Es war eine Melodie, die er kannte, gesungen in der allzu vertrauten Tonart des namenlosen Elends. Ein Laut, wie jemand ihn ausstößt, dessen einzige Möglichkeit, ein wenig Linderung zu finden, hemmungsloses Schluchzen ist.

Das Geräusch war aus dem Parterre gekommen, von irgendwo hinten im Haus.

David fragte nicht: »Was war das?« Oder: »Woher kam das?« Er machte auf dem Absatz kehrt und stürmte in die Richtung, aus der das Geräusch kam.

»He, was soll das?«, rief die Frau hinter ihm her.

David beachtete sie nicht. Er rannte durchs Wohnzimmer. Es war mit einer einzelnen Couch möbliert. Der Kamin war verwaist. Davids Tennisschuhe quietschten auf dem alten Dielenboden.

Dann hörte er das Weinen erneut, jämmerlicher und hoffnungsloser als zuvor – und näher. Er bewegte sich schneller, durchquerte die Küche und gelangte in einen Flur. Er hörte, wie die Dicke hinter ihm her keifte: »Bleib stehen! Sofort!«

Am Ende des Flures gab es zwei Türen. Eine stand offen. Das Zimmer dahinter war leer. David versuchte den Knauf der geschlossenen Tür. Sie war abgesperrt.

Wieder das klägliche Weinen. Es war schwächer diesmal, kaum mehr als ein Wimmern. Er hörte einen Mann kichern, dann raue Worte in einer Sprache, die er für Russisch hielt und die er nicht verstand, wenngleich der Tonfall mehr als genug verriet. Manche Dinge klingen in jeder Sprache gleich.

David ging einen Schritt zurück und trat die Tür ein.

Im Zimmer waren vier Männer und eine junge Frau um die zwanzig. Die Männer stellten irgendetwas mit ihr an. Etwas, das David die Röte ins Gesicht trieb und ihn dazu brachte, einen entsetzten, heiseren Schrei auszustoßen.

Dann wieder das Weinen, kläglicher diesmal, von einem jüngeren, helleren Stimmchen. Dann sah er das Baby. Es war in eine Decke gewickelt und lag in einer halb offenen Schublade. Niemand kümmerte sich um das Kind.

Dann geschah alles binnen Sekunden. Nur der eine Schrei, und David vergaß die Welt um sich herum, bis auf den engen Tunnel aus unbändiger Wut, auf dessen Ende er zustürmte. Er sah eine Pistole bei einem der Männer. Sprang vor. Riss sie aus dem Halfter. Schoss den Mann, der ihm am nächsten stand, über den Haufen. Dann die anderen. *Peng, peng, peng, peng.* Vier Schüsse, jeder tödlich.

Er hörte ein erschrockenes Ächzen und drehte sich um. Die dicke Frau stand in der Tür, offenen Mundes, die Augen weit aufgerissen.

Aber nicht der Anblick der vier toten Männer hatte sie geschockt, sondern die junge Frau – und das, was die vier Männer ihr angetan hatten.

Dieser winzige Funke Menschlichkeit rettete ihr das Leben. David ging zu ihr und drückte ihr die Pistolenmündung an die Stirn, während er mit der anderen Hand ihren Hinterkopf gepackt hielt. Er beugte sich vor, brachte den Mund ganz nah an ihr Ohr. Die Pistole in seiner Hand zitterte.

»Du wirst von hier verschwinden«, flüsterte er. »Ich nehme die Frau und das Kind mit. Wenn du jemals ein Wort über mich erzählst oder über das, was hier passiert ist, jage ich dich bis ans Ende der Welt, und dann töte ich dich. Hast du verstanden?«

Sie brachte ein verängstigtes Nicken zustande. David ließ sie los, und sie rannte davon, als wäre der Leibhaftige hinter ihr her.

Er blieb ruhig und distanziert, zumindest ein Teil von ihm. Schließlich hatte er die vier Hurensöhne erschossen, und das konnte ihn sehr schnell in den Knast bringen, vielleicht sogar in die Todeszelle. Er richtete seine Aufmerksamkeit auf die junge Frau, die sich auf dem Bett in eine sitzende Haltung gemüht hatte. Sie starrte ihn an. Ihr Blick war abgrundtief.

»Bist du guter Mann?«, fragte sie mit abwesender Stimme.

»Ruhig, ganz ruhig«, versuchte er sie zu beschwichtigen, während er sich ihr näherte. Sie wich vor ihm zurück. Erst jetzt wurde ihm bewusst, dass er immer noch die Pistole in der Hand hielt. »Tut mir leid«, sagte er. »Sieh her. Ich leg sie weg.«

Er griff nach einer Ecke des Bettlakens und wischte die Waffe damit sorgfältig sauber, bevor er sie neben der jungen Frau auf die Matratze fallen ließ.

Sie nahm es kaum wahr.

»Bist du guter Mann?«, fragte sie noch einmal. Ihre Stimme klang immer noch abwesend, aber beharrlich. Es war keine Frage, die sie ihm unbeantwortet durchgehen lassen würde.

»Ich bin …« Er stockte. »Ich bin kein schlechter Mann. Mehr kann ich dir nicht sagen.« Er drehte sich nervös zur Tür um. »Wir müssen hier weg. Verstehst du? Weg hier.«

Sie starrte ihm in die Augen, als versuchte sie, in seine Seele zu blicken. Ihr Gesicht war nass von Schweiß und Tränen.

»Kümmere dich um mein Baby«, flüsterte sie.

Bevor er es verhindern konnte, hatte sie die Pistole gepackt, steckte sich den Lauf in den Mund, richtete ihn nach oben und drückte ab. Der Knall war so laut, dass das Baby eine halbe Minute lang verstummte.

David stand wie benommen da. Er versuchte zu begreifen, was er da vor sich sah, aber es war einfach zu viel. Sein Verstand erlaubte nur einen Blick auf die kleinen Dinge, die grausamen Details. Ihre Haare, in einem blutigen Fächer, lang und dunkel. Die blauen Augen, die leblos ins Nichts starrten. Eine Träne beendete die Reise ihre Wange hinunter – die letzte, die sie jemals weinen würde. Und an der Wand hinter ihr klebte das, was von ihrem Hinterkopf übrig war.

»Mein Gott«, flüsterte er.

*Hau ab, Blödmann! Verschwinde von hier!*

Die Stimme kam aus ihm selbst, riss ihn aus seiner Starre.

*Bewegung! Einen Schritt nach dem anderen! Los jetzt!*

Der Gestank hämmerte auf seine Sinne ein, machte ihn schwindlig. Urin und Kot und Kordit. Blut und Tod.

*Du kannst dich später daran erinnern! Lauf jetzt!*

Er wandte sich von der Leiche auf dem Bett ab. Seine Bewegungen fühlten sich an wie in einem Traum. Er war eine Ameise, die in einer Schale voller Honig schwamm.

Der laute Aufschrei des Babys in der Schublade war wie ein kalter Wind, der immer stürmischer wurde und immer mehr Kraft sammelte, bevor er David ins Gesicht traf. Er sah das Baby an, blinzelte und spürte, wie er in die wirkliche Welt zurückkehrte. Das Gesicht des Babys war gerötet, die Augen zusammengekniffen, und es schrie aus Leibeskräften, den Mund weit aufgerissen.

*Denk jetzt nicht! Keine Zeit! Tu's einfach!*

Er konnte sich später nicht daran erinnern, das Baby gepackt zu haben und zu seinem Wagen gerannt zu sein. Er erinnerte sich nur, dass er wie in Trance nach Hause gefahren war, das Baby im Schoß, und dass er Gott für das automatische Getriebe gedankt hatte und dafür, dass keine Polizei unterwegs war.

\*\*\*

Nach einer Stunde kläglichen Weinens war das Baby eingeschlafen. David hatte hilflos zugesehen, unfähig, sich zu bewegen, klar zu denken, irgendetwas zu tun. Er saß im Wohnzimmer auf dem Sofa und wartete darauf, dass Lizzie nach Hause kam.

*Das ist das Ende.*

Er wusste es vorher schon. Er würde das Ritual mitmachen, doch tief im Innern war er sicher, dass es aus war. Lizzie würde nach Hause kommen, und er würde ihr die ganze Geschichte erzählen, ohne etwas zu verschweigen. Und dann würde sie ihn entweder verlassen oder an die Polizei ausliefern.

Es war eine überraschende Feststellung, dass er den Verlust Lizzies mehr fürchtete als das Erscheinen der Polizei. Was die vier toten Kerle anging – sie waren eine blasse Erinnerung, für den Augenblick. Doch sie würden sich bei ihm melden. Genau wie Robert Gray sich manchmal noch bei ihm meldete. Sie würden ihn in seinen Träumen besuchen. Sie würden nichts sagen, sondern ihn in stummem Vorwurf anstarren. Es würde keine Rolle mehr spielen, dass er sie auf frischer Tat ertappt hatte, wie sie die Frau … Es würde auch keine Rolle spielen, dass die Hurensöhne den Tod verdient hatten und die Welt ohne sie besser dran war. Es war der Preis, den David zahlen musste. So war er nun mal, ob gut oder schlecht.

Er schauerte vor Kälte, und ihm wurde bewusst, dass er schwitzte. Seine Hände zitterten.

*Das ist das Ende.*

\*\*\*

Lizzie stand im Flur. Sie hatte die Koffer gepackt. Ihr Gesicht war verquollen, die Augen gerötet von einem Tag und einer Nacht voller Tränen. David sah nicht anders aus.

»Ich melde mich wegen der Scheidung bei dir«, sagte sie.

Er blickte zu Boden. Er brachte es nicht über sich, ihr in die Augen zu sehen. »Sicher, Lizzie. Wie du möchtest. Ich werde nicht gegen dich kämpfen. Ich hoffe, das weißt du.«

Sie seufzte. »Ich glaube schon, ja.« Dann wieder die Frage: »Du willst es dir nicht doch anders überlegen?«

Er versuchte zu antworten, doch auf seiner Brust schien plötzlich ein Amboss zu liegen, der ihm die Luft raubte. Er brachte kein Wort hervor. Stattdessen schüttelte er den Kopf.

Dann war sie weg.

\*\*\*

Sie hatte getobt. Sie hatte ihn geschlagen. Sie hatte so laut geschrien, aus so tiefer Seele, dass David am liebsten gestorben wäre. Er wollte, dass sein Herz zu schlagen aufhörte, dass sein Hirn explodierte, damit er nicht mit ansehen musste, wie sich die Frau, die er liebte, wand und krümmte. Sie wurde grausam gefoltert, von innen nach außen gedreht, und es war seine Schuld.

Sie war in ihr Schlafzimmer geflüchtet und fast zwölf Stunden dort geblieben. Nicht einmal zum Essen war sie nach draußen gekommen. David war rasch im Supermarkt gewesen, um Windeln einzukaufen und Babynahrung. Seine Welt brach in Stücke, er fühlte sich wie betäubt, wie tot, doch Babys mussten trinken, mussten Bäuerchen machen, brauchten frische Windeln. Das Leben ging weiter, auch wenn seines vielleicht endete.

Lizzie war nach unten gekommen, als er das Baby gefüttert hatte, ein kleines Mädchen. Sie hatte sich hingesetzt und ihm zugesehen. Sie war über Nacht um Jahre gealtert.

»Du machst das gut.«

Er hatte mit den Schultern gezuckt und geschwiegen. Er hatte seiner eigenen Stimme nicht zugetraut, dass sie es schaffte, sich bemerkbar zu machen.

»Ich habe lange nachgedacht, David. Ich musste aufrichtig sein zu mir selbst. Ich musste mir darüber klar werden, was ich aushalten kann und womit ich fertig werde. Nicht nur jetzt, sondern für den Rest meines Lebens. Ich musste mir darüber klar werden, wo ich einen Kompromiss eingehen und ob ich verzeihen kann oder ob ich nie darüber hinwegkomme.«

»Verstehe«, hatte er geantwortet.

»Und ich bin zu einem Ergebnis gekommen. Du kannst es akzeptieren oder auch nicht. Die Entscheidung liegt bei dir, und wie sie auch ausfällt, ich werde mich damit abfinden. Aber nimm mich beim Wort, David. Es gibt keinen Verhandlungsspielraum.«

»Okay«, hatte er mühsam hervorgebracht, erfüllt von Angst

359

und dem gespenstischen Gefühl, das alles schon einmal erlebt zu haben.

*Das ist das Ende.*

Sie hatte tief durchgeatmet. »Ich habe dich geliebt, David. Aus tiefstem Herzen und mit allem, was ich habe. Ich habe nie daran gezweifelt, dass ich den Rest meines Lebens mit dir verbringe, dass wir eigene Kinder haben und zusammen alt werden.« Sie war verstummt, hatte nach Worten gesucht, um dann fortzufahren: »Es war nicht nur ein Wunsch oder bloß eine Idee. Ich habe es *vor mir gesehen*, verstehst du? Ich habe uns gesehen, wie wir mit achtzig Jahren Händchen haltend dastehen. Das Bild war so klar und deutlich, wie man es sich nur denken kann.«

»Ich auch«, hatte er geantwortet. Sein Herz hatte ihn angeschrien, hatte gebettelt und gefleht, er solle aufhören, bevor es zu spät sei.

»Es ging nie um das Geld, weißt du. Oh, es war angenehm, aber ich habe dich auch als armen Mann geliebt.« Sie hatte einen Seufzer ausgestoßen, voller Melancholie. »Ich dachte, meine Liebe zu dir wäre wie ein Meer, tief genug, dass alles darin verschwinden kann ... deine Depressionen, deine düsteren Stimmungen, deine Geheimnisse ... und die Zeiten, in denen du dich von mir abgewandt hattest.« Eine Träne kullerte über ihre Wange. »Ich habe mich geirrt. Das Meer ist nicht tief genug.«

Sie hatte das Baby angeschaut, und ihr Blick war dunkel geworden. »Aber ich komme darüber hinweg. Irgendwann werde ich dir verzeihen können. Es wird lange dauern, aber ich kann es. Ich kann es aber nicht, wenn du dieses Baby behältst. Für mich wird es immer ...«, sie schluckte mühsam, rang nach Worten. »Es wird immer das Baby deiner Mätresse sein. Ich weiß, es ist nicht schön, so etwas zu sagen. Ich weiß auch, dass das Kind nichts dafür kann. Aber ich habe in mich hineingeschaut, und ich war ehrlich zu mir selbst. Ich werde dieses Kind niemals lieben. Niemals.«

David hatte ihr geglaubt. Und deshalb war auch er bedingungslos ehrlich gewesen.

»Ich *kann* das Baby nicht der Welt da draußen überlassen.«

\*\*\*

Was danach geschah, war nicht mehr von Bedeutung. Jedenfalls nicht die Einzelheiten. Lizzie verschwand aus seinem Leben, und Kristen kam hinein. Er wurde ärmer und reicher zugleich, und er gelangte nie an einen Punkt, an dem er mit Bestimmtheit die Frage hätte beantworten können, die ihn all die Jahre plagte: Würde er etwas anders machen, wenn er noch einmal zurückgehen könnte?

Er hatte Lizzie unendlich geliebt. Das Problem war: Er liebte Kristen genauso unendlich.

Lizzie hatte ihre Liebe am Ende bewiesen. Sie war nicht zur Polizei gegangen. Sie hatte ihm Kristen gelassen, und Kristen den Vater.

Er hatte oft an Lizzies Worte denken müssen.

*Ich habe dich geliebt, David. Aus tiefstem Herzen und mit allem, was ich habe.*

Anfangs war der Schmerz kaum zu ertragen gewesen. Die Erinnerungen waren über ihm zusammengeschlagen wie schwarze Wogen, die nie das Ufer erreichten. Jene ersten Tage der Freiheit, der Anblick der schneebedeckten Gipfel der Rocky Mountains, die Küsse auf dem Sofa bei *Sally the Snake*. Ekstasen, Ärgernisse, Streitereien und immer wieder die unendlich kostbare Ruhe.

Kristen wuchs heran, und mit der Zeit besiegte ihre Schönheit seinen Schmerz. Schließlich begriff David, dass die Liebe zu ihr nicht die Antwort auf seine Frage war, sondern etwas, gegen das er nichts machen konnte. Richtig oder falsch, gut oder schlecht, Schmerz oder Kummer – alles ging in der Vaterschaft auf.

\*\*\*

David kam inmitten eines mittleren Massakers zu sich.

Der Esstisch war umgeworfen. Ein Stuhl war in eine Lamellentür geflogen, das Glas dahinter geborsten. Teller, Tassen und Gläser aus dem Trockengestell neben der Spüle lagen zerschmettert auf dem Boden.

David leckte sich die Lippen und blinzelte. Vor seinen Augen tanzten bunte Sterne. In seinem Kopf rauschte es, und er würgte, ohne dass etwas hochkam. Irgendjemand redete auf ihn ein.

»David?«, fragte die Stimme vorsichtig, beinahe ängstlich.

Er blinzelte, mit einem Auge, wie ein Irrer, drehte den Kopf nach der Stimme, versuchte, klar zu sehen. Es war Allison. Sie stand in sicherer Entfernung und starrte ihn an, als suchte sie nach einem Rest von Zurechnungsfähigkeit.

»Komm zurück, D.«

Das war Charlies Stimme. Davids Auge zuckte erneut. Er blickte zum Fernseher. Jemand hatte die DVD gestoppt. Das Standbild zeigte Kristens Gesicht, ihr wunderschönes, unschuldiges Gesicht …

Diesmal schrie David nicht, er tobte. »Ich werde dieses Arschloch vernichten! Vernichten! Ich werde ihn zerreißen, mit bloßen Händen! Ich werde ihn *abschlachten!*«

Irgendwo tief im Innern wusste er, dass er gefährlich nahe vor dem endgültigen Überschnappen stand. Ein Hurrikan jagte durch sein Herz, und er war machtlos dagegen.

Seine Wut wurde von einer Verzweiflung befeuert, die so tief und grauenhaft war, dass ein Teil von ihm auf der Stelle tot sein wollte.

Er hob den Kopf, blickte wieder auf das Gesicht seiner Tochter. Sie war das Einzige in seinem Leben, das er nicht verkorkst hatte. Sicher, gelegentlich hatte er auch bei ihr Mist gebaut, aber nie auf unverzeihliche Art und Weise. Er hatte sich bei ihr niemals schuldig gefühlt, weil sie ihn liebte. Er hatte sich nie als unwürdig empfunden, eher als Glückspilz. Vielleicht war er ein schlechter Mensch gewesen, ein schlechter Mann, und ganz sicher ein schlechter Ehemann, aber kein schlechter Vater.

Er brüllte erneut seine Qual heraus. Maxie bellte angstvoll aus dem Schlafzimmer, in dem er sich verkrochen hatte. Allison und Charlie schwiegen angespannt und sorgenvoll, während sie warteten.

Ein blendend helles Licht flammte in Davids Kopf auf, und er versank erneut in der Vergangenheit …

\*\*\*

Kristen war vierzehn Jahre alt. Es war ein Samstag gewesen. Sie hatte ihn gefragt, ob er mit ihr wandern gehen wollte. Er kannte seine Tochter und wusste sofort, dass irgendetwas sie bedrückte. Kristen war schon seit drei, vier Tagen seltsam niedergeschlagen, doch sie kam im Allgemeinen besser zurecht, wenn man sie mit ihrem Problem eine Zeitlang alleine ließ. Also hatte er sie in Ruhe gelassen und darauf vertraut, dass sie schon zu ihm kommen würde, falls sie ihn am Ende doch brauchte.

Wie es schien, war es nun so weit.

Sie fuhren zum Castlewood Canyon State Park und nahmen einen Wanderweg, der aussah, als hätten sie ihn für sich allein. Es war Spätsommer, und die Sonne stand immer noch hoch und kraftvoll am Himmel. Sie wanderten nebeneinander her, ließen sich Zeit, genossen die friedliche Stille.

»Daddy?«, meldete sich Kristen nach vielleicht einer halben Stunde zu Wort.

»Ja, Honey?«

»Es gab da etwas in der Schule.«

Er blickte sie an, doch sie konzentrierte sich auf den Weg und ihre Worte.

»Möchtest du mit mir darüber reden?«

»Ja.«

Sie gingen eine Minute schweigend weiter.

»Du erinnerst dich an den Jungen, mit dem ich letzten Sonntag aus war? Roger?«

»Sicher.«

»Na ja, unsere Date … es lief nicht so gut. Er hat versucht, mich zu küssen, aber ich wollte nicht. Er war ziemlich sauer auf mich, und ich wurde wütend auf ihn, und zehn Minuten später war es aus zwischen uns. Ich hab dann noch ein paar Stunden auf der Mall rumgehangen, weil ich dir nichts davon sagen wollte.«

»Ich verstehe.«

»Er hat …«, ihre Stimme wurde ganz leise. »Er hat den anderen erzählt, ich hätte …« Sie verstummte erneut, und ein weiterer Blick verriet David, dass sie rot angelaufen war. »Er hat herumerzählt, dass ich … dass ich ihm einen geblasen hätte.«

David blieb stehen und starrte seine Tochter entgeistert an.

»Er hat *was?*«

»Ich will das nicht noch mal sagen, Dad.«

»Klar, Honey. Ich bin nur … *wow.*« Er bemerkte zwei große Felsblöcke zur Linken, ein Stück abseits vom Weg. »Komm, wir machen eine Pause. Da drüben, okay?«

Sie gingen zu den Felsen und setzten sich. Der Stein war warm, aber nicht heiß. Eine sanfte Brise wehte.

»Ich wusste, dass er verrückt vor Wut ist, Dad, aber ich verstehe es nicht. Gibt es denn nicht *ein paar* Dinge, die man nicht einmal dann tut, wenn man vor Wut verrückt ist?«

Er lächelte sie liebevoll an. »Wenn man ein anständiger Mensch ist, sicher, Honey. Aber nicht alle Menschen sind anständig.«

Sie sah ihn an, und das Erschrecken in ihren Augen brach ihm beinahe das Herz.

Sie fing an zu weinen, und er zog sie an sich. Er wusste, dass sie nicht weinte, weil dieser junge Mistkerl sie als Flittchen hingestellt hatte, sondern weil sie etwas Neues über die Welt erfahren hatte. Etwas Schmerzhaftes. *Nicht alle Menschen sind anständig.* Diese Worte zu hören war eine Sache, sie in ihrer vollen Tragweite zu begreifen eine ganz andere.

Sie weinte sich aus. Hinterher blieb sie in seinen Armen und schniefte hin und wieder. Die Sonne schien warm, und eine Brise spielte in ihrem Haar. Es war ein wunderschöner Tag.

»Besser?«, fragte David nach einiger Zeit.

Sie löste sich von ihm und wischte sich mit dem Unterarm die Tränen aus dem Gesicht. Dann lächelte sie ihn an, und nicht zum ersten Mal dachte er, dass er einen anderen Menschen niemals so sehr lieben würde wie Kristen. Nicht Allison, nicht Charlie, nicht einmal Lizzie.

»Lass uns umkehren, Daddy.«

Damit war die Geschichte abgeschlossen. Ein kurzer Augenblick im großen Lauf der Dinge, weiter nichts. Ein Augenblick auf einem warmen Felsen. Trotzdem würde er sich immer an diesen Moment erinnern – es war der Augenblick gewesen, in dem aus seiner kleinen Tochter eine junge Frau geworden war. Der Moment, in dem sie begriffen hatte, dass Dinge wie Kleinkariertheit und Boshaftigkeit *tatsächlich* existierten, nicht nur im Märchen. Sie hatte es begriffen, sie hatte darüber geweint, und dann war die Verwandlung abgeschlossen.

Auf dem Weg nach Hause hörten sie Radio – einen Sender, der nur Oldies spielte. Als die ersten Trommelwirbel von *Come Together* erklangen, musste Kristen lachen. »*Feet down be-low his knees*, Daddy!«

Sie hatten den Song gemeinsam gesungen, seit Kristen sprechen gelernt hatte. Also drehte David die Lautstärke hoch und ließ die Wagenfenster herunter, und sie sangen aus voller Kehle, bis sie zu Hause waren.

\*\*\*

»Kristen …«, stöhnte David und starrte in ihr betäubtes Gesicht, das auf dem Bildschirm zu sehen war. »Oh, Baby.«

Er klappte zusammen wie eine Vogelscheuche, der man die Stützen weggetreten hatte. Dann saß er auf dem Boden, mit untergeschlagenen Beinen, und weinte. Weinte und weinte. Allison kam zu ihm und versuchte ihn in die Arme zu nehmen, doch er stieß sie von sich. Als Maxie sein Herrchen weinen hörte, kam er heran und leckte ihm das Gesicht.

»Danke, alter Junge«, brachte David hervor. »Aber lass mich ein paar Minuten allein, ja?«

Maxie schien seine Worte zu verstehen und setzte sich neben ihn. Er leckte ihn nicht mehr ab, beobachtete aber aufmerksam jede seiner Bewegungen.

\*\*\*

Später saßen sie auf dem Sofa. Charlie hatte seinen Scotch stehen gelassen. Der Drink schmeckte ihm nicht mehr. Allison war schweigsam. David starrte auf den Bildschirm und rang mit sich.

»Lass es weiterlaufen«, sagte er schließlich.

Allison betätigte die Fernbedienung. Die Kamera war am Ende ihrer Zoomfahrt angelangt. Kristens Gesicht füllte den Bildschirm aus. Im einen Moment waren ihre Augen geschlossen, im nächsten flatterten ihre Lider. Ihr Mund erschlaffte, dann lächelte sie.

»Du magst es glauben oder nicht, David Rhodes, aber ich bin ein Mann, der zu seinem Wort steht«, erklang die Stimme von außerhalb des Bildes. »Ein gegebenes Wort ist sehr kostbar, so seltsam vielen Leuten diese Vorstellung auch erscheinen mag. Wenn du tust, was ich sage, wird deiner Tochter nichts geschehen. Aber wenn du dich widersetzt, werde ich sie bespringen und anschließend entsorgen, das verspreche ich dir.«

Die Adern an Davids Hals traten dick hervor. Charlie und Allison hörten ihn in ohnmächtiger Wut mit den Zähnen knirschen.

»Hier ist deine erste Aufgabe, David Rhodes. Es geht um eine Frau in Austin, eine Ärztin. Sie heißt Francine Mays. Ihr gehören zwei Abtreibungskliniken. Sie ist eine Schlächterin ungeborenen Lebens, eine Lilith, die Gott die Stirn zu bieten wagt. Gehe hin und töte sie. Liefere mir den Beweis in Form eines Videos. Ich will sehen, wie sie stirbt. Schick das Video an die E-Mail-Adresse, die du auf dem Zettel in der DVD-Hülle findest. Du hast von jetzt an sechsunddreißig Stunden. Ich werde dich beobachten.«

Ein letzter Blick auf Kristen, dann wurde das Bild schwarz.

»David?«, fragte Allison, nachdem ein paar Sekunden verstrichen waren.

»Leg die andere DVD ein«, sagte er.

Allison kam seiner Aufforderung nach. Das Bild wurde hell.

»Phuong …«, sagte Charlie tonlos.

»Es war ursprünglich nicht mein Plan, dieses Hurenkind in meine Gewalt zu bringen«, sagte der Maskierte. »Offen gestanden wusste ich nicht einmal von ihrer Existenz.« Er wackelte mit dem Zeigefinger. »Offenbar seid ihr wirklich böse, böse Männer.« Die Hand sank herab. »Nachdem ich von diesem Hurenkind erfahren hatte und begriff, wie viel sie Charlie Carter bedeutet, wusste ich, dass ich sie ebenfalls haben musste. Die Bedingungen sind die gleichen. Tu, was ich dir sage, Charlie, und rette dich selbst – oder lass es, und ich nehme ihr den letzten Rest Stolz, bevor sie stirbt.«

Ein letztes Bild zeigte Phuongs schlafendes Gesicht, dann nichts mehr.

»Der Typ redet zu viel«, sagte Charlie.

Allison nahm seine Hand. »Sie ist wunderschön.«

»Sie ist mein süßes Mädchen.« Charlies Stimme schwankte. Er fuhr sich mit der Hand übers Gesicht und erhob sich. »Fliegen wir nach Austin.«

***

David ging ins Schlafzimmer, um zu packen. Maxie folgte ihm, ohne Allison eines Blickes zu würdigen. Maxie liebte die Ladies, doch wenn es hart auf hart ging, war er loyal.

Er wedelte jedes Mal mit dem Schwanz, wenn David ihn anlächelte, doch er war klug genug, um zu begreifen, dass sein Herr und Meister wegfuhr. Er beobachtete David mit einem Ausdruck von Erwartung, Verletztheit und Sorge.

»Entspann dich, alter Junge«, sagte David. »Ich bin bald zurück.« Maxie schien seine Zweifel zu haben, doch er wedelte unverdrossen mit dem Schwanz.

Alles war sehr schnell gegangen. Viel zu schnell. Die Ereignisse hatten sich förmlich überschlagen. Rada. Charlie. Allison. Kristen. Phuong. Er hatte noch keine Zeit gefunden, *wirklich* zu begreifen, was passiert war.

Er öffnete ein Fenster und beobachtete, wie sein Atem in der kalten Nachtluft kondensierte. Zum ersten Mal seit langer Zeit wurde ihm bewusst, dass er nicht sterben wollte. Er lebte ein zyklisches Leben, kleine Spiralen aus Erschaffen und Zerstören. Er schrieb und vögelte und trank und war voller Dunkelheit, Schmerz und Lachen. Manchmal drohten ihn Kummer und Sorgen zu überwältigen; trotzdem wollte er den nächsten Morgen erleben.

*Was, wenn Kristen stirbt? Willst du dann weiterleben?*

*Ja. Ja, das ist die traurige Wahrheit. Wenn ich meinem Leben je selbst ein Ende hatte machen wollen, dann damals, als Dad uns in seinem Haus gefangen hielt. Das Leben ohne Kristen wäre schrecklich, unerträglich, aber es würde weitergehen. Ich würde weiter atmen, essen, schlafen, bis irgendetwas mich zwingt, damit aufzuhören. Das ist die traurige Wahrheit. Alles andere wäre eine Lüge.*

*Alles andere wäre eine verdammte Lüge.*

# FÜNFTER TEIL

## DAHEIM IST AUF DER JAGD

**KAPITEL 17**  Sie saßen im Flugzeug. David brannte innerlich, während Charlie beängstigend ruhig und schweigsam war. Allison strahlte nach außen hin Zuversicht und Zielstrebigkeit aus, warf aber immer wieder verstohlene Blicke zu den beiden, während sie an ihrem Bleistift kaute.

Der Flug durch die Nacht dauerte drei Stunden; planmäßig würden sie gegen fünf Uhr morgens texanischer Zeit in Austin landen. David hatte die Tickets bezahlt und im Radisson bereits Zimmer reserviert.

»Okay«, begann er. »Reden wir über das, was wir gesehen haben.«

Er hatte Allison und Charly von Kristen erzählt, und woher sie gekommen war. Anschließend war er fast zwei Stunden lang verstummt.

»Bist du denn schon bereit?«, fragte Charlie.

»Mein Kopf ist wieder klar, falls du das meinst.«

»Sein Motiv«, sagte Allison unvermittelt. »Er hat gesagt, wir wären *böse*. Was sollte das?«

Charlie zuckte die Schultern. »Ich will verdammt sein, wenn ich es wüsste. Ich könnte ja noch verstehen, wenn er so etwas über David oder mich sagt, aber über dich?«

»Vielleicht ist es wegen Kristen«, meinte David. »Die Art und Weise, wie sie zu mir gekommen ist.«

Allison runzelte die Stirn. »Das glaube ich nicht. Er hat uns drei gemeint. Was immer wir getan haben, dass wir in seinen

Augen *böse* gewesen sind – es muss etwas sein, für das er uns drei gemeinsam zur Rechenschaft ziehen will.«

»Vielleicht ist es wegen unserer … äh, inoffiziellen Aktivitäten«, meinte Charlie. »David hat sie geplant, und ich habe seine Pläne ausgeführt. Und du, Ally, hast davon gewusst und uns gedeckt.«

»Es geht um mehr als nur um primitive Rache«, widersprach Allison. »Wir haben es eindeutig mit einem Psychopathen zu tun. Wir sind in seinen Augen schlecht, und er betrachtet es als seine Aufgabe, sich um schlechte Menschen … nun ja, zu kümmern. Wenn wir noch den Hass auf die Abtreibungsärztin dazunehmen und das Gerede von Erlösung …«

»Dieser Irre ist religiös!«, sagte Charlie.

»Ganz genau.«

»Ich habe einen Freund angerufen, während du die Flüge gebucht hast«, warf David ein. »Ich habe ihm erzählt, dass ich mit dem Gedanken spiele, ein Buch zu schreiben. Der Mann ist Arzt, Anästhesist.«

Charlie hob eine Augenbraue. »Und?«

»Ich wollte von ihm wissen, wie er es anstellen würde, Frauen ambulant zu betäuben, wenn er ein Psychopath wäre.«

»Und was hat er gesagt?«, fragte Charlie.

»Er sagte, das wäre nicht weiter schwierig. Es gibt einen regelrechten Markt für so genannte ambulante Anästhesie. Das Zubehör ist standardisiert, und man kommt ziemlich leicht heran. Im Grunde besteht es lediglich aus einem Herzfrequenzmessgerät und einem regelbaren intravenösen Tropf, mit dem das Betäubungsmittel verabreicht wird.«

»Wie lange kann man einen Menschen damit betäuben?«, fragte Allison.

»Prinzipiell gibt es da kein Limit, hat mein Bekannter gesagt. Er hat allerdings einen Unterschied gemacht zwischen Sedierung und Anästhesie. Da gibt es verschiedene Stufen. Die schwächste Form der Sedierung führt zu völliger Entspannung, ohne dass der

Patient das Bewusstsein verliert. Je stärker die Sedierung, desto mehr dämmert der Patient weg, bis er in tiefer Bewusstlosigkeit versinkt. Das ist der Punkt, an dem man intubieren muss. Die Muskeln erschlaffen, und der Patient kann nicht mehr von alleine atmen.«

»Kann man im Selbststudium lernen, wie man einen Menschen betäubt?«, wollte Charlie wissen.

»Mein Bekannter sagt, auf gar keinen Fall. Anästhesisten sind Ärzte mit einer vierjährigen Zusatzausbildung. Wir reden hier über insgesamt zwölf Jahre Studium und Assistenzzeit. Ein anderer möglicher Ausbildungsweg wäre Kieferchirurgie.«

»Also suchen wir nach einem Arzt oder Kieferchirurgen«, überlegte Charlie. »Nach jemandem, der entweder noch praktiziert oder früher Arzt war.«

»Es hilft uns zumindest bei einer ersten Eingrenzung des Alters. Ein ausgebildeter Anästhesist müsste dreißig bis zweiunddreißig Jahre alt sein, wenn wir annehmen, dass er mit achtzehn oder zwanzig sein Studium aufgenommen hat. Gleiches gilt für einen Kieferchirurgen mit Zusatzausbildung.« David blickte Allison an. »Was meinst du, Ally? Du hast die größte Erfahrung mit Freaks.«

Allison hatte die ganze Zeit darüber nachgedacht. »Ich schätze ihn auf Ende dreißig, Anfang vierzig«, sagte sie.

»Warum?«

»Er ist diszipliniert. Er ist geschickt. Er tötet ohne Hemmungen und verliert offenbar nie die Nerven. Das passt nicht zu jüngeren Tätern. Wie ich bereits sagte – Rada war nicht sein erstes Opfer. Es gibt einen großen Unterschied zwischen Vergewaltigung und Mord. Es ist ein riesiger psychischer Schritt. Wahrscheinlich hat er mit Vergewaltigungen angefangen, und später ist es dann zu Mord eskaliert.«

»Warum benutzt er überhaupt Betäubungsmittel?«, fragte David. »Wer braucht Anästhetika, wenn er seine Opfer sowieso umbringen will?«

»Angst«, meinte Charlie. »Er könnte ein Feigling sein.«

»Vielleicht«, räumte Allison ein. »Es gibt Vergewaltiger, die ihren Opfern K.o.-Tropfen einflößen, weil sie nicht genügend Selbstvertrauen haben, es auf andere Weise zu tun. Anderen verschafft es das Gefühl absoluter Kontrolle, wenn ihr Opfer besinnungslos ist. Es turnt sie an und verschafft ihnen einen Kick.«

»Was denn nun?«, fragte Charlie. »Willst du etwa sagen, er könnte ein gewöhnlicher Vergewaltiger sein und dass er Rada aus Gründen umgebracht hat, von denen wir nichts ahnen?«

Allison breitete die Hände aus. »Möglich. Unsere Informationen reichen noch nicht. Wir brauchen mehr, viel mehr.«

»Was ist mit der ›Wir‹-Komponente?«, fragte David.

Allison nickte. »Das ist ein wichtiger Faktor. Wahrscheinlich der wichtigste überhaupt, neben dem religiösen Aspekt.«

Charlie seufzte. »Was soll man dazu sagen? Hier sitzen wir, unterwegs nach Austin, und sind auf Kollisionskurs mit dem nächsten Irren.«

»Wir können uns das Haus anschauen, wenn ihr wollt«, sagte David. »Ich habe es gekauft.«

Allison und Charlie blickten ihn verdutzt an.

»Du hast *was?*«, fragte Charlie.

»Ich habe Dads Haus gekauft. Vor ungefähr fünfzehn Jahren.«

»Warum?«, fragte Allison verwirrt.

David zuckte mit den Schultern und lächelte. »Ehrlich gesagt, ich habe keine Ahnung.«

Sie verfielen in Schweigen. Allison war nervös. Sie hatte das Gefühl, als wäre da noch irgendetwas, am Rand ihres Bewusstseins. Etwas, das sie übersehen hatte. Etwas ganz Simples.

Aber sie kam nicht darauf.

\*\*\*

John versetzte Thomas mit dem Handrücken einen brutalen Schlag ins Gesicht. Thomas wand sich und wich angstvoll zurück.

John setzte seinem älteren Bruder mit blitzenden Augen nach. »Verdammter Idiot!«, brüllte er. »Beinahe hättest du alles vermasselt!«

»Tut mir leid, John, ehrlich«, jammerte Thomas. »Ich hätte nicht gedacht, dass er mich so schnell findet … Ehe ich mich versah, war der Mistkerl draußen und hinter mir her.«

Wieder schlug John zu. Diesmal drosch er Thomas die Faust in die Magengrube. Thomas krümmte sich vornüber, und John ließ eine krachende Rechte gegen den Wangenknochen folgen, die Thomas' Kopf in den Nacken schleuderte. Obwohl Thomas größer und schwerer war als John, wäre er niemals auf den Gedanken gekommen, sich gegen seinen Bruder zu wehren. John war stark. Und was noch wichtiger war: John hatte recht.

»Du elender Blödmann!«, fauchte John. »Um ein Haar hättest du alles versaut! Zuerst die Visitenkarte für Rhodes, und jetzt das!«

Thomas bebte. Er wagte nicht, sich aufzurichten. Es war besser, die Bestrafung über sich ergehen zu lassen.

»Die gute Nachricht ist, sie haben den Köder geschluckt«, sagte er kleinlaut. »Sie sind auf dem Weg hierher, Bruder. Und wenn sie erst hier sind, können wir sie fertigmachen.«

John fauchte und trat zu. »Es geht nicht darum, jemanden fertigzumachen, du dämlicher Sack!«, brüllte er außer sich vor Wut. Seine Augen glühten. Thomas wand sich vor Angst. »Es geht darum, was richtig ist und was nicht! Um den Triumph über den Teufel! Hast du das vergessen, du Stück Dreck?« Wieder trat er zu. Thomas heulte auf.

John hielt inne. Sein Gesicht war schweißbedeckt, und in seinen Augen loderte ein höllisches Feuer. »Zeit für die Bibel und den Riemen«, sagte er unvermittelt und mit tödlich ruhiger Stimme.

Thomas schloss die Augen. Als er sie wieder öffnete, war

er voller Angst, aber innerlich gefasst. Die Bibel und der Riemen bereiteten unerträgliche Schmerzen, boten aber wenigstens Sicherheit.

»Du weißt, was du zu tun hast, Junge«, sagte John.

»Jawohl, Sir«, antwortete Thomas mit gesenktem Kopf. Willfährig. Er ging ins Schlafzimmer und zog sich aus, wobei John ihn beobachtete. Johns Augen loderten noch immer, aber jetzt war es ein heiliges Feuer, das darin brannte, keine Mordlust mehr.

Thomas kramte in der Schublade seiner Kommode, nahm die Bibel hervor und legte sie aufs Bett. Dann ging er zum Schrank und öffnete die Tür. Der Riemen hing an einem Haken auf der Innenseite. Er war aus schwarzem Leder, schwer und breit und abgegriffen vom jahrelangen Gebrauch. Thomas' Finger zitterten, als er ihn vom Haken nahm, mehr aus Ehrfurcht als aus Angst. Er ging mit dem Riemen zu seinem Bruder und reichte ihn John.

»Schlag die Offenbarung auf«, befahl John.

Thomas gehorchte. Jetzt war er glücklich. Er liebte die Offenbarung. Tod, um allen Tod zu beenden. Und es war sogar erlaubt, weil Gott selbst das Töten besorgte.

»Leg dich aufs Bett«, befahl John.

Thomas gehorchte. Als der erste Schlag mit einem pistolenschussähnlichen Knall seinen Rücken traf, dachte er trotz der Feuerlohe aus Schmerz, die ihn durchraste, an John und daran, wie sehr er seinen Bruder liebte. John wusste, wann er Thomas bei der Hand nehmen musste. John wusste immer, was das Beste für Thomas war.

»Lies!«, fuhr John ihn an.

In Thomas' Ohren klang John mächtig und gewaltig – so gewaltig wie Gott, als er Moses die Leviten gelesen hatte. Wieder knallte der Riemen. Und Thomas las. Der Schmerz war ein Teil davon, heilig und köstlich.

Der Mann, der bisher schweigend zugeschaut hatte, nickte zufrieden.

»Das ist gute Arbeit, Sohn«, sagte er zu John. »Gottes Werk.«

»Danke, Vater«, keuchte John und drosch den Riemen erneut mit aller Kraft auf den Rücken seines Bruders.

Thomas krümmte sich vor Schmerz und blickte zu ihm auf. In seinen Augen stand Liebe. Seine Lippen bewegten sich unablässig, und es schien ihm, als wäre ihm jedes Wort von Gott eingegeben, Worte voller Süße und Wohlklang. »Und als das Lamm das siebte Siegel aufbrach ...« Eine weitere Explosion von Leder auf Fleisch, ein weiteres billigendes Nicken des anderen Mannes, eine neuerliche Woge von köstlichem, selig machendem Schmerz.

*Ich liebe dich, Daddy!*

Dad – das war der andere. So wie Dad waren alle. So hatte er sie schon immer genannt. Anders kannte er es nicht.

**KAPITEL 18** »Versucht zu schlafen«, sagte Charlie. »Drei Stunden müssen reichen. Hauptsache, ein bisschen Schlaf.«

David wollte protestieren, doch Charlie war unerbittlich.

»Ich habe viel Zeit an ziemlich beschissenen Orten auf der halben Welt verbracht, D. Ich habe Typen gesehen, die kein Auge zubekommen haben, weil sie zu aufgedreht oder zu gestresst waren. Deshalb haben sie Fehler gemacht, und am Ende waren sie tot. Du willst Kristen und Phuong helfen? Dann mach die Augen zu und schlaf ein paar Stunden.«

Am Ende hatte David sich gefügt.

Als er drei Stunden später aufwachte, konnte er sich nicht mehr erinnern, wann er eingeschlafen war.

Sie saßen in Davids Hotelzimmer und tranken Kaffee. Allison war merkwürdig still.

»Was ist los, Ally?«, fragte Charlie.

Sie nippte nachdenklich an ihrem Kaffee. »Mir ist etwas klar geworden, während ich geschlafen habe.«

»Während du geschlafen hast?« Charlie kicherte. »Hörst du eigentlich nie auf zu denken?«

377

»Nicht, wenn ich an einem Fall arbeite«, antwortete Allison ernst. »Manchmal ist die offensichtlichste Verbindung am schwierigsten herzustellen. Du kennst den Spruch, dass man den Wald manchmal vor lauter Bäumen nicht sieht.«

»Ja«, erwiderte David. »Und?«

»Überleg selbst. Wo sind wir?«

»In Austin«, antwortete David.

»Genau«, fuhr Allison fort. »Und dieser maskierte Irre hat uns alle drei hierher zitiert.«

»Ich kapiere immer noch nicht …«, sagte Charlie.

»Der Gedanke ist mir gekommen, als wir uns im Flugzeug unterhalten haben, Charlie. Du hast gesagt, du wärst ein Ass gewesen. Zu clever, als dass jemand dich hätte finden können. Wir sind bisher von der falschen Annahme ausgegangen, dass der Mann nach Charlie dem Killer gesucht hat, oder nach David dem Schriftsteller, oder nach Allison, der ehemaligen FBI-Agentin. Was, wenn es gar nicht so war? Wenn er gezielt nach uns gesucht hat?«

Charlie blinzelte, während er die Bedeutung ihrer Worte verarbeitete. »Du meinst«, sagte er, »dass er in meinem Fall gar nicht nach dem Killer gesucht und mich gefunden hat, sondern dass er von Anfang an Charlie Carter finden wollte?«

»Genau«, erwiderte Allison. »Überleg nur. Wir drei. Austin. Der persönliche Aspekt. Was ist der gemeinsame Faden, der sich durch all das zieht?«

David sah es zuerst. Er konnte nicht glauben, dass er es nicht sofort bemerkt hatte. Es war genau so, wie Allison gesagt hatte: Es war zu offensichtlich, zu nahe liegend.

»Dad«, sagte er.

Allison nahm ihre Kaffeetasse und trank einen langen Schluck.

»Ach du Scheiße«, sagte Charlie, als es auch ihm wie Schuppen von den Augen fiel.

»›Evolviere‹«, murmelte David. »Das hatte ich ganz vergessen.«

»Was hattest du vergessen?«, fragte Charlie verwirrt.

David berichtete von der mysteriösen Karte mit dem einen Wort. EVOLVIERE.

»Ich hab's vergessen. Ich dachte, jemand wollte mir einen Streich spielen.«

»Dann dürfte die Sache wohl klar sein«, sagte Allison. »Warum sonst sollte er uns nach Austin holen? Ich lebe hier, aber ihr beide seid schon vor Jahren weggegangen. Er hat uns zurückgeholt, und die einzige Verbindung zwischen uns und Austin ist unsere Kindheit.«

Allison musste an Nathaniel Reardon denken und fühlte sich schuldig, weil sie die Information zurückhielt, aber sie konnte nicht anders. Sie führte an einen Ort, an den sie nicht gelangen konnte.

»Und was haben wir jetzt? Einen Freund von Dad?«, fragte Charlie.

»›Die zweite Gruppe‹, von der er geschrieben hatte«, sagte David. »Erinnert ihr euch? Was, wenn dieser Brief *doch* für jemand anderen bestimmt war?«

»Ich weiß nicht recht …«, meinte Allison skeptisch. »Warum dann so lange warten? Wenn Dad einen Partner hatte, wo hat dieser Partner dann all die Jahre gesteckt?«

»Vielleicht solltest du dich wieder schlafen legen«, witzelte Charlie. »Vielleicht fällt dir der Rest dann auch noch ein.«

David blickte Allison fragend an. »Hast du eigentlich je Nachforschungen über Dads Vergangenheit angestellt? Die Versuchung muss groß gewesen sein.«

»Oh ja, das war sie. Und ich *habe* Nachforschungen angestellt.«

»Und?«

Allison seufzte und kniff sich in die Nasenwurzel, als sie sich die Fakten ins Gedächtnis rief. »Robert Gray. Geboren 1940, verheiratet 1963 …«

»Verheiratet?«, fragte Charlie verdutzt.

»Ja. Mit einer gewissen Millie … oder Margaret. Ich erinnere mich nicht mehr an ihren Namen. Ich habe eine Akte zu Hause, aber ich habe die Frau nie ausfindig machen können. Sie ist spurlos verschwunden, als hätte sie sich in Luft aufgelöst.

Ende 1965 ging Bob nach Vietnam. 1968 kam er verwundet zurück, als einziger Überlebender seines Platoons, und wurde mit einem Purple Heart ausgezeichnet. 1969 ging er zur Polizei, wo er blieb, bis wir ihn zur Hölle geschickt haben. Er hatte eine weiße Weste. Es gab keine Beschwerden wegen übermäßiger Gewaltanwendung, dafür zahlreiche Belobigungen. Er hat seine Waffe nur einmal benutzt, als zwei Ladendiebe ihre Pistolen auf ihn richteten.«

»Dad war irre«, sagte Charlie. »Aber ich hatte nie den Eindruck, dass er feige gewesen wäre.«

»Das war mit das Schlimmste an ihm«, murmelte David.

»Er hatte offenbar keine Kinder außer uns, und es gibt keine Aufzeichnungen über einen anderen Wohnort außer dem Haus, in dem wir aufgewachsen sind.«

»Wo kam er her?«, fragte David neugierig.

»Kentucky.«

»Diese Frau ist interessant«, warf Charlie ein. »Vor allem die Tatsache, dass sie spurlos verschwunden ist. Ob sie vor ihm abgehauen ist? Was meint ihr?«

»Vielleicht hat er sie umgebracht«, sagte Allison.

»Jedenfalls bleibt die Frage, wer dieser Unbekannte ist«, überlegte David. »Ein Kriegskamerad? Ein Kollege von der Polizei? Oder hatte Dad Geschwister?«

»Es gibt kaum Informationen über ihn«, antwortete Allison. »Sein Geburtsdatum und seine Militärakte sind so ziemlich alles. Es gibt keine Unterlagen über seine Familie oder seine Kindheit.«

»Was hältst du von der Aussage des Maskierten, er würde ›Wort halten‹, Ally?«, wollte David wissen. »Ist das ernst gemeint? Wird er uns in Ruhe lassen, wenn wir die gestellten ›Aufgaben‹ erledigen?«

»Ich glaube schon. Ich kann mich allerdings irren, und genau da liegt das Problem. Aber mein Gefühl sagt mir, dass es die Wahrheit ist. Dinge auf diese Weise zu erledigen ist eine Art Rechtfertigung. Wenn er immer und ohne Ausnahme seinen eigenen Regeln folgt, kann er ohne Skrupel töten, sobald andere gegen diese Regeln verstoßen.«

»Zwei Seiten ein und derselben Medaille«, sagte Charlie. »Wenn wir diese Ärztin nicht innerhalb von drei Tagen töten, wird dieser maskierte Hurensohn seine eigenen Regeln befolgen und Kristen und Phuong etwas antun.«

»Eine Sache ist merkwürdig«, sinnierte David.

»Und welche?«, fragte Charlie.

»Der religiöse Aspekt.« David blickte die beiden anderen an. »Dad hat einen Dreck auf die Bibel gegeben. Unser maskierter Freund hingegen hält sich offenbar für eine Art Heiligen.«

»Weil er irre ist«, sagte Charlie schulterzuckend. »Unberechenbar.«

Allison schien sich da nicht so sicher zu sein, widersprach ihm aber nicht.

»Um noch mal auf diese Ärztin zurückzukommen«, sagte Charlie und blickte David an. »Ich muss da etwas von euch wissen.«

»Und was?«, fragte David.

»Wie weit ihr zu gehen bereit seid. Wenn wir diesen Irren nicht innerhalb der nächsten drei Tage finden … bist du dann wirklich bereit, diese Ärztin zu töten, um Kristen zu retten? Falls nicht, sag es mir lieber jetzt gleich. Weil ich nämlich *alles* tun werde, um Phuong zu retten.«

»Ich bin nicht zu allem bereit«, sagte Allison. »Aber ich werde niemandem im Weg stehen, wenn es hart auf hart kommt.«

»Was ist mit dir, D?«

David erhob sich, ging zum Fenster, öffnete die Vorhänge und blickte hinaus auf Austin, das im Licht des Oktobermorgens lag.

*Ja, was ist mit mir? Wie weit würde ich gehen?*

*Ich komme von hier. Ich wurde hier geboren, in dieser Stadt. Hier habe ich als Kind mit Mom getanzt, als wir arm waren und glücklich. Auf einem dieser Bürgersteige ist sie gestorben. Hier wurden Allison, Charlie und ich von einem Verrückten gefangen gehalten. Hier habe ich in einen Blecheimer geschissen. Hier habe ich mich zum ersten Mal verliebt. Hier habe ich zum ersten Mal jemanden getötet.*

*Ich bin aus texanischer Erde gemacht. Aber Kristen? Sie kommt aus den Bergen. Sie ist aus dem Grün und Gold der Berge gemacht. Sie ist die Zukunft.*

»Ich würde alles tun, um Kristen zu retten«, sagte er, ohne sich umzudrehen. »Alles. Aber ich könnte diese Ärztin nicht erschießen.«

»Na schön«, antwortete Charlie. »Ich spüre die Frau auf und erledige sie, falls nötig. Aber könntet ihr beide versuchen, das zu verhindern? Bitte, bitte! Mit einem Sahnehäubchen drauf?« Er lachte.

David lachte mit. Was sollte er sonst tun? Sie hatten gelernt zu lachen, als sie noch bei Dad gewohnt hatten. Warum also nicht jetzt?

Allison hob den Kopf. »Wie in alten Zeiten«, sagte sie.

Charlie verdrehte die Augen. »Ihr seid so schwul, ihr zwei.«

**KAPITEL 19** »Warum wolltest du hierher, Ally?«, fragte David.

Sie standen vor dem alten Haus. *Dads* Haus, in dem sie aufgewachsen waren. Dem Haus, in dem Dad sie das Wort gelehrt hatte, und das Wort war entschieden *nicht* gut.

»Ich schätze, ich brauche den Geruch in der Nase«, sagte Allison.

»Den Gestank, meinst du«, witzelte David, doch Allison hörte gar nicht hin. Sie war völlig auf das Haus konzentriert.

Reiste zurück in die Vergangenheit.

Es war ein einstöckiger Bau, wie viele Häuser aus jener Zeit, und er kam ihr viel kleiner vor als früher. Der Vorgarten war nicht eingezäunt, aber gepflegt. Der Rasen war grün und gemäht. Allison nahm an, dass David einen Hausmeisterdienst beauftragt hatte, sich um diese Dinge zu kümmern. Die Fassade war weiß, nicht frisch gestrichen, aber sauber und adrett.

Das flache Giebeldach war mit Schindeln gedeckt. Ein grauer betonierter Weg führte vom Bordstein, auf dem sie standen, zur Veranda hinauf. Die Veranda war überdacht, und das dunkle schmiedeeiserne Geländer jagte ihr eine Gänsehaut über den Rücken. Alles war wie damals, als wäre keine Zeit vergangen …

Und mit einem Mal war Ally wieder vierzehn, und der Sommer war mit aller Macht eingekehrt. Die Sonne brannte vom Himmel. Nicht wütend oder erbarmungslos, nur heiß, sehr heiß. So richtig nach Allisons Geschmack. Sie liebte dieses Gefühl, wenn die Sonne auf sie herunterknallte – ja, herunterknallte war genau das richtige Wort. Ihr gefiel der Gedanke, dass die Sonne *Gewicht* hatte, dass sie auf einen *drückte*. Wenn man ihr keinen Widerstand entgegensetzte, sich einfach treiben ließ, prallte ihr Gewicht irgendwann zurück, und man fühlte sich leichter als vorher. Voll frischer Energie und sauber. Diese Sonne war geeignet, die Dunkelheit zu vertreiben.

Dad war nicht zu Hause, und sie und die Jungen machten sich fertig für einen Ausflug nach Barton Springs. Die Sonne würde auch dort auf sie warten, ein Kontrapunkt zur Kälte des Wassers, die den See so verlockend machte, wie er ohne Sonne niemals hätte sein können.

»Meine Fresse, Herr Kaplan!«, sagte Charlie, als er nach draußen trat. »Ist das heiß! Ich scheiß gleich Feuer und spar mir die Streichhölzer.«

Ally kicherte. Dann kam auch David ins Freie und schloss die Augen. Allison sah, wie er sein Gesicht der Sonne zuwandte und die Wärme genauso genoss wie sie selbst.

*Er ist wunderschön*, dachte sie. *Wimpern wie eine Frau, die blauen Augen, das hübsche Gesicht.* Er trug das Kreuz von seiner Mom um den Hals. Er legte es niemals ab, nicht einmal, wenn er blutig war und zitterte. Aber selbst das trug noch zu seiner Schönheit bei.

Und diese Worte. Diese wundervollen Worte. Mit diesen Worten würde er seine Spur in der Welt hinterlassen … falls er lebend aus diesem Haus kam.

Sie wusste, dass David sie liebte, über die Gefühle von Bruder und Schwester hinaus. Sie nahm es hin, weil sie keine andere Wahl hatte, doch sie erwiderte diese Gefühle nicht, auch wenn sie es gerne getan hätte, weiß Gott.

Ihr Blick schweifte zu Charlie, der David soeben gegen den Arm geboxt hatte.

David zu lieben wäre so viel einfacher, als Charlie zu lieben. Sie war jung, doch sie wusste schon jetzt, dass es für eine Frau immer viel einfacher sein würde, einen Mann wie David zu lieben, statt einen wie Charlie. David hatte seine dunklen Seiten und seine Narben, doch er war beständig und verlässlich, während Charlie davonlaufen würde, sollten sie es je aus diesem Höllenloch schaffen. Charlie würde sein Leben lang davonlaufen, immer auf der Suche nach etwas, das ihn halten konnte.

Was wahrscheinlich der Grund dafür war, weshalb Ally ihn wider alle Vernunft liebte. Weil sie wusste, dass auch sie davonlaufen würde.

»Willst du reingehen?«, fragte David im Hier und Jetzt und riss Allison aus ihren Gedanken.

Sie zuckte zusammen, plötzlich wieder in der Wirklichkeit. Es war bestürzend. Beunruhigend. Sie widerstand dem Verlangen, sich zu kneifen. Die Erinnerungen waren viel zu lebendig gewesen.

»Klar, warum nicht«, erwiderte sie.

\*\*\*

Sie standen in der Küche. Eine Zeit lang sagte keiner von ihnen ein Wort.

»Es ist erstickend«, meinte David schließlich.

»Was?«

»Wie lebendig die Erinnerungen sind.«

»Ja. Du warst nie hier drin?«

»Nie.«

»Ich schätze, hier hat niemand etwas angerührt, seit wir von hier weg sind.«

»Das hat die Maklerin jedenfalls gesagt, als ich das Haus gekauft habe«, erzählte David. »Sie sagte, sie könne mir einen sehr günstigen Preis machen, weil niemand Interesse an dem Haus gezeigt habe. Wahrscheinlich liegt es daran, dass ein Käufer informiert werden muss über das, was in einem Haus passiert ist.« Er zuckte die Schultern. »Und was in diesem Haus passiert ist, kann man nicht gerade als Kaufanreiz bezeichnen.«

Alles war sauber. Alles funktionierte noch, einschließlich der Beleuchtung. Es hatte ein paar kleine Veränderungen gegeben – der alte Linoleumfußboden, dieses hässliche grüne Mistding, das sie immer gehasst hatten, war herausgerissen worden, und die darunter liegenden Holzdielen waren freigelegt. Die Wände schienen neu gestrichen zu sein. Doch diese Unterschiede verstärkten nur den unheimlichen Eindruck, dass alles andere unverändert geblieben war.

Allison trat zum Spülbecken und strich mit dem Finger über einen Sprung in der Emaille in der unteren linken Hälfte. Wie oft hatte sie beim Abwaschen diesen Sprung angestarrt, ohne ihn bewusst zu sehen? Jahre. *Jahre.*

»Unglaublich«, murmelte sie.

David fragte nicht, was sie meinte. Es war nicht nötig.

Allison drehte sich um und bemerkte die freie Stelle, wo der Kühlschrank gestanden hatte. Er war eines von diesen großen altmodischen Dingern gewesen, Eisfach oben, Kühlfach unten. Dad hatte die Einkäufe nach Hause gebracht, und die Aufgabe der Kinder war das Wegräumen gewesen. Allison erinnerte sich, wie sie den Kühlschrank einmal mit zitternden Händen und leisem Stöhnen eingeräumt hatte, denn bevor Dad zum Einkaufen gefahren war, hatte er sie mit der Zigarettenspitze verbrannt. Als er nach Hause gekommen war, hatte er sie aus der Kammer geholt. Sie hatte ihr Kleid angezogen und die Lebensmittel eingeräumt.

Das war eines der Dinge, die Allison am meisten verstörten, wenn sie an die Zeit in diesem Haus zurückdachte: die Banalität, die all dem Entsetzen angehaftet hatte. Geschirr abwaschen, Lebensmittel auspacken und einräumen, knielange Kleider und Röcke, Erdnussbutter und Gelee und schwarzer Kaffee für Dad – alles mit frischen Verbrennungen auf dem Rücken und dem Periodensystem der Elemente im Kopf.

»Kommt, werfen wir einen Blick ins Wohnzimmer«, sagte sie.

Der Raum, in dem alles geendet hatte.

Sie verließen die Küche und betraten das Wohnzimmer.

»Der Teppich ist anders«, bemerkte David.

»Zum Glück. Erinnerst du dich an die giftgrüne Farbe und die vielen Flecken?«

Flecken. Einige hatten von verschüttetem Kaffee gestammt, andere von glühender Asche von Daddys Zigaretten. Doch es hatte auch andere Flecken gegeben – sichtbare (Blut) und unsichtbare (Schweiß und Tränen).

»Da stand die Couch«, sagte David mehr zu sich als zu den anderen und zeigte auf die Stelle.

»Und hier sein verdammter Sessel«, sagte Allison. »Genau hier.«

Der verhängnisvolle Abend kam ihr in den Sinn, lückenhaft, wie Kamerablitze in einem Schwarzweißfilm. Sie erinnerte sich nicht mehr an sämtliche Einzelheiten, und sie hatte das Ende verpasst, weil sie mit gebrochener Nase bewusstlos dagelegen hatte. Woran sie sich deutlich erinnerte, war der eisige, durch Mark und Bein gehende arktische Sturmwind aus nackter Angst, der nach

Dads Ankündigung über sie hinweggetost war. Der Wahnsinn in seinen Augen, als er gesagt hatte, sie würde in Zukunft für ihr Leben im Haus bezahlen müssen. Allison erinnerte sich sehr gut daran. Sie wusste noch, dass sie vor Angst erstarrt war wie ein Kaninchen vor der Schlange. Irgendwie waren diese Worte noch viel schrecklicher gewesen als die *anderen*, weil die *anderen* nur ein Flüstern in ihrem Ohr gewesen waren, unwirklich, geisterhaft.

*Seltsam, wie schnell sich das geändert hat.*

»Charlie hat uns gerettet«, sagte David.

»Ja. Der arme Charlie.«

*Der arme wütende Charlie. Dad war der Erste, ich war die Zweite, auf andere Weise, und wir beide haben ihn gefickt und für alle Zeiten fertig gemacht.*

»Irgendwie habe ich nie so richtig kapiert, wie schnell alles abgelaufen ist«, sagte David und schüttelte den Kopf. »Wie schnell Charlie in der Küche war, das Messer holte und Dad niedergestochen hat, ohne eine Sekunde zu zögern.«

*Er hatte ein Motiv*, dachte Allison, sprach es aber nicht aus. *Charlie und ich waren ein Paar.* Sie schaute David an. Er bemerkte ihren Blick nicht; zu sehr war er in die eigenen Erinnerungen an jenem Abend vertieft. *Armer David*, dachte sie. *Armer Träumer. Du hast immer viel zu viel gesehen. Wie kommt es, dass du nie bemerkt hast, was zwischen Charlie und mir war?*

»Wollt ihr die Kammer sehen?«, fragte David.

»Klar. Wer A sagt, muss auch B sagen.«

Sie gingen durch den Flur in den hinteren Teil des Hauses mit den drei Schlafzimmern und Dads Büro. Unter der Falltür hing eine Schnur. Man musste nur fest daran ziehen, und die Leiter kam herunter. Darüber war die Kammer – der Dachboden, wo sie nach ihren Bestrafungen regelmäßig eingesperrt worden waren. Jener Ort, an dem David so fieberhaft geschrieben hatte. An dem David und Charlie geweint hatten, nur Allison nicht.

Jener Ort, an dem Allison und Charlie Liebe gemacht hatten.

Die Schnur sah aus wie früher. Für einen Moment blieb Alli-

son unter der Falltür stehen, während sie allen Mut zusammen-
nahm. Dann griff sie nach oben und zog. Es knarrte laut, als die
Leiter sich senkte. David klappte sie auseinander. Spinnweben
wogten, Staub rieselte herab.

»Der Lichtschalter ist noch da«, stellte David fest. »Mal sehen,
ob die Glühbirne noch funktioniert.« Er betätigte den Schalter,
und der dunkle Ausschnitt in der Decke wurde hell.

»Bist du so weit?«, fragte Allison, ohne ihn anzuschauen.

»Eigentlich nicht.«

Sie stiegen die Stufen hinauf. Es war immer noch wie eine
Reise in die Vergangenheit. David kletterte voraus, und Allison
folgte ihm. Sie fanden sich in der Kammer wieder. Alles war von
einer dicken Staubschicht bedeckt, ansonsten aber hatte sich
nichts verändert.

*Nicht mal die Wände sind gestrichen worden*, dachte Allison. Sie
waren immer noch nackter Rigips. Sie ging zur rückwärtigen
Wand und spähte auf eine Stelle in der Ecke, dicht über dem
Boden.

*A und C und D*, las sie. Die Schrift war klein, mit Bleistift
geschrieben und verblasst, aber nicht ausradiert.

*Warum nicht?*, überlegte sie. *Haben sie es nicht fertiggebracht,
diese Spuren von uns auszulöschen?*

Sie richtete sich auf und drehte sich um. David stand über
dem Loch im Rigips, dem Rechteck, das sie damals aus der
Wand herausgeschnitten und mit den Eimern getarnt hatten.
Dort hatte Allison ihre Schundromane versteckt, auch wenn sie
kaum einmal darin gelesen hatte. Davids Geschichten waren viel
besser gewesen. Charlie hatte dort ebenfalls Bücher versteckt,
von Science Fiction über Huckleberry Finn bis (einmal) hin zu
einem *Playboy*-Magazin. Zumindest war Allison ziemlich sicher,
dass es Charlie gewesen war. *Großer Gott, wenn Dad das gefunden
hätte …*

David schien vor dem Loch in Trance verfallen zu sein, als
wäre ein Teil von ihm darin verschwunden. Für einen Moment

verschlug es Allison den Atem – nicht wegen der Vergangenheit, sondern wegen der Gegenwart, wegen Davids Präsenz. Es traf sie unvorbereitet und mit einer solchen Wucht, dass sie glaubte, weinen zu müssen. Er war viel älter geworden. Nicht alt – so würde sie ihn niemals sehen –, aber *anders*. Er war nicht mehr der schlaksige Junge mit den blonden Haaren und den traurigen blauen Augen. Es war nicht Nostalgie, die Allison beinahe zum Weinen brachte, sondern die Ungerechtigkeit.

David war ein wunderschöner Junge gewesen. Allison hatte es damals gesehen, und sie sah es heute. Das Schicksal hatte ihn seiner Kindheit beraubt, und jetzt hatte die Zeit sich verschworen, ihm zu stehlen, was übrig geblieben war.

*Und was ist mit dir selbst, Ally? Was ist mit Charlie? Warum stellst du dir nicht die gleichen Fragen über euch beide?*

*Weil du die Antwort bereits kennst. Wir hatten unsere Chance, und wir haben sie weggeworfen. Genauer gesagt, du selbst hast es getan.*

»Habe ich dir eigentlich jemals gedankt?«, fragte David und riss Allison aus ihren Gedanken.

»Gedankt? Wofür?«

»Dass du für mich gesungen hast.«

Sie lächelte beinahe schüchtern. »Klar.«

»Tatsache? Ich erinnere mich nicht.«

»Du hast mir mit dem gedankt, was du geschrieben hast.«

David nickte. »Okay. Ein Zimmer fehlt noch«, sagte er. »Bist du bereit?«

*Dads Schlafzimmer.*

»Sicher«, sagte Allison mit bemühter Gelassenheit, denn ihr Magen verkrampfte sich, und sie hatte Angst, ihr könnten die Beine versagen.

David stieg als Erster hinunter. Allison wartete einen Moment, ehe sie ihm folgte. Sie nahm die Kammer als Ganzes in sich auf, und sie erinnerte sich …

Wie Charlie auf ihr lag, nackt, und nicht nur körperlich nackt, auch emotional. Es war das einzige Mal gewesen, dass sie ihn ohne Zorn in den Augen gesehen hatte. Er war überwältigt gewesen. *Von ihr.* Sie hatte es ihm angesehen.

Es hatte wehgetan, für einen kurzen Moment. Danach war nur noch Nähe zwischen ihnen gewesen, intime Nähe.

*Liebe ist eine Blume*, hatte David einmal geschrieben. *Die einzige Blume, die überall wächst, zu jeder Jahreszeit. Sie wächst unter Wasser, sie wächst im Schnee, und wenn Menschen auf der Sonne leben könnten, würde sie auch dort wachsen.*

Allison verdrängte diese Gedanken und stieg die Leiter hinunter, um David in Dads ehemaliges Schlafzimmer zu folgen. Auch hier gab es Erinnerungen – das giftige Unkraut in ihrem Herzen und ihrer Seele, das sie niemals mit Stumpf und Stiel würde ausreißen können.

»Warum wird es nie wirklich besser?«, fragte David, als hätte er den gleichen Gedanken gehabt.

»Was meinst du?«

»Ich habe über dieses Zimmer geschrieben, tausend Mal, in der einen oder anderen Form. Ich habe versucht, mir dieses Zimmer von der Seele zu schreiben, es wegzusaufen, wegzuträumen, wegzuvögeln, wegzurauchen, aber es klappt nicht. Warum nicht?«

»Keine Ahnung.«

Er lächelte müde. »Danke. Sehr hilfreich.«

Allison lachte auf. Es kam unerwartet, aus heiterem Himmel, so wie früher, als sie Kinder gewesen waren. Lachen gehörte nicht in dieses Haus, an diesen Ort. Trotzdem hatten sie gelacht, immer wieder.

»Ich bin nicht dein Guru, David. Nur eine Mitgefangene.«

»Hast du deine Bibel noch?«

»Die Bibel, die Dad mir gegeben hat? Nein. Ich hab sie in den Müll geworfen. Was ist mit dir?«

»Ich habe sie noch.«

»Ehrlich? Warum?«

»Keine Ahnung.«

Der Raum erschien Allison weder groß noch klein. Damals war er ihr *sehr* klein vorgekommen. Geradezu winzig im Vergleich zu Dad und den Dingen, die Dad mit ihr gemacht hatte. O Gott, wie hatte sie geschrien in diesem Zimmer. Es waren nicht nur ihre eigenen Schreie gewesen, auch die von Charlie oder David, während sie, Allison, in der Küche oder im Wohnzimmer gesessen und gelauscht hatte. Das Klatschen des Riemens und manchmal (wenn es wirklich ganz still war im Haus) das Brutzeln von brennendem Fleisch, gefolgt von einem durchdringenden Kreischen.

*Ich bin in diesem Zimmer verschwunden*, dachte sie, *wieder und wieder und wieder. Ich kam immer zurück, aber kleine Stücke von mir sind hier geblieben.*

Plötzlich wurde alles zu viel. Wie David beim Betreten des Hauses gesagt hatte – sie fühlte sich, als müsste sie ersticken.

»Ich muss hier raus«, stieß sie zwischen zusammengepressten Lippen hervor. »Ich brauche frische Luft.«

Sie rannte zwar nicht, aber es fehlte nicht viel. Zurück ins Wohnzimmer und von dort durch die Tür in den Garten hinter dem Haus. Ihr Herz hämmerte wie verrückt, und sie war in Schweiß gebadet. Am schlimmsten aber war – sie brauchte einen Drink.

Die Sonne war zu kalt, um sie zu beleben, doch allein das Gefühl, draußen zu sein, beruhigte sie.

David war nachgekommen. Er stand neben ihr, abwartend, ohne sie berühren. Es war die alte Empathie aus der Gefängniszelle.

»Geht's wieder?«, fragte er nach einer Weile.

Allison wischte sich über die trockenen Lippen. »Ja, geht schon, danke.«

Er schwieg, und sie hatte das Gefühl, dass er genauso froh war wie sie, an der frischen Luft zu sein.

»Der Garten sieht nicht mehr so aus wie früher«, sagte David nach einer Weile.

Das stimmte. Dad hatte den Rasen im Sommer nie gewässert, sodass er immer braun und tot ausgesehen hatte, eine Heimat von Eidechsen und Ameisen und anderen Kreaturen, die heiße trockene Erde liebten. Ein fleißiger Makler hatte neuen Rasen aussäen lassen und ein Sprinklersystem installiert. Es gab zwar ein paar gelbe Flecken, doch der größte Teil des Rasens war frisch und grün und lebendig. Bäume gab es immer noch keine. Der Schuppen stand am hinteren Ende in einer Ecke, nahe der Umzäunung.

»Ich will nicht wieder rein«, sagte Allison. »Lass uns hier draußen reden.«

»Meinetwegen.«

Die kleine Veranda hinter dem Haus war immer noch da. Sie setzten sich.

»Erzähl mir etwas von staunenswerten Dingen, David«, sagte Allison.

Als David zehn gewesen war, war ihm eine Gesamtausgabe der Werke des Aristoteles in die Hände gefallen. Einer der Bände hatte den Titel *Von staunenswerten Dingen* getragen; er hatte eine Ansammlung von Halbwahrheiten enthalten, die der Philosoph aufgeschnappt und die ihn in Erstaunen versetzt hatten. David hatte das Buch geliebt, hatte es doch keinen anderen Sinn gehabt, als auch den Leser in Erstaunen zu versetzen, ganz wie der Titel es versprach. David hatte eine Vorstellung von Aristoteles gehabt (ein alter Mann mit langem Bart und fließenden Gewändern), wie er sich hinsetzte und zur Abwechslung mal nicht philosophierte, sondern einen Haufen Unsinn schrieb, der ihm zu Ohren gekommen war. Es war die Handlungsweise eines jungen oder jung gebliebenen Mannes.

Eines Tages hatte er sich mit Ally und Charlie hingesetzt und ihnen die Liste vorgelesen (die staunenswerten Dinge waren nummeriert, insgesamt einhundertachtundsiebzig). Nach den ersten beiden hatte Allison ihn unterbrochen.

»Hör auf damit«, hatte sie zu ihm gesagt. »Wenn es einem von uns schlecht geht – oder uns dreien –, dann such eins aus und erzähl uns davon.«

Und so hatten sie es gemacht. Immer, wenn es einem von ihnen – oder allen – schlecht gegangen war in den Jahren darauf, hatte David das Buch der staunenswerten Dinge hervorgeholt und eine der unsinnigen Geschichten vorgelesen. Es war albern und unnütz, und doch hatte es jedes Mal geholfen.

»Ich habe das Buch nicht hier«, sagte er.

»Dann erzähl mir was«, beharrte sie störrisch.

Er schloss die Augen und kramte in seiner Erinnerung. Dann begann er:

»In Arabien, heißt es, gibt es Hyänen, die etwas Wundersames können. Wenn sie ein wildes Tier erblicken, bevor das Tier sie selbst sieht, oder wenn sie auf den Schatten eines Menschen treten, rufen sie bei Mensch und Tier Stummheit hervor und lassen sie auf der Stelle zur Regungslosigkeit erstarren.« Er lächelte. »Ist das nicht toll?«

»Meinst du, Aristoteles hat das geglaubt?«

»Ich nehme an, die Vorstellung gefiel ihm. Er hat einmal den antiken Dichter Antiphon zitiert. ›Beherrscht von der Natur, überwältigt von der Kunst.‹ Er hatte Gefallen an solchen Dingen.«

Allison lächelte. Es war kein glückliches Lächeln, doch es war nicht mehr so trostlos wie zuvor. »Ich habe es nicht mehr ausgehalten da drin.«

»Ich auch nicht.«

»Aber ich habe es gebraucht. Ich bin eingerostet, David. Früher habe ich ganz von selbst so gedacht und gefühlt wie die menschlichen Bestien, die ich gejagt habe, und ich konnte mich in sie hineinversetzen. Es war meine zweite Natur.«

»Und heute?«

Sie blickte in die Ferne. »Es kommt wieder. Ich fühle bestimmte Dinge, und das ist immer der Anfang.«

»Und dann?«

»Dann kommt das Verstehen.«

»Und was fühlst du?«

Sie dachte kurz nach und schob die Hände unter die Oberschenkel. David beobachtete, wie ihre blonden Haare sich in der Brise bewegten. »Besessenheit. Hingabe. Fixierung. Glauben.« Sie blinzelte. »Und Wut. Unglaubliche Wut.«

»Hört sich ganz nach Dad an«, meinte David.

Sie drehte sich zu David um und fixierte ihn mit scharfem Blick. »Was hast du gesagt?«

»Ich sagte, es klingt ganz nach Dad«, antwortete er verwirrt. »Warum?«

»Weil du recht hast.« Allison spürte die plötzliche Erregung, als es ihr wie Schuppen von den Augen fiel. Ihre Stimme bebte. »Verstehst du denn nicht, David? Der normale Verrückte plumpst nicht mit dem Messer zwischen den Zähnen aus dem Mutterleib.«

*Das Wortbiest dankt dir für diese wunderbare Redewendung.*

»Zugegeben, es gibt menschliche Ungeheuer, denen Perversionen und Grausamkeiten in die Wiege gelegt zu sein scheinen. Sie stammen aus guten Familien, führen ein ganz normales Leben, und trotzdem ziehen sie auf einmal los und morden. Vielleicht ist es ein genetischer Defekt, ein Fehler im Gehirn. Oder Gott hatte einen freien Tag oder war schlechter Laune. Diese Ungeheuer sind von Geburt an … *falsch.*«

»Ich habe davon gehört.«

»Aber selbst in diesen Fällen mussten bei den meisten Betroffenen zusätzliche Stressfaktoren ins Spiel kommen, damit sie die Grenze überschritten. Missbrauch oder Misshandlung in der Kindheit beispielsweise. Manchmal ist es auch etwas Banales, eine plötzliche Trennung oder Scheidung, der Verlust des Jobs oder der Tod eines Elternteils.«

»Ausreden, nichts als Ausreden«, höhnte David. Er hatte kein Mitgefühl für die armen missbrauchten Mörder, die ihre Verbrechen mit eigenen Schicksalsschlägen rechtfertigten. Er hatte es genauso schlecht gehabt wie die meisten von ihnen, und er mordete nicht, weil ihm dabei einer abging.

*Und was ist mit Charlie?*

David scheute vor der Antwort zurück.

»Das stimmt«, sagte Allison. »Trotzdem ist das Wissen um den Mechanismus nützlich. Es hilft beim Kategorisieren und Eingrenzen einer Liste von Verdächtigen. Ganz gleich, wie schlimm so ein Monster ist, es braucht einen anfänglichen Schubs. Fälle von spontanem Überschnappen sind praktisch unbekannt.«

»Was ist mit Ted Bundy? Er war doch Mr. Saubermann, nicht wahr? Nettes Zuhause, normale Familie und so weiter.«

Ally lächelte und schüttelte den Kopf.

»Von wegen. Ted Bundy hat seinen Vater nie gekannt. Seine Mutter hat ihm immer die Geschichte erzählt, sie wäre von einem Kriegsveteran namens Jack Worthington verführt worden, aber die Vermutungen gehen heute dahin, dass sie von ihrem eigenen Vater missbraucht wurde. Ihre Schwangerschaft war jedenfalls ein Skandal. Ihre Eltern hielten sie geheim und erzählten jedem, Ted wäre *ihr* Sohn, nicht der ihrer Tochter. Ted Bundy wuchs in dem Glauben auf, seine Mutter wäre seine Schwester.«

»Mein Gott!«

Allison zuckte die Schultern. »Auf der anderen Seite könnte man sagen, dass mit dem guten alten Ted von Anfang an was nicht gestimmt hat. Er gab später zu, schon in sehr jungen Jahren von Bildern fasziniert gewesen zu sein, auf denen Sex und Gewalt zu sehen war. Er sagte, das wäre ›sein Ding‹.«

»Veranlagung.«

»Der alte Streit, ja. Umwelt oder Vererbung. Dieser Streit tobt noch immer.«

»Was hat das alles mit uns zu tun? Hier und jetzt?«

»Es geht um unseren maskierten Freund. Wir wissen, dass er nicht *plötzlich* zu dem gekommen ist, was er tut. Er hat einen langen Weg zurückgelegt und sich immer mehr gesteigert. Als du gesagt hast, er höre sich ganz nach Dad an, dachte ich: Genau das ist es. Ein Spiegelbild, seitenverkehrt vielleicht, aber die Ähnlichkeit ist da.« Sie schüttelte den Kopf. »Der Bursche hat uns hierher nach Austin geholt, was vermuten lässt, dass er von hier kommt. Wir hatten uns ja schon gedacht, dass es einen Zusammenhang gibt.«

»Worauf willst du eigentlich hinaus?«, fragte David.

Allison blickte ihn an. »Vielleicht sind wir nicht die einzigen Kinder, die von Dad bearbeitet wurden.«

Er starrte sie an. »Du glaubst doch nicht etwa, dass dieser Maskierte ebenfalls ein adoptiertes Kind von Dad ist?«

»Möglich wäre es. Dad war immer für ein paar Tage da, dann ein paar Tage weg, dann wieder ein paar Tage da. Erinnerst du dich? Was, wenn er in dieser Zeit bei einer anderen Familie war?«

David runzelte die Stirn. »Das ergibt keinen Sinn, aus verschiedenen Gründen. Du hast gesagt, Dad hätte nie andere Kinder gehabt. Und vergiss nicht, wie sehr die Presse sich nach seinem Tod für ihn interessiert hat. Eine dicke, fette Horrorgeschichte. Sämtliche Zeitungen und Fernsehsender haben darüber berichtet. Hätte es ein weiteres Kind gegeben, wäre es spätestens zu diesem Zeitpunkt aufgetaucht. Es kommt hinzu, dass Mister Maske offenbar ein religiöser Fanatiker ist. Dad hingegen hat die Religion verachtet.«

»Ich weiß«, räumte sie ein. »Aber was, wenn diese Annahme falsch ist?«

David runzelte die Stirn. »Wie meinst du das?«

»Vielleicht ist dieser Maskierte in Wirklichkeit gar nicht so religiös, wie er tut. Vielleicht will er uns auf diese Weise auf eine falsche Fährte führen ... uns daran hindern, zwei und zwei zusammenzuzählen.«

»Das ist eine ziemlich gewagte Vermutung. Und sie erklärt meine anderen Einwände nicht.«

»Ich weiß«, erwiderte Allison. »Aber was haben wir sonst, womit wir arbeiten könnten?«

Da hatte sie recht. Leider. »Okay. Wo fangen wir an?«

»Fahren wir zu mir nach Hause und holen meine Akte über Dad. Und dann klopfen wir an die Türen.«

David rieb sich die Schläfen. An Türen klopfen. Es klang so … *langsam.* Er dachte an Kristen und Phuong und an Charlie, der irgendwo da draußen war und Francine Mays nachspürte.

Aber was konnten sie sonst tun?

*Bewegung, Bruder. Wir haben keine Zeit zu verschwenden.*

»Dann los«, stimmte er zu.


**KAPITEL 20**   Charlie spürte die Ärztin auf, observierte sie – und erschrak.

Francine Mays hatte den Tod nicht verdient, ganz und gar nicht. Sie passte nicht in sein Bezugssystem, in *Charlies Gesetze.* Francine Mays war eine Unschuldige.

*Nun ja, nicht ganz, Kumpel. Sie schlachtet Föten, schon verges-sen?*

Charlie war gegen Abtreibung. Er verabscheute Abtreibung aus tiefste Seele. Er hasste jede Frau, die ihr ungeborenes Kind tötete. Er war aber nicht so dumm oder verblendet, die Ursache dafür nicht bei sich selbst zu sehen: Seine Mutter hatte ihn nach der Geburt verlassen, hatte ihn abgelegt wie ein aus der Mode gekommenes Kleid. Charlie wusste, dass dies der Grund für seine Unversöhnlichkeit war, was dieses Thema anging. Er wusste, dass seine Reaktionen irrational waren, vielleicht sogar falsch. Aus Fanatismus geborene Überzeugungen waren selten ein Hort der Weisheit.

Trotzdem. Er konnte nicht anders.

So stark diese Gefühle auch waren, so tief sie auch gingen – es war keine Rechtfertigung, Francine Mays zu töten.

*Aber du tust es trotzdem, Junge, oder nicht?*

Ja, er würde es trotzdem tun.

*Warum?*

Weil Kristen und Phuong zur Familie gehörten, die Ärztin aber nicht. Und alles in allem waren Kristen und Phuong unschuldiger als Francine Mays. Es gab nur eine Sache, die schlimmer war, als zwischen zwei moralischen Unmöglichkeiten abwägen zu müssen: die Unfähigkeit, sich für eine zu entscheiden, wenn der Zeitpunkt gekommen war.

Charlie beobachtete, wie Francine Mays ihre Klinik betrat. Sie war eine große, adrette Brünette Ende dreißig mit kurzen Haaren und den Beinen einer Sportlerin. Sie war nicht verheiratet und hatte keine eigenen Kinder ... was interessant war. Seit einem Jahr war sie mit einem Anwalt für Zivilrecht verlobt. Eine höllische Kombination in den Augen eines Konservativen. Der Name des Anwalts war Richard Scott, und er schien ein halbwegs anständiger Kerl zu sein. Er würde bestimmt um sie trauern, wenn sie sterben musste.

Francine Mays war eine Ärztin auf einer sehr kurzen Liste von Medizinern, die hier im Süden überhaupt dazu bereit waren, Abtreibungen vorzunehmen. Austin war Universitätsstadt und progressiv nach texanischen Maßstäben, aber es war immer noch Texas. Vermutlich hatte Francine schon reichlich Todesdrohungen erhalten.

Welch eine Ironie, wenn sie am Ende starb, um das Leben eines Kindes zu retten. Was sie wohl dazu sagen würde?

Charlie saß in seiner gemieteten schwarzen Limousine, trank Cola und wartete. Das gehörte zur Routine – den Alltag der jeweiligen Person auszukundschaften. Aß die Person zu Hause oder im Restaurant? Lebte sie in einer Wohnung oder einem Haus? (In einem Haus.) Wenn es ein Haus war – hatte sie einen Hund? (Keinen Hund.) Machte sie Überstunden, oder kam und ging sie stets pünktlich?

Mord war letztendlich ganz einfach, wenn man es richtig anstellte. Je einfacher, desto besser. Schnell rein, schnell raus, und ab durch die Mitte. Benutze eine nicht registrierte Waffe, und benutze sie nur dieses eine Mal, für diese eine Tat, und dann nie wieder.

Charlie fragte sich, was Ally und David wohl machten. Seine Hand mit der Coladose verharrte auf dem Weg zum Mund mitten in der Luft. Dann stellte er die Dose zurück in den Halter und stieß einen Seufzer aus.

*Ally.*

Sie sah gut aus, viel zu gut. Er hatte sich innerlich gegen den Schock des Wiedersehens gewappnet, aber es hatte nichts genützt. Er hatte geglaubt, sein Herz sei nach fünfundzwanzig Jahren verheilt. Verhärtet. Er hatte geglaubt, dass es vielleicht ein paar Sekunden lang heftig klopfen würde, aber danach wäre alles in Ordnung.

Charlie grinste schief. Er fühlte sich traurig.

Ally hatte vor der Tür gestanden, und er war sofort wieder verloren gewesen. So verloren wie an dem Tag, als sie sich zum ersten Mal in dem nach Scheiße stinkenden Drecksloch in Dads Haus geliebt hatten. So verloren wie damals, als sie getrennte Wege gegangen waren und Ally seine Anrufe nicht mehr entgegennahm und seine Briefe nicht mehr beantwortete und und und.

Bis zum heutigen Tag wusste Charlie nicht, warum Allison gegangen war.

Vielleicht würde er sie diesmal danach fragen. Vielleicht würde sie sogar antworten. Vielleicht auch nicht. Bei diesem Gedanken musste er beinahe lächeln, weil es eine jener Eigenschaften war, die er an Ally stets geliebt hatte. Diese stille Kraft. Ally würde immer ihren Kopf durchsetzen.

Doch zu viel über Ally nachzudenken machte ihn trübselig, also wischte Charly diese Gedanken beiseite und entspannte sich. Er wartete, beobachtete, trank seine Cola und sang laut zu Bruce Springsteen im Radio.

*Und was ist mit Phuong? Mit meinem süßen Mädchen?*

Er verscheuchte auch diesen Gedanken, obwohl es ihn viel

mehr Anstrengung kostete. Ally war alter Schmerz, Phuong hingegen war ganz frisch.

Charlie drehte das Radio laut und zwang sich zum Mitsingen.

*Born in the USA* im Radio anzuhören, während man eine Abtreibungsärztin auskundschaftete – du meine Güte. *So was kann man sich wirklich nicht ausdenken*, dachte Charlie.

Er war immer noch traurig, doch Bruce half, den Schmerz in erträglichen Grenzen zu halten.

**KAPITEL 21**  »Bei mir herrscht ein einziges Chaos«, sagte Allison, als sie die Tür aufschloss.

»Zerbrich dir deswegen nicht den Kopf.«

Beide traten ein. David blickte sich um und sah sich genötigt, Allys Einschätzung zu teilen.

»Chaos ist geschmeichelt. Du bist faul, Ally.«

Sie bedachte ihn mit einem schiefen Grinsen. »Möchtest du was trinken?«

»Nein, danke.«

»Mach es dir bequem. Ich hole die Akte, und dann fangen wir an. Es dauert nicht lange.«

Sie verschwand in einem Flur, der in den hinteren Teil des Hauses führte.

Es war ein einstöckiger Bau im Ranchhausstil, nicht besonders groß und im 8oer-Jahre-Look. Weiße Wände, jede Menge Teppich und Styropordecke.

Es war still. David schloss die Augen und konzentrierte sich auf seine Nase. Er konnte Alkohol riechen, Staub und Geschirrspülmittel. Er schlug die Augen wieder auf und betrachtete die Wände. Kein Bild, kein Foto. Nichts.

Er ging in die Küche, vorbei an einem kleinen, mit Post übersäten Esstisch. Er bezweifelte, dass an diesem Tisch viel gegessen wurde. Er öffnete den Kühlschrank: leer, bis auf das Allernötigste. Butter von unbestimmtem Alter. Keine Milch. Ein Glas Gelee. Im Eisfach eine Schachtel Waffeln, eine Schale Eis und eine Flasche Wodka.

Im Wohnzimmer stand ein kleiner Röhrenfernseher vor einem abgewetzten braunen Sofa und einem Wohnzimmertisch mit Glasplatte. An einem Ende des Sofas lag ein Kissen, am anderen eine Decke. David musste lächeln. Auch er verbrachte viele Nächte auf dem Sofa.

»Ich hab sie!«, rief Allison und kam mit einem dicken Schnellhefter ins Wohnzimmer.

»Okay, werfen wir einen Blick rein.«

Sie schob die Decke und das Kissen von der Couch, ließ sich fallen und legte die Füße auf den Tisch, ohne die Schuhe auszuziehen. David setzte sich neben sie. Sie reichte ihm ein Blatt Papier mit einer Namensliste.

»Das sind die Namen seiner früheren Kollegen in Austin. Alles Cops.«

»Was ist mit dem anderen?«, fragte er und deutete auf das Blatt, das Allison zurückgehalten hatte. Nur ein einziger Name stand darauf.

»Das ist ein Vietnamveteran. Er hat kurze Zeit zusammen mit Bob gedient, dann wurde er zu einer anderen Einheit abkommandiert.«

David überflog die Liste mit den Namen der Cops. Es waren mehr als zwanzig. »Ich würde sagen, wir fangen mit deiner Liste an, Ally.«

\*\*\*

»Was haben sie bis jetzt gemacht?«, fragte John seinen Bruder. »Vater möchte es wissen.«

»Der Schriftsteller und die Frau sind zu diesem Haus gegangen. Der Killer beschattet die Ärztin«, antwortete Thomas.

»Du weißt, wo sie abgestiegen sind? In welchem Hotel?«

»Ja, Bruder.«

John reichte ihm einen Umschlag. »Gib das hier beim Empfang für sie ab.«

»Äh, Bruder …?«, sagte Thomas und leckte sich die Lippen. »Ich habe die Frau heute gesehen. Ich wollte sie anfassen … du weißt schon. Es war schlimm, ganz schlimm, aber ich habe mich dagegen gewehrt, und ich habe es geschafft. Ich habe die Frau nicht belästigt. Was sagst du nun? Bist du stolz auf mich?«

John kam zu ihm und legte ihm die Hand auf die Schulter. »Du bist mein Bruder. Und jetzt geh und liefere den Umschlag ab.«

Thomas nickte eifrig und machte sich auf den Weg. Er war glücklich, dass er die Frau nicht angefasst hatte. Möse war Möse, aber die Liebe seines Bruders war für immer und ewig.

\*\*\*

Maynard Smith wohnte in Pflugerville, einer ehemals ländlichen Gemeinde zwölf Autominuten von Austins Stadtzentrum entfernt. Die Ortschaft war nach einem deutschen Einwanderer namens Heinrich Pfluger benannt. Pflugerville war lange Zeit klein und unbedeutend geblieben – noch 1980 hatte der Ort nur 660 Einwohner gehabt. Dann war ein Bauboom ausgebrochen, und bereits 1990 hatte die Bevölkerungszahl sich vervierfacht. Inzwischen lebten mehr als 50000 Einwohner in Pflugerville. Heute wie damals gab es einen Bezirk für die Farbigen, die so genannte »Colored Addition«. 1978 hatte es einen Versuch gegeben, den Namen zu ändern, aber Texas war nun mal Texas, und so waren die Bemühungen gescheitert.

»Seltsam …«, murmelte David, als sie in den gepflasterten Weg zu Maynards Haus einbogen.

»Was?«, fragte Allison.

Er machte eine ausholende Bewegung mit der Hand, die das Haus, den Rasen, den Himmel, ja ganz Texas einzuschließen schien. »Alles. Es ist surreal, hier zu sein. Es fühlt sich an, als hätte sich überhaupt nichts verändert.«

»Das stimmt in vieler Hinsicht auch«, sagte sie und betätigte die Klingel. Drinnen ertönte ein dunkles Bellen.

»Jagdhund«, bemerkte Allison.

Sie hörten das Trampeln schwerer Schritte, gefolgt von Stille, als sie durch den Türspion gemustert wurden. Wieder bellte der Hund.

»Mach, dass du wegkommst, Siddharta!«, schimpfte eine tiefe Stimme.

Es ging noch ein, zweimal hin und her zwischen Mann und Hund, gefolgt von scharrenden Hundepfoten auf dem Holzboden. Dann hörte David eine Tür zuschlagen. Einen Moment später bellte der Hund namens Siddharta hinter dem Holztor, das neben dem Haus in den Garten führte.

Der Türknauf drehte sich, und die Tür wurde geöffnet. Ein Mann musterte sie durch die Fliegentür hindurch.

*Das habe ich auch schon lange nicht mehr gesehen*, ging es David durch den Kopf. *Eine Fliegentür. Noch vor gar nicht langer Zeit waren Fliegentüren so verbreitet wie Autos oder Tennisschuhe.*

»Kann ich Ihnen helfen?«

Der Mann war kräftig, aber nicht besonders groß, vielleicht eins siebzig, aber breit und wuchtig. Er erinnerte David an Charlie. Das Gesicht passte zur Figur. Es war breit und stumpf, mit fleischiger Nase, die mindestens einmal gebrochen war. Tiefe Falten, von Erfahrung und Alter gezogen, furchten das Gesicht. Das Haar des Mannes war weiß, doch seine blauen Augen blickten wach und intelligent. David schätzte ihn auf Anfang bis Mitte sechzig. Er musterte seine Besucher eher interessiert als misstrauisch und ohne die Aura von Einsamkeit, wie man sie häufig bei älteren Menschen antrifft, die alleine leben. *Bleib oder geh*, sagte dieses Gesicht. *Die Welt dreht sich trotzdem weiter.*

»Mr. Smith?«, fragte Allison. »Maynard Smith?«

»Der bin ich. Und wer sind Sie, Miss?«

»Mein Name ist Allison Michaels, Mr. Smith. Und das ist mein Bruder David Rhodes.«

»Freut mich zu hören, aber damit kann ich leider nichts anfangen. Warum sind Sie hier? Ich bekomme bereits die Zeitung, und meine eigene Religion habe ich auch schon.«

Allison lächelte. »Nein, Sir, wir sind nicht deswegen gekommen. Wir würden Ihnen gerne ein paar Fragen stellen über einen Mann, den Sie in Vietnam gekannt haben. Robert Gray.«

Maynards Miene änderte sich von einer Sekunde zur anderen. David hatte den Eindruck, dass in seinen Augen ein Ausdruck von Abscheu erschien. Aber da war noch etwas anderes. Angst? Ja, vielleicht ein Anflug von Angst.

»Ich habe diesen Namen lange nicht gehört. Und ich muss ihn auch jetzt nicht unbedingt hören.«

»Wir sind ganz Ihrer Meinung, Sir«, sagte David, der sich zum ersten Mal zu Wort meldete. »Wir sind die Kinder, die Mr. Gray adoptiert hatte. Die Kinder, die ihn getötet haben. Vielleicht haben Sie davon gelesen?«

Der alte Mann starrte David an. Abscheu wich Erkennen. Die Angst blieb. Er öffnete die Fliegentür und trat zur Seite, um sie einzulassen.

»Ja. Ich nehme an, es gibt keinen Grund mehr, sich wegen ihm zu ängstigen. Schließlich ist er tot, nicht wahr?«

\*\*\*

Maynard Smith kam aus einer anderen Zeit. Das zeigte sich auch an den Gegenständen, die ihn umgaben. Er besaß einen großen alten Lehnsessel, nicht unähnlich dem Sessel von Dad. Er war abgewetzt und hässlich wie die Nacht mit seinem grünen Paisley-Muster.

Außerdem gab es einen alten Fernsehschrank, eine von jenen Monstrositäten, die früher als Wohnzimmermöbel entworfen worden waren. Auf dem Schrank saßen rote, weiße und blaue Strickpuppen. Auf einem Deckchen stand ein gerahmtes Schwarzweißfoto eines Mannes, bei dem es sich nur um den jungen Maynard Smith handeln konnte, mit freundlichem Lächeln und noch nicht gezeichnet von den Unbilden dieser Welt.

»Das war ich, 1965«, sagte er, als er Davids Blick bemerkte. »Ein Jahr, bevor ich nach Vietnam ging. Ich war vierundzwanzig. Ich hatte gerade geheiratet, meine Frau war schwanger, und ich hatte nie ein College besucht. Die Army schien mir der richtige Weg zu sein. Sichere Bezahlung und so weiter.«

»Wie lange waren Sie bei der Army, Sir?«

Smith kratzte sich am Kinn, als er nachdachte. »Warten Sie mal … fünfundsechzig bin ich eingetreten … zwanzig Jahre, schätze ich. Meine Frau bekam Krebs, und damit war auch für mich das Spiel vorbei.«

»Das tut mir leid.«

»Schon gut.« Er nahm ein Päckchen filterlose Camel aus der Brusttasche seines kurzen Hemds. »Was dagegen, wenn ich mir eine anstecke? Ich frage nur aus Höflichkeit – ich rauche sowieso, ob es Ihnen passt oder nicht.«

David lächelte. »Nur zu. Es ist Ihr Zuhause.«

Der alte Mann steckte sich eine Zigarette an und nahm einen tiefen Zug. Stieß den Rauch aus. Pflückte einen Tabakskrümel von der Unterlippe und musterte seine Besucher. »Sie waren also die Unglückseligen, die dieser Teufel großgezogen hat.«

»Ja, Sir«, antwortete Allison. Sie hatte geschwiegen, seit sie das Haus betreten hatten.

Smith nickte, mehr zu sich selbst und zur Welt im Allgemeinen als zu Allison und David. »Und Sie waren es auch, die den Hurensohn schließlich erledigt haben. Ist das nicht die reinste Ironie? Getötet von Kindern … wie alt waren Sie damals?«

»Noch keine sechzehn, Sir«, antwortete David. Er war überrascht, dass er wieder ein wenig in den breiten, schleppenden Südstaatenslang verfiel, bei dem Redensarten in ganzen Schwärmen auftauchten und bei dem die Worte oft von ganz allein an die richtige Stelle fielen.

»Sechzehn. Meine Güte.« Smith nahm einen Zug von seiner Zigarette. »Was für eine merkwürdige Art von Gerechtigkeit, dass drei Kinder das Ende einer solch furchterregenden Bestie herbeigeführt haben. Ich schätze, Gott hat seine eigenen Methoden, Rechnungen zu begleichen. Glauben Sie an Gott, junger Mann?«

»An manchen Tagen ja. An den meisten Tagen nicht.«

»Na, das kann man Ihnen wohl nicht verdenken. Ihnen auch nicht, junge Frau. Worauf ich hinauswill … Wenn es je einen Mann gegeben hat, der dazu gemacht war, andere zu terrorisieren, ihnen zu schaden und sie sogar zu töten, dann war es Bob Gray. Ich glaube, er ist schon als Mistkerl auf die Welt gekommen. Er war ein Baum von einem Mann und unglaublich stark. Und das Schlimmste – er war kein Feigling.«

»Meinen Sie?«, fragte Allison mit leicht spöttischem Unterton.

Smith zog an seiner Zigarette und nickte ihr verständnisvoll zu. »Was er Ihnen angetan hat, war durch und durch feige, so viel ist klar. Aber er war kein Feigling von der Art, wie die meisten Maulhelden es sind, verstehen Sie? Er kniff nicht den Schwanz ein. Stattdessen hat er gekämpft.«

»Ich verstehe«, räumte Allison ein, und ihr aufflammender Zorn verrauchte. »Ich habe Killer und Kinderschänder gejagt. Die meisten von ihnen waren Memmen, aber hier und da bin ich einem begegnet, der kein Feigling war.«

»Dann stimmen Sie mir also zu? Dass diese Kerle die schlimmsten von allen sind?«

»Ich glaube schon, ja.«

»Es hat damit geendet, dass er Kinder tyrannisiert hat, Schutzbefohlene, aber glauben Sie mir, er hatte kein Problem, sich mit Kerlen anzulegen, die doppelt so groß und schwer waren wie er selbst. Er war nicht nur furchtlos, er hat es geradezu *genos-*

*sen*, wenn es zu Gewalttätigkeiten kam. Er liebte es, die Fäuste zu gebrauchen, Schmerzen zuzufügen und Blut und Schweiß zu schmecken. Ich habe mit eigenen Augen gesehen, wie er mit blo- ßen Fäusten auf einen riesigen Neger namens Jimmy losgegangen ist. Jimmy war so breit wie er groß war, alles Muskeln. Und er war ein Schläger. Alle hatten Angst vor Jimmy. Alle – bis Bob auftauchte. Jimmy mochte Bob nicht. Eines schönen Morgens sagte er zu ihm: ›He, gib mir deine Schachtel Zigaretten.‹ Bob sah zu Jimmy hoch – Jimmy war einen halben Kopf größer als er –, grinste und erwiderte stinkfreundlich: ›Komm und hol sie dir, wenn du sie haben willst, Nigger.‹« Maynard Smith hielt inne und verzog angewidert das Gesicht. »Tut mir leid, dass ich dieses Wort gesagt habe. Ich würde es normalerweise nicht benutzen, nicht einmal, um eine Geschichte zu erzählen, aber ich muss es tun, wenn ich verdeutlichen will, wie abscheulich dieser Kerl war.«

»Ich verstehe«, sagte David. Er verstand tatsächlich. Rassisten benutzten solche Begriffe. Wenn man über sie schrieb, musste man diese Begriffe ebenfalls benutzen, um zu zeigen, wie sie waren.

»Wie dem auch sei, bis zu dem Tag hatte ich keine Ahnung, dass ein schwarzer Mann rot werden kann. Jimmy stand nur da, die Augen weit aufgerissen, und sagte kein Wort. Aber ich konnte sehen, wie sich in ihm Wut aufstaute. Verdammt, ich war nicht derjenige, auf den Jimmy wütend war, aber ich sage Ihnen, ich hatte Schiss! Nicht so Bob. Bob hatte keine Angst. Bob war aufgeregt, aber er hatte kein bisschen Angst. Er stand nur da und wartete ab.

Jimmy schlug ohne Vorwarnung zu. In der einen Sekunde starrte er noch auf Bob runter, und in der nächsten sauste eine von seinen riesigen Fäusten, so groß wie ein Kinderkopf, durch die Luft. Ich weiß noch, wie ich dachte, dass so ein Schlag einen umbringen kann, wenn er einen richtig erwischt. Hundertdreißig Kilo Gewicht lagen hinter diesen Fäusten – oh Mann!« Maynard schüttelte den Kopf. »Kaum zu glauben, dass jemand so einen Schlag wegstecken kann. Aber Bob hat ihn geschluckt wie nichts.« Smith schüttelte den Kopf, als könnte er es immer noch nicht glauben, nach all den Jahren. »Er bekam Jimmys Faust voll gegen die Backe und segelte rückwärts, als hätte ihn ein Pferd getreten. Er ging nicht zu Boden – was an sich schon kaum zu glauben war –, aber er wich vielleicht fünf Schritte zurück. Jimmy setzte nicht nach, um ihm den Rest zu geben, und das war sein Fehler. Wahrscheinlich war er es gewöhnt, nur einen Schlag zu brauchen.

Bob hatte ein paar Sekunden lang wacklige Beine, aber dann fing er sich. Seine Lippe blutete, und er wischte sie mit dem Handrücken ab, leckte sich das Blut ab und grinste. ›So also schmeckt ein toter Nigger‹, sagte er. Dann marschierte er nach vorn und verprügelte Jimmy nach Strich und Faden.« Die Abscheu war zurück, zusammen mit einem Teil der Furcht. Dad war offenbar imstande, anderen Menschen noch aus dem Grab heraus Angst einzujagen. »Wie ich bereits sagte, Bob genoss die Gewalt. Er hatte Geschmack daran, und er verstand es verdammt gut, anderen das Fell zu gerben. Hätte er Jimmy umgebracht, wäre er ins Militärgefängnis nach Leavenworth gekommen. Bob war schlau genug, kurz vorher aufzuhören. Aber es reichte ihm nicht, Jimmy halb tot zu schlagen. Er musste ihn zerstören, ein für alle Mal.«

Smith nahm einen tiefen Zug von seiner Zigarette. Er wirkte sichtlich aufgerüttelt von den Bildern, die seine Erinnerung heraufbeschwor.

»Sie müssen nicht alles erzählen«, sagte David. »Wir wissen, wie er war.«

Smith pflückte sich einen weiteren Tabakskrümel von der Lippe. »Nett von Ihnen, aber manche Dinge sollten erzählt werden. Genau wie das N-Wort, wenn man jemandem erzählen will, was für eine Sorte Mann so ein Wort benutzt.«

»Lassen Sie sich Zeit, Sir«, sagte Allison.

*Aber nicht zu viel*, dachte David. *Weil ich keine Zeit habe, genauso*

*wenig wie meine Tochter oder wie Phuong. Wir wissen ja nicht mal,*
*ob deine Geschichte uns überhaupt etwas bringt, alter Mann.*

Aber das alles behielt David für sich. Allison hatte recht:
Gespräche mit Zeugen waren eine Art Kunst, und das Wichtigste dabei war Einfühlungsvermögen. Maynard Smith war ein
alter Gaul, der seinen Trott seit Jahrzehnten gewöhnt war. Ihn
zu drängen war die sicherste Methode, ihn zum Verstummen zu
bringen.

»Keine Ahnung, ob Bob früher mal Boxer war«, fuhr Smith
fort. »Aber ich schätze, er hatte zumindest Training. Er ging voller Siegesgewissheit auf Jimmy los, beide Fäuste oben. Jimmy
wusste gar nicht, wie ihm geschah. Er verließ sich zu sehr auf
seine Kraft und seine Größe. Bob hatte beides, aber er verfügte
außerdem über Technik und Schnelligkeit. Er traf Jimmy mit
Kombinationen, wie er wollte, eine nach der anderen. Peng, peng,
peng. Zwei ins Gesicht, eine in die Rippen, zwei in die Rippen,
eine ins Gesicht. Und seine Schläge waren nicht von Pappe. Ein
paar Treffer ließen Jimmys Kopf nach hinten fliegen, als hätte er
keine Knochen mehr im Hals.

Es dauerte keine zwei Minuten, bis wir alle sehen konnten,
dass Jimmy genug hatte. Seine Augen hatten diesen glasigen
Blick, als würde er im Stehen schlafen, und er hatte die Fäuste
heruntergenommen, als wären sie ihm zu schwer geworden. Bis
zu diesem Augenblick hatten die Jungs, die alles mit angesehen
hatten, ihren Spaß an der Show gehabt. Es war eine Bande von
babygesichtigen Killern, die seit mehr als einem Monat keinen
Sex gehabt hatten und Jimmy sowieso nicht leiden konnten. Am
Anfang hatten sie nach Blut geschrien, aber zwei Minuten später
waren alle still. Weil es nicht mehr in Ordnung war. Weil Bob
die Grenze überschritten hatte. Das war keine Lektion mehr, das
war eine Hinrichtung. Und was machte er? Er grinste und genoss
jede Sekunde.

Schließlich ging Jimmy zu Boden, kippte einfach hintenüber
in den Dreck. Seine Augen waren zugeschwollen, seine Lippen

aufgeplatzt und so dick wie ein Gartenschlauch. Er hatte ein paar Zähne verloren. Sein Gesicht war nicht mehr wiederzuerkennen.

Und was sagt Bob? ›Hey, wir sind noch nicht fertig, Nigger.‹ Mir lief es eiskalt den Rücken runter, wie gelassen und gleichmütig er klang. Vorher war seine Stimme wütend gewesen, aber auf einmal war sie's nicht mehr. Er atmete kaum schneller und war nicht mal richtig ins Schwitzen gekommen. Er war …« Der alte Mann suchte nach den richtigen Worten.

»Er war noch nicht fertig«, sagte David für ihn. »Er meinte es genau so, wie er es gesagt hatte.«

Smith nickte lebhaft. »Ja. Das trifft es am besten. Er war einfach noch nicht fertig. Und er wollte nicht aufhören, *bevor* er fertig war. Und nur er allein wusste, wann es so weit war.«

Smith drückte seine Camel aus und steckte sich die nächste an. Er benutzte richtige Streichhölzer. David konnte sich nicht erinnern, wann er zum letzten Mal eine Schachtel Streichhölzer gesehen hatte. Smith beäugte seine Besucher nun kritisch, nachdem er aus dem Nebel seiner Erinnerungen zurückgekehrt war.

»Ach, ich rede und rede. Aber mit der Erwähnung von Bob Gray hatten Sie mir ein tolles Stichwort geliefert. Ich hatte eine ganze Weile nicht mehr an ihn gedacht. Was führt Sie beide denn nun zu mir?«

Allison ergriff das Wort. »Es sind ein paar Dinge geschehen, Sir. Wir wollen Ihnen nichts vorlügen, aber wir können nichts Genaueres sagen. Wir haben das Gefühl, dass diese Dinge mit Dad … äh, mit Bob Gray in Zusammenhang stehen. Wir sind noch nicht sicher, wonach wir suchen, aber wir fangen da an, wo wir die wenigsten Informationen haben, wie es im Moment aussieht.«

»Und das war seine Zeit bei der Army? In Vietnam?«

»Ja.«

Smith musterte sie aufmerksam, und sie warteten geduldig. Er rauchte seine Zigarette, klopfte mit knorrigen Fingern auf sein Knie und pflückte Tabak von seiner Unterlippe. Schließlich seufzte er.

»Also schön. Ich werde Ihnen ein paar Dinge erzählen, die ich noch nie jemandem erzählt habe, weil es sich bloß um Gerüchte handelt. Es gibt keine Beweise, und ich vermag nicht zu sagen, ob an den Geschichten etwas Wahres dran ist, auch wenn ich tief im Innern das Gefühl habe, dass zumindest ein Teil davon stimmt.

Ich habe noch nie über diese Dinge geredet. Es war eine Bande von schwarzen Schafen, die alle längst nicht mehr leben – gut, dass wir sie los sind! –, aber es gibt schon genügend reißerische Geschichten über Soldaten, die in Vietnam schlimme Dinge getan haben.« Er rieb sich das Kinn, schien zwischen Zorn und Eigensinn zu schwanken. »Aber was ist mit den guten Dingen, von denen es viel mehr gab als von den schlimmen Sachen? Wir haben ein paar Frauen und Kinder getötet da drüben, sicher, sicher, aber viele von denen haben Waffen getragen oder Granaten geworfen. Die Leute reden gerne über das Massaker von My Lai und stellen es so dar, als wäre der ganze Krieg so gewesen, aber für jedes My Lai gab es tausend Beispiele von gutem Kriegshandwerk, vollbracht von jungen Männern, die voller Angst waren.«

Er verstummte. Anscheinend war er fertig.

David meldete sich zu Wort. »Mein leiblicher Vater ist in Vietnam gefallen.«

Smith blinzelte ihn an. »Ist das wahr, Sohn?«

»Ja, Sir. Er war erst neunzehn.«

»Das tut mir leid. Sie wollen damit andeuten, dass ich hier offene Türen einrenne, nicht wahr?«

»Rennen Sie nur, Sir.«

»Na dann …« Smith lehnte sich zurück und nahm einen Zug von seiner Zigarette. Er starrte über David und Allison hinweg in die Ferne. »Krieg hat etwas Befreiendes. Es ist wie eine Lizenz, zum Tier zu werden, zur primitiven Bestie. Jeder zerstörerische Impuls kann ausgelebt werden, *jeder* – theoretisch zumindest –, und wenn es vorbei ist, räumt man auf, duscht, geht nach Hause und lässt alles hinter sich. Es ist grauenhaft, aber so ist der Krieg nun mal. Für fast alle, die ihn überleben, liegt etwas Befreiendes darin, aber der Krieg hat noch eine andere Seite. Es geht um Kameradschaft, wissen Sie, um Freundschaft, geschmiedet im Kugelhagel. Die Masken werden heruntergerissen. Männer teilen ihre Geheimnisse. Sie sehen ihre größten Stärken und Schwächen, beides nebeneinander, ohne Unterschied. Können Sie mir folgen?«

Sie antworteten nicht. Es war keine rhetorische Frage gewesen, aber beinahe. Es war der Rhythmus, in dem Smith seine Geschichten erzählte. Er machte nie einen Punkt oder einen Absatz, höchstens eine Pause, indem er eine Frage stellte, *Können Sie mir folgen?*, bevor es weiterging.

»Der Krieg kann einen Menschen definieren. Welchen Impulsen gibt er nach? Welche behält er unter Kontrolle? Wenn ein anderer eine Vietkongfrau vergewaltigt – macht man mit, oder hält man sich zurück und schaut zu? Oder jagt man dem Vergewaltiger eine Kugel durch den Kopf? Es gab eine Menge verschiedener Antworten auf diese Fragen, das kann ich Ihnen sagen. Ich habe nie selbst vergewaltigt, aber ich habe es einmal gesehen und nichts dagegen unternommen. Ich habe zwölf Mal getötet und hatte die ersten vier Mal sogar Spaß daran. Am Ende habe ich in mich hineingeschaut und gespürt, dass etwas fehlte, und da bin ich zu meinen Wurzeln zurückgekehrt. Zur Bibel. Und dort habe ich Bob getroffen.«

»Ich dachte, Sie hätten im gleichen Platoon gedient«, sagte Allison.

»Nein, Miss. Wir waren in der gleichen Kompanie, aber in unterschiedlichen Platoons. Langer Rede kurzer Sinn: Wir haben nicht zusammen gekämpft. Und dafür danke ich Gott.« Er seufzte. »Weiter im Text. Ich war seit vielleicht sechs Monaten in Vietnam und hatte bereits Dinge gesehen und getan, die mich dazu brachten, mein Bild von mir noch mal zu überprüfen. Wer ich war, und was für ein Mensch ich sein wollte. Eine

Woche vorher hatte ich einen Freund verloren, einen Rotschopf aus Ohio. Er starb in meinen Armen, während seine Eingeweide um uns herum lagen. Er war nicht der Letzte, aber er war der Erste, und es hatte mich ziemlich mitgenommen. Man bot mir Heroin an, um meinen Kummer zu mildern. Ich lehnte ab, Gott sei Dank – auch wenn ich in Versuchung war, wie ich zugeben muss. Stattdessen nahm ich die Bibel, die meine Frau mir eingepackt hatte. Ich hatte seit meiner Ankunft in Vietnam kein einziges Mal darin gelesen. Bis zu diesem Moment.

Ich kann nicht behaupten, dass es mich getröstet hätte, jedenfalls nicht sofort. Aber es hat mich ruhiger werden lassen. Es gab mir etwas, woran ich mich festhalten konnte. Ich war damals nicht einmal sicher, ob ich an Gott glaubte, doch es war nicht der Glaube, der mir damals am wichtigsten schien. Es war die Vorstellung. Verstehen Sie?«

»Sicher«, antwortete David.

»Allein das Lesen. Die Worte. Sie brachten mich zurück zu der Vorstellung von Zivilisation, zu der Überzeugung, dass es das Richtige und das Falsche gibt, Gut und Böse. Nun ja. Kurz gesagt, im Stützpunkt hatte sich eine Bibelgruppe zusammengefunden. Ich hatte sie bisher gemieden, aber an jenem Abend ging ich hin und machte mit.« Er blickte David und Allison an und lächelte, doch es war kein fröhliches Lächeln. »Dreimal dürfen Sie raten, wer die Gruppe ins Leben gerufen hatte.«

»Bob?«, erwiderte David, erstaunt und beunruhigt angesichts dieser Enthüllung.

»Der Teufel leibhaftig, ganz recht. Ich war selbst von den Socken, das können Sie mir glauben. Aber die Schlägerei mit Jimmy lag damals schon eine ganze Weile zurück, und ich dachte, Bob wäre so wie ich zu den Ursprüngen zurückgekehrt ... dass er das gleiche Verlangen hätte, über Gott zu palavern. Deshalb wurde ich nicht misstrauisch. Um ehrlich zu sein, es war mir auch völlig egal, wer die verdammte Gruppe ins Leben gerufen hatte. Ich hatte eine Heidenangst, vom rechten Weg abzukommen. Mich selbst zu verlieren. Die Gruppe war eine Rettungsleine, und ich hatte nicht die Absicht, mir den Kopf darüber zu zerbrechen, wer der Seilmacher war.

Es war zehn Uhr abends, als ich dort auftauchte. Die Sterne leuchteten wie eine Wolke aus Lichtern. Ich kann Ihnen sagen – Sie haben die Sterne nie richtig gesehen, wenn Sie nicht mal weit weg waren von den großen Städten und mitten im Nichts gewesen sind. Die Leute reden über die Sterne, die man in Australien sehen kann oder auf Hawaii, und das ist bestimmt sehr beeindruckend, aber ich selbst habe noch nie so einen leuchtenden Sternenteppich gesehen wie damals in Vietnam, als ich noch ein junger Bursche war.« Er verstummte und lächelte, in Erinnerungen versunken. »Die Feuchtigkeit nahm zu, und obwohl die Regenzeit noch nicht angefangen hatte, gab es ständig Schauer. Manchmal glaube ich, in Vietnam war ich nie trocken, nicht einen einzigen Tag. Jedenfalls, ich ging an dem Abend durchs Lager und betrat das Zelt, in dem die Jungs um einen Tisch herum saßen. Damals waren wir nur zu acht. Bob und ich waren die Ältesten. Die anderen waren noch Grünschnäbel. Ich glaube, keiner von denen hat das Jahr überlebt.

Bob predigte Feuer und Schwefel, aber das muss ich Ihnen wohl nicht erzählen«, sagte er mit einem Blick zu David und Allison. »Er mochte die Offenbarung ein wenig zu sehr für meinen Geschmack, aber er konnte sich in einen Eifer reden, dass so mancher Fernsehprediger vor Neid erblasst wäre, das muss man ihm lassen. In seinen Augen brannte ein Feuer, dass man meinen konnte, er würde jedes seiner Worte glauben.«

»Ich vermute, in gewisser Weise war es auch so«, räumte Allison ein. Sie streifte David mit einem Blick, und David hob eine Augenbraue.

*Meine Güte, Allison, du bist wirklich merkwürdig. Dad hat ungefähr so sehr an Gott geglaubt, wie ich daran glaube, einen Tumor durch Reiben mit einer Hasenpfote heilen zu können. Was soll das nun wieder?*

»Nach ein paar Wochen kam ich zu dem Schluss, dass Bob harmlos war. Ein bisschen verrückt vielleicht, und mit einem Hang zur Gewalttätigkeit, aber was waren schon ein bisschen Gerede vom Teufel und die Augen eines Eiferers verglichen mit manchen Dingen, die ich gesehen hatte? Dingen, die ich selbst getan hatte … oder beinahe getan hätte.« Er zuckte die Schultern. »Mein Fehler, zugegeben, aber hinterher ist man immer klüger, wie das Sprichwort sagt.

Eines Abends nach einer Bibelstunde fragte mich Bob, ob ich Lust auf einen Drink hätte, und ich sagte Ja. Ich fing mich allmählich wieder. Ich fühlte mich immer noch nicht ganz auf dem Damm, aber ich war gelassener geworden. Mehr ich selbst. Wie dem auch sei, Bob hatte eine Flasche Scotch, die er während eines Fronturlaubs bei irgendeiner Hure in Saigon gekauft hatte.

›Ich muss zu meiner Schande gestehen, dass ich sie gevögelt habe, Maynard‹, vertraute er mir im Tonfall aufrichtigen Bedauerns an. ›Ich bin ein verheirateter Mann, aber ich bin mit einer Hure ins Bett gestiegen.‹

›Das haben wir doch alle getan, auf die eine oder andere Weise‹, sagte ich, um ihn zu trösten. Schließlich hatte ich diese Erfahrung ebenfalls gemacht. ›Es ist nicht schön, zugegeben, aber ein Mann ist nun mal ein Mann, mit allen Schwächen, die dazugehören.‹

Er sah mich an, und es war ein anerkennender Blick. Dann schenkte er mir ein Glas Scotch ein. ›Es gefällt mir, wie du redest, Maynard. Bist du ein Gelehrter oder so was?‹

›Das kann ich nun wirklich nicht von mir behaupten«, antwortete ich. ›Ich habe die Highschool abgeschlossen und eine Menge gelesen, mehr nicht.‹

›Das ist gut, Maynard, das ist sehr gut. Wirklich sehr gut.‹ Er prostete mir zu und grinste. Es war ein richtiges Grinsen, ein Männergrinsen, und damit narrte er mich. ›Was meinst du, sollen wir uns heute Nacht besaufen?‹

Ich weiß noch, dass ich gezögert habe, weil wir ja gerade von der Bibelstunde gekommen waren. ›Na ja‹, sagte ich dann aber. ›Ich wüsste nicht, was die Bibel dagegen haben könnte, solange es nicht damit endet, dass wir etwas Sündhaftes tun.‹

›Ganz deiner Meinung‹, pflichtete er mir bei. ›Nicht immer, aber heute Nacht. Ich will mich betrinken und auf den Rücken legen und die Sterne anschauen.‹ Also suchten wir uns ein stilles Plätzchen und kippten uns einen hinter die Binde.

Und dann fragte er mich unvermittelt: ›Liebst du deinen Vater, Maynard?‹

›Selbstverständlich‹, antwortete ich.

Er verschränkte die Hände hinter dem Kopf und schloss die Augen. ›Mein Vater war ein harter Mann‹, sagte er. ›Hart wie Stein und obendrein ein Prediger. Doch er starb früh, und dann war ich mit meiner Mutter allein. Ich war ein schwieriges Kind, das kann ich dir sagen, und sie hatte ihre liebe Not mit mir.‹

›Ich kann mir denken, wie das gewesen ist‹, sagte ich. ›Aber was zählt, ist doch, dass sie dich ordentlich erzogen hat.‹

›Einmal …‹, begann er und gluckste bei der Erinnerung, ›einmal hatte ich vergessen, das Klo zu spülen, nachdem ich pinkeln war. Mutter hatte mich tausendmal ermahnt, von wegen schlampige Angewohnheit und so. Tja, dieses eine Mal war dann zu viel. Wie dem auch sei, ich setzte mich zum Abendessen an den Tisch, und sie stellte mir ein Glas hin. Ich war nicht sicher, was drin war, aber irgendwie sah es vertraut aus. ›Was du nicht runterspülst, Robert, wirst du ab sofort trinken‹, sagte sie. ›Ich sah genauer hin und stellte fest – großes Pfadfinderehrenwort –, dass in dem Glas meine eigene Pisse schwamm, zusammen mit Wasser aus dem Scheißhaus.‹

»Ich weiß noch, dass ich den Kopf gedreht und Bob angestarrt habe und dass ich ein böses Gefühl hatte«, fuhr Maynard fort. »Ein richtig böses Gefühl, innerlich. Er erzählte diese Geschichte wie eine lustige Anekdote, und als müsste man ihn dafür bewundern, aber es war nichts Lustiges daran, und erst recht nichts Bewundernswertes.

›Und?‹, wollte ich von ihm wissen. ›Was hast du gemacht?‹

Er schaute mich verblüfft an. ›Ich hab das Zeug getrunken, was denn sonst? Was hätte ich sonst tun sollen?‹ Er lachte auf. ›Ich vergaß nie wieder, die Toilette zu spülen, das sag ich dir! Was für ein Glück, dass ich nicht geschissen hatte!‹«

»Wow«, sagte David, fasziniert und angeekelt zugleich.

Smith nickte. »Ganz recht. Wow. Haben Sie Kinder?«

Allison schüttelte den Kopf.

»Ich«, sagte David. »Eine Tochter.«

»Können Sie sich vorstellen – und ich meine, egal was passiert –, Ihre Tochter zu zwingen, die eigene Pisse zu trinken?«

»Nicht in einer Million Jahren.« *Und nicht für eine Milliarde Dollars.*

»Ich auch nicht. Ich habe eine Tochter und einen Sohn. Der Junge hatte ein bisschen Ärger wegen Drogengeschichten, hat aber noch die Kurve gekriegt. Die Tochter ist Klavierlehrerin in Irving. Die beiden haben mir zeitweise ganz schön Sorgen gemacht, und beide haben bei der einen oder anderen Gelegenheit tüchtig den Hintern versohlt bekommen, aber es stand nie zur Diskussion, ob ich sie liebte. Bob hingegen …« Er fixierte David und Allison mit scharfem Blick. »Ich sage nicht, dass es irgendwas von dem entschuldigt, was er anderen angetan hat. Aber ich kann mir nicht helfen, ich glaube, das mit seiner Mutter hat eine Rolle gespielt.«

»Ich nehme an, seine Mutter hat noch ganz andere Dinge mit ihm angestellt«, sagte Allison. »Er hat Ihnen längst nicht alles erzählt, jede Wette. Ich bin sicher, es war nur die Spitze des Eisbergs.«

»Wahrscheinlich haben Sie recht.« Er drückte die zweite Zigarette aus und steckte sich eine dritte an. »Jedenfalls, ich guck ihn an und versuche zu begreifen, was er mir erzählt hat, versuche mir vorzustellen, was für ein Mensch seine Mutter sein muss … und er dreht sich zu mir um und grinst sein breites, fettes, grausiges Grinsen.« Smith erschauerte bei der Erinnerung. »Es war, als würde ich in die Fratze von 'nem Ungeheuer blicken. Ich kann es nicht beschreiben.«

»Wir wissen sehr gut, was Sie meinen«, sagte David leise.

»Hm, ja. ›Kannst du ein Geheimnis für dich behalten, Maynard?‹, wollte er von mir wissen. Ich hatte so eine Ahnung, dass ich lieber Nein gesagt hätte, aber ich war betrunken und lag unter einem asiatischen Sternenhimmel, und nichts schien wirklich zu sein, also sagte ich, ja, sicher, Bob, ich kann schweigen wie ein Grab. Und er grinste mich immer noch an, und dieses Grinsen blieb auf seinem Gesicht, die ganze Zeit, während er redete.

›Ich hab mal einen Menschen gegessen‹, sagte er.

Ich weiß noch, wie ich zusammengezuckt bin, als hätte mir jemand eine Ohrfeige verpasst. ›Wie bitte?‹, fragte ich. Ich war sicher, ihn nicht richtig verstanden zu haben.

›Ich habe eine Frau gegessen. Diese Hure, die ich in Saigon gevögelt hatte. Ich spürte sie auf und brachte sie in den Dschungel. Und nicht nur sie – auch noch eine andere Nutte, die damals bei ihr wohnte. Ich lockte sie raus in den Dschungel. Dann zog ich meine Pistole und fesselte beide. Ich machte Feuer und las ihnen aus der Bibel vor, obwohl ich wusste, dass es vergebene Liebesmüh war. Sie hatten mich in Versuchung geführt, sie hatten den Teufel in mir zum Vorschein gebracht, deshalb wusste ich, dass der Satan in diesen Weibern zu stark war, als dass ich ihn hätte austreiben können. Also nahm ich meine Waffe und schoss beiden mitten zwischen die Augen. Es war eine Nacht wie heute. Überall riesengroße Sterne, das Knistern des Lagerfeuers, die Geräusche des Dschungels ringsum. Die Huren krepierten beide mit offenen Augen.‹

Er starrte mich die ganze Zeit grinsend an. Seine Augen waren ganz groß und verzückt und irre, während er grinste und grinste … dieses Grinsen, das ich nie vergessen werde.

›Ich dachte‹, erzählte er dann weiter, ›damit wäre ich fertig, und zuerst wollte ich die beiden toten Nutten einfach liegen lassen. Sollten die Kreaturen des Dschungels sich um die Kadaver kümmern. Aber dann hörte ich eine innere Stimme zu mir reden. Sie sagte, Bob, du bist noch nicht fertig. Du musst das Fleisch der Hure essen, mit der du gevögelt hast. Also tat ich es.«

Er drehte den Kopf von mir weg und blickte wieder zu den Sternen hinauf. Seine Stimme klang schwer und dumpf. ›Sie schmeckte jedenfalls nicht nach Schwein oder Hühnchen, wie man schon mal hört. Sie schmeckte nach Mensch.‹

Ich war ganz still und fühlte mich plötzlich überhaupt nicht mehr betrunken, das kann ich Ihnen sagen. Ich war stocknüchtern und hellwach. Und was tut er? Er fing an zu schnarchen.« Smith schüttelte den Kopf. »Können Sie sich das vorstellen? Er dachte tatsächlich, Gott hätte ihm befohlen, einen Menschen zu essen!« Der alte Mann erschauerte.

»Danach hat er mich nie wieder angesprochen, aber ich hatte das Gefühl, dass er mich ständig beobachtete. Ich war sehr, sehr vorsichtig nach dieser Geschichte. Sorgte dafür, dass ich nie längere Zeit irgendwo alleine war, wo er mich überraschen konnte. Ich hatte Alpträume wegen dieser Geschichte. Wachte neben lodernden Feuern mitten im Dschungel auf, sein grinsendes Gesicht über mir …« Der alte Mann schüttelte den Kopf. »Er wurde 1968 ausgeflogen. Sein Platoon geriet in einen Hinterhalt, hieß es, und er war der einzige Überlebende. Er war verwundet – ein Schuss in den Oberschenkel – und wurde in die Staaten zurückgeschickt.«

»Sie sagen, *so hieß es*«, bemerkte David. »Gibt es einen Grund, daran zu zweifeln?«

»Nur ein Gefühl. Ein Gedanke. Es hatte ein paar Reibereien in dem Platoon gegeben, Schlägereien unter den Kameraden. Ein junger Bursche, ein Neuer, ließ sich von Bob nichts sagen. Er hatte keinen Respekt vor ihm, und das gefiel Bob überhaupt nicht. Einige der anderen schlugen sich auf die Seite des Jungen.« Smith schüttelte den Kopf. »Ich kann nichts beweisen, wissen Sie? Aber es erscheint mir schon ziemlich praktisch, dass Bob als

419

›einziger Überlebender‹ von einem Einsatz zurückkam … angesichts der Umstände.«

»Interessant«, sinnierte Allison. »Wenn es stimmt – wow. Also war Dad bereits ein mit allen Wassern gewaschener, blutbesudelter Psychopath, als er uns adoptiert hat.«

»Eines verstehe ich nicht, Sir«, meldete David sich zu Wort. »Warum steht Ihr Name auf dieser Liste im Zusammenhang mit Robert Gray? Sie waren nicht im gleichen Platoon, und trotzdem ist Ihr Name der einzige, der hier festgehalten wurde. Fällt Ihnen ein Grund dafür ein?«

Der alte Mann verzog das Gesicht, nahm einen Zug an seiner Zigarette und stieß einen Seufzer aus, als er den Rauch ausblies. »Da war ein Junge. Sein Name war Jonathan. Er war jung, achtzehn vielleicht, und kam aus reicher Familie. Er hätte seine Beziehungen spielen lassen können, um nicht zur Army zu müssen. Aber er hatte Schulfreunde, die nach Vietnam verschifft worden waren, und er hielt es für ungerecht, sich selbst nicht in Gefahr zu begeben, während seine Freunde in den Krieg geschickt wurden. Also meldete er sich freiwillig.«

»Tapfer«, meinte David.

»Dachte ich auch. Der Junge hatte Rückgrat. Er war von der stillen Sorte, ein Milchgesicht, die Nase immer in einem Buch. Wenn man ihn sah, konnte man ihn für ein Muttersöhnchen halten, aber draußen im Dschungel hat er seinen Job gemacht, so wie jeder andere.« Smith winkte traurig ab. »Gerüchten zufolge soll er ein Homo gewesen sein. In Saigon gab es Etablissements, wo die warmen Brüder hingehen konnten. Aber es war gefährlich. Damals gab es noch keine ›Frag nicht, sag nichts‹-Politik. Wenn man erwischt wurde, flog man aus der Army. Man verbrachte die letzten Tage in einer Zelle, während man auf die Entlassungspapiere warten musste.«

»Wie sehen Sie das, Sir?«, wollte Allison von ihm wissen.

Maynard Smith rollte seine Zigarette zwischen den Fingern und betrachtete sie nachdenklich. »Hätten Sie mich das gefragt, bevor ich diesen Jungen kannte, ich hätte Ihnen voller Selbstgerechtigkeit geantwortet, dass alle Schwuchteln in der Hölle schmoren sollen. Aber nachdem ich den Jungen kennengelernt hatte …« Er zuckte die Schultern. »Ich hatte vieles nur schwarz oder weiß gesehen, verstehen Sie, aber der Bursche hat mich verändert. Er war ein guter Junge, kein Zweifel. Bevor er starb, wurde er sogar für den Bronze Star vorgeschlagen, wegen Tapferkeit. Er hätte den Orden wahrscheinlich sogar bekommen, wäre er nicht vorher an einem angespitzten Bambusstock verreckt, den man ihm in den Hintern geschoben hatte.«

David zuckte zusammen. »O Gott. Warum?«

»Wie ich bereits sagte, es gab Gerüchte. Das war vielleicht sechs oder sieben Monate nach meiner Sternennacht mit Bob. Der Junge wurde von allen Seiten beäugt, und die Truppe war geteilter Meinung über ihn. Er hatte mehreren Kameraden das Leben gerettet, hatte im Feuer gestanden, und das schweißt die Männer zusammen wie sonst nichts. Die Jungs in seiner Gruppe waren felsenfest überzeugt, dass er unmöglich ein Homo sein konnte. Aber Bob und seine Bande sahen das anders. Sie stellten ihm nach. Mobbten ihn. Nannten ihn Schwuchtel, Tunte, was weiß ich noch alles. Bob bespuckte ihn sogar. Der Junge nahm es hin. Jedes Mal. Ich habe keine Ahnung, ob er die andere Wange hinhielt oder Angst hatte oder beides, aber es war auf jeden Fall das Klügste, was er tun konnte.

An dem Tag, an dem Jonathan starb, hatte Bob ihm ziemlich zugesetzt. Er hatte ihm nicht eine Minute Ruhe gelassen. Wie immer ertrug Jonathan die Schikanen und hielt den Mund. Aber an diesem Tag machte es Bob noch wütender als sonst, aus welchem Grund auch immer. Am nächsten Morgen wurde Jonathan im Dschungel gefunden. Man hatte ihn an Händen und Füßen gefesselt, hatte ihm die Hose bis auf die Knöchel runtergezogen und ihm einen Bambuspflock durch den Hintern bis in die Eingeweide gerammt. Es heißt, der Pflock sei angespitzt gewesen und dass der arme Kerl sehr langsam krepiert sei.

Ich war furchtbar aufgebracht wegen der Sache, aber ich hatte Bob zuerst nicht in Verdacht. Später am Tag war ich auf der Latrine, um mich zu erleichtern, als ich Stimmen hörte. Ich erkannte Bob und seinen besten Kumpel Jake. Jake war auch so ein verdammter Schweinehund. Deshalb waren er und Bob ein Herz und eine Seele.

›Die kleine Schwuchtel hat gekriegt, was sie verdient hat, stimmt's, Bob?‹, hörte ich Jake sagen.

›Halt dein besoffenes Maul, du dämlicher Trottel‹, entgegnete Bob.

Mehr hatte ich nicht gehört, aber mir lief ein eisiger Schauer über den Rücken. In diesem Moment war ich sicher, dass Bob den armen Jungen umgebracht hatte. So sicher, wie er diese Hure ermordet und aufgegessen hatte.« Smith streifte mit zitternder Hand die Asche von seiner Zigarette. »Dieser Mann war der Teufel! Erschaffen, um zu zerstören.«

»Was haben Sie unternommen?«, fragte Allison mit sanftem Nachdruck.

»Ich habe es gemeldet. Diesen Wortwechsel, meine ich. Ich hatte einen Freund bei der MP. Er hatte nichts übrig für Homos, aber er wusste richtig und falsch zu unterscheiden. Er nahm Bob ziemlich hart in die Mangel, doch am Ende kam nichts dabei raus. Der Hurensohn war viel zu gerissen. Beim nächsten Mal, als sie auf Patrouille waren, erwischte es Jake. Ich nehme an, Bob wusste, dass Jake das schwache Glied in der Kette war. Deshalb musste Jake sterben. Das ist wahrscheinlich auch der Grund, warum Sie meinen Namen in der Akte gefunden haben. Bob war '68 weg, im April oder Mai, glaube ich, während der Tet-Offensive. Ich kam später im gleichen Jahr zurück in die Staaten. Eine Kugel hatte meinen rechten Lungenflügel durchbohrt. Ich wäre fast draufgegangen. Aber Gott ließ mich am Leben, damit ich sehen konnte, wie meine Enkel geboren wurden und wie meine Frau an Krebs starb, und ich bin dankbar, dass ich lange genug durchgehalten habe, um beides zu erleben. Abgesehen von dieser Geschichte, dem Medienrummel nach Bobs Tod und den bekannt gewordenen Misshandlungen an Ihnen dreien hatte ich Bob Gray bis eben völlig aus meinen Gedanken verdrängt.«

*Aber so ganz war er nie aus deinem Kopf, stimmt's?*, dachte David. Sein Geist war immer noch da, stand hinter den Dingen, beobachtete und grinste sein fettes Grinsen. Er besudelte, was immer er berührte, und verpestete die Dinge durch seine bloße Anwesenheit.

»Hat er je von seiner Frau gesprochen?«, fragte Allison.

Smith blickte ins Leere, während er nachdachte. »Ich erinnere mich nicht mehr an ihren Namen. Ich weiß nicht mal, ob er ihn je erwähnt hat, aber ich glaube, er hat das eine oder andere Mal von seiner Frau geredet, ja. Ich kann mich aber nicht erinnern, dass er mal was Nettes über sie gesagt hätte oder dass er uns mal ein Foto von ihr gezeigt hat.«

»Sie ist eines Tages spurlos verschwunden«, sagte Allison.

Smith betrachtete sie mit müdem Blick und zog an seiner Zigarette. »Ich kann mir denken, was das bedeutet, und Sie wohl auch. Sie ist längst tot. Wahrscheinlich hat er sie umgelegt. Ich würde sogar darauf wetten.«

»Ich auch«, sagte Allison.

Smith pflückte einen weiteren Tabakskrümel von den Lippen. »Ich bin nie zuvor – und auch später nicht mehr – einem Menschen wie Bob Gray begegnet, und ich hoffe bei allen Heiligen, dass es so bleibt.«

»Gibt es sonst noch etwas, das Sie uns sagen könnten, Sir?«

Smith' Augen blickten traurig. »Habe ich nicht schon genug erzählt?«

*Eine ganze Menge sogar, alter Mann*, dachte David. *Mehr, als du sagen wolltest. Mehr, als ich hören wollte.*

»Danke, dass Sie sich Zeit für uns genommen haben, Sir«, sagte er nach einem forschenden Blick zu Allison, die zustimmend nickte.

Smith legte David die Hand auf den Arm. »Hoffnung ist

etwas für Narren, Mr. Rhodes ...« Er brach ab. Irgendetwas in seinem Blick änderte sich. Wurde mit einem Mal hellwach.

»Sir?«, fragte Allison.

»Was sagten Sie, wie Ihr Vater hieß, mein Junge?«, fragte er David.

»Ich hatte den Namen nicht erwähnt, aber er hieß Thomas.«

Das Gesicht des Alten wurde mit einem Mal aschfahl, und er sank so unvermittelt in seinen Sessel zurück, dass David befürchtete, er hätte einen Herzinfarkt oder einen Schlaganfall erlitten. Smith strich sich mit zitternder Hand über die Stirn und nahm einen tiefen Zug an der nahezu aufgerauchten Zigarette. »Großer Gott.«

»Sir?«, wiederholte Allison. »Was ist denn?«

Zum ersten Mal, seit sie vor seiner Tür aufgetaucht waren, schien Maynard Smith um Worte zu ringen. »Ich weiß nicht, was ich sagen soll, aber ... das ist unmöglich, das kann nicht sein ...« Er drückte die Zigarette aus. Auch diese Hand zitterte. Er verschränkte die Hände. Schloss die Augen – das Bild eines Menschen, der sich auf eine schwierige Aufgabe vorbereitet, die ihm unverhofft zugefallen ist. Dann schlug er die Augen wieder auf und blickte David mit tiefem Ernst an. »Sie erinnern sich, wie ich Ihnen von dem jungen Kameraden erzählt habe, der Bob Gray die Stirn geboten hat? Dem Jungen aus Grays Platoon?«

»Ich erinnere mich, Sir.«

»Ich weiß nicht, wieso ich nicht gleich darauf gekommen bin ... wahrscheinlich war ich zu sehr gefangen in der Erinnerung daran, was für eine widerliche Bestie der alte Bob war.« Er riss sich zusammen. »Der Name dieses jungen Mannes war Thomas. Thomas Rhodes. Und wenn ich es recht bedenke, Junge, fällt es mir schwer zu glauben, dass das ein Zufall ist.«

**KAPITEL 22**  David war wortlos und mit steifen Schritten nach draußen gegangen. Allison war zu schockiert gewesen, um ihm zu folgen. Sie starrte Smith ratlos an.

»Gehen Sie zu ihm«, sagte der alte Mann leise.

David stand mitten auf der ruhigen Anliegerstraße und blickte in die untergehende Sonne. Seine Kiefermuskeln traten hervor, und seine Hände, zu Fäusten geballt, hingen an den Seiten herab.

»Es muss doch etwas geben, das er noch nicht besudelt hat«, flüsterte er. »Irgendetwas. Was, spielt keine Rolle, aber es muss *irgendetwas* geben.«

»Er ist tot, David. Er ist tot und bleibt tot, und er fasst nichts mehr an. Dafür haben wir gesorgt.«

Er fuhr zu ihr herum. »Ach, wirklich? Und wieso sind wir dann hier? Wir haben noch zwölf Stunden, bevor die Frist dieses Irren abläuft und Kristen oder Phuong etwas passiert!« Er wandte sich wieder dem Sonnenuntergang zu. »Es ist, als würde Dad aus dem Grab heraus nach uns greifen.«

Allison wusste nicht, was sie sagen sollte.

»Und weißt du, was das Schlimmste ist? Abgesehen von der netten Anekdote von meinem mutmaßlichen Vater und dem guten alten Bob glaube ich nicht, dass wir da drin irgendetwas wirklich *Nützliches* erfahren haben. Nichts, das uns hilft, diesen maskierten Psycho zu finden.«

»Da bin ich anderer Meinung.«

Er blickte sie aus zusammengekniffenen Augen an. »Wieso?«

»Als ich dir vorhin sagte, dass ich den Geruch in der Nase brauche, hat sich das wahrscheinlich ziemlich melodramatisch angehört, aber es ist die Wahrheit. Es ist schon verrückt, wie wenig wir im Grunde über Bob Gray gewusst haben. Wir wussten, was er für *uns* war, aber darüber hinaus? Wir wussten praktisch nichts über ihn. Und wir haben uns nie die Mühe gemacht, es herauszufinden. Sicher, ich hatte seine Akte und die grundlegenden Fakten, aber das alles ist zweidimensional, flach, ohne,

Konturen.« Sie deutete auf Smiths Haus. »Das da, das macht das Bild dreidimensional. Du hast recht, wenn du sagst, dass es lange dauert, zu lange, und dass wir zu langsam sind, aber in dem Spiel, das wir jetzt spielen, bedeuten Informationen Macht.«

»Dann erzähl mir was, Allison.« Seine Stimme klang beinahe flehend. »Erzähl mir etwas, das mir die Hoffnung gibt, dass wir soeben nicht zwei Stunden sinnlos verschwendet haben.«

»Wir wissen, dass Bob als Kind selbst misshandelt wurde. Er wurde von seiner Mutter gequält. Die Geschichte mit dem Glas Urin zum Abendbrot war vermutlich nur ein kleiner Spaß im Vergleich zu anderen Dingen, die seine Mutter ihm angetan hat. Sein Vater war Prediger und starb wahrscheinlich schon, als Bob noch ein kleiner Junge war. Nach allem, was wir wissen, war der Vater ein ultra-fanatischer religiöser Eiferer. Ein christlicher Fundamentalist sozusagen. Wir wissen außerdem, dass Bob vermutlich noch kein Killer war, bevor er nach Vietnam ging, aber er war mit Sicherheit einer, als er zurückkam. Er kannte kaum noch Grenzen. Er war ein abgebrühter, brutaler Psychopath, lange bevor er uns drei adoptiert hat.« Ally verstummte, dachte nach. »Man muss sich allerdings fragen, ob der religiöse Gesichtspunkt echt war – auf seine eigene, verschrobene Weise – oder nur eine listige Täuschung.«

»Diese Frage habe ich mir auch schon gestellt«, gestand David. »Aber das sind kleine Puzzlesteinchen ohne erkennbaren Zusammenhang. Wie hilft uns das *jetzt*, verdammt?«

Sein Zorn ließ Allison kalt. »Was ist passiert, nachdem er aus Vietnam zurück war, David? Es gibt eine große zeitliche Lücke zwischen seiner Rückkehr und unserer Adoption. Dad war auf den Geschmack gekommen. Er war bestimmt nicht untätig in den Jahren zwischen 1968 und 1974. Wenn es eine Sache gibt, die wir jetzt mit Bestimmtheit über ihn wissen, dann die, dass er eine Spur der Verwüstung hinter sich her gezogen hat, wohin er auch gegangen ist. Und Verwüstung bedeutet, dass es Ruinen gibt.«

David blinzelte, als ihm die Bedeutung ihrer Worte dämmerte. »Wo fangen wir an?«

Sie klappte die Akte auf und deutete auf eine Adresse. »Das ist das Haus, in dem Bob damals mit seiner Frau gewohnt hat. Kurz bevor Margaret Gray verschwand.«

\*\*\*

Das Haus befand sich in Far North Austin. Es war einstöckig, alt und heruntergekommen. Das schwarze Schindeldach war verwittert und dringend reparaturbedürftig. Der Rasen war vertrocknet, und mitten im Vorgarten stand ein großer Pekannussbaum. Der Boden darunter war übersät mit Nüssen. Viele faulten bereits. Der Beton der Einfahrt war rissig und in der Mitte gesprungen. Der Garten war eingefasst von einem Maschendrahtzaun, der vor sich hin rostete.

Allison parkte den Wagen am Straßenrand. »Sieht ruhig aus.«

»Ja. Schätze, wir sollten anklopfen.«

Sie stiegen aus und näherten sich der Haustür. Im Innern brannte kein Licht. »Scheint niemand zu Hause zu sein«, stellte Allison fest.

»Lass uns trotzdem klopfen.«

David öffnete die klapprige Fliegentür, deren Gitter sich an verschiedenen Stellen vom morschen Holz löste, und klopfte an die Haustür. Sie knarrte und öffnete sich ein paar Zentimeter weit. Er blickte Allison stirnrunzelnd an. Sie zuckte mit den Schultern.

»Hallo?«, rief er ins Innere. »Jemand zu Hause?«

Allison berührte ihn an der Schulter. »Riechst du das auch?«

David schnüffelte. Es dauerte nur eine Sekunde, dann roch er es ebenfalls. Tod. Es roch nach Tod. Der Geruch war so widerlich wie unverkennbar.

Wie durch Zauberei hielt Allison eine Waffe in der Hand. »Jemand da?«, rief sie. »Ich warte drei Sekunden, dann komme ich rein!« Ihre Stimme war nicht besonders laut, doch sie reichte weit. David hörte, wie sie durchs Haus hallte. »Hast du eine Waffe?«, flüsterte sie ihm zu.

»Nein. Ich habe keinen Schein.«

»Dann bleib hinter mir und halt die Augen offen.«

Ihre Stimme war gelassen, alles an ihr war ruhig. Sie war in ihrem Element, das war nicht zu übersehen. Das hier war ihr Gebiet; hier fühlte sie sich sicher und nicht von Zweifeln geplagt. Genau wie Charlie beim Töten.

Sie stieß die Tür auf und huschte ins Innere, die Waffe im beidhändigen Anschlag, während ihr Blick in jede Ecke zuckte. Es war dunkel im Haus, zumal die Vorhänge aus schwerem Stoff und zugezogen waren.

Eine kleine Taschenlampe leuchtete in Allisons Hand auf. Der helle Lichtkegel schien die Düsternis noch zu verstärken.

»Sauber«, flüsterte sie. David folgte ihr in die Küche und von dort in die hinteren Räume. Als sie zum Schlafzimmer kamen und das Licht der Taschenlampe auf die Quelle des Gestanks fiel, schluckte Allison mühsam.

»Es ist das Mädchen, David«, sagte sie. »Rada.«

\*\*\*

David stand vor Radas Leichnam, der bereits in Verwesung übergegangen war. Er sah der Lebenden noch immer ein bisschen ähnlich, besaß aber nichts mehr von dem, was ihr Wesen ausgemacht hatte. David hatte früher schon Tod und Verfall gesehen, Bilder in Lehrbüchern, die er als Anschauungsmaterial für seine Romane benutzt hatte. Außerdem hatte er zwei Besuche in der Leichenhalle gemacht, ebenfalls aus Gründen der Recherche. Aber nichts konnte einen auf diesen Anblick vorbereiten. Wo einmal Freude und Lachen, Trauer und Tränen, Gut und Böse, Schweiß und Blut und all die Dinge gewesen waren, die einen Menschen ausmachen, war nur noch verrottendes Fleisch. In einigen Fällen hatte jemand ein Leben einfach ausgelöscht. Ob ein Verbrechen aus Leidenschaft, Wahnsinn oder perverser Lust, das Ergebnis war immer gleich; es war scheußlich, und es stank. Und man konnte hinschauen, so viel man wollte (und das hatte David), es sah immer *falsch* aus.

Und so stand er nun über dem Mädchen, das er gerettet hatte und das nun nach Verwesung stank und übersät war von Maden und Würmern, und spürte eine überwältigende innere Leere.

»Aufgrund der Maden und der Hitze schätze ich, dass sie höchstens fünf Tage tot ist«, sagte Allison.

»Rühr nichts an.« David zwang sich, den Blick abzuwenden. Die Leiche anzustarren machte schließlich nichts besser. Sie war tot, ein für allemal. »Wir sollten uns kurz umsehen, und dann verschwinden wir von hier. Wir informieren die Cops anonym.«

»Einverstanden«, sagte sie mit ruhiger, unverbindlicher Stimme, wobei sie ihn aufmerksam beobachtete.

»Er wollte, dass wir sie hier finden. Er hat darauf spekuliert.«

»Ja, wahrscheinlich. Demnach wusste er, dass wir die Verbindung herstellen würden.«

David starrte sie an. Er war so schockiert gewesen vom Anblick der toten Rada, dass es ihm gar nicht aufgefallen war. »Verdammt, ja«, sagte er. »Das ist die Bestätigung.«

»Allerdings nicht die Bestätigung für meine Theorie, dass es eine zweite Gruppe Kinder wie uns gegeben hat«, sagte Allison. »Das Problem bist du. Wegen deiner Bücher und deiner Foundation bist du so was wie ein Promi. Jeder, der weiß, wie man so etwas anstellt und die erforderliche Motivation mitbringt, hätte deine Geschichte ausgraben können.«

»Stimmt«, pflichtete er ihr bei. »Es ist ja auch nicht so, als würde ich das geheim halten.« Er fuhr sich durchs Haar. »Ist das alles vielleicht meine Schuld, Ally?«, fragte er kläglich. »Ich meine, ich habe darüber nachgedacht. Ich bin ein Krimineller. Ein verdammter Verbrecher. Ich habe Charlie von der Leine gelassen. Er hat für mich gemordet, und bisher hat er einen verdammt guten Job gemacht, und ich weiß nicht ...«

»David«, versuchte sie ihn zu unterbrechen, doch er schüttelte nur den Kopf.

»Nein, nein. Ich war reich. Ich hatte eine Stiftung gegründet, die wohltätige Arbeit leistete. Dann aber sah ich etwas Schlimmes, und schon war es an der Zeit, Leichensäcke zu füllen?« Er warf die Hände in die Höhe. »Wir haben Mitglieder von Verbrecherorganisationen getötet. Triaden, Russische Mafia, mexikanische Mafia ... verdammt, wir haben sogar korrupte Politiker und Bürokraten eliminiert, wenn sie ihre Finger im Spiel hatten.«

Er begegnete Allisons Blick, und sie sah die Angst in seinen Augen. Es war die Angst, die einen Menschen plagt, wenn ihm dämmert, dass er ein Ungeheuer ist.

»Und jetzt kommt der Höhepunkt, der Gipfel, die Krone von allem: Weißt du, wie oft ich an die Kinder gedacht habe, seit das alles angefangen hat? Die Kinder in den Lagern, denen wir versprochen haben, sie wären in Sicherheit?« Er hob eine Hand und brachte Daumen und Zeigefinger zusammen. »Null. Nicht ein einziges Mal! Das kann man wohl kaum als echte Hingabe bezeichnen!« Sein Grinsen war gezwungen, und es brach Allison fast das Herz. »Ich komme mir vor, als wäre ich eben aufgewacht und hätte erkannt, dass ich verrückt bin, nur dass es jetzt zu spät ist. Ich werde die letzten Dinge auf Erden verlieren, die mir noch etwas bedeuten, weil ich mich einfach nicht raushalten konnte. Nach allem, was ich bereits gesehen oder durchgemacht habe ...« Er schlug die Hände vors Gesicht. »Ich sage mir immer wieder, ich bin besser als Dad, aber so langsam kommen mir Zweifel. Vielleicht bin ich genauso wie er. Der Apfel fällt nicht weit vom Stamm.«

Er verstummte, als wäre schlagartig alle Energie aus ihm gewichen und als wäre er mitten im Nichts gestrandet.

»Hör zu, David«, sagte Allison leise. »Erstens war nicht Bob Gray dein leiblicher Vater, sondern Thomas Rhodes. Und zweitens ...« Sie zögerte. »Zweitens bleibt dir nichts anderes übrig, als damit zu leben. Es sind schlimme Dinge passiert. Okay. Wenn das alles hier vorbei ist, wirst du Bilanz ziehen und überlegen müssen, ob du etwas Positives daraus gewinnen kannst. Wie beispielsweise die Kinder, die du gerettet hast. Wie Phuong.«

Er musterte sie aufmerksam – noch nicht überzeugt, aber nachdenklich.

»Wenn ihr nicht mit dem Töten aufhört, David, werde ich euch wieder verlassen. Kann sein, dass es mich umbringt, aber ich habe keine andere Wahl.«

»Ich weiß, Ally. Aber keine Bange. Du musst uns nicht mehr verlassen.«

»Also …« Sie seufzte, blickte ihn mit zur Seite geneigtem Kopf an und lächelte. »Dann sind deine Schuldgefühle stark überbewertet. Dann solltest du lieber damit anfangen, endlich das Richtige zu tun und dabei zu bleiben.«

Er erwiderte das Lächeln. »Ziemlich starker Tobak, was? Jedenfalls danke.«

»Wir werden uns für den Rest unseres Lebens immer wieder gegenseitig danken, David. Auch ich habe meine Fehler.« Sie blickte sich um, betrachtete das Haus als Ganzes. »Er hat hier gewohnt, was meinst du? Wie sonst könnte er sich sicher genug gefühlt haben, sie hier festzuhalten?«

»Gib mir bitte mal die Taschenlampe.«

Sie reichte ihm die Lampe, und er leuchtete die Wände des Zimmers ab. Das Haus mochte von außen heruntergekommen wirken, doch hier drin hatte jemand neue Tapeten an die Wände gekleistert. David ließ den Lichtkegel über die Wände wandern. Ein gerahmtes Familienfoto erschien. Es war ein eher schlichtes Bild, ein Mann und eine Frau Mitte dreißig in billiger Garderobe von der Stange. Das Foto erweckte den seelenlosen Eindruck eines Porträts, das in einem Kaufhaus gemacht worden war.

»Ich hab ein ungutes Gefühl«, sagte David.

\*\*\*

Sie fanden den Mann und die Frau im dritten Zimmer. Beide lagen nebeneinander auf dem Fußboden, nackt, gedunsen und blaurot.

»Sie müssen viel länger tot sein als Rada«, bemerkte Allison.

»Also hat er doch nicht hier gewohnt. Er hat das Haus benutzt, weil er wusste, dass wir herkommen.«

Allison schüttelte den Kopf. »Sie ist nicht genug.«

»Was?«

»Rada. Sie ist nicht genug. Er *wollte*, dass wir hierher kommen, richtig? Warum? Es muss noch mehr geben, das wir finden sollen.«

Sie gingen durchs Haus, vorsichtig darauf bedacht, nichts mit bloßen Händen anzufassen. Allison spähte durch die mit Fliegendreck übersäte Scheibe der Hintertür in den Garten. Er war wenig bemerkenswert: brauner, vertrockneter Rasen, noch verwahrloster als der Vorgarten.

»Der Kühlschrank sieht aus, als hätte ihn jemand von seinem Platz gerückt, meinst du nicht?«, fragte David.

Der große zweitürige Kühlschrank stand leicht schräg an der Wand, sodass die rechte Ecke ein paar Zentimeter weiter nach vorn stand als die linke. David spähte zwischen Kühlschrank und Wand.

»Hier ist ein Teil der Wand herausgeschnitten«, sagte er.

»Warte eine Sekunde.« Allison verließ die Küche. Einen Moment später kehrte sie mit zwei großen Badetüchern zurück. Eins davon reichte sie David. »Hier. Benutz es, damit du keine Fingerabdrücke hinterlässt.«

Sie packten je eine Seite des Kühlschranks und drehten ihn nach rechts und von der Wand weg, sodass das Loch sichtbar wurde.

»Ziemlich groß«, bemerkte Allison.

Das Loch war fast so hoch wie der Kühlschrank und beinahe genauso breit. Und es war frisch herausgeschnitten.

»Die Rigipsplatten sind neuer als die Wand hier.« David

deutete auf die offenen Schnittkanten. »Hast du noch mal die Taschenlampe?«

Sie gab ihm die Lampe, und er leuchtete in das Loch. Direkt gegenüber befand sich die alte, ursprüngliche Holzwand der Küche. David leuchtete nach rechts und entdeckte einen schmalen Gang, der einen Knick nach links machte und aus seinem Blickfeld verschwand.

Er trat ein paar Schritte zurück und betrachtete die Wand als Ganzes.

»Das ist die Rückwand der Küche«, murmelte er mehr zu sich selbst als zu Allison. Er machte einen Schritt nach rechts. Der Flur, der zum vorderen Teil des Hauses und zur Küche führte, wurde auf der linken Seite von der gleichen Wandstruktur begrenzt. »Die Wand zieht sich bis zum Eingang, Ally. Sie bildet ein Rechteck.« Er blickte sie an. »Ich glaube, es ist eine Geheimkammer.«

Ohne ein weiteres Wort nahm Allison ihm die Taschenlampe aus der Hand und schlüpfte durch das Loch in der Wand.

»Scheiße«, murmelte er und folgte ihr.

\*\*\*

Der schmale Gang führte nach links, und sie fanden sich in einem kleinen, versteckten Raum wieder, vielleicht drei mal drei Meter groß. Der nackte Fußboden war von einer Staubschicht bedeckt. Es gab kein elektrisches Licht, doch Allisons Taschenlampe enthüllte einen alten Kerzenhalter aus stumpfem, angelaufenem Messing.

Sie drehten sich einmal um die eigene Achse und folgten dem Lichtkegel der Lampe bis zu der langen Kiste an der Rückwand.

»Bingo«, sagte Allison. »*Das* also sollten wir finden.«

Es war eine Holzkiste, offenbar selbst gezimmert. Sie bestand aus einfachen, vom Alter rissigen Fichtenholzbrettern. Die Köpfe der Nägel, mit denen die Bretter zusammengezimmert worden

433

waren, setzten bereits Rost an. Die Staubschicht auf der Kiste war nicht ganz so dick wie auf dem Boden.

»Sieht aus wie ein Sarg«, bemerkte David. »Ein grob gezimmerter Sarg wie aus einem alten Western.«

»Wir brauchen die Handtücher«, sagte Allison. »Und wir brauchen etwas, um den Deckel aufzustemmen.«

David ging in die Küche und holte die Handtücher. Dann suchte er im Haus nach einem Brecheisen und fand schließlich eines im Garagenanbau. Er brachte alles in das geheime Zimmer. Allison kauerte wartend neben der Fichtenholzkiste. Sie streckte die Hand nach dem Brecheisen aus.

»Lass mich das machen«, sagte David. Er schob die gegabelte Spitze zwischen Deckel und Kiste und drückte den Deckel hoch. Die Nägel lösten sich viel zu leicht, ohne protestierendes Quietschen. Die Kiste war erst vor kurzer Zeit geöffnet worden.

»Wird schon schiefgehen«, sagte Allison. Sie legte das Handtuch über die Hände, packte den Deckel, hob ihn an und stellte ihn beiseite.

Dann nahm sie die Taschenlampe und leuchtete ins Innere der Kiste.

»O Gott!«, stieß David hervor.

»Ich glaube, wir haben soeben Margaret Gray gefunden«, sagte Allison leise. »Hallo, Maggie.«

In der Kiste lag ein menschliches Skelett. Es war vollkommen intakt und umgeben von Staub und Fetzen von vertrocknetem Gewebe.

»Ich würde sagen, sie war eins fünfzig groß«, sagte David, der den Blick nicht von dem Gerippe abwenden konnte. »Falls es eine Sie war.«

»Doch, ja. Es ist das Skelett einer Frau«, sagte Allison. »Man erkennt es am Becken.« Sie zeigte ihm die Stelle. »Die Breite der Knochen, der Winkel des Schambeins.« Sie blinzelte, beugte sich vor und leuchtete mit der Taschenlampe auf die Beckengegend. »Mein Gott!«

»Was ist?«

»Siehst du den Beckenboden? Er ist bei Frauen weiter als bei Männern.«

»Damit sie gebären können?«

»Richtig. Siehst du, wie weit ihr Beckenboden ist?«

David kniff die Augen zusammen. Das Licht war alles andere als gut, trotzdem glaubte er zu erkennen, wovon sie redete.

»Ja, ich seh's. Was bedeutet das?«

Sie richtete sich auf. »Ich bin keine Expertin, aber wenn ich recht habe, bedeutet es, dass sie schon mal ein Kind zur Welt gebracht hatte.«

»Margaret – falls es Margaret Gray ist – hat ein Baby gehabt?«

»Ja.«

Beide starrten sprachlos auf das Skelett.

»Ich dachte, du hättest gesagt, dass Bob Gray keine leiblichen Kinder hatte?«

»Es gab zumindest keine Aufzeichnungen. Was aber nicht bedeuten muss, dass er keine Kinder hatte. Vor fünf Jahren hatte ich einen scheußlichen Fall. Ein Vater hatte seine Tochter dreimal geschwängert. Sie hat alle Kinder zu Hause geboren. Sie waren sechs, acht und neun, als wir ihn schnappten.«

»Du glaubst, dass er dahinter steckt? Er ist hinter uns her? Bobs Sohn?«

»Es würde jedenfalls Sinn ergeben.« Allison deutete hinter sich. »Der Kerl mit der Smiley-Maske bringt Rada hier in diesem Haus um und lässt sie zurück, damit wir sie finden. Er hat das Loch in die Wand geschnitten.« Sie nickte. »Einer meiner ersten Lehrer sagte immer: ›Es ist nicht bewiesen, aber es ist wahrscheinlich, und wenn es wahrscheinlich ist, dann war es wahrscheinlich so.‹ Es passt alles zusammen.«

David starrte auf das Skelett in der staubigen Kiste.

*Warst du auch eines seiner Opfer? Oder hast du Bob bei seinem Zerstörungswerk geholfen?*

Sein Blick fiel auf den Schädel. »Leuchte mal hierher«, sagte er.

Allison schwenkte die Lampe herum, und dann sahen sie es. Die obere Hälfte des Schädels fehlte.

»Eine Verletzung, wie man sie bei Selbstmorden antrifft«, murmelte Ally.

»Wer wollte es ihr verdenken?«, entgegnete David.

»Was ist das?«, fragte Allison. Das Licht der Taschenlampe hatte einen kleinen Gegenstand am anderen Ende der Kiste gestreift, unter den Füßen des Skeletts. David sah genauer hin. Es war ein rechteckiges Etwas, eingewickelt in Leder.

»Wer A sagt ...«, murmelte er, streckte die Hand aus und fischte den Gegenstand aus dem Sarg.

Er war so groß wie ein Buch. Wie eine Bibel. Und er sah in der Kiste fehl am Platz aus, schien nicht hinein zu gehören. Er war sauberer, nicht in den gleichen Staub gehüllt wie das Zimmer, die Kiste und das Skelett.

»Hirschleder«, sagte er.

Das Leder war trocken wie Zunder und hatte die Geschmeidigkeit verloren, doch es hatte dem Zahn der Zeit widerstanden. David wickelte den Gegenstand aus. Es war ein schwarzes, in Leder gebundenes Buch. Er schlug es auf und las im Licht der Taschenlampe die Titelseite. Sie war handgeschrieben.

*Der Teufel in Margaret.*

»Volltreffer«, flüsterte Allison.

**KAPITEL 23** *Margaret Gray, 1973*

Mein Name ist Margaret. Ich habe rote Haare und bin einunddreißig Jahre alt. Ich bin keine besonders kluge Frau. Wäre ich klug, hätte ich das Boshafte in dem Mann gesehen, den ich geheiratet habe, das Tier in ihm, und seinen

unersättlichen Drang zu zerstören. Wäre ich eine kluge
Frau, hätte ich auf meine Eltern gehört, bevor er seine
Klauen so tief in mein Fleisch schlagen konnte. Und meine
Eltern wären wohl noch am Leben.

Wäre ich eine kluge Frau, hätte ich meine beiden Söhne
genommen, als er in Vietnam war, hätte meine Babies
unter den Arm geklemmt und wäre so schnell und so weit
weggelaufen, wie ich gekonnt hätte. Aber ich fürchtete
mich zu sehr und wagte zu wenig, und jetzt sind sie nicht
mehr meine Söhne. Sie sind schwarze Äpfel, von seinem
schwarzen Stamm. Sie verfaulen von innen heraus, wenngleich sie äußerlich leben. Sie sterben nicht, aber sie
verändern sich. Der Tod wäre besser.

Warum ich das schreibe? Ich nehme an, weil ich
immer vom Schreiben geträumt habe, damals, als ich
ein dummes junges Ding war, das Traum und Wirklichkeit
nicht auseinanderhalten konnte. Ich wollte schreiben.
Ich träumte ganz fest davon, ein weiblicher Hemingway
zu sein, ein Gigant in der Welt der Menschen, der es wagt,
Bluejeans in Paris zu tragen und rauchend am Tisch eines
Straßencafés zu sitzen, während die geschockten, mode-
besessenen Narren tuschelnd vorbeigehen und verstohlen
auf mich zeigen und es tolerieren müssen, weil ich
ja DIESE Frau war. DIE SCHRIFTSTELLERIN. Der man
ihre Exzentrizität nachsah.

Ach, Mr. Hemingway, ich habe Ihre Bücher gelesen,
aber ich habe Sie nie verstanden. Sie waren Wirklichkeit, und Sie haben zu uns allen gesprochen. Sie haben
in kurzen und knappen Sätzen geschrieben und doch mit
einer unglaublichen Schönheit. Ich weiß noch, wie mir
beinahe das Herz stehen blieb, als ich Pilars Beschreibung
des Stierkämpfers las, den sie einst geliebt hatte, dieses
wunderbaren und zugleich gequälten, ängstlichen Mannes,

und darüber, wie stolz sie war, dass sie ihn gekannt hatte wie niemand sonst auf der Welt. WEM DIE STUNDE SCHLÄGT, lieber Mr. Hemingway, ist wahrscheinlich mein liebstes Buch von allen. Ich erinnere mich, wie ich weinte, als El Sordo erst im Augenblick seines Todes das Leben verstand, und wie Sie dieses Verstehen für Ihre Leser auf dem Tisch ausbreiteten wie Diamanten, für uns alle, für mich, sodass auch wir es verstehen konnten: Das ist das Leben, Diamanten auf einem einfachen Holztisch. Der größte Teil des Lebens ist Holz, nichts als Holz, und ganz selten kommt ein Augenblick, so wertvoll wie ein Diamant.

Sie haben mich manches Mal überrascht, Mr. Hemingway, mit Ihrer klaren Einfachheit, und Sie brachten mich zum Träumen, bevor mir klar wurde, dass ich träumte. Ich habe Ihre Bücher in den Wäldern gelesen, ich habe sie den ganzen Winter hindurch gelesen, bis der Schnee zu tauen anfing.

Ich habe sie gelesen, aber ich habe sie nicht verstanden. Ich nahm mir die Diamanten, ohne das Holz zu beachten. Sie haben mir viel zu oft und auf viel zu unterschiedliche Weise zu verstehen gegeben, dass das Leben nicht allein der Moment der Liebe ist, sondern auch der Moment der verlorenen Liebe. Leben ist nicht nur leben, sondern auch die Gewissheit, dass mit dem Tod alles endet.

Sie wussten es die ganze Zeit, nehme ich an. War das der Grund, weshalb Sie sich auf so blutige Weise umgebracht haben? Sie hätten es ja auch still und leise tun können, und mit mehr Würde. Sie hätten es denen, die Sie gefunden haben, einfacher machen können. War das Ihre letzte Lektion, ein letzter Akt der Liebe? Seht her, so hässlich ist der Tod, also haltet das Leben in Ehren, solange ihr es habt?

Ich las Ihre Bücher und träumte, und meine Träume gaben mir Sicherheit. Eines Tages tauchte ein attraktiver

Mann auf, und ich fiel wie ein Baum. Er brannte sich durch mein Leben wie ein Feuersturm. Er verzehrte mich und spie mich wieder aus, nur um mich erneut zu verzehren und auszuscheiden und wieder zu verzehren und auszuscheiden (ich bitte um Verzeihung, Mr. Hemingway, ich weiß, dass Sie das buchstäbliche Profane missbilligen, aber Sie werden mir sicher beipflichten, wenn ich sage, dass das Profane manchmal die beste Methode ist, das Profane zu beschreiben).

Er legte mich in Trümmer. Ich bedaure vieles in meinem Leben, viel zu vieles, doch mein größtes Bedauern gilt der Tatsache, dass ich mich ihm so einfach hingegeben habe. Seine Hände waren groß und rau und ließen mich innerlich erschauern, und er nahm mich auf der Weide unter dem Baum, und über uns schien der Mond, und ich erinnere mich noch, wie ich daran gedacht habe, dass Sie es gutheißen würden. Dass es das Leben war. Dass es echt war.

Echt war es, das kann man wohl sagen. Das Kleid hochgeschoben bis zur Taille und mein hübsches weißes Höschen im Dreck. Er sah auf mich herab und ich zu ihm hoch, und die Zeit stockte auf dem Weg durch ein Feld voller Explosionen unter dem silbernen Mond.

Als er fertig war, rollte er sich von mir herunter, und ich lag einfach nur da und suhlte mich in dem Gefühl und dachte gar nicht daran, mein Kleid herunterzuziehen. Ich konnte Ihn riechen, ich konnte spüren, wie er aus mir herausrann, in die Erde, unter diesem Mond. Ich fühlte mich verrucht und glücklich und frei und lebendig.

O Gott, ich muss das Schreiben für einen Moment unterbrechen. Selbst hier, nach allem, was passiert ist, spüre ich immer noch die Angst. Wenn Bob das hier liest, wird er mich tagelang schlagen.

Wenn ich es heute bedenke, wird mir klar, dass Bob von Anfang an verdorben war und dass seine Verdorbenheit stets offensichtlich gewesen ist. Was ich für Andacht hielt, für Gottesfürchtigkeit, war bloß Unwahrheit. Irrsinn in der Maske der Frömmigkeit. Er tut so, als würde er Gott lieben, aber er ist kein Kind Gottes, und er ist auch noch stolz darauf.

Meine Eltern haben ihn von Anfang an durchschaut.

»Irgendetwas stimmt nicht mit ihm, Maggie«, hat Mom mich auf ihre sanfte Art zu warnen versucht. Mom war liebevoll, aber nie stark. Vielleicht habe ich meine Schwäche von ihr.

»Ich verbiete dir, diesen Mann wiederzusehen!«, war Daddys Art. »Er hat einen hungrigen Blick, der mir gar nicht gefällt!«

Doch Verbote sind wie Ermunterungen für die Jungen und Dummen, und so traf ich mich weiter mit Bob auf der Weide unter dem Baum, Lilith, die ich war, und genoss die Augenblicke – nicht die Früchte, sondern das Fleisch. Was zwischen uns geschah, war kein Kosten, es war ein Verschlingen.

Eines Nachts kam jemand zu uns nach Hause und ermordete meine schlafenden Eltern. Er stahl das Geld, das mein Dad in seinen Tabaksdosen aufbewahrte, die zusammengerollten Scheine, und ich war allein auf der Welt. Ich hatte niemanden mehr außer Bob.

Bobs raue Hände und Nahrung. Zwei verschiedene Arten von Hunger, Mr. Hemingway, das war alles, was es brauchte, um mich von meinem Traum abzubringen. Dem Traum, so zu sein wie Sie. Bob hielt mich bei der Beerdigung meiner Eltern, und danach fragte er mich, ob ich ihn heiraten wollte. Ich sagte Ja. Was hätte ich sonst tun sollen? Ich liebte ihn, und die Bank hatte mir das Haus weggenommen, in dem ich zur Welt gekommen war. Bob war da, Bob hielt mich in den Armen, und Bob kannte mich (dachte ich jedenfalls) wie Pilar ihren Stierkämpfer, finito. Ich steckte mir seinen Ring an den Finger und begrub meine Träume von Paris und Bluejeans unter dem Baum auf der Weide.

Noch in unserer Hochzeitsnacht zeigte Bob mir den Unterschied zwischen den Diamanten und dem Holz. Und da dies wahrscheinlich eines der letzten Dinge ist, die ich schreiben werde, möchte ich es als Geschichte verfassen, Mr. Hemingway. Und ob gut oder schlecht, es ist die Wahrheit. Fangen wir also an.

Margaret war traurig und glücklich, froh und verängstigt, aufgeregt und erschöpft, alles zur gleichen Zeit. Ihre Gefühle waren wie eine Schar aufgeschreckter Enten, die laut schnatternd und mit den Flügeln flatternd durcheinanderliefen.

Margaret war verheiratet mit einem Mann, den sie liebte – mit einem guten Mann –, und sie hatte niemanden auf der Welt außer ihm. Ihre Eltern waren tot. Jemand hatte sie in aller Ruhe erschossen und das Haus ausgeraubt. In aller Ruhe deswegen, weil es keinerlei Anzeichen von Gegenwehr gab, wie die Polizei Margaret später sagte, und im Haus war kaum etwas umgeworfen oder irgendwo heruntergerissen worden. Margarets Eltern waren im Schlaf erschossen worden. Der Killer hatte die Ersparnisse geraubt und war unerkannt in die Dunkelheit entkommen.

Und nun gab es nur noch sie und Bob und die Welt, und sie war doch erst dreiundzwanzig und fühlte sich doppelt so alt und halb so alt zugleich.

Sie waren in einem Hotelzimmer. Bob hatte ihr ein schlichtes weißes Kleid gekauft, dazu weiße Schuhe und einen Blumenkranz für das Haar. Außerdem einen Strauß. Er trug einen schwarzen Anzug, weißes Hemd, schwarze

Fliege. Er sah sehr groß aus, sehr robust und sehr, sehr attraktiv.

Bei der Hochzeit waren bloß drei Personen zugegen gewesen: Margaret, Bob und der Prediger. Bobs Mutter lebte zwar noch, aber Bob hatte gesagt, sie würde ihr Leben mit Reisen verbringen und damit, ihr »Werk« zu verrichten, was immer das sein mochte. Außerdem wäre sie kein mütterlicher Typ. Er bezweifelte stark, sie irgendwann in der nächsten Zeit zu sehen, falls überhaupt je wieder.

Margaret war nervös gewesen, als der Prediger seine Fragen gestellt hatte. Einmal hatte sie einen hastigen Blick zu Bob geworfen, der sie angeschaut und gelächelt hatte. In seinen Augen hatte ein Hauch von Wärme gestanden, und Margaret hatte mit einem Mal keine Angst mehr gehabt.

Nun saß sie in ihrem Nachthemd (und sonst nichts) auf dem Bett und wartete darauf, dass Bob aus dem Badezimmer kam. Sie hörte das Wasser laufen, während Bob vor sich hin summte. Sie strich mit der Hand über die Bettlaken und lächelte.

Es hätte schlimmer sein können, sinnierte sie. Viel, viel schlimmer. Es gab eine Menge andere Frauen in ihrer Situation, die ohne Mann waren, und diese Welt war gegenüber einsamen jungen Frauen alles andere als wohlgesinnt.

Ein Gedanke jedoch nörgelte hartnäckig in ihrem Hinterkopf: Was ist aus deinem Traum geworden? Als du dich danach gesehnt hast, nach Paris zu gehen und Bluejeans zu tragen, gab es keinen Mann. Da gab es niemanden außer dir.

So war das eben, dachte sie. Es war bloß ein TRAUM gewesen. Und dreiundzwanzig Jahre alte Mädchen veröffentlichten in ihren Träumen nun mal Bestseller und rauchten Zigaretten, während sie in Bluejeans in bequemen Korbsesseln auf dem französischen Pflaster saßen und die Passanten beobachteten. In der echten Welt musste man essen, trinken, man brauchte ein Dach über dem Kopf und einen Mann, der einen vor den Bedürfnissen anderer Männer beschützte.

Margaret verbannte den lautesten Teil dieses Bedauerns aus dem Kopf, indem sie dessen Lautstärke so weit herunterdrehte, dass es von Bobs Geräuschen im Badezimmer übertönt wurde und von den Grillen, deren Zirpen durch das offene, lediglich mit einem Fliegengitter geschützte Fenster von draußen hereinklang.

Das Plätschern von fließendem Wasser verstummte, und die Tür ging auf. Und da stand Bob, groß und stark und nackt. Sie spürte, wie sie errötete, so heftig, dass sie meinte, ihr Gesicht müsse in Flammen aufgehen. Natürlich hatten sie schon Sex gehabt, doch SO ... SO hatte sie ihn noch nie gesehen. Nackt und im hellen Licht. Sein Penis war abstoßend und faszinierend zugleich, und allein dieser Kontrast machte sie hungrig, nervös und scheu.

Er verschränkte die Arme und lehnte sich gegen den Türrahmen.

»Zieh dein Nachthemd aus, Maggie. Ich will dich ansehen.«

Sie errötete von neuem, diesmal noch heftiger. Doch es erregte sie auch.

»Bob ...« Sie lachte geziert.

Er kam zum Bett. »Los doch, Maggie. Wenn ein Mann seine Frau ansehen will, sollte sie ihm gehorchen und diesen Wunsch erfüllen.«

In späteren Jahren würde sie die Erinnerung an diesen Augenblick hassen. Daran, wie das Wort »gehorchen« sie zugleich wütend und hungrig machte. In späteren Jahren würde sie sich allerdings selbst besser kennen – und

443

sie würde wissen, dass Bob sehr genau wusste, was er tat, in allen Dingen. Damals aber war sie jung gewesen, ihre Begierden waren stets unterschwellig da, und Bob benutzte seine Symbolik und seine Männlichkeit und seine Worte, um sie zu überwältigen und das Schwelen in ein loderndes Feuer zu verwandeln, das Margaret verzehrte.

Sie schlüpfte aus ihrem Nachthemd, und ihre Brustwarzen wurden ganz hart. Bob betrachtete sie von oben bis unten, absichtlich ganz langsam. Der Blick war besitzergreifend bis zum Exzess. Es war nicht so sehr, dass er sie anstarrte wie ein Stück Fleisch, vielmehr betrachtete er sie als Gesamtheit. Ihren Körper, ihre Emotionen, die Gänsehaut, die sich über ihre Arme zog.

Er setzte sich neben sie. Streckte die Hand aus und streichelte ihr Haar.

»Wir sind jetzt verheiratet, Maggie«, sagte er. »Das bedeutet sehr viel. Hauptsächlich bedeutet es, dass du mir vertrauen und gehorchen und tun musst, was ich dir sage. Du weißt doch, dass ich dich liebe?«

»Ja, Bob. Ich weiß.«

»Ich werde dir helfen, Maggie. Du bist eine gute Frau, aber ein bisschen eigensinnig. Du hast eigene Vorstellungen, und das ist gut, hin und wieder jedenfalls, doch eine Frau mit zu vielen eigenen Ideen kann in Schwierigkeiten geraten, verstehst du?«

»Ich glaube schon.« Irrtum, würde sie Jahre später denken. SIE HATTE NICHTS VERSTANDEN, REIN GAR NICHTS VERSTANDEN.

»Gut. Die Aufgabe einer Frau ist es, einen Mann zu heiraten und ihm hernach zu gehorchen, ohne Fragen zu stellen, und ihm Kinder zu gebären.« Er hielt inne, während er ihr Haar mit liebender Hand streichelte. In seinen Augen brannte ein eigenartiges Feuer. »Ich wünschte, ich könnte dir all die Wahrheiten über mich erzählen, Maggie.

Du wärst überrascht, glaub mir. Vielleicht werde ich es eines Tages tun.«

Sie wusste immer noch nicht so recht, wovon er eigentlich redete, doch das Adrenalin und ihre Begierden machten ihre Gedanken trüb und langsam.

Er nahm ihr Nachthemd und lächelte sie an. Es war ein weiches, liebevolles Lächeln. »Ich werde dir damit die Hände fesseln, Maggie. Du vertraust mir doch, oder?«

Zu ihren Gunsten sei gesagt, dass sie zögerte. Allerdings nur für einen kurzen Moment. »Ja, Bob.«

Er kam hinter sie und fesselte sie an den Handgelenken. Aus irgendeinem Grund erschienen ihr die Handgelenke in dieser Sekunde nackter als irgendein anderer Körperteil.

»Und jetzt nehme ich einen Lappen, um dir die Augen zu verbinden. Du vertraust mir, nicht wahr?«

Sie zögerte erneut. »Ja, Bob.«

Er verband ihr die Augen. Sie konnte noch immer das Licht im Zimmer sehen, ansonsten aber war sie blind.

»Eine letzte Sache, Liebling. Ich werde jetzt noch einen Waschlappen nehmen, um dich zu knebeln. Du vertraust mir?«

Diesmal zögerte sie nicht, auch wenn sie den Grund dafür nicht wusste und niemals wissen würde. »Ja, Bob.«

Er knebelte sie. »Du kannst noch atmen?«

Sie nickte.

»Gut, Liebling, sehr gut.« Er berührte ihr Haar, und sie spürte das Lächeln in dieser Berührung, die Liebe. »Und jetzt, Maggie, werde ich dir helfen. Ich werde dir helfen, indem ich dir den Eigensinn austreibe. Es wird wehtun, Liebes. Es wird sehr wehtun. Aber ich möchte dich daran erinnern: Du hast selbst gesagt, dass du mir vertraust. Also vertrau mir auch jetzt. Es geht um Liebe und um dich und deinen Platz in dieser Welt. Es kann sein, dass du den

Wunsch verspürst, dich gegen mich aufzulehnen, das ist ganz natürlich. Aber lass dir gesagt sein, Liebes, es nutzt nichts. Überhaupt nichts.«

Sie wollte etwas erwidern, weil seine Worte den Nebel aus Verwirrung und Begierde durchdrungen hatten. Austreiben? Schmerzen? Das konnte er doch wohl nicht wörtlich gemeint haben?

Seine Hand klatschte mit solch brutaler Wucht gegen ihre Wange, dass ihr Kopf herumgerissen wurde. Der Schmerz war genauso glühend und schockartig wie ihre Fassungslosigkeit, dass er sie tatsächlich geschlagen hatte.

»Du wirst gehorchen«, sagte er mit sanfter, leiser Stimme.

Ein weiterer Schlag, und noch einer, wuchtiger als der erste und zu schnell hintereinander, als dass sie Zeit gefunden hätte zu reagieren, doch jetzt war es so weit. Sie wollte aufspringen und losrennen, doch Bob war viel zu groß und stark für sie. Er packte sie bei den Haaren und riss sie herum, als wäre sie leicht wie eine Feder. Sie kam bäuchlings auf dem Bett zu liegen und wehrte sich weiter, während er ihr Gesicht in das Kissen drückte. Sie hörte ein leises metallisches Klirren, dann das Gleiten von Leder über Stoff.

»Du bereitest vor mir einen Tisch im Angesicht meiner Feinde. Du salbest mein Haupt mit Öl und schenkest mir voll ein.« Er sagte die Worte voller Hingabe, gefolgt von einem polternden, höhnischen Lachen, dass ihr die Nackenhaare zu Berge standen. Sie hörte ein helles Pfeifen, und das Leder knallte auf ihre nackte weiße Haut. Für einen Moment spürte sie Taubheit, dann einen glühenden Schmerz, der sie gellend aufschreien ließ.

Bob hatte die Hand auf ihrem Hinterkopf, und ihre Schreie waren gedämpft vom Knebel und dem Kissen vor ihrem Gesicht. »Gutes und Barmherzigkeit werden mir folgen mein Leben lang, und ich werde bleiben im Hause des Herrn immerdar.« Erneut dieses LACHEN. Es war, als würde er nicht sie, sondern Gott selbst verhöhnen.

Wieder landete der Gürtel mit scharfem Knall auf ihrer Haut. Und wieder. Und wieder und wieder. Margarets Welt wurde schwarz und weiß, undurchdringliche Schatten und grelles Licht. Die Augen weit aufgerissen hinter dem Lappen, der Mund voll vom durchnässten Knebel, in der Nase der Geruch des frischen, sauberen, sonnengebleich- ten Kopfkissenbezuges.

Sie dachte, nach der ersten Stunde würde er aufhö- ren, aber es ging weiter. In der zweiten Stunde verlor sie das Bewusstsein, was ein Segen für sie war. In der dritten Stunde kam sie wieder zu sich, und es ging weiter. Und die ganze Zeit hörte sie die Grillen zirpen. Immerzu.

Und das war es, Mr. Hemingway, zu kurz vielleicht und wohl auch zu grell, schätze ich. Aber dennoch die Wahr- heit und nichts als die Wahrheit. Das ist es, was mich an meinem Leben manchmal am meisten schockiert, die Einsicht, die wie eine schwarze Woge über mich kommt, die Worte: Das alles passiert tatsächlich.

Am nächsten Morgen wachte ich auf. Ich konnte mich nicht bewegen, konnte keinen Schritt gehen. Ich konnte das Zimmer noch tagelang nicht aus eigener Kraft verlas- sen. Mein Verstand war wie im Fieber, und ich litt unter Schüttelfrost und Übelkeit.

Das Schlimmste daran war, dass ich die ganze Zeit den dreiundzwanzigsten Psalm hörte, durchsetzt von diesem abscheulichen Lachen. Einmal wachte ich auf, und die Sonne schien durch die Vorhänge vor dem Fenster auf mich herab. Bob saß in einem Sessel und las in der Bibel. Alles war verschwommen und surreal, und ich glaubte zu schweben. Die Worte des Psalms hallten wie aus weiter Ferne durch meinen Kopf. Ich schlief wieder ein und erwachte am frühen Abend ein weiteres Mal. Bob lag auf mir und beobachtete mich, während er meinen Körper benutzte. Seine Augen waren die eines Wahnsinnigen, und natürlich war das Lachen auch wieder da.

Ich habe die Wahrheit hinter diesem Mann gesehen, und sie ist einfach: Er liebt das Leiden anderer. Er liebt es mehr als alles auf der Welt.

Er umhüllt sich mit dem Wort Gottes, doch nichts davon ist echt. Das einzig Echte ist die Verwüstung, die er anrichtet – und seine Freude daran. Wissen Sie, wie ich ihn sehe, Mr. Hemingway? Er ist ein Monster, das auf einer Welt voller Tod und Zerstörung reitet, mit Reißzähnen im blutigen Maul und Schlangen in der einen Faust, während aus der anderen Leichen über Leichen in das ewige Feuer fallen.

Doch ich schweife ab. Ich weiß, manch einer würde sagen, ich hätte mir mein Abschweifen verdient, und vielleicht hätte er sogar recht damit. Ich habe ohne Zweifel meinen Anteil am Leid gehabt. Doch die Zeit ist knapp, und das Leben ist nicht fair; deswegen spielt es keine Rolle, was ich verdient habe und was nicht. Er wird mich bald töten, und er wird meine Söhne holen, damit sie ihm helfen. Er hat es zwar nicht direkt gesagt, aber ich kenne ihn zu gut, als dass ich mir etwas vormachen würde.

An ihm ist nichts Aufrichtiges. Alles ist Verschlagenheit und Täuschung. Er scheint offen und direkt zu sein, doch in Wirklichkeit lauert er nur auf eine Chance, sich von der Seite heranzuschleichen. Selbst seine Beschimpfungen sind nicht direkt auf mich gemünzt, denn wenn er mich mit dem Gürtel schlägt, sagt er jedes Mal, es wäre zu meinem eigenen Besten, und dann zitiert er aus der Bibel oder redet über Satan, oder er lacht einfach nur, lacht und lacht und lacht.

Ich weiß, dass er meine Söhne dazu bringen wird, ihm bei meiner Ermordung zu helfen. Es wäre ein weiterer Akt von Lug und Trug und Verschlagenheit. Ein weiterer Schritt in Richtung seines unsichtbaren, heimlichen Ziels: der vollständigen Herrschaft über meine Kinder.

Noch aber glüht ein winziger Funke von mir in ihnen. Sie lassen sich von mir umarmen – gelegentlich. Sie lächeln sogar – manchmal. Sollte es Bob gelingen, sie zu überreden, mich zu töten, hätte er auch den letzten winzigen Rest von mir in ihnen abgetötet.

Ich sitze in der Küche, Mr. Hemingway, während ich dies schreibe. Ein paar Schritte weiter, rechts den Flur hinunter, ist das Schlafzimmer, in dem meine beiden Söhne gezeugt und geboren wurden. Kein Arzt und keine Hebamme waren dabei, nur Bob und ich und dieses grausige Grinsen in seinem Gesicht, als ich die Beine spreizte und schrie.

Ein Kind zur Welt zu bringen ist eine Erfahrung, die alles ändern kann. Die schiere Wucht des Ereignisses reicht aus, um die Wirklichkeit zu erschüttern und die Wahrheit der Dinge neu zu gewichten. Eine Geburt ist der barbarischste und zugleich spirituellste Akt, zu dem eine Frau imstande ist. Eine Geburt bezieht jedes Molekül ihres Körpers mit ein. Sie bringt Schweiß mit sich, beinahe unerträgliche Schmerzen, Flehen, Wut, Tränen. Sie verletzt und erhebt einen gleichzeitig.

Ich war sicher, dass sich mit unserem ersten Sohn alles ändern würde. Er kam aus mir, und ich lag da, benommen und erschöpft und bedeckt von den Nachwehen meiner Anstrengungen, und dann kreischte der kleine Kerl Himmel und Erde zusammen, voller Wut, lebendig zu sein und in dieser brutalen Welt zurechtkommen zu müssen. Ich weiß noch, wie ich zu weinen anfing und wie Bob das Baby in meine Arme legte und sich neben mich setzte und mich wiegte, so wie ich mein Baby wiegte. Ich erinnere mich noch, wie ich dachte, dass nun alles anders werden würde. Dass man niemals etwas so Wunderbares in die Welt setzen könne, ohne dass die Welt sich ändert.

Und tatsächlich, Bob war verändert, eine Zeit lang zumindest. Er umsorgte mich sogar. Ich dachte (hoffte, hoffte, hoffte!), dass er einfach nur überdreht gewesen war und dass die Geburt seines Sohnes ihn zur Vernunft gebracht hatte. Natürlich war das ein Irrtum, und ich bin sicher, Sie hätten mir das gleich sagen können, Mr. Hemingway, ohne groß nachzudenken.

Nachdem ich mich von der Geburt erholt hatte, ging es wieder mit den Schlägen los. Einmal die Woche, jeden Sonntag, lobet den Herrn. Er wartete, bis ich das Baby gestillt hatte, und dann verprügelte er mich. Manchmal betete er dabei, manchmal lachte er, manchmal blieb er stumm.

Außerdem war er sehr zielstrebig und methodisch in seinen Bemühungen, mich wieder zu schwängern. Er schlief häufig mit mir, doch es war immer weniger Wärme im Spiel.

»Dreh das Gesicht von mir weg!«, befahl er mir häufig. Ich gehorchte nur zu gerne. Und dann lag ich da und starrte an die Wand, während er schwitzend und grunzend beendete, was er angefangen hatte.

Keine sechs Monate später war ich wieder schwanger. Und wieder war ich froh um die Atempause. Bob schlug mich nicht, während ich schwanger war. Er ging in dieser Zeit häufiger aus dem Haus, um Gott weiß was zu machen. Ich brachte einen weiteren Sohn zur Welt, das war 1966. Wie beim ersten Mal zwang Bob mich, das Kind zu Hause zu gebären. Aber diesmal brachte die Geburt keine neue Hoffnung mit sich. Meine Illusionen waren schon einmal zerschmettert worden. Ich hatte die verdammte Wahrheit begriffen, Mr. Hemingway: Schönheit existiert, genauso wie Hoffnung und Liebe und Begeisterung, aber das gilt auch für alle entgegengesetzten Dinge. In dieser Welt tobt ein erbarmungsloser Krieg, Gut gegen Böse, und die Opfer liegen zu Millionen auf den Schlachtfeldern.

Im gleichen Jahr, 1966, ging Bob nach Vietnam. Er wurde nicht eingezogen, oh nein. Er meldete sich freiwillig, und ich wusste warum: Weil dort getötet wurde. Ich erinnere mich an den Abend, an dem er mir erzählte, dass er gehen würde. Er lief ungefähr so ab:

Margaret saß in der Küche, ein Baby in jedem Arm. Beide nuckelten an einer schweren Brust. Bob bestand darauf, dass sie die Kinder häufig stillte.

»Niemand wird groß und stark, der nicht die Milch seiner Mutter bekommen hat.«

Sie gab seinem Wunsch nur allzu gerne nach. Zugegeben, ihre Brustwarzen waren oft entzündet und schmerzten, und ein plötzliches Türknallen beispielsweise konnte schon dazu führen, dass einer der Jungen erschrocken zubiss, was äußerst schmerzhaft sein konnte. Trotzdem waren es gesegnete Momente der Erholung von ihrem Alltag mit Bob Gray.

Das Problem, wenn man mit einem Ungeheuer zusammenlebte, waren nicht nur die Augenblicke nackter Gewalt, sondern auch die der Banalität. Wenn er sie verprügelte, zeigten sie beide ihren wahren Charakter, ihre wirklichen Gesichter. Er war ein Monster, und sie war sein Opfer – es ergab einen Sinn.

Andererseits gab es die Augenblicke der Stille am Morgen, wenn die Sonne gerade aufging, der Duft von frischem Kaffee in der Küche, und wenn er hinter sie trat und sie umarmte und die Nase gegen ihren Hals drückte und sie fragte: »Kommst du, Baby?« Die Augenblicke, wenn er hinzukam, während sie seine Kleidung bügelte oder seine Socken stopfte oder sich die Beine rasierte, und wenn er ihr dieses sanfte Lächeln schenkte, das sie von Anfang an genarrt hatte ... Was sollte sie mit diesen Augenblicken anfangen? Welchen Sinn, welche Einsichten sollte sie für sich daraus ziehen?

Margaret wusste, dass ein Teil von ihr für immer tot war, erledigt, verschwunden, ganz gleich, wie alles endete. Ihre Jugend war dahin, genauso wie ihr Idealismus. Das Leben war hart und mühsam. Es ging um Hunger und Bedürfnisse und die Art und Weise, wie die Menschen sie befriedigten. Das wusste sie inzwischen.

Und doch, überlegte sie, wobei sie ihr Gewicht auf dem Stuhl verlagerte, und doch gab es diese Augenblicke in ihrem Leben. Solange ihre beiden kleinen Jungen an ihren Brüsten nuckelten, ließ Bob sie in Ruhe, und Margaret fand Muße, ihren Gedanken nachzuhängen. Es war ein Stück Freiheit in einem Gefängnis, und ein Gefangener hatte keine große Wahl – er nahm, was er kriegen konnte. Sonne ist Sonne.

Es war kalt an jenem Morgen, und draußen war es noch dunkel. Die Jungen wurden früh wach und waren hungrig. Das gefiel ihr. So fand sie Zeit für sich selbst, fand Abstand von all den verlogenen Worten und dem falschen Lächeln. Die Sonne würde bald aufgehen. Sie konnte es durch das Küchenfenster sehen. Es war wahrscheinlich ihre liebste Tageszeit. Wenn die Sonne aufging, fühlte sie sich BEI-NAHE wieder jung. Das Gefühl verklang, sobald die Sonne höher stieg, doch in jenen kurzen, kostbaren Augenblicken, während die Dunkelheit noch gegen den heraufziehenden Tag kämpfte und der Himmel blutete, hoffte sie auf etwas Anderes. Etwas Neues.

Margaret erstarrte, als sie im Schlafzimmer Schritte

hörte. Sie spitzte die Ohren. Dielen knarrten, eine Tür ging, die Toilettenspülung wurde betätigt.

So viel zu meinem romantischen Sonnenaufgang, dachte sie.

Sie hörte, wie die Schlafzimmertür geöffnet wurde. Bob erschien im Flur vor der Küche. Er kam zu ihr und küsste sie auf den Kopf.

»Morgen, Liebling«, sagte er.

»Guten Morgen«, antwortete sie mit gezwungenem Lächeln. »Ich hatte nicht damit gerechnet, dass du so früh aufstehst, deshalb habe ich noch keinen frischen Kaffee aufgesetzt und kein Frühstück vorbereitet.«

Er lächelte. »Mach dir deswegen keine Gedanken, Honey. Du tust genau das, was du tun solltest – du machst meine Jungen stark! Ich mache mir meinen Kaffee selbst. Du kannst dich um das Frühstück kümmern, wenn du mit dem Stillen fertig bist.«

Er trat zum Herd und schenkte sich einen Becher alten Kaffee aus der Kanne auf dem Ofen ein. Er trank ihn schwarz, immer schwarz. Er kam mit seinem Becher zurück, setzte sich zu ihr und beobachtete die Babys.

»Sind sie hungrig?«, fragte er.

»Ausgehungert. Sie hören überhaupt nicht mehr auf.«

»Guter Appetit heute macht starke Männer morgen«, sagte er. Es war eines seiner zahllosen automatischen Sprichworte. »Der Ältere sollte allerdings bald abgestillt werden.«

»Was bringt dich so früh auf die Beine, Bob? Hast du nicht gut geschlafen?«

»Ich habe prima geschlafen, Honey. Oder sagen wir, ich habe EINIGERMASSEN geschlafen. Mir gehen viele Dinge durch den Kopf, und es gibt einige, über die wir reden müssen.«

Sie erstarrte beinahe bei seinen Worten. Wenn Bob

meinte, mit ihr reden zu müssen, bedeutete das meist nichts Gutes.

»Ach?«, sagte sie mit mühsam beherrschter Stimme.

Er trank einen Schluck Kaffee und verzog das Gesicht, weil er zu heiß war. Dann beobachtete er sie über den Rand seiner Tasse hinweg. »Ich gehe nach Vietnam, Maggie. Mein Land braucht mich, und ich habe mich freiwillig gemeldet.«

Bei diesen Worten erstarrte sie tatsächlich, doch es war die Starre eines Kaninchens, das versucht, im Schnee unsichtbar zu werden, während der Wolf vorbeitrottet.

»Ach?«, stieß sie ein zweites Mal hervor.

»Wir sind im Krieg, Baby. Ein Mann kann sich nicht drücken vor seiner Pflicht, wenn er sich noch im Spiegel ansehen will.«

Sie war sprachlos. Sie blickte zum Fenster, wo nun die Sonne aufging und einen breiten Streifen aus leuchtendem Rot und Orange über den Himmel warf. Sie spürte jenes vertraute Kitzeln aufkeimender Hoffnung.

Er ging weg? Für wie lange? Vielleicht starb er ja dort? ICH HOFFE, DASS ER DORT STIRBT!

Lange, verängstigte Kaninchenstarre.

WENN ER WEGGEHT, KÖNNTE ICH FLIEHEN. ICH KÖNNTE MEINE BABYS NEHMEN UND VERSCHWINDEN, WOANDERSHIN GEHEN.

»Und jetzt hör mir gut zu, Honey«, sagte Bob, indem er mit sanfter Stimme in ihre Gedanken drang. »Ich habe viel Zeit damit verbracht, dir den Eigensinn auszutreiben. Und ich weiß, dass du versucht hast, eine gute Frau zu sein, eine gute Mutter und eine gute Ehefrau.«

»Ja, Bob. Das habe ich. Danke.«

Er nickte und lächelte, ein groteskes, verlegenes, zurückhaltendes Lächeln, das ihr regelmäßig den Magen umzudrehen drohte. »Keine Ursache, Honey.« Er wurde wieder ernst. »Die Sache ist die, Maggie, so viel wir auch gearbeitet haben, es bleibt noch mehr zu tun. Ich weiß, dass du deinen Eigensinn noch nicht abgelegt hast. Noch nicht. Und das macht mir Sorgen.«

Er hielt inne, um einen Schluck Kaffee zu trinken und den Sonnenaufgang zu beobachten. Margaret schluckte.

»Sorgen? Worüber?«, fragte sie zaghaft.

»Dass du auf den Gedanken kommen könntest, meine beiden Jungs zu nehmen und mit ihnen wegzugehen, Maggie. Dass der Eigensinn in dir zurückkehrt und dir rät, vor mir wegzulaufen, solange ich in Übersee bin.«

ER IST WIE EIN HAI, dachte sie. ER RIECHT DAS BLUT AUS TAUSEND METERN ENTFERNUNG.

»Ich würde nie von dir weggehen, Bob«, sagte sie in der Hoffnung, überzeugend zu klingen.

Wieder nickte er. »Ich weiß, dass du das nicht willst, Honey, und ich hoffe, es ist tatsächlich so. Aber ich halte es für besser, wenn wir ein paar Vorsichtsmaßnahmen treffen. Nur um ganz sicher zu sein.«

Ihre Hoffnung schwand. Sie achtete peinlich darauf, sich nichts anmerken zu lassen, ihn weiterhin interessiert anzuschauen, als wäre alles, was er zu sagen hatte, von allergrößter Bedeutung für sie. Das gefiel ihm.

»Was für Vorsichtsmaßnahmen, Honey?«, fragte sie.

»Du kennst doch Mr. Robbins, den Nachbarn ein Stück die Straße runter?«

»Du meinst den alten Mann? Den pensionierten Colonel?«

»Genau den. Er war in Korea, und während er dort war, hat ihn seine erste Frau verlassen. Ich habe mich ein bisschen mit ihm unterhalten und ihm gesagt, ich würde nach Vietnam gehen und wäre ihm dankbar, wenn er dich im Auge behalten könnte. Keine Sorge, Honey, ich habe nichts Böses über dich gesagt. Ich habe ihm gesagt, ich würde dir vertrauen, wüsste aber auch, dass ein Mann nie vorsichtig genug sein kann.«

UND DU WUSSTEST, DASS ER DIR BEIPFLICHTEN WÜRDE, dachte sie. ER IST WAHRSCHEINLICH SOFORT DARAUF ANGESPRUNGEN, WEIL ER DIESE ERFAHRUNG BEREITS HINTER SICH HAT.

»Ich verstehe«, sagte sie.

»Er kommt einmal die Woche vorbei, sorgt dafür, dass du alles hast, was du brauchst, und sieht nach, ob irgendwas repariert werden muss und solche Dinge. Ich melde mich jede Woche telefonisch bei ihm, ob alles in Ordnung ist und ob meine Jungs noch da sind.«

»Ich würde dich doch nicht verlassen, Bob!«, log sie erneut.

»Ich glaube dir, Maggie, ich glaube dir wirklich. Aber man darf die Macht des Teufels nie unterschätzen, wenn er sich etwas in den Kopf gesetzt hat. Hör mir genau zu, Honey. Du musst jetzt ganz genau zuhören, verstehst du? Okay. Wenn du dieses Verlangen spürst, musst du dagegen ankämpfen. Denn wenn du mit meinen Jungen wegläufst, wird der Colonel mich informieren, und dann sitze ich im nächsten Flugzeug nach Hause, mit oder ohne Urlaub, verstehst du? Ich werde dich finden, wo immer du bist, und dann werde ich dich als hoffnungslosen Fall betrachten.« Er nahm einen Schluck Kaffee, als führe er eine ganz normale Unterhaltung, wie ein Mann, der mit seiner Frau über die Renovierung des Hauses redet oder über die College-Sparverträge der Kinder. »Wenn du ein hoffnungsloser Fall bist, Maggie, muss ich akzeptieren, dass Schläge, ganz gleich wie viele, dich nicht zu ändern vermögen. Und dann bleibt mir nichts anderes übrig ... nein, dann ist es meine Pflicht, dich zu erlegen.«

MICH ERLEGEN. WIE SICH DAS ANHÖRT. ALS WÄRE ICH EIN TIER – ABER DAS BIN ICH WAHRSCHEINLICH

FÜR DICH, NICHT WAHR? BLOSS EIN BRUTKASTEN.
JEMAND, DER DICH FÜTTERT UND MIT DIR VÖGELT
UND DEINE KINDER AUFZIEHT.

»Ich verstehe, Bob«, sagte sie. »Ehrlich, ich verstehe
das sehr gut.«

Diesmal war es keine Lüge. Sie hatte in der Tat verstanden, und sie zweifelte keinen Moment an seiner Ernsthaftigkeit und Entschlusskraft. Sobald er etwas erfuhr, würde
er zurückkommen. Er würde sie suchen, er würde sie
finden, und sie würde sterben.

»Gut, Honey. Das ist sehr gut.«

Die Sonne stieg über den Horizont, und mit dem Ende
des Sonnenaufgangs erstarb auch ihre Hoffnung, wie
jedes Mal.


Das, Mr. Hemingway, ist die Erklärung, warum ich nicht
davongelaufen bin, als er in Vietnam war. Es gibt bestimmt
Menschen – vermutlich sogar viele –, die anderer Meinung
sind als ich, aber ich ziehe meinen Trost daraus, dass sich
keiner von ihnen in meiner Lage befindet. Keiner von ihnen
hat gesehen, was ich gesehen habe, oder ertragen, was
ich ertragen musste. Mein Mangel an Selbstvertrauen
rührt nicht allein daher, dass mein Geist gebrochen ist,
sondern aus der Existenz von Bob Gray. Er ist ein Jäger
unter den Menschen, und er wurde dazu geboren.

Wäre ich davongelaufen, hätte er mich gefunden. Ich
zweifle nicht eine Sekunde daran.

Also blieb ich. Er blieb fast zwei volle Dienstzeiten in
Vietnam, und es war eine glückliche Zeit für mich. Gott,
war das eine wunderbare Zeit! Ich ging in die Bücherei,
was Bob mir immer verboten hatte. Ich muss an die zweihundert Bücher gelesen haben in der Zeit, und ich habe
alles noch einmal gelesen, was Sie je geschrieben haben,
Mr. Hemingway. Ich fing selbst an zu schreiben. Ich kaufte

mir einen Plattenspieler und ein Radio und hörte Musik.
Meine Jungs hatten angefangen zu sprechen, und manchmal tanzten wir zusammen.

Kein einziges Mal in all der Zeit las ich in der Bibel.
Aber ich betete viel. Jeden Abend und jeden Morgen kniete
ich mich hin und betete darum, dass er drüben in Vietnam
starb. Ich betete zu Gott, ihn zu töten. »Es spielt keine
Rolle, wie er stirbt, lieber Gott«, betete ich. »Ich bitte nicht
um Rache, nur um Freiheit. Er kann meinetwegen einen
schnellen Tod sterben, ohne Schmerzen. Er kann auf eine
Mine treten oder eine Kugel in den Kopf bekommen, es
ist mir gleich. Nur lass ihn sterben und mich frei sein,
lieber Gott.«

Aber mit Gott ist es so eine Sache, nicht wahr,
Mr. Hemingway? Ich weiß, dass Sie selbst, zumindest gelegentlich, Ihre Mühe hatten mit der Vorstellung von Gott.
Da Sie sich das Leben genommen haben, nehme ich an,
dass Sie entweder nicht daran geglaubt haben, dass Sie
zur Strafe in die Hölle geschickt werden, oder es war
Ihnen egal. Noch ein Unterschied zwischen uns beiden.

Oh, ich glaube selbst nicht an die Hölle, Sir, genauso
wenig, wie ich an den Himmel glaube. Aber ich bin nicht
gleichgültig, ganz gewiss nicht. Ich habe Selbstmord in
Erwägung gezogen, allerdings bis heute niemals ernsthaft. Ich wusste immer, dass es lediglich eine theoretische
Übung war, ein In-Betracht-ziehen, niemals ein konkretes
Planen.

Ich nehme an, die nächste Frage von jenen Selbstgerechten, die niemals die Faust eines Mannes am eigenen
Leib gespürt und niemals das Gefühl völliger Hilflosigkeit
gegen überlegene Stärke gekannt haben, diese nächste
Frage lautet: Warum habe ich ihn nicht im Schlaf umgebracht? Oder sein Essen vergiftet? Oder oder oder?

Auch hier kann ich nur sagen: Niemand steckt in meiner Haut. Niemand von diesen Selbstgerechten ist jemals mitten in der Nacht aus tiefstem Schlaf aufgewacht, hat diesen Mann neben sich schnarchen gehört und ihn in der nahezu völligen Dunkelheit angestarrt, nur um zu erleben, dass sein Schnarchen mit einem Mal verklang und er in die Dunkelheit hinein fragte: »Maggie? Bist du wach?«

Er hat die Instinkte eines Raubtiers, was das Überleben angeht. In seiner Welt ist jeder darauf aus, ihm Schaden zuzufügen. Hat eigentlich eine dieser selbstgerechten, glücklichen Frauen, die Gelegenheit hatten, in Korbsesseln in den Straßencafés von Paris zu sitzen, hat eine dieser Frauen auch nur eine entfernte Vorstellung davon, was passiert wäre, hätte ich versagt bei dem Versuch, ihn zu töten? Nein, nein, nein. Sie haben keine Ahnung. Nicht die leiseste Ahnung.

Jedenfalls, ich erblühte wie eine einjährige Pflanze, während er in Vietnam war. Ich betete, dass er starb. Ich las meine Bücher und lauschte meiner Musik und liebte meine Jungen. Ich stand immer noch frühmorgens auf, um den Sonnenaufgang zu beobachten, und ich weiß noch, wie ich gedacht habe: Wie wundervoll muss es sein, Texas zu verlassen und nach New York zurückzukehren, in eine stille, abgeschiedene Ecke. Den ganzen Winter hindurch zu lesen, bis der Schnee im Frühjahr taut.

Es war eine wunderschöne Zeit, und ich bedaure nicht eine Sekunde davon. Würde ich an Gott glauben, würde ich sagen, dass er mir diese Jahre geschenkt hatte, als Atempause von meinem Elend. Doch ich glaube nicht an Gott.

Wie nicht anders zu erwarten, überlebte Bob seine Dienstzeit in Vietnam. Er kam sogar als kleiner Held zurück, ausgezeichnet mit einem Purple Heart. Ich war nicht überrascht. Ich hatte immer gewusst, dass er im

Krieg glänzen würde. Es war ein Freibrief für ihn, das zu tun, was er am liebsten tat.

Doch er kam verändert nach Hause. Niemand hätte im Alltag etwas davon bemerkt, dazu war seine Maske zu perfekt, wenn er das Haus verließ. Doch in seinen Augen brannte ein anderes Licht. Er hatte eine neue Stufe des Irrsinns erreicht. Ich weiß nicht, was er in Vietnam getan hat, und ich habe ihn auch nie danach gefragt, aber ich nehme an, dass er zu weit gegangen ist, zu tief gesunken, selbst für seine Maßstäbe. Er hatte seine Seele im Dschungel noch mehr verletzt, und er war zu größeren, schlimmeren Schandtaten imstande als vorher.

Er zwang mich, meine Bücher und meine Musik wegzuwerfen, und er verprügelte mich, weil ich gewagt hatte, beides zu besitzen. Seine Predigten mit dem Gürtel wurden häufiger, erst zweimal die Woche, dann dreimal. Und dann begann er, die Jungen zu schlagen. Sie waren gerade erst drei oder vier, als er das Geheimzimmer baute, dessen Tür von außen zu verschließen war. Mich schlug er, während er aus der Bibel zitierte, doch für die Jungen hatte er eine andere Botschaft.

»Ich bin ein Nephilim, Kinder«, sagte er einmal zu ihnen. »Wisst ihr, was das ist?«

»Nein, Daddy«, antworteten sie im Chor.

»Nephilim sind die Kinder von Engeln und sterblichen Frauen. Meine Mutter war eine sterbliche Frau. Mein Vater war ein Engel.«

Sie machen sich keine Vorstellung, wie die Kleinen ihn angestarrt haben, Mr. Hemingway, angesichts dieser Absurdität. Doch sie schluckten es, und ich war nicht in der Position, meinem Mann zu widersprechen.

»Ihr seid meine Söhne, und das bedeutet, dass ihr von meiner Blutlinie abstammt. Ihr seid keine Nephilim, trotzdem fließt heiliges Blut durch eure Adern. Es gibt euch Macht, aber es bedeutet auch Verantwortung. Ihr, meine Söhne, tragt eine Bürde durch das Leben, die gewöhnlichen Menschen unbekannt ist. Ihr habt eine Verpflichtung gegenüber der Bibel, gegenüber dem Wort Gottes.«

Er erzählte ihnen seine Lügen, und sie glaubten ihm jedes Wort, und schließlich verdarb er ihre Seelen mit seinen Gebeten und dem Gürtel.

Mit der Zeit konzentrierte er sich mehr und mehr auf die Jungen und schenkte mir immer weniger Beachtung. Gott hilf mir, Mr. Hemingway, aber ein Teil von mir war erleichtert darüber. Wie schrecklich, wie unverzeihlich und herzlos ist das? Eine Mutter, die auf Kosten ihrer Kinder Frieden findet? Es verfolgte mich tagelang, wochenlang, monatelang. Es verfolgt mich noch heute. Ich kann noch heute ihre Schreie hören, ihr Jammern, ihr Weinen, und ich spüre noch immer ihre Angst.

Ich tröste mich mit der Ausrede der Schwachen: Es gab nichts, was ich hätte tun können. Es war keine Frage von ›sie oder ich‹, Mr. Hemingway. Ich hoffe, Sie glauben mir. Hätte ich eine Wahl gehabt, hätte ich die Stelle meiner Kinder eingenommen. Ich bin mir zwar nicht vollkommen sicher, aber ich glaube, ich hätte es getan. Aber ich hatte keine Wahl. Es war alleine Bobs Entscheidung. Er nahm sich die Jungen nicht vor, weil ich sie ihm angeboten hätte, sondern weil es eine Gelegenheit für ihn war, Gott zu spielen.

Vor ungefähr sechs Monaten änderten sich die Dinge erneut, und wieder zum Schlechteren, sofern das überhaupt noch möglich ist. Bob wandte sich mir wieder zu. Er begann, drei oder viermal in der Woche mit dem Gürtel zu predigen. Und diesmal hatte er die Jungen dabei. Nach den ersten paar Wochen ließ er sie mitmachen.

»Ihr werdet aufwachsen und eines Tages selbst Frauen

nehmen. Und dann wird euch die Aufgabe zufallen, ihnen den Eigensinn auszutreiben. Es ist eine harte Aufgabe, meine Söhne. Ihr dürft nie vergessen, ihr tut es für eure Frauen und zum Ruhme Gottes.«

Die Jungen weinten, als sie mich das erste Mal zaghaft mit dem Gürtel schlugen, und Bob wurde furchtbar wütend. Er verfluchte sie für ihre Schwäche und verpasste ihnen Ohrfeigen, dass sie rückwärts stolperten. Sie waren nicht mit den Herzen bei der Sache. Aber das änderte sich im Verlauf der nächsten Monate. Sie haben nicht Bobs Kraft, natürlich nicht, doch ich sehe immer deutlicher das gleiche Licht in ihren Augen wie bei Bob, und sie schlagen mich inzwischen mit aller Grausamkeit. Sie scheinen auf den Geschmack gekommen zu sein, Mr. Hemingway, selbst wenn sie nicht dafür geboren wurden. Vielleicht sind alle Männer so, ich weiß es nicht.

Sie behandeln mich inzwischen nicht mehr wie eine Mutter. Sie sind weder böse noch respektlos, nur geringschätzig. Sie sind mir gegenüber so gleichgültig wie gegenüber einem Möbelstück. Ich ernähre sie, ich kleide sie, und sie ... sie schlagen mich. Sieht man von Sex ab, unterscheidet sich ihre Beziehung zu mir kaum noch von der, die ihr Vater zu mir hat.

Manchmal jedoch, Mr. Hemingway, manchmal ... manchmal schwimmt etwas in ihren Augen. Vielleicht sind es Erinnerungen an die Jahre, als Bob in Vietnam war, als wir gemeinsam lachten und Musik hörten und tanzten. Vielleicht ist es auch etwas Urtümlicheres, ein unbewusstes Gefühl, eine Erinnerung daran, dass ich sie gestillt habe, dass ich sie in den Armen hielt an kalten Tagen, während ich den Sonnenaufgang beobachtete, ich weiß es nicht. Aber es ist da. Es wird weniger und weniger, aber es ist da. Es macht mir Hoffnung, wie zaghaft sie auch sein mag.

Ich denke, Bob weiß davon, und deswegen schafft er die Grundlage dafür, mich zu töten. Man lernt die Stimmungen des Raubtiers zu deuten, wenn man zu lange Zeit als seine Beute verbringt, Mr. Hemingway. Er hat sich verändert. Eine seltsame neue Kälte geht von ihm aus. Wenn er mich jetzt ansieht, habe ich nicht mehr die Angst, geschlagen zu werden, sondern gefressen zu werden.

Und dann wäre da noch das Geheimnis, das er mir vor einigen Tagen flüsternd erzählt hat. Er hat es die ganze Zeit für sich behalten, all die Jahre. Warum hat er es mir ausgerechnet jetzt erzählt? Ich nehme an, er hat es sich aufgespart, um den Moment zu genießen, wenn er dieses Geheimnis hervorzieht, um mir einen letzten furchtbaren Schmerz zuzufügen.

Es war vergangenen Samstag. Er hatte mich zuvor stundenlang geschlagen, diesmal, ohne dass die Jungen dabei waren. Er war ganz besonders brutal gewesen, und ich hatte das Bewusstsein verloren, was nach all den Jahren nicht mehr so schnell vorkommt. Als ich wieder zu mir kam, war er neben mir im Bett und rauchte eine Zigarette. Seine Stiefel lagen auf dem Fußboden.

»Ich habe sie getötet, Maggie«, sagte er. »Ich denke, es ist Zeit, dass du es erfährst. Ich habe deine Eltern getötet. Sie waren gegen uns, und ich habe den Teufel in ihnen gesehen. Also schlich ich mich in jener Nacht in euer Haus und erlöste sie beide von ihrem Elend. Ich habe es für sie getan, aber mehr als alles andere habe ich es für uns getan, Maggie. So sehr liebe ich dich.«

Er sagte das alles, ohne mich anzuschauen, ich erinnere mich ganz deutlich. Er lag auf dem Rücken im Bett, einen Arm hinter dem Kopf, die Zigarette in der anderen Hand, und starrte an die Decke. Was er gesagt hatte, drang nur langsam in mein Bewusstsein. Ich verstand seine Worte nicht. Nicht, dass mir ihre Bedeutung nicht

463

klar gewesen wäre, aber ich konnte die Ungeheuerlichkeit dahinter nicht begreifen. Verstehen Sie?

Bestimmt.

In diesem Augenblick tat ich etwas, das ich noch nie getan habe und sicherlich nie wieder tun werde. Ich tat es, ohne darüber nachzudenken, denn hätte ich nachgedacht, hätte das Opfer in mir mich daran gehindert. Ich schrie und kratzte ihm durchs Gesicht.

Es war nicht sehr klug von mir, Mr. Hemingway, trotzdem bin ich stolz darauf. Es war das einzige Mal in all den grauenhaften Jahren, in denen ich ihm ein klein wenig von dem zurückgab, was er mir angetan hatte. Das einzige Mal, das ich es gewagt habe, Nein zu sagen.

Seine Antwort kam sofort und ließ keine Fragen offen. Er schlug mich. Nicht mit der flachen Hand oder mit dem Gürtel, sondern mit den Fäusten. Er schlug auf eine wilde, methodische, erbarmungslose Weise. Ich erinnere mich nicht an alles; was zuerst noch klar war, verschwamm zu einem wirren Gemälde in Fingerfarben. Es gab Farben, und es gab Geräusche, und es gab Schmerz. Während der Schläge hatte ich eine Vision. Ich stand nackt im Schnee auf einem hohen Berg. Die Luft war schneidend kalt und kaum zu ertragen. Die Sonne war gerade erst aufgegangen. Es war ein wunderschöner Anblick. Dann aber flog ein Schwarm Vögel vorbei, und das Geräusch ihrer Flügelschläge war das klatschende, nasse Geräusch von Fleisch, das auf Fleisch prallt.

Am nächsten Morgen wachte ich stöhnend auf. Die Züchtigung war schlimmer gewesen als alle vorhergehenden, sowohl was die Schmerzen anging, die ich anschließend ertragen musste, als auch die nackte und trostlose Verzweiflung, die sie mit sich brachte. Er hatte meine Eltern ermordet. Ich hatte unwissend den Tod zu ihnen gebracht mit meiner Unwilligkeit, auf sie zu hören, mit meiner Begierde, meiner Überheblichkeit und meiner Schwäche. Und alles, was ich zustande gebracht hatte, waren ein paar klägliche Kratzer auf seiner Wange, bevor er mich halbtot geprügelt hatte.

Am schlimmsten von allem aber war, dass sich nichts, aber auch gar nichts geändert hatte. Ich zog mich an, ging nach nebenan in die Küche, wo meine Jungen mich teilnahmslos musterten und sich einen Augenblick für die Schwellungen in meinem Gesicht interessierten, die ich Bob verdankte, und für das Ausmaß meiner Schmerzen. Aber niemand sagte ein Wort, weil Worte überflüssig wären. Ich bereitete das Frühstück zu, kochte Kaffee, und der Rest des Tages verstrich genauso fade und unscheinbar wie jeder andere Tag auch.

Vielleicht gelingt es mir ja, Mr. Hemingway, Ihnen nachzueifern. Wenn schon nicht im Leben, dann im Tod. Ich bin zu schwach, um Bob mit den Fäusten zu widerstehen, also werde ich ihn stattdessen mit meiner Verweigerung bekämpfen. Ich werde den Zeitpunkt und die Art meines Todes selbst bestimmen. Ich. Ich selbst werde es tun. Ich werde von eigener Hand sterben, nicht von seiner, und erst recht nicht von den Händen meiner Söhne.

Dies sind meine einzigen und zugleich letzten Zeilen, denn trotz meiner Sehnsucht, so zu sein wie Sie, habe ich nie auch nur ein Wort zu Papier gebracht, bis heute nicht. Ist das bedauernswert? Erbärmlich? Oder ist es nur der Laut der Dinge, wie er sich manchmal ergibt? Besteht die Welt tatsächlich nur aus Starken und Schwachen?

Ich weiß es nicht. Ich weiß nur, ich werde meine Geschichte zu Ende schreiben. Ich werde dieses Buch in das Hirschleder einschlagen, das mein Vater mir als kleines Mädchen geschenkt hat und das von dem Bock stammt, den er in den Wäldern New Yorks geschossen hatte. Anschließend werde ich mir eine letzte Tasse Kaffee machen. Ich werde den Kaffee trinken, den Sonnenaufgang beobachten und versuchen, mich an alles zu erinnern, was gut war in meinem Leben.

Mein Leben: der schwache Geruch nach Bleiche und Sauberkeit im Hemd meines Vaters, wenn er mich umarmte. Die heißen Tränen meiner Mutter, als sie sich in der Küche mit einem Messer in den Daumen geschnitten hatte, bis auf den Knochen. Die wilde Jagd ins Krankenhaus, mein Dad ganz blass, weil ihm beim Anblick von Blut übel wurde, und ich mit Mom hinten auf der Rückbank, während das Blut die vier Handtücher durchnässte, die wir mitgenommen hatten, und ihr Blut war so heiß wie ihre Tränen. Der Schnee in den Wäldern und die Stille, die damit einherging. Der weite texanische Himmel, von Horizont zu Horizont, an einem kochend heißen Sommertag voller flirrender Luftspiegelungen.

Leben ist hier. Leben ist jetzt.

Ich bin fertig mit dem Leben.

Ich bezweifle, dass diese Zeilen jemals von irgendjemandem gelesen werden, Mr. Hemingway. Wenn es ein Jenseits gibt, dann komme ich, um mich persönlich für alles zu bedanken, was Sie mir gegeben haben, für die präzisen und sauberen Sätze, diese Augenblicke voller Aufrichtigkeit. Aber ich glaube nicht, dass es ein Jenseits gibt. Deswegen danke ich Ihnen lieber jetzt.

**KAPITEL 24** Sie waren in Davids Hotelzimmer. Charlie stand vor dem Fenster, Allison lag auf der Seite im Bett, David saß in einem Sessel. Sie hatten ihm zugehört, während er Margaret Grays Geschichte vorgelesen hatte.

»Jesses«, murmelte er nun, nachdem er fertig war. »Jesses.« Seine Stimme klang belegt.

»Das ist der längste und traurigste Abschiedsbrief, von dem ich je gehört habe«, sagte Allison nach weiteren Sekunden lastender Stille.

Charlie sagte nichts. Er starrte unverwandt aus dem Fenster. Es war fast drei Uhr morgens. Sie hatten sich im Hotel getroffen und Essen aufs Zimmer bestellt.

»Wenigstens wissen wir jetzt mit großer Wahrscheinlichkeit, mit wem wir es zu tun haben«, sagte David. »Mit einem oder beiden Söhnen von Dad.«

»Wie kommst du darauf?«, entgegnete Charlie, wobei er endlich sein Schweigen beendete. »Wenn seine Söhne hinter uns her sind, warum haben sie so lange gewartet? Und was ist damit?« Er deutete auf das Tagebuch von Maggie Gray. »Wer hat es aufbewahrt? Warum wurde es niemals vernichtet? Ich kann mir nicht vorstellen, dass Bob gewollt hätte, dass es irgendwo herumliegt.«

»Außerdem ist es merkwürdig, dass sie uns zu ihrer Mutter geführt haben«, sinnierte David. »Warum machen sie sich die Mühe?«

»Ganz schön riskant, ja«, pflichtete Charlie ihm bei. »Eine Leiche zurückzulassen, zusammen mit einem handgeschriebenen Tagebuch, das einem verrät, wer die Tote ist.«

»Das Buch wurde erst vor Kurzem in den Sarg gelegt«, wandte Allison ein. »Der Deckel wurde geöffnet.«

»Trotzdem«, sagte Charlie.

Allison zuckte die Schultern. »Was wissen wir denn schon? Bob war sich ziemlich sicher, dass niemand die Leiche finden würde, wenn er den Raum versiegelte und kein Gestank nach draußen drang. Und es sieht so aus, als hätte er recht behalten.«

»Das Glück ist mit dem Tüchtigen«, murmelte David.

»Jetzt wissen wir jedenfalls, warum die Söhne nirgendwo auftauchen«, sagte Allison. »Margaret hatte sie zu Hause zur Welt gebracht. Es gibt keine Geburtsurkunden. Wir wissen aus eigener Erfahrung, dass Bob ein Anhänger von Hausunterricht war.

Wahrscheinlich ist er zwischen ihnen und uns hin und her gependelt, um uns alle nach seinem Vorbild zu erziehen.«

»Und wie hilft uns das hier und jetzt weiter?«, fragte Charlie. »Was tun wir als Nächstes?«

David rieb sich das Gesicht. Er fühlte sich erschöpft und überfordert. Seit er das Video mit Kristen gesehen hatte, waren sie ohne Pause auf den Beinen. Was sonst konnten sie tun? Es war wie in einem Alptraum – im Hintergrund die ständig tickende Uhr, während sie aßen und tranken und redeten und Charlie durch das Fenster starrte.

Ein Blick auf die Uhr, die auf dem Nachttisch stand, und die Wirklichkeit schreckte David auf. Adrenalin brannte die Müdigkeit weg wie ein Streichholz, das an eine Lache aus Alkohol gehalten wird.

»Wir haben noch zehn Stunden«, sagte er und strich sich verzweifelt mit der Hand durchs Haar.

Charlie drehte sich zu ihm um. »Wir haben weniger als zehn Stunden, wenn man es genau nimmt.« Seine Miene und seine Stimme blieben gelassen. »Francine Mays geht um halb zehn zur Arbeit. Wenn wir sie töten müssen, muss es vorher geschehen.«

Allison schwang sich vom Bett und ging rastlos auf und ab. Sie war sichtlich mitgenommen. David wusste, dass er eigentlich genauso empfinden müsste, doch aus irgendeinem Grund erschien ihm alles seltsam unwirklich. Sie würden niemals eine unschuldige Frau töten, du meine Güte, unter gar keinen Umständen.

*Nicht wahr?*

»Es *muss* einen anderen Weg geben«, sagte Allison.

»Ich wünschte, es wäre so.« Charlie breitete die Hände aus. »Glaubst du vielleicht, wir finden diese Irren innerhalb der nächsten fünf Stunden? Verdammt, ich brauche allein schon eine dreiviertel Stunde, um bis zu dieser Ärztin zu fahren!«

Allison kaute auf den Fingernägeln. *Ich hätte gerne die gleiche Zeitlosigkeit wie die Helden in den Fernsehserien*, ging es ihr durch den Kopf, *wo DNA-Analysen nach einer Stunde fertig sind und niemand je zu schlafen scheint. Ich hätte auch gerne einen speziellen Kontaktmann im Archiv, den ich zu jeder Tages- und Nachtzeit anrufen kann und der in Pyjama und Morgenmantel mit dem Schlüssel vorbeikommt, wie im Film. Ich würde gerne die verschiedenen Besitzer des Hauses zurückverfolgen bis zu dem Moment, an dem sich alles zusammenfügt und plötzlich ein Bild ergibt, sodass wir wissen, wer die Typen sind, damit wir losfahren und sie in letzter Sekunde schnappen können, während draußen die Sonne aufgeht.*

Sie ließ die Schultern hängen. »Nein. Nein, ich glaube nicht, dass wir sie finden«, gestand sie.

Die ungeschminkte Realität hinter ihren Worten ließ Davids Sicherheit bröckeln. Und als ihm die Implikationen immer deutlicher wurden, wand er sich innerlich. Sie stanken, sie stanken unerträglich. Wie eine Lache aus Diarrhö.

»Verflucht!«, stieß er hervor. »Das darf nicht sein!«

Charlie blickte ihn mit unbewegter Miene an. Auf seinem Gesicht spiegelte sich Leere. Teilnahmslose Kälte.

»Dann mach einen anderen Vorschlag«, sagte er. »Ich bin es gewöhnt, mich mit solchen Problemen auseinanderzusetzen, das fällt mir nicht allzu schwer.« Er hob einen Finger. »Aber denk dran, sie haben Kristen und Phuong in ihrer Gewalt, und wir wissen nicht, wo sie die Mädchen versteckt halten. Wenn wir nicht tun, was sie von uns verlangen, werden sie die beiden töten oder vergewaltigen oder beides, sobald die Zeit verstrichen ist. Und die Zeit *ist* bald verstrichen. Jetzt bleibt uns nur noch die Wahl zwischen der Ärztin oder unseren Töchtern.« Er zuckte die Schultern. »So sieht es aus, D. Wenn wir nicht handeln, sind beide tot.«

David suchte in Charlies versteinertem Gesicht nach einer menschlichen Regung. »Und du kannst damit leben?«

Charlie kniff die Augen zusammen. »Das steht nicht zur Debatte. Ich werde weiterleben, was auch geschieht. Jetzt geht es nur noch darum, etwas zu tun. Und ich bin bereit, alles zu tun, was getan werden muss. So einfach ist das.«

»Wir melden uns bei dir, wenn wir einen Aufschub erwirken können«, sagte David.

Charlie nickte. »Dann hoffe ich, dass ich von euch höre. Aber wenn ihr euch bis acht Uhr nicht gemeldet habt, töte ich die Ärztin.«

Er ging zur Tür, gelassen wie immer.

»Ich bin gleich wieder da, David«, sagte Allison hastig und folgte Charlie nach draußen.

***

»Können wir reden?«, fragte sie ihn.

Charlie stand in der Tür zu seinem Zimmer und musterte Allison schweigend. »Klar. Komm rein.«

Charlies Zimmer sah genauso aus wie ihres, zwei breite Betten mit einem Nachttisch dazwischen. Neben dem Fenster gab es einen kleinen Schreibtisch, außerdem einen Schrank mit einer Minibar und einen Fernseher.

Er hatte seine Sachen ausgepackt. Ein weißes Button-Down-Hemd wie das, das er jetzt trug, ein weiteres schwarzes Jackett, eine Jeans, ein schwarzes Paar Schuhe.

»Wie ich sehe, ist deine Garderobe ziemlich vielseitig, Charlie«, sagte sie lächelnd und deutete auf den offenen Schrank.

Er nickte abwartend und schwieg. Sie ging zum Schreibtisch. Dort stand ein Laptop mit Internetzugang. Neben dem Laptop lag eine abgegriffene Taschenbuchausgabe des Dhammapada. Sie nahm es auf und blickte Charlie mit erhobenen Augenbrauen an. »Buddhismus?«

»Es ist die einzige Religion, die mich nehmen wollte.« Es war ein Scherz, wenn auch mit einer Spur Wahrheit dahinter. »Ally …«, sagte er leise. »Worüber willst du mit mir reden?«

Sie legte das Buch zurück und seufzte. Dann drehte sie sich um und blickte ihn fest an. »Über uns, Charlie.«

»Warum?«

»Ich weiß es nicht. Ich schätze … dich zu sehen. Hierher zu kommen. Das Haus wiederzusehen. Die Erinnerung. Ich habe immer daran gedacht, seit damals. Sehr oft. Aber jetzt … Ich erinnere mich, als wäre es gestern gewesen.« Sie zögerte. »Erinnerst du dich auch?«

Charlies Gesicht blieb unergründlich. »Es gibt kein Wir, Ally. Nicht, was das angeht. Warum sollte es anders sein?«

Die Deutlichkeit schmerzte, egal, wie unverbindlich der Tonfall sein mochte, wie höflich die Aussage.

»Empfindest du denn gar nichts?«

Zum ersten Mal huschte eine Regung über Charlies Gesicht, so schell wie der Schatten eines Flugzeugs über einem Weizenfeld, aber sie hatte es gesehen.

»Charlie?«, fragte sie.

»Warum hast du mich nie angerufen, Ally? Warum hast du nicht auf meine Briefe geantwortet?«

*Da ist er,* dachte sie. *Der Schmerz, den ich erwartet habe. Er hat ihn tief in sich vergraben, aber er ist noch da.*

»Ich hatte meine Gründe.«

»Das reicht mir nicht.«

*Und da ist auch wieder die Wut,* dachte sie.

»Ich glaube, ich wollte einfach alles hinter mir lassen, Charlie. Ich wollte weglaufen. Und das habe ich getan seit damals, unablässig. Und als ich dann irgendwann stehen blieb und nach dir gesehen habe, da habe ich erkannt, was aus dir geworden ist.«

*Und dann ist da noch das, was ich getan habe. Wovon du nichts weißt. Soll ich es dir sagen? Würde es dir helfen, wenn ich es dir jetzt sage? Oder würde es uns noch weiter auseinandertreiben?*

Charlie schüttelte den Kopf und ging im Zimmer auf und ab. Auf und ab. Allison hatte ein bisschen Angst vor ihm. Nicht, dass er ihr jemals wehgetan hätte, aber sie sah seine mühsam beherrschte Wut, spürte seine Anspannung. Er war ein gefährlicher Mann, der wusste, wie gefährlich er war, und der alles tat, was in seiner Macht stand, um kein Blut zu vergießen.

»Ja, sicher. Du und David!«, sagte er, und seine Stimme troff vor Bitterkeit. »Weggerannt seid ihr. Weißt du eigentlich, dass ich David ebenfalls Briefe geschrieben habe? Er hat mir sogar einmal geantwortet. Aber dann ist er umgezogen und hat mir seine neue Anschrift niemals zukommen lassen. Ich habe ihn später aufgespürt, aber da hatte er schon seine Tochter, und ich hielt es für besser, ihn in Ruhe zu lassen. Und dann hast du … dann hast du geheiratet …« Er schüttelte den Kopf, während er auf und ab ging, auf und ab. Dann blieb er stehen, dicht vor ihr, und brachte sein Gesicht ganz nah an ihres. Seine Augen waren rotgerändert und voller Schmerz. Er sah aus wie ein Junge, der enttäuscht und verletzt worden war von den Menschen, die er liebte und denen er vertraute. »Dann kam David irgendwann zu mir, und ich fand Phuong, aber du … du bist nie gekommen.«

»Es tut mir leid«, flüsterte sie.

»Das reicht mir nicht!«, stieß er hervor.

»Was willst du denn hören, Charlie? Dass ich den größten Fehler meines Lebens begangen habe, als ich von dir weggerannt bin?«

»Ja.« Er nickte. »Ja! Genau das! Ich will von dir hören, dass es dir beschissen ergangen ist, dass du nie über mich hinweggekommen bist und dass du Rotz und Wasser geheult hast. Na los, ich will es hören!«

»Es war viel schlimmer, Charlie. Es hätte mich beinahe kaputt gemacht, nicht mehr mit dir zusammen zu sein. Ich …« Sie suchte nach Worten und fand sie. Die ehrlichsten Worte von allen. »Ich war unendlich allein.«

Er wankte, presste den Handrücken vor den Mund und kämpfte gegen irgendetwas an. Trauer. Sie hatte *seinen* Schmerz in Worte gekleidet, wurde Allison bewusst, nicht nur ihren. Sie näherte sich ihm vorsichtig. »Hat es für dich denn nie eine andere gegeben?«, fragte sie leise.

Charlie setzte sich auf die Bettkante. Seine Hände sanken in seinen Schoß, und er verschränkte sie ineinander, als er antwortete – ein großer starker Mann mit den unruhigen Händen eines Knaben. *Er ist nie wirklich erwachsen geworden*, erkannte Allison. *Das heißt*, er *schon, aber sein Schmerz nicht. Der Schmerz ist jung geblieben.*

»Ich war allein, bevor wir als Kinder zusammenkamen ... du, David und ich. Es war schlimm, allein zu sein. Sehr schlimm. Dann wurde ich von Dad adoptiert, und wir waren zusammen, du, David und ich, und es war genauso schlimm ... fast. Aber ich war nicht mehr allein, und das machte es die Sache beinahe wert. Und dann ...« Er schloss die Augen, schluckte, öffnete sie wieder. »Und dann habe ich mich in dich verliebt. Das war etwas vollkommen Unbekanntes für mich. Ich hätte nie gedacht, dass so etwas möglich wäre. Ich war völlig weg. Und dann sagte Dad diese Dinge, und ich tat, was ich tun musste, um dich zu schützen. Euch beide.

Ich weiß noch, wie ich mir gesagt habe: Von nun an wird alles wunderbar, Charlie, und du wirst nie wieder alleine sein. Ich hatte alles genau geplant, verstehst du? Du und ich, wir würden schon einen Weg finden, zusammen sein zu können, vielleicht sogar heiraten zu können, und dann würden wir beide und David für alle Zeiten Freunde bleiben. Aber dann hast du plötzlich nicht mehr mit mir geredet, hast meine Briefe nicht mehr beantwortet, bist nicht mehr ans Telefon gegangen.« Seine Stimme bebte. »Ich wollte es nicht glauben! Ich war sicher, dass es einen Grund dafür gab! Vielleicht fing jemand meine Briefe ab. Aber nein.« Er blickte sie an, und der Schmerz in seinen Augen ließ ihr den Atem stocken. »Du hattest mich verlassen! Ich habe dich gerettet, und du hast mich verlassen, verdammt! Ihr beide habt mich verlassen! Nein, Ally, ich habe nie wieder jemanden geliebt. Warum hätte ich auch, zum Teufel?« Seine Stimme war schrill geworden, und jetzt erhob er sich und kam auf sie zu. Sie blieb tapfer stehen und schwieg. »*Warum hätte ich!*«

Sie spürte seine Gefühle beinahe körperlich. Er strahlte sie aus wie Hitzewellen. Trauer, Enttäuschung, rasende Wut. Allison wurde mit einem Mal bewusst, dass er Mühe hatte, sich zurückzuhalten, um ihr nicht wehzutun, sie nicht zu schlagen, zu vernichten …

»Na los«, sagte sie leise. »Schlag mich, Charlie. Ich habe es verdient.«

Er stöhnte leise, tief in der Kehle, trat dicht vor sie hin, ballte die Hände zu Fäusten, starrte ihr in die Augen. In seinem Blick lagen Verzweiflung und eine Andeutung von Wahnsinn. Brutalität und Mord. »Sag so was nicht, Ally. Nicht zu mir.« Seine Stimme klang rau, wie rostige Zahnräder, die ineinandergreifen. »Du hast keine Ahnung, zu was ich fähig bin. Was ich getan habe. Ich habe Menschen getötet, mit bloßen Händen. Ich habe Männer totgeschlagen und dabei gelacht. Ich habe einen Kerl in der Wüste umgelegt, und weil niemand dabei war, habe ich sein Blut geschmeckt. Ich habe es nicht getrunken, so weit wollte ich nicht gehen, aber ich wollte wissen, wie es sich *anfühlt*. Verstehst du? Nicht wie es schmeckt, sondern wie es sich *anfühlt*, sein Blut im Mund zu haben. Begreifst du, worüber ich rede, Ally?«

Sie antwortete nicht, rührte sich nicht, blickte ihm nur unverwandt in die Augen.

»Ich habe Menschen erschossen, erwürgt, in die Luft gesprengt. Die meisten habe ich für mein Land getötet, aber das war mir scheißegal, weil ich *Gefallen* daran gefunden hatte, Leute umzulegen. Ich sage mir immer wieder, dass es eine Grenze gibt, die ich nicht überschreite, und dass ich noch nie einen Unschuldigen erledigt habe, aber hey – sieht ganz so aus, als wäre jetzt der Augenblick gekommen, auch noch diese letzte Grenze zu überschreiten. Keine große Sache, weißt du?« Seine Stimme wurde leise. Die Fäuste sanken herab. Er wirkte mit einem Mal erschöpft und ausgehöhlt. »Sag also nicht, dass ich dich schlagen soll, Ally. Wenn ich anfange, jemandem wehzutun, höre ich erst wieder auf, wenn er tot ist.«

Er wandte sich von ihr ab. Ging zum Bett zurück. Setzte sich auf die Kante. Vergrub das Gesicht in den Händen. Allison ging zu ihm und kniete sich hin, sodass sie die Hände auf seine Oberschenkel legen konnte.

»Hör zu, Charlie«, sagte sie. »Ich will dir auch ein paar Dinge sagen, und nichts davon ist gelogen. Erstens: Ich habe niemals einen anderen geliebt.« Er hob den Kopf und blickte sie aus großen, traurigen, rotgeränderten, enttäuschten Jungenaugen an. Sie nickte. »Das ist die Wahrheit, Charlie. Ich habe danach gesucht, aber ich habe immer einen Teil von mir zurückgehalten. Einen Teil, den ich niemanden sehen lassen wollte und den ich mit niemandem teilen konnte, weil es unmöglich zu verstehen war, weißt du? All die Dinge mit Dad, und was sie aus mir gemacht haben … was sie aus uns dreien gemacht haben. Niemand hätte es verstanden. Also hielt ich alle auf Armeslänge von mir, einschließlich meines Ehemanns … ein guter Mann, der den Schmerz nicht verdient hatte, den ich ihm bereitet habe. Ich habe immer nach einem Neuanfang gesucht, nach einer neuen Hoffnung, doch heute ist mir klar, dass ich nie wirklich etwas Neues anfangen *wollte*. Ich war immer auf der Flucht.« Sie berührte seine Hand. Er zog sie nicht weg. »Ich versuche nicht zu entschuldigen, was ich getan habe, Charlie. Ich sage nur, dass Dad … das Leben mit Dad hat bei mir eine Schraube gelockert, schätze ich. Vielleicht für immer. Und ich hatte Angst, du könntest mich zu sehr an diese Zeit erinnern. Ich habe mich geirrt, und dafür habe ich bezahlt.«

Er räusperte sich. »Die Zeit bei Dad war für mich nie das Schlimmste«, sagte er leise. »Ich fand sie beinahe erträglich, solange ich dich und David hatte.«

*Armer Charlie*, dachte sie. *Wir haben uns so getäuscht in dir … wir haben immer gedacht, du wärst voller Wut, aber in Wirklichkeit warst du voller Liebe. Mehr als wir, viel mehr. Du hast uns viel mehr geliebt als wir dich. David und ich haben immer gedacht, du wärst stärker verletzt worden als wir, aber in Wirklichkeit waren wir einfach nur selbstsüchtiger als du.*

In diesem Augenblick wurde ihr klar, dass sie ihm niemals

erzählen konnte, was Bob Gray ihr damals ins Ohr geflüstert hatte.

Sie konnte Dad hören, sein leises, belustigtes Flüstern.

*Nicht lange mehr lange, und du bist schwanger.*

Allison erinnerte sich, dass sie diese Worte im ersten Moment gar nicht begriffen hatte. Sie erinnerte sich an den Gestank seines heißen Zigarettenatems an ihrem Ohr, an das Kitzeln seiner Lippen, an seine freudige Erregung, dass seine Neuigkeit sie verletzen und in Verzweiflung stürzen würde.

*Aber wessen Kind ist es? Meins? Charlies? Davids? Nicht einmal ich vermag es dir zu sagen, meine Süße.* Eine weitere grausame Pause, abwartend, lauernd. *Was meinst du eigentlich, was jedes Mal passiert, wenn ihr drei betäubt seid? Hm? Sagen wir so: Wir drei Kerle liefern den Samen, und du bist der Garten.*

Allison blickte Charlie in die Augen, die so voller Trauer waren.

*Ich habe dich nicht belogen. Es ist nur so, dass der ursprüngliche Grund für mein Davonlaufen ein anderer war als der Grund dafür, dass ich immer weitergerannt bin. Wie hätte ich dir das begreiflich machen können? Es hieß, Dad sei unfruchtbar gewesen, und ich war trotzdem schwanger. Von ihm? Oder von David? Lieber Himmel, von dir? Hättest du jemals verstanden, dass ich das Risiko nicht einzugehen bereit war, nicht für den Bruchteil einer Sekunde, dass es* sein *Kind war, das in mir heranwuchs?*

Allison unterdrückte einen Seufzer. *Vielleicht. Ja, vielleicht hättest du es tatsächlich verstanden. Aber was wäre daraus entstanden? Du hättest dich immer gefragt, ob es dein Kind gewesen war, das ich getötet habe. Was hätte es dir genutzt, wenn du erfahren hättest, dass Bob Gray uns missbraucht hat, während wir betäubt waren? Und was ist mit Nathaniels letzten Worten? »Das Kind war von Charlie«, hatte er gesagt. Was würde es dir nutzen? Nichts. Überhaupt nichts.*

Sie spürte Trauer in sich aufsteigen, und sie wusste, dass es das eine Geschenk war, das sie ihm machen konnte, das eine

Geschenk, das die Lücke schließen konnte, die aus Jahren des Schmerzes entstanden war, egal welche Geheimnisse sie trennten.

*Weiter*, sagte sie zu sich selbst. *Du bist es ihm schuldig. Er hat es verdient.*

Also tat sie, was sie noch nie im Leben getan hatte: Sie ließ die Tränen kommen. Sie kitzelten in den Augenwinkeln, rannen über ihre Wangen. Sie hasste es, empfand aber Erleichterung. Es schmerzte, und es war beschämend, aber es war längst nicht so schrecklich wie die Einsamkeit.

Charlie streckte die Hand aus, um sie zu berühren, Staunen und Verwunderung im Gesicht. »Ich habe dich nie weinen sehen, Ally. Nicht ein einziges Mal.«

»Niemand hat mich je weinen sehen, du großer Trottel«, sagte sie, und dann öffneten sich die Schleusen. Er blickte sie eine Sekunde lang erschrocken an; dann nahm er sie in die Arme.

Allison fühlte sich selbstsüchtig, wieder einmal, doch sie nahm, was er ihr anbot, dieses schnelle, vollkommene Verzeihen, weil es sie in seine Arme brachte. Sie hatte zu lange im Elend gelebt, hatte zu viel Stolz verloren, als dass sie jetzt nicht gierig nach seinem Trost gegriffen hätte. Minutenlang weinte sie in seinen Armen.

»Wenn das hier vorbei ist, will ich mit dir zusammen sein«, sagte sie schließlich. Sie weinte nicht mehr, löste sich aber auch nicht von ihm.

»Okay.«

Sie wusste, das war alles, was Charlie dazu sagen würde. Doch es war ein absolutes, ein vollkommenes Okay. Für immer, endgültig, *finito*.

Sie löste sich von ihm. »Aber ich habe eine Bedingung, Charlie.«

»Kein weiteres Töten mehr.«

»Ja.«

Er lächelte. »Captain America persönlich, wie? Ich bin ein-

477

verstanden, was dachtest du denn? Aber es gibt da etwas, das du verstehen musst.«

»Phuong.«

Charlie nickte. »Sie gehört zu mir, Ally, genauso sehr wie du. Sie sagt ›Papa‹ zu mir. Ich werde sie niemals aufgeben, unter gar keinen Umständen. Nicht einmal für dich.«

»Glaubst du, sie akzeptiert mich? Wird sie denn nicht eifersüchtig sein?«

»Ihre Liebe ist nicht besitzergreifend.« Er zögerte. »Aber eins muss dir klar sein, Ally. Falls Phuong nicht lebend aus dieser Sache rauskommt, oder falls Kristen stirbt …«

Sie legte ihm einen Finger auf die Lippen. »Wenn das passiert, töten wir sie alle zusammen.«

Er nickte und küsste sie auf die Stirn. Sie schwiegen in gegenseitiger Umarmung, und die Worte kamen ihr ungebeten in den Sinn. *Also sind wir wieder zusammen.*

»Danke«, sagte sie leise.

»Wofür?«

»Dass du mir verzeihst.«

Er lächelte sie an. Es war nicht das alte Charlie-Grinsen, sondern ein Licht in der Dunkelheit. »Ach, das war doch gar nichts.«

Sie stand auf und setzte sich auf das andere Bett ihm gegenüber.

»Charlie, diese Sache mit der Ärztin … Wie wirst du damit fertig?«

Emotional, meinte sie.

»Keine Ahnung. Ehrlich, ich weiß es nicht. Möglich, dass du mich vom Rand des Abgrunds zurückholen musst, wenn es vorbei ist. Ich kann alles tun, wenn ich es tun muss, das war nie das Problem. Die Zeit danach ist das Problem. Dann brauche ich vielleicht deine Hilfe.«

Sie sah ihm an, dass er bekümmert war. Seine Worte waren kein leeres Gerede.

»Ich wünschte, es gäbe einen anderen Weg.«

»Ich auch. Aber ich sehe keinen.« Er nickte in Richtung des Dhammapada auf dem Schreibtisch. »Karma, schätze ich.«

Sie lächelte. »Wir müssen in unserem letzten Leben richtig böse Menschen gewesen sein.«

»Scheint so. Aber jetzt ist es erst mal Schluss mit lustig. Ich muss los. Was macht ihr in der Zwischenzeit, du und David?«

»Wir machen uns daran, das Puzzle zusammenzusetzen. Wir haben eine Menge Informationen – Namen, Grundbucheintragungen und dergleichen. Vielleicht finden wir sie nicht bis morgen, aber wir kommen ihnen näher.«

»Gut. Weil ich es wieder tun kann, wenn es sein muss. Nur glaube ich nicht, dass ich dann noch einmal zurückkommen kann.«

**KAPITEL 25**   »Ist alles in Ordnung mit ihm?«, fragte David.

Allison zuckte die Schultern. »Es ist so, wie er gesagt hat. Er wird tun, was er tun muss. Ich will im Moment lieber nicht darüber nachdenken. Konzentrieren wir uns auf unseren nächsten Zug.«

»Das ist dein Fachgebiet, Ally. Ich *schreibe* nur über Cops. Ich sehe bloß ein Wirrwarr aus Informationen, mit denen ich nichts anfangen kann.«

Sie rieb sich mit den Händen übers Gesicht. »Meine Güte, jetzt hätte ich gerne eine Flasche Scotch.«

»In der Minibar findest du welchen, nehme ich an.«

»Es ist nur ein Wunsch. Mach ihn um Himmels willen nicht zur Realität.« Sie setzte sich in einen der Sessel beim Fenster. »Okay. Ich zähle auf, was wir wissen, und du notierst es.«

»Und dann?«

»Dann schauen wir so lange auf die Liste, bis uns eine Idee kommt.«

»Machst du Witze?«

»Keineswegs. Verhaltensweisen sind im Moment unsere wichtigsten Hinweise. Wir haben keine forensischen Befunde. Also müssen wir Ordnung in das Durcheinander bringen. Du wärst überrascht, was du alles sehen kannst, wenn du es erst aus dem Kopf hast und es ausgebreitet vor dir liegt.«

David kramte in seiner Tasche und zog Notizbuch und Stift hervor. »Dann schieß mal los.«

»Bob Gray hat auf beiden Seiten des Feldes gespielt. Uns hat er erzählt, er wäre der Übermensch. Seinen leiblichen Söhnen hat er gesagt, er wäre ein Nephilim. Warum?«

»Vielleicht hielt er es für lustig.«

»Eher unwahrscheinlich. Aber ich glaube, wir können getrost davon ausgehen, dass er weder an das eine noch an das andere wirklich *geglaubt* hat.«

»Wieso?«

»Uns gegenüber hat er die Existenz Gottes abgestritten. Wäre er gläubig gewesen, hätten seine religiösen Bezugssysteme das niemals erlaubt.«

»Das erklärt aber nicht, warum er uns und seine Söhne unterschiedlich indoktriniert hat. Warum? Wenn er gerne Schmerzen zufügt, warum dann das ganze Gerede und das ganze verrückte Drumherum?«

Allison nickte. »Genau das ist die Frage. Er muss einen Grund dafür gehabt haben – wir wissen nur noch nicht, welchen. Okay, weiter im Text: Er hat Margaret mit Anfang zwanzig kennengelernt und war zu der Zeit bereits ein kaltblütiger Killer. Wir wissen das, weil er Margarets Eltern, die gegen die Verbindung waren, ermordet hat.«

»Ich vermute, er hätte sie so oder so umgebracht«, sagte David. »Er wollte Margaret isolieren. Sie sollte von ihm abhängig sein. Er wollte die absolute Kontrolle über sie. Wahrscheinlich war es von Anfang an sein Plan, Margarets Eltern zu töten.«

Sie nickte. »Ja. Also ist er ein klassischer Soziopath. Es ist immer nur von Bedeutung, was er selbst will. Entweder passen die Leute in sein Bezugssystem, oder er räumt sie aus dem Weg.« Sie überlegte kurz. »Wenn ich raten müsste, würde ich sagen, dass Bob von Anfang an so gewesen ist. Er wurde wahrscheinlich so geboren. Als gefühlloser, gewalttätiger Mensch, der kein Mitgefühl für andere hat. Der Lust dabei empfindet, andere zu quälen und zu töten.«

»Wieso glaubst du, dass er so geboren wurde?«

»Weil er nie in einem inneren Widerstreit zu stehen schien. Ich kann mich nicht erinnern, ihn jemals unsicher erlebt zu haben. Du etwa? Er kannte keine Schuldgefühle. Er hatte kein Gewissen. Es gehörte mehr dazu als Missbrauch durch einen Elternteil oder Misshandlungen, um einen Menschen so werden zu lassen.«

»Was noch?«

»Bob heiratet Margaret. Von Anfang an misshandelt er sie. Und es ist nicht nur so, dass er sie schlägt, er tut es mit völliger Hingabe, gleich von Anfang an, ohne sich langsam hineinzusteigern. Er versucht sie schon in der ersten Nacht zu zerbrechen. Die Zeit vergeht, aber er hört nicht auf. Er schwängert sie zweimal, und sie bekommt zwei Söhne. Das gefällt ihm. Wir wissen das, weil er Margaret während der Schwangerschaft und der Stillzeit weniger schlimm misshandelt. Kinder sind ihm wichtig.«

»Warum?«

Sie überlegte. »Ich weiß es nicht. Er hatte ein Vermächtnis, das er weitergeben wollte – nur, dass es kein echtes Vermächtnis war. Jedenfalls verlagert er sein Augenmerk immer mehr auf die Jungen. Er arbeitet daran, sie zu konditionieren, sie nach seinem Willen zu formen. Sie von ihrer Mutter abzuschneiden. Er macht die Mutter zu einem bloßen Objekt und bringt die eigenen Kinder dazu, an den Misshandlungen der Mutter teilzunehmen. Die Tatsache, dass es beiden widerstrebt hat, dass sie geweint haben, ist vielsagend. Denn entweder ist man durch und durch Soziopath oder gar nicht. Tränen sind nicht immer Krokodilstränen. Die Jungen haben also etwas für ihre Mutter empfunden. Sie haben das Leben mit ihr genossen, als Bob in Vietnam war. Sie sind von Natur aus keine Soziopathen.«

»Sie waren nicht von Geburt an Ungeheuer, sondern wurden erst zu welchen gemacht.«

»Richtig. Nicht, dass es eine Rolle spielen würde. Sieh uns an. Dad hat uns die Hölle auf Erden bereitet, aber wir laufen trotzdem nicht durch die Welt und schlachten unschuldige Leute ab.«

»Okay, weiter.«

»Bob geht nach Vietnam. Was für sich genommen eigenartig und höchst interessant ist. Es war ein gewaltiges Risiko, Margaret allein zu Hause zu lassen, auch wenn sein Nachbar alles im Auge behalten hat. Sie hätte weglaufen können.«

»Warum ist er dann nach Vietnam gegangen?«

»Vielleicht ist die einfachste Antwort zugleich die richtige. Er *wollte* dorthin. Er wollte Menschen umbringen, wollte die Bestie rauslassen. Er ist das Risiko eingegangen, weil er der Chance nicht widerstehen konnte, seine perversen Triebe zu befriedigen. Es ist die gleiche überhebliche Arroganz, die ihn dazu verleitet hat, die Leiche Margarets in einem geheimen Zimmer in dem Haus zurückzulassen, in dem sie früher zusammen gewohnt haben. Hätte man sie gefunden, hätte die Spur zweifellos zu ihm geführt.«

»Er hat *gehofft*, dass alles gut geht?«

»Ich glaube nicht, dass *Hoffnung* das richtige Wort ist. Er kannte keine Angst. Das findet man häufig bei Soziopathen. Außerdem war er narzisstisch veranlagt. Ich glaube, er war einfach nur sicher, dass sich alles genau so entwickeln würde, wie es für ihn am besten war, und wenn doch nicht ganz, konnte er die Fehlentwicklungen sozusagen im Vorbeigehen ausbügeln.«

»Das dürfte einen gewissen Reiz haben«, meinte David. »Keine Sorgen, keine Ängste, keine Probleme, immer nur nach vorne schauen. Was für eine Vorstellung.«

»Männer neigen häufiger als Frauen zu dieser Weltsicht. Keine Ahnung, warum das so ist. Frauen fühlen sich eher abgestoßen von Furchtlosigkeit und Narzissmus, während Männer beides idealisieren.«

»Heil dem Eroberer, gebt mir Frauen mit dicken Titten, starke Sklaven und rotes Fleisch.«

Allison lächelte. »So in etwa. Bob hat auf seine Kraft vertraut, seine Unverwundbarkeit und seine Fähigkeit, anderen Angst einzuflößen. Auch uns. Er war kein Dummkopf. Er muss gewusst haben, dass wir aus dem Haus konnten, wann immer wir wollten.«

»Was wir ja auch getan haben.«

»Richtig. Und trotzdem sind wir nicht weggelaufen. Bob war sich unserer sehr sicher.«

»Okay, zurück zur Liste. Er geht also nach Vietnam.«

»Ja. Er geht nach Vietnam, und es gefällt ihm dort sehr gut. Ich denke, er fand sich gleich zurecht im Dschungel, ohne die Notwendigkeit eines moralischen Kompasses. Wahrscheinlich war er nie näher daran, geschnappt zu werden. Mord an Prostituierten, Kannibalismus, Mord an einem angeblich homosexuellen Kameraden, sogar an seinem ganzen Platoon.« Sie sah David an. »Der Mord an deinem Vater.«

David antwortete nicht.

»Wie dem auch sei, Vietnam gefällt ihm. Er bleibt zwei Dienstzeiten drüben. Er hatte seinen Spaß, hat sich prächtig amüsiert.« Sie zögerte. »Weißt du, vielleicht hätte sich alles ganz anders entwickelt, wäre er nicht verwundet worden.«

»Inwiefern?«

»Weil er sich in Vietnam offenbar sauwohl gefühlt hat. Wäre er nicht wegen der Verwundung nach Hause geschickt worden, ware er wahrscheinlich bis zum Ende des Krieges geblieben, wenn man ihn gelassen hätte. Und dann wäre Margaret vielleicht davongekommen.«

»Hätte, könnte, wollte.«

Sie seufzte. »Ich weiß. Aber man stelle sich nur vor, es wäre so gekommen.«

»Ist es aber nicht.«

Allison nickte traurig. »In der realen Welt kehrt Bob nach Hause zurück und verbringt weitere vier Jahre damit, seine Familie zu quälen und seine Jungen nach seinem Willen zu formen. Und irgendwann fängt er an, Dinge zu tun, die seine Frau glauben lassen, er würde sie demnächst töten.«

»Meinst du, er hat es wirklich vorgehabt?«

»Oh ja, absolut. Warum sonst hätte er ihr erzählen sollen, dass er ihre Eltern umgebracht hatte? Nach so vielen Jahren? Margaret sagt sich, dass es genug ist, und nimmt sich das Leben. Vorher aber schreibt sie diesen grauenhaften … *Abschiedsbrief*, oder was immer das ist.«

»Eine Erzählung.«

»Sie schreibt ihre Erzählung nieder und bringt sich um. Ich nehme an, Bob und seine Söhne sind nicht lange danach weggezogen.«

David hob eine Hand. »Okay, aber warum hat er diese Erzählung, diesen Abschiedsbrief, aufbewahrt? Warum hat er ihn nicht vernichtet? Das Material belastet ihn stark.«

»Ich habe darüber nachgedacht. Das Buch wurde allem Anschein nach erst vor Kurzem in den Sarg gelegt. Von den Brüdern, nehme ich an. Ich vermute, einer von ihnen – oder beide – hatten es nach dem Tod ihrer Mutter an sich genommen.«

»Du glaubst, sie haben es vor ihrem Vater versteckt?«

»Vielleicht.«

»Warum?«

»Möglicherweise, weil sie eine Erinnerung an ihre Mutter behalten wollten.«

»Aber warum haben sie es *uns* hingelegt?«

»Weil sie irgendwie verarbeiten müssen, was sie tun. Weil sie ihrem Glauben gerecht werden müssen. Indem sie uns das Buch überlassen, erklären sie uns ihr Tun. Nicht ›Seht her, so sind wir‹, sondern ›Das ist ein Teil der Geschichte, die erklärt, warum wir geworden sind, was wir sind.‹«

»Was für eine beschissene Geschichte.«

»Kann man wohl sagen. Okay, weiter im Text. Trotz aller Furchtlosigkeit war Bob nicht so dumm, sich eine neue Frau zu angeln. Stattdessen adoptierte er uns.«

»Unser Glück.«

Allison hatte auf den Fingernägeln gekaut. Jetzt wechselte sie zum Bleistift. »Eine Sache will mir nicht in den Kopf, David. Ich kann mir nicht vorstellen, dass es Zufall war, dass er deinen Vater gekannt und getötet und dich hinterher adoptiert hat.«

Er runzelte die Stirn. »Was willst du damit sagen?« Plötzlich weiteten sich seine Augen; dann verengten sie sich zu Schlitzen. Sein Unterkiefer sank herab. »Willst du damit andeuten, dass er auch meine Mutter getötet hat?«

Allison hob abwehrend die Hände. »Ich bin keine Wahrsagerin, David. Ich kann es nicht mit Bestimmtheit sagen.« Sie blickte ihm fest in die Augen. »Ich sage nur, dass für mein Empfinden ein bisschen zu viel Zufall im Spiel gewesen ist.«

»Mein Gott …« David legte den Stift hin und rieb sich die Schläfen.

*Ist das möglich?*, fragte er sich. *Mom und Dad? Bob hat beide umgebracht?*

Natürlich war es möglich. Verdammt, es war sogar wahrscheinlicher als alles andere – nach allem, was sie bisher herausgefunden hatten.

*Bob hat also alles genommen. Und jetzt greift er aus dem Grab heraus und versucht noch mehr zu nehmen. Eine großartige Gerechtigkeit, lieber Gott, wirklich großartig. Sieht nicht gut aus mit Beweisen für deine wunderbare Barmherzigkeit, Allmächtiger.*

»Alles in Ordnung?«, fragte Allison.

»Wie …? Ja. Ja, alles klar.« David nahm den Stift wieder zur Hand. »Machen wir weiter.«

»Bist du sicher?«

»Ja. Nicht zurückschauen, Ally. Das ist die beste Medizin gegen alles, was dich plagt.«

»Okay, also weiter. Bob adoptiert uns drei und teilt seine Zeit zwischen uns und seinen beiden leiblichen Söhnen auf. Und er geht zur Polizei. Ein logischer Schritt, der ihm Autorität und Gelegenheiten zur Ausübung von Gewalt verschafft hat.

Alles läuft genau nach Plan, bis wir ihn töten. Er hatte sich eine Lösung ausgedacht, wie er an weitere Kinder kommt – nämlich, indem er mich schwängert –, aber wir hatten etwas dagegen.«

»Kinder waren wichtig«, sagte David. »Du hast vollkommen recht. Er war besessen von Kindern.«

»Und warum sollte er nach neuen Opfern suchen, die er terrorisieren konnte, wenn er quasi welche bei sich im Haus haben kann, auf Dauer?«

»Wie dem auch sei, an diesem Punkt ist es aus mit Bob. Was ist mit seinen Söhnen?«

Allison antwortete nicht sogleich. Stattdessen kaute sie auf ihrem Stift und starrte gedankenverloren in die Ferne.

»Um diese Frage zu beantworten ... werfen wir einen Blick auf uns.«

David runzelte die Stirn. »Wie meinst du das?«

»Wir haben eine Gemeinsamkeit mit seinen Söhnen – wir wurden alle von Bob Gray großgezogen. Wenn wir uns anschauen, was aus *uns* geworden ist, verschafft uns das vielleicht eine Ahnung, was aus den Söhnen geworden sein könnte.«

»Vielleicht«, pflichtete er ihr bei.

»Okay, dann fange ich mal bei mir selbst an. Wir suchen nicht nach Verhaltensweisen, sondern nach den Gründen dafür. Ich zum Beispiel bin Alkoholikerin. Ich kann nicht in Maßen trinken. Wenn ich trinke, dann bis zum Umfallen. Immer.«

»Ich trinke zu viel und rauche Marihuana«, sagte David. »Und ich bin promiskuitiv.« Er zögerte, zwang sich zur Aufrichtigkeit. Es war schließlich Ally. Sie hatte ihn in den Armen gehalten, als er nackt und zitternd in der Kammer gelegen hatte. »Ich habe meine Frau mehr als nur das eine Mal betrogen, von dem ich euch erzählt habe. Nicht, weil ich das Gefühl hatte, Sex zu brauchen, sondern weil ich den Druck irgendwie loswerden musste, der sich immer wieder in mir aufgestaut hat, immer und immer wieder.«

»Bei mir ist es ähnlich«, sagte Allison. »Ich habe meinen Mann nicht betrogen, aber wenn ich ehrlich bin, war diese Ehe für mich bloß Mittel zum Zweck. Er war ein großartiger Mann, und ich habe ihn respektiert, aber er war nichts weiter als ein Requisit. Eine Krücke, die mir bei dem Versuch helfen sollte, ein normales Leben zu führen. Ich dachte, wenn ich verheiratet bin, dann wird alles besser. Dann fühle ich mich besser.« Sie schüttelte den Kopf. »Ich war selbstsüchtig. Nachdem wir uns getrennt hatten, riss ich mich eine Zeit lang am Riemen. Dann stieg ich beim FBI aus und fing an zu trinken und mit Fremden ins Bett zu gehen.«

»Du warst beim FBI«, sagte David nachdenklich. »Charlie war bei der Army.« Er hielt inne. »Ich weiß nicht, wie es bei euch aussieht, aber wenn ein Außenstehender sich auf mich verlassen hat, konnte ich mich immer zusammenreißen. Einigermaßen jedenfalls.«

Allison nickte. »Wenn ich an einem Fall saß und einer heißen Spur hinterher jagte, empfand ich immer die größte ...«, sie suchte nach dem richtigen Wort, »die größte Befreiung.«

»Befreiung wovon?«

Sie schaute ihm in die Augen; dann wandte sie den Blick ab. »Das ist die Millionen-Dollar-Frage, nicht wahr?« Sie kaute nachdenklich auf ihrem Stift. »Weißt du, David, der größte Unterschied zwischen uns und Bobs Söhnen besteht darin, dass er uns nicht von klein auf mit seiner Gehirnwäsche bearbeiten konnte. Wie alt warst du, als er dich adoptiert hat? Sechs?«

»Ja.«

»Sechs. Charlie und ich waren fast sieben. Wir drei hatten bereits eine Persönlichkeit entwickelt und haben einen großen Teil davon behalten, trotz allem, was wir durchgemacht haben. Der größte Unterschied zu seinen Söhnen war vielleicht der, dass wir imstande waren, Bobs Überzeugungen anzunehmen oder abzulehnen. Die Söhne hatten diese Wahl nicht.« Sie schüttelte den Kopf. »Sie wurden von Geburt an indoktriniert. Was gut war und was schlecht, richtig und falsch – alles nach Bobs Auffassung. Sie waren wirklich die Söhne eines Nephilim. Eines Engelssohnes.«

»Und was hatte das für Auswirkungen?«

Allison dachte nach, wobei sie auf dem Stift kaufte. »Nun … wenn sie alles glauben, was er ihnen erzählt hat, haben sie ein verdrehtes Schuldempfinden. Was Bob mit ihnen gemacht hat – und was sie mit ihrer Mutter machen mussten, zusammen mit dem religiösen Aspekt –, hat sie mit Sicherheit ziemlich verdreht. Sie mögen zur Gewalt neigen und sind doch zugleich abgestoßen von diesem Bedürfnis. Und dieser Widerwille verwandelt sich in Schuldgefühle.«

Er nickte. »Aber nicht die Art von Schuldgefühlen, wie wir sie kennen.«

»Nein. Das wäre unerträglich. Als wären sie entzweigerissen. Wenn Engelsblut in dir fließt und du eine Frau vergewaltigst, hat die vom Teufel verführte menschliche Seite deiner Persönlichkeit gesiegt. Es ist ein Verrat an der eigenen Blutlinie. Ein Verrat an Gott selbst, auf eine ganz persönliche Weise.« Sie verzog das Gesicht. »Und was den Druck angeht, unter dem wir stehen – ich glaube, Bobs Söhne stehen unter einem Druck, den wir nicht einmal annähernd begreifen können. Hinzu kommt der Verlust des Vaters, jenes Mannes, der ihnen ihr Leben lang gesagt hat, was sie tun und lassen sollen, wie sie fühlen und denken sollten … mein Gott.«

»Ja. Mein Gott.«

»Und jetzt stell dir vor, du wirst als normales menschliches Wesen in dieses Leben geboren, nicht als Soziopath. Stell dir vor, wie es sein muss, in einer Umgebung wie dieser ein Gewissen zu haben. Du tust schlimme Dinge, weil dein Vater dich versaut hat, aber eigentlich solltest du gar nicht dazu imstande sein, Böses zu tun, weil dein Vater ein Nephilim war. Die ganze Schuld trifft also dich allein. Wir wissen aus eigener Erfahrung, dass das Leben mit Bob einem einen Stempel aufdrückt. Wie es das Verhalten beeinflusst. Sieh uns doch an. Wir sind ein einziges Desaster, alle drei. Aber wir kennen wenigstens den Grund dafür. Die Söhne von Bob kennen ihn nicht. Sie glauben, sie selbst sind an allem schuld, sie ganz allein.« Sie seufzte. »Vielleicht sind sie in eine Krise gestolpert. Vielleicht sind sie an einen Punkt gelangt, der eine Lösung ihrer Konflikte unumgänglich machte. Wir haben ihren Vater getötet, also sind *wir* möglicherweise diese Lösung.«

»Du meinst, um den Druck abzulassen? Sich zu befreien?«

»Möglich. Ich trinke, Charlie tötet Menschen, und du hast deine Frau betrogen.«

»Aber warum dann die Geschichtsstunde für uns? Das Haus, in dem sie aufgewachsen sind? Das Buch, das ihre Mutter hinterlassen hat? Was soll das bedeuten?«

»Ich nehme an, wir sollen etwas begreifen.«

»Und was?«

Sie grinste freudlos. »Keine Ahnung. Aber ich denke, dieses Begreifen ist ein Vorspiel. Es gehört zu ihrem Plan, wie immer er aussieht.« Sie seufzte. »Eine entscheidende Frage bleibt allerdings unbeantwortet. *Warum ausgerechnet jetzt?* Was ist passiert, dass sie aus ihrem normalen Leben ausgebrochen sind?«

Am Rand von Davids Bewusstsein flackerte etwas auf. Eine Idee.

»Ally«, sagte er mit leiser Stimme. »Was, wenn wir uns irren? Nicht in den Details, sondern was das Motiv angeht?«

»Wie meinst du das?«

»Du sagtest vorhin etwas über falsche Voraussetzungen als Grundlage. Was, wenn wir einen Teil der Antwort längst als unbedeutend abgetan haben?«

Sie blickte ihn mit erhobenen Augenbrauen an. »Spann mich nicht auf die Folter, David.«

»Der Brief im Papierkorb.«

Allison runzelte die Stirn. »Du meinst den Brief an diesen ›John‹, den wir damals in Dads unverschlossenem Arbeitszimmer gefunden haben?«

»Genau.«

Er sah, wie ihr ein Licht aufging. Wie sich ihre Stirn glättete, wie ihre Augen schmal wurden. »Ein Experiment.«

David nickte. »Richtig. Wir dachten, es wäre zu einfach … die Tür offen, der Brief im Papierkorb. Aber auch die Bösen machen hin und wieder Fehler.«

»Allerdings.« Allison kaute auf ihrem angenagten Stift, in Gedanken versunken. »Zwei Gruppen von Kindern«, murmelte sie. »Bobs Söhne und wir. Beide Gruppen werden in abgeschlossener Umgebung unter ungeheurem Stress großgezogen, aber unter dem Einfluss gegensätzlicher existenzieller Philosophien.« Sie bedachte David mit einem anerkennenden Blick. »Ein Verhaltensexperiment. Interessanter Gedanke.«

»Er löst nicht jede Frage. Er beantwortet beispielsweise nicht, warum erst jetzt? Und Margaret geht in ihrem Notizbuch mit keinem Wort auf den Partner ein, auf den der Brief hinzudeuten scheint.«

»Wenn ein Paradigma nicht jeden Aspekt einer Wahnvorstellung erklärt, bedeutet das nicht, dass der Schöpfer dieses Paradigmas geistig gesund ist. Ich habe mal nach einem Arzt gefahndet, einem Herzchirurgen, einem der Besten in seinem Fach. Der Mann war beinahe ein Genie. Was ihn nicht davon abhielt, im Privatleben Frauen zu töten, weil ›sämtliche Frauen Abschaum sind und jede tote Frau die Erde zu einem besseren Ort macht‹. Berufliche Kompetenz und geistige Gesundheit haben nichts miteinander zu tun.« Sie grinste. »Politiker beweisen das andauernd.«

Das Zimmertelefon läutete, bevor David etwas erwidern konnte. »Hallo? Ja, hier Rhodes. Wann? Ich komme sofort!« Wütend knallte er den Hörer auf die Gabel. »Scheiße!«

»Was ist?«

»Das war der Empfang. Jemand hat vergangene Nacht ein

Päckchen für mich dagelassen. Du kannst dir wohl denken, wer. Wahrscheinlich hat der Nachtportier es nicht bemerkt, oder er hat vergessen, mich zu informieren.«

»Könnte es nicht jemand anders gewesen sein?«

»Nein. Mein Agent würde mich auf dem Handy anrufen. Meine Tochter liegt irgendwo betäubt auf einer Trage. Ansonsten gibt es niemanden in meinem Leben, der einen Dreck um mich gibt. Nein, Ally. Es muss von ihnen sein.«

***

David legte die DVD in das Laufwerk seines Laptops ein. Sie lauschten, während die Scheibe surrend hochdrehte. Einen Augenblick später öffnete sich die Abspielsoftware. David klickte auf »Play«. Ein Fenster öffnete sich, und die Smiley-Maske erschien.

»Ich beobachte euch, wie versprochen. Ich weiß, dass ihr gewisse Dinge herausgefunden habt. Ich weiß, dass Charlie die Abtreibungsärztin verfolgt. Ich nehme an, ihr habt inzwischen festgestellt, dass euch nicht genügend Zeit bleibt, um den Tod von Francine Mays zu verhindern. Aber das ist kein Verlust für die Welt. Sie hat mehr ungeborenes Leben getötet, als ich zählen kann. Eine Frau, ausgerechnet! Die Handlanger des Teufels kommen in jeder nur denkbaren Gestalt daher.« Er hielt inne. »Ihr könnt euch selbstverständlich jederzeit entscheiden, es nicht zu tun. Es wäre dumm, gewiss, aber es gibt Menschen, die nicht imstande sind, harte Entscheidungen zu treffen, selbst wenn sie damit den Tod ihrer Tochter herbeiführen.«

David knirschte vor hilfloser Wut mit den Zähnen.

»Ich werde euch noch keine neue Aufgabe stellen – nicht, solange die erste nicht abgeschlossen ist, aber ich schicke euch an einen anderen Ort. Während Charlie das tut, worauf er sich so gut versteht, werdet ihr ein Lagerhaus in einem Randbezirk von Austin aufsuchen. Die Einzelheiten findet ihr in dem Umschlag, der ebenfalls im Päckchen ist.« Er zuckte mit den Schultern, und das Smiley-Gesicht grinste unverändert weiter. »Ich werde mir in der Zwischenzeit anschauen, wie es Francine Mays ergeht. Ich hoffe um Kristens willen, ihr habt Charlie erlaubt, dieses Problem aus der Welt zu schaffen.« Wieder ein Schulterzucken. »Noch tut ihr, was ich von euch will, weil ich euch dazu zwinge. Später werdet ihr es tun, weil eure Seelen errettet wurden.«

Der Mann verschwand aus dem Blickfeld der Kamera. Das Bild wackelte, dann zoomte es heran, und Kristen war zu sehen. Sie lag auf der Rolltrage, eine Nadel im Arm. Ihre Augen waren geschlossen. Sie sah blass aus, doch sie schien unverletzt. Ihre Brust hob und senkte sich.

Das Bild wurde schwarz. David starrte noch eine volle Minute auf das Display, ohne sich dessen bewusst zu sein.

»Sie ist am Leben«, sagte er schließlich. »Das ist doch schon mal was.«

»Das ist alles, was zählt.« Allison kramte in dem Päckchen und fand einen weißen Umschlag. Sie riss ihn auf und zog ein Blatt weißes Papier hervor. Auf dem Blatt standen eine Adresse und die Zahl »304«. Außerdem gab es einen Schlüssel. Sie hielt ihn David hin. »Nun?«

Er rieb sich das Gesicht und schüttelte den Kopf, um die Benommenheit zu vertreiben. Dann erhob er sich. »Schätze, wir müssen noch mal los.«


**KAPITEL 26**  Mr. Jones lehnte sich in seinem Sessel zurück, während er nachdachte.

Diese Kinder waren wirklich höchst erstaunlich.

Selbstverständlich war jedes ihrer Hotelzimmer verwanzt worden. Jones hatte gelauscht, als Allison und David überlegt und Hypothesen aufgestellt hatten. Gelegentlich hatte er gelächelt, manchmal die Stirn gerunzelt, doch im Allgemeinen war er nur beeindruckt gewesen, sehr beeindruckt. Es war besonders faszinierend zu sehen, wie ihre Anstrengungen sich bündelten und aufeinander aufbauende Ergebnisse hervorbrachten, trotz ihrer unterschiedlichen beruflichen Hintergründe. Es war schließlich nicht so, als hätte David Erfahrungen als Gesetzesbeamter gesammelt. Dennoch hatte er den entscheidenden Geistesblitz gehabt. Jones hatte vor Entzücken laut aufgelacht und in die Hände geklatscht wie ein kleines Kind.

*Bravo, David! Zwar nicht das ganze Bild, und bestimmt gibt es noch ein paar lose Fäden, aber das war trotzdem eine erstklassige intuitive Schlussfolgerung.*

Alles in allem dämmerte Jones allmählich, was die kleine Hure mit diesem »einen Fehler« gemeint hatte.

»Euch anzugreifen, hat sie wohl gemeint«, murmelte er. »Gut möglich, dass ihr drei meine Meister seid, wenn wir uns direkt gegenüberstehen.«

Aber so war nun mal das Leben. Es war kein Schachspiel, weil es weder Steine noch ein Brett gab. Beim Schach blieben die Steine, wo sie waren, es sei denn, man zog sie auf ein anderes Feld. Das Leben hingegen war ständig in Bewegung, schlug Purzelbäume und Kapriolen.

Schick einen Mann los, einen Brief abzuliefern, und beobachte ihn dabei. Der Brief erreicht seinen Empfänger, aber unterwegs denkt der Mann nach. Er denkt an seine Arbeit, seine Frau, seine Kinder, die Rechnungen. Vielleicht geht er unterwegs in eine Kneipe, um sich einen Drink zu genehmigen. (Er ist seit einem Jahr nüchtern, doch seine Freundin hat soeben mit ihm Schluss gemacht.) Er endet in einem Hotelzimmer, wo eine Nutte ihm den Schwanz poliert, bis er ohnmächtig wird. Sie leert seine Brieftasche, doch sie lässt ihm die Kreditkarten und den Brief (nicht gerade ein Herz aus Gold, aber immerhin). Er hat sich in die Hose gepinkelt, als er aufwacht, und als er zu seinem Wagen stolpert, stinkt es im Innenraum nach Erbrochenem.

Besagter furchtloser Held fährt mit zitternden Händen und

gewaltigem Brummschädel zum nächsten Drogeriemarkt und
ersteht eine Packung Aspirin und eine Flasche Wasser. Er schluckt
ausreichende Mengen von beidem und begibt sich anschließend
zum Briefkasten, um den Brief einzuwerfen, mit dem alles angefangen hat. Sowohl unser Held als auch der Brief haben unterwegs
ein bisschen gelitten, aber es ist nichts Verhängnisvolles passiert.

So war das Leben. Es verlief im Zickzack, nicht geradeaus.
Nach Jones' Überzeugung hauptsächlich deswegen, weil die Leute
dazu neigten, sich zu langweilen und auszubrechen. Das Leben
hatte eine Vorliebe für Mühsal und Drama, ganz gleich, wie ein-
tönig und langweilig es zu anderen Gelegenheiten erscheinen
mochte.

Der Punkt ist der, sinnierte Jones: Jeder kann zu Fall gebracht
werden, zu jeder Zeit, ganz egal, wie gut seine Planung und seine
Fähigkeiten sind. Es reichte schon, wenn der Postbote beim Einnehmen seines Aspirins ausreichend abgelenkt war, dass er auf
die Gegenfahrbahn geriet, und schon war man auf dem Weg in
die Ewigkeit. Alle Planung der Welt vermochte nicht, die Zufäl-
ligkeiten und Unwägbarkeiten eines gelangweilten, nach Sensa-
tionen heischenden Lebens einzukalkulieren.

*Was uns zu dem vorliegenden Fall bringt*, sinnierte Jones. *Ein
Schriftsteller, eine ehemalige FBI-Agentin und ein Killer. Dazu ein
brillantes, tödliches Hurenkind.*

War es möglich, dass das Leben ihn ausgetrickst hatte? Nicht
durch eigene Planung, sondern dadurch, dass es lange genug in
ausreichend willkürlichen Variationen in der Dunkelheit herum-
gestolpert war, bis es schließlich zu der Waffe wurde, die ihn zu
Fall bringen würde?

»Selbstverständlich wäre das möglich«, murmelte Jones leise
zu sich selbst. »Diese Möglichkeit bestand vom ersten Tag an.«

Er war *fasziniert*. Aufgeregt. Seit mehr als dreißig Jahren
hatte ihm niemand mehr ernsthaft etwas entgegensetzen können.
Auch er war Leben. Langeweile war überall, und nicht einmal er
war immun dagegen.

»Der einzige sichere Weg wäre, sie alle zu töten, auf der Stelle – und trotzdem sitzt du hier und hältst still und spielst deine Karten.«

Und gegen ein besseres Blatt zu spielen, wenn man wusste, dass man die schlechteren Karten hatte, war Schwäche, pure Schwäche. Es war verrückt, wenn man den Einsatz bedachte. Trotzdem konnte er nicht anders – und das war genauso faszinierend.

Natürlich war es eine zweischneidige Klinge. Die drei konnten immer noch verlieren, wenn sie einen Fehler begingen. Er war noch nicht bereit, alles auf sie zu setzen, trotz der Zuversicht der kleinen Hure. Die Kerle, mit denen sie es zu tun bekommen würden, waren Ungeheuer. Grausame, eiskalte Bestien. Sie hatten das Blut der Grays in den Adern, und die Grays hatten sich als bemerkenswert hartnäckig erwiesen, wenn es um das Überleben ging. Sie kämpften mit schmutzigen Tricks und harten Bandagen und schienen für den Krieg geboren.

Nein, das Ergebnis stand keineswegs fest.

»Und das ist gut so«, murmelte Jones grinsend. »Wenn sie mich loswerden wollen, müssen sie mich schon persönlich vom Thron reißen, mit Zähnen und Klauen. Und wenn ich an die Vergangenheit denke, wette ich lieber auf mich selbst.«

Er lehnte sich zurück, machte sich bereit für die letzten Runden des Spiels. Er wartete ab, wer den Pot gewinnen würde. Der Preis war das Leben, und das Leben war immer ein Alles oder Nichts. Jedenfalls, wenn man gewinnen wollte.


**KAPITEL 27** Charlie saß im Wagen vor dem Haus von Dr. Francine Mays und wartete. Es war ein modernes zweistöckiges Haus, keine zehn Jahre alt. Nicht besonders groß, mit einem durchschnittlichen Vorgarten mit grünem Rasen, der nass und saftig glänzte von einem frühmorgendlichen Regenguss aus dem Sprinkler. Charlie hatte das glänzende Grün im Licht des verblassenden Mondes und der aufsteigenden Sonne beobachtet. Jetzt stand die Sonne voll am Himmel, doch sie entfaltete keine rechte Kraft.

Die Ärztin war inzwischen sehr wahrscheinlich wach. Die Frau machte den Eindruck einer energiegeladenen Frühaufsteherin. Francine Mays war eine Frau mit einer Berufung. Allein der Gedanke machte Charlie unruhig. Er stieß einen Seufzer aus und ruckte unruhig auf dem Autositz hin und her. Er spürte die Pistole im Rücken. Er trug die Waffe schon so lange dort, dass sich an der Stelle eine Schwiele gebildet hatte.

Die Frau war allein, und das war auch besser so. Sie und ihr Verlobter wohnten interessanterweise getrennt. Wahrscheinlich hatte es mit Zeit zu tun, sinnierte Charlie. Manche Menschen – junge Leute oder getriebene, zielgerichtete Persönlichkeiten – hatten immer das Gefühl, als bliebe ihnen alle Zeit der Welt. Sie blickten in die Zukunft und sahen nichts als eine endlose Aneinanderreihung von Tagen. Charlie hatte nicht wenige von ihnen sterben sehen. Einige hatte er sogar selbst getötet. Der letzte Blick aus ihren Augen war stets eine Mischung aus Erstaunen und Vorwurf.

»Nur Todkranke und Samurai sind auf den Tod vorbereitet«, hatte ein gewisser Master Sergeant Jenkins einmal zu Charlie gesagt. »Und manchmal nicht einmal sie.« Jenkins hatte diese Weisheit mit einer brennenden Zigarette im Mundwinkel von sich gegeben. Er war ein großer, muskulöser, durchtrainierter Soldat gewesen, der Männer unter den Tisch trinken konnte, die nur halb so alt waren wie er. Ein Jahr später war er an Lungenkrebs gestorben … und vermutlich nicht darauf vorbereitet gewesen.

Wieder ruckte Charlie unbehaglich auf dem Vordersitz des Wagens. Er hatte Schwierigkeiten, das Nichts zu finden, die Leere, jenen Brunnen aus Emotionslosigkeit, den er normalerweise zu erschaffen pflegte und in den er sich dann fallen ließ.

Jenen Gemütszustand, der es ihm ermöglichte, mit Gleichmut und Gelassenheit zu töten.

*Es liegt daran, dass die Frau unschuldig ist.*

Hatte er jemals zuvor einen unschuldigen Menschen getötet? Bestimmt. Aber das waren Kollateralschäden gewesen, Opfer, die sich im Kreuzfeuer verlaufen hatten, die zur falschen Zeit mit den falschen Leuten am falschen Ort gewesen waren. Er hatte noch nie bewusst Jagd auf einen Unschuldigen gemacht. Es gefiel ihm nicht. Es erzeugte einen bitteren Geschmack in seinem Mund, buchstäblich, eine Mischung aus Metall und Magensäure.

*Einatmen, ausatmen …*

*Wir leben mehr als ein Leben,* sagte er sich. *Selbst im Tod hört unser Leben nicht auf. Sie wird als Unschuldige in der nächsten Inkarnation wiedergeboren, während du in diesem und im nächsten Leben für den Mord an ihr bestraft werden wirst. Sie bekommt ihre Gerechtigkeit.*

Er glaubte tatsächlich daran, nur half es nichts. Es war eine Sache zu versuchen, sich von allen Sehnsüchten des Lebens zu befreien – und eine ganz andere, es tatsächlich zu schaffen. Charlie glaubte an seine Wiedergeburt, so fest wie ein Katholik an den Himmel. Er glaubte daran, dass das, was er in diesem Leben tat, die Qualität seines nächsten Lebens entscheidend bestimmte. Und doch … Er liebte den Geschmack von Schweiß auf der Innenseite eines Frauenschenkels, er liebte das brennende Gefühl von hartem Alkohol, der durch seine Kehle rann, und er genoss seine eigene Wildheit mit einer geradezu kindlichen Freude, wenn er jemanden erledigte, der es wirklich verdient hatte. Er liebte das Gefühl von Sonnenlicht auf dem Gesicht – im Hier und Jetzt, nicht in irgendeiner unbestimmten Zukunft.

Charlie war sicher, dass Francine Mays genauso empfand, was das Hier und Jetzt und die Sonne auf ihrem Gesicht anging; deshalb war er nicht imstande, einen Ort des Friedens in sich selbst zu finden.

Vielleicht sollte es so sein. Vielleicht musste man sich beschissen fühlen, wenn man mit Absicht und vollem Bewusstsein einen Unschuldigen tötete.

Denn so fühlte er sich. Beschissen. So beschissen, wie man sich fühlte, nachdem man einen Welpen getreten oder ein Kleinkind geschlagen hatte oder besoffen vom Wagen gefallen war, wenn die Familie darauf vertraute, dass man nüchtern blieb.

»Scheiß drauf.«

Charlie stieg aus dem Wagen und ging auf das Haus zu.

Er fühlte sich schlecht, verdammt schlecht. So schlecht wie schon lange nicht mehr, doch es würde ihn nicht daran hindern, zu tun, was getan werden musste.

*Sie* wartete darauf, dass er sie rettete. *Sie*, an die er im Moment nicht denken durfte, weil dies seine empfindliche Oberflächenspannung zerstörte, sodass sein Inneres nicht mehr zusammenhalten und er auseinanderfliegen würde wie eine Pfütze aus Quecksilber, die von einem Hammerschlag getroffen wurde.

Er überquerte den nassen Rasen und war sich jeden Schrittes gewahr, der Fußabdrücke, die er im Tau hinterließ, und er fühlte sich wie der Tod auf dem Weg zu seinem nächsten Opfer. Vor der Veranda blieb er stehen und schaute nach oben. Entdeckte einen Fledermauskasten zwischen den Dachsparren. Viele Häuser in Texas hatten diese kleinen Kästen, in denen Fledermäuse den Tag verbringen konnten. Sie waren großartige Schädlingsvertilger und arbeiteten völlig unentgeltlich, wenn die Moskitoschwärme in heißen Sommernächten unterwegs waren. Charlie entdeckte zwei der Tiere in dem Kasten.

Er klopfte an die Tür, viermal, laut, aber nicht zu laut. Lautes Klopfen wirkte aggressiv und weckte Argwohn. Er wartete, während er erneut zum Fledermauskasten hinaufblickte, der im leichten Wind schwankte. Nach ein paar Sekunden vernahm er Schritte auf einem Holzboden, die sich der Haustür näherten. Dann eine kurze Pause, als sie durch den Spion nach draußen spähte.

»Wer ist da?«, fragte sie durch die geschlossene Tür.

Charlie hatte mit ihrer Vorsicht gerechnet. Schließlich war sie Abtreibungsärztin in Texas.

»Charlie Carter, Ma'am. Ich wurde als Bodyguard für Sie engagiert.«

Er rechnete damit, dass dies ihre Neugier anstacheln würde. Bestimmt hatte sie nie selbst nach einem Bodyguard gefragt. Dazu war sie viel zu stolz. Gleichzeitig machte es Charlie zu einer Nichtbedrohung; er passte nahtlos in ihr gegenwärtiges Leben, ihre Arbeit und ihre Umgebung.

»Ich habe keinen Leibwächter eingestellt.«

Charlie lächelte – er wusste, dass sie ihn immer noch durch den Türspion beobachtete. »Nein, Ma'am, haben Sie nicht. Mein Auftraggeber ist jemand anders. Ich verspreche, dass ich nicht aufdringlich sein werde. Ich wollte mich nur kurz vorstellen, damit Sie nicht denken, ich würde Ihnen nachstellen.«

Er würde niemals auf so eine Masche hereinfallen. Aber er war ja auch ein Jäger. Er wusste es besser. Sie war wie die meisten Leute, kein Schaf und keine Beute, sondern abseitsstehend. Sie versuchte ein normales Leben zu führen, sich in einer normalen Welt zurechtzufinden. Leute wie sie neigten eher zu Vertrauen als zu Vorsicht. In Charlies Version von Ockhams Rasiermesser lautete die einfachste Erklärung, dass jemand darauf aus war, ihm zu schaden. In Francine Mays Welt war diese Möglichkeit zwar nicht unbekannt, doch sie kam so gut wie niemals vor.

Der Riegel auf der Innenseite der Haustür wurde zurückgezogen, und sie stand vor ihm. Sie musterte ihn zunächst neugierig; dann lächelte sie. »Jemand hat Sie engagiert, um auf mich aufzupassen? Und wer, bitte schön, soll das sein?«

Sie hatte eine volle, dunkle Stimme. Sehr südlich. Sehr sexy. Er staunte, dass ein Teil seines Hirns selbst in dieser Situation die Zeit fand, dies zu bemerken.

»Jemand, der es vorzieht, unbekannt zu bleiben, Ma'am, angesichts des gegenwärtigen Klimas. Ein Jemand, der nicht ohne Mittel und Wege ist.«

Sie hob eine Augenbraue und schaute ihn an, und er spürte,

wie ihn tiefes Bedauern überkam. Diese Frau war eine starke, interessante, aufgeweckte Persönlichkeit. Sie veränderte ihre Umgebung, fügte eine Prise Salz und Zucker und einen Spritzer Wein hinzu. Die Welt würde ärmer werden ohne sie.

»Was so viel heißt wie, Sie sind ein Geschenk, das ich nicht umtauschen kann. Habe ich recht?«

Er lächelte. »Ich nehme an, so ist es, Ma'am.«

»Sie dürfen mich Francine nennen, Mr. Carter.«

»Nur, wenn Sie Charlie zu mir sagen.«

Sie nickte knapp. »Also schön, Charlie. Möchten Sie eine Tasse Kaffee, Charlie?«

»Ich würde dafür sterben, Ma'am.«

Sie wandte ihm den Rücken zu und ging ins Haus, während sie ihm winkte, ihr zu folgen. »Machen Sie bitte die Tür hinter sich zu, Charles.« Sie hielt inne, drehte sich zu Charlie um. Ihr Gesichtsausdruck war ernst. »Verzeihen Sie. Sie sagten, Sie heißen Charlie. Sich einen Namen zu merken und ihn so zu benutzen, wie sein Träger es vorzieht, ist eine der grundlegenden Höflichkeitsregeln. Stimmen Sie mir zu?«

»Ich habe festgestellt, dass Namen wichtig sind, Francine. Im Verlauf meiner Reisen. Ich war an Orten, wo ein Name alles ist, was ein Mensch besitzt, und er behandelt ihn mit so viel Wertschätzung, als wäre er ein Goldbarren.«

Er war ihr in die Küche gefolgt, die ganz in hellem Holz gehalten war, mit Arbeitsflächen aus Granit und weißen Baumwollvorhängen vor den Fenstern. Der Raum war wie dazu geschaffen, von Sonnenlicht durchflutet zu werden. Charlie bemerkte einen zur Seite gedrehten Stuhl am Frühstückstisch und ein Taschenbuch, aufgeschlagen und mit dem Gesicht nach unten neben einer Tasse Kaffee. Er konnte sich vorstellen, wie sie ihre Morgen hier verbrachte, oder vielleicht auch einen faulen Sonntagnachmittag, entweder im Bademantel oder in bequemen Jeans, wie sie las und dabei ihren Kaffee trank. Behaglich in ihrer Einsamkeit.

*Das ist der Grund, weshalb sie in getrennten Häusern wohnen,* dachte er bei sich. *Sie braucht einen Raum, der ihr ganz allein gehört, und nur ihr.*

Er wurde aus seinen Gedanken gerissen, als sie ihm mit schiefem Grinsen eine Tasse Kaffee unter die Nase hielt.

»Wo waren Sie gerade, Charlie?«

Er nahm den Kaffee dankend an, trank einen Schluck und nickte anerkennend.

»Ich habe Ihre Küche bewundert. Sie sieht sehr gemütlich aus. Ein Zimmer, in dem man sitzen, lesen und den Sonnenaufgang beobachten kann.«

*Genau wie einst Margaret Gray.*

»Die Küche ist mein liebstes Zimmer im ganzen Haus. Meine Mutter hat mich ohne Vater großgezogen, und an unsere Küche habe ich die besten Erinnerungen. Mutter hat gekocht und gebacken, und es war wunderbar. Wenn ich hier in meiner Küche bin, fühle ich mich wieder wie ein kleines Mädchen ... manchmal.«

»Das kann ich sehr gut verstehen.«

Da war er wieder, der bittere Geschmack. Das Gefühl von Schlechtigkeit. Warum konnte sie nicht wenigstens ein klein bisschen unsympathisch sein?

*Sie tötet Ungeborene.* Charlie behielt seinen Seufzer für sich. *Aber das reicht nicht aus, oder? Nein. Weil sie ein guter Mensch ist. Das siehst du ihr an. Du weißt nicht, warum sie Abtreibungsärztin geworden ist, aber du weißt, dass sie es nicht aus Bösartigkeit tut.*

Er spürte, wie eine Woge der Erschöpfung über ihn hinwegrollte. Sie vermischte sich mit dem Gefühl des Bedauerns und zerrte an ihm wie ein Orkan. Er fühlte sich wie ein Baum auf einem Hügel in einer Sturmnacht. Der Regen war eiskalt. Er war nicht nackt, aber er hatte keinen Regenmantel, und der Regen durchnässte ihn, bis er nicht mehr wusste, wo die Kleidung endete und die Haut anfing. So fühlte er sich.

*Verdammter Mist.*

Er zog die Waffe aus dem Halfter im Rücken und zielte auf sie.

»Es tut mir leid, Francine, aber ich bin nicht hergekommen, um Sie zu beschützen. Ich bin hier, um Sie zu töten.«

Ihre Augen weiteten sich, aber das war auch schon alles. Sie hob die Kaffeetasse an die Lippen und trank einen Schluck. Einen etwas zu großen Schluck vielleicht, doch ihre Hand zitterte nicht.

»Warum?«, fragte sie.

*Gott verdamme sie für ihre Tapferkeit. Zu allem anderen auch noch das.*

Dann kam ihm der Gedanke, dass die Beantwortung ihrer Frage vielleicht ein Ausweg für ihn war. Indem er ihr die Wahrheit sagte. Damit sie ihn verstehen konnte. Damit sie sah, vor welcher Wahl er stand.

»Ich werde es Ihnen erklären«, sagte er. »Aber zuvor möchte ich ein paar Dinge klarstellen. Ich habe die letzten zwanzig Jahre damit verbracht, Menschen zu töten. Nicht Menschen wie Sie, zugegeben. Ich habe noch nie einen Unschuldigen getötet, nicht mit Absicht, und trotzdem … ich habe nie gezögert. Sollten Sie versuchen zu fliehen oder mich anzugreifen, erschieße ich Sie, bevor ich einen bewussten Gedanken daran verschwende. Haben Sie das verstanden?«

»Ja.«

»Dann setzen Sie sich dort in Ihren Lieblingsstuhl, und ich erzähle Ihnen, warum ich hier bin.«

Sie tat wie geheißen, die Kaffeetasse in der Hand. Sie beobachtete ihn unablässig. Er blieb stehen. Die Waffe lag ruhig in seiner Hand, doch er zielte auf Francine.

»Wie kommt es, dass Sie keine Angst haben?«, wollte er wissen.

Sie schien über die Antwort nachzudenken. »Zwei Gründe, Charlie. Einen erzähle ich Ihnen vielleicht, nachdem Sie mir verraten haben, warum Sie mich töten wollen.«

»Und der andere?«

»Ich schätze, es kommt daher, dass ich nichts Böses in Ihnen sehen kann. Verstehen Sie mich nicht falsch, ich glaube Ihnen, was Sie über sich erzählt haben, und trotzdem ...« Sie schüttelte den Kopf. »Unter normalen Umständen wären Sie ganz bestimmt nicht hier. Sie müssen sich in einer extremen Situation befinden.«

»Das stimmt«, sagte er leise. »Es geht um eine junge Frau. Sie ist erst zweiundzwanzig Jahre alt. Sie ist meine Tochter, weil wir beide uns vor Jahren so entschieden haben, nachdem ich sie aus dem Bordell gerettet hatte, in dem sie seit jüngster Kindheit gefangen gehalten worden war. Und es geht um eine zweite junge Frau, zwanzig Jahre alt. Sie ist die Tochter eines guten Freundes. Man hat mir ein Ultimatum gestellt. Ich muss Sie bis zu einem bestimmten Zeitpunkt töten, oder den beiden jungen Frauen stoßen schlimme Dinge zu. Vielleicht sterben sie.«

Francine Mays schwieg lange Zeit. Trank von ihrem Kaffee.

»Wenn ich Sie richtig verstehe, sind Sie sicher, dass er sein Versprechen halten wird?«, fragte sie schließlich.

»Er ist fanatisch. Ich weiß, wie das ist. Ich verstehe ihn.«

Sie leerte ihre Tasse und zeigte sie ihm. »Haben Sie etwas dagegen, wenn ich mir noch eine hole? Ich bin süchtig nach Kaffee.«

»Nur zu.«

Sie stand auf und ging zur Kanne, um sich nachzuschenken, und er bemerkte zum ersten Mal, dass sie barfuß war. Sie kam zurück und setzte sich wieder. Sie schaute ihn nicht mehr an, schien in Gedanken verloren.

»Charlie, ich werde Ihnen jetzt den ersten Grund erzählen«, sagte sie. Ein Schluck aus der Tasse. Sie hielt sie in beiden Händen, ein Stück vor den Lippen unter der Nase, schloss die Augen und inhalierte das Aroma. »Ich war siebzehn, fast achtzehn, als ich vergewaltigt wurde. Beinahe wäre ich gestorben. Meine Mutter wurde ebenfalls vergewaltigt. Sie starb.« Ein Schluck aus der Tasse. »Er brach in unser Haus ein, ähnlich wie Sie heute, allerdings nicht mit Ihrer gelassenen Selbstsicherheit.« Jetzt beobachtete sie ihn wieder. »Das habe ich vorhin gemeint, als ich sagte, ich würde nichts Bösartiges in Ihnen erkennen. Ich habe das Böse gesehen, Charlie. Dieser Mann war böse.« Sie schüttelte den Kopf. »Seine Augen brannten. Sie waren *hungrig*. Er sabberte, als er mich vergewaltigte, und er grunzte vor Vergnügen, als er meine Mutter erwürgte. Wenn je ein Mensch rettungslos verdorben und böse war, dann dieser Mann.«

Charlie blieb stumm. Er hörte ihr zu.

»Zuerst brachte er meine Mutter um. Er mochte seine Kälber jung, sagte er. Er war freitagabends gekommen, und wir waren ganz alleine, nur Mutter und Tochter. Niemand erwartete uns, niemand vermisste uns übers Wochenende.« Ein Schluck Kaffee. »Er stank säuerlich, daran erinnere ich mich deutlich. Und er stank nach Rauch. Sein Mund schmeckte nach Zigaretten, und der Gestank nach Nikotin troff ihm mit dem Schweiß aus den Poren. Er war kein attraktiver Mann, und er hatte einen kleinen Penis. Ein Segen, nehme ich an, angesichts der Dinge, die er mit mir angestellt hat.«

Charlie verlagerte sein Gewicht. Die Leute erzählten ihre Geschichten, bevor sie starben, und sie taten es aus den unterschiedlichsten Gründen. Manche, um das Unausweichliche hinauszuzögern. Andere in der Hoffnung, dass man sie als Person wahrnahm und beschloss, sie zu verschonen. Manchmal hatten sie noch nie mit jemandem darüber gesprochen, aber immer das Bedürfnis dazu verspürt, und sie wussten, dass nun ihre letzte Chance gekommen war. Doch Charlie konnte keinen dieser Gründe bei ihr erkennen.

»Es wurde Sonntagabend, und er beschloss, mich zu töten. Er stach mit dem Messer auf mich ein, zwölf Mal, und dann schnitt er mir die Kehle durch. Er ließ mich liegen, weil er mich für tot hielt. Ich war voller Blut und stank nach ihm. Der Leichnam meiner Mutter verfärbte sich bereits.« Sie musterte Charlie über den Rand ihrer Tasse hinweg. »Es war Sommer, wissen Sie, und wir hatten eine Hitzewelle.«

»Er hat die Halsschlagader verfehlt, stimmt's?«, fragte Charlie.

»Ja.«

»Es ist nicht so einfach, wie die Leute denken.«

»Und es ist ganz einfach, wenn man es weiß.«

»Ja. Wenn man es weiß, ist es ganz einfach.«

Ein Schluck Kaffee.

»Er wusste es jedenfalls nicht, Charlie. Fast hätte er es trotzdem geschafft. Es gelang mir noch, den Notruf zu wählen, bevor ich in einer Lache meines eigenen Blutes ohnmächtig wurde. Als ich erwachte, war ich eine Waise.« Sie schwieg einen Moment. »Und schwanger.«

*Und da ist es*, dachte Charlie. *Die Erklärung für das lose Ende.*

Und gleich hinterher: *Soll ich es ihr sagen? Dass ich ebenfalls ein Waisenkind war? Würde es helfen?*

*Nein. Ihr würde nur eines helfen: sie am Leben zu lassen. Der Rest wäre nur für dich. Um deine Schuld zu vermindern.*

Er wollte seine Schuld nicht mindern. Er wollte sie spüren, alles. Das war das Wenigste, was Francine Mays verdient hatte, seiner Meinung nach.

»Das ist heftig«, sagte er.

»Danke.« Sie lächelte ihn unerwartet ihn. »Es ist merkwürdig, wissen Sie. Von den meisten Menschen würde das gefühllos klingen. Aber aus ihrem Mund klingt es aufrichtig.«

»Francine …«

»Warten Sie, Charlie. Ich bin noch nicht fertig.« Er lauschte auf den Unterton von Panik oder Flehen. Das waren üble Töne, vor denen man sich hüten musste. Panik war die Schwester der Verzweiflung, und verzweifelte Menschen waren ebenso unberechenbar wie gefährlich.

»Also schön, reden Sie weiter«, sagte er.

»Danke sehr.« Ein Schluck Kaffee. »Wir überspringen die körperliche Genesung. Die Wut, den Wunsch zu sterben, die Selbstverachtung. Die Schuld. Der Punkt ist, irgendwann kam eine Zeit, als ich dankbar war, überlebt zu haben. Es dauerte lange, sehr lange, bis ich dort angekommen war, aber eines Tages war es so weit. Ich erinnere mich sehr deutlich an den Augenblick. Es war ein Montag. Ich war zum Deep Eddy gefahren, um das erfrischende Wasser und die Sonne zu genießen. Sie kennen den Deep Eddy?«

»Den Badesee. Ja.«

»Ich saß im Gras und beobachtete die Kinder beim Plantschen im Wasser. Es war heiß, heiß genug, um mir den Schweiß aus den Poren zu treiben. Ich trug einen Einteiler, um die Narben zu verdecken. Irgendwann war ich so aufgeheizt, dass ich selbst ins Wasser ging. Ich erinnere mich noch lebhaft, wie erfrischend kalt es war. Als würde man in ein Glas Eiswasser tauchen. Es war das erfrischendste Gefühl, das ich je erlebt hatte. Verstehen Sie?«

»Ja.«

»Ich tauchte unter und blieb eine ganze Minute unter Wasser, während ich die gedämpften Geräusche ringsum genoss und dieses unglaublich erfrischende Gefühl. Ich spürte, wie meine Lungen zu brennen anfingen, und ich strampelte, um aufzutauchen. In dem Augenblick, als ich meinen ersten Atemzug machte ... es war wundervoll, einfach unbeschreiblich. Ich wusste, dass ich zurück war. Dass ich wieder ein Teil der Welt war. Ich war nicht nur am Leben, ich war *froh*, am Leben zu sein. Ich breitete mein Handtuch auf dem Gras aus, legte mich auf den Rücken und schloss die Augen, und zum ersten Mal, seit es passiert war, dankte ich Gott, dass er mein Leben verschont hatte. Ich versprach ihm, das Beste daraus zu machen. Am nächsten Tag ging ich wieder zur Schule.«

Charlie war überrascht angesichts des beinahe überwältigenden Gefühls von boshaftem Neid und Wut, das ihn überkam. Er fühlte sich wie ein winziges Boot, das auf einem riesigen Ozean zu kentern drohte. Oder wie ein Kind, das zusehen musste, wie ein anderes Kind das Geschenk bekam, um das es gebettelt hatte.

Warum ausgerechnet sie? Warum war sie darüber hinweggekommen? Dieses Gefühl von Erfrischung, das sie so treffend
beschrieben hatte – Charlie konnte es nachempfinden, er konnte
es sogar schmecken und wusste, wie es sich anfühlen musste. Und
doch hatte er selbst es niemals im Leben erfahren. Niemals. Nicht
ein einziges Mal. Warum sie? Warum war sie über ihren Schmerz
hinweggekommen und er nicht?

*Weil Gott manchmal ein Arschloch ist, Chucky. Aber das wusstest
du ja längst.*

»Seit damals, Charlie, habe ich jede Sekunde genossen. Ich
meine damit nicht, dass ich händeklatschend und mit großen
Augen naiv durch die Welt gerannt bin. Nein, ich meine damit,
dass ich für jeden Moment zutiefst dankbar war. Der Duft von
frischem Kaffee am Morgen, die untergehende Sonne, das Gefühl
einer kühlenden Dusche an einem glühend heißen Tag. Der
Rauch von Holz. Mein Schweiß auf der Haut eines Liebhabers,
sein Schweiß auf meiner Haut. Platte Reifen und der Geruch nach
neuem Asphalt, der beißende Geschmack von Limonen, das Brennen von Salz in einer Schnittwunde.« Unvermittelt hielt sie inne,
als müsste sie tief Luft holen. »Ich weiß, es klingt melodramatisch,
aber ich kann nichts für die Worte. Sie sind alle wahr. Das Leben
ist ein Schrei und Stille und alles dazwischen, und ich liebe es.«

»Und warum töten Sie Babys?«, fragte er, bevor er es sich ver-
kneifen konnte.

Sie neigte den Kopf zur Seite. Ein Eingeständnis: Sie wusste,
dass die Frage nicht so dumm war, wie es schien. »Leben bedeutet auch, eine Wahl zu haben, Charlie.«

»Aber wenn Sie glauben, dass Gott Sie gerettet hat, warum
verspielen Sie allen Kredit, indem Sie Ungeborene abtreiben? Ich
verstehe das einfach nicht.«

»Weil ich überzeugt bin, dass jeder das Recht haben sollte,
selbst zu entscheiden, wie sein Leben aussieht. Ich glaube, es ist
das grundlegendste Recht eines jeden Menschen, sein Leben so
zu leben, wie er es für richtig hält. In dem Moment, in dem Sie

einem Menschen diese Wahl nehmen, haben Sie einen Sklaven erschaffen, ganz gleich, wie wohlmeinend die Absicht dahinter sein mag.«

Er winkte mit der Pistole. »Hm, ja. Ich verstehe, was Sie sagen wollen. Ich bin sogar zum größten Teil Ihrer Meinung. Nur nicht, wenn es um ungeborenes Leben geht.«

»Ich verstehe Ihre Gefühle. Ich bin anderer Meinung, aber ich verstehe Sie. Glauben Sie mir oder lassen Sie's.«

Er glaubte ihr tatsächlich. Er konnte die Aufrichtigkeit ihrer Worte *hören*. Der Neid und die Wut von vorhin waren verflogen, und das Gefühl von Erschöpfung war wieder da.

»Sie machen es mir nicht einfach«, sagte er. »Ich werde trotzdem tun, was ich tun muss, um die beiden jungen Frauen zu retten. Aber wenn ich eine Wahl hätte, würde ich es nicht tun.«

Sie nahm einen Schluck Kaffee und betrachtete ihn. »Ja«, sagte sie. »Ich glaube Ihnen.«

»Ich kann es so machen, dass Sie nichts spüren.«

Jetzt zitterte ihre Hand. Nur ein klein wenig.

»Darf ich Sie etwas fragen, Charlie?«

»Sie dürfen alles fragen, was Sie wollen.«

»Sie müssen beweisen, dass ich tot bin, nehme ich an?«

»Ja.«

»Wie?«

Er kramte in seiner Tasche und brachte die Digitalkamera zum Vorschein. »Sie nimmt Videoclips auf. Ich filme, wie ich Sie erschieße und wie Sie sterben und sende die Clips an eine E-Mail-Adresse.«

»Das ist alles?«

»Ja.«

Sie verstummte und sah zur Seite. Dachte nach. Stellte ihre Kaffeetasse auf den Tisch.

»Wie gut sind Sie mit dieser Pistole?«

Er blickte auf die Waffe, dann zu ihr. »Mit der hier? Weltklasse.«

»Wissen Sie, wo das Herz sitzt?«

»Sicher. Links von der Mitte. Allerdings nicht weit links.«

»Haben Sie schon mal von einer anatomischen Besonderheit namens Situs inversus gehört?«

»Nein.«

»Es ist eine angeborene Anomalie, bei der die inneren Organe spiegelbildlich angeordnet sind. Das Herz ist auf der rechten Seite, der Blinddarm auf der linken.«

»Nie davon gehört. Was ist damit?«

»Ich habe diese Anomalie.«

Er runzelte die Stirn. »Was hat das mit dem Hier und Jetzt zu tun?«

Sie atmete tief durch. »Wenn Sie mir in die Brust schießen würden ... auf die Stelle, wo sich normalerweise das Herz befindet ... es würde sehr überzeugend aussehen.«

Charlie blinzelte überrascht. »Es könnte damit enden, dass Sie trotzdem sterben. Die Kugel könnte einen Knochen treffen und abprallen, und Sie könnten verbluten. Äußerlich oder innerlich.«

Sie antwortete mit einem schwachen Lächeln. »Sie werden mich so oder so töten, Charlie. Wenigstens hätte ich auf diese Weise eine winzige Chance, meinen Sie nicht?«

»Scheiße. Ich weiß nicht. Ich kann es mir nicht leisten, dass ein Krankenwagen kommt und Sie abholt, Francine. Möglicherweise wird das Haus beobachtet.« Er schüttelte den Kopf. »Es ist zu riskant.«

Sie hob eine Hand. Jetzt war das Zittern deutlich zu sehen. »Hören Sie mich doch an. Ich bin noch nicht fertig.«

Charlie seufzte. »Also schön, reden Sie weiter.«

»Hören Sie mich bis zu Ende an, bevor Sie antworten.«

»Okay, okay.«

»Ich könnte eine Freundin anrufen und sie herbitten. Sie ist eine Kollegin, eine Ärztin. Wir könnten ihr erklären, was vor sich geht. Sie würde es verstehen, wenn ich es ihr sage. Sie könnten filmen, wie Sie mich erschießen und was Sie sonst noch filmen müssen. Sobald die Kamera ausgeschaltet ist, kümmert sie sich darum, mich am Leben zu erhalten.«

»Sie müssten trotzdem in ein Krankenhaus. Und das geht auf keinen Fall.«

»Sie haben vergessen, womit ich mein Geld verdiene. Darf ich Ihnen etwas zeigen?« Sie deutete auf die Tür nach draußen in den Garten.

»Nicht öffnen«, sagte er. »Ich kann das Risiko nicht eingehen, dass Sie versuchen wegzurennen oder zu schreien.«

»Ich möchte nur, dass Sie einen Blick aus dem Fenster werfen.«

Er dachte über ihre Bitte nach; dann nickte er. »Also schön.«

Francine erhob sich und ging zur Tür. Der obere Teil besaß eine große Scheibe mit einem weißen Vorhang. Sie zog den Vorhang beiseite. »Wenn Sie nach draußen schauen, werden Sie feststellen, dass es noch ein zweites Tor gibt.«

Charlie spähte durch die Scheibe und sah, was sie meinte. Der Garten war von einem drei Meter hohen, stabilen Holzzaun umgeben. Er wusste vom Auskundschaften des Hauses, dass sich das normale Tor zum Garten auf der linken Seite des Hauses befand. Jetzt sah er ein weiteres Tor auf der Rückseite des Gartens. Es war kleiner, aber es war da.

»Ich habe es vor drei Jahren einsetzen lassen, nachdem ich eine Reihe von Morddrohungen erhalten und jemand auf mich geschossen hatte.«

Charlie blickte sie überrascht an. »Jemand hat versucht, Sie zu erschießen …?«

»Er hat es versucht und nicht geschafft, ja. Der Punkt ist der, Charlie, es gibt ein zweites Tor. Es führt in eine Gasse zwischen diesem Grundstück und denen dahinter. Ein unbefestigter Feldweg. Auf der einen Seite endet der Weg unter den Bäumen, auf der anderen mündet er in einen weiteren Weg, der nach vorn zur Straße führt.«

Er begriff. »Ein Fluchtweg. Gute Idee.«

»Gott hat mich einmal gerettet, Charlie. Ich habe mir überlegt, dass es von nun an wohl in meinen eigenen Händen liegt.«

Er staunte, dass sie trotz der Umstände noch imstande war, Witze zu machen. Sie war wirklich aus hartem Holz geschnitzt. Sie ging zu ihrem Stuhl zurück und setzte sich.

»Ich würde meine Freundin anrufen und ihr sagen, dass sie sofort herkommen und ihren Arztkoffer mitbringen soll. Sie kennt den Hintereingang, und sie wird keine Fragen stellen. Sie kann mit dem Wagen in die Seitengasse fahren und durch das hintere Tor ins Haus kommen. Sobald sie hier drin ist, liegt es an mir und an Ihrer Pistole, sie zum Mitmachen zu überreden.«

»Ihre Freundin könnte die Nerven verlieren. Was, wenn sie beschließt, trotzdem einen Krankenwagen zu rufen?«

»Ich werde ihr unmissverständlich klarmachen, dass das Leben zweier junger Frauen auf dem Spiel steht und dass ich mit diesem Plan einverstanden bin. Dass es meine eigene Entscheidung ist.«

Er musterte sie eine volle Minute, während er nachdachte.

»Ganz ehrlich, Francine«, sagte er dann, »ich verstehe das nicht. Sie sind zu gelassen. Sie reden darüber, dass ich Ihnen in die Brust schieße und dass Sie möglicherweise an den Folgen sterben, und Sie hatten gerade mal eine Stunde, das alles zu verarbeiten. Das ergibt keinen Sinn. Ich habe so etwas wie das hier schon oft erlebt, mit vielen Leuten, und ich habe alle möglichen Reaktionen gesehen. Furchtlosigkeit war nie darunter, kein einziges Mal. Das gibt es nur in beschissenen Action-Filmen.«

Sie strich mit dem Finger über den Rand ihrer Kaffeetasse. »Ich weiß nicht, wie ich Sie in diesem Punkt zufriedenstellen soll, Charlie. Ich liebe das Leben, ja. Aber ich habe keine Angst vor dem Tod. Es gibt Schlimmeres.«

»Zum Beispiel?«

»Ein Leben ohne Würde.« Sie verschränkte die Hände. »Eine der Folgen jenes furchtbaren Wochenendes und meiner Rückkehr ins Leben ist die Fähigkeit, den Dingen auf den Grund zu gehen und den unabänderlichen Wahrheiten ins Auge zu sehen, anstatt vor ihnen wegzulaufen. Das Leben ist zu kurz, um herumzudrucksen. Sie sind hereingekommen und haben mir gesagt, wenn ich nicht sterbe, sterben zwei junge Frauen, eine davon Ihre adoptierte Tochter. Ich habe die Wahrheit Ihrer Worte in Ihren Augen gesehen und in Ihrer Stimme gehört. Mir wurde klar, dass ich zwei Möglichkeiten habe: sterben – oder Ihr Problem auf andere Weise lösen.«

Charlie wandte den Blick von ihr ab. Die innere Unruhe ließ seinen Magen verkrampfen und Übelkeit in ihm aufsteigen.

*Das ist verdammter Schwachsinn! Das hast du davon, dass du mit ihr geredet hast, du Trottel. Rede nie mit einer Zielperson. Du gehst rein, erledigst den Job und verschwindest wieder. Keine Lebensbeichten, kein Betteln und kein verdammtes Flehen.*

Das Problem hieß Sicherheit. Charlie war es gewöhnt, auf Nummer Sicher zu gehen. Sicherheit war seine Welt. Wenn es um Leben oder Tod ging – für einen selbst oder für andere –, verließ man sich nicht auf ein Vielleicht. Es war besser, einen Gefangenen zu erschießen, als ihn lebend zurückzulassen. Wenn man ihn tötete, konnte man sicher sein, dass er einem später keine Probleme mehr bereitete. Wenn man ihn gefesselt zurückließ – dann vielleicht doch.

Was stand auf dem Spiel? Vielleicht würde Phuong sterben. Oder Schlimmeres. Vielleicht würde Kristen sterben oder Schlimmeres. Die andere Ärztin würde vielleicht nicht mitspielen, und dann musste er beide töten. Oder sie rief entgegen allen Vereinbarungen einen Rettungswagen, während er die andere Seite des Hauses beobachtete – und dann hieß es wieder Tod oder Schlimmeres für Phuong oder Kristen oder beide.

Wenn er Francine erschoss, blieb die Sache unkompliziert und sauber. Dann gab es kein Vielleicht.

Sicherheit. Er entschied sich immer für Sicherheit, wenn er die Wahl hatte.

*Ja. Aber du ermordest normalerweise keine unschuldigen Menschen. Die Regeln sind andere, und alles ist total beschissen.*

»Verdammt«, fluchte er. »Verdammt, verdammt, verdammt!« Francine schwieg. Er starrte sie an. »Scheiße!«, sagte er schließlich. »Rufen Sie Ihre Freundin an. Aber wenn Sie ein einziges falsches Wort sagen, jage ich Ihnen eine Kugel durch den Kopf, Francine. Und wenn sie sich weigert mitzumachen, nachdem sie hier ist, bleibt mir nichts anderes übrig, als Sie beide zu töten.«

\*\*\*

Die Frau, die jetzt in der Küche stand, hieß Emily Meadows. Sie war vielleicht zehn Jahre älter als Francine Mays. Sie war klein, kaum über eins fünfzig. Ihr kastanienbraunes Haar reichte bis weit über die Schultern, und ihre Augen leuchteten in intensivem Grün. Sie war schlank und fit. Sie trug Bluejeans und ein weißes Button-Down-Hemd und sah in Charlies Augen reich aus. Millionenschwer.

*Unglückliche Millionen*, dachte er.

»Das ist lächerlich, Francine!«, sagte sie nun erbost, wobei sie zornig auf und ab ging, ohne Charlie und seine Waffe zu beachten. Als wäre er Luft.

»Das mag ja sein, Emily, aber so sind die Dinge nun mal. Abgesehen davon ... nachdem du nun hier bist, wird Charlie dich ebenfalls töten, wenn du nicht mitmachst.«

Emily blieb wie angewurzelt stehen und blickte zu Charlie. Er begegnete ihrem Blick mit ausdrucksloser Miene. Er war nicht sicher, was sie in ihm sah, doch sie wurde merklich blasser.

»Ja ...«, murmelte sie. »Wahrscheinlich würden Sie das tun. Gütiger Himmel.«

Sie ließ sich neben Francine auf einen Stuhl fallen und nahm Francines Hand.

»Deine Chancen stehen schlecht, das weißt du.«

»Nicht so schlecht wie andersherum.«

Emily sah erneut zu Charlie. Diesmal war ihr Blick anklagend.

»Warum muss sie das ertragen?«, wollte Emily von ihm wissen.

»Weil *er* es so beschlossen hat, wer immer dahinter steckt. Ich vermute, er ist ein religiöser Fanatiker – und Francine ist Abtreibungsärztin.«

»Und Sie? Wie können Sie sich auf so etwas einlassen!«

Er seufzte. »Haben Sie Kinder, Emily?«

»Einen Sohn. Er ist fünfundzwanzig.«

»Dann versetzen Sie sich in meine Lage. Es ist Ihr Sohn dort auf der Trage, mit einer IV-Sonde im Arm. Es gibt keinen Ausweg. Entweder Sie tun, was der Kidnapper von Ihnen verlangt, oder Ihr Sohn stirbt. Was machen Sie?«

Er konnte sehen, wie ihre Kiefermuskeln arbeiteten, während sie nachdachte. Er wusste, dass sie die Unausweichlichkeit letztendlich einsehen würde. Sie war eine kluge Frau, und er spürte eine gewisse Härte in ihr. Sie war anders als Francine, ganz anders. Francine war dem Tod von der Schippe gesprungen und existierte seither in einer Art permanenter Abgeklärtheit. Emily lebte in der dreckigen wirklichen Welt.

»Ich tue das Gleiche wie Sie … vielleicht.«

Charlie breitete die Hände aus. »Wie dem auch sei, Emily. Sie müssen sich entscheiden. Jetzt. Auf der Stelle.« Er warf einen Blick auf die Uhr. »Mir bleibt keine Zeit mehr.«

Emily starrte ihn an, dann ihre Freundin. Francine blieb ruhig.

»Gütiger Himmel«, sagte Emily zum wiederholten Mal. Sie hielt eine Hand vor ihre Augen. Schüttelte den Kopf. Nahm die Hand wieder weg. Ihre Lippen waren zu einem schmalen Strich zusammengepresst. »Dann bleibt also keine andere Wahl. Sie machen Ihre Arbeit besser gut, Mr. Charlie. Wenn Francine stirbt, setze ich Himmel und Hölle in Bewegung, um Sie zu finden und zu erledigen.«

Er spürte, wie die vertraute alte Gleichmut zurückkehrte.

Die innere Ruhe. »Tun Sie das, Emily. Aber ich möchte vorher noch etwas klären. Ich mag Sie. Ich mag Sie beide. Ganz ehrlich. Aber wenn Sie Ihren Teil der Abmachung nicht einhalten und einen Rettungswagen rufen, und der Irre findet heraus, dass ich Francine nicht getötet habe, und meine Tochter oder die meines Freundes zahlen den Preis dafür ...« Er schüttelte den Kopf. »Dann komme ich wieder.«

Emily schluckte. Nickte. »Gut. Ich sehe, wir verstehen uns.«

Charlie richtete seine Aufmerksamkeit auf Francine. »Ich brauche ein Ziel«, sagte er. »Es darf nicht zu weit seitlich sein, weil ich das alles filmen muss. Zeigen Sie mir, wo ich Sie treffen muss, und ich tue mein Bestes.«

Sie lächelte ihn tapfer an. Er war nicht sicher, ob sie wahnsinnig war oder großartig.

»Also gut, Charlie.« Sie deutete mit dem Finger auf die Stelle. »Genau hier.«

»Wie viel Spielraum habe ich? Es muss echt aussehen.«

»Einen oder zwei Zentimeter. Vielleicht.«

»Sie müssen sich hinterher tot stellen, Francine, damit es funktioniert. Verstehen Sie? Ganz egal, wie groß die Schmerzen sind. Ich muss Sie auch hinterher filmen, und er will eine tote Frau sehen. Sie müssen die Augen offen lassen. Es ist so gut wie unmöglich, sich mit geschlossenen Augen tot zu stellen.«

»Ich verstehe.« Sie berührte Emilys Arm. »Ich vertraue auf deine Fähigkeiten, Em.« Sie blickte Charlie wieder an. »Ich bin bereit.«

Er nahm die Kamera aus der Tasche, reichte sie Emily und zeigte ihr, wie das Gerät bedient wurde. »Sie zeichnet auch den Ton auf, also seien Sie still.«

Emily antwortete mit einem stummen Nicken.

»Dann bringen wir es jetzt hinter uns, Francine. Ich werde Sie vorher nicht warnen. Auf diese Weise ist es einfacher für Sie.«

»Ich verstehe.«

»Schalten Sie die Kamera ein«, sagte er zu Emily.

»Großer Gott …«, murmelte sie und verstummte. Drückte den Knopf.

Charlie richtete seine ganze Aufmerksamkeit auf Francine. Er hob die Waffe. Ihre Hände lagen auf dem Tisch. Sie zitterten so heftig, dass die Kaffeetasse klapperte.

*Besser, du machst schnell*, dachte er. *Bevor sie am ganzen Körper zittert.*

Er konzentrierte sich. Zwei tiefe Atemzüge, und seine Hände waren ruhig. Wie Felsen in der Brandung. Er fühlte nichts, dachte nichts, nahm keine Zukunft wahr und keine Vergangenheit. Nur das Hier und Jetzt, die Pistole, der zwei Zentimeter durchmessende Kreis, wo die Kugel treffen musste …

Er drückte ab. Der Knall war ohrenbetäubend in der kleinen Küche. Ein Schalldämpfer hätte jede Hoffnung auf einen exakten Treffer zunichte gemacht. Plötzlich war ein Loch in Francines Hemd. Sie riss die Augen auf. Stieß schnaufend die Luft aus, ein Grunzen, als hätte ihr jemand einen heftigen Schlag in den Solarplexus versetzt. Erst jetzt wurde Charlie bewusst, dass er ein weiteres Geräusch gehört hatte: den Einschlag der Kugel in der Wand hinter ihr.

*Gut*, dachte er. *Ein glatter Durchschuss.*

Sie fiel vom Stuhl und landete mit dem Gesicht nach unten auf dem Boden, zuckend. Er hörte Emilys scharfes Atmen, doch sie hielt ihr Versprechen und blieb stumm. Er sah zu ihr. Ihr Gesicht war weiß, ihre Augen weit aufgerissen. Er bedeutete ihr, den Knopf zu drücken und die Aufnahme zu beenden. Sie gehorchte, und er bemerkte staunend, wie ruhig ihre Hände waren. Not war manchmal ein richtiges Miststück.

Sie reichte ihm die Kamera und rannte zu Francine. Kniete bei ihr nieder. Bemerkte die Austrittswunde in Francines Rücken.

»Die Kugel ist durchgegangen«, bemerkte sie mit bebender Stimme.

»Drehen Sie sie um«, befahl Charlie. »Schnell!«

Er musste es nicht zweimal sagen. Sie drehte Francine auf den

Rücken. Francines Augendeckel flatterten, und sie stöhnte. Ihr Atem ging pfeifend. Sie hielt ihre Brust umklammert.

»Es tut so weh!«, stöhnte sie. »Es tut so weh ...«

Charlie bewegte sich schnell. Er packte Emily und stieß sie beiseite. Stellte sich über Francine, die Kamera nach unten gerichtet.

»Francine!«, sagte er.

Ihre Blicke schweiften umher. Sie sah ihn nicht.

»Francine!«, sagte er noch einmal, lauter diesmal.

Sie konzentrierte sich auf die Stimme, um sein Gesicht zu orten.

»Sie müssen sich zusammenreißen. Fünf Sekunden lang. Sie müssen aufhören zu atmen und stillhalten. Ich brauche Sie tot, klar? Wenn Sie das nicht schaffen, muss ich Sie beide erschießen, verstehen Sie das?«

Sie schnitt eine Grimasse, schnaufte und umklammerte ihre Brust, doch ihre Augen blickten jetzt klarer. Sie brachte ein Nicken zustande.

»Tapferes Mädchen«, sagte er. »Bei drei. Wenn ich drei sage, drücke ich auf den Auslöser. Sie müssen fünf Sekunden die Augen offen lassen, den Atem anhalten und keinen Muskel rühren. Sind Sie so weit?«

»Jaaa ...«, hauchte sie. Es klang furchtbar. Was als kleiner Blutfleck auf ihrer Brust begonnen hatte, war inzwischen zu einem großen, nass glänzenden roten Waschlappen geworden.

»Okay. Eins, zwei, drei ...«

Sie erstarrte. Ihre Brust rührte sich nicht mehr. Charlie drückte den Knopf und zählte fünf Sekunden herunter, die eine scheinbare Ewigkeit dauerten. Er schaltete die Kamera aus. »Atmen Sie!«, sagte er.

Francine versuchte tief einzuatmen; dann stöhnte sie auf. Ihre Augenlider flatterten.

»Die Lunge ...«, flüsterte sie. »Zusammengefallen ...«

»O Gott!«, Emily stürzte nach vorn. »Sie braucht eine Thoraxdrainage!« Sie starrte zu Charlie. Ihre Augen waren hasserfüllt. »Sie können verschwinden!«, schrie sie ihn an.

Er fühlte sich müde. So müde. Viel zu müde. Doch er hatte noch eine weitere geschmacklose Angelegenheit zu erledigen. Er hielt Emily die Pistole an die Stirn. Seine Stimme klirrte.

»Halten Sie sich an die Abmachung«, sagte er. »Oder ich werde Sie finden und töten. Francine ebenfalls, falls sie noch lebt. Haben Sie verstanden?«

Emily nickte, doch in ihren Augen war keine Angst. Nur Hass, blanker Hass.

Konnte man es ihr verdenken?

»Verschwinden Sie!«, zischte Emily.

»Retten Sie Francine«, sagte er. »Bitte.«

Er wandte sich ab und ging. Durch den Flur, zur Haustür hinaus, über den Rasen und zum Wagen. Stieg ein und fuhr davon.

*Warum fährst du so schnell, Charlie-Boy?*, fragte er sich.

Er packte das Lenkrad so fest, dass die Knöchel weiß hervortraten.

*Um mich am Umkehren zu hindern. Zu viel könnte schiefgehen. Emily könnte einen Rettungswagen rufen. Oder die Cops. Der Mann mit der Smiley-Maske könnte herausfinden, dass Francine noch lebt, und sich an Phuong rächen.*

Er starrte auf den Tacho und grinste wie ein Irrer.

*Zu spät ...*

Charlie fuhr weiter und weiter und konnte nicht aufhören zu grinsen, nicht einmal, als er zu weinen anfing.


**KAPITEL 28**  Es war halb zehn, und sie waren unterwegs, als Allisons Handy summte. Charlie war dran.

»Es ist getan«, sagte er.

Sie schaute David an und nickte einmal. Davids Mund zuckte, und er packte das Lenkrad fester.

518

»Alles okay mit dir?«, fragte sie Charlie.

»Klar. Großartig«, kam seine sarkastische Antwort. »Wo seid ihr?«

Allison berichtete ihm von der jüngsten Botschaft.

»Scheiße! Ihr hättet auf mich warten sollen!«

»Wir haben dir die Adresse im Hotel hinterlassen.«

Er schwieg ein paar Sekunden. Allison hörte, wie er sich durchs Zimmer bewegte. »Ich habe sie.«

»Hast du die E-Mail abgeschickt?«

»Selbstverständlich habe ich die verdammte E-Mail abgeschickt! Wir sehen uns bald. Versucht am Leben zu bleiben, bis ich da bin, okay?« Er legte auf.

Allison klappte das Handy zusammen und rieb sich die Schläfen.

»Was ist das alles für eine elende Scheiße!«, sagte David. Er fragte erst gar nicht, wie es Charlie ging.

\*\*\*

Es war zehn Uhr, als sie auf den Parkplatz des Lagerhauses einbogen. Das Tor stand offen, und sie fuhren hindurch.

Die Lager hatten Rolltore und waren nummeriert.

»Dreihundertvier«, sagte Allison und deutete auf einen Wegweiser mit einem Pfeil. »Da lang.«

David ließ den Wagen langsam rollen. Das Lagerhaus lag in einem Gewerbegebiet, und sie hörten Fahrzeuge auf den Straßen ringsum. Das Gebäude war in einem guten Zustand, der Asphalt frisch ausgebessert, die Rolltore ohne jeden Rost. Die Lagereinheiten waren aus Schalsteinen errichtet, die man mit Beton vergossen hatte. Wie Grabkammern.

»Wie oft habe ich Schuppen wie diesen gesehen«, murmelte Allison. »Vor ein paar Jahren habe ich in einer Lagereinheit sechs Einmachgläser gefunden. In jedem war ein Fuß.« Ihr Lächeln war ohne jeden Humor. »Seine Sammlung.«

»Mein Gott«, sagte David.

»Hier ist es.«

Er stoppte den Wagen und stellte den Motor ab.

»Es sieht aus wie die größte Größe, die sie hier haben«, bemerkte David.

Allison nickte. »Er könnte alles Mögliche da drin verstecken.« Sie hob den Schlüssel hoch. »Bist du bereit?«

»Und wenn es eine Falle ist?«

»Wenn es eine ist, dann bestimmt keine tödliche. Zumindest keine, die uns auf der Stelle umbringt.«

Er runzelte die Stirn. »Woher willst du das wissen?«

»Es ist eine Schnitzeljagd, David. Ein Spiel. Sie haben zu viel Spaß daran, uns durch die Gegend zu schicken, als dass sie uns jetzt schon töten würden.«

Er musste zugeben, dass sie nicht ganz unrecht hatte. »Okay. Lass uns nachsehen, was drin ist.«

***

Das Schloss war eines von diesen Riesendingern, die sich außer mit dem passenden Schlüssel höchstens mit einem Schweißbrenner öffnen ließen.

»Sieht nagelneu aus«, bemerkte Allison. »Entweder haben sie erst vor Kurzem irgendwelche Dinge hier eingelagert, oder sie haben ihre Sicherheit erhöht.« Sie hielt David den Schlüssel hin und zog ihre Waffe. »Oder willst du?«

Er nahm den Schlüssel. »Ich mache auf. Versuch bitte, mich nicht zu erschießen, okay?«

Sie zwinkerte ihm zu. David schwitzte, obwohl der Tag kalt angefangen hatte und im Verlauf noch kälter geworden war. Die Sonne war machtlos, und ein schneidender Wind wehte Blätter und eine Plastiktüte über den Asphalt. Er wischte sich den Schweiß von der Stirn und steckte den Schlüssel ins Schloss. »Wird schon schiefgehen.«

David drehte den Schlüssel und öffnete den Bügel. Dann packte er das Seil am unteren Rand des Rolltors und zog daran. Es ließ sich leicht bewegen und glitt nach oben. Licht durchflutete den Lagerraum. Er sah Staubflusen, einen grauen Betonboden, und dann ... den Wagen. Sein Mund wurde trocken.

»Verdammtes Schwein!«, stöhnte er auf. Seine Stimme war kaum mehr als ein heiseres Flüstern. »So ein verfluchtes Dreckschwein!«

*Heute ist Hochkonjunktur für wüste Blasphemien, Sportsfreunde!*, dröhnte die Stimme eines rasenden Ansagers durch seinen Kopf.

»David? Was ist denn los? Nun sag schon!«

Er stand da und starrte auf einen 1972er Cadillac Coupé De Ville mit eingedrücktem linkem Kotflügel und fehlendem Scheinwerfer. Ihm drohte der Atem zu stocken.

»Das ist der Wagen, mit dem meine Mutter über den Haufen gefahren wurde.«

Für einen Moment verschwand die Umgebung ringsum. Die Zeit raste zurück, das Jetzt wurde zum Damals. Weihnachten, Spielzeugpistole, Pfannkuchen im Bauch ... die Hand seiner Mutter, die plötzlich nicht mehr da war, das Gefühl von kaltem Metall und der warmen Luft des Motors unter seiner Hand.

»David?«

David antwortete nicht. Er ließ den Schlüssel mitsamt Schloss achtlos zu Boden fallen und ging zu dem Wagen. Er streckte die Hand aus, wollte ihn berühren und fürchtete sich zugleich davor, dass er wirklich und wahrhaftig vor ihm stand. Er hatte von diesem Cadillac geträumt. Alpträume, in denen der Wagen ihn über vereiste Bürgersteige verfolgt hatte, mit seiner Mutter am Steuer, die mit fehlendem Schneidezahn und irrem Kichern immer wieder »Es tut mir ja so leid, so leid, so leid« geröchelt hatte.

»Das ist er«, flüsterte David kaum hörbar. »Er ist es tatsächlich.«

Die Zeit geriet ins Stolpern, stockte, raste in die Gegenwart zurück. Er schluckte mühsam und drehte sich zu Allison um.

»Du erinnerst dich an die Geschichte, die ich dir einmal erzählt habe? Wie meine Mutter starb?«

Ihre Augen weiteten sich, als es ihr dämmerte. Sie starrte auf den Cadillac. Der Schock setzte ein. »Das ist der Wagen? Der deine Mutter überfahren hat?«

David erschauerte – eine unerwartete, unwillkürliche Reaktion, die seinen ganzen Körper erfasste. Er deutete auf den fehlenden Scheinwerfer. »Damit hat er sie getroffen.« Er blinzelte. »Genau hier.« Seine Stimme war voller Staunen und Abscheu.

»Es muss Bob gewesen sein«, sagte Allison und sprach die offensichtliche Schlussfolgerung laut aus. »Er muss der Fahrer gewesen sein, der deine Mutter getötet hat.«

Es traf David wie ein Baseball in den Unterleib. Mit voller Wucht. Er fiel auf die Knie, dann auf die Hände. Er ächzte, konnte nicht atmen.

*Stirb verdammtes Dreckschwein stirbstirbstirb, du elende Sau!*, schoss es ihm durch den Kopf, ein nicht enden wollender Schrei aus animalischem, unversöhnlichem, allertiefstem Hass. Dann fand er wieder Luft, atmete in großen, schluchzenden, bebenden Zügen, die seinen Brustkorb zu sprengen drohten. Ein dumpfes, mattes Summen füllte seine Ohren. Ein Geräusch wie von obszön großen Fliegen, die aus warmem Honig zu entkommen suchten.

»Er hat mir alles genommen«, krächzte er. »Er hat mir ... alles genommen.« Er hämmerte mit den Fäusten auf den Betonboden, so fest, dass es schmerzte. Es war ihm egal. Seine Knöchel fingen an zu bluten. Es war ihm egal.

»David!«, rief Allison erschrocken. Sie steckte ihre Waffe ein, ging neben ihm in die Hocke und packte seine Fäuste, um zu verhindern, dass er sich noch mehr am Beton verletzte.

David riss sich mit einer rücksichtslosen Gewalt von ihr los, die sie erschreckte. Er sprang auf, taumelte rückwärts gegen die Wand.

»Fass mich nicht noch mal an!«, brüllte er. »Er hat mir alles genommen! Alles! Er hat meinen Dad umgebracht! Er hat meine

Mom umgebracht! Und jetzt nimmt er sich Kristen!« Er presste die blutigen Fäuste gegen die Schläfen und schüttelte sich wie ein Hund. »Ich will ihn hier haben, sofort! Damit ich ihn noch einmal töten kann! Aber diesmal mache ich es langsam, viel, viel langsamer! Wenn ich es damals gewusst hätte, wäre er nicht so schnell gestorben! Ich will, dass er Schmerzen hat!« Er gab ein dumpfes Stöhnen von sich. Seine Augen blicken irre.

*Er dreht durch!*, erkannte Allison.

Sie tat, was sie nie zuvor bei ihm getan hatte: Sie ohrfeigte ihn. Kein schlapper Schlag, sondern mit der offenen Hand und mit aller Kraft dahinter. Es klatschte erschreckend laut. Davids Kopf flog zur Seite. Er drehte sich zu ihr um. In seinen Augen stand Mord.

»Du willst verhindern, dass er dir Kristen auch noch nimmt?«, herrschte sie ihn mit beißender Stimme an, doch ohne Bosheit. »Dann reiß dich jetzt gefälligst zusammen!« Sie sah, wie die heiße Wut in seinen Augen einem Ausdruck der Verwirrung wich. »Kristen braucht dich, David. Trauern kannst du später. Verdammt, ich leiste dir dabei Gesellschaft. Aber nicht jetzt.«

Er starrte auf seine Füße. Ein paar Sekunden blieb er stumm. Allison wartete geduldig. Schließlich hob er den Blick wieder, und sie sah, dass er sich gefangen hatte. Für den Moment. Er brachte ein gequältes Lächeln zustande, das ihr das Herz brach.

»Danke, Ally.«

»Wozu sind alte Kameraden da?«, fragte sie mit bebender Stimme.

Ein bellendes Lachen war seine Antwort. Er nickte. »Ohne Moos nix los.« Er rieb sich mit beiden Händen über das Gesicht und drehte sich zum Wagen um. »Das ist doch sicher noch nicht alles«, sagte er. »Es muss noch einen anderen Grund geben, aus dem sie uns hierher geschickt haben.«

Allison ging zur Fahrertür und spähte durch die Seitenscheibe. »Auf dem Sitz liegt etwas.« Sie öffnete die Tür und angelte einen inzwischen vertrauten Gegenstand hervor: einen gepolsterten

523

Umschlag aus braunem Packpapier. Sie griff hinein und zog eine DVD-Hülle heraus, eine Tablettenflasche und ein einzelnes Blatt Papier, mit Maschinenschrift beschrieben. Sie begann zu lesen und wurde blass.

»Was ist?«, fragte David. »Was ist denn?«

Sie reichte ihm das Blatt. Ihre Lippen waren zwei blutleere Striche. David las.

Diese Nachricht und die zugehörige DVD wurden in der Annahme verfasst beziehungsweise bespielt, dass ihr den ersten Teil eurer Abmachung mit mir erfüllt habt. Oder besser: mit uns, wie ihr inzwischen wahrscheinlich herausgefunden habt. Lest diese Instruktionen sorgfältig. Jedes Wort. Ihr steht unter Beobachtung.

David ging nach draußen und suchte den Parkplatz ab, sah aber nichts Verdächtiges. Er las weiter.

Ihr werdet nicht tun wollen, was ich von euch verlange. Und ihr könnt es sein lassen. Aber dann werden die beiden Frauen sterben. Das ist die schlichte, unumstößliche Wahrheit. Keine Verhandlungen, keine Tricks, keine Spielverzögerung. Ihr tut, was ich euch sage, oder sie sterben.

Hier ist die Anweisung. Allison wird die Pille aus der Flasche einnehmen. Es ist Rohypnol. Sie wird in den Wagen steigen und den Whiskey trinken, der im Fußraum auf der Beifahrerseite steht. Danach wird sie abwarten, bis die Wirkung der Droge einsetzt. David und Charlie (falls er da ist) werden die DVD nehmen und zum Hotel zurückfahren. Wie bereits erwähnt, steht ihr unter Beobachtung. Falls ihr den Anweisungen nicht Folge leistet, sterben eure Töchter. Falls ihr nicht innerhalb einer Stunde, nachdem ihr das hier gelesen habt, wieder im Hotel erscheint, sterben sie ebenfalls.

Das war alles. David blickte Allison ungläubig an. Sie hatte die Hände um den Leib geschlungen und starrte ins Leere. Ihre Miene war gefasst, doch sie zitterte.

»Das machen wir nicht«, sagte David. »Auf gar keinen Fall.«

Allisons Antwort ging im Geräusch eines Wagens unter. Es war Charlie, der in diesem Moment vor dem Lagerraum hielt. Er stieg aus und bemerkte ihre ernsten Gesichter.

»Was ist passiert?«

David gab ihm den Brief. Charlie las. Als er fertig war, zerknüllte er ihn.

»Scheiß drauf!«

Allison atmete zitternd ein und schien sich innerlich zu wappnen. »Hört zu, alle beide. Wir haben keine Wahl. Nicht mehr als bei der Tötung von Francine Mays. Es gefällt mir genauso wenig …« Allison erschauerte. »Die Wahrheit ist, ich habe die Hose gestrichen voll. Aber was sollen wir sonst tun?«

»Auf keinen Fall!«, rief Charlie und trat zu ihr. »Auf gar keinen Fall! Nicht jetzt!«

Sie lächelte ihn an und streckte eine zitternde Hand aus, um ihm über die Wange zu streicheln. »Wir haben keine Wahl, Charlie. Es liegt an euch beiden, mich zu retten.«

Er schüttelte heftig den Kopf. »Nein!«

»Das kannst du nicht tun, Ally«, pflichtete David ihm bei. »Was, wenn sie dich nicht als Geisel nehmen, sondern auf der Stelle töten?«

Sie schüttelte den Kopf. »Das ist jetzt mein Part. Wir sind schon sehr weit gekommen. Kristen und Phuong sind noch am Leben. Sorgen wir dafür, dass es so bleibt.« Sie warf einen Blick auf die Uhr. »Ihr habt bis half zwölf, um ins Hotel zurückzufahren. Seid nicht dumm. Wartet nicht hier, bis sie auftauchen, um mich zu holen. Sie arbeiten im Team, schon vergessen? Einer von ihnen ist bei euren Töchtern.«

David umarmte sie. »Du bist wahnsinnig«, sagte er. »Ich liebe dich.«

525

Sie küsste ihn auf die Wange. »Achtet darauf, dass ihr rechtzeitig wieder da seid, okay?«

Sie wandte sich an Charlie. Er blickte sie seltsam an – in einer Art verletztem, von Liebe erfülltem Zorn.

*Mein warmherziger Killer*, dachte Allison. *So ein großer, starker Mann, und so viel Angst.*

Sie packte ihn, ohne darüber nachzudenken, und zog seinen Kopf zu sich herunter, um ihn zu küssen. Hart und fordernd. Er war überrascht, doch nur für einen Sekundenbruchteil. Dann schloss er sie in die Arme und drückte sie an sich, als wollte er sie zerquetschen, während er ihren Kuss erwiderte. Als sie sich voneinander lösten, schüttelte David den Kopf.

»Da brat mir doch einer 'nen Storch«, sagte er. »Wie lange geht das denn schon so?«

Allison lachte schüchtern. »Seit wir Kinder sind.«

»Tatsächlich? Wie kommt es, dass ich nie etwas mitgekriegt habe?«

»Wir haben es vor dir geheim gehalten«, sagte sie.

»Warum?« Seine Augen weiteten sich in plötzlichem Begreifen. »Oh … wow. Du hast es gewusst?«

Charlie zuckte die Schultern. »Verdammt, D, sogar ich habe es gewusst, und ich bin schwer zurückgeblieben, wenn es um diese Dinge geht.«

David lächelte. »Ich freue mich jedenfalls für euch, auch wenn ihr hinterlistige, verlogene Bastarde seid, alle beide.«

»Leck mich«, sagte Charlie wie in alten Zeiten und drehte sich zu Allison um. »Wir kommen dich holen, Ally.«

Sie streichelte ihm erneut über die Wange. »Ich zähle darauf, Charlie. Und jetzt verschwindet.«

Sie wandte sich ohne ein weiteres Wort ab und ging in den Lagerraum. Öffnete die Beifahrertür. Stieg in den Wagen und zog die Tür krachend zu. Sie fand die Flasche und nahm einen tiefen Schluck. Charlie beobachtete sie durch die Windschutzscheibe. Er ballte die Fäuste, drehte sich um und ging zu seinem Wagen.

»Wenn ihr irgendwas passiert, Charlie, sind diese Kerle tot.«

»Sie sind auf jeden Fall tot, darauf kannst du einen lassen.«

***

Allison spürte, wie die Droge zu wirken begann. Sie fühlte sich wie auf Watte. Entspannt. Angenehm leicht. Schwebend.

»Zwei bis acht Stunden«, murmelte sie schleppend.

So lange hielt die Wirkung vor. Sie kannte sich aus mit »Roschies«, wie der Stoff in der Szene hieß. Während ihrer Zeit beim FBI hatte sie einen Serienvergewaltiger zur Strecke gebracht, der mit diesem Zeug gearbeitet hatte. Das Problem war gewesen, dass er manchmal zu viel davon benutzt hatte und seine Opfer gestorben waren. Rohypnol war der Markenname von Flunitrazepam. Es war ein Sedativum, dessen Wirkung auf einer Dämpfung des Zentralen Nervensystems beruhte. In Verbindung mit Alkohol führte Rohypnol zu Enthemmung und Amnesie, was der Grund dafür war, dass Sexualtäter diese Droge liebten.

»Deswegen auch der Whiskey«, murmelte Allison und nahm einen zweiten und letzten Schluck. Sie schraubte die Flasche zu und stellte sie in den Fußraum zurück.

Rohypnol war nicht nur eine Date-Rape-Droge. Heroinsüchtige benutzten sie, um ihren Flash zu verlängern, während Kokain- oder Crackabhängige damit ihren Kater dämpften. Das Medikament war in den USA nicht zugelassen und illegal, doch es wurde in sechzig anderen Ländern der Erde als Medikament gegen Schlaflosigkeit verschrieben. Die Droge gelangte größtenteils über Mexiko in die Vereinigten Staaten.

»Mech-i-ko …«, lallte Allison. Ihr Kopf sank nach vorn.

Sie schrak hoch. Sie wusste nicht, wie viel Zeit vergangen war. *Jesses.* Das Mistzeug hatte es wirklich in sich. Irgendwo tief im Innern war sie sich bewusst, wie entsetzlich ihre Angst war. Kontrolle bedeutete ihr alles; so war es immer schon gewesen. Das hier war ihr schlimmster Alptraum. Sie fragte sich, ob er ... ob sie das wussten.

*Was für ein großartiger Kuss,* dachte sie. *Was für ein wunderbarer Kuss ...*

Und dann nichts mehr.

\*\*\*

Fünfundvierzig Minuten später schlüpfte Thomas aus dem Kofferraum. Er hatte seine Pistole gezogen, und er war nervös und angespannt. Das war jetzt der heikelste Teil. Er hatte Kameras im Wagen sowie an verschiedenen anderen Stellen im Lagerraum installiert und die Bilder im Kofferraum gesehen, doch dieser Charlie-Scheißkerl war ein gerissenes Arschloch.

»Gottverdammter Killer«, murmelte er, ohne sich der Ironie seiner Worte bewusst zu werden.

Er blickte zum Rolltor des Lagerraums, das noch immer offen stand. Nichts zu sehen. Er schlich nach vorn, die Waffe im Anschlag, und steckte den Kopf nach draußen. Immer noch nichts.

Thomas grinste und entspannte sich.

John hatte recht gehabt. Die Typen hatten getan, was man ihnen befohlen hatte, weil ihnen gar keine andere Wahl blieb. John hatte immer recht. Das war einer der Gründe, warum Thomas seinen Bruder so liebte. Andererseits hatte es ganz schön lange gedauert. Er hatte die halbe Nacht in dem beschissenen Kofferraum gesteckt. Thomas streckte sich und verfluchte die drei im Stillen.

»Kann man nichts machen«, murmelte er leise.

Er behielt die Waffe in der Hand, als er in den Wagen stieg. Schön langsam, denn man konnte nicht vorsichtig genug sein. Die Nutte tat vielleicht nur so, als wäre sie high. Nutten waren gerissen und hatten jede Menge Tricks auf Lager. Thomas stupste sie mit dem Lauf seiner Pistole an.

»He! Bist du wach? Alles klar bei dir?«

Sie murmelte etwas, und ihr Kopf sank ihm entgegen. Er bemerkte, dass ihr Mund schlaff war. Ein dünner Speichelfaden rann aus einem Mundwinkel und über ihr Kinn auf die Brust. Er lachte.

»Was sagt man dazu? Gott-ver-dammt!« Er schob sich die Pistole in den Hosenbund unter dem Hemd (und überzeugte sich vorher, dass die gottverdammte Sicherung umgelegt war – er hatte nicht die Absicht, sich den Sack wegzuschießen). Er beobachtete Allison ein paar Sekunden lang. Rieb sich über das Stoppelkinn. Leckte sich die Lippen.

Sie war ein heißes Luder, da gab es nichts. Lange blonde Haare. Scharfe Titten. Weiche, eiskremlöffelförmige C-Körbchen von der Sorte, an der er tagelang nuckeln konnte.

Thomas schluckte. Sein Penis drückte machtvoll gegen die Hose. Aber da musste er durch. John würde ihn umbringen, wenn er mit der Nutte irgendwas anstellte. Das hatte er unmissverständlich klargemacht. John war mit allen Wassern gewaschen, auch in dieser Hinsicht. Thomas kannte seinen Bruder.

»Ich bringe dich zu unserem Vater«, hatte John gesagt.

Der bloße Gedanke hatte gereicht, dass Thomas sich beinahe in die Hose gemacht hätte. Vater beobachtete sie. Er saß an der Seitenlinie. Und er hatte gesagt, dass er sehen wollte, ob sie Männer geworden wären. Und er wäre gerne bereit einzuschreiten und ihnen zu geben, nach was sie verlangten, sollten sie sich als unfähig erweisen.

»Himmel, nein, bitte nicht, gott-ver-dammt!«, flüsterte Thomas, ohne sich seiner lauten Gedanken gewahr zu sein.

Aber es konnte sicher nicht schaden, wenn er die niedlichen Titten ein klein bisschen knetete. Das war doch wohl nicht verboten …?

Thomas streckte eine zitternde Hand aus und legte sie auf ihre linke Brust, über dem Hemd. Er spürte das Körbchen ihres BHs, und als er behutsam zudrückte, ließ ihn die weiche, warme Nachgiebigkeit des Inhalts erschauern.

»Gott-ver-dammt!«, flüsterte er. Und schluckte erneut. Zu viel verdammte Spucke im Mund.

Er wollte die Nutte ficken. Er wollte ihr die Klamotten herunterreißen und sie durchvögeln, gleich hier, an Ort und Stelle. Er schüttelte den Kopf und schlug sich mit der flachen Hand ins Gesicht.

Nein, Sir. Auf gar keinen Fall! Johns Befehle waren eindeutig, und wenn es irgendetwas gab auf der Erde, das Thomas noch mehr liebte als jede Nutte, dann war es sein Bruder. Er schüttelte die Benommenheit ab und drehte den Zündschlüssel. Der Motor sprang sofort an und rumpelte in satten Tönen. Thomas nickte zufrieden vor sich hin.

Vaters alter Wagen. Damals hatten die Leute noch gewusst, wie man Autos baut, gott-ver-dammt noch mal.

Er und John hatten viel Zeit damit verbracht, den Wagen zu restaurieren. Sie hatten die Maschine überholt, bis sie wieder schnurrte. Thomas war verblüfft gewesen, als John nach der vielen Arbeit den Scheinwerfer eingeschlagen hatte, aber dann hatte er ihm den Grund erklärt, und Thomas hatte lachen müssen.

Natürlich wuchs dadurch die Gefahr, dass er von einem gelangweilten Cop angehalten wurde, noch dazu mit der weggetretenen Nutte auf dem Beifahrersitz, aber hey – das bisschen Risiko verlieh der Sache die besondere Würze, okay?

Die Nutte neben ihm schmatzte mit den Lippen und murmelte etwas Unverständliches. Er sah flüchtig zu ihr, ließ den Blick erneut über ihre geilen Titten gleiten. Dann riss er sich zusammen, setzte den Wagen nach draußen und fuhr davon.

**KAPITEL 29** David beobachtete Charlie mit misstrauischem Blick. Sein Freund war äußerlich ruhig, doch es war eine Furcht einflößende Ruhe.

*Er sieht aus, als könnte er jemanden umbringen – nein, als könnte er jeden umbringen.*

Ein Satz für sein Notizbuch.

Charlie saß im Sessel am Fenster und starrte hinaus auf die Stadt. Er beobachtete den Verkehr, der durch die Innenstadt kroch, und die Menschen, die ihrem Alltag nachgingen, blind für das, was in dem Hotelzimmer über ihnen vor sich ging.

*Ist das nicht immer so?*, überlegte David. *Du küsst deine Frau, während im gleichen Moment die Nachbarin bei einem Autounfall stirbt. Du hast einen Augenblick des Glücks, während sie im Todeskampf liegt. Jeder blind für den anderen, geographisch nah und dennoch Lichtjahre auseinander.*

*Wer den Spruch geprägt hat, dass Unwissenheit ein Segen ist, hatte keine Ahnung*, überlegte David. *Verstehen kann ich ihn trotzdem. Er muss unter großem Schmerz gelitten haben.*

»Charlie«, sagte er. »Wir müssen uns die hier anschauen.« Er hielt die DVD hoch. »Bist du bereit?«

Charlie schwieg eine volle Minute, bevor er antwortete. »Also gut.«

Es war brutal, doch so war das Leben. So war es eher häufig als selten. Das größte Problem mit dem Leben – oder das Beste daran, je nachdem, aus welcher Warte man es betrachtete – war die unendliche Normalität von allem. Man konnte nicht sein ganzes Leben mit der Suche nach dramatischen Augenblicken verbringen. Man musste lernen, die Schönheit auch im Schlichten, Unspektakulären zu entdecken. Zum Beispiel darin, Kristen großzuziehen. Vater zu sein und ein Kind aufzuziehen, konnte man kaum als einzigartig bezeichnen. Doch Kristen war Kristen, und das unterschied sie von allen anderen. Niemand war wie sie.

David schlug Charlie auf die Schulter, dann schob er die DVD in den Laptop. Der DVD-Player startete, einen Moment blieb der Bildschirm dunkel, dann erschien die inzwischen unerträgliche Smiley-Maske.

»Ob er das für lustig hält?«, sagte Charlie.

»Ich habe nicht den Eindruck, als wäre er ein lustiger Vogel. Vielleicht versucht er ironisch zu sein.«

Der Mann mit der Maske begann:

»Ich habe diese Sequenz aufgezeichnet in der Annahme, dass ihr die erste euch zugewiesene Aufgabe ausgeführt habt. Falls dem so ist und ihr diesen Videoclip seht, gibt es drei Fakten, die für uns von Interesse sind: Kristen ist am Leben und unversehrt, Allison ist bei uns und ebenfalls unversehrt, und Francine Mays ist tot. Ich nehme an, Charlie ist dafür verantwortlich. Charlie, zerbrich dir nicht den Kopf darüber. Denk an die vielen ungeborenen Babys, die diese Frau ermordet hat. Es mag dir im Moment egal sein, weil du ein böser Mensch bist, aber später, wenn du errettet wurdest, wird es dich bekümmern.«

*Wenn du wüsstest!*, dachte Charlie. *Ich werde jedenfalls darauf achten, dass ihr es erfahrt, alle beide, bevor ich euch töte. Vorausgesetzt, Francine hat überlebt.*

Er warf einen Seitenblick auf David. Charlie hatte die Wahrheit über seine Begegnung mit Francine Mays instinktiv zurückgehalten. Es war sein altes Sicherheitstraining, das durchgekommen war. Falls David geschnappt und gefoltert wurde, konnte er nicht verraten, was er nicht wusste.

Plötzlich ein Gedanke: *Warum hat dieses maskierte Arschloch Phuong nicht erwähnt?* Entsetzen und Angst wogten über Charlie hinweg, und er kämpfte darum, nicht erneut die Kontrolle zu verlieren.

»Ich denke, es ist nun an der Zeit, euch ein wenig in den großen Plan einzuweihen, bevor es an eure nächste Aufgabe geht«, sagte Mr. Smiley. »Ihr wisst inzwischen genügend, um weitere Erklärungen zu begreifen. Ja, es gibt zwei von uns. Meinen Bruder und mich. Wir sind die leiblichen Söhne von Robert Gray, dem Nephilim, möge er gesegnet sein bis in alle Ewigkeit. Er hat uns mit eiserner Faust aufgezogen, weil wir in einer harten, ungerechten Welt leben und weil er wusste, dass unser menschliches Blut uns immer wieder in Versuchung führen würde. Wie recht er doch hatte. Unsere Mutter war schwach, und sie hat uns mit ihrer Sanftmut infiziert.

Sie hat sich selbst umgebracht. Braucht es also weitere Beweise? Sie hat den Ausweg des Feiglings gewählt, und dafür schmort sie in der Hölle, während wir hier reden.« Er hielt inne. »Natürlich haben wir es nicht immer so gesehen. Wir waren lange Zeit im Widerstreit, was unsere Mutter angeht. Es war unsere Erinnerung an die Zeit mit ihr allein, als Vater in Vietnam war, die uns verführt hat. Mutter behandelte uns mit einer gewissen Güte, brachte uns sogar zum Lachen. Wir waren tief betrübt über das, was wir in ihrem Tagebuch gelesen haben. Ich war derjenige, der es gefunden hat, und ich habe es versteckt, bevor Vater es finden konnte.

Ich erinnere mich an diesen Tag, als wäre es gestern gewesen. Mutter hatte sich die Pistole in den Mund gesteckt und den Lauf nach oben gerichtet. Die Kugel riss ihr den halben Kopf weg. Ihre Augen standen offen, und es stank nach Pulverqualm und Waffenöl, Urin und Kot und Blut. Vater ließ uns ihr Gehirn von den Fensterscheiben abwaschen. Ich fand noch Wochen später hinter den Sockelleisten kleine Stückchen von ihrem Schädel.

Wir hatten keine Ahnung, dass Vater noch eine zweite Familie hatte. Jedenfalls nicht von Anfang an. Er nahm euch erst Jahre nach Margarets Tod bei sich auf. Er war damals Himmel und Hölle für uns, mehr als je zuvor. Ich bin sicher, ihr könnt nachvollziehen, dass wir ihm keine tiefer gehenden Fragen gestellt haben.

Wir waren achtzehn und neunzehn, als ihr ihn umgebracht habt. Er hatte uns gerade erst hinaus in die Welt geschickt. ›Macht euch daran, eure Bestimmung zu erfüllen‹, waren seine Worte. Wir waren Männer, und er erwartete von uns, dass wir dem Weg folgten, den er uns vorgezeichnet hatte, dass wir heirateten, unsere eigenen Kinder zeugten und den Willen Gottes befolgten. ›Ich werde noch Arbeit für euch haben‹, gab er uns mit auf den Weg. ›Es ist etwas Böses unterwegs in diese Welt.

533

Es mag in fünf Jahren kommen oder auch erst in zwanzig, aber es wird kommen. Ich möchte, dass ihr euch vorbereitet, sodass ihr nicht überrascht werdet, wenn es so weit ist.‹ Er starb, bevor er uns sagen konnte, was diese andere Arbeit sein mochte.« Der Mann hinter der Maske verstummte. David nahm an, dass er in Erinnerungen versunken war.

»Erwachsenwerden ist eine gefahrvolle Reise, bedroht von Tod und Teufel. Das Leben ist kompliziert, voller vager Andeutungen und voller Fallstricke. Es besteht aus so vielen Schichten, dass selbst der wachste Verstand in Verwirrung gestürzt wird. Vater hatte Jahre damit zugebracht, uns zu lehren, wer wir sind und was von uns verlangt wird, doch nachdem er uns hinaus in die Welt geschickt hatte und kurz darauf gestorben war, was taten wir? Wir wurden zu Sündern, schliefen mit Frauen, tranken … und Schlimmeres.

Wir versuchten, so zu sein, wie er es uns gelehrt hatte. Wir dachten, das wäre die Pflicht guter Söhne. Außerdem hielten wir es für unsere Bestimmung, die vor unendlichen Zeiten unauslöschlich in Stein gemeißelt worden war. Doch das Menschenblut in uns kam immer wieder durch. In meinem Bruder noch stärker als in mir, aber auch ich habe schwere Sünden auf mich geladen.

Versteht ihr, was ich euch sage? Wir haben Schlimmes getan – manchmal etwas wirklich Schreckliches –, und wir hatten Alpträume davon. Der Selbsthass war unerträglich, und trotzdem sündigten wir erneut. Wir genossen unsere Taten und hassten uns für unser Vergnügen. Es war ein heiliger Krieg, der in uns tobte, in unseren Herzen.« Der Mann hinter der Maske seufzte. »Mit der Zeit drohte dieser innere Widerstreit uns zu zerreißen. Ich fing an zu trinken, und mein Bruder nahm zusätzlich Drogen. Wir waren auf einer Abwärtsspirale, die kein Ende nahm.

Bis vor zehn Jahren. Damals erhielten wir ein Paket von einer Anwaltskanzlei in Austin. Es enthielt unter anderem einen Umschlag mit einem Brief darin. Auf dem Umschlag stand in der

Handschrift unseres Vaters: *Zuerst das hier lesen.* Es war ein Brief, der erklärte, was es mit dem Paket auf sich hatte.

Mein Vater in seiner Weisheit hatte diese Dinge in die Obhut eines Anwalts gegeben. Im Falle seines Todes sollten sie uns an einem vorgegebenen Datum ausgehändigt werden. Wir sollten den Brief lesen, und alle Fragen würden beantwortet werden.«

Der Mann mit der Smiley-Maske hielt inne. Als er fortfuhr, hörten David und Charlie Ehrfurcht und Verzückung in seiner Stimme.

»Dieser Brief errettete uns. Er verriet uns, wie unser großes Werk auszusehen hatte. Er gab unserem Leben einen Sinn.« Er hielt drei Blätter weißes Papier in die Höhe. »Hier ist er. Hier stehen die Worte geschrieben, die unser Leben verändert haben. Die euer Leben verändern werden.«

Er las vor:

»»Es mag sein, dass ihr auf einem Pfad der Sünde wandelt, wenn ihr dies hier lest. Sorgt euch nicht! Die menschliche Seite in euch ist stark, sehr stark, doch in euren Adern fließt immer noch das Blut der Engel, und wenn ihr euch bemüht, wenn ihr euch anstrengt, wird es am Ende obsiegen.

Wenn ihr dies lest, bin ich lange tot, und eine böse Macht ist über die Welt gekommen. Ein Übel ohnegleichen. Ich habe viele Jahre gekämpft, diese Dämonen im Zaum zu halten, doch die Tatsache, dass ihr diesen Brief in Händen haltet, bedeutet, dass ich versagt habe.

Ich habe die Anwälte instruiert, euch dieses Paket nicht gleich auszuhändigen. Ihr wart noch nicht bereit, meine Söhne. Ihr musstet erst Erfahrungen sammeln in dieser Welt, aus erster Hand die Gosse erleben, zu der das Leben für die Unvorsichtigen werden kann. Es tut mir leid, wenn dies schmerzvoll für euch war und wenn euer Glaube an euch selbst oder eure Herkunft darunter gelitten haben. Ihr musstet euch erst an Entbehrungen und Härten ertüchtigen und eure eigenen Versuchungen erleben.

Wenn ihr meine Söhne seid – und das seid ihr – dann seid ihr jetzt bereit. Bereit zur Rückkehr auf den rechten Weg.

Ich habe drei Halbdämonen in meine Pflege genommen. Mein Tod bedeutet, dass sie fliehen konnten, und auch sie hatten Gelegenheit, frei in der Welt umherzustreunen. Sie wurden stärker und wagemutiger auf ihren unheiligen Wegen, und sie tragen Masken der Falschheit. Lasst euch nicht täuschen, meine Söhne! So freundlich sie auch erscheinen mögen, hinter den Masken lauern Fratzen, in denen Maden wimmeln.

Ich wünschte, ich könnte euch einfach sagen, sucht und vernichtet sie. Das wäre der einfachste Weg und der sicherste, doch das Einfachste und Sicherste ist oft nicht das, was Gott will. Gott hat mir eine sehr viel schwerere Aufgabe auferlegt. Ich habe versagt, daher fällt deren Erfüllung nun euch zu.

Gott will, dass ihr sie errettet, anstatt sie zu vernichten. Die Menschen sind unvollkommen, meine lieben Söhne. Genauso, wie eure Menschlichkeit euch zum Bösen hin zu lenken vermag, kann sie euch auch zum Guten führen.«

Mr. Smiley faltete die Seiten zusammen und legte sie beiseite.

»Er hat uns gesagt, wer ihr seid, und er hat unserem Leben einen Sinn gegeben. Vielleicht versteht ihr jetzt. Wir tun dies nicht zu unserem Vergnügen und nicht, weil wir euch Böses wollen, sondern weil es unsere heilige Pflicht ist – unserem Vater von Gott auferlegt und an uns weitergegeben –, euch die Erlösung zu bringen.

Dies ist der Grund, weshalb wir euch auf den Weg der Erkenntnis gebracht haben. Ihr musstet zunächst das ganze Ausmaß der Voraussicht unseres Vaters begreifen. Er hat dir deinen falschen Vater und deine wahre Mutter genommen, David Rhodes, weil er wusste, wer – und was – du warst. Er nahm euch alle bei sich zu Hause auf und hielt euch gefangen. Nicht, um euch zu schaden, sondern um die Welt vor euch zu schützen, bis die Zeit gekommen war, da er eure Seelen retten konnte.

Wir vertrauen darauf, dass dies alles euch seine Hingabe erkennen lässt und euch zeigt, wie viel von sich selbst er aufgegeben hat ob der Pflicht, die ihm von Gott auferlegt wurde. Er versagte sich ein normales Leben, um euch zu retten. Es hat ihn am Ende das eigene Leben gekostet, doch selbst das war nicht genug, um ihn aufzuhalten.«

Eine weitere der gemessenen Pausen, und diesmal beschlich David das Gefühl, dass der Sprecher hinter seiner Maske lächelte. »Was meine ich mit ›nicht genug‹? Oh, ihr würdet es nicht glauben, wenn ich es euch hier und jetzt verkündete! Es muss reichen, wenn ich sage, dass er euch auf jede nur denkbare Weise durchschaut hat.

Beginnt ihr nun zu verstehen? *Ihr könnt einen Nephilim nicht überlisten.* Ihr müsst euch unterwerfen. Widerstand ist zwecklos. Vollbringt die Taten, die wir von euch verlangen. Sie werden große Veränderungen in dieser Welt bewirken, Veränderungen zum Guten. Gewiss, zuerst werdet ihr euch sträuben. Die dämonische Seite in euch wird sich nach Kräften wehren. Kämpft dagegen an, und am Ende kommt das Gute hervor! Menschen sind mitunter schwach, doch auch der Schwächste ward nach Gottes Bild erschaffen.«

Er verlagerte sein Gewicht auf dem Sessel.

»Allison in unsere Gewalt zu bringen war eine strategische Entscheidung. Ich musste die Möglichkeit einkalkulieren, dass wir euch alle drei nicht lenken können. Satan ist eine durchtriebene Bestie. Mein Vater ist mächtig, und trotzdem wart ihr drei imstande, ihn für eine Weile auszuschalten, und das, obwohl ihr noch Kinder wart.

Ich habe beschlossen, Allison für den Augenblick in meinem Gewahrsam zu behalten. An dem Tag, an dem ihr beide errettet seid, wecken wir sie gemeinsam auf, und dann retten wir auch sie.«

»Was für ein verdammter Irrer!«, stieß Charlie hervor.

David schwieg.

»Trotz allem, was ihr seid und was ihr meinem Vater angetan habt, hat er euch eine Liebesbotschaft hinterlassen. Ich habe sie auswendig gelernt. Ihr werdet ihre Schönheit zum jetzigen Zeitpunkt nicht begreifen, aber eines Tages wird es so weit sein. Die Botschaft lautet:

›Ganz gleich, wie sehr ihr euch in Sünde suhlt, Gottes Liebe, jener menschliche Teil von euch, den man Seele nennt, bleibt stets bei euch. Manchmal mahnt sie, manchmal brennt sie, manchmal schreit sie, manchmal singt sie. Sie ruft euch zurück auf den rechten Weg, mit Fäusten oder mit Worten. Jedes Problem, jeder Zweifel, jeder Drink, jeder gequälte Augenblick werden von euch weichen, indem ihr die Tatsache akzeptiert, dass euer einziges Glück darin liegt, dem Wort Gottes zu folgen.‹«

Der Sermon war nur so aus ihm hervorgesprudelt, wie aus einem vom Heiligen Geist besessenen Geistlichen, während er von der Kanzel herab eine flammende Strafpredigt an seine Gemeinde hält.

*Nur, dass dieser Irre aussieht wie der Springteufel aus der Werbung,* dachte David. Was für ein haarsträubender, grotesker Wahnsinn. Er warf einen Seitenblick zu Charlie. Dessen Gesicht war völlig ausdruckslos.

»Wir haben einen Plan entworfen, einen ganz einfachen Plan. Wir erkannten, dass ihr eine Motivation brauchen würdet, um Gottes Werk zu tun und auf den rechten Weg zurückzukehren. Ich bin zuversichtlich, dass ihr irgendwann die Wahrheit akzeptieren werdet, doch ich habe auch die erste Lektion nicht vergessen, die unser Vater uns gelehrt hat. Ich halte sie noch heute in Ehren. Sie lautet: Manchmal braucht es den Gürtel.

Der Plan sieht folgendermaßen aus. David und Charlie, ihr beide werdet zur rächenden Hand Gottes. Wir werden euch Aufgaben stellen ähnlich der, die ihr bereits erledigt habt, und die ein wenig Gerechtigkeit in dieses traurige Land bringen. Es muss eine Zeit kommen, in der die Sünder wieder vor Gott erzittern, versteht ihr? Sie laufen umher, lassen ungeschoren ihre Kinder abtreiben, betrügen ihre Ehepartner, wechseln die Religionen, beten falsche Götzen an – und alles ohne Furcht. Es ist unsere Aufgabe, dies zu ändern. Wenn wir diese Veränderung herbeiführen, wenn wir es wirklich und wahrhaftig versuchen, dann … dann wird uns Gottes Liebe erfüllen. Unsere Kelche werden überlaufen vor Liebe.

Ihr werdet die euch gestellten Aufgaben lösen. Weigert ihr euch, werden Allison schreckliche Dinge zustoßen. Solltet ihr versuchen, uns zu finden und aufzuhalten, geschieht das Gleiche. Was Kristen betrifft – wir werden sie von heute an als eine der unseren aufziehen. Wir nehmen die Bürde auf uns, sie so umzuerziehen, dass es Gott gefällt, und wenn Gott will, wird sie uns Kinder schenken, denen wir das Wort weiterreichen können.«

David bemerkte gar nicht, dass ihm die Kinnlade herabgesunken war und dass er die Armlehnen des Sessels so fest umklammerte, dass seine Gelenke schmerzten.

»Bitte zweifelt nicht an unserer Entschlossenheit, Hingabe und Aufrichtigkeit. Wir werden immer genau das tun, was wir sagen. Wir werden niemals wanken, nie wieder, nachdem wir auf den rechten Weg zurückgefunden haben. Ihr werdet eure Aufgaben erfüllen, zunächst nur widerstrebend, aber wenn ihr Gott eure Herzen öffnet, wird er irgendwann wieder zu euch sprechen. Jetzt seid ihr zu wütend, gewiss, aber ihr *werdet* verstehen, und am Ende werdet ihr dankbar sein. Eines Tages werden wir alle frei sein, ihr drei, wir zwei, und unsere Kristen. An diesem Tag werden wir ein neues, größeres Geschenk erhalten.«

Eine lange Pause schloss sich an. Er schien müde zu sein. Verausgabt. »Eure nächste Aufgabe ist es, einen Mann namens Robert Marschall zu finden. Er ist ein gottverdammter Homosexueller. Er führt eine Kampagne mit dem Ziel, in Texas homosexuelle Hochzeiten zu legalisieren. Er hat zwar noch keine nennenswerten Fortschritte gemacht, doch er ist ein Ungeheuer, das Ungeheuerlichkeiten predigt, und es wird Gott zweifelsohne gefallen, wenn er tot ist und in der Hölle schmort. Ihr habt drei

Tage. Ich wünsche euch viel Glück, ganz ehrlich, und ich hoffe, dass wir eines Tages alle beieinander sitzen können, ohne Masken, als die Familie, zu der wir geworden sein werden.«

Der Bildschirm wurde dunkel.

»So ein verdammter Irrer ...«, sagte Charlie nach einem Moment. Seine Stimme klang tonlos und verloren. »Ich fürchte, Phuong ist tot.«

»Das kannst du nicht wissen«, widersprach David.

»Ach ja?« Charlie blickte ihn mit einem schiefen Grinsen an. Er sah unendlich müde aus, erschöpft und ausgebrannt. »Dann verrate mir mal, warum dieser Bekloppte während seiner kleinen Predigt kein einziges Mal ihren Namen erwähnt hat?«

»Das muss nicht bedeuten, dass sie tot ist«, beharrte David. »Er hat auch von Bob in der Gegenwart gesprochen und gesagt, wir hätten ihn *für eine Weile ausgeschaltet*.« David schüttelte den Kopf. »Ich weiß nicht, aber wenn du mich fragst, hat Bob damals ausgesehen, als wäre er für alle Zeiten ausgeschaltet und nicht nur für eine Weile. Du hast es selbst gesagt – dieser Typ ist ein Irrer.« Seine Stimme klang grimmig. »Niemand ist tot, bevor wir die Leiche nicht mit eigenen Augen sehen.«

Charlie musterte ihn nachdenklich. »Sehr aufmunternde Worte«, sagte er dann, »auch wenn sie wieder mal völlig schwul geklungen haben.«

»Freut mich, dass du deinen Sinn für Humor wiedergefunden hast«, erwiderte David.

Charlie zuckte die Schultern und zwang sich zu einem müden Lächeln. »Du hast nun mal recht. Aber erwarte jetzt nicht, dass ich dir einen blase oder so was.«

Sie grinsten einander an. David fragte sich, ob sein Grinsen genauso durchgedreht aussah, wie es sich anfühlte. Sie hatten einen Boxenstopp eingelegt, eine Pause zum Durchatmen. Humor war wie Luft und stets verfügbar, man musste nur den ersten Moment überstehen und ihn benutzen. Damals, bei Bob, hatten sie beide hin und wieder die besten Witze unmittelbar

nach einer Tracht Prügel gerissen, als wäre Schmerz der Treibstoff für Humor.

»Weißt du, was das Erbärmlichste ist an diesen beiden Psychos?«, fragte Charlie. »Sie haben diesen Brief wörtlich genommen. Bob war kein Mann, der blumige Reden geschwungen hat,
das wissen wir beide. Er hat immer nur Tacheles geredet. Wie
konnten diese Spinner den Schwachsinn glauben?«

»Vielleicht muss man manchmal an eine Lüge glauben, um
zu überleben.«

»Vielleicht, ja.« Charlie fuhr sich mit einer Hand durchs Haar.
»Verdammt«, fluchte er. »Es geht immer noch um Dad, nach all
den Jahren. Als wäre er aus dem Grab auferstanden.«

Er hatte recht, und nicht nur im offensichtlichen Sinn. Es
ging um Dad. Zwei Brüder, seine eigenen Söhne, waren an seiner
Monstrosität zerbrochen und wahnsinnig geworden. Bob hatte
seine Söhne belogen und sie dazu gebracht, an etwas zu glauben,
das er selbst nie geglaubt hatte. Er hatte ihnen weisgemacht, dass
die Gefangenschaft von Charlie, David und Allison ein Akt der
Selbstlosigkeit sei. Er hatte aus dem Grab heraus nach den Brüdern gegriffen und sie aufgezogen wie Marionetten, um sie auf
ihren irrwitzigen Weg der Zerstörung zu schicken.

Er hatte Davids gesamte Familie ausgelöscht. Er hatte David
unheilbare Wunden zugefügt und ihn seiner Fähigkeit beraubt,
eine normale Beziehung zu führen oder jemals wieder glücklich
zu sein. Charlie hatte seine Jahre damit verbracht, Menschen
zu töten, sich besinnungslos zu saufen oder in anonymem Sex
Vergessen zu suchen. Und auch Allison war fertig mit sich und
der Welt. Allein die Erinnerung an »Dad« hatte ausgereicht, um
sie drei für mehr als siebenundzwanzig Jahre auseinanderzuhal-
ten, obwohl sie wahrscheinlich nichts auf der Welt dringender
gebraucht hatten als einander.

Dad war eine Bestie, ein Dämon aus der Mythologie. Er
stapfte über die Erde, und wo er ging, erbebte der Boden, und
alles in seinem Dunstkreis welkte und starb. Es gab keine Über-

lebenden, wenn es um Robert Gray ging, und die Hingabe, mit der er seine zerstörerischen Ziele verfolgte, war beinahe Ehrfurcht gebietend.

Haie waren perfekte Jäger. Sie hielten nie inne, hörten nie auf zu fressen. Ihre Zähne wuchsen immer wieder nach, und selbst ihre Haut war so beschaffen, dass man sich daran verletzen konnte. Dad war genauso gewesen. Geboren, um zu zerstören. Bis hin zum letzten Elektron im Orbit um das letzte Atom des Universums.

Wenn seine Berührung nicht tötete, trug man zumindest grässliche Entstellungen davon.

*Entstellungen. Ja. Das ist die treffendste Beschreibung für das, was Dad gemacht hat,* überlegte David. *Er hat die Menschen* entstellt.

Die Linie zwischen ihnen und den beiden Brüdern war dünn und breit zugleich. Der Unterschied war vielleicht nur die Zeit, wie Allison bereits festgestellt hatte. Bob Gray war der leibliche Vater der beiden Brüder. Ihre Entstellung hatte in dem Moment begonnen, als sie die ersten Atemzüge getan und die ersten Schreie ausgestoßen hatten. Wären Charlie, Allison und er genauso geworden, wenn Bob sie von Geburt an unter seiner Fuchtel gehabt hätte? Hätten sie dann genauso unerschütterlich geglaubt, *Übermenschen* zu sein – so, wie die beiden Brüder überzeugt waren, dass in ihren Adern Engelsblut floss? Oder gab es eine andere Ursache, etwas, das im Wesen begründet lag, ein Gen, das manche Menschen in ihrem Wesen stärker machte als andere?

*Wer weiß?,* überlegte er. *Das alles sind Fragen, die im Augenblick vermutlich nur der Gott beantworten kann, an den ich nicht glaube.*

»Allison hatte recht«, sagte David. »Sie hatte noch nicht alles zusammen, aber sie hat Bob und die beiden Brüder verstanden. Sie war fast so weit. Es hat nicht mehr viel gefehlt.«

Charlie antwortete nicht. Er hatte eine kleine Flasche Whiskey aus der Minibar genommen und den Deckel abgeschraubt.

»Also bleiben uns drei Tage«, fuhr David fort. »Drei Tage, um die Brüder zu finden und die Frauen zu retten.«

Charlie stieß einen Seufzer aus. »Ganz genau.« Er musterte David eindringlich. »Es könnte sein, dass sie sterben, David. Verstehst du? Wenn wir einen Fehler begehen, meine ich.«

»Mir wäre eine tote Kristen lieber als eine, die diesen beiden Irren ausgeliefert ist.«

»Ist das dein Ernst?«

»Absolut, Charlie. Sie ist unberührt, verstehst du? Alles, was wir durchgemacht haben, all dieser Dreck ... sie hat nie etwas davon mitbekommen. Bobs zerstörender Einfluss endete bei mir. Ich habe nicht zugelassen, dass er auch Kristen beschädigt ... dass er sie *entstellt*. Verdammt, selbst jetzt ist sie die meiste Zeit betäubt und schläft. Sie könnte aufwachen, und alles wäre okay, verstehst du?«

»Ja.« Charlie verstand ihn sehr gut. »Ich denke genauso, was Ally und Phuong angeht.«

»Also, wie sieht unser Schlachtplan aus? Wie finden wir diese Psychopathen?«

Charlie musterte David aus kalten, ruhigen Augen. »Ich habe darüber nachgedacht. Die Brüder haben einen schweren taktischen Fehler gemacht, indem sie uns verraten haben, wer sie sind. Jetzt haben wir Namen. Und ich kenne jemanden, der mit dieser Information eine ganze Menge anzufangen weiß.«

**KAPITEL 30**  Charlies »Jemand« erwies sich als eine Frau, die in Killeen, Texas wohnte, eine Autostunde von Austin. Ihr Name war Lena. Charlie zufolge war sie Russin, dreißig Jahre alt und so hart, wie man es sich nur vorstellen konnte.

»Killeen ist eine ziemlich beschissene Army-Town«, erzählte er. »Nichts als Hitze, Skorpione und Heerscharen von Taranteln. Lena sagt, sie wohnt gerne dort, weil es heiß ist und billig.«

543

»Und was genau macht diese Lena?«, fragte David.

»Sie arbeitet mit Computern.«

»Was genau heißt das?«

»Was ich mit der Kanone erledige, macht sie mit Software. Sie hat bei so gut wie jedem Internet-Provider in Nordamerika ihre Leute sitzen. Sie hat eine Gruppe von Hackern in Asien. Sie hat Leute, die für sie Passwörter ausspionieren und Trojaner in die Rechner der Meldebehörden sämtlicher größeren Städte einschleusen und Gott weiß was sonst noch alles. Sie hat selbst als Hacker angefangen, bis ihr klar wurde, dass die Zukunft des Hackens im Infiltrieren liegt.«

David begriff allmählich. »Und nun soll sie uns dabei helfen, die beiden Brüder aufzuspüren.«

»Nachdem wir endlich ein paar handfeste Informationen über diese Knalltüten haben, ja.«

»Und sie tut das für dich, weil …?«

»Weil sie mir etwas schuldig ist. Frag nicht weiter.«

»Darf ich dir eine andere Frage stellen, Monster?«

»Schieß los.«

»Wenn das hier vorbei ist, machst du dann weiter mit … du weißt schon. Mit dem, was wir die ganzen Jahre getan haben?«

»Nein«, erwiderte Charlie ohne Zögern. »Damit bin ich fertig.« Er blickte David unsicher an. »Ally und ich wollen es miteinander versuchen. Sie und ich und Phuong. Wir haben mehr als genug Kinder, um die wir uns kümmern könnten. Ich glaube, Ally und mir würde das gefallen.«

David lächelte. »Das ist gut, Mann. Richtig gut. Meinen Segen hast du.«

»Und du bist nicht eifersüchtig?«

»Kein bisschen, Monster. Weißt du, im Lauf der Jahre ist einfach zu viel Wasser den Bach hinuntergeflossen. Ich habe die Frau gefunden, die ich liebe, und ich war mit ihr zusammen. Ich war ein paar Jahre glücklich mit ihr. Ich bin seit vielen, vielen Jahren über Ally hinweg.«

Charlie wirkte erleichtert. »Das ist gut. Wir haben uns damals Gedanken gemacht, weißt du. Alles war zu eng, zu klaustrophobisch. Zu zerbrechlich.«

David zuckte die Schultern. »Damals war es wahrscheinlich richtig, dass ihr euch Gedanken gemacht habt. Aber heute nicht mehr.«

Es klopfte an der Tür. Sofort hatte Charlie eine Pistole in der Hand.

»Sie ist aber verdammt schnell hier«, sagte er leise. »Vorausgesetzt, sie ist es.« Er schlich zur Tür und spähte durch den Spion. David sah, wie er sich entspannte. »Es ist Lena.«

Er öffnete die Tür, und eine umwerfende Brünette spazierte ohne Umschweife herein. Sie war groß, fast eins achtzig, mit langen, bis über die Schulterblätter reichenden Haaren. Sie war schlank und trug ein maßgeschneidertes schwarzes Kostüm mit einer weißen Bluse und einer Jacke, die ihre Formen an genau den richtigen Stellen betonte. Ihre Augen waren blau wie das Meer, und ihr Gesicht war irgendwo in der Mitte zwischen junger und reifer Frau. Sie war wunderschön, wie David feststellte.

Sie küsste Charlie auf die Wange.

»Ciao, Mister«, sagte sie.

»Ciao, Lena«, antwortete Charlie. »Das ist mein Freund, der andere Mister«, sagte er und deutete auf David.

»Freut mich, anderer Mister«, sagte Lena und lächelte.

»Gleichfalls. Und Sie können mich gerne …«

Sie hob die Hand und schnitt ihm das Wort ab. »Nein, danke, Mister. Ich muss Ihren Namen nicht wissen und will es auch gar nicht. Glauben Sie im Ernst, Lena wäre mein richtiger Name?« Sie lächelte und zeigte dabei makellose weiße Zähne.

»Hab verstanden«, sagte David und lächelte zurück.

Lena hatte eine Laptoptasche dabei, auf die sie nun mit fragendem Blick deutete.

»Da drüben«, sagte Charlie und zeigte auf den Schreibtisch. »Schieb meinen Scheiß einfach beiseite.«

»Obszönitäten sind Zeichen eines schwachen Geistes, Mister«, bemerkte Lena, während sie zum Schreibtisch ging und sich an das Auspacken ihrer Ausrüstung machte.

Charlie zuckte die Schultern. »Mir doch scheißegal.«

Lenas Laptop war ein ziemlich großes Ding – groß für den gegenwärtigen Stand der Technik. Er war nicht schmal und schick, sondern dick und schwer. Sie schaltete das Gerät ein. Während der Bootvorgang lief, befestigte sie ein Gerät an einem seitlichen Port.

»Ein Encrypter«, erklärte Charlie. »Höchste Verschlüsselungsstufe. Selbst wenn jemand bemerken würde, was Lena tut – was unwahrscheinlich ist –, würde ein Supercomputer Tage benötigen, um den Datenstrom zu entschlüsseln.«

»Beeindruckend.«

»Lena ist eine wahre Künstlerin auf ihrem Gebiet. Ist es nicht so, Lena?«

Erneut das blitzende Lächeln. »Ich ziehe ›Maestra‹ vor.« Sie kontrollierte das Display und blickte zu Charlie auf, die Finger über der Tastatur. »Was brauchst du?«

»Fangen wir mit den Meldeämtern an«, sagte Charlie. »Such nach einem oder mehreren Männern mit Nachnamen Gray. Alter dreiundvierzig bis siebenundvierzig. Oder besser fünfzig.«

»Gray mit ›a‹ oder mit ›e‹?«, fragte Lena.

»Mit ›a‹.«

»Einwohnermeldeamt Austin?«

»Austin und die Orte in der Umgebung.«

Ihre Finger flogen über die Tastatur. Eine Sekunde verstrich. »Ich habe drei Namen in Austin, auf die die vorgegebenen Parameter passen«, sagte sie dann. »Einen Lincoln Gray, achtundvierzig, schwarz, männlich …«

»Sorry«, unterbrach Charlie sie. »Mein Fehler. Nur männliche Weiße.«

Ihre Finger flogen einmal mehr. »Damit sind noch zwei übrig. Ein Jacob Gray, sechsundvierzig, und ein Eric Gray, fünfzig.«

546

»Was kannst du uns über die beiden sagen?«

Diesmal dauerte die Abfrage länger. Sie tippte, murmelte vor sich hin und ignorierte Charlie und David fast sieben Minuten lang. »Okay«, sagte sie schließlich. »Jacob Gray, sechsundvierzig, verheiratet, fünf Kinder. Drei davon im College, zwei noch zu Hause.« Sie hob die Augenbrauen und blickte Charlie fragend an.

Er schüttelte den Kopf. »Nein. Keine Kinder. Was ist mit dem anderen?«

»Eric Gray, fünfzig. Vor zehn Jahren geschieden. Keine Kinder.«

Charlie nickte aufgeregt. »Weiter. Was noch?«

»Er war Automechaniker. Vor drei Jahren hatte er einen Unfall. Ein Wagen ist von der Bühne auf ihn gefallen. Seitdem ist er an Armen und Beinen gelähmt.«

»Scheiße!«, fluchte Charlie. »Der passt auch nicht!«

»Außerdem wäre er zu alt«, bemerkte David.

»Ja, ja«, seufzte Charlie. »Du hast ja recht.« Er kratzte sich am Kinn. »Was haben wir sonst noch?«

»Wie sieht es mit Grundbucheintragungen aus?«, fragte Lena.

»Das kannst du?«, fragte Charlie überrascht.

Sie lächelte ihn an wie eine geduldige Mutter ein naives Kind.

»Selbstverständlich kann ich das, Mister.«

Charlie hob entschuldigend die Hände. »Verzeihung, Maestra. Mach dein Ding.«

Sie tippte in die Tasten und summte vor sich hin. David versuchte die Melodie einzuordnen und stellte erstaunt fest, dass es die eröffnenden Takte von »Also sprach Zarathustra« waren, die durch den Film »2001 – Odyssee im Weltraum« Berühmtheit erlangt hatten.

»Die Suchparameter liefern keinen Treffer auf den Namen Gray«, sagte Lena. »Ich habe es außerdem schon mit ›Grey‹ versucht. Ebenfalls Fahrkarte.«

»Verdammter Mist!«, fluchte Charlie und setzte sich auf das Bett.

David ging zum Fenster und schaute nach draußen. Er zwang sich zur Konzentration. Richtete seine Gedanken ganz auf das Problem.

Was war der Schlüssel? Schön und gut, das hier war kein Roman, und im wirklichen Leben siegten die Guten nicht immer, das war so sicher wie das Amen in der Kirche, und trotzdem ... Sie wussten jetzt, mit wem sie es zu tun hatten. Mit den beiden leiblichen Söhnen von Bob Gray. Zwei Brüder, die in die Welt hinausgezogen waren und viele Jahre ihr ganz normales Leben gelebt hatten. Sie hatten getrunken und gevögelt, gearbeitet und ferngesehen und Häuser und Autos gekauft. Sie mussten eine Spur hinterlassen haben. Es *musste* eine geben. Die Frage war nur, wie finden? Was hatten sie übersehen?

*Als der gute alte Bob mit dem Baseball-Kopf und dem Skwisch-skwasch-Messer zwischen den Rippen starb, da waren die beiden ganz ähnlich wie wir. Nur waren sie noch viel schlimmer dran. Plötzlich hatten sie einen freien Willen, und er gefiel ihnen, und sie versuchten, ihren eigenen Weg zu gehen, ohne Dad.*

Irgendetwas regte sich am Rand seines Bewusstseins.

*Ein normales Leben ... Als Bob starb, kam alles ans Licht. Fernsehen, Nachrichten, Zeitungen ... Schlagzeilen ...*

Er erstarrte, als das winzige Etwas plötzlich Gestalt annahm und zu einer ausgewachsenen Möglichkeit wurde.

Die beiden würden alles getan haben, um nicht als die Söhne von Robert Gray aufzutreten. Nicht damals, gleich nach Dads Höllenfahrt.

David wandte sich vom Fenster ab und blickte Charlie an. »Wie war der Mädchenname von Margaret Gray?«

»Keine Ahnung.«

»Wir brauchen die Akte, die Allison über Bob zusammengetragen hat. Hast du einen Schlüssel zu ihrem Zimmer?«

»Hab ich. Aber warum? Was ist denn ...« Charlie verstummte,

als es ihm dämmerte. »Du denkst, sie haben ihren Mädchenna-
men angenommen.«

»Du hast gehört, was er gesagt hat. Bob starb, und sie waren
im Widerstreit. Sie versuchten sich von seinem Einfluss zu lösen
und von dem, was ihnen angetan hatte. Welchen besseren Weg
gab es?«

»Gut gedacht, D.« Charlie sprang vom Bett auf und ging zur
Tür. »Ich gehe die Akte holen.«

\*\*\*

Ein paar Minuten später kam er zurück, die Akte in der Hand.

»Versuch es mit dem Nachnamen O'Brian«, sagte er zu Lena.

»Maggie O'Brian«, sinnierte David. »Irische Abstammung.«

Lenas Finger huschten erneut über die Tasten. »Ich habe drei
mögliche Treffer. Einer ist ein Junggeselle, fünfundvierzig Jahre
alt. Der andere … das ist ja interessant. Zwei O'Brians, beide
wohnhaft unter der gleichen Adresse in Round Rock.«

David spürte, wie Adrenalin in seinen Kreislauf schoss. Er
blickte Charlie an und bemerkte die gleiche Aufregung bei ihm.
»Das könnten sie sein«, sagte Charlie. »Und jetzt, nachdem wir
die Namen haben, erzähl mir alles über die beiden, was es zu
erzählen gibt.«

»Wie lauten ihre Vornamen?«, fragte David.

»Thomas und John«, las Lena vom Bildschirm ab.

»Hübsche biblische Namen«, bemerkte Charlie.

»Mein Dad hieß auch Thomas«, sagte David.

Lena ignorierte sie und tippte summend weiter. Diesmal
summte sie die Melodie von »Super Freak«.

»Okay«, sagte sie zehn Minuten später. »Hier ist es. Thomas
O'Brian, geboren 1964, Zimmermann. Gute Kreditwürdigkeit.
Nach den Steuererklärungen mittleres Einkommen. Nie verhei-
ratet. Und der andere, John O'Brian. Geboren 1965. Ausgebildeter
Anästhesist an der University of Texas …«

549

»Das ist er!«, rief Charlie. »Das muss das Arschloch sein!«

»Hat erst vor zehn Jahren angefangen, in seinem Beruf zu arbeiten. Ein Spätzünder. Gutes Einkommen, was wenig überraschend ist. Nie verheiratet. Keiner von beiden hat einen Eintrag im Vorstrafenregister.« Sie runzelte die Stirn. »Ehrlich gesagt, es gibt nicht sehr viel über die beiden. Sie sind ein bisschen zu sauber, wenn ihr mich fragt.«

»Das passt zu den beiden Vögeln«, sagte Charlie. »Hast du die derzeitige Adresse?«

»Sie wohnen in einem Haus«, sagte sie. Sie schrieb die Adresse auf ein Blatt cremefarbenes Briefpapier, das sie aus der Laptoptasche angelte. Außerdem drei Nummern. »Festnetz und die Handynummern der beiden«, sagte sie, als sie Charlie das Blatt reichte.

»Großartige Arbeit, Lena.«

Sie lächelte. »Natürlich. Ist das alles, Mister?«

»Alles, was wir brauchen.«

»Gut.« Sie erhob sich und packte ihre Ausrüstung zusammen. Der Laptop verschwand in seiner Tasche. »Damit sind wir quitt, Mister«, sagte sie. »Keine Freikarten mehr, klaro?«

Charlie grinste.

»War mir ein Vergnügen, anderer Mister«, sagte sie zu David.

»Ganz meinerseits«, erwiderte er, doch Lena war bereits auf dem Weg zur Tür. Einen Moment später war sie verschwunden.

Charlie starrte auf das Blatt in seiner Hand. Er prägte sich die Adresse ein und steckte das Blatt in die Tasche. »Es ist so weit«, sagte er mit regloser Miene.

David nickte. »Ich bin bereit.«


**KAPITEL 31**   »Warum haben die beiden Brüder Ally als Geisel genommen?«, fragte David. »Warum nicht einen von uns? Was meinst du?«

Sie waren unterwegs nach Round Rock, einer Stadt mit neunzigtausend Einwohnern dreißig Kilometer nördlich von Austin. Round Rock hatte aus den verschiedensten Gründen Berühmtheit erlangt. 1878 hatte es hier eine Schießerei zwischen Texas Rangers und dem Zugräuber Sam Bass gegeben. Bass hatte der Union Pacific Railroad im Jahr zuvor bei einem Überfall 60 000 Dollars geraubt – der größte Raub in der Geschichte dieser Eisenbahngesellschaft. Er starb an seinem siebenundzwanzigsten Geburtstag in der Zelle an seinen Schussverletzungen. Heutzutage hatte der Computerkonzern Dell seinen Sitz in Round Rock.

»Sie sagten, sie hätten Zweifel gehabt, ob sie uns drei gleichzeitig unter Kontrolle halten könnten«, antwortete Charlie beim Fahren. »Allison ist eine Frau. In der Welt dieser beiden Vögel sind Frauen schwach. Wahrscheinlich haben sie sich gedacht, wir beide wären der schnellste Weg zu ihrer Erlösung.« Er verdrehte die Augen. »Unserer eigenen natürlich auch.«

Sie hatten sich bis an die Zähne bewaffnet. Charlie hatte seine Glock und eine Mossberg Shotgun. David hatte ebenfalls eine Glock und eine Schrotflinte. Charlie war für eine Stunde weg gewesen und mit seinen Waffen, Blendgranaten und Rauchbomben zurückgekehrt. Außerdem hatte er eine Straßenkarte besorgt.

»Es ist eine Farm«, hatte er erklärt. »Das ist gut und schlecht zugleich. Gut, weil wir viel Platz haben, uns unbemerkt anzuschleichen und den Laden auszukundschaften. Schlecht, weil der viele Platz ihnen Gelegenheit verschafft, uns früh zu entdecken. Jede Wette, dass sie Überwachungskameras installiert haben und weiß der Henker was noch …«

»Und wie sieht dein Plan aus?«, fragte David. »Das ist schließlich dein Metier, Monster.«

Charlie hatte die Karte studiert und einen Seufzer ausgestoßen. »Das Sprichwort lautet nicht ohne Grund ›Warum kompliziert, wenn es auch einfach geht?‹. Wir sind nur zu zweit. Wir parken abseits, dann kundschaften wir die Farm aus und überlegen, wie wir hinkommen. Im Idealfall können wir das Haus infiltrieren, ohne dass die beiden Psychos was bemerken.«

»Und dann?«

Charlie hatte die Schultern gezuckt. »Wir gehen rein und feuern dabei aus allen Rohren. In den guten alten Zeiten hätte ich ein Team von vier bis sechs Jungs gehabt. Wir hätten ein paar Tage lang Aufklärung betrieben – mit Kameras, Infrarot, das volle Programm. Aber wir sind nur zu zweit, Bruder. Also gehen wir rein und legen sie um, bevor sie uns oder die Frauen erweichen.«

Es war früh am Abend, als sie ihr Ziel erreicht hatten. Es war keine richtige Farm, bloß ein Wohnhaus auf Ackerland, das bereits verkauft und in Parzellen aufgeteilt worden war. Doch ringsum eine Menge freier Platz. Zu viel.

»Das ist gar nicht gut«, stellte Charlie fest. »Ich hasse Texas.«

David musste ihm beipflichten. Flaches, bauloses Gelände umgab das Haus auf allen Seiten. Das nächste Gebäude stand dreihundert Meter entfernt.

»Es gibt keine Deckung«, sagte David. »Was sollen wir tun?«

»Wir haben zwei Möglichkeiten. Wir können bis vors Haus fahren, aus dem Wagen springen und die Tür eintreten, oder wir schleichen uns auf dem Bauch heran wie Schlangen und hoffen, dass die Bumsköpfe uns nicht kommen sehen.«

David suchte nach Überwachungskameras, konnte aber keine entdecken. Was nicht zwangsläufig bedeutete, dass es keine gab.

»Ich bin für die erste Variante«, sagte er. »Wir fahren vor und parken. Sie wissen nicht, wer im Wagen sitzt, selbst wenn sie uns bemerken. Wir könnten Zeugen Jehovas sein, was weiß ich. Wir springen raus, treten die Tür ein und hoffen das Beste.«

Charlie grinste. »Geiler Plan.« Er wurde ernst. »Eine Sache muss klar sein. Es wird nicht geredet. Keine Verhandlungen, nichts. Du siehst sie, du tötest sie. Das ist die einzige Möglichkeit, die Sache mit heiler Haut durchzuziehen.«

»Ich weiß.« David war nervös. Er zitterte.

»Wird schon schiefgehen.« Charlie legte den Wählhebel um und bog in die lange Zufahrt ein, die zu der dreistöckigen Garage vor dem Haus führte.

David beobachtete angespannt, wie sie dem Haus näher kamen. Er umklammerte seine Shotgun, die er quer über den Knien liegen hatte.

Das Haus war einstöckig. Es sah aus, als wäre es zwanzig, fünfundzwanzig Jahre alt. Es war benutzt, aber gut in Schuss, mit neuen weißen Garagentoren und funktionierender Außenbeleuchtung. Die Fassade war mit Ziegeln verblendet, und breite Panoramafenster zeigten hinaus auf ordentlich getrimmte Sträucher und einen ausgedehnten Rasen.

Sie hielten an. Charlie stellte den Motor ab.

»Ich lass die Schlüssel stecken«, sagte er. »Wir erledigen die Arschlöcher, holen die Frauen und machen sofort wieder den Abflug. Nicht nötig, die Polizei einzuschalten. Du verstehst?«

»Jepp.«

»Wir versuchen zuerst die Tür. Ist sie verschlossen, schießen wir sie in Fetzen.«

»Okay.«

»Falls einer von uns getötet wird, bleibt sein Leichnam zurück. Die Frauen zu retten und in Sicherheit zu bringen hat oberste Priorität.«

David schwieg einen Moment, während ihm diese bedrückende Möglichkeit bewusst wurde. »Verstanden«, sagte er dann.

»It's Tango Time.« Charlie grinste erneut, und diesmal war es sein altes Grinsen. Charlie der Junge, der sich anschickte, Ärger zu machen und wie ein Irrer *Back in Black* auf der Luftgitarre zu spielen. Charlie war immer der Düsterste von ihnen gewesen, aber auch derjenige, der sie zum Lachen gebracht hatte, wenn ihnen gar nicht danach zumute gewesen war. »Fangen wir an«, sagte er.

Sie öffneten die Wagentüren, sprangen hinaus und rannten auf das Haus zu. Charlie versuchte es an der Vordertür.

»Abgeschlossen!«, zischte er. »Geh zurück.«

Er feuerte mit der Mossberg auf die Tür. Die Detonation war unglaublich laut und rollte über das Ackerland hinweg, als hätte irgendein schweres Geschütz gefeuert. Das Schloss, der Türknauf und ein großer Teil des Türrahmens waren qualmenden Löchern gewichen. Charlie versetzte der Tür einen wuchtigen Tritt. Krachend flog sie auf.

»Los!«, rief er und stürmte ins Haus.

David folgte ihm. Das Innere war spartanisch: Holzböden, weiße Wände, Teppichläufer. Das Mobiliar war zweckmäßig, sah man von einem überdimensionalen Plasma-Fernseher im Wohnzimmer ab. Sie arbeiteten sich systematisch nach hinten durch das Haus vor. David bemerkte, dass in fast jedem Zimmer ein Kruzifix an der Wand hing. Im Wohnzimmer gab es ein besonders großes, fast einen Meter hoch. Ein kleineres hing in der Küche, ein drittes im Flur.

Als sie durch den Flur huschten, fiel Charlies Blick auf ein Bild an der Wand. Schockiert stellte er fest, dass es Robert Gray zeigte. *Dad.* Irgendetwas war merkwürdig an dem Bild – was, vermochte Charlie im ersten Moment nicht zu sagen, doch dass es Dad war, daran bestand kein Zweifel.

*Hallo, du altes Arschloch. Ich hoffe, du schmorst hübsch langsam in der Hölle. Wir schicken deine Brut gleich hinterher.*

Sie gelangten an eine offene Schlafzimmertür. Charlie überprüfte den Raum flüchtig. Eine weitere Tür war verschlossen. Charlie warf David einen Blick zu, bevor er den Türknauf drehte und ins Zimmer stürzte. Es war ein großes Zimmer, das größte im Haus bisher, gut sechs mal sechs Meter. Wahrscheinlich das ehemalige Gästezimmer. Es gab fünf Rolltische, jeder mit Infusionsbesteck und Monitoren ausgerüstet. Auf zwei der Tische lagen Kristen und Allison. Beide waren splitternackt und nahmen offensichtlich nichts von ihrer Umgebung wahr. Von Phuong war nichts zu sehen.

Die beiden Brüder standen neben den Frauen. *Zu nah für die*

*Shotgun*, dachte Charlie. Er ließ die Mossberg fallen und zog die Glock.

*Zwei schnelle Schüsse in die Köpfe, und es ist vorbei.* Dann der Gedanke: *Wo ist sie? Wo ist mein süßes Mädchen?*

Sein Finger legte sich um den Abzug. Er atmete ein, konzentrierte sich ...

»Schieß, und wir sterben alle«, sagte John.

In diesem Augenblick bemerkte Charlie den Totmannschalter in Johns rechter Hand. Gleichzeitig sah er, wie David sich links von ihm bewegte und mit der Glock zielte.

»Nicht schießen!«, rief er.

David blinzelte verwirrt, senkte die Waffe aber nicht. »Was soll das, Charlie?«, brüllte er. Sein Blick war wirr, und er zitterte am ganzen Körper vom Adrenalin.

»Eine Sprengfalle.« Charlie nickte in Richtung des jüngeren der beiden Brüder.

Davids Blick zuckte zu John. Dann sanken seine Schultern herab. Charlie wusste, dass er begriffen hatte.

»Der Schalter ist mit hundert Gramm C4-Sprengstoff verbunden«, erklärte John gleichmütig. »Wenn ich loslasse, fliegen wir alle in die Luft. Lasst eure Waffen fallen. *Na los!*«

Charlie zögerte, rechnete die Möglichkeiten durch. Seine Gedanken jagten sich. Konnte er Johns Rückenmark schnell genug mit einer Kugel durchtrennen? Vielleicht. Aber nicht mit der erforderlichen Gewissheit, um einen Versuch zu rechtfertigen. Er senkte die Pistole. David folgte seinem Beispiel.

»Ich hatte befohlen, die Waffen fallen zu lassen«, wiederholte John. Seine Stimme klang ganz ruhig und sachlich.

»Wir behalten sie noch einen Moment«, entgegnete Charlie. »Was habt ihr anzubieten?«

David überließ Charlie das Reden. Er zitterte und schwitzte. Er war zu sehr von Wut erfüllt, benötigte seine gesamte Energie, um die beiden Brüder nicht trotz allem über den Haufen zu schießen. Er war ins Zimmer gekommen, hatte seine Kristen gesehen und dann nur noch Weiß. Er hatte sich immer schon gewundert, warum alle Welt davon redete, Rot zu sehen. Er sah jedes Mal Weiß.

Er war außer sich, weil Kristen nackt war. Dass diese (*Dreckschweine Wichser Abschaum tote Arschlöcher*) sie tagelang angestarrt, über ihr gesabbert und sie vielleicht sogar angefasst hatten ... der Gedanke allein reichte, dass er den brennenden Wunsch verspürte, ihnen die Gehirne aus dem Schädel zu pusten.

Er riss sich zusammen, konzentrierte sich auf die beiden Brüder. Beide hatten Bob Grays dunkles Haar und seine blauen Augen. Sie hatten auch sonst Ähnlichkeit mit ihm. Bei dem einen war die Nase ein bisschen anders, bei dem anderen das Kinn. Das Erbe ihrer Mutter vermutlich. Sie hatten Bobs Statur, waren beide deutlich über eins neunzig, aber der mit dem Totmannschalter in der Hand war dünner und hatte anscheinend das Sagen. Der andere hatte einen eher verschlagenen Blick. Er war aufgeregt, wo er sich eigentlich fürchten sollte.

*Er ist der Zimmermann*, dachte David. *Gut mit den Händen, nicht so viel in der Birne. Thomas. Der andere mit dem Schalter muss also John sein. Der Denker. Das Dreckschwein, das meiner Tochter die Nadel in den Arm geschoben hat.*

»Anbieten?« Thomas lachte. »Wir bieten nichts an. Wir sagen, was zu tun ist, und ihr tut es.«

Charlie nickte. »Ist klar, Kumpel. Aber ich bin nicht sicher, ob ich dir die Drohung abkaufe, dass ihr uns in die Luft jagt, und euch gleich mit. Seid ihr wirklich so fanatisch?«

Es war John, der für beide antwortete. »Du solltest nicht am Ernst unserer Worte zweifeln, Charlie. Ohne den Weg Gottes sind wir zum Untergang verurteilt. Besser, wir sterben bei dem Versuch, auf diesem Weg zu bleiben, als dass wir noch einmal davon abweichen. Auch für die, die es versuchen, gibt es Aussicht auf Erlösung. Nur Feiglingen ist die Hölle gewiss.«

Charlie beobachtete John beim Reden ganz genau. Er hatte es früher schon mit Selbstmordbombern zu tun gehabt. Er hatte sie verhört, hatte sie gefoltert, hatte sie getötet. Er kannte die Zeichen. John war nicht wütend, und er war nicht resigniert. Es war viel schlimmer: Er blickte *hoffnungsvoll* drein.

*Er hofft tatsächlich, dass wir ihn zwingen, uns alle in die Luft zu jagen.*

Charlie seufzte. Ließ seine Waffe fallen. David sah ihn ungläubig an. »Was soll das, verdammt?«

»Er wird es tun, D. Glaub mir.«

Jetzt war es an David, John zu mustern. Der jüngere der beiden Brüder lächelte ihn an. In seinen Augen stand eine geradezu beängstigende Abgeklärtheit.

*O Gott*, ging es David durch den Kopf, als er sah, was Charlie bereits gesehen hatte. Auch er ließ die Pistole fallen.

»Nimm die Waffen, Thomas«, befahl John.

Thomas grinste. Es war ein hässliches Grinsen, das seine eigene Bedeutungslosigkeit sowie die gelben Zähne des langjährigen Rauchers enthüllte. Er sammelte die Waffen vom Fußboden und ging zu seinem Bruder, eine Pistole in jeder Hand, immer noch grinsend.

*Er sieht aus wie ein demenzkranker Action-Held in einem B-Movie*, dachte David.

John entspannte sich wieder, behielt den Daumen aber auf dem Totmannschalter. »Und nun wird Folgendes geschehen«, sagte er. »Ihr werdet euch beide ausziehen, und dann legt ihr euch auf einen der freien Tische. Ich werde euch beide an einen Tropf anschließen, der durch eine Zeitschaltuhr gesteuert wird. Ihr werdet einschlafen. Während ihr schlaft, wird Kristen bestraft. Ich werde euch eine DVD dalassen. Dann könnt ihr euch später ansehen, was wir mit ihr gemacht haben. Ich werde es nicht genießen, aber *ihr wart gewarnt*.«

»Ich reiß dir die Gedärme raus, du verdammtes Stück Scheiße«, flüsterte Charlie. David bekam kein Wort hervor.

»Anschließend werden Kristen und Allison mit uns kommen«, fuhr John fort, als hätte er Charlies Worte nicht gehört. »Wir werden umziehen, und wenn ihr aufwacht, werdet ihr die Aufgabe erfüllen, die wir euch gestellt haben.«

»Warum tötest du diesen schwulen Mistkerl nicht?«, meldete Thomas sich zu Wort.

»Hinterher machen wir weiter wie geplant«, fuhr John unbeirrt fort. »Wir geben euch Aufträge, die ihr ausführt. So war es bis jetzt, und so wird es bleiben.« Er blickte auf Charlie. »Die andere Option ist, dass wir alle zusammen sterben. Jetzt und hier. Von mir aus. Es liegt an euch. Wofür entscheidet ihr euch?«

»Wo ist meine Tochter?«, wollte Charlie wissen.

»Wovon redest du?«, fragte John, und seine aufrichtige Verwirrung brach Charlie beinahe das Herz.

*Sie hatten Phuong gar nicht! Nicht eine Sekunde! Wir haben irgendetwas Wichtiges übersehen. Es gibt noch einen Spieler in diesem Spiel.*

»Nun? Wie lautet eure Antwort?«, fragte John.

»Es ist Davids Entscheidung«, sagte Charlie tonlos. »Du bist dran, D.«

David starrte Charlie an. Sah zu Kristen. Zu Allison. Schloss die Augen.

Was hatte er gesagt? Dass er Kristen lieber tot hätte als in den Händen dieser Irren? Irgendwas in der Richtung. Doch die Wahrheit lautete, dass die Brüder ihnen Hoffnung verkauften. Hoffnung auf einen weiteren Tag.

*Und Allison? Was ist mit Allison?*

*Sie würde dir sagen, dass du Kristen am Leben halten sollst. Nichts anderes.*

Für einen Moment fragte er sich, ob es Wunschdenken war. Die Ally, mit der er aufgewachsen war, die seinen Kopf im Schoß gehalten und ihm Janis Joplin vorgesungen hatte, während er in einem Meer aus Schmerzen trieb, diese Ally hätte ihn verstanden, auf der Stelle.

»Wir tun, was sie verlangen«, flüsterte er.

Charlie sah ihn an. Nickte. Er agierte wie ein Roboter. *Du hast immer noch Ally*, sagte er sich, doch die Worte fielen in ein schwarzes Loch. *Phuong.* Ihr Name war wie ein Monolith in seinem Bewusstsein, lautlos und riesig, und sein Schatten verdeckte den Himmel. *Phuong. Oh, mein süßes Mädchen. Es tut mir leid, Phuong, unendlich leid.*

»Wer zuerst?«, fragte er.

»David«, erwiderte John.

David begann sich auszuziehen. Er sagte kein Wort mehr. Was hätte er auch sagen sollen? Ihm wurde bewusst, dass er und Allison in wenigen Minuten wieder nackt in einer Zelle liegen würden.

*Du hast einen teuflischen Sinn für Humor, Gott*, dachte er bitter. *Fick dich.*

Dann war er nackt. Seine Kleidung lag zu seinen Füßen.

»Auf diesen Tisch hier«, befahl John und deutete auf den Rolltisch neben Kristen.

David legte sich auf das kalte Metall. Er drehte den Kopf, schaute seine Tochter an. Seine wunderschöne Tochter.

»Schließ den Tropf an, Thomas, so wie ich es dir gezeigt habe.«

»Ja, Bruder.« Thomas trat zu David. »Mach eine Faust«, sagte er. David gehorchte. »Ich werde viel Spaß haben, wenn ich mit deiner Tochter Babys mache«, sagte Thomas grinsend.

»Thomas!«, kreischte John. »Lass das!«

David registrierte undeutlich, wie Thomas sich ob der Schelte seines Bruders duckte. Der Rest seiner Aufmerksamkeit galt ausschließlich Kristen. Er sah, wie ihre Brust sich hob und senkte, hob und senkte.

*Es tut mir leid, Baby*, sagte er zu sich selbst. *Dad hat schon wieder Mist gebaut.*

Die Nadel stach in seinen Arm. Thomas fand die Vene gleich beim ersten Versuch. Er befestigte die Nadel mit Pflasterstreifen.

»Und jetzt das Midazolam«, sagte John.

*Ich finde dich, Baby,* dachte David. *Ich verspreche es dir.*

Er spürte, wie es in seinem Arm warm wurde, und dann explodierte in seinem Kopf ein grelles weißes Licht.

Dann nichts mehr.

\*\*\*

Charlie beobachtete, wie David von einer Sekunde auf die andere das Bewusstsein verlor.

*Schlechte Neuigkeiten, Sportsfreunde. Es geht verdammt schnell.*

Charlie hatte sich ganz darauf konzentriert, David zu beobachten. Er hatte nicht über Phuong nachgedacht oder Allison oder Kristen. Er musste bereit sein. Er musste warten. Er stand auf einer Rasierklinge. Es war möglich, dass er eine Chance bekam. Es war möglich, dass er keine bekam. Er konnte es nicht sagen, bevor der Moment nicht gekommen war. Er wusste nur, dass er etwas versuchen *würde*, ganz gleich, wie vergeblich es war. Weil genau das nun mal Charlie ausmachte: Charlie Carter würde in den Stiefeln sterben, nicht nackt auf einem Tisch.

»Jetzt du«, sagte John.

Charlie zog sich aus. Er faltete seine Kleidung ordentlich zusammen und hielt den Blick gesenkt, als hätte er resigniert und wäre nicht mehr auf Konfrontation aus. Thomas hatte eine der Pistolen auf einen der Monitore gelegt. Jetzt nahm er sie wieder an sich und zielte mit beiden Waffen auf Charlie.

»Wie geht's deinem Kopf?«, fragte er.

Charlie blinzelte. »Du warst das also. Ich musste genäht werden.«

»Du warst ganz schön schnell, mein Lieber«, sagte Thomas, und in seiner Stimme schwang eine Spur von Bewunderung. »Das muss man dir lassen.«

Charlie zuckte die Schultern. Er zog seine Socken aus und stand dann abwartend und mit herabhängenden Armen da.

*Gib mir eine Chance, dir zu zeigen, wie schnell ich wirklich bin,* dachte er. *Nur eine winzige Chance. Das ist alles, was ich brauche.*

»Leg dich auf den Tisch, Charlie«, befahl John und deutete auf einen der beiden letzten freien Tische.

Charlie gehorchte. Er achtete darauf, seine Muskeln zu entspannen. Es half nichts, wenn er verkrampfte. Er war am schnellsten, wenn er locker blieb, so lange es ging.

»Soll ich ihn auch anschließen?«, fragte Thomas.

»Nein, Bruder. Das mache ich diesmal selbst.«

Er tat irgendetwas mit dem Totmannschalter und legte ihn beiseite. Charlies Herz machte einen Satz.

*Das ist gut, Arschloch. Und jetzt komm schon. Komm zu Charlie. Lass dir zeigen, dass dein Bruder recht hat. Lass mich dir zeigen, wie schnell ich bin.*

John musterte Charlie nachdenklich. »Bruder«, sagte er zu Thomas. »Ich möchte, dass du dich ans Fußende des Tisches stellst, während ich Charlie an den Tropf hänge. Wenn er auch nur die leiseste Bewegung macht, tötest du ihn.«

»Ja, Bruder«, sagte Thomas und bezog die ihm befohlene Position.

*Das war wohl nichts*, dachte Charlie mit aufkeimender Verzweiflung. *Dieser Irre macht nicht den Eindruck, als würde er zögern abzudrücken.*

Er drehte den Kopf zu Allison.

*Die einzige Frau, die ich je geliebt habe*, dachte er.

John kam zum Tisch und zog den Tropf heran. »Leg den Arm flach neben dich und mach eine Faust«, befahl er. »In einer Minute ist alles vorbei.«

Charlie gehorchte, hielt den Blick dabei auf Allison gerichtet.

*Immer nur dich.*

Er spürte, wie die Nadel in seine Haut stach und dachte an all die Jahre, all die Schwärze, all die Menschen, die er getötet hatte, und all die vielen Male, die er es nicht geschafft hatte, sich selbst umzubringen. Er dachte an die Ströme von Alkohol und die endlose Parade von Frauen, die ihm nichts bedeutet hatten. *Den endlosen Sex ohne Küsse.*

Er dachte an die drei Mal, die er und Allison sich geliebt hatten. Beim ersten Mal war es zu schnell gegangen, weil er zu jung und zu aufgeregt gewesen war und weil sein Rücken geschwollen war von Dads neuestem Meisterwerk: frischen Striemen und Brandwunden auf den Schulterblättern. Er hatte auf Ally gelegen und geweint, während er in ihr gewesen war. Das zweite Mal war langsamer gewesen, wenn auch nicht viel. Er war immer noch jung, zu jung, und noch nicht imstande, sich zurückzuhalten. Beim dritten und letzten Mal hatte er eine viertel Stunde durchgehalten. Es hatte sich angefühlt wie eine gesegnete Ewigkeit. Ally war alles, was er sich jemals erträumt und erhofft hatte, und er wusste: Solange sie bei ihm war, konnte er mehr oder weniger *alles* ertragen.

Er dachte an die vielen Jahre zwischen damals und heute, und wie sehr er sich für seine Gewalttätigkeit hasste. Für seine unberechenbare Wut.

Charlie handelte ohne einen bewussten Gedanken, ließ sich von seinen Reflexen leiten. Wenn man erst überlegen musste, war man zu langsam. Er rollte vom Tisch und wirbelte hinter John. Thomas war schnell, das musste man ihm lassen. Eine Kugel streifte Charlies Oberschenkel, eine zweite durchschlug das dünne Metall des Tisches. Charlie packte John mit einer Hand im Nacken und schleuderte ihn mit aller Kraft gegen Thomas, wobei er ihn als menschlichen Schutzschild und als Ramme zugleich benutzte. Der Aufprall raubte Thomas das Gleichgewicht. Charlie sprang hinterher und schnappte sich eine der Pistolen, die Thomas beim Stolpern hatte fallen lassen. Thomas riss seine Waffe noch hoch, als Charlie ihm eine Kugel in den Kopf jagte, genau zwischen die Augen.

»*Neiiin!*«, kreischte John voller ungläubigem Schmerz.

Charlie drehte sich zu ihm um, richtete die Waffe auf ihn. Er riss sich die Nadel aus dem Arm, ohne den dünnen Blutstrom zu beachten. »Keine Bewegung.«

Charlie war völlig ruhig, auf jene unheilschwangere Weise, die verriet, dass er im Begriff stand, etwas ganz und gar Wahnsinniges zu tun. Er kannte die Anzeichen. Es war, als würde er im All schweben, in Weltraumkälte, und zuschauen, wie unter ihm die Erde verbrannte. Oder als würde es in seine Seele schneien. Er trat dicht vor John und drosch ihm die geballte Faust ins Gesicht. Die Wucht des Schlages riss John von den Beinen. Er flog zurück, prallte aufs Gesäß. Blut spritzte in hohem Bogen aus seiner Nase.

Charlie nutzte den Moment, war mit zwei, drei Schritten bei seiner Hose und kramte hervor, was er suchte. Er machte sich nicht die Mühe, sich irgendetwas anzuziehen. Es war *besser* auf diese Weise, nackt, mit schlenkerndem Penis und dem Geschmack von Metall im Mund.

Er schob sich den Schlagring über die Knöchel. Warf die Pistole zur Seite. John kam taumelnd auf die Beine.

»Kämpf um dein Leben«, sagte Charlie grinsend. »Nicht, dass es dir was nützen würde. Aber wenn du kämpfst, stirbst du wahrscheinlich schneller.«

Und John kämpfte. Er war kein Feigling, doch wie Charlie vorhergesagt hatte: Es nutzte nichts. Charlie schlug den jüngeren der beiden Brüder tot, wobei er unablässig grinste, sogar laut auflachte, wenn ein Knochen brach oder ein Zahn splitterte und warmes Blut durch die Luft spritzte. Es war ein Massaker, und es war Stück für Stück genauso brutal, wie Charlie es sich erhofft hatte. Er zerschlug John methodisch und erbarmungslos, ließ ihm immer wieder Gelegenheit, Kraft zu schöpfen, damit es so lange dauerte, wie nur möglich. Dann kam der Moment, als John auf dem Rücken lag und das Bewusstsein verlor. Charlie saß auf ihm und schlug weiter zu, verwandelte das Gesicht des jüngeren Bruders in eine breiige Masse.

Er war gefangen in einem berauschenden Hochgefühl. Ein Leben zu nehmen war etwas unglaublich Machtvolles, eine Katharsis, die ihresgleichen suchte. Für den Bruchteil eines Augenblicks, während er wieder mit der Faust ausholte, fragte er sich, ob es das war, was ihn ausmachte, oder ob er dazu gemacht worden war.

Er brauchte zehn Minuten. Zehn Minuten, die ihm zugleich viel länger erschienen und doch nicht lang genug. Als er fertig war, erhob er sich taumelnd. Er war über und über mit Blut und Schweiß bedeckt und atmete schwer. Sein Penis war erigiert, aber daran ließ sich nun mal nichts ändern.

»Schieß auf einen Feind und töte ihn, und in drei von zehn Fällen kriegst du dabei einen Ständer«, hatte Master Sergeant Jenkins einmal gesagt, in irgendeinem Dschungel am Arsch der Welt, als Charlie noch nass hinter den Ohren gewesen war und noch regelmäßig kotzen musste, wenn er einen Gegner erschossen hatte. »Denk nicht drüber nach, Junge. Das ist das Beste, was du tun kannst.«

»Sieh an, sieh an, wer gewonnen hat.«

Charlie erstarrte beim Klang der Stimme in seinem Rücken.

*NEIN.*

*Nein, nein und nochmals nein. Heilige Mutter Maria, voll der Gnaden, vergib mir mein beschissenes Mundwerk, aber wie kann diese Stimme hier sein?*

Das Bild von Bob fiel ihm ein, das Bild auf dem Flur, das er vorhin gesehen hatte, und mit einem Mal wusste er, was ihm daran so eigenartig erschienen war.

Der Mann auf dem Bild war zu alt.

Charlie drehte sich langsam um, wobei er sich fragte, ob er es wirklich glauben würde, falls seine Augen ihm bestätigten, was seine Ohren gehört hatten. Oder würde er den Verstand verlieren?

Es gab nur eine Möglichkeit, das herauszufinden.

Er beendete seine Drehung und blickte den Sprecher an.

Vor ihm stand Robert Gray, in Fleisch und Blut. Älter, doch ansonsten wohlauf und lebendig. Dad hatte ein Funkeln in den Augen und eine Pistole in der Hand.

»Hallo, Sohn«, sagte er.

\*\*\*

Jones beugte sich vor, während er aufmerksam der Unterhaltung zwischen den beiden lauschte. »Mach dich bereit«, sagte er zu Daniel am anderen Ende der Handy-Verbindung.

»Ist alles vorbereitet. Wir greifen ein, sobald du das Zeichen gibst.«

»Sehr gut.«

*Carter, was für eine erstaunliche Killermaschine du doch bist! Was für ein tödlicher kleiner Affe. Ich frage mich … wirst du den natürlichen Drang überwinden und den Schritt tun, der dich rettet?*

In Zeiten wie diesen vermisste er seinen Bruder Arthur. Arthur war schwach gewesen und eine Belastung und hatte sterben müssen, doch er hatte eine Nase für Wetten gehabt. Auf wen hätte er sein Geld gesetzt?

*Gray ist ebenfalls gefährlich, mein Junge. Brandgefährlich. Ihr seid beide furchterregende Raubtiere.*

\*\*\*

Charlie kam sich vor wie in einem Horrorfilm, einem von diesen Streifen, die fünf unterschiedliche Enden zu haben scheinen, weil der Killer, nachdem er bereits erledigt war, immer wieder auf die Beine kommt.

*Stoß ihm ein Messer in den Bauch, schlag ihm mit einem Knüppel den Schädel ein, Freddy Krueger kommt immer wieder zurück!*

Bob sah älter aus, ein ganzes Stück älter sogar, doch er war es, daran bestand nicht der geringste Zweifel. Es war in seinen Augen. Etwas, worüber Charlie in den letzten Jahren häufig nachgedacht hatte, während er zum Killer geworden war.

Er hatte sich eines Morgens in einer Wohnung in Paris rasiert, und auf dem Fußboden hatte ein Mann …

\*\*\*

Ein Mann saß auf dem Fußboden in einer Wohnung in Paris und schaute Charlie beim Rasieren zu. Er blinzelte nicht. Er konnte auch gar nicht blinzeln, denn er war tot. Irgendein Buchhalter, der zu gierig geworden war. Das jedenfalls hatte man Charlie erzählt. Es war erstaunlich, wie viele Buchhalter im Lauf der Jahre auf seiner Liste gestanden hatten. Die Leute wachten mit Argusaugen über ihr Geld, besonders Drogenbarone. Nur Anwälte hatten ein noch größeres Risiko, auf einer Todesliste zu landen.

»Und was sagt uns das über den Wahrheitsgehalt all dieser Anwaltswitze, Joseph?«, fragte Charlie den toten Mann auf dem Fußboden.

Joseph wusste keine Antwort. Er saß da, wo er gestorben war, ein drittes schwarzes Auge mitten auf der Stirn.

Es war ein schwieriger Job gewesen. Joseph war ein Amateur – ein stinknormaler Buchhalter Mitte vierzig, der beschlossen hatte, mit seiner Stripper-Mätresse ein neues Leben anzufangen. Es war allzu verlockend, einen Amateur nicht ernst zu nehmen, wenn es darum ging, zu verschwinden. Profis konnten zu selbstsicher werden oder träge oder faul – das, was sie taten, hatten sie schon tausend Mal getan und würden es wieder tun. Es war die alte Geschichte von Arroganz, Geringschätzung und davon, sich zu sehr an die Gefahr zu gewöhnen.

Was dem Amateur an handwerklichem Können abging, machte er durch von Angst getriebene Vorsicht wett. Joseph hatte genau gewusst, für wen er arbeitete. Gerüchteweise wurde während des Bewerbungsgesprächs für das Kartell regelmäßig der eine oder andere Informant an Alligatoren verfüttert. Oder war es ein Tiger gewesen? Charlie war nicht sicher. Fast alle mittelamerikanischen Kartelle machten diesen modischen Scheiß nach dem Motto: »Fressen oder gefressen werden ist keine leere Metapher.« Charlie musste zugeben, es war eine ernüchternde Demonstration. Anschließend überlegte man sich zweimal, ob das Risiko die Sache wert war.

Charlie schüttelte den Einwegrasierer in Josephs Richtung.

»Hätte schlimmer sein können, Kumpel. Wenn man alles bedenkt, hast du mit mir sogar ein Glückslos gezogen.«

Charlie machte keine Lieferungen. Er wurde zum Töten angeheuert, nicht zum Verhandeln.

»Lebendig aufgefressen zu werden ist ein Tod, den ich mir unter keinen Umständen wünschen würde, Joseph. Also sieh mich nicht so an. Also wirklich, Mann – eine Stripperin! Wie konntest du so blöd sein? Kennst du denn nicht den alten Spruch, dass keine Stripperin ein Herz aus Gold hat? Weil sie es längst verscherbelt hätte, um sich Koks zu besorgen?«

Joe starrte ihn aus immer noch bemerkenswert klaren Augen an.

Charlie rasierte sich den Bart ab, den er sich zur Tarnung hatte wachsen lassen. Der Beutel mit den Haaren und der Rasiercreme wanderte in die Toilette und von dort in die Kanalisation. Den Rasierer würde er mitnehmen, und die Waffe würde in der Seine verschwinden.

Nichts von alledem war ungewöhnlich. Charlie hatte es schon tausend Mal getan. Auch Joseph als solcher war kein Grund für allzu große Betroffenheit – er war mit den Haien geschwommen, bis er geglaubt hatte, er wäre selbst einer.

Ein dummer, dummer Fehler.

Charlie trocknete sich mit einem Frotteehandtuch das Gesicht ab (das Handtuch ging anschließend ebenfalls mit auf die Reise, so wie der Rasierer), als er im Spiegel seinem eigenen Blick begegnete. Und erstarrte.

*Diese Augen sehen aus wie die von Dad.*

Er erschauerte unwillkürlich am ganzen Leib.

*Pass auf, dass du die Grenze nicht überschreitest. Es ist ein gefährlich schmaler Grat.*

***

»Hast du gedacht, ich wäre tot, Sohn?«, fragte Bob mit trägem Grinsen, die Pistole lässig in der Hand. »Möchtest du wissen, wie ich es gemacht habe? Soll ich dir den Trick verraten?«

Charlie blinzelte. Einmal, dann noch einmal. Er wirbelte herum, warf sich dabei zur Seite. Bob war schnell. Es gelang ihm, einen Schuss abzufeuern, aber er schaffte es nicht, Charlie zu treffen. Charlie war schneller. Er sprang vor, packte Bobs Pistolenhand beim Gelenk und drehte es mit einer raschen Bewegung hin und her, bis er das Knacken hörte, gefolgt von Bobs Aufheulen. Die Pistole entfiel seinen Fingern. Charlie fing sie mitten in der Luft auf, immer noch ohne nachzudenken, immer noch in fließender Bewegung, und feuerte. Ein Loch erschien in Bobs Stirn, sein Kopf wurde nach hinten gerissen, und auf seinem Gesicht stand immer noch dieses aufreizende, lässige Grinsen, als die Hirnmasse aus seinem Hinterkopf spritzte. Die Beine knickten ihm weg, und er landete auf dem Hintern, immer noch grinsend, wo er in einer sitzenden Haltung verharrte, die der von Joseph dem Buchhalter in der Pariser Wohnung vor vielen Jahren sehr ähnelte.

*Netter Zufall*, dachte Charlie, als er die zitternde Hand mit der Pistole senkte. »Trick?«, murmelte er, über die Leiche gebeugt. »Du bist Bobs Zwillingsbruder, stimmt's? Guter Bob, böser Bob und der ganze Stuss.« Charlie zuckte die Schultern. »Mein Bruder Charlie ist Schriftsteller. Er schreibt Thriller, Bob, oder wer immer du bist. Er denkt die ganze Zeit um die Ecke.«

Der tote Bob (wie Charlie ihn bei sich nannte) antwortete nicht, und damit konnte Charlie gut leben. Sehr gut sogar.

»Wie dem auch sei – du bist Geschichte, Arschloch. Ein für alle Mal.«

\*\*\*

Charlie ging ins Bad und wusch sich das viele Blut ab. Er trocknete sich ab und zog sich an und kehrte in das Zimmer nebenan zurück. Er schwebte nicht länger an jenem Ort im Weltall. Er war auf dem Weg nach unten, ein Sturzflug, der in einem Crash enden würde, zusammen mit Dunkelheit und Scham.

*Alle sind am Leben*, dachte er. *Außer Phuong, meinem süßen kleinen Mädchen Phuong.*

Doch andere, die ihm ebenfalls lieb und teuer waren, hatten überlebt, und das war immerhin etwas. Er weinte und trauerte um Phuong, während er Charlie und Allison und Charlies Tochter anzog.

Er blickte auf die Leichen von Thomas und John, und seine Augen schwammen vor Tränen.

»Mein Gott ...«, flüsterte er. »Sieh dir an, was du getan hast.«

Charlie hatte lange, lange Zeit kein Bedauern mehr verspürt, dieses verkrüppelnde, lähmende Gefühl. Töten war wie Atmen. Es war notwendig zum Überleben. Ein autonomer Akt.

*Verdammt, verdammt, verdammt*, dachte er. *Das ist übel. Du hast etwas wirklich Übles getan.*

*Und was? Was hast du getan?*, fragte eine innere Stimme, die Charlie als seine eigene erkannte. Sie meldete sich selten, doch wenn, vermochte er sie nicht zu ignorieren. Vielleicht war sie ein Teil des wirklichen Vaters, den er nie gekannt hatte.

*Komm schon*, sagte die Stimme. *Sprich die Worte.*

*Ich habe ein Leben genommen und es genossen.*

Der Schmerz überwältigte ihn, weidete ihn aus, verstreute seine Innereien. Er konnte nicht mehr atmen. Er schlug die Hände vor das Gesicht und schluchzte.

Er weinte wie ein Junge, hemmungslos, ohne Schranken, bis ihm der Rotz aus der Nase lief. Er weinte, bis ihm die Kehle schmerzte und noch darüber hinaus. Es fühlte sich an wie Stunden, obwohl es in Wirklichkeit nur eine Minute war oder vielleicht zwei. Das Schluchzen wurde schwächer, verklang, und dann war er still. Er wischte sich mit dem Ärmel über das Gesicht und atmete einmal tief und zittrig durch.

*Ich werde nie wieder töten. Nie, nie wieder.*

Der Gedanke kam aus dem Nichts, ungeplant, unerwartet.

Misstrauisch dachte er darüber nach. Es war nicht das erste Mal, dass er diesen Gedanken gehabt hatte, und am Ende hatte er dann weitergemacht wie zuvor.

*Nein. Hör zu: Ich werde nie wieder töten.*

Keine Bestimmtheit, keine Herausforderung, kein: Warte nur ab, du wirst schon sehen. Es war nicht weinerlich oder klagend. Es war eine Feststellung, nichts weiter. Bar jeglicher Dekoration.

Er war leer. Es war keine Gewalt mehr in ihm übrig. Er war frei.

Fertig.

Er brachte ein erschöpftes Lächeln zustande, obwohl ihm immer noch die Tränen über die Wangen liefen.

\*\*\*

Charlie hatte die drei in den Wagen verfrachtet. Sie waren noch immer bewusstlos, was ihm ganz recht war. Er wollte nicht, dass sie sahen, was er getan hatte. Die einzigen Menschen, die diese Seite von ihm je gesehen hatten, waren tot. Er wollte, dass es dabei blieb.

Er hatte in der Garage ein paar Benzinkanister gefunden und die Leichen der Brüder und den toten Bob mit Treibstoff übergossen. Den Rest hatte er großzügig im ganzen Haus verteilt. Anschließend hatte er den Gasherd nach vorn gezogen und den Wandanschluss geöffnet. Ein kurzes prüfendes Schnüffeln verriet ihm, dass tödliches Gas ausströmte und sich im Gebäude verteilte.

Schließlich hatte er ein brennendes Streichholz auf eine der Leichen fallen lassen und war zum Wagen gerannt, der mit laufendem Motor wartete. Er war losgefahren, hatte am Ende der Straße gestoppt und gewartet und das Haus im Innenspiegel beobachtet. Es hatte nicht lange gedauert. Die Explosion hatte den nächtlichen Himmel hell auflodern lassen, und trotz der

Erschöpfung, die ihn zu übermannen drohte, hatte er einen letzten Funken von Befriedigung verspürt.

»Das ist das Ende deiner Blutlinie, Bob«, hatte er laut gesagt. »Schmor in der Hölle, bis die Sonne zu Staub zerfallen ist, du armseliges Arschloch.«

Er legte den Wählhebel um und fuhr los.

Wollte es zumindest.

Bis vier schwarze Limousinen vor ihm auftauchten und ihm den Weg versperrten. Männer stiegen aus. Männer mit Schusswaffen.

**KAPITEL 32**  David beobachtete den Riesen, ließ ihn reden und nahm alles in sich auf. Er konnte nicht anders: Er befand sich in Gegenwart von etwas Einzigartigem, Furchteinflößendem. Der Riese strahlte Macht und Bosheit aus, und er infizierte alles und jeden in seiner Umgebung.

Gedanken jagten David durch den Kopf, wirre Bruchstücke ohne jegliche Ordnung. Sorge um Kristen, die immer wieder das Bewusstsein zu verlieren schien. Die Frage nach ihrem Aufenthaltsort. Wut und Verzweiflung, ineinander verschlungen, summten wie ein unter Hochspannung stehender Draht. Denn der Riese bedeutete Tod, daran zweifelte David nicht einen Moment.

*Habe ich jemals einen Menschen gesehen, der durch und durch böse ist? Bis auf die Knochen, wie es in dem Song heißt? Bob war böse, aber auf eine andere Art. Bob war von unterschwelligem Wahnsinn getrieben. Man hatte immer das Gefühl, dass er nicht mehr alle Tassen im Schrank hatte, dass etwas fehlte, dass irgendetwas losgelöst war von ihm, dass er irgendeinen Schaden genommen hatte. Aber dieser Mann hier? Dieser Mann weiß genau, was er ist, wer er ist und warum er ist. Er ist schlecht, abgrundtief schlecht, ohne für sich selbst eine Erklärung zu benötigen.*

David hatte keine Ahnung, woher er das alles wusste, doch er wusste es. Er sah es in den Augen des Riesen, in dieser alles Licht verschlingenden Sonnenfinsternis von einem Lächeln.

Sie waren zu fünft, alle mit Handschellen an Stühle gefesselt: Charlie, Allison, Kristen, Phuong und David selbst. Drei Männer in schwarzen Anzügen mit weißen Hemden und schwarzen Krawatten standen in respektvollem Abstand hinter dem Riesen.

*Und nicht zu vergessen die schwarzen Pistolen*, dachte David.

David wusste nicht, wie sie hierhergekommen waren. Seine letzte Erinnerung war die Explosion von weißem Licht in seinem Kopf, als er von Thomas an den Tropf angeschlossen worden war. Er blickte zu seiner Tochter. Ihr Kopf sank vornüber, ruckte dann wieder hoch. Ihre Augenlider flatterten, und ihr Mund zuckte. Er dankte Gott dafür, dass sie von alledem nichts mitbekam.

»Wer zum Teufel *sind* Sie?«, fragte Charlie.

Jones richtete den Blick auf Charlie. »Wer ich bin? In gewisser Weise dein Großvater.« Er sah Allison und David an. »Und auch eurer. Ich habe Bob Gray und seinen Bruder erschaffen, und sie haben euch erschaffen. Wir sind alle miteinander verwandt, wenn nicht durch geborenes Blut, dann durch vergossenes.« Er nickte lächelnd. »Ja, genau so ist es.«

»Was meinen Sie mit ›erschaffen‹?«, fragte David.

Jones beugte sich ein wenig vor und blickte David aufmerksam an. Es fiel David schwer, einen Schauder zu unterdrücken. Von diesen Augen gemustert zu werden fühlte sich an, als würde man vom Licht einer kalten Doppelsonne durchleuchtet. Als Jones sprach, klang seine Stimme dunkel, leise und irgendwie hypnotisierend.

»Immer wieder stellt man sich die Frage nach der Reihenfolge. Was war zuerst, das Huhn oder das Ei? Wenn wir den Urknall betrachten, den Big Bang – wer hat ihn gezündet?« Jones richtete sich auf. »Wahrscheinlich liegt es daran, dass wir immer nach einem Grund suchen, der uns glauben lässt, irgendein höheres Wesen hätte uns geschaffen. Wenn es nämlich nur darauf hinausläuft, dass dein Daddy an einem zufälligen Tag deine Mommy gevögelt hat, weil sie sich irgendwann rein zufällig kennengelernt haben, und dass sie überhaupt nur deswegen existieren, weil an irgendeinem Tag in fernster Vergangenheit irgendein blöder Fisch auf die Idee kam, an Land zu kriechen und Lungen zu entwickeln – wo bleibt dann die tiefere Bedeutung von allem?« Jones kicherte. »Sie wäre ganz schön flach und hätte überhaupt keine Tiefe – und das ist die ganze Wahrheit.

Ich bin genauso wenig immun dagegen wie alle anderen. Meine Sequenz lautet wie folgt: Ich wurde geboren, und ich war genial. Und wegen meiner Genialität wurde mir schon früh im Leben klar, was ich wollte und wozu ich imstande war. Und eingedenk dieser Erkenntnis machte ich mich daran, meine Welt zu errichten.«

»Pah!« Charlie spie aus. »Was für eine Welt soll das sein? Der Boris-Karloff-Club?«

Jones grinste. »Du scheinst dich ja ganz gut mit Frankenstein auszukennen, Sohn«, sagte er und deutete auf die Narben in Charlies Nacken.

»Ich bin nicht Ihr Sohn.«

Jones winkte ab. »Wortklauberei. Praktisch sieht es anders aus. Doch schweigen wir jetzt, während der große Mann spricht, es sei denn, du möchtest, dass ich der kleinen Hure eine Kugel in die Muschi jage.« Er sah Charlie mit zur Seite geneigtem Kopf an. »Haben wir das begriffen, Sohn?«

Charlie sah zu Phuong, die seinen Blick ausdruckslos erwiderte. Seine Emotionen waren ein wirres Durcheinander. Die Freude darüber, sie lebend wiederzusehen, war eine seelische Detonation gewesen, die seine Betäubtheit und Verzweiflung von einer Sekunde zur anderen hatte verfliegen lassen, um gleich darauf von Angst und der alten Wut ersetzt zu werden. Ein Teil von ihm wollte weinen, und er fand sogar die Zeit, sich darüber zu ärgern.

*Das alles ist eure Schuld, süßes Mädchen. Du und Ally, ihr macht*

*mich zu einem zivilisierten Menschen. Und ehe ich mich versehe,
sitze ich in einer Gruppentherapie für ehemalige Killer und umarme
fremde Leute.*

Charlie begegnete Jones' Blick – Augen wie schwarze Sonnen.

*Falls wir das hier überleben, heißt das.*

»Ich habe es begriffen«, sagte er.

»Der Mensch muss essen.« Jones breitete die Hände aus, um
anzudeuten, dass es unvermeidlich war, ob es einem gefiel oder
nicht. »Ich begriff meine eigene Natur sehr früh und erkannte
meine Stärken. Ich bin skrupellos. Ich genieße es, andere zu
manipulieren und ihnen Schaden zuzufügen, und ich besitze die
Fähigkeit, das Puzzle im Puzzle im Puzzle zu erkennen, gleichgültig, ob es dabei um Menschen geht oder um Strategien.« Er
grinste. »Weiß jemand, was eine Goldberg-Maschine ist? Es
ist eine komplizierte Vorrichtung, die eine einfache Aufgabe
umständlich und langsam erledigt. Beispielsweise eine Kugel, die
über ein halbes Dutzend mechanische Apparate rollt, um am
Ende ein Glas Wasser einzuschenken oder eine Kerze anzuzün-
den. Das ist meine Stärke. Manche Menschen können mit zehn
Variablen zwei Jahre vorausdenken. Ich schaffe das mit anderthalb Jahrtausenden, wenn ihr versteht.«

Sein Blick ging zu Phuong und blieb auf ihr haften. »Die
kleine Hure hier kann das übrigens auch.« Er nickte, als Charlie
Phuong ansah. »Es ist tatsächlich so, mein Wort darauf. Sie mag
ihre Kindheit damit verbracht haben, die Beine zu spreizen, aber
sie denkt mit Lichtgeschwindigkeit und dem Feuer im Innern
der Sterne.«

*Irgendetwas schwingt in seinen Worten mit, dachte David. Etwas
Vertrautes. Ein alter Akzent, begraben unter dem, mit dem er heutzutage spricht. Irgendwas Südliches.*

»Angesichts meiner Stärken und Schwächen war es eine logische Schlussfolgerung, dass ich genau dort landete, wo ich heute
stehe.« Jones grinste erneut – allzu weiße Zähne und gespielte
Jovialität. Frohsinn mit einer unheiligen Schärfe. »Lange vor

allen anderen habe ich erkannt, dass die Zukunft jeglicher Macht – ganz zu schweigen von erklecklichen Einkünften – in der Erschaffung eines privaten Nachrichtendienstes lag.«

Charlie kicherte. Er wusste, dass es unklug war, doch er konnte nicht anders. »Aufgepasst, hier kommt die zionistische Weltverschwörung. Für wen arbeiten Sie? Die Weltbank? Hören Sie, großer Mann, ich habe jahrelang überall auf der Welt verdeckte Operationen durchgeführt. Ich hatte mit Computerhackern zu tun, die Hintereingänge zu den Datenbanken der NSA hatten, und mit privaten Firmen, die in Afghanistan ihre eigenen kleinen Armeen befehligten. Ich habe die Hintermänner gesehen, allesamt, und ich sage Ihnen, es gibt keine Verschwörung. Nur eine Bande von gierigen Arschlöchern, die den Hals nicht voll kriegen. Das ist alles.«

Jones lachte auf und nickte zustimmend. »Korrekt, in allen Punkten korrekt, und im letzten ganz besonders. Die einzige Verschwörung ist die, die es schon immer gab: Die Besitzenden wollen ihren Besitz wahren und vermehren, koste es, was es wolle, selbst wenn es auf die Knochen der Besitzlosen geht, während die Besitzlosen nach einem Weg suchen, so schnell wie möglich Besitz zu erlangen, selbst wenn sie dafür über Berge von Leichen gehen müssen. Ich stimme dir zu, Charlie Carter. Und ich bin nicht anders.«

»Also nur ein ganz normaler Geschäftsmann, was?«, sagte Charlie in verächtlichem Ton.

»Ich bin nicht sicher, ob ›nur‹ die Sache richtig trifft, aber ansonsten hast du recht.«

»Sehr inspirierend«, höhnte Charlie.

»Papa …«, meldete Phuong sich warnend.

»Du solltest auf die kleine Nutte hören, Sohn«, sagte Jones und wackelte mit dem Finger. Sein Lächeln erreichte die Augen nicht. »Du hältst dich vielleicht für einen harten Burschen, Charlie, einen richtig miesen Hundesohn.« Die Augen wurden leerer, das Grinsen breiter. »Was immer du gesehen hast, Charlie – du kennst die Dinge nicht, die hinter meinen Augen lauern, lass dir das gesagt sein. Ich kann dich zwingen, ihr zehn Jahre lang beim Sterben zuzusehen. Würde dir das gefallen? Ich kann ihr die Augen ausstechen, ihre Trommelfelle zerfetzen, ich habe sogar einen Chirurgen, der ihr mit seinem magischen Skalpell Arme und Beine und die Stimmbänder entfernt.« Seine Stimme klang unverändert jovial, doch in Charlies Innerem breitete sich etwas aus, das er seit langer Zeit nicht mehr empfunden hatte: Angst. Angst vor einem anderen Mann.

»Sie wäre völlig hilflos. Ein lebendes Stück Fleisch. Blind, taub und stumm, außerstande zu laufen oder sich an der Nase zu kratzen. Sie wüsste nie, was auf sie zukommt oder aus welcher Richtung oder warum …« Das Grinsen erlosch und wich einer kalten Wut, die Charlie in Furcht und Schrecken versetzte. »Ich könnte sie an dich verfüttern. Kleine Steaks aus kleiner Hure, englisch oder ganz roh, wie immer du es magst.« Das Grinsen kehrte zurück, und Jones zwinkerte Charlie zu. »Oder du könntest dich zusammenreißen und endlich den erforderlichen Respekt zeigen, Charlie Carter.«

*Es ist Zeit, dass du deine verdammte Schnauze hältst, Carter,* dachte Charlie, als er in das schockierende Nichts hinter Jones' Augen starrte. *Ein Mann sollte wissen, wann er seinen Meister gefunden hat.*

Er entschied sich für die Wahrheit. »Ich bin schon lange niemandem mehr begegnet, vor dem ich hätte Angst haben müssen«, sagte er. »Ich schätze, das hat mich übermütig werden lassen. Ich habe kein Interesse daran, Phuong Schaden zuzufügen, nur weil ich gerne das Maul aufreiße.«

Jones kicherte und blickte über die Schulter zu Daniel. »Siehst du, Daniel? Ehrlichkeit währt am längsten.«

»Jawohl, Sir.«

Jones nickte Charlie freundlich zu. »Ich schätze Aufrichtigkeit sehr hoch ein. Ich schätze auch *deine* Aufrichtigkeit, deswegen lasse ich es dir noch ein letztes Mal durchgehen.«

»Ich danke Ihnen«, antwortete Charlie, während er innerlich seine elende Streitsucht verfluchte.

*Du dämlicher Trottel, Carter! Es wäre wirklich besser, wenn du zur Vernunft kommst. Oder willst du, dass Phuong stirbt? Willst du sehen, ob er sie dazu bringen kann zu schreien und zu flehen? Und was ist mit Ally? Vielleicht willst du zusehen, wie sie leidet? Dieser Typ meint es ernst. Er ist das personifizierte Böse.*

»Als ich sieben Jahre alt war, habe ich mich im Schlafzimmerschrank meiner Eltern versteckt und bin dort eingeschlafen«, erzählte Jones. »Irgendwann wachte ich auf und hörte, wie sie über mich redeten. Das war 1938 oder so, und wir hatten Probleme auf der Farm. Vater redete davon, mich zu meinem Onkel zu schicken, worüber ich alles andere als erfreut war. Mein Onkel war ein gemeiner Kerl, wenn er getrunken hatte, und er trank ständig.

Aber das spielt jetzt keine Rolle. Wichtig war die Erkenntnis, die ich in jenem Moment damals hatte. Das Geheimnis hinter Geheimnissen.« Er grinste Phuong an. »Du hast gesagt, du wüsstest, was die Zeichnung auf dem Symbol bedeutet. Würdest du dieses Wissen vielleicht jetzt mit mir teilen, mein Äffchen?«

»Das Symbol zeigt einen Mann, um den herum ein Raum errichtet ist. Die Botschaft lautet: Um die tiefsten Geheimnisse zu erfahren, musst du mitten drin sein.«

Jones lachte fröhlich. »Exzellent, kleine Hure. Du übertriffst alle meine Erwartungen! In der Tat, genau das ist es, was mein Nickerchen im Schrank meiner Eltern mir gezeigt hat. Die Menschen reden über ihre intimsten Geheimnisse, solange sie sich in ihrer Privatsphäre absolut sicher fühlen. Wenn man ihre Geheimnisse hören will, muss man demzufolge zu einem Teil ihrer Umgebung werden. Im Grunde ganz einfach, wie ich zugebe, und nicht einmal sonderlich originell. Allerdings glaube ich, dass niemand auch nur annähernd meine Stufe der Anwendung erreicht hat.

Vielleicht trägt Folgendes ein wenig zum Verständnis bei:

Stell dir vor, du lebst in einer Welt, die noch ein gutes Stück neuer ist als unsere heutige. Sagen wir, es ist 1950, und du bist neunzehn Jahre alt und blickst hinaus auf die Welt. Was siehst du?« Jones' Augen starrten in die Ferne, als er sich erinnerte. »Du siehst eine Welt, in der du alle Grenzen überschreiten kannst, wenn du bereit bist, der richtigen Person Geld zu zahlen oder in unzivilisierte Gegenden zu reisen. Du findest eine Welt vor, in der ein Mann sich den Totenschein eines Kindes nehmen kann, das bei seiner Geburt gestorben ist, um daraus eine neue Existenz zu erschaffen. Du findest eine Welt vor, in der du Geld von einem Land ins andere bewegen kannst, ohne mehr als Aufzeichnungen auf Papier zu hinterlassen, in Akten anstatt Computerdateien. Papiere, die man ganz einfach fälschen oder beseitigen kann, was auch immer.«

Jones ging auf und ab, während er seinen Monolog hielt. Nicht, weil er sonderlich ungeduldig oder rastlos gewesen wäre, sondern weil er im Gegenteil immer noch vital und stark war und weil er sich bewegen musste wie ein Hai, der schwimmen musste, um zu leben, oder wie ein Löwe, der unablässig in seinem Käfig auf und ab ging.

*Das ist der furchterregendste Mann, dem ich je begegnet bin*, dachte Allison. *Wenn mir jemand sagen würde, dass in seinem Körper ein Mini-Atomkraftwerk eingebaut ist, würde ich ihm sogar glauben. Ein Atomkraftwerk oder ein Schwarzes Loch …*

»Und nun stell dir vor, dieser Neunzehnjährige ist brillant. Ein Genie.« Er lächelte Phuong zu. »Nicht die Brillanz des Egos, glaub das nicht, mein Äffchen. Wenn ich sage, dass ich brillant bin, dann sage ich es nicht, um damit zu prahlen. Ich stelle lediglich eine Tatsache fest. Jedenfalls, dieser geniale junge Mann sieht die verschwommenen, löchrigen Grenzen und erkennt im gleichen Augenblick, was die Zukunft für ihn bereithält.« Er nickte Phuong zu. »Warum erzählst du ihnen nicht, was ich gesehen habe, kleine Hure?«

Phuong blickte Jones in die Augen, während sie überlegte.

»Sie haben gesehen, wie sich die Grenzen schließen, in jeder Richtung, wie sie immer dichter werden und immer schwieriger zu durchdringen.«

»Sehr gut, mein Äffchen, sehr gut.« Jones nahm seine Wanderung durch das Zimmer wieder auf. »Ich sah einen Tag kommen, irgendwann in der Zukunft, an dem anonyme Kommunikation so gut wie unmöglich sein würde. Wenn wir Kommunikation als jede Form der Übertragung von Informationen definieren, vom Austausch von Geld bis hin zur Verifikation der Identität einer Person, stimmen mir wohl alle zu, dass diese Zukunft unmittelbar bevorsteht. Noch ist sie nicht vollständig eingetreten, aber es dauert nicht mehr lange.

Andererseits ist heutzutage nichts unmöglich, wenn es darum geht, Informationen zu *finden*. Geheimnisse aufzudecken. Jeder mit den erforderlichen Kenntnissen und der nötigen Entschlossenheit kann alles herausfinden, was er will, angefangen bei deiner Schuhgröße bis hin zu deiner Lieblingsstellung beim Sex. Die Grenzen der anonymen Kommunikation schließen sich immer schneller, und der Tag ist nicht mehr fern, an dem diejenigen, die diese Grenzen kontrollieren, ein Geheimnis bewahren können.«

Jones blieb stehen und blickte seine Gefangenen der Reihe nach an. »Ist euch klar, worauf ich hinaus will? Könnt ihr mir folgen? Es geht um jenes eine Wort: Geheimnis. Die Fähigkeit, ein Geheimnis zu bewahren, droht verloren zu gehen. Und sie kehrt nicht wieder – es sei denn, wir erleben eine Katastrophe, die die Fundamente der menschlichen Zivilisation erschüttert. Nicht, dass ich diese Möglichkeit ausschließen würde, glaubt das ja nicht.«

David spürte, wie das Wortbiest jeden Satz verschlang. Er hasste sich dafür, doch es änderte nichts. Der Riese hatte seine ungeteilte, faszinierte Aufmerksamkeit. Nicht nur, weil er mit Pistolen auf sie zielte, sondern weil David das Konzept ebenfalls verstanden hatte. Privatsphäre war ein Thema, mit dem er sehr vertraut war, und der Riese hatte völlig recht: Die Grenzen schlossen sich immer mehr.

»Die Menschen reden immer davon, gleich zu Anfang einzusteigen«, fuhr Jones fort. »Es ist ein guter Ratschlag: von Anfang an bei einer Sache dabei zu sein. An einem Punkt einzusteigen, wo alles anfängt und wo man die größte Chance hat, das Ergebnis zu kontrollieren und die Erträge für sich beanspruchen zu können. Es ist ein Konzept für alles und jedes. Angefangen bei Elternschaft über Finanzen bis hin zu Informationssystemen.« Er setzte seine Wanderung fort. »Informationen sind Macht, und ich sah eine Gelegenheit, von Anfang an einzusteigen bei dem Geschäft des Erwerbs von Geheimnissen, ihrer Sicherung oder dem Handel damit.

Menschen lieben es, andere zu kontrollieren, und sie wissen, dass der beste Weg dazu in der Kontrolle des Informationsflusses besteht, beziehungsweise der Geheimnisse. Es geschieht jeden Tag, auf jede erdenkliche Weise, angefangen bei Ehen bis hin zu Regierungen. Wenn man die Geheimnisse eines Mannes kennt, hat man Macht über ihn.« Er blieb stehen und grinste. »Die Katholiken haben das sehr früh erkannt.«

Er sah David an. »David Rhodes, du hattest die Idee, die Identität von Drogenabhängigen ... sagen wir, auszuleihen und ihnen als Gegenleistung einen nicht abreißenden Nachschub der Droge ihrer Wahl zu garantieren. Eine ausgezeichnete Strategie, beinahe nicht zu durchdringen, selbst in der heutigen Zeit.« Er hielt inne. »Meine Strategie war es, Kinder für diesen Zweck großzuziehen. Gegenwärtig wächst die zweite Generation heran.«

David starrte Jones an. »Das ist ja entsetzlich«, sagte er leise.

Jones lachte auf. »So viel entsetzlicher als das, was du getan hast? Ich räume ein, dass das Problem der Freiheit der Entscheidung angesprochen werden könnte. Aber ich befasse mich nicht mit solch hypothetischen Dingen. Ich ziehe die Wirklichkeit vor. Was, wenn ich dir sage, dass die erste Generation dieser Kinder aus Familien kam, die so unglaublich arm waren, dass die Kinder keine Zukunft hatten? Oder dass die betreffenden Kinder zwar in einer zugegebenermaßen abgeschlossenen Umgebung aufgewachsen sind, dafür aber ohne Missbrauch, Erniedrigung oder Hunger? Als Gegenleistung für ihren Namen auf meinen Besitzurkunden und Bankkonten und all die tausend Dinge bekommen sie ein Leben ohne die Mühsal des täglichen Existenzkampfs.« Jones beugte sich vor, bis er David direkt in die Augen sehen konnte. »Glaubst du ernsthaft, dass das Leben in einem Bordell besser gewesen wäre?«

»Ich glaube nicht, dass Sie die Antwort auf diese Frage ernsthaft interessiert«, antwortete David.

Jones zuckte die Schultern. Sein schelmisches Grinsen war das eines Jungen, der beim Klauen von Plätzchen erwischt worden war. »Mag sein, aber du verstehst nicht, worauf ich hinaus will, Sohn. Wenn du morgen herausfinden würdest, dass Galileo ein Pädophiler war, würde sich die Sonne deswegen von nun an um die Erde drehen?« Er richtete sich auf und setzte seine Wanderung fort. »Du hast mir die Antwort längst geliefert, David Rhodes, viele Male. All die armen, missbrauchten, toten Kinder, all das Bitten und Betteln um Geld und Spenden. Ich nehme nur, was ohnehin genommen würde, wenn auch auf andere Weise.

Du scheinst ein Problem mit den moralischen Fragen zu haben. Ich bin sicher, du kennst das Konzept der Fünften Kolonne, nicht wahr? Personen – oder Gruppen von Personen – werden in andere Länder eingeschleust mit dem Auftrag, diese von innen zu unterminieren.« Jones glättete seine Krawatte und grinste. »Ich übertreibe nicht, wenn ich sage, dass ich die größte Fünfte Kolonne erschaffen habe, die diese Welt je gesehen hat. Ich habe die Regierungen aller Länder infiltriert. Meine Leute waren dabei, als EDV-Spezialisten beauftragt wurden, Programme für die CIA zu schreiben. Ich hatte Datenbanken über Telefonverbindungen auf der ganzen Welt, lange bevor ebendiese Welt von Handys förmlich überschwemmt wurde.«

581

Er wackelte tadelnd mit dem Zeigefinger in Davids Richtung. »Die virtuellen privaten Netze, die ihr so clever eingesetzt habt. Die zahllosen verschlüsselten Informationen, von denen die Leute glauben, sie wären sicher und geheim. Das ist für mich wie ein immerwährendes Weihnachtsfest, Sohn.« Sein Grinsen war beinahe herzlich. »Nur wenn die Leute überzeugt sind, dass kein Dritter zuhört, reden sie *wirklich* offen.«

David blickte zu Kristen. Ihre Augenlider flatterten, öffneten sich, fielen wieder zu. *Schlaf weiter, Baby. Ich möchte nicht, dass du irgendetwas von dem hier hörst. Das ist nicht deine Welt.*

»Was ist auf lange Sicht lukrativer und verschafft mehr Macht und Einfluss: Regierungen oder kriminelle Organisationen zu führen – oder derjenige zu sein, an den sich alle wenden, wie umständlich und verschleiert auch immer, sobald sie Informationen benötigen oder jemand aus dem Weg geräumt werden muss, ohne Spuren zu hinterlassen?« Jones lächelte. »Oder wenn ein wunderbarer Ehemann einer untreuen Frau eine Lektion erteilen und sie mitsamt ihrer Mutter und ihrer Schwester in sexuelle Sklaverei entführen lassen will?«

Er schüttelte den Kopf, als wäre ihm eine besonders erfreuliche Erinnerung gekommen. »Es gab da eine Frau in China, die die Frechheit besaß, die Mätresse eines mächtigen Politikers zu sein. Es war nicht der Sex, an dem sich die Ehefrau dieses Politikers störte – es war die Liebe. Wie dem auch sei, die Ehefrau unternahm gewisse Dinge, und die Mätresse lernte eine Lektion, die sie niemals weitergeben konnte. Sie fand sich zusammen mit ihrer Tochter in Afrika wieder, wo sie bis an ihr Lebensende Männern zu willen sein musste. Die Frau des chinesischen Politikers war manchmal sogar persönlich zugegen.«

Allison starrte Jones entsetzt an. »Sie sind unmenschlich!«

»Eine logische Unmöglichkeit, fürchte ich. Aber ich verstehe, was du sagen willst.« Er streckte die Hand aus und raufte ihr die Haare. Allison kämpfte gegen den Impuls zurückzuzucken. Sie wusste, dass sie ihm damit eine Freude gemacht hätte. »Nicht die klügste Aussage, mein Kind, angesichts des Themas, zu dem du dich äußerst.« Er beugte sich zu ihr herab. »Oder möchtest du den Rest deiner Tage damit verbringen, unter der glühenden Sonne der Savanne schwarze Schwänze in dir zu spüren? Ich verrate dir ein Geheimnis, etwas, das ich früh ihm Leben gelernt habe: Die Menschen wollen glücklich sein. Sie sind dazu gemacht. Halte einen Menschen lange genug in einer beliebigen Umgebung fest, und er wird sich irgendwann daran gewöhnen.« Allison spürte seinen heißen Atem im Gesicht. »Würde ich dich an einen solchen Ort schicken, und würdest du dort lange genug überleben, dann würdest du eines Morgens aufwachen und zufrieden mit deinem Leben sein. Von da aus wäre es kein weiter Schritt, deinen Kindern das gleiche Gewerbe beizubringen, und sie würden es sogar als akzeptables Schicksal betrachten.«

Allison glaubte ihm aufs Wort. Sie hatte Mördern und Kannibalen gegenübergesessen und ihnen in die Augen gestarrt, als würde darin die Erklärung für ihre Verderbtheit liegen. Am Ende war es immer dieselbe unkomplizierte Antwort, die der Wahrheit am nächsten kam und den wenigsten Trost bot.

*Manche Menschen waren so. Menschen, die in der Dunkelheit gediehen. Die sich nicht als böse empfanden. Denen das Konzept von Gut und Böse völlig unbekannt war, weil ihnen nie der Gedanke kam, andere Neigungen zu entwickeln. Manche Menschen waren von Natur aus Raubtiere, die ihre Artgenossen fraßen.*

»Was hat das alles mit uns zu tun?«, meldete sich Phuong zu Wort und lenkte Jones' hungrigen Blick und seine Aufmerksamkeit von Allison weg auf sich.

Jones musterte Allison noch eine Sekunde von oben herab. *Du bist eine von vielen,* sagte dieser Blick. *Ich habe viele wie dich gefressen und mitsamt ihrem Stolz verschlungen.*

Er richtete sich auf und lächelte Phuong zu. »Eine berechtigte Frage, kleine Hure. Der Hintergrund wurde ausgebreitet, kommen wir also zu eurer Rolle in dem großen Puzzle.«

Er setzte sich wieder in Bewegung, langsamer als zuvor, gebremst vom Gewicht einer bestechenden Erinnerung. »1955 lernte ich eine Frau kennen. Eine gewisse Jocelyn Gray.«

»Bobs Mutter«, sprudelte Charlie unwillkürlich hervor.

Jones zeigte mit dem Finger auf ihn. »Ganz genau!« Er setzte seinen Weg fort, hin und her, hin und her. »Sie war eine brillante, eine äußerst brillante Frau. Ihr Mann war ein Prediger gewesen – ein eitler, dummer Kerl, um die Wahrheit zu sagen. Ich denke, sie hatte ihn nur benutzt, um einen Sohn zu bekommen, und machte kurzen Prozess mit ihm, nachdem sie hatte, was sie wollte.

Jocelyn war Autodidaktin. Entsprechend lückenhaft war ihre Bildung, doch sie hatte eine kalte, unbestechliche Sicht der Welt, für die ich sie heute noch bewundere. Nicht viele Menschen verfügen über einen so klaren Blick in Bezug auf ihre eigene Person und ihre Ziele, welcher Art diese Ziele auch sein mögen. Jocelyn hingegen sah klar genug, um ihr eigenes Fleisch und Blut mit einzubeziehen – und welchen größeren Beweis von Zuversicht kann es geben?

Jocelyn war Verhaltensforscherin, die mit Menschen experimentieren wollte, jedoch ohne die umständlichen Einschränkungen und Fesseln von Gesetzen und Moral. Ihre Frage war Generationen alt und ebenso vertraut: Vererbung oder Umwelt?« Jones bedachte sie mit einem verschwörerischen Zwinkern. »Ihre Methoden waren vielleicht ein bisschen extremer als die anderer Wissenschaftler mit ähnlicher Fragestellung.

Jedenfalls war Jocelyn überzeugt, dass die Umwelt bedeutsamer für die Prägung eines Menschen war als seine Anlagen. Sie glaubte, dass man jeden Menschen zu dem erziehen konnte, was man haben wollte, ungeachtet der Anlagen, die ihm von Geburt an mitgegeben worden waren, sofern man nur früh genug in seinem Leben auf diesen Menschen einwirken konnte. Die Schlüssel dazu waren nach Jocelyns Überzeugung Isolation und Indoktrination. Keine revolutionären Vorstellungen, für sich allein betrachtet, aber Jocelyn bezog sich ja auch nicht auf die gezielte Erschaffung von Ärzten oder Automechanikern, nicht wahr?«

Allisons Verstand arbeitete auf Höchsttouren. Sie fühlte sich, als würde sie in Erkenntnissen ertrinken – zu viele Zusammenhänge wurden in zu schneller Folge erkennbar.

»Jocelyn wollte das Gewissen durch ein Paradigma ersetzen, ein anderes Bezugssystem.«

Jones blickte überrascht und erfreut zugleich auf. »Das ist sehr vereinfacht ausgedrückt und nicht der gesamte Sachverhalt, doch es ist eine gute Zusammenfassung. Wenn es nicht möglich ist, das Gewissen zu ersetzen, kann man es vielleicht lenken, versteht ihr? Jocelyn war der Überzeugung, dass Gut und Böse möglicherweise eine biologische Grundlage haben, im Allgemeinen aber sehr abstrakt und relativ sind. Paradigmen waren alles für Jocelyn. Leider hatte sie nur begrenzten Erfolg.« Er grinste. »Indem sie ihren eigenen Sohn benutzte – oder *ihre Söhne*, wie ich selbst erst vor Kurzem herausgefunden habe. Jedenfalls, sie erzog ihre Söhne mit eiserner Hand, verprügelte sie gnadenlos und schickte sie anschließend in die Welt hinaus, um ihren Standpunkt zu beweisen.«

Allison schüttelte den Kopf. »Ihre Logik war fehlerhaft«, sagte sie. »Wenn die Zwillinge ihr artig folgten, woher wollte sie dann wissen, dass nicht eine genetische Komponente dafür verantwortlich war? Ich glaube, sie waren geborene Soziopathen. Wo bleibt ihre Paradigmen-Theorie unter diesem Aspekt? Und was ist mit uns? Wir haben auch ein Gewissen entwickelt.«

»Ich kann dir leider nicht widersprechen«, sagte Jones, und sie hörte das Bedauern in seiner Stimme. »Ich habe selbst einige Erfolge gehabt, doch es ist und bleibt ein ständiger Kampf und keine dauerhafte Lösung.« Er kicherte. »Und Soziopathen … man kann ihnen einfach nicht trauen! Es wäre verdammt viel einfacher, wenn man bei einem ansonsten normalen Menschen diesen Mutwillen zur Zerstörung finden könnte, doch das gibt es anscheinend nicht. Obwohl John und Thomas den Glauben nicht verloren zu haben schienen. Und ihr drei scheint ja ebenfalls nicht unbeeinflusst davongekommen zu sein.«

»Religiöse Vorstellungen sind überall«, sagte Allison wegwerfend. »Sie sind Bestandteil unserer Kultur. Das ist wahrscheinlich der Grund, aus dem John und Thomas den Glauben an das behalten haben, was ihnen beigebracht worden war. Es wurde in ihrem täglichen Leben kontinuierlich bestätigt und verstärkt.«

»Ich stimme dir zu«, sagte Jones. »Das Problem ist, was soll ich mit Männern anfangen, die mehr daran interessiert sind, auf Gott zu hören als auf mich? Sie sind verdammt unzuverlässig.« Er winkte ab. »Verschüttete Milch. Damals war ich jedenfalls bereit, Jocelyn Räumlichkeiten für ihre Arbeit zu geben, und ich versorgte sie über Mittelsleute mit Geld und Hilfe. Sie hatte ihre Söhne, mit denen sie arbeitete, und ich gab ihr eine Reihe weiterer Kinder und Familien, mit denen sie experimentieren konnte.«

David erschauerte. »Wie viele?«, fragte er.

»Alles in allem fünfundzwanzig.« Er lächelte beinahe verlegen. »Man muss sich ganz einbringen, um hinterher die Früchte zu ernten. Und die Früchte wären beträchtlich gewesen, hätte sie Erfolg gehabt.« Er zuckte die Schultern. »Könnt ihr euch das vorstellen? Fertige subversive Agenten, programmiert mit ihren jeweiligen Paradigmen und sämtliche Knöpfe und Schalter offen gelegt? Gehen wir für einen Moment zu dem Symbol, dem Mann in dem Raum. Was ich vermittels Jocelyns Programm erreichen wollte, war ein Platz im privatesten aller Räume. Im Kopf. Das, was auch Gehirnwäsche und ähnliche Konzepte verfolgen, wie primitiv sie auch sein mögen. Der Versuch, eine Ideologie in eine andere zu platzieren.« Jones zuckte die Schultern. »Der Mann im Raum. Es ist nicht so, als hätte ich nicht über die Ressourcen verfügt. Es war kein Verlust, aber eine Enttäuschung blieb doch, als es nicht funktionierte.«

Charlie spürte, wie Hitze in ihm aufstieg. Sein Gesicht lief dunkelrot an und brannte, und er ballte die Fäuste.

»Als es nicht *funktionierte?*«, rief er in empörtem Unglauben.

»Sie ruinieren die Leben von Bob und seinem Zwillingsbruder, das Leben von Bobs Söhnen und unsere Leben, und das ist alles? Es *funktioniert* nicht?«

Jones schien ernsthaft über den Einwand nachzudenken. »Nun ja ... Ich sage nicht, dass es für euch ein Zuckerschlecken war. Aber für mich ist es nun mal so, dass ich eine Investition getätigt habe, die sich nicht ausgezahlt hat. Abgesehen davon«, er nickte in Phuongs Richtung, »wer kann schon sagen, was ›ruiniert‹ bedeutet? Hätte ich Jocelyns Bemühungen nicht unterstützt, wärst du wahrscheinlich nie der kleinen Hure begegnet, die dich so glücklich zu machen scheint.« Er nickte mit dem Kopf in Richtung Allison. »Oder der anderen, mit der du so verbunden bist.« Er wandte sich an David. »Und wer weiß, ob du den Mumm aufgebracht hättest, diese schlimmen Kerle zu erschießen und deine Tochter zu dir zu nehmen, wenn du nicht deine Kindheit unter dem Regiment der Gray-Brüder verbracht hättest. Was glaubst du, welche Macht deine Worte entwickelt hätten ohne ein eingehendes Verständnis von Schmerz? Und wo wir dabei sind – was wäre aus den Kindern geworden, die du mit dem Geld gerettet hast, das deine Worte einbringen?« Jetzt wandte er sich an Allison. »Und wie viele Serienkiller und andere üble Zeitgenossen hast du zur Strecke gebracht, weil du weißt, wie diese Leute denken, und woher hast du dieses Wissen?« Jones kicherte erneut. »Ich mag nicht euer leiblicher Vater sein, aber eure Leben sind durch meinen Einfluss in diesen Bahnen verlaufen. Kapiert ihr das, meine Kinder? Ich bin in euren Köpfen. Ich schlafe in euren Schränken und bestimme zumindest einige Aspekte eurer Zukunft, alles dank der Bemühungen von Bob Gray.«

*Das glaubst du nur, du dämlicher Spinner,* dachte Charlie. *Das Problem ist, ich bin ein Killer und war immer einer, und wer kann schon sagen, dass es nicht doch wegen dir und Bob so ist?*

»Papa.« Phuongs Stimme war leise und eindringlich. »Leute wie er machen uns zu Geiseln unserer eigenen Moral. Sie machen uns glauben, ohne sie hätten wir das Beste in unserem Leben verpasst. Hör nicht auf ihn.«

»Ich gebe mir Mühe, süßes Mädchen«, murmelte Charlie.

»Bob und sein Bruder – der übrigens John hieß – waren eineiige Zwillinge«, fuhr Jones fort und lächelte Charlie an. »Wie du so erstaunlich schnell begriffen hattest, dass du nicht einen Moment außer Fassung warst. Wie dem auch sei, ihre Mutter erzog die beiden nach ihrem Weltbild. Sie spielten ihre Rollen meisterhaft, das muss man ihnen lassen. Leider erbten sie auch den Blutdurst ihrer Mutter. Und John – nennen wir ihn so, wie ihr ihn früher genannt habt: Er war der Böse. Er war Bad Bob.« Jones schüttelte den Kopf. »Ein Pferd hatte ihm einen Tritt ins Allerheiligste versetzt, als er noch jünger war, doch es schien keinerlei besänftigende Auswirkungen auf seine gewalttätige Neigung zu haben.«

Allison spürte erneut die Woge über sich zusammenschlagen, als zahllose Puzzlesteine an ihren Platz fielen. Diesmal war sie diejenige, die kichern musste. »Als er mir ins Ohr flüsterte, war das nicht geplant, stimmt's?«, fragte sie. »Er pfuschte seinem Bruder ins Handwerk, nur, dass der Schuss nach hinten losging.«

Jones nickte entzückt. »Sehr gut! John war sehr … nun ja, ich will es so ausdrücken. John war derjenige der beiden, der im Dschungel von Vietnam Huren über dem Grill röstete, während Bob durch das Land zog, um weitere Kinder für die Experimente seiner Mutter zu rekrutieren. John hatte Gefallen daran, andere zu terrorisieren. Bob hingegen war ein treuer Anhänger der Theorien seiner Mutter. Als er von Johns Ende erfuhr, packte er zusammen und zog in grünere Gefilde.«

»Bis zu dem Moment, als er den Brief an seine beiden Söhne schrieb«, sagte Charlie. »Und sie aufforderte, uns zu jagen.«

»So ähnlich, ja«, pflichtete Jones ihm bei. »Aber es war nichts Persönliches. Er war im Gegenteil gar nicht unglücklich, als ihr John erledigt habt. Nein, es ging um einen Test, nicht mehr und nicht weniger. Er wollte sehen, ob er dieses Paradigma in seinen

Söhnen reaktivieren konnte, nachdem so viele Jahre vergangen waren. Das war der Punkt, an dem er meine Aufmerksamkeit auf sich zog.« Jones seufzte. »Man könnte argumentieren, dass alles so funktioniert hat, wie er es wollte, aber ich neige dazu, mein Geld da zu investieren, wo die Ergebnisse sind. Sehen wir uns doch um – Bobs Söhne sind nicht diejenigen, die jetzt hier vor mir sitzen.«

»Das ist der Punkt, richtig?«, fragte Charlie. »Sie brauchen uns für irgendetwas. Warum kommen Sie nicht einfach zur Sache?«

Jones schnalzte mit der Zunge. »Sehr gut erkannt, mein Sohn. Aber es ist nicht so, als brauchte ich euch. Ich biete euch eine Wahl.«

»Meinetwegen«, seufzte Charlie. »Und was für eine Wahl ist das?«

»Jocelyn war ein schlaues Mädchen, ja, sie war visionär, aber seien wir offen – sie hatte auch einen verdammten Sprung in der Schüssel. Diese Frau wollte ihre Ergebnisse *publizieren*, soll man es für möglich halten?« Jones ließ den Zeigefinger dicht neben der Schläfe kreisen und schnitt eine Grimasse. »Nicht zu fassen. Schweigen ist Gold in diesem Geschäftszweig, meine Kinder. Ich *musste* sie ausschalten. Sie hat ein Chaos hinterlassen, für das ich keine Verwendung finden konnte – ich hatte auch keine Zeit, es zu ordnen und aufzuräumen. Schließlich und endlich bin ich nur ein Geschäftsmann.«

Allison riss die Augen auf, als es ihr dämmerte. »Die anderen fünfundzwanzig«, murmelte sie.

Jones nickte. »Ganz genau.« Weiteres Zungeschnalzen, eine grässliche Parodie von Missbilligung. »Da draußen laufen ein paar ziemlich seltsame Gestalten herum. Einige sind Serienkiller, einer hat eine neue Kirche gegründet, einer ist sogar Politiker geworden.« Jones verzog das Gesicht. »Ich habe keine Verwendung für sie, aber ausnahmslos alle sind in Dinge verwickelt, die ihr nicht gutheißen würdet.«

»Und?«, fragte Charlie.

»Mein Dad hat immer gesagt, ›du kannst von mir aus gerne Sauerei machen, solange du hinterher wieder aufräumst‹.« Ich warte schon seit geraumer Weile auf Ressourcen, die genau das für mich tun können.« Er breitete die Arme aus. »Und da seid ihr.«

»Was genau sollen wir tun?«, fragte Charlie. »Sie ausspionieren? Ihnen Weihnachtskarten schicken?«

Jones musterte Charlie mit strengerem Blick als zuvor. »Nein, du vorlauter kleiner Dreckskerl. Ich will, dass ihr sie aufspürt und erledigt. Eliminiert. Exekutiert.« Er hob die Augenbrauen. »Wie immer ihr es nennen wollt. Löscht sie vom Angesicht der Erde.«

»Warum tun Sie das nicht selbst?«, fragte Allison. »Sie sind doch derjenige mit den unendlichen Ressourcen.«

»Das ist richtig. Allerdings läuft mir die Zeit davon. Jeder Tag hat nur eine begrenzte Anzahl Stunden, verstehst du? Und Jocelyns Chaos zu beseitigen kann eine langwierige, laute, blutige Angelegenheit werden, wie ihr bereits am eigenen Leib erfahren habt.« Er zuckte die Schultern und grinste. »Es stand auf meiner Aufgabenliste, aber ich hatte nie die richtigen Männer für diesen Job.« Er zwinkerte Allison und Phuong zu. »Oder die richtigen Frauen, was das angeht. Bis heute.«

»Und wenn wir uns weigern?«, wollte Charlie wissen, obwohl er die Antwort bereits kannte.

»Unbeschreibliches Entsetzen, Carter. Unbeschreibliche Qualen.«

Jones starrte Charlie in die Augen, während er antwortete, und Charlie spürte, wie er tief im Innern erschauerte.

Seine Reaktion auf dieses Erschauern war genauso instinktiv und unklug, wie sie es immer gewesen war. Er spürte, wie es geschah; er wusste, dass sein Mundwerk sich wieder einmal selbstständig machte, ohne vorher das Gehirn zu befragen, doch er konnte nichts dagegen tun. Er sah Allison an, dann David.

»Was meint ihr, Leute? Eliminieren? Exekutieren? Oder unbeschreibliches Entsetzen? Ich persönlich wäre eher fürs Eliminieren, aber wenn ihr Lust habt auf unbeschreibliches Entsetzen, überleg ich mir die Sache noch mal.«

Allison schloss die Augen, doch sie lächelte. David schien die Frage zu bedenken. »Ich weiß nicht. Aber mir scheint, wir sind so oder so in den Arsch gekniffen.«

*Dämlich und stolz und unverfälscht*, dachte David. *Alles falsch für den Augenblick, aber richtig für die Ewigkeit. Was können wir tun? Wenn wir das hier verlieren, verlieren wir alles.*

»Wir weigern uns«, sagte in diesem Augenblick Phuong. Ihre Stimme klang gelassen.

»Was?« Charlie runzelte die Stirn. »Nein, Phuong. Unter den gegebenen Umständen nicht, nein.«

Sie starrte Jones unverwandt in die Augen. »Still, Papa.« An Jones gewandt fuhr sie fort. »Hast du immer noch nicht begriffen, welchen Fehler du gemacht hast, alter Mann?«

Jones ging zu ihr. Für Charlie sah er aus wie ein zwei Meter großer Dracula, der sich bereit machte für ein ausgiebiges Festmahl. »Ein Fehler mit zukünftigen Konsequenzen, kleine Hure«, sagte er. »Du solltest dich nicht davon beeinflussen lassen.«

Phuong runzelte die Stirn. »Dann hast du also nicht verstanden?«

Jones lachte ungläubig staunend, was Charlies Gefühle sehr genau wiedergab. »Mein süßes Mädchen, du solltest jetzt damit aufhören«, drängte Charlie. »Sofort.«

»Sie hat dir gesagt, du sollst still sein«, murmelte Jones, ohne den Blick von Phuong abzuwenden.

*Er sieht erfreut aus!*, dachte Allison. *Wie ein gelangweilter kleiner Junge, der endlich zum Spielen nach draußen darf.*

»Nun?«, drängte Phuong.

Jones stand vor ihr, und sein Blick bohrte sich in den ihren. Phuong saß völlig entspannt da, die mit Handschellen gefesselten Hände im Schoß, die gefesselten Füße am Boden. »Du glaubst, es war ein Fehler von mir, mich gegen diese drei zu stellen?«

Die kaum merkliche Andeutung eines verächtlichen Lächelns

huschte über Phuongs Gesicht. »Nein«, antwortete sie. »Das ist nicht korrekt.«

*Was für ein Spiel spielst du, süßes Mädchen?*, dachte Charlie, der die beiden keinen Moment aus den Augen ließ. *Du solltest dich nicht mit diesem Mann anlegen. Ich habe böse Menschen gesehen, ich habe Dämonen gesehen, und er ist schlimmer als alle. Böse mit einem großen B.*

Jones schien vollkommen fasziniert von Phuong. Er grinste staunend und starrte Phuong in unverhülltem Unglauben an. »Dann erleuchte mich doch bitte, kleine Hure.« Er beugte sich vor und brachte sein Gesicht ganz dicht vor das ihre.

Phuong lächelte ihn an, und alle, die dieses Lächeln sahen, hatten das Gefühl, dass es wunderschön und grauenvoll zugleich war, zeitlos und jung zugleich, und es drückte Todesschmerz aus – und zugleich dessen Überwindung. »Dein Fehler waren nicht diese drei«, sagte sie mit glockenreiner, freudiger Stimme. »Dein Fehler war, dich gegen *mich* zu stellen.«

Sie sprang ihn an. Riss die gefesselten Hände hoch, über seinen Kopf, sodass ihre Handflächen in seinem Nacken lagen, zerrte ihn zu sich heran und biss ihm mit aller Kraft in die Kehle.

Jones brüllte auf, packte Phuongs Haare mit seinen großen Händen und riss daran. Er brüllte und zerrte, und Charlie sah hilflos mit an, wie große Büschel aus ihrer Kopfhaut gerissen wurden, mitsamt den blutigen Wurzeln. Sie ließ trotzdem nicht locker, biss, kaute, tastete, suchte. Blut sprudelte zwischen ihren Lippen hervor, zuerst wenig, dann immer mehr, bis es wie dunkelroter Saft über ihr Kinn troff.

Jones änderte seine Strategie. Er versuchte nicht mehr, Phuong von sich wegzureißen, er drückte sie stattdessen an sich, schlang die starken Arme um ihren Rumpf und drückte mit aller Kraft zu.

Daniel hatte seine Waffe in dem Moment gezogen, in dem Phuong seinen Herrn angesprungen hatte. Er wirbelte herum und erschoss den ersten Leibwächter, dann den zweiten. Dann stand er da und starrte offenen Mundes auf Phuong und den alten Mann, der für ihn stets einem Gott gleich gewesen war.

Jones sah dies alles, während er Phuong an sich presste, und er begriff alles, das Puzzle im Puzzle. Er spürte, wie eine Rippe Phuongs in seiner Umarmung brach, doch sie kaute und biss mit unverminderter Wut und suchte nach dem Puls, der ihn antrieb.

*Ich verliere ...*, dachte er. Die Worte erschienen ungefragt, doch er versuchte nicht, ihrer Wahrheit zu entgehen. So war er schon immer gewesen. Ein Mann der Wahrheit und Ehrlichkeit. Nicht, weil es seinen moralischen Prinzipien entsprach, sondern weil Wunschdenken keinen Schutz vor einer Kugel bot, oder vor Zähnen, die einem die Gurgel zerfleischten.

Eine halbe Sekunde später hatte Phuong gefunden, wonach sie gesucht hatte. Sie grub ihre Zähne in seine Halsschlagader und biss zu, bis ihr Mund von Blut überflutet wurde; dann riss sie den Kopf mit zusammengebissenen Zähnen kraftvoll zur Seite. Blut spritzte in hohen Fontänen aus der zerfetzten Ader. Jones löste seinen Griff, und sie glitt nach unten.

*Ich sterbe*, dachte er, und dann fing er an zu lachen.

Er fiel auf die Knie. Das Lachen erstarb zu einem Gurgeln, doch er grinste weiter. Er hielt die Hand auf die Wunde gepresst, und das Blut sprudelte als warme, klebrige Fontäne zwischen seinen Fingern hindurch. Er kippte hintenüber und lag zuckend da. Er grinste noch immer. Phuong hockte sich auf seine Brust und beugte sich vor, bis sich ihre Nasenspitzen berührten.

»Daniel hat meine Stärke gesehen«, flüsterte sie zu Jones und sah ihm tief in die Augen. »Ich habe mit ihm gesprochen und ihm gesagt, dass er sich bereithalten soll, und er wusste, dass er gehorchen würde. Nicht aus Angst, sondern weil er gelernt hatte, einen tödlichen Gegner zu erkennen.« Sie brachte die Lippen ganz dicht an sein Ohr, spürte, wie sein Blut gegen ihre Haut pumpte, und flüsterte weiter. »Du sagst, du hättest die furchtbarsten Dinge gesehen. Ich habe die furchtbarsten Dinge *erlebt*, Mister. Ich habe Dinge erlebt, die so grauenhaft sind, dass ich sie nicht beschreiben kann. Ich bin durch den Dreck gekrochen und habe Dreck gefressen und habe Dreck angebetet, gegen all meinen Stolz und meine tiefsten und innersten Überzeugungen. Ich habe auf Befehl wie ein Hund gebellt. Ich wurde gefoltert und geschändet, und ich habe der Melodie meiner eigenen Schreie gelauscht.« Sie hielt inne, schöpfte Atem, spürte, wie der Blutstrom schwächer wurde. »Du hast Leiden ausgeteilt, Mister Jones, grenzenloses Leiden, aber du hast niemals selbst gelitten. Es ist dieser Mangel an Erfahrung, der letztendlich zu deinem Sturz geführt hat. Du hast die Alchemie des Leidens nicht verstanden. Ich bin zu jeder Art von Grausamkeit imstande, ganz gleich, wie schrecklich sie sein mag, ohne mein Gewissen zu belasten.«

Jones grinste ein letztes Mal, verdrehte die Augen – und starb. Im einen Moment atmete er noch, im nächsten nicht mehr.

Phuong starrte sekundenlang auf ihn hinunter, bevor sie sich unsicher erhob. Sie wandte sich zu Daniel um. »Kannst du es ohne Hilfe tun?«, fragte sie ihn. Ihre Stimme klang so unglaublich sanft und freundlich, dass Charlie weinen wollte.

Daniels Blick zuckte zwischen Phuong und seinem toten Meister hin und her. Er zitterte am ganzen Leib. »Ich kann nicht«, flüsterte er. »Nein, ich kann nicht«, wiederholte er klagend.

»Ruhig, Daniel, ganz ruhig. Es ist nicht schlimm. Sei nicht traurig«, sagte Phuong mit einer Stimme, so weich wie ein warmer Frühlingsregen. »Nimm meine Fesseln ab, und ich werde tun, was du so sehr brauchst. Ich kümmere mich um dich.«

Daniel brach in Tränen aus. Er griff in die Tasche und zog einen Ring mit Schlüsseln hervor. Phuong hielt ihm die Hände hin, und er löste ihre Handschellen.

»Vorsicht, süßes Mädchen!«, warnte Charlie.

»Still, Papa«, sagte Phuong, ohne den Blick von Daniel abzuwenden. »Ganz ruhig … ruhig …«, flüsterte sie, während er auf die Knie sank. »Sei ganz ruhig. Ruh dich aus, Daniel. Sei nicht betrübt über deine Abartigkeit.«

Daniel schluchzte hemmungslos, und es war schrecklich anzu-

sehen. Es war die schlimmste Art von Trauer, nach Davids Empfinden. Nicht Trauer aus Kummer geboren, sondern aus Angst.
Trauer aus erbarmungslosem, namenlosem Entsetzen.

Phuong begann leise zu singen. »*Noo-ah-lay-ay, noo-ah-
low* ...« Sie sang unablässig weiter, während sie Daniel die Pistole
entwand und die Waffe in ihren Hosenbund schob und seinen
Kopf in ihre Hände nahm, ganz behutsam, als wäre er aus hauch-
dünnem Porzellan. Sie sang mit roten Zähnen und rotem Kinn
und sah ihm tief in die Augen, um ganz sicher zu sein, dass er
Liebe erblickte, bevor er starb, wenigstens ein einziges Mal.

*Nichts mehr ist wichtig*, sagte dieses Lied. *Nichts ist wichtig,
Daniel, außer dir und mir, außer dem Hier und Jetzt. Nicht die Mutter, die du nie hattest, nicht die Liebe, die du nie gekannt hast, nicht
die Einsamkeit von niemals endendem Schmerz. Lass das Gestern
ruhen, denke nicht an das Morgen, und wisse in diesem Moment, und
sei es nur in diesem einen, einzigen Moment, dass jemand dich geliebt hat.*

Allison weinte leise, und alle außer Kristen bemerkten den
kurzen Moment tiefen Friedens in Daniels Augen, bevor Phuong
abdrückte. Sie stand über ihm, erwies ihm die letzte Ehre und
wandte sich zu Charlie um.

Sie hielt sich die Seite mit der gebrochenen Rippe. »Papa«,
sagte sie, todmüde und von oben bis unten in Blut getränkt. »Lass
uns nach Hause gehen.«

### EPILOG

»Hi, Daddy.«

»Hi, Baby.«

Kristen hatte ihn die ganze letzte Woche Daddy genannt. Nicht »Dad« oder »Vater«. Und David hatte auch gar nichts gegen »Daddy«.

»Wohin fahren wir heute?«

»Wir machen einen kleinen Ausflug, Honey. Es ist zu kalt, um schwimmen zu gehen, aber ich möchte dir Barton Springs zeigen und Deep Eddy und ein paar der anderen Stellen, wo wir uns als Kinder herumgetrieben haben.«

Sie waren immer noch in Austin. Kristen hatte keine Erinnerung an das, was geschehen war. Ihre letzte Erinnerung war die an zwei Männer in ihrem Zimmer, mitten in der Nacht. Einer hatte ihr eine Pistole an den Kopf gedrückt und sie gezwungen, in eine Kiste zu steigen, und dann war sie weggebracht worden. Als die Kiste geöffnet worden war, hatte man ihr einen intravenösen Tropf gelegt, und von da an wusste sie nichts mehr.

Sie war erst wieder im Marriott Hotel in Austin, Texas, zu sich gekommen.

Es dauerte eine Weile, bis sie ihr erklärt hatten, was passiert war. Sie ließen gewisse Dinge aus (beispielsweise Francine Mays oder die illegalen Aktivitäten der Innocence Foundation). Und manche Fragen konnten sie überhaupt nicht beantworten.

»Haben die Männer … haben sie mich angefasst?«, hatte sie von David wissen wollen.

Die Angst in ihren Augen hatte ihm fast das Herz gebrochen. Er hatte schreien wollen, *nein, Baby, natürlich nicht! Niemand hat Hand an dich gelegt!* Doch er war fest entschlossen, dass es zwischen ihnen keine Lügen mehr geben würde außer denen, die nötig waren, um ihren Unschuldsknochen zu schonen, damit er nicht vor der Zeit brach. Er hatte seine Vergangenheit lange genug vor ihr (und vor sich selbst) verschleiert. Es war an der Zeit, sein Versprechen einzulösen. An der Zeit, dass die Vergangenheit sich mit der Gegenwart traf.

»Ich weiß es nicht, Honey. Ich glaube nicht. Aber ich kann es nicht mit Bestimmtheit sagen.«

Sie hatte genickt, betrübt, und war dann im Bad verschwunden. Als sie zurückgekehrt war, hatte er bemerkt, dass sie sich Wasser ins Gesicht gespritzt hatte. Sie hatte erleichtert gewirkt und aufgedreht.

»Daddy …« (Das war der Augenblick gewesen, an dem sie angefangen hatte, ihn wieder Daddy zu nennen.) »Alles okay. Ich bin immer noch Jungfrau.«

Er hatte den Kloß im Hals heruntergeschluckt und sie angestarrt. *Gütiger Himmel, was sage ich dazu?*

»Das ist gut, Honey«, hatte er hervorgebracht.

Sie hatte ihn angelächelt, ein weiches, liebevolles Lächeln, und sich von ihm umarmen und halten lassen.

»Ich wette, du bist jetzt überrascht«, hatte sie gesagt und dabei gelächelt.

»Worüber?«

»Mich. Zwanzig Jahre alt und immer noch Jungfrau, und das in der heutigen Zeit.« Sie hatte sich von ihm gelöst und ihn angeschaut, als er nicht geantwortet hatte. Dann hatte sie aufgelacht und in die Hände geklatscht. »Daddy! Du wirst ja rot!«

»Was hast du denn gedacht!«, hatte er gebrummt. »Genug jetzt.«

Charlie und Allison und Phuong waren zwischendurch immer wieder kurz aufgetaucht und verschwunden, zum Essen oder zum Abendessen, und hatten Vater und Tochter ein paar Tage gelassen, für sich allein zu sein. Sie wussten aus der Zeit in Dads Kammer: Wenn man richtig schlimm dran war, dann brauchte man Gesellschaft – aber mehr als einer war normalerweise zu viel.

David hatte die Zeit genutzt, um seiner Tochter von Charlie und Allison und Bob Gray und seiner Kindheit zu erzählen. Sie hatte ihm andächtig zugehört. Ein paar Mal hatte sie um ihn geweint. Um alle drei. Er hatte ihr die Geschichte von Phuong erzählt – abzüglich der Details, wie sie zu ihnen gestoßen war. Kristen hatte noch mehr geweint.

»Warum hast du mir das alles nie erzählt, Daddy?«, hatte sie ihn bei einer Tasse Kaffee gefragt, nachdem er geendet hatte.

»Es ist nicht nur so, dass ich *dir* nichts erzählt habe, Honey. Da war das Problem. Ich habe versucht, es vor mir selbst zu verbergen.«

Sie hatte noch ein wenig mehr geweint, und dann hatte sie ihn umarmt.

»Weiß ich jetzt alles über dich, Daddy?«, hatte sie ihn ängstlich gefragt.

Er hatte ihr in die Augen gesehen, die Augen seiner wunderbaren, wunderschönen Tochter, und sich erinnert. Die Schublade. Die vergewaltigte Mutter. Die erschossenen Strolche, der Selbstmord der Mutter. Die dunklen, düsteren Ursprünge.

Er hatte sich auch erinnert, was danach gekommen war. Kristens erste Worte, ihre ersten Schritte, ihre ersten Versuche ohne Stützräder, ihr erster Kuss. Nichts von allem einzigartig, alles davon kostbar. Väter hatte es zuvor milliardenfach gegeben und würde es milliardenfach geben, doch diese Vaterschaft war einzigartig, weil es seine war. Seine ganz allein.

Sie hatte den Kopf auf die Seite gelegt und ihn angelächelt. Und gewartet, dass er das Richtige tat. Nichts anderes hatte sie je von ihm erwartet.

»Ja, Honey. Jetzt kennst du all meine Geheimnisse.«

Ihr Lächeln war breiter geworden, Grübchen auf den Wagen, und sie hatten kameradschaftlich geschwiegen. Er fühlte sich, als hätte er einen Eimer Tränen vergossen.

*Meine Tochter*, dachte er. *Sie wird das Leben lieben.*

\*\*\*

Francine Mays, die Ärztin, hatte ihre Prüfung überlebt. Es war haarscharf gewesen, doch sie hatte überlebt. In den Zeitungen war darüber berichtet worden. Sie war nicht imstande gewesen, ihre Angreifer näher zu beschreiben.

Charlie hatte geweint, als er den Artikel gelesen hatte. Allison und Phuong hatten ihn dabei beobachtet. Er hatte nicht gewollt, dass sie ihn in den Arm nahmen. Ihre Gegenwart war ihm Trost genug.

Er weinte sehr viel dieser Tage. Holte die verlorene Zeit nach.

\*\*\*

»Alle bereit?«, fragte David. Er war immer noch überrascht, wie schnell sich der Südstaatenakzent in seine Stimme geschlichen hatte.

*Eine Woche daheim in Colorado, und er ist wieder weg.*

»Ally klebt noch Kartons zu«, sagte Charlie. »Kommt rein. Hi, Kristen.«

»Hi, Onkel Charlie.« Sie umarmte ihn. »Tante« und »Onkel« waren Kristens eigene Idee gewesen. Sie hatte ohne Umschweife damit angefangen. Charlie und Allison waren erfreut.

David musterte Charlie; er sah gut aus. Noch nicht völlig genesen, dazu war es zu früh, aber ... *sauberer.* Charlie sah aus wie ein Mann, der neuerdings die Nächte wieder durchschlief.

»Seid ihr bald fertig mit Packen?«, fragte David und blickte sich um.

»Heute Abend.«

Es war ein Exodus. Sie würden Texas ein für alle Mal verlassen.

Allison und Charlie würden nach Colorado ziehen. Sie würden zusammenleben, mit Phuong, und alle drei waren sich einig, dass sie sich unter gar keinen Umständen wieder aus den Augen verlieren wollten. Sie waren eine Familie.

Die Tage des Tötens im Namen der Innocence Foundation waren vorbei. Natürlich würden sie sich weiter um die Kinder kümmern, die sie befreit hatten. Sie waren für diese Kinder verantwortlich, und sie waren entschlossen, ihre Sicherheit zu garantieren, ganz gleich, welches Schicksal sie erwartete.

Sie würden sich später um die Probleme kümmern, nicht heute oder morgen – um Jones' ausgedehntes und führerloses Netzwerk, die gesichtslose Kolonne der »Fünfundzwanzig«. Bis es so weit war, würden sie rasten und genesen.

Allison erschien, bewaffnet mit Packband und einer Schere. Wie Charlie sah auch sie besser aus. Nicht strahlend frisch, aber glücklich.

*Und ist das nicht eine ganze Menge, wenn man es genau bedenkt?*, hatte David in sein Notizbuch geschrieben. Mit einem Bleistift, wie damals, während Kristen im Bett neben ihm geschlafen hatte. *Wenn wir alle einfach nur glücklich sein könnten, nicht mehr und nicht weniger als glücklich ... aber das wäre ein wahres Wunder.*

Er hielt inne, den Stift über dem Papier.

*Wunder erfordern die Existenz eines Gottes. Bist du bereit, wieder an Ihn zu glauben?*

Er hatte das Kreuz seines Vaters betrachtet, das Kristen um den Hals trug. Er hatte es ihr am Tag zuvor gegeben.

*Immer schön ein Wunder nach dem anderen.*

\*\*\*

Es war ein grauer Tag im Oktober, doch die Erinnerung machte ihn zum Sommer. Sie waren zum Deep Eddy gefahren. Die Badeanstalt war geschlossen. Sie standen da und drückten die Gesichter gegen den Zaun.

»Der See ist ganz schön groß, Daddy«, sagte Kristen. »Und hier wart ihr früher schwimmen?«

»Wir haben uns rausgeschlichen«, sagte Charlie. »Wenn Dad mal wieder nicht da war.«

»Das Wasser war eisig«, sagte Allison. »Erinnert ihr euch?«

»Ich erinnere mich«, sagte Charlie.

David schloss die Augen und erinnerte sich ebenfalls. Drei junge Waisen, zwölf, zwölf und dreizehn Jahre alt. Zwei Jungen und ein Mädchen. Sie trugen T-Shirts über ihren Badesachen, um ihre Narben zu verbergen. Morgen würde ihr Leben wieder eine monströse Hölle sein, doch heute, an diesem Tag, schien die Sonne heiß herab, der Himmel war blau und das Wasser wunderbar kalt. Sie erschauerten vor Entzücken und lachten, und für einen Moment – nur einen kurzen Moment – hatten sie ihre Unschuldsknochen zurück.

»Was ist los, Phuong?«, fragte Allison. »Du siehst aus, als wärst du wegen irgendetwas bedrückt.«

»Ich kann nicht schwimmen, Mama.«

Sämtliche Vorbehalte Allisons bezüglich Phuong waren einen Tag zuvor von Phuong beiseitegewischt worden.

»Wirst du bei meinem Papa bleiben?«, hatte sie Allison gefragt.

»Das werde ich«, hatte Allison geantwortet. »Und was sagst du dazu?«

»Ohne uns wäre Papa alleine. Er soll nicht alleine sein.«

Allison hatte gelächelt. »Da hast du vollkommen recht.«

Phuong hatte nachdenklich geschwiegen. »Bist du dann jetzt meine Mama?«

Die Frage hatte Allison die Kehle zusammengeschnürt, und ihre Augen hatten gebrannt. Es war keine klagende oder trotzige oder herausfordernde Frage gewesen. Es war eine aufrichtige, ehrliche Frage gewesen, nicht mehr und nicht weniger. »Ich hatte selbst nie eine Mutter«, hatte sie nach kurzem Überlegen geantwortet. »Aber ja. Ich wäre sehr gerne deine Mutter.«

»Es wäre für immer. Nichts, was man jemals rückgängig machen könnte, wenn das Versprechen einmal gegeben wurde«, hatte Phuong ernst hinzugefügt.

»Ich weiß«, hatte Allison genauso ernst geantwortet. »Ich weiß.«

»Es gibt noch andere«, hatte Phuong gesagt. »Sie wurden aus den Bordellen befreit, wie ich. Wir müssen uns auch um sie kümmern.«

»Ich kann es kaum erwarten«, hatte Allison aufrichtig geantwortet.

Phuong hatte sie gemustert, und Allison hatte das Gefühl gehabt, als hätte sie in ihre Seele geblickt. »Papas mörderische Tage sind vorbei. Meine nicht. Ich werde die fünfundzwanzig jagen.«

Allison hatte einen Seufzer ausgestoßen. »Ja. Ja, ich weiß.«

»Und?«

Dann hatte Allison etwas getan, was noch nie jemand getan hatte, nicht einmal Charlie. Sie hatte Phuongs Gesicht in die Hände genommen und ihre Stirn geküsst. »Selbst dann, Phuong. Selbst dann bin ich deine Mutter.«

Jetzt blickte sie Phuong an und lächelte, während das Wasser hinter dem Zaun lockte. »Keine Angst«, sagte sie. »Ich würde dich nicht ertrinken lassen.«

Charlie hörte zu. Er spürte, wie sich etwas Neues und Wundervolles in seinem Herzen ausbreitete: *Frieden.*

*Wir sind genug,* dachte er.

*Liebe ist Handeln, nicht Reden.*

\*\*\*

Zwei letzte Dinge waren zu erledigen. Zwei Stopps. Sie lagen dicht beieinander. Der erste war ein Bürgersteig an einer belebten Straße. Sie parkten und stiegen aus. Charlie, Allison, Kristen und Phuong blieben einen Schritt hinter David, während er die Stelle suchte. Es dauerte ein paar Sekunden, bis er sicher war.

»Dort«, sagte er, wobei er nickte und mit dem Finger zeigte. »Genau hier. An dieser Stelle ist deine Großmutter gestorben, Kristen.«

Sie nahm seine Hand.

»Sie waren der Anfang, unser Start, Honey. Meine Mom und mein Dad sind die Menschen, von denen wir kommen.«

Er blickte hinauf zum grauen Himmel, und es hätte der gleiche Tag und der gleiche Himmel sein können. Keine Spur von Regen in der Luft, die Bäume waren älter, die Wagen lauter und kleiner, und doch spielte das alles keine Rolle. Nichts würde jemals etwas daran ändern, dass es diese Stelle war, genau diese Stelle, an der seine Mom gestorben war.

*Die Stelle, an der mein Leben nach links abgebogen ist. Wie viel anders wäre alles geworden, wenn es nicht passiert wäre?*

Er blickte seine beiden Freunde an und seine wundervolle Tochter.

*Dann hätte ich keinen von euch.* Es war eine Gewissheit, die ihn erschütterte. Es hätte keine Ally gegeben, kein Monster, keine Kristen und keine Phuong. Er blickte auf den Bürgersteig hinunter. *Aber du wärst noch da gewesen, Mom. Dylan wäre da gewesen und Janis und die Beatles. Vielleicht hättest du den Tod meines Vaters überwunden und wieder geheiratet, einen netten Mann, und ich hätte keine Narben auf dem Rücken. Vielleicht hättest du noch mehr Kinder bekommen, und ich hätte Brüder und Schwestern. Und vielleicht hättest du sogar noch diesen albernen alten Plattenspieler ...*

*Vielleicht, vielleicht, vielleicht.*

Er setzte sich auf den Boden und legte den Kopf in die Hände. Kristen und Ally und Charlie kamen herbei und setzten sich zu ihm. Phuong blieb, wo sie war, und beobachtete sie. David weinte nicht. Er trauerte.

Ein paar Minuten später schlug er die Augen wieder auf und seufzte. Leute gingen vorbei. Manche bedachten sie mit seltsamen Blicken, anderen schien es egal zu sein.

»Also schön«, sagte er schließlich und lächelte. »Gehen wir zum internationalen Pfannkuchenhaus.«

»Was ist das?«, fragte Phuong.

»Der Himmel auf Erden, wenn man Pfannkuchen mag«, erklärte Charlie.

»Und was ist ein Pfannkuchen?«

David grinste. »Am besten, das siehst du dir selbst an.«

Und das taten sie dann auch, und es war laut und wundervoll. Sie verschlangen Berge von Pfannkuchen und lachten und alberten herum wie die Kinder, die sie einst gewesen waren und vielleicht für alle Zeiten sein würden.

***

Als David an diesem Abend zu Bett ging, schloss er die Augen und beschwor seine Mutter herauf. Ihr Gesicht erschien, und obwohl sie nicht redete, lächelte sie ihr blitzendes Lächeln. Wie Sonnenschein auf Steroiden. Es tauchte seine Seele in ein weiches, warmes Licht.

*Ich glaube, jetzt wird alles gut, Mom. Ich glaube, solange wir uns anstrengen und uns lieben und mehr glücklich sind als traurig, kommen wir zurecht.*

Er spürte, wie seine Augenlider schwerer wurden.

*Du hast mich gerettet, Mom, wusstest du das?*

*Mom?*

*Hörst du mich?*

David versank in tiefen Schlaf.

Und träumte von einer goldenen Welt. Eine Welt voller Sonne, umgeben von einem tiefblauen Meer, mit einem strahlenden, klaren Himmel. Eine Welt, in der alle Kinder in Sicherheit waren und alle Mütter am Leben.

Und in dieser Welt begegnete er seiner Mutter, ein strahlendes Licht.

Sie lächelte die Sonne in sein Herz, und er ließ sich von ihr nach Hause singen.

*»Dieser Thriller verfolgt einen noch im Traum«* KÖLNER STADT-ANZEIGER

Cody Mcfadyen
DAS BÖSE IN UNS
Thriller
Aus dem kanadischen
Englisch von
Axel Merz
448 Seiten
ISBN 978-3-404-16421-9

Auf einem Flug freundet sich Lisa mit ihrem Sitznachbarn an. Endlich mal ein Mann, der ehrliches Interesse an ihr bekundet. Vielleicht wird sie ihn nach der Landung einmal wiedersehen. Der Mann lädt sie zu einem Drink ein. Nach ein paar Schluck bemerkt Lisa, wie sie langsam die Besinnung verliert. Da lehnt sich der Mann zu ihr hinüber und flüstert: »Ich liebe dich Lisa. Und ich werde dich jetzt töten.«

»Kopfkino vom Feinsten«
FRANKFURTER ALLGEMEINE SONNTAGSZEITUNG

Bastei Lübbe Taschenbuch

*Der Roman, der weltweit alle Verkaufsrekorde gebrochen hat – erstmals mit zahlreichen Abbildungen!*

Dan Brown
DAS VERLORENE SYMBOL
Illustrierte Ausgabe
Aus dem amerikanischen
Englisch
752 Seiten
mit zahlreichen
Abbildungen
ISBN 978-3-404-16000-6

Washington, D.C.: In der amerikanischen Hauptstadt liegt ein sorgsam gehütetes Geheimnis verborgen, und ein Mann ist bereit, dafür zu töten. Doch dazu benötigt er die Unterstützung eines Menschen, der ihm freiwillig niemals helfen würde: Robert Langdon, Harvard-Professor und Experte für die Entschlüsselung und Deutung mysteriöser Symbole.
Nur ein finsterer Plan ermöglicht es, Robert Langdon in die Geschichte hineinzuziehen. Und ihm bleiben nicht mehr als zwölf Stunden, um seine Aufgabe zu erfüllen. Danach wird die Welt, die wir kennen, eine andere sein.

Bastei Lübbe Taschenbuch